JN289206

訳文 万葉集

森 淳司 編
〔日本大学名誉教授〕

万葉集4516首。全歌、全1冊。

笠間書院

凡例

一、本書は大学における万葉集の講義や万葉集講座などのテキストとして万葉集の全部を書き下し文に改めたものである。

一、書き下しにあたっては、仮名書きの巻を除き出来るだけ原文字を生かした。一首のうち同語でも異なる漢字が用いられている場合のあるのもそのためである。また集中二行で記された割注など、活字をおとして一行とした。なお動植物名などは一音のもの、青柳のような熟合語を除き原則としてかながきにした。

一、本書には頭注を付した。それは人名、地名、動植物名などと、枕詞、序詞を主とした。枕詞、序詞は竹内金治郎氏の説におおむね従った。巻により人名、地名などの少ないものは特殊事項などに及んだ部分もある。また題詞左注の注記の指摘は算用数字を、歌中のものは歌番号をもってし、既出のものなどは↓印で示した。

一、講読の便を考え、年表および皇室・諸氏の系図を掲載した。

一、本書をなすにあたっては左記の諸君が各巻を分担し、夏季、陸前高田市に合宿、一応の仕上げをした。その後、総まとめは主として秦野市渋沢で編者と縄田一郎がおこなった。分担は次のとおりである。

巻一―三好彰彦。巻二―内山咲一。巻四・五・六―米内幹夫。巻三・八・十三―大室精一。巻七・九・十前半・十五―近藤健史。巻十後半・十一・十二・十六―梶川信行。巻十四―関本みや子・上野　静。巻十七・十八・十九・二十―中村　昭。

一、巻末の作者別索引は梶川信行が担当した。

一、初版は不備な点が多かった。その後たびたび関本みや子が改訂して下さった。前回は加藤清、清水明美の両氏が補訂して下さった。先年無念にも関本氏が他界された。つつしんで哀悼の意を表する。またその都度廣岡義隆氏にも貴重なご意見をいただいた。今回は特に廣岡氏が改訂なさって下さった。厚く御礼申し上げる。

平成十年三月第十五回改訂

編者

目次

巻第一……一
巻第二……一九
巻第三……四八
巻第四……八三
巻第五……一一六
巻第六……一四四
巻第七……一七〇
巻第八……一九六
巻第九……二二八
巻第十……二五〇
巻第十一……二九〇
巻第十二……三一四
巻第十三……三五一

巻第十四……三七八
巻第十五……三九五
巻第十六……四一四
巻第十七……四三四
巻第十八……四六二
巻第十九……四八三
巻第二十……五一〇
万葉集年表……五四三
皇室系図—神武から—……五四七
皇室系図—天智・天武を中心に—……五四八
諸氏系図……五五〇
作者別索引……五五一

訳文 万葉集

萬葉集巻第一

雑歌

泊瀬の朝倉の宮に天の下知らしめしし天皇の御代[1]　大泊瀬《おほはつせ》稚武天皇《わかたけのすめらみこと》

天皇の御製歌《おほみうた》

一　籠《こ》もよ　み籠持ち　ふくしもよ　みふくし持ち　この岳《をか》に　菜摘ます児　家聞かな　名告《の》らさね　そらみつ　大和の国は　おしなべて　我こそ居《を》れ　しきなべて　我こそ座《ま》せ　我にこそは　告らめ　家をも名をも

高市の岡本の宮に天の下知らしめしし天皇の御代[2]　息長足日広額《おきながたらしひひろぬかの》天皇

天皇、香具山に登りて望国《くにみ》したまふ時の御製歌

二　大和には　群山《むらやま》あれど　とりよろふ　天《あめ》の香具山　登り立ち　国見をすれば　国原《くにはら》は　煙《けぶり》立ち立つ　海原《うなはら》は　かまめ立ち立つ　うまし国そ　あきづしま　大和の国は

天皇、宇智[3]の野に遊猟《みかり》したまふ時に、中皇命《なかつすめらみこと》[4]、間人連老《はしひとのむらじおゆ》[5]に献らしむる歌

三　やすみしし　我が大君の　朝《あした》には　取り撫でたまひ　夕《ゆふべ》には　い縁《よ》り立

1—第二一代雄略天皇の皇居。奈良県桜井市旧朝倉村、同市脇本の宮殿遺跡とみられる。集中「はつせ」は「泊瀬」と記されることが多い。

一 ○そらみつ—枕詞。

2—第三四代舒明天皇の皇居。奈良県高市郡明日香村雷丘付近か、同村奥山の北といわれている。

二 ○香具山—天の香具山ともいう。橿原市と桜井市の境にあり、大和三山の一。標高一四八メートル。○かまめ—鳥の名。かもめ科に属し、今のカモメのこと。○あきづしま—枕詞。

3—奈良県五条市あたり。

4—間人皇后。舒明天皇皇女、天智天皇の妹で天武天皇の姉。孝徳天皇の皇后。一説に舒明天皇の皇后、後の皇極・斉明天皇。

5—白雉五年の遣唐判官。

三 ○やすみしし—枕詞。○あづさ—かばのき科の落葉喬木。木質が柔軟強靱であるため、弓材にもっとも適する。

たしし　み執《と》らしの　あづさの弓の　中弭《はず》の　音すなり　朝獦《あさかり》に　今立たすらし　夕獦《かり》に　今立たすらし　み執《と》らしの　あづさの弓の　中弭の　音すなり

反歌

四　たまきはる　宇智の大野に　うま並《な》めて　朝踏ますらむ　その草深野

讃岐国《さぬきのくに》の[1]安益郡《あやのこほり》に幸《いでま》す時に、[2]軍王《いくさのおほきみ》、山を見て作れる歌

五　霞立つ　長き春日の　晩《く》れにける　わづきも知らず　むらきもの　心を痛み　ぬえことり　うら歎《な》け居《を》れば　たまだすき　かけの宜しく　とほつかみ　我が大君の　行幸《いでまし》の　山越す風の　ひとり居る　我が衣手に　朝《あさ》夕《よひ》に　還らひぬれば　ますらをと　思へる我も　くさまくら　旅にしあれば　思ひ遣る　たづきを知らに　網の浦の　海人処女《あまをとめ》らが　焼く塩の　思ひそ焼くる　我が下情《したごころ》

反歌

六　山越しの　風を時じみ　寝《ぬ》る夜おちず　家なる妹を　かけて偲ひつ

右、日本書紀に検《ただ》すに、讃岐国に幸《いでま》すことなし。また軍王も未だ詳らかならず。ただし、[3]山上憶良大夫《やまのうへのおくらのまへつぎみ》の[4]類聚歌林《るいじうかりん》に曰《いは》く、「記に曰く、『天皇の十一年己亥の冬十二月、己巳の朔の壬午[5]伊予の温湯の宮に幸す云々』と。一書に、『この時に、宮の前に二つの樹木あり。この二つの樹に、[6]斑鳩《いかるが》と[7]比米《ひめ》との二つの鳥大《いた》く

四　〇たまきはる―枕詞。〇うま―うま科。日本馬は蒙古馬系統のもので小さいが強健。当時、交通・狩猟などに用いられた。

1―香川県綾歌郡東部の地。

2―伝未詳。

五　〇むらきもの―枕詞。〇ぬえことり―枕詞。〇たまだすき―枕詞。〇とほつかみ―枕詞。〇くさまくら―枕詞。〇網の浦の……焼く塩の―序詞。

3―奈良朝中期の人。大宝元年（七〇一）遣唐少録として渡唐。帰朝後、伯耆守、東宮侍講等を歴任し、その後筑前守として下り、帰京後、天平五年頃、七十四ぐらいで死んだと思われる。集中に長歌一〇首、短歌六一首を残し、旋頭歌一首、また『類聚歌林』を編纂した。歌に社会性、思想性をもり、その深刻な人生観には近代性さえ見られる。

4―憶良が編纂した歌集だが、現存しない。古歌が分類されて集められ、作者・作歌事情が付されたものらしい。

5―愛媛県松山市道後温泉。

6―すずめ科最大の鳥。山地の森林に住み、当時おとりとして用いられた。

7―すずめ科。シメのこと。イカルガとともにおとりに用いられた。

集《すだ》けり。ここに勅《みことのり》して、多く稲穂を掛けてこれを養《か》はしめたまふ。すなはち作れる歌云々』と」いふ。けだしここより便《すなは》ち幸すか。

[1]明日香の川原の宮に天の下知らしめしし天皇の御代　天豊財《あめとよたからいかしひたらしひめの》重日足姫天皇

[2]額田王《ぬかだのおほきみ》の歌　未だ詳らかならず

七　秋の野の　み草苅り葺き　宿れりし　宇治の宮子《みやこ》の　仮廬《かりいほ》し思ほゆ

右、山上憶良大夫の類聚歌林に検すに、曰く、「一書に、戊申の年比良[3]の宮に幸すときの大御歌」と。ただし、紀に曰く、「五年の春正月、己卯の朔の辛巳、天皇、紀の温湯[4]より至ります。三月の戊寅の朔、天皇、吉野の宮[5]に幸して肆宴《とよのあかり》きこしめす。庚辰の日に、天皇、近江の比良の浦に幸す」と。

[6]後《のち》の岡本《をかもと》の宮に天の下知らしめしし天皇の御代　天豊財《あめとよたからいかしひたらしひめ》重日足姫天皇

譲位後に後の岡本の宮に即《つ》きたまふ

額田王の歌

八　熟田津《にきたつ》に　舟乗りせむと　月待てば　潮もかなひぬ　今は漕ぎ出でな

右、山上憶良大夫の類聚歌林に検すに、曰く、「明日香の岡本の宮に天の下知らしめしし天皇の元年己丑、九年丁酉の十二月、己巳の朔の壬午、天皇・大后、伊予の湯の宮に幸す。後の

1―第三五代皇極天皇の皇居。奈良県高市郡明日香村川原の河原寺址付近。
2―鏡王の女。鏡王女の妹。初め天武天皇に召されて十市皇女を生み、後、天智天皇の近江の宮に召されて寵愛を受ける。才色兼備、萬葉女流歌人中の随一。ただし生没年未詳。
七〇宇治―京都府宇治市。応神天皇の皇子宇治若郎子の宮があったといわれる。
3―滋賀県滋賀郡志賀町北比良、南比良付近にあった。「比良の浦」はそのあたりの琵琶湖に面した地。
4―和歌山県西牟婁郡白浜町湯崎温泉の崎の湯。斉明、持統、文武諸天皇の行幸があった。
5―奈良県吉野町宮滝にあった離宮。
6―第三七代斉明天皇の皇居。舒明天皇の岡本の宮の跡に建てた。皇極天皇が重祚して斉明天皇になった。
八〇熟田津―愛媛県松山市の付近で、道後温泉にいたる船着場であったが、今どの辺か判明しない。松山市和気町、堀江町あるいは松山市古三津付近とする説がある。

岡本の宮に天の下知らしめしし天皇の七年辛酉の春正月、丁酉の朔の壬寅、御船西つかたに征き、始めて海路に就《つ》く。庚戌、御船、伊予の熟田津の[1]石湯《いはゆ》の行宮《かりみや》に泊《は》つ。天皇、昔日の猶し存《のこ》れる物を御覧《みそこなは》して、当時に忽ちに感愛の情を起こしたまふ。所以に因りて歌詠《みうた》を作りて哀傷したまふ」と。即ち、この歌は天皇の御製《おほみうた》なり。ただし、額田王の歌は、別に四首あり。

紀伊の温泉《いでゆ》に幸す時に、額田王の作れる歌

九　莫囂円隣之大相七兄爪謁気　我が背子が　い立たせりけむ　厳橿《いつかし》が本

中皇命、紀伊の温泉に往く時の御歌

一〇　君が代も　我が代も知るや　磐代《いはしろ》の　岡の草根を　いざ結びてな

一一　我が背子は　仮廬《かりいほ》作らす　草《かや》なくは　小松が下の　草を刈らさね

一二　我が欲《ほ》りし　野嶋は見せつ　底深き　阿胡根《あごね》の浦の　珠そ拾《ひり》はぬ　或は頭に云ふ「我が欲りし　子嶋は見しを」

右、山上憶良大夫の類聚歌林に検すに、曰く、「天皇の御製歌云々」と。

[2]中大兄　近江の宮に天の下知らしめしし天皇　の三山の歌一首

一三　香具山は　畝傍《うねび》を惜《を》しと　耳成《みみなし》と　相争ひき　神代より　かくにあるらし　古《いにしへ》も　然《しか》にあれこそ　うつせみも　嬬《つま》を　争ふらしき

反歌

1—石湯は、伊予の湯に同じく今の道後温泉。石湯の行宮は、斉明天皇行幸時の仮宮。立花町に宮址を伝えるが不明である。

九 ○第一・二句—定訓を得ない。○厳橿—忌み清めて斎く神聖なカシ。カシはぶな科の常緑喬木。

一〇 ○磐代—和歌山県日高郡南部町岩代。

一一 ○草—ススキ、スゲ、カヤなど屋根を葺く草の総称。

一二 ○野嶋—和歌山県御坊市名田町野嶋か。○阿胡根の浦—未詳。野嶋付近の海岸か。

2—第三八代天智天皇。舒明天皇の皇子。御母は皇極天皇。幼少より英邁、藤原鎌足と謀って蘇我氏を滅ぼし、大化の新政の基をひらかれ、六六七年には近江大津の宮に遷都。六七一年崩御、御年五十八。

一三 ○畝傍—畝傍山。橿原市畝傍町西北の山。大和三山の一。標高一九九メートル。南東に橿原神宮がある。○耳成—耳成山。橿原市の北にあり、大和三山の一。高さ一三九メートル。

一四　香具山と　耳梨山と　あひし時　立ちて見に来《こ》し　印南国原《いなみくにはら》

一五　わたつみの　豊旗雲に　入り日さし　今夜の月夜　清明《さやけ》かりこそ

右の一首の歌は、今案《かむが》ふるに反歌に似ず。ただし、旧本にこの歌を以て反歌に載せたり。故に、今も猶しこの次に載す。また、紀に曰く、「天豊財重日足姫天皇の先の四年乙巳に、天皇を立てて皇太子としたまふ」と。

近江の大津の宮に天の下知らしめしし天皇の御代[1]　天命開別天皇《あめみことひらかすわけの》、謚《おくりな》を天智天皇といふ

天皇、内大臣藤原朝臣《ふぢはらのあそみ》[2]に詔《みことのり》して、春山萬花の艶《にほひ》と秋山千葉の彩《いろ》とを競ひ憐れびしめたまふ時に、額田王、歌を以て判《ことわ》る歌

一六　ふゆごもり　春さり来れば　鳴かざりし　鳥も来鳴きぬ　咲かざりし　花も咲けれど　山を茂み　入りても取らず　草深み　取りても見ず　秋山の　木の葉を見ては　もみちをば　取りてそ偲《しの》ふ　青きをば　置きてそ嘆く　そこし恨めし　秋山我は

額田王、近江国に下る時に作れる歌、井戸王《ゐのへのおほきみ》[3]の即ち和《こた》ふる歌

一七　うまさけ　三輪の山　あをによし　奈良の山の　山の際《ま》に　い隠るまで　道の隈《くま》　い積もるまでに　委曲《つばら》にも　見つつ行かむを　しばしばも　見放《さ》けむ山を　情《こころ》なく　雲の　隠さふべしや

反歌

一四　〇印南国原―兵庫県印南郡一帯の原野。印南野をさすといわれている。

1―第三八代天智天皇、第三九代弘文天皇の皇居。大津市の付近。宮は市の北郊。市内南滋賀町あたり。

2―中臣鎌足。中大兄を助けて蘇我入鹿を誅し、大化の新政、近江令の制定等に与って功あり、薨去の前日内大臣、大織冠の位に至り、藤原の朝臣の姓を賜った。天智天皇の八年（六六九）十月に薨去。年五十六。

一六　〇ふゆごもり―枕詞。

3―伝未詳。

一七　〇うまさけ―枕詞。〇三輪の山―奈良県桜井市三輪にある山で、平野の南東端初瀬の峡谷の入口にあり、山容秀麗で古くから人々に賞美されていた。麓に山を神体として大物主命をまつる大神神社がある。また神岳(雷丘)と共に、一名三諸山ともいう。高さ四六七メートル。〇あをによし―枕詞。〇奈良の山―奈良平野の北端、山城との境の山。黒髪、佐保、佐紀などの小山をふくむ一帯の山。

一八　三輪山を　然《しか》も隠すか　雲だにも　情《こころ》あらなも　隠さふべしや

右の二首の歌は、山上憶良大夫の類聚歌林に曰く、「都を近江国に遷《うつ》す時に、三輪山を御覧《みそこなは》す御歌なり」と。日本書紀に曰く、「六年丙寅の春三月、辛酉の朔の己卯、都を近江に遷す」と。

一九　綜麻形《へそがた》の　林の始《さき》の　さ野《の》はりの　衣《きぬ》に著《つ》くなす　目に著《つ》く我が背

右の一首の歌は、今案《かむが》ふるに、和ふる歌に似ず。ただし、旧本にこの次に載せたり。故以《このゆゑ》に猶し載す。

天皇、[1]蒲生野《かまふの》に遊猟《みかり》する時に、額田王の作れる歌

二〇　あかねさす　紫野逝《ゆ》き　標野《しめの》行き　野守は見ずや　君が袖振る

[2]皇太子の答ふる御歌　明日香の宮に天の下知らしめしし天皇、謚を天武天皇といふ

二一　むらさきの　にほへる妹を　憎くあらば　人嬬《づま》ゆゑに　我《あれ》恋ひめやも

紀に曰く、「天皇の七年丁卯の夏五月五日、蒲生野に縦猟《みかり》す。ここに、大皇弟・諸王・内臣また群臣、皆悉《ことごと》従ふ」と。

[3]明日香の清御原の宮の天皇の御代　天渟中原瀛真人天皇《あめのぬなはらおきのまひとの》、謚を天武天皇といふ

[4]十市皇女《とをちのひめみこ》、伊勢の神宮に参《ま》ゐ赴《おもぶ》く時に、[5]波多《はた》の横山の巌を見て、[6]吹芡刀自《ふふきのとじ》の作れる歌

二二　河《かは》の上《へ》の　ゆつ盤群《いはむら》に　草生《む》さず　常《つね》にもがもな　常処女《とこをとめ》にて

一九　○綜麻形―未詳。滋賀県栗太郡栗東町綣の地か。一説に三輪山。○はり―未詳。ただし一般には今のハンノキとする。ハンノキはカバノキ科の落葉喬木。○第一・二・三・四句―序詞。

1―近江八幡市武佐、南野、八日市市蒲生野、野口、市辺、蒲生郡安土町内野など一帯の平野。

二〇　○あかねさす―枕詞。あかねは、あかね科に属する多年生の草本。根から赤色の染料をとる。○紫野―紫草の生えた野の意で、次の標野も同じ。

2―天智天皇の御弟大海人皇子、後の天武天皇。

二一　○むらさきの―枕詞。むらさきは、むらさき科の多年生草本で、根から紫色の染料をとる。

3―第四〇代天武天皇の皇后。奈良県高市郡明日香村飛鳥の今の飛鳥小学校の付近といわれる。

4―天武天皇の皇女。母は額田王。大友皇子の妃で葛野王の母。

5―三重県一志町八太。

6―伝未詳。

二二　○第一・二・三句―序詞。

吹芡刀自は未だ詳らかならず。ただし、紀に曰く、「天皇の四年乙亥の春二月、乙亥の朔の丁亥、十市皇女、[1]阿閇《あへの》皇女、伊勢の神宮に参ゐ赴きます」と。

麻続王[2]、伊勢国の伊良虞[3]の嶋に流さるる時に、人の哀傷して作れる歌

二三　うちそを　麻続王《をみのおほきみ》　白水郎《あま》なれや　伊良虞《いらご》の嶋の　珠藻《たまも》刈ります

麻続王、これを聞き感傷して和ふる歌

二四　うつせみの　命を惜しみ　波に濡《ぬ》れ　伊良虞の嶋の　玉藻刈り食《は》む

右、日本紀を案ふるに、曰く、「天皇の四年乙亥の夏四月、戊戌の朔の乙卯、三位麻続王罪ありて因幡に流す。一子は伊豆[4]の嶋に流し、一子は血鹿《ちか》[5]の嶋に流す」と。ここに伊勢国の伊良虞の嶋に配《なが》すと云ふは、けだし後の人歌辞に縁りて誤り記せるか。

天皇の御製歌《おほみうた》

二五　み吉野の　耳我の嶺に　時なくそ　雪は降りける　間なくそ　雨は降りける　その雪の　時なきがごと　その雨の　間なきがごと　隈《くま》もおちず　思ひつつぞ来し　その山道を

或本の歌

二六　み芳野の　耳我の山に　時じくそ　雪は降るといふ　間なくそ　雨は降るといふ　その雪の　時じきがごと　その雨の　間なきがごと　隈もお

1―天智天皇の第四皇女で、母は蘇我倉山田石川麻呂のむすめ姪娘。草壁皇子の妃。文武天皇・元正天皇の母。のちに慶雲四年(七〇七)即位。第四三代元明天皇。養老五年(七二一)十二月崩御。御年六十一。

2―伝未詳。

3―愛知県渥美郡渥美町の伊良湖岬。

二三 〇うちそを―枕詞。

二四 〇うつせみの―枕詞。そは、麻のことであるが、麻のみならず広く繊維をとる植物の称、または繊維の総称とする説もある。

4―未詳。静岡県伊豆半島か。

5―長崎県平戸市の平戸島。

二五 〇耳我の嶺―奈良県吉野郡中の山。金峯山か。

ちず　思ひつつぞ来し　その山道を

右、句々相換れり。これに因りて重ねて載す。

天皇、吉野の宮[1]に幸す時の御製歌

二七　淑《よ》き人の　良しとよく見て　好《よ》しと言ひし　芳野よく見よ　良き人よく見

紀に曰く、「八年己卯の五月、庚辰の朔の甲申、吉野の宮に幸す」と。

藤原の宮[2]に天の下知らしめしし天皇の御代　高天原広野姫《たかまのはらのひろのひめ》天皇、元年丁亥、十一年位を軽太子《かるのひつぎのみこ》[3]に譲りたまふ。尊号を太上天皇といふ

天皇の御製歌《おほみうた》

二八　春過ぎて　夏来たるらし　しろたへの　衣乾《ほ》したり　天《あめ》の香具山

近江の荒れたる都に過《よき》る時に、柿本朝臣人麻呂《かきのもとのあそみひとまろ》[4]の作れる歌

二九　たまだすき　畝火《うねび》の山の　橿原《かしはら》の　日知《ひじり》の御代ゆ　或は云ふ「宮ゆ」　生《あ》れましし　神のことごと　つがのきの　いやつぎつぎに　天の下　知らしめししを　或は云ふ「めしける」　そらにみつ　大和を置きて　あをによし　平山《ならやま》を越え　或は云ふ「そらみつ　大和を置き　あをによし　奈良山越えて」　いかさまに　思ほしめせか　或は云ふ「思ほしけめか」　あまざかる　夷《ひな》にはあれど　いはばしる　近江の国の　楽浪《ささなみ》の　大津の宮に　天の下　知ら

1―奈良県吉野郡吉野町宮滝にあった離宮。他に丹生川上説、下市説などもある。

2―第四一代持統天皇、第四二代文武天皇の皇居。持統天皇は天智天皇の第二皇女で天武天皇の皇后。天皇崩御後皇位を継ぎ、在位十年、大宝二年（七〇二）崩御。御年五十八。

3―天武天皇の皇孫。草壁皇太子の第二子。後即位して文武天皇という。在位九年、慶雲四年（七〇七）崩御。

4―孝昭天皇五代の皇子天押帯日子の命の後裔といわれるが、史書に所伝がなく、生没年次、本貫等すべて不明。ただ萬葉集中の記事により、持統、文武両朝に、舎人として出仕し、その後地方官として各地を歴任、晩年を石見の国で送り、奈良時代の初めごろ、その地で没した。官位も低く六位以下であったらしい。集中の作品は長歌二〇首、短歌七四首。外に柿本人麻呂歌集があり、中に長歌二首、旋頭歌三五首。短歌三一八首を収めている。

二九　○たまだすき―枕詞。○つがのきの―枕詞。つがのきは、まつ科の常緑喬木トガ。○そらにみつ―枕詞。○あをによし―枕詞。○そらみつ―枕詞。○あまざかる―枕詞。○いはばしる―枕詞。○楽浪―滋賀県琵琶湖南西方一帯の総名。集中では志賀、大津比良連庫山等に冠して、それらを含む大地名としてあらわれている。○ももしきの―枕詞。

しめしけむ　天皇《すめろき》の　神の尊の　大宮は　ここと聞けども　大殿は　こ
こと言へども　春草の　茂く生ひたる　霞立ち　春日の霧《き》れる　或は云ふ
「霞立ち　春日か霧れる　夏草か　しげくなりぬる」　ももしきの　大宮処　見れ
ば悲しも　或は云ふ「見ればさぶしも」

反歌

三〇　楽浪《ささなみ》の　滋賀の唐崎《からさき》　幸くあれど　大宮人の　舟待ちかねつ

三一　楽浪の　滋賀の　一に云ふ「比良の」　大わだ　淀むとも　昔の人に　またも
逢はめやも　一に云ふ「逢はむと思へや」

[1]高市古人《たけちのふるひと》、近江の旧《ふる》き堵《みやこ》を感傷して作れる歌　或書に云ふ[2]高市連黒人《たけちのむらじくろひと》

三二　古《いにしへ》の　人に我あれや　楽浪の　古《ふる》き京《みやこ》を　見れば悲しき

三三　楽浪の　国つみ神の　うらさびて　荒れたる京《みやこ》　見れば悲しも

紀伊国に幸す時に、[3]川島皇子《かはしまのみこ》の作らす歌　或は云ふ山上臣憶良の作

三四　白浪の　浜松が枝の　手向《たむけ》くさ　幾代までにか　年の経ぬらむ　一に云ふ
「年は経にけむ」

日本紀に曰く、「朱鳥四年庚寅の秋九月、天皇紀伊国に幸す」
と。

[4]背の山を越ゆる時に、[5]阿閉皇女の作らす歌

三五　これやこの　大和にしては　我が恋ふる　紀伊路《きぢ》にありといふ　名に負

三〇滋賀の唐崎—滋賀県大津市坂本町唐崎。近江旧都の北東の地。

1—伝未詳。黒人の誤りか。
2—藤原京時代に生を得た人と思われるが、伝未詳。集中一八首の短歌を見るに、すべて旅にあって自然を観照した歌で、独自の歌境を開拓し、後の赤人や巻七羇旅歌などにも影響を与えている。
3—天智天皇の第二子。母は色夫古娘。妃は泊瀬部皇女。
4—和歌山県伊都郡伊都町の背の山。
5→1・二二。

ふ背の山

吉野の宮に幸す時に、柿本朝臣人麻呂の作れる歌

三六　やすみしし　我が大君の　聞こしめす　天の下に　国はしも　さはにあ
れども　山川の　清き河内《かふち》と　みこころを　吉野の国の　花散《ぢ》らふ　秋
津の野辺に　宮柱　太敷きませば　ももしきの　大宮人は　舟並《な》めて
旦《あさ》川渡り　舟競《ふなぎほ》ひ　夕河渡る　この川の　絶ゆることなく　この山の
いや高知らす　みなそそく　滝の宮子《みやこ》は　見れど飽かぬかも

反歌

三七　見れど飽かぬ　吉野の河の　常滑《とこなめ》の　絶ゆることなく　またかへり見む

三八　やすみしし　我が大君　神ながら　神さびせすと　芳野川　激《たぎ》つ河内に
高殿を　高知りまして　登り立ち　国見をせせば　たたなはる　青垣山
やまつみの　奉《まつ》るみ調《つき》と　春べには　花挿頭《かざ》し持ち　秋立てば　もみち
かざせり　一に云ふ「もみち葉かざし」　行き副《そ》ふ　川の神も　おほみ食《け》に
仕へ奉ると　上つ瀬に　鵜川を立ち　下つ瀬に　小網《さで》さし渡す　山川も
依りて仕ふる　神のみ代かも

反歌

三九　山川も　依りて仕ふる　神ながら　激《たぎ》つ河内《かふち》に　舟出せすかも

右、日本紀に曰く、「三年己丑の正月、天皇吉野の宮に幸す。

三六　○やすみしし―枕詞。○みこころを―枕詞。○秋津の野辺―歌意によれば吉野の離宮のあった地と思われる。宮滝に近い吉野川の沿岸吉野町御園付近という。古事記下巻の雄略天皇の条にこの地名の起源説話がのっている。○ももしきの―枕詞。

三七　○第一・二・三句―序詞。

三八　○やすみしし―枕詞。○鵜川を立ち―鵜飼の用意をすると。

八月、吉野の宮に幸す。四年庚寅の二月、吉野の宮に幸す。五月、吉野の宮に幸す。五年辛卯の正月、吉野の宮に幸す。四月、吉野の宮に幸す」と。未だ詳らかに何れの月に従駕《おほみとも》にして作れる歌なるか知らず。

伊勢国に幸す時に、京に留まれる柿本朝臣人麻呂の作れる歌

四〇　嗚呼見《あみ》の浦に　舟乗りすらむ　媛嬬《をとめ》らが　珠裳《たまも》の裾に　潮満つらむか

四一　くしろつく　手節《たふし》の崎に　今日もかも　大宮人の　たまも刈るらむ

四二　潮さゐに　伊良虞[1]の島辺　漕ぐ舟に　妹乗るらむか　荒き島回《み》を

[2]当麻《たぎま》真人《のまひと》麻呂《まろ》の妻の作れる歌

四三　我が背子は　いづく行くらむ　おきつもの　隠《なばり》の山を　今日か越ゆらむ

[3]石上《いそのかみ》大臣、従駕にして作れる歌

四四　わぎもこを　去来見《いざみ》の山を　高みかも　大和の見えぬ　国遠みかも

右、日本紀に曰く、「朱鳥六年壬辰の春三月、丙寅の朔の戊辰[4]浄広肆《じやうくわうし》広瀬王《ひろせのおほきみ》らを以て留守の官となす。ここに、中納言[5]三輪《みわの》朝臣《あそみ》高市麻呂《たけちまろ》その冠位を脱きて朝《みかど》に撃上《ささ》げ、重ねて諫《いさ》めまつりて曰はく、『農作の前《さき》に、車駕《きみ》未だ以て動《いでま》すべからず』と。辛未、天皇諫めに従ひたまはず、遂に伊勢に幸す。五月乙丑の朔の庚午、[6]吾児《あご》の行宮《かりみや》に御《いでま》す」と。

四〇　〇嗚呼見の浦—未詳。三重県鳥羽市小浜の南岸か。嗚呼児の浦の誤字という説もある。

四一　〇くしろつく—枕詞。〇手節の崎—三重県鳥羽市答志島。

四二
1→1・二三
2—伝未詳。

四三　〇おきつもの—枕詞。おきつもは、沖の深いところにはえた藻。〇隠の山—三重県名張市の地の山。
3—石上朝臣麻呂。宇麻呂の子。慶雲元年(七〇四)右大臣。和銅元年(七〇八)左大臣。養老元年(七一七)没、七十八歳。

四四　〇わぎもこを—枕詞。〇去来見の山—奈良県吉野郡から三重県飯南郡にかけて存する高見山といわれる。
4—川島皇子等と国史編纂に携わる。養老六年(七二二)没。散位正四位下。
5—壬申の乱で功をたてた。慶雲三年(七〇六)左京大夫従四位上で没したが、従三位を贈られた。
6—三重県志摩郡にあった行宮。

軽皇子《かるのみこ》[1]、阿紀[2]の野に宿る時に、柿本朝臣人麻呂の作れる歌

四五　やすみしし　我が大君　たかてらす　日の皇子　神ながら　神さびせすと　太敷《し》かす　都を置きて　こもりくの　初瀬の山は　真木立つ　荒山道を　岩が根　禁樹《さへき》押しなべ　さかどりの　朝越えまして　たまかぎる　夕さり来れば　み雪降る　阿紀の大野に　はたすすき　しのを押しなべ　くさまくら　旅宿りせす　古思《いにしへ》ひて

短歌

四六　阿紀の野に　宿る旅人　うちなびき　いも寝《ぬ》らめやも　古思ふに

四七　ま草刈る　荒野にはあれど　もみちばの　過ぎにし君が　形見とそ来し

四八　東《ひむがし》の　野にかぎろひの　立つ見えて　かへり見すれば　月傾《かたぶ》きぬ

四九　日並《ひなみし》の　皇子《みこ》の命《みこと》の　うま並《な》めて　み狩立たしし　時は来向かふ

藤原の宮の役民の作れる歌

五〇　やすみしし　我が大君　たかてらす　日の皇子　あらたへの　藤原が上に　食《を》す国を　見《め》したまはむと　みあらかは　高知らさむと　神ながら　思ほすなへに　天地《あめつち》も　縁《よ》りてあれこそ　いはばしる　淡海《あふみ》の国の　ころもでの　田上山《たなかみやま》の　まきさく　檜《ひ》のつまでを　もののふの　八十氏《やそうぢ》川に　たまもなす　浮かべ流せれ　そを取ると　騒《さわ》く民も　家忘れ　身もたな知らず　かもじもの　水に浮き居て　我が作る　日のみ門に　知らぬ国　よし巨瀬道《こせぢ》より　我が国は　常世《とこよ》にならむ　図負《ふみ》へる　くす

1―天武天皇の皇孫。草壁の皇太子の第二子。後即位して第四二代文武天皇。在位九年、慶雲四年（七〇七）崩御。

2―奈良県宇陀郡大宇陀町の南西、迫間付近の山野。今、阿紀神社のあるあたりを中心とした地。

四五　○やすみしし―枕詞。○たかてらす―枕詞。○こもりくの―枕詞。○初瀬の山―奈良県桜井市の初瀬の付近をめぐる山々。○真木―すぐれた木材になる木で、檜・杉・松など。○さかどりの―枕詞。○たまかぎる―枕詞。○しの―竹の小さく細く群生するものの総称か。○くさまくら―枕詞。

四七　○もみちばの―枕詞。

四九　○日並の皇子の尊―ミコトは尊称。天武天皇の皇子で草壁皇子のこと。天つ日に並んで天下を統治する意。天武天皇九年（六八一）皇太子として万機を摂せられ、持統天皇の三年（六八九）薨去された。御年二十八。集中に短歌一首（2・一一〇）がみえる。

五〇　○やすみしし―枕詞。○たかてらす―枕詞。○あらたへの―枕詞。○いはばしる―枕詞。○ころもでの―枕詞。○田上山―滋賀県大津市の南東部。良材を産し、製材所があった。○まきさく―枕詞。○もののふの―枕詞。○もののふの　八十―序詞。○たまもなす―枕詞。○かもじもの―枕詞。○我が作る……新た代と―序詞。○知らぬ国　よし―序詞。○泉の河―奈良県宇陀郡に発する木津川。○ももたらず―枕詞。

しきかめも　新代《あらたよ》と　泉の河に　持ち越せる　真木のつまでを　ももたらず　筏《いかだ》に作り　のぼすらむ　いそはく見れば　神ながらならし

右、日本紀に曰く、「朱鳥七年癸巳の秋八月、藤原の宮地に幸す。八年甲午の春正月、藤原の宮に幸す、冬十二月、庚戌の朔の乙卯、藤原の宮に遷居《うつ》らす」と。

明日香の宮より藤原の宮に遷居りし後に、1志貴皇子《しきのみこ》の作らす歌

五一　釆女《うねめ》の　袖吹き返す　明日香風　都を遠み　いたづらに吹く

藤原の宮の御井の歌

五二　やすみしし　わご大君　たかてらす　日の皇子　あらたへの　藤井が原に　おほみ門　始めたまひて　埴安《はにやす》の　堤の上に　あり立たし　見《め》したまへば　大和の　青香具山は　日の経《たて》の　大きみ門に　春山と　しみさび立てり　畝傍《うねび》の　この瑞山《みづやま》は　日の緯《よこ》の　大きみ門に　瑞山と　山さびいます　耳成の　青菅山は　背面《そとも》の　大きみ門に　宜《よろ》しなへ　神さび立てり　名ぐはしき　吉野の山は　影面《かげとも》の　大きみ門ゆ　雲居にそ　遠くありける　たかしるや　天《あめ》のみ陰　あめしるや　日のみ陰の　水こそは常にあらめ　み井の清水《ましみづ》

短歌

五三　藤原の　大宮仕へ　生《あ》れつくや　處女《をとめ》がともは　乏《とも》しきろかも

右の歌、作者未だ詳らかならず。

1―続日本紀によると天智天皇の第七皇子で、霊亀二年（七一六）八月十一日薨去され、宝亀元年（七七〇）追尊して春日宮御宇天皇と申したとある。集中に六首の歌がみえる。

五二　〇やすみしし―枕詞。〇たかてらす―枕詞。〇あらたへの―枕詞。〇埴安―奈良県橿原市の東部、香具山の麓。〇日の経―東。〇日の緯―西。〇背面―北。〇影面―南。〇たかしるや―枕詞。〇あめしるや―枕詞。

大宝元年辛丑の秋九月、[1]太上天皇、紀伊国に幸す時の歌

五四　巨瀬山《こせやま》の　つらつらつばき　つらつらに　見つつ偲《しの》はな　巨瀬の春野を

右の一首、[2]坂門人足《さかとのひとたり》

五五　あさもよし　紀伊人《きひと》ともしも　真土山《まつちやま》　行き来と見らむ　紀伊人ともしも

右の一首、[3]調首淡海《つきのおびとあふみ》

或本の歌

五六　河の上の　つらつらつばき　つらつらに　見れども飽かず　巨瀬の春野は

右の一首春日蔵首老《かすがのくらびとおゆ》[4]

二年壬寅、太上天皇、三河国に幸す時の歌

五七　引馬野《ひくまの》に　にほふはり原　入り乱れ　衣にほはせ　旅のしるしに

右の一首、[5]長忌寸奥麻呂《ながのいみきおきまろ》

五八　いづくにか　舟泊《ふなは》てすらむ　安礼の崎　漕ぎたみ行きし　棚なし小舟《をぶね》

右の一首、高市連黒人

[6]誉謝女王《よさのおほきみ》の作れる歌

五九　流らふる　妻吹く風の　寒き夜に　我が背の君は　ひとりか寝《ぬ》らむ

[7]長皇子《ながのみこ》の御歌

六〇　夕《よひ》に逢ひて　朝面《あしたおも》なみ　隠《なばり》にか　日《け》長く妹が　廬《いほり》せりけむ

1—第四一代持統天皇。

五四 ○巨瀬山—奈良県御所市古瀬を中心とした地の山。○第一・二句—序詞。○つばき—つばき科の常緑喬木。

2—伝未詳。

五五 ○あさもよし—枕詞。○真土山—和歌山県橋本市隅田町真土と奈良県五条市上野町の間の真土山といわれる。

3—壬申の乱（六七二）の時、舎人のひとりとして天皇に従った。和銅二年（七〇九）以後姓を連と改める。神亀四年（七二七）十一月皇太子誕生の賀宴に参席し、賜禄をうけている。

五六 ○第一・二句—序詞。

4—もと弁基という僧であったが、大宝元年（七〇一）勅により還俗。従五位下常陸介、五十二と『懐風藻』にあり、詩一篇を載す。

五七 ○引馬野—静岡県浜松市曳馬町とも、愛知県宝飯郡御津町御馬、下佐脇付近ともいわれる。

5—藤原京時代に生きた人と思われるが伝未詳。集中に短歌一四首を残し、行幸に供奉した旅の歌か、もしくは数種物を詠んだ滑稽歌であり、特異な歌人として注目されている。

五八 ○安礼の崎—浜名湖西側の出崎とも、御馬の南、音羽の川口の崎ともいわれる。

6—慶雲三年（七〇六）六月従四位下で没。

7—天武天皇の第四皇子。母は天智天皇のむすめ大江皇女。弓削皇子の兄。霊亀元年（七一五）六月一品にて没。

六〇 ○第一・二句—序詞。

[1]舎人娘子《とねりのをとめ》、従駕にして作れる歌

六一　ますらをの　さつ矢たばさみ　立ち向かひ　射る円方《まとかた》は　見るに清潔《さやけ》し

[2]三野連《みののむらじ》 名欠けたり の入唐の時に、春日蔵首老の作れる歌

六二　ありねよし　対馬の渡り　海中《わたなか》に　幣《ぬさ》取り向けて　はや帰り来ね

山上臣憶良、大唐《もろこし》に在る時に、本郷《もとつくに》を憶ひて作れる歌

六三　去来《いざ》子ども　早く日本《やまと》へ　大伴の　三津の浜松　待ち恋ひぬらむ

慶雲三年丙午、[3]難波の宮に幸す時

志貴皇子の作らす歌

六四　葦辺行く　かもの羽がひに　霜降りて　寒き夕《ゆふべ》は　大和し思ほゆ

[4]長皇子の御歌

六五　あられうつ　安良礼《あられ》松原　住吉《すみのえ》の　弟日娘《おとひをとめ》と　見れど飽かぬかも

[5]太上天皇、難波の宮に幸す時の歌

六六　大伴の　高師《たかし》の浜の　まつが根を　枕き寝《ぬ》れど　家し偲はゆ

右の一首、[6]置始東人《おきそめのあづまひと》

六七　旅にして　物恋しきに　鶴《たづ》が鳴《ね》も　聞こえざりせば　恋ひて死なまし

右の一首、[7]高安大島《たかやすのおほしま》

六八　大伴の　三津の浜なる　忘れ貝　家なる妹を　忘れて思へや

右の一首、[8]身人部王《むとべのおほきみ》

1―伝未詳。舎人氏の女であろう。舎人皇子の名が、乳母の氏に負うておられるとすれば、その乳母方の娘子であろう、とも想像されている。

六一 ○ますらをの……射る―序詞。○円方―三重県松阪市の東黒部一帯の地。

2大宝元年（七〇一）遣唐使粟田真人に従って渡唐した。神亀五年（七二八）没。六十七

六二 ○ありねよし―枕詞。

六三 ○大伴―大阪市一帯の地で、大伴氏の領地があったらしい。○三津―三津（御津）は良港の意で、ここは難波の三津、すなわち大阪湾のこと。大伴の三津、住吉の三津ということもある。

3―仁徳天皇(高津宮)、孝徳天皇(難波長柄豊崎宮)、聖武天皇(難波宮)の皇居があった地。

六四 ○かも―がんおう科。アシガモ・マガモ・ミカモ・ワカモ・カモトリなどと見える。秋期全国に飛来し翌春北方に帰る。

4→1・六〇。

六五 ○あられうつ―枕詞。○安良礼松原―未詳。大阪市住吉区安立町付近の松原か。○弟日娘―住吉に住んでいた弟日というむすめ。遊行女婦だろうともいわれる。

5―持統天皇。

六六 ○高師の浜―大阪府高石市高師の浜。

6―伝未詳。

7―伝未詳。

六八 ○第一・二・三句―序詞。○忘れ貝―二枚貝のはなればなれの一片や、一枚貝のこと。

8―六人部王か。笠縫女王の父。天平元年（七二九）正月没。

六九 くさまくら　旅行く君と　知らませば　岸の埴生《はにふ》に　にほはさましを

右の一首、清江娘子《すみのえのをとめ》[1]、長皇子に献りしなり　姓氏未だ詳らかならず

太上天皇[2]、吉野の宮に幸す時に、高市連黒人[3]の作れる歌

七〇 大和には　鳴きてか来らむ　よぶこどり　象《きさ》の中山　呼びそ越ゆなる

大行天皇[4]、難波の宮に幸す時の歌

七一 大和恋ひ　い寝《ぬ》らえぬに　情《こころ》なく　この渚崎回《すさきみ》に　鶴《たづ》鳴くべしや

右の一首、忍坂部乙麻呂《おさかべのおとまろ》[5]

七二 玉藻刈る　沖へは漕がじ　しきたへの　枕のあたり　忘れかねつも

右の一首、式部卿藤原宇合《しきぶのきやうふぢはらのうまかひ》[6]

長皇子の御歌

七三 わぎもこを　早み浜風　大和なる　我まつつばき　吹かざるなゆめ

大行天皇[7]、吉野の宮に幸す時の歌

七四 み吉野の　山下風《やまのあらし》の　寒けくに　はたや今夜《こよひ》も　我がひとり寝む

右の一首、或は云ふ、天皇の御製歌《おほみうた》

七五 宇治間山《うぢまやま》　朝風寒し　旅にして　衣貸すべき　妹もあらなくに

右の一首、長屋王《ながやのおほきみ》[8]

和銅元年戊申

天皇の御製

六九 ○くさまくら—枕詞。

1—一説に住吉の弟日娘といわれる。遊行女婦か。→1・六五。

2—持統天皇。→1・二八。

3→1・三二。

七〇 ○よぶこどり—子を呼ぶように鳴く鳥。カッコウ・ホトトギス等の総称と考えられる。○象の中山—奈良県吉野郡吉野町、宮滝の対岸、喜佐谷の西側の山。

4—第四二代文武天皇。

七一 ○たづ—つる科。つるの雅語　タンチョウヅル・マナヅル等の総称。

5—伝未詳。

七二 ○しきたへの—枕詞。

6—不比等の第三子。藤原式家の祖。霊亀二年（七一六）八月遣唐副使として渡唐。神亀元年（七二四）式部卿持節大将軍として蝦夷を討つ。天平三年（七三一）八月参議、同四年八月西海道節度使、同六年正三位大宰帥となり、同九年（七三七）八月薨。年四十四。集中に短歌六首がある。

七三 ○わぎもこを—枕詞。

7—文武天皇。

七五 ○宇治間山—奈良県吉野郡吉野町千服山といわれる。

8—天武天皇の孫、高市皇子の子。宮内卿・式部卿・大納言・右大臣を経、神亀元年（七二四）二月左大臣となり、藤原氏に抑えられていた皇親政治を復活したが、反逆の罪を得て神亀六年（七二九）自殺。五十四歳。漢詩を好み、詩人を集めて宴遊した。『懐風藻』に三篇の詩がある。

七六　ますらをの　鞆《とも》の音すなり　もののふの　大臣《おほまへつきみ》　楯立つらしも

[1]御名部皇女《みなべのひめみこ》の和へ奉る御歌

七七　我が大君　ものな思ほし　皇神《すめかみ》の　継ぎて賜へる　我がなけなくに

和銅三年庚戌の春二月、藤原の宮より[2]奈良の宮に遷る時に、御輿を[3]長屋の原に停めて、古郷を廻望《かへり》みて作らす歌　一書に云ふ　太上天皇の御製と

七八　とぶとりの　明日香の里を　置きて去なば　君があたりは　見えずかもあらむ　一に云ふ「君があたりを　見ずてかもあらむ」

或本、藤原京より奈良の宮に遷る時の歌

七九　大君の　命畏《みことかしこ》み　にきびにし　家を置き　こもりくの　初瀬の川に　舟浮けて　我が行く河の　河隈の　八十隈《やそくま》おちず　万《よろづ》たび　かへり見しつつ　たまほこの　道行き暮らし　あをによし　奈良の都の　佐保川に　い行き至りて　我が寝たる　衣の上ゆ　朝月夜　さやかに見れば　たへの穂《ほ》に　夜の霜降り　磐床《いはとこ》と　川の氷凝《ひこご》り　冷《さむ》き夜を　息《やす》むことなく　通ひつつ　作れる宮に　千代までに　いませ大君よ　我も通はむ

反歌

八〇　あをによし　奈良の家には　万代に　我も通はむ　忘ると思ふな

右の歌は、作主未だ詳らかならず。

和銅五年壬子の夏四月、[4]長田王を伊勢の斎宮に遣はす時に、山の

1―天智天皇の皇女。元明天皇の同母姉。長屋王の母。

2―平城京の皇居。元明天皇和銅三年（七一〇）奈良遷都。奈良市佐紀町の南に宮跡がある。

3―奈良県天理市永原町と長柄町のあたりといわれる。

七八　〇とぶとりの―枕詞。

七九　〇こもりくの―枕詞。〇初瀬の川―源を初瀬の北方山中に発し、三輪山麓を北西に流れて佐保川に合流、大和川に注ぐ。〇たまほこの―枕詞。〇あをによし―枕詞。〇奈良の都―元明天皇の和銅三年（七一〇）から桓武天皇の延暦三年（七八四）までの皇都。〇佐保川―源を春日山中鶯滝に発し、佐保の地を南に流れて初瀬川と合流、大和川に注ぐ。

八〇　〇あをによし―枕詞。

4―近江守、衛門督、摂津大夫を経て、天平九年六月散位正四位下で没。天平六年二月の朱雀門外の歌垣に風流者の筆頭として参加している。

辺の御井《みゐ》にして作れる歌

八一　山の辺の　み井を見がてり　かむかぜの　伊勢処女《をとめ》ども　相見つるかも

八二　うらさぶる　情《こころ》さまねし　ひさかたの　天のしぐれの　流らふ見れば

八三　海《わた》の底　沖つ白浪　竜田山　いつか越えなむ　妹があたり見む

右の二首は、今案《かむが》ふるに、御井にして作れるに似ず。けだし、時に当りて誦む古歌か。

寧楽《なら》の宮

長皇子と志貴皇子と、佐紀[1]の宮にして倶《とも》に宴《うたげ》する歌

八四　秋さらば　今も見るごと　妻恋ひに　鹿《か》鳴かむ山そ　高野原の上

右の一首、長皇子

八一　○かむかぜの―枕詞。

八二　○ひさかたの―枕詞。

八三　○第一・二句―序詞。○わたのそこ―枕詞。○竜田山―奈良県生駒郡三郷町の西方にある山地。

1―奈良市佐紀町付近にあった長皇子の宮。

八四　○鹿―しか科。日本しか。古来の狩猟獣で、角・肉・皮など利用価値が高く、また、当時は肩の骨を焼いて占いをした。○高野原―奈良市佐紀町の佐紀丘陵の南西方一帯の地。

萬葉集巻第二

相聞

[1]難波の高津の宮に天の下知らしめしし天皇《すめらみこと》の御代 大鷦鷯《おほさざきの》天皇、諡《おくりな》を仁徳天皇といふ

[2]磐姫皇后《いはのひめのおほきさき》、天皇を思ひて作らす歌四首

八五 君が行き 日《け》長くなりぬ 山尋ね 迎へか行かむ 待ちにか待たむ

右の一首の歌は、[3]山上憶良臣《やまのうへのおくらのおみ》の類聚歌林に載せたり。

八六 かくばかり 恋ひつつあらずは 高山の 磐根《いはね》しまきて 死なましものを

八七 ありつつも 君をば待たむ うちなびく 我が黒髪に 霜の置くまでに

八八 秋の田の 穂の上に霧《き》らふ 朝霞 何時《いつ》への方に 我が恋息《や》まむ

或本の歌に曰く

八九 居明かして 君をば待たむ ぬばたまの 我が黒髪に 霜は降るとも

右の一首は、[4]古歌集の中に出づ。

古事記に曰く、[5]軽太子《かるのひつぎのみこ》、[6]軽太郎女《かるのおほいらつめ》に奸《たは》けぬ。故にその太子を伊予の湯に流す。この時に、衣通王《そとほりのおほきみ》、恋慕《おもひ》に堪《あ》へずして、追ひ

1―第一六代仁徳天皇の皇居。大阪市の東部上町台地の北方、大阪城の南方一帯の地。

2―仁徳天皇の皇后。葛城の襲津彦の女で、履中（一七代）、反正（一八代）、允恭（一九代）の諸帝の母后。仁徳天皇の三十五年（三四七）六月、山城の筒城の宮にて崩御。

3→1・六。

〔八八〕第一・二・三句―序詞。

〔八九〕ぬばたまの―枕詞。ぬばたまは、あやめ科の多年生草本ヒオウギ。

4―古歌集→7・一二六七。

5―木梨軽皇子。允恭天皇の皇太子で、母は忍坂之大中姫命。

6―允恭天皇の皇女。軽太子の同母妹。衣通王はその一名。

九〇やまたづの―枕詞。やまたづは、すいかずら科の落葉小喬木ニワトコ。

1―応神天皇の皇女。仁徳天皇の異母妹。

2―熊野は旧紀伊国牟婁郡をさすが、現在牟婁郡は和歌山県の東・西牟婁郡と三重郡の南北牟婁郡とに分かれ、この「熊野の岬」も現在の何れの地か不明。

3―第一九代允恭天皇の皇居。飛鳥地方最初の都。

4―允恭天皇。

往く時に、歌ひて曰く

九〇　君が行き　日長《け》くなりぬ　やまたづの　迎へを行かむ　待つには待たじ

ここにやまたづといふは、これ今の造木《みやつこぎ》をいふ

右の一首の歌は、古事記と類聚歌林と説《い》ふ所同じくあらず、歌主もまた異なる。因りて日本紀に検《ただ》すに、曰く、「難波の高津の宮に天の下知らしめしし大鷦鷯天皇の二十二年の春正月、天皇、皇后に語りて、[1]八田皇女《やたのひめみこ》を納《めしい》れて妃とせむとしたまふ。時に、皇后聴《ゆる》しまつらず。ここに、天皇、歌よみして、皇后に乞ひたまふ云々。三十年の秋九月、乙卯の朔の乙丑、皇后、紀伊国に遊《ゆ》行きて、[2]熊野の岬に到り、その処の御綱葉《みつながしは》を取りて還る。ここに、天皇、皇后の在らぬを伺ひて、八田皇女を娶《め》して宮の中に納れたまふ。時に、皇后、難波の済《わたり》に到りて、『天皇八田皇女を合《め》しつ』と聞きて大《いた》く恨む云々」と。

また曰く、「[3]遠飛鳥宮《とほつあすかのみや》に天の下知らしめしし[4]雄朝嬬稚子宿祢《をあさづまわくごのすくねの》天皇の二十三年の春三月、甲午の朔の庚子、木梨軽皇子《きなしのかるのみこ》を太子となす。容姿佳麗にして、見る者自《おのづから》に感《め》でつ。同母妹《いろも》軽太娘《かるのおほいら》皇女《つめのひめみこ》もまた艶妙《かほよ》し云々。遂に竊《ひそ》かに通《たは》けぬ。乃ち悒懐《いきどほり》少しく息《や》む。二十四年の夏六月、御羹《みあつもの》の汁凝《しるこご》りて氷《ひ》となる。天皇異《あや》しびて、その所由《ゆゑ》を卜《うら》へしめたまふ。卜ふる者曰く、『内の乱あ

り。けだし親々《はらがらどち》、相奸《あひたは》けたるか云々』とまをす。仍《よ》りて太娘皇女を伊予[1]に移したまふ」と。今案ふるに、二代二時に、この歌を見ず。

[2]近江の大津の宮に天の下知らしめしし天皇の御代　天命開別《あめみことひらかすわけの》天皇、謚を天智天皇といふ

天皇、鏡王女《[3]かがみのおほきみ》に賜ふ御歌一首

九一　妹が家も　継ぎて見ましを　大和なる　大嶋の嶺に　家もあらましを
一に云ふ「妹があたり　継ぎても見むに」、一に云ふ「家居《を》らましを」

鏡王女の和へ奉る御歌一首

九二　秋山の　樹《こ》の下隠り　逝《ゆ》く水の　我こそ益さめ　思ほすよりは

内大臣藤原卿《[4]うちのおほまへつきみふぢはらのまへつきみ》、鏡王女を娉《よば》ふ時に、鏡王女、内大臣に贈る歌一首

九三　たまくしげ　覆《おほ》ふをやすみ　開《あ》けていなば　君が名はあれど　我が名し惜しも

内大臣藤原卿、鏡王女に報《こた》へ贈る歌一首

九四　たまくしげ　将見円山《みもろの》の　さなかづら　さ寝ずはつひに　ありかつましじ
或本の歌に曰く「たまくしげ　三室戸山《みむろとやま》の」

内大臣藤原卿、釆女《うねめ》の安見児を娶《ま》く時に作れる歌一首

九五　我はもや　安見児《やすみこ》得たり　皆人の　得難《えがて》にすといふ　安見児得たり

1―愛媛県の地。

2―第三八代天智天皇の皇居。大津市の付近。宮は市の北郊。市内南滋賀町のあたりにあった。天智、弘文二代の皇居。アフミは淡海で淡水の琵琶湖にちなんだ名。

3―額田王の姉。初め天智天皇の寵を得たが、後、藤原の鎌足の室となる。天武天皇の十一年（六八三）七月薨去。

九一　○大嶋の嶺―未詳。

九二　○第一・二・三句―序詞。

4→1・一六。

九三　○たまくしげ―枕詞。○第一・二句―序詞。

九四　○将見円山―「みむろのやま」とも「みもろのやま」とも訓む説がある。神をまつってある山の意で、その代表的なものには三輪山、神岳（雷岳）などがある。ここは三輪山か。○さなかづら―山地に自生するもくれん科の多年生常緑蔓性草本。サネカツラとも。○たまくしげ―枕詞。○第一・二・三句―序詞。

九五　○安見児―伝未詳。

[1]久米禅師《くめのぜんじ》、[2]石川郎女《いしかはのいらつめ》を娉《よば》ふ時の歌五首

九六　みこもかる　信濃の真弓　我が引かば　うま人さびて　不欲《いな》と言はむかも　禅師

九七　みこもかる　信濃の真弓　引かずして　強《し》ひさるわざを　知るといはなくに　郎女

九八　あづさゆみ　引かばまにまに　寄らめども　後の心を　知りかてぬかも　郎女

九九　梓弓《あづさゆみ》　弦緒《つらを》取りはけ　引く人は　後の心を　知る人そ引く　禅師

[3]大伴宿祢《おほとものすくね》、[4]巨勢郎女《こせのいらつめ》を娉《つまど》ふ時の歌一首　大伴宿祢、諱《いみな》を安麻呂《やすまろ》といふ。[5]難波朝の右大臣大紫《だいし》[6]大伴長徳卿《おほとものながとこ》の第六子にあたり、奈良朝に大納言兼大将軍に任ぜられて薨ず

一〇〇　東人《あづまと》の　荷前《のさき》の箱の　荷の緒にも　妹は情《こころ》に　乗りにけるかも　禅師

巨勢郎女の報へ贈る歌一首　即ち近江朝の大納言[7]巨勢人卿《こせのひとのまへつきみ》の女《むすめ》なり

一〇一　たまかづら　実成らぬ樹には　ちはやぶる　神そ著《つ》くといふ　成らぬ樹《き》ごとに

一〇二　たまかづら　花のみ咲きて　成らざるは　誰が恋ならめ　我《あ》は恋ひ思ふを

[8]明日香の清御原の宮に天の下知らしめしし天皇の御代　天渟中原瀛真《あめのぬなはらおきのま》

1—伝未詳。禅師は僧の意か。
2—伝未詳。集中に同名の人が幾人もある。
九六 〇みこもかる—枕詞。〇第一・二句—序詞。
九七 〇みこもかる—枕詞。〇第一・二句—序詞。
九八 〇あづさゆみ—枕詞。
九九 〇第一・二句—序詞。
一〇〇 〇第一・二・三句—序詞。
3—長徳の子。大伴安麻呂旅人・坂上郎女の父。
4—巨勢臣人の娘。大伴安麻呂の妻となり、田主を生む。
5—孝徳天皇の御代。
6—字は馬養。咋子の子。御行、安麻呂の父。舒明・皇極・孝徳三代に仕える。白雉二（六五一）年没。
一〇一 〇たまかづら—枕詞。〇ちはやぶる—枕詞。
一〇二 〇たまかづら—枕詞。
7—比等・比登とも記す。天智十（六七一）年御史大夫となる。壬申の乱では近江軍として戦い、敗戦後、配流。
8—第四〇代天武天皇の皇居。奈良県高市郡明日香村飛鳥の今の飛鳥小学校の付近といわれる。

人《ひとの》天皇、諡を天武天皇といふ

天皇、藤原夫人《ふぢはらのぶにん》[1]に賜ふ御歌一首

一〇三 我が里に 大雪降れり 大原の 古《ふ》りにし郷《さと》に 降らまくは後

藤原夫人の和へ奉る歌一首

一〇四 我が岡の 龗《おかみ》に言ひて 降らしめし 雪の摧《くだけ》し そこに塵《ち》りけむ

藤原の宮に天の下知らしめしし天皇の御代[2] 高天原広野姫天皇《たかまのはらひろのひめの》、諡を持統天皇といふ。元年丁亥の十一年、位を軽太子に譲り[3]、尊号を太上天皇《おほきすめらみこと》といふ

大津皇子《おほつのみこ》[4]、竊《ひそ》かに伊勢の神宮に下りて上り来る時に、大伯皇女《おほくのひめみこ》[5]の作らす歌二首

一〇五 我が背子を 大和へ遣《や》ると さ夜ふけて 暁露《あかときつゆ》に 我が立ち濡れし

一〇六 二人行けど 行き過ぎかたき 秋山を いかにか君が ひとり越ゆらむ

大津皇子、石川郎女《いしかはのいらつめ》[6]に贈る御歌一首

一〇七 あしひきの 山のしづくに 妹待つと 我立ち濡れぬ 山のしづくに

石川郎女の和へ奉る歌一首

一〇八 我を待つと 君が濡れけむ あしひきの 山のしづくに ならましものを

大津皇子、竊《ひそ》かに石川女郎に婚《あ》ふ時に、津守連通《つもりのむらじとほる》[7]、その事を占《うら》へ露《あら》はすに、皇子の作らす歌一首 未だ詳らかならず

1—藤原鎌足の娘。五百重娘。大原大刀自ともいう。新田部皇子の生母。夫人とは、令制に「妃二員、夫人三員、嬪四員」とある夫人で、後宮に奉仕する職。

一〇三 〇大原—奈良県高市郡明日香村小原の地。

一〇四 〇龗—水神。

2—第四一代持統、第四二代文武両帝の皇居。奈良県橿原市高殿町の一帯の地。

3—文武天皇。

4—第四〇代天武天皇の第三子、御母は第三八代天智天皇の皇女大田皇女。大伯皇女の同母弟。朱鳥元年（六八六）十月三日、謀反の罪によって誅された。年二四。

5—天武天皇の皇女。大津皇子の姉。天武天皇の二年（六七四）、一四歳で伊勢の斎宮となって下り、朱鳥元年（六八六）十一月まで奉仕し、帰京後大宝元年（七〇一）十二月薨じた。

6—伝未詳。前出（2・九七、九八）の同名の人とは別。

一〇七 〇あしひきの—枕詞。

一〇八 〇あしひきの—枕詞。

7—和銅七年（七一四）従五位下を授けられ、美作守となる。養老七年（七二三）従五位上に昇進。養老五年正月陰陽師として朝廷から賜品を受ける。

一〇九　おほぶねの　津守《つもり》の占《うら》に　告《の》らむとは　まさしに知りて　我が二人寝し

日並皇子尊《ひなみしのみこのみこと》[1]、石川女郎に贈り賜ふ御歌一首　女郎、字《あざな》を大名児といふ

一一〇　大名児《おほなこ》を　彼方野辺《をちかたのへ》に　刈るかやの　束の間も　我忘れめや

吉野の宮[2]に幸す時に、弓削皇子[3]、額田王[4]に贈り与ふる歌一首

一一一　古《いにしへ》に　恋ふる鳥かも　ゆづるはの　み井の上より　鳴き渡り行く

額田王の和へ奉る歌一首　大和の京より進《たてまつ》り入る

一一二　古に　恋ふらむ鳥は　ほととぎす　けだしや鳴きし　我が恋ふるごと

吉野より苔生《こけむ》せる松が枝を折り取りて遣る時に、額田王の奉り入るる歌一首

一一三　み吉野の　玉松が枝は　愛《は》しきかも　君がみ言を　持ちて通はく

但馬皇女《たぢまのひめみこ》[5]、高市皇子《たけちのみこ》[6]の宮に在《いま》す時に、穂積皇子《ほづみのみこ》[7]を思ひて作らす歌一首

一一四　秋の田の　穂向きの寄れる　片寄りに　君に寄りなな　言痛《こちた》くありとも

穂積皇子に勅《みことのり》して、近江の滋賀の山寺に遣《つか》はす時に、但馬皇女の作らす歌一首

一一五　後《おく》れ居て　恋ひつつあらずは　追ひ及《し》かむ　道の隈回《くまみ》に　標結《しめゆ》へ我が背

但馬皇女、高市皇子の宮に在す時に、竊《ひそ》かに穂積皇子に接《あ》ひ、事既に形《あら》はれて作らす歌一首

一〇九　○おほぶねの―枕詞。

1→1・四九。

一一〇　○第二・三句―序詞。

2―奈良県吉野郡吉野町宮滝の離宮。

3―天武天皇の第六子。母は大江皇女。長皇子の同母弟。文武天皇三年（六九九）七月没。

4→1・七。

一一一　○ゆづるは―とうだいぐさ科の常緑喬木。

5―天武天皇の皇女。母は藤原鎌足の娘、氷上娘。穂積皇子、高市皇子らの異母妹。和銅元年（七〇八）六月没。

6―天武天皇の皇子。母は胸形君徳善の娘、尼子娘。壬申の乱に大功をたてる。持統天皇四年（六九〇）七月太政大臣。同十年七月没。

7―天武天皇の第五皇子。母は蘇我赤兄の娘、大蕤娘。慶雲二年（七〇五）九月知太政官事。同三年二月右大臣に準じて季禄を賜わる。和銅八年（七一五）正月一品に叙せられた。七月没。

一一四　○第一・二句―序詞。

一一六　人言を　繁み言痛《こちた》み　己が世に　いまだ渡らぬ　朝川渡る

舎人皇子《とねりのみこ》[1]の御歌一首

一一七　ますらをや　片恋せむと　嘆けども　醜《しこ》のますらを　なほ恋ひにけり

舎人娘子《とねりのをとめ》の和へ奉る歌一首

一一八　嘆きつつ　ますらをのこの　恋ふれこそ　我が結ふ髪の　漬《ひ》ちてぬれけれ

弓削皇子、紀皇女《きのひめみこ》[2]を思ふ御歌四首

一一九　芳野川　逝《ゆ》く瀬の速み　しましくも　淀むことなく　ありこせぬかも

一二〇　我妹子に　恋ひつつあらずは　秋萩の　咲きて散り去《ぬ》る　花にあらましを

一二一　暮去《ゆふさ》らば　塩満ち来なむ　住吉《すみのえ》の　浅香《あさか》の浦に　玉藻《たまも》刈りてな

一二二　大舟の　泊《は》つる泊《と》まりの　たゆたひに　物思ひ痩せぬ　人の児ゆゑに

三方沙弥《みかたのさみ》[3]、園臣生羽女《そののおみいくはのむすめ》[4]を娶《ま》きて、未だ幾《いくばく》の時も経ねば、病に臥して作れる歌三首

一二三　たけばぬれ　たかねば長き　妹が髪　このころ見ぬに　掻き入れつらむか　三方沙弥

一二四　人皆は　今は長しと　たけと言へど　君が見し髪　乱れたりとも　娘子

一二五　たちばなの　蔭履《かげふ》む道の　八衢《やちまた》に　物をそ思ふ　妹に逢はずして　三方沙弥

1―天武天皇の第三皇子。母は天智天皇の娘、新田部皇女。養老二年（七一八）勅により日本書紀編纂の総裁。同四年知太政官事。天平七年（七三五）十一月没。

2―天武天皇の皇女。母は蘇我赤兄の娘、大蕤娘。穂積皇子の同母妹。生没年未詳。

一一九　○吉野川―大台ヶ原山より発して吉野町を経、五条市で丹生川を合わせ、和歌山県に流れて紀ノ川となる。○第一・二句―序詞。

一二〇　○はぎ―まめ科の落葉灌木。秋の七草の一つ。

一二一　○住吉―大阪市住吉区。○浅香の浦―住吉の海岸のうちで、現在堺市に浅香山町がある。

一二二　○第一・二句―序詞。

3―伝未詳。三形沙弥とも記す。

4―伝未詳。

一二五　○第一・二句―序詞。○たちばな―やぶこうじ科の常緑小灌木カラタチバナ、タチバナの古名を有するまつかぜそう科の常緑喬木キシュウミカン、ミカン類の総称などの説がある。

石川女郎、[1]大伴宿祢田主《おほとものすくねたぬし》に贈る歌一首　即ち[2]佐保大納言大伴卿の第二子にあたり母を巨勢朝臣《こせのあそみ》といふ

一二六　遊士《みやびを》と　我は聞けるを　屋戸《やど》貸さず　我を帰せり　おその風流士《みやびを》

大伴田主、字を仲郎《ちうらう》といふ。容姿佳艶、風流秀絶、見る人聞く者、嘆息せずといふことなし。時に、石川女郎といふひとあり、自ら[3]双栖《さうせい》の感をなし、恒に独守《どくしゆ》の難きことを悲しぶ。意に書を寄せむと欲《おも》へど、[4]良信《りやうしん》に逢はず。ここに方便をなして、賤しき嫗《おみな》に似す。おのれ堝子《なべ》を提《さ》げて、寝側《しんそく》に至り、[5]哽音蹢足《きやうおんてきそく》し戸を叩きて諮《けか》りて曰く、「東隣《とうりん》の貧女、火を取らむとして来る」と。ここに仲郎、暗き裏《うち》に冒隠《ぼういん》の形を知らず、慮《おもひ》の外に[6]拘接《かふせふ》の計《たばかり》に堪《あ》へず。思ひのまにまに火を取り、跡に就きて帰り去らしむ。明けて後に、女郎、既に[7]自媒《じばい》の愧《は》づべきことを恥ぢ、また[8]心契《しんけい》の果《な》らざることを恨む。因りて、この歌を作りて謔戯《きやくき》を贈る。

大伴宿祢田主の報へ贈る歌一首

一二七　遊士に　我はありけり　屋戸貸さず　帰しし我そ　風流士にはある

同じ石川女郎、更に大伴田主中郎に贈る歌一首

一二八　我が聞きし　耳によく似る　あしのうれの　足痛《ひ》く我が背　つとめたぶ

1―安麻呂の二男。母は巨勢娘女。
2―大伴安麻呂。

3―同棲の意。
4―よい使い。よい便り。

5―老婆の声色を使い足ぶみをするの意。

6―交接。

7―なかだちを経ずに自ら結婚を申し込むこと。
8―心に期すること。

一二八〇あしのうれの―枕詞。あしは、いね科の多年生草本。古名ハマオギ。

べし

右は、中郎の足疾《あしひき》により、この歌を贈りて問訊《もんしん》するなり。

大津皇子の宮の侍《まかだち》石川女郎、[1]大伴《おほとも》宿祢《すくね》宿奈麻呂《すくなまろ》に贈る歌一首

女郎、字を山田郎女といふ、宿奈麻呂宿祢は大納言兼大将軍卿の第三子にあたる。

一二九 古《ふ》りにし　嫗《おみな》にしてや　かくばかり　恋に沈まむ　手童《たわらは》のごと　一に云ふ「恋をだに　忍びかねてむ　手童のごと」

[2]長皇子《ながのみこ》、[3]皇弟《すめいろと》に与ふる御歌一首

一三〇 丹生《にふ》の河　瀬は渡らずて　ゆくゆくと　恋痛《こひいた》き我が背　いで通ひ来ね

[4]柿本朝臣人麻呂、[5]石見国《いはみのくに》より妻と別れて上り来る時の歌二首　并びに短歌

一三一 石見《いはみ》の海　角《つの》の浦回《うらみ》を　浦なしと　人こそ見らめ　潟なしと　一に云ふ「磯なしと」　人こそ見らめ　よしゑやし　浦はなくとも　よしゑやし　潟は　一に云ふ「磯は」　なくとも　いさなとり　海辺をさして　和多豆《にきたつ》の　荒磯《ありそ》の上に　か青なる　玉藻沖つ藻　朝はふる　風こそ寄《よ》せめ　夕はふる　浪こそ来寄れ　波のむた　か寄りかく寄る　たまもなす　寄り寝し　妹を　一に云ふ「はしきよし　妹が手本《たもと》を」　つゆしもの　置きてし来れば　この道の　八十隈《やそくま》ごとに　万《よろづ》たび　かへり見すれど　いや遠に　里は放《さか》りぬ　いや高に　山も越え来ぬ　なつくさの　思ひしなえて　偲ふらむ

1―安麻呂の第三子。母は巨勢娘女。田村大嬢・坂上大嬢・二嬢の父。

2↓1・六〇。

3―同母の弟。弓削皇子を指すか。

一三〇 〇丹生の河―同名の川が多く諸説あるが、ここは吉野川の支流か。

4↓1・二九。

5―島根県西部。

一三一 〇石見の海……たまもなす―序詞。〇角―島根県江津市都野津町。〇いさなとり―枕詞。いさなは、鯨の古称。集中、全用例ともいさなとりと枕詞として用いられている。〇和多豆―未詳。島根県江津市都野津付近か。ワタヅと訓み、江津市渡津の江川河口付近とする説もある。〇たまもなす―枕詞。〇つゆしもの―枕詞。〇なつくさの―枕詞。

妹が門見む　なびけこの山

反歌二首

一三二 石見のや　高角山の　木の際《ま》より　我が振る袖を　妹見つらむか

一三三 ささの葉は　み山も清《さや》に　乱《さや》げども　我は妹思ふ　別れ来ぬれば

或本の反歌に曰く

一三四 石見なる　高角山の　木の間ゆも　我が袖《そで》振るを　妹見けむかも

一三五 つのさはふ　石見の海の　ことさへく　辛《から》の埼なる　いくりにそ　深みる生《お》ふる　荒磯《ありそ》にそ　玉藻は生ふる　玉藻なす　なびき寝し児を　ふかみるの　深めて思へど　さ寝し夜は　いくだもあらず　はふつたの　別れし来れば　きもむかふ　心を痛み　思ひつつ　かへり見すれど　おほぶねの　渡の山の　もみち葉の　散りの乱《まがひ》に　妹が袖　清《さや》にも　見えず　つまごもる　屋上《やかみ》の　一に云ふ「室上山」　山の　雲間より　渡らふ　月の　惜しけども　隠《かく》らひ来れば　あまづたふ　入り日さしぬれ　ますらをと　思へる我も　しきたへの　衣の袖は　通りて濡れぬ

反歌二首

一三六 青駒が　足掻《あが》きを速み　雲居にそ　妹があたりを　過ぎて来にける

一に云ふ「あたりは　隠り来にける」

一三七 秋山に　落つるもみち葉　しましくは　な散り乱《まが》ひそ　妹があたり見む

一に云ふ「散りなまがひそ」

一三二 ○高角山―江津市都野津の島星山か。益田市高津の地の山という説もある。

一三三 ○ささ―小さい竹の総称とする説、ネザサ説、ミヤコザサ説などがある。

一三五 ○つのさはふ…たまもなす―序詞。○つのさはふ―枕詞。○ことさへく―枕詞。○辛の埼―未詳。諸説ある。島根県江津市大崎鼻浜田市国府町唐鐘浦付近。邇摩郡仁摩町宅野の海上の韓島など。○たまもなす―枕詞。○ふかみるの―枕詞。みるは、みる科の緑藻。○はふつたの―枕詞。つたは、ぶどう科の多年生藤本。○きもむかふ―枕詞。○おほぶねの―枕詞。○渡の山―未詳。江津市渡津付近の山か。○つまごもる…渡らふ月の―序詞。○つまごもる―枕詞。○屋上の山―江津市浅利の室神山(通称浅利富士)。○室上山―未詳。屋上山のことか。○あまづたふ―枕詞。○しきたへの―枕詞。

一三六 ○青駒―白毛に黒毛が混った馬、または灰色の馬とも。駒は、うまの別称。毛色によってアカゴマ・アヲゴマ・クロゴマなどと区別される。

或本の歌一首 并びに短歌

一三八 石見の海 角《つの》の浦をなみ 浦なしと 人こそ
見らめ よしゑやし 浦はなくとも よしゑやし 潟はなくとも いさ
なとり 海辺をさして 和多豆《にきたつ》の 荒磯《ありそ》の上に か青なる 玉藻沖つ
藻 明け来れば 浪こそ来寄れ 夕されば 風こそ来寄れ 浪のむた
か寄りかく寄る 玉藻なす なびき我が寝し しきたへの 妹が手本《たもと》
を つゆしもの 置きてし来れば この道の 八十隈《やそくま》ごとに 万《よろづ》たび
かへり見すれど いや遠に 里放《さか》り来ぬ いや高に 山も越え来ぬ は
しきやし 我が嬬《つま》の児が なつくさの 思ひ萎《しな》えて 嘆くらむ 角の里
見む なびけこの山

反歌一首

一三九 石見の海 打歌《うった》の山の 木の際《ま》より 我が振る袖を 妹見つらむか

右は、歌の躰《すがた》同じといへども、句句相替れり。これによりて重
ねて載す。

柿本朝臣人麻呂の妻依羅娘子《よさみのをとめ》[1]、人麻呂と相別るる歌一首

一四〇 な思ひと 君は言へども 逢はむ時 何時《いつ》と知りてか 我が恋ひざらむ

挽歌

[2]後の岡本の宮に天の下知らしめしし天皇の御代 天豊財重日足姫天皇《あめとよたからいかしひたらしひめの》、

一三八 ○石見の海…玉藻なす―序詞。○いさなとり―枕詞。○しきたへの―枕詞。○つゆしもの―枕詞。○なつくさの―枕詞。

一三九 ○打歌の山―未詳。

1―柿本朝臣人麻呂の妻の一人。一説に河内国の依羅郷の女か。

2―第三七代斉明天皇の皇居。飛鳥岡本宮と同地。

譲位の後に、後の岡本の宮に即きたまふ

1有間皇子《ありまのみこ》、自ら傷《いた》みて松が枝を結ぶ歌二首

一四一　磐代《いはしろ》の　浜松が枝を　引き結び　ま幸《さき》くあらば　またかへり見む

一四二　家にあれば　笥《け》に盛る飯を　くさまくら　旅にしあれば　しひの葉に盛る

2長忌寸奥麻呂《ながのいみきおきまろ》、結び松を見て哀しび咽《むせ》ふ歌二首

一四三　磐代《いは》の　崖《きし》のまつが枝　結びけむ　人は反《かへ》りて　また見けむかも

一四四　磐代《いは》の　野中に立てる　結びまつ　情《こころ》も解けず　古《いにしへ》思ほゆ　未だ詳らかならず

山上臣憶良の追和する歌一首

一四五　鳥翔成　あり通ひつつ　見らめども　人こそ知らね　まつは知るらむ

右の件の歌どもは、柩を挽く時に作る所にあらずといへども、歌の意を准擬《しゆんぎ》す。故以《このゆゑ》に挽歌の類に載す。

大宝元年辛丑、紀伊国に幸す時に、結び松を見る歌一首　3柿本朝臣人麻呂の歌集の中に出づ

一四六　後見むと　君が結べる　磐代の　小松がうれを　また見けむかも

4近江の大津の宮に天の下知らしめし天皇の代　天命開別《あめみことひらかすわけの》天皇　謚を天智天皇といふ

天皇の聖躬《みやまひ》不予したまふ時に、大后の奉る御歌一首

1―孝徳天皇の皇子。斉明天皇の四年（六五八）十月天皇および皇太子（中大兄）紀の温湯に出遊中、謀反の廉(かど)により蘇我の赤兄のために捕えられ、紀湯に召喚され、中大兄の尋問を受けたが、その帰途藤白の坂（和歌山県海南市）において殺された。年一九。

一四一 〇磐代―和歌山県日高郡南部町岩代。

一四二 〇くさまくら―枕詞。〇しひ―ぶな科の常緑喬木。葉は厚く裏面は銀色。

2→1・五七。

一四四 〇第一・二・三句―序詞。

一四五 〇第一句―定訓を得ない。

3―人麻呂歌集→7・一〇六八。

4→二一頁。

一四七　天の原　振り放《さ》け見れば　大君の　み寿《いのち》は長く　天足《あまた》らしたり

一書に曰く、近江天皇の聖躰不予《みやまひ》したまひて、御病急《には》かなる時に

大后の奉献《たてまつ》る御歌一首

一四八　あをはたの　木旗《こはた》の上を　通ふとは　目には見れども　直《ただ》に逢はぬかも

天皇の崩《かむあが》りましし後の時に、[1]倭大后《やまとのおほきさき》の作らす歌一首

一四九　人はよし　思ひ息《や》むとも　たまかづら　影に見えつつ　忘らえぬかも

天皇の崩りましし時に、婦人の作れる歌一首　姓氏詳らかならず

一五〇　うつせみし　神に堪《あ》へねば　離れ居て　朝嘆く君　放《さか》り居て　我が恋ふる君　玉ならば　手に巻き持ちて　衣《きぬ》ならば　脱く時もなく　我が恋ふる　君そ昨夜《きぞのよ》　夢に見えつる

天皇の大殯《おほあらき》の時の歌二首

一五一　かからむと　かねて知りせば　大み舟　泊てし泊《と》まりに　標《しめ》結はましを　額田王

一五二　やすみしし　わご大君の　大み舟　待ちか恋ふらむ　滋賀の唐崎　[2]舎人吉年《とねりのよしとし》

大后の御歌一首

一五三　いさなとり　淡海《あふみ》の海を　沖放《さ》けて　漕ぎ来る舟　辺つきて　漕ぎ来る舟　沖つ櫂《かい》　いたくなはねそ　辺つ櫂《かい》　いたくなはねそ　わかくさの　夫《つま》の　思ふ鳥立つ

一四八　○あをはたの—枕詞。

1—天智天皇の皇后。古人大兄皇子（天智の異母兄）の娘。天智七年（六六八）二月立后。

一四九　○たまかづら—枕詞。

一五二　○やすみしし—枕詞。○滋賀の唐崎—滋賀県大津市の唐崎。

2—伝未詳。舎人という氏の女官か。吉年は名キネ・エトシ・ヨシトシなどと読まれている。

一五三　○いさなとり—枕詞。○わかくさの—枕詞。

石川夫人《いしかはのぶにん》の歌一首[1]

一五四　楽浪《ささなみ》の　大山守《おほやまもり》は　誰がためか　山に標《しめ》結ふ　君もあらなくに

山科の御陵より退《まか》り散《あら》くる時に、額田王の作れる歌一首

一五五　やすみしし　わご大君の　恐《かしこ》きや　み陵《はかつか》仕ふる　山科の　鏡の山に　夜はも　夜のことごと　昼はも　日のことごと　哭《ね》のみを　泣きつつありてや　ももしきの　大宮人は　行き別れなむ

[2]明日香の清御原の宮に天の下知らしめしし天皇の御代　天渟中原瀛真《あまのぬなはらおきのま》人《ひとの》天皇、謚を天武天皇といふ

十市皇女《とをちのひめみこ》の薨《こう》ぜし時に、高市皇子尊《たけちのみこのみこと》の作らす歌三首[3]

一五六　三諸《みもろ》の　神の神杉　已具耳矣自得見監乍共　寝《い》ねぬ夜ぞ多き

一五七　三輪山の　山辺まそ木綿《ゆふ》　短木綿　かくのみゆゑに　長くと思ひき

一五八　やまぶきの　立ちよそひたる　山清水　汲みに行かめど　道の知らなく

紀に曰く、「七年戊寅の夏四月、丁亥の朔の癸巳、十市皇女、卒然《にはか》に病発《おこ》りて宮の中に薨ず」と。

天皇の崩《かむあが》ります時に、大后の作らす歌一首

一五九　やすみしし　我が大君の　夕されば　見したまふらし　明け来れば　問ひたまふらし　神岡の　山のもみちを　今日もかも　問ひたまはまし　明日もかも　見したまはまし　その山を　振り放け見つつ　夕されば　あやに悲しみ　明け来れば　うらさび暮らし　あらたへの　衣の袖は

1―天智天皇の嬪で、蘇我倉山田石川麻呂の娘遠智娘、姪娘のいずれかとする説、蘇我赤兄の娘大蕤娘かとする説などがある。

一五四　〇楽浪―滋賀県琵琶湖西南方一帯の総名。集中では志賀、大津、比良、連庫山等に冠して、それ等を含む大地名としてあらわれている。

一五五　〇やすみしし―枕詞。〇山科―京都市東山区山科。題詞に「山科の御陵」とあるのは天智天皇の御陵。東山区山科御陵町。〇ももしきの―枕詞。

2→二二頁。

3→1・二二。

一五六　〇第三・四句―定訓を得ない。〇三諸→2・九四。

一五七　〇三輪山―奈良県桜井市三輪にある山で、平野の南東端初瀬の峡谷の入口にあり、山容秀麗で古くから賞美されていた。麓に山を神体として大物主命をまつる大神神社がある。〇第一・二・三句―序詞。

一五八　〇やまぶき―山野に自生するいばら科の落葉灌木。

一五九　〇やすみしし―枕詞。〇やすみしし…問ひたまふらし―序詞。〇神岡―奈良県明日香村の雷岡のこと。〇あらたへの―枕詞。

乾《ふ》る時もなし

一書に曰く、天皇崩ります時に、太上天皇の御製歌《おほみうた》二首

一六〇 燃ゆる火も 取りて包みて 袋には 入るといはずやも 智男雲

一六一 北山に たなびく雲の 青雲の 星離れ行き 月を離れて

天皇の崩りましし後の八年の九月九日、奉為《おほみため》の御斎会《ごさいゑ》の夜、夢の裏《うち》に習ひ賜ふ御歌一首 古歌集の中に出づ

一六二 明日香の 清御《きよみ》原の宮に 天の下 知らしめしし やすみしし 我が大君 たかてらす 日の御子 いかさまに 思ほしめせか かむかぜの 伊勢の国は 沖つ藻も なみたる波に 塩気のみ かをれる国に うまこり あやにともしき たかてらす 日の御子

[1]藤原の宮に天の下知らしめしし天皇の御代 高天原広野姫天皇《たかまのはらひろのひめの》、天皇の元年丁亥十一年に位を軽太子《かるのひつぎのみこ》に譲り、尊号を太上天皇といふ

大津皇子の薨ぜし後に、大伯皇女《おほくのひめみこ》、伊勢の斎宮《いつきのみや》より京に上る時に作らす歌二首

一六三 かむかぜの 伊勢の国にも あらましを なにしか来けむ 君もあらなくに

一六四 見まく欲り 我がする君も あらなくに 何しか来けむ うま疲らしに

大津皇子の屍《かばね》を葛城[2]の二上山に移し葬《はふ》る時に、大伯皇女の哀傷して作らす歌二首

一六〇 ○第五句—定訓を得ない。

一六二 ○やすみしし—枕詞。○たかてらす—枕詞。○かむかぜの—枕詞。○うまこり—枕詞。

1→二三頁。

一六三 ○かむかぜの—枕詞。

2—奈良県西南部。

一六五　うつそみの　人なる我や　明日よりは　二上山を　弟《いろせ》と我が見む

一六六　磯の上に　生《お》ふるあしびを　手折《たを》らめど　見すべき君が　ありといはなくに

右の一首は、今案ふるに、移し葬《はふ》る歌に似ず。けだし疑はくは、伊勢神宮より京に還る時に路の上に花を見て、感傷哀咽して、この歌を作るか。

日並皇子尊《ひなみしのみこのみこと》[1]の殯宮《あらきのみや》の時に、柿本朝臣人麻呂の作れる歌一首

并びに短歌

一六七　天地の　初めの時　ひさかたの　天の河原に　八百万《やほよろづ》　千万神《ちよろづかみ》の　神集《つど》ひ　集ひいまして　神はかり　はかりし時に　天照らす　日女《ひるめ》の命《みこと》　一に云ふ「さしあがる　日女の命」　天をば　知らしめすと　葦原の　水穂の国を　天地の　寄り合ひの極み、知らしめす　神の命と　天雲の　八重かき分けて　一に云ふ「天雲の　八重雲分けて」　神下し　いませまつりし　たかてらす　日の皇子は　飛ぶ鳥の　浄《きよみ》の宮に　神ながら　太敷きまして　天皇《すめろき》の　敷きます国と　天の原　石門《いはと》を開き　神上り　上りいましぬ　一に云ふ「神登り　いましにしかば」　我が大君　皇子の尊《みこと》の　天の下　知らしめしせば　はるはなの　貴からむと　もちづきの　たたはしけむと　天の下　一に云ふ「食国《をすくに》」　四方《よも》の人の　おほぶねの　思ひ頼みて　あまつみづ　仰ぎて待つに　いかさまに　思ほしめ

一六五　○二上山―奈良県北葛城郡当麻町の西の山。山頂が二峯に分れている所からこの名がある。高い方の雄岳山頂に大津皇子の墓がある。

一六六　○あしび―つつじ科の常緑低木。奈良地方に特に多く自生し、早春、壺状の花房をたれる。→8・一四二八。

1→1・四九。

一六七　○ひさかたの―枕詞。○天照らす日女の命―天照大神をいう。○さしあがる―枕詞。○葦原の水穂の国―日本の別名。○たかてらす―枕詞。○我が大君皇子の尊―日並皇子を指す。○はるはなの―枕詞。○もちづきの―枕詞。○おほぶねの―枕詞。○あまつみづ―枕詞。○真弓の岡―奈良県高市郡明日香村真弓の地一帯の岡。しかし御陵は同郡高取町佐田大字森の岡にある。○さすたけの―枕詞。

せか　つれもなき　真弓の岡に　宮柱　太敷きいまし　みあらかを　高知りまして　朝言に　み言問はさず　日月の　まねくなりぬれ　そこ故に　皇子の宮人　行くへ知らずも　一に云ふ「さすたけの　皇子の宮人　行くへ知らにす」

反歌二首

一六八　ひさかたの　天《あめ》見るごとく　仰ぎ見し　皇子のみ門《かど》の　荒れまく惜しも

一六九　あかねさす　日は照らせれど　ぬばたまの　夜渡る月の　隠らく惜しも

或本は、件の歌を以て後の皇子尊の殯宮の時の歌の反とす。

或本の歌一首

一七〇　島の宮　勾《まがり》の池の　放ち鳥　人目に恋ひて　池に潜《かづ》かず

皇子尊の宮の舎人等の慟傷《どうしやう》して作れる歌二十三首

一七一　たかひかる　我が日の皇子の　万代に　国知らさまし　島の宮はも

一七二　島の宮　上《うへ》の池なる　放ち鳥　荒びな行きそ　君いまさずとも

一七三　たかひかる　我が日の皇子の　いましせば　島のみ門は　荒れざらましを

一七四　外《よそ》に見し　真弓の岡も　君ませば　常《とこ》つみ門と　侍宿《とのゐ》するかも

一七五　夢《いめ》にだに　見ざりしものを　おほほしく　宮出もするか　左檜隈回《さひのくまみ》を

一七六　天地と　共に終へむと　思ひつつ　仕へまつりし　情違《こころたが》ひぬ

一七七　朝日照る　佐田の岡辺に　群れ居つつ　我が哭《な》く涙　息《や》む時もなし

一六八　○ひさかたの―枕詞。

一六九　○あかねさす―枕詞。○ぬばたまの―枕詞。

一七〇　○島の宮―日並皇子の宮殿「橘の島の宮」ともいわれ、現在、奈良県高市郡飛鳥川の左岸、橘の池にあった宮。シマは庭園の義であるから、立派な林泉をもった宮の義であろう。

一七一　○たかひかる―枕詞。

一七三　○たかひかる―枕詞。

一七四　○真弓の岡→2・一六七。

一七五　○左檜隈―奈良県高市郡明日香村檜隈一帯の地。

一七七　○佐田の岡―真弓の岡のつづきで、高市郡高取町。そこに皇子の御陵がある。

一七八　み立たしの　島を見る時　にはたづみ　流るる涙　止めそかねつる
一七九　橘の　島の宮には　飽かねかも　佐田の岡辺に　侍宿《とのゐ》しに往く
一八〇　み立たしの　島をも家と　住む鳥も　荒びな行きそ　年かはるまで
一八一　み立たしの　島の荒磯を　今見れば　生ひざりし草　生ひにけるかも
一八二　とぐら立て　飼ひしかりの子　巣立ちなば　真弓の岡に　飛び帰り来ね
一八三　我がみ門　千代とことばに　栄えむと　思ひてありし　我し悲しも
一八四　東《ひむがし》の　多芸《たぎ》のみ門に　侍《さもら》へど　昨日も今日も　召す言もなし
一八五　みなつたふ　磯の浦回《うらみ》の　岩つつじ　もく咲く道を　またも見むかも
一八六　一日には　千度《ちたび》参りし　東の　大きみ門を　入りかてぬかも
一八七　つれもなき　佐田の岡辺に　帰り居《ゐ》ば　島のみ橋に　誰か住まはむ
一八八　朝ぐもり　日の入り行けば　み立たしの　島に下り居て　嘆きつるかも
一八九　朝日照る　島のみ門に　おほほしく　人音もせねば　まうら悲しも
一九〇　まきばしら　太き心は　ありしかど　この我が心　鎮《しづ》めかねつも
一九一　けころもを　時かたまけて　出でましし　宇陀の大野は　思ほえむかも
一九二　朝日照る　佐田の岡辺に　鳴く鳥の　夜泣き反《かへ》らふ　この年ころを
一九三　はたこらが　夜昼といはず　行く道を　我はことごと　宮道にぞする

右、日本紀に曰く、「三年己丑夏四月、癸未朔の乙未に薨ず」と。

柿本朝臣人麻呂、泊瀬部皇女《はつせべのひめみこ》[1]と忍壁皇子《おさかべのみこ》[2]とに献る歌一首　并びに短歌

一七八　〇にはたづみ―枕詞。

一八二　〇かり―がんおう科の渡り鳥。

一八五　〇みなつたふ―枕詞。〇岩つつじ―岩辺に咲くツツジ。ツツジは、つつじ科の常緑または落葉灌木。

一九〇　〇まきばしら―枕詞。

一九一　〇けころもを―枕詞。〇宇陀の大野―奈良県宇陀郡大字宇陀町一帯の野。

1―天武天皇の皇女。母は宍人臣大麻呂の娘、檝媛娘。忍壁皇子・多紀皇女らと同母。川島皇子の妃。
2―忍坂部・刑部とも記す。天武天皇の第九皇子。母は宍人臣大麻呂の娘、檝媛娘・泊瀬部皇女・多紀皇女らと同母。

一九四　とぶとりの　明日香の河の　上つ瀬に　生ふる玉藻は　下つ瀬に　流れ触らばふ　玉藻なす　か寄りかく寄り　なびかひし　嬬《つま》の命《みこと》の　たたなづく　柔膚《にきはだ》すらを　つるぎたち　身に副《そ》へ寝ねば　ぬばたまの　夜床も荒るらむ　一に云ふ「荒れなむ」　そこ故に　慰めかねて　けだしくも　逢ふやと思ひて　一に云ふ「君も逢ふやと」　たまだれの　越智の大野の　朝露に　たま裳はひづち　夕霧に　衣は濡れて　くさまくら　旅寝かもする　逢はぬ君故

反歌一首

一九五　しきたへの　袖交《か》へし君　たまだれの　越智野過ぎ行く　またも逢はめやも　一に云ふ「越智野に過ぎぬ」

右、或本に曰く、「川島皇子《1かはしまのみこ》を越智野に葬《はふ》る時に、泊瀬部皇女に、献る歌なり」と。日本紀に云はく、「朱鳥五年、辛卯の秋九月己巳朔の丁丑浄大参《じやうだいさん》皇子川島薨ず」と。

明日香皇女《2あすかのひめみこ》の城の上の殯宮《3あらきのみや》の時に、柿本朝臣人麻呂の作れる歌一首　并びに短歌

一九六　とぶとりの　明日香の河の　上つ瀬に　石橋渡し　一に云ふ「石なみ」　下つ瀬に　打橋渡す　石橋に　一に云ふ「石なみに」　生ひなびける　玉藻もぞ　絶ゆれば生ふる　打橋に　生ひをれる　川藻もぞ　枯るれば生ゆる　なにしかも　我が大君の　立たせば　玉藻のもころ　臥《こ》やせば　川藻の

一九四　○とぶとりの—枕詞。○とぶとりの……たまもなす—序詞。○たたなづく—枕詞。○つるぎたち—枕詞。○ぬばたまの—枕詞。○たまだれの—枕詞。○越智—奈良県高市郡高取町越智。○くさまくら—枕詞。

一九五　○しきたへの—枕詞。　○たまだれの—枕詞。

1→1・三四。

2天智天皇の皇女。母は左大臣阿倍倉梯麻呂の娘、橘娘。忍壁皇子の妃。文武四年(七〇〇)浄広肆の位で没。

3奈良県北葛城郡広陵町あたりか。

一九六　○とぶとりの—枕詞。○しきたへの—枕詞。○みけむかふ—枕詞。○かがみなす—枕詞。○もちづきの—枕詞。○あぢさはふ—枕詞。○ぬえどりの—枕詞。ぬえどりは、つぐみ科のトラツグミ。深林に住み春から夏にかけて夜などに鳴く。声は口笛のようで悲しい。○あさとりの—枕詞。○あさぎりの—枕詞。○なつくさの—枕詞。○ゆふつづの—枕詞。○おほぶねの—枕詞。

ごとく　なびかひの　宜《よろ》しき君が　朝宮を　忘れたまふや　夕宮を　背《そむ》きたまふや　うつそみと　思ひし時に　春べには　花折りかざし　秋立てば　もみち葉かざし　しきたへの　袖たづさはり　かがみなす　見れども飽かず　もちづきの　いやめづらしみ　思ほしし　君と時々　出でまして　遊びたまひし　みけむかふ　城の上の宮を　常宮《とこみや》と　定めたまひて　あぢさはふ　目言《めこと》も絶えぬ　然れかも　一に云ふ「そこをしも」　あやに悲しみ　ぬえどりの　片恋づま　一に云ふ「しつつ」　あさとりの　一に云ふ「あさぎりの」　通はす君が　なつくさの　思ひしなえて　ゆふつづの　か行きかく行き　おほぶねの　たゆたふ見れば　慰もる　心もあらず　そこ故に　せむすべ知れや　音のみも　名のみも絶えず　天地の　いや遠長く　偲《しの》ひ行かむ　み名にかかせる　明日香河　万代《よろづよ》までに　はしきやし　我が大君の　形見《かたみ》にここを

短歌二首

一九七　明日香川　しがらみ渡し　塞《せ》かませば　流るる水も　のどにかあらまし
一に云ふ「水の　よどにかあらまし」

一九八　あすかがは　明日だに　一に云ふ「さへ」　見むと　思へやも　一に云ふ「思へかも」　我が大君の　み名忘れせぬ　一に云ふ「み名忘らえぬ」

[1]高市皇子尊の城の上の殯宮の時に、柿本朝臣人麻呂の作れる歌一首　并びに短歌

一九八　○あすかがは―枕詞。

1→2・一一四。

一九九　かけまくも　ゆゆしきかも　一に云ふ「ゆゆしけれども」　言はまくも　あやに恐《かしこ》き　明日香の　真神の原に　ひさかたの　天つみ門を　恐くも　定めたまひて　神さぶと　岩隠《いはがく》ります　やすみしし　我が大君の　聞こしめす背面《そとも》の国の　真木立つ　不破山越えて　こまつるぎ　和射見《わざみ》が原の　行宮《かりみや》に　天降《あも》りいまして　天の下　治めたまひ　一に云ふ「払ひたまひて」　食国《をすくに》を　定めたまふと　とりがなく　東《あづま》の国の　み軍士《いくさ》を　召したまひて　ちはやぶる　人を和《やは》せと　まつろはぬ　国を治めと　一に云ふ「払へと」　皇子ながら　任《ま》けたまへば　おほみ身に　大刀《たち》取り佩《は》かし　おほみ手に　弓取り持たし　み軍士《いくさ》を　あどもひたまひ　整ふる　鼓の音は　雷《いかづち》の　声と聞くまで　吹き鳴せる　小角《くだ》の音も　一に云ふ「笛の音は」　あたみたる　虎か吼《ほ》ゆると　諸人《もろひと》の　おびゆるまでに　一に云ふ「置き惑ふまで」　ささげたる　旗のなびきは　ふゆごもり　春さり来れば　野ごとに　つきてある火の　一に云ふ「ふゆごもり　春野焼く火の」　風のむた　なびかふごとく　取り持てる　弓弭《ゆはず》の騒き　み雪降る　冬の林に　一に云ふ「木綿《ゆふ》の林」　つむじかも　い巻き渡ると　思ふまで　聞きの恐く　一に云ふ「諸人の　見惑ふまでに」　引き放つ　矢のしげけく　おほゆきの　乱れて来れ　一に云ふ「あられなす　そちより来れば」　まつろはず　立ち向かひしも　つゆしもの　消なば消ぬべく　ゆくとりの　争ふはしに　一に云ふ「あさしもの　消なば消と言ふに　うつせみと　争ふはしに」　渡会の　斎宮《いつきのみや》ゆ　神風に　い吹

一九九　○真神の原―奈良県高市郡明日香村の飛鳥寺を中心とした一帯の地。○ひさかたの―枕詞。○やすみしし―枕詞。○不破山―岐阜県不破郡と滋賀県坂田郡との境の山。○こまつるぎ―枕詞。○和射見が原―岐阜県不破郡関ケ原町関ケ原。一説に不破郡青野が原。○とりがなく―枕詞。○ちはやぶる―枕詞。○東の国―東国地方の総称。○虎―ねこ科のチョウセントラ。当時毛皮は輸入されたが実物は渡来しておらず絵画などによって知られたのみである。○ふゆごもり―枕詞。○おほゆきの―枕詞。○あられなす―枕詞。○つゆしもの―枕詞。○ゆくとりの―枕詞。○あさしもの―枕詞。○渡会の斎宮―三重県伊勢市の伊勢神宮。○やすみしし―枕詞。○ゆふはなの―枕詞。○さすたけの―枕詞。○しろたへの―枕詞。○埴安―奈良県橿原市の東部、香具山西麓あたりの地。○あかねさす―枕詞。○ししじもの―枕詞。○ぬばたまの―枕詞。○うづらなす―枕詞。うづらは、きじ科の鳥。古くは人家の近くまで来て住んだらしい。○はるとりの―枕詞。○ことさへく―枕詞。○百済の原―奈良県北葛城郡広陵町百済のあたり。橿原市高殿の藤原宮朝堂院跡のあたりの東百済・西百済付近とする説もある。○あさもよし―枕詞。○たまだすき―枕詞。

き惑はし　天雲を　日の目も見せず　常闇に　覆《おほ》ひたまひて　定めてし水穂の国を　神ながら　太敷きまして　やすみしし　我が大君の　天の下奏《まを》したまへば　万代に　然《しか》しもあらむと　一に云ふ「かくしもあらむと」　ゆふはなの　栄ゆる時に　我が大君　皇子のみ門を　一に云ふ「さすたけの　皇子のみ門を」　神宮に　装《よそ》ひまつりて　使はしし　み門の人も　しろたへの　麻衣着て　埴安《はにやす》の　み門の原に　あかねさす　日のことごと　ししじもの　い這《は》ひ伏しつつ　ぬばたまの　夕に至れば　大殿を　振り放け見つつ　うづらなす　い這ひもとほり　侍《さもら》へど　侍ひえねば　はるとりの　さまよひぬれば　嘆きも　いまだ過ぎぬに　思ひも　いまだ尽きねば　ことさへく　百済《くだら》の原ゆ　神葬《かむはぶ》り　葬りいませて　あさもよし　城の上の宮を　常宮と　高くしたてて　神ながら　しづまりましぬ　然れども　我が大君の　万代と　思ほしめして　作らしし　香具山の宮　万代に　過ぎむと思へや　天のごと　振り放け見つつ　たまだすき　かけて偲はむ　恐くありとも

短歌二首

二〇〇　ひさかたの　天知らしぬる　君故に　日月も知らず　恋ひ渡るかも

二〇一　埴安の　池の堤の　隠《こも》り沼《ぬ》の　行くへを知らに　舎人《とねり》は惑ふ

或書の反歌一首

二〇〇　○ひさかたの―枕詞。

二〇一　○第一・二・三句―序詞。

二〇二　泣沢《なきさは》の　神社《もり》に神酒《みわ》据ゑ　祈れども　我が大君は　高日知らしぬ

右の一首は、[1]類聚歌林に曰く、「[2]檜隈女王《ひのくまのおほきみ》、泣沢神社を怨むる歌なり」と。日本紀を案ふるに云はく、「十年丙申の秋七月、辛丑朔の庚戌に、後の皇子尊薨ず」と。

[3]但馬皇女《たぢまのひめみこ》の薨じて後に、[4]穂積皇子《ほづみのみこ》、冬の日雪の降るに、み墓を遥かに望み、悲傷流涕《ひしやうりうてい》して作らす歌一首

二〇三　降る雪は　あはにな降りそ　吉隠《よなばり》の　猪養《ゐかひ》の岡の　寒からまくに

[5]弓削皇子の薨ずる時に、[6]置始東人《おきそめのあづまひと》の作れる歌一首　并びに短歌

二〇四　やすみしし　我が大君　たかひかる　日の皇子　ひさかたの　天つ宮に　神ながら　神といませば　そこをしも　あやに恐み　昼はも　日のことごと　夜はも　夜のことごと　臥し居嘆けど　飽き足らぬかも

反歌一首

二〇五　大君は　神にしませば　天雲の　五百重《いほへ》の下《した》に　隠《かく》りたまひぬ

また短歌一首

二〇六　楽浪《ささなみ》の　滋賀さざれ波　しくしくに　常にと君が　思ほせりける

柿本朝臣人麻呂、妻の死にし後に、泣血哀慟《きふけつあいどう》して作れる歌二首　并びに短歌

二〇七　あまとぶや　軽の道は　我妹子が　里にしあれば　ねもころに　見まく欲しけど　やまず行かば　人目を多み　まねく行かば　人知りぬべみ

二〇二　◯泣沢の神社―奈良県橿原市木之本町。
1→1・六。
2―伝未詳。高市皇子の娘か。

3→2・一一四。
4→2・一一四。
5→2・一一一。

二〇三　◯吉隠―奈良県桜井市吉隠。◯猪養の岡―未詳。奈良県桜井市吉隠にあった山。同市角柄の国木山一帯という説もある。
6―伝未詳。

二〇四　◯やすみしし―枕詞。◯たかひかる―枕詞。◯ひさかたの―枕詞。

二〇六　◯第一・二句―序詞。

二〇七　◯あまとぶや―枕詞。◯軽―橿原市大軽、見瀬、石川、五条野諸町一帯の地。

さねかづら　後も逢はむと　おほぶねの　思ひ頼みて　たまかぎる　岩垣淵の　隠《こも》りのみ　恋ひつつあるに　渡る日の　暮れゆくがごと　照る月の　雲隠るごと　おきつもの　なびきし妹は　もみちばの　過ぎて去《い》にきと　たまづさの　使ひの言へば　あづさゆみ　音に聞きて　一に云ふ「音のみ聞きて」　言はむすべ　せむすべ知らに　音のみを　聞きてありえねば　我が恋ふる　千重の一重も　慰もる　心もありやと　我妹子が　止まず出で見し　軽の市に　我が立ち聞けば　たまだすき　畝傍の山に　鳴く鳥の　声も聞こえず　たまほこの　道行き人も　ひとりだに　似てし行かねば　すべをなみ　妹が名呼びて　袖そ振りつる　或本には、「名のみを　聞きてありえねば」という句あり。

短歌二首

二〇八　秋山の　もみちをしげみ　惑ひぬる　妹を求めむ　山路知らずも　一に云ふ「道知らずして」

二〇九　もみち葉の　散り行くなへに　たまづさの　使ひを見れば　逢ひし日思ほゆ

二一〇　うつせみと　思ひし時に　一に云ふ「うつそみと　思ひし」　取り持ちて　我が二人見し　走り出の　堤に立てる　つきの木の　こちごちの枝の　春の葉の　しげきがごとく　思へりし　妹にはあれど　頼めりし　児らにはあれど　世間《よのなか》を　背《そむ》きしえねば　かぎろひの　もゆる荒野に　しろたへの

○さねかづら—枕詞。○おほぶねの—枕詞。○たまかぎる—枕詞。○たまかぎる岩垣淵の—序詞。○おきつもの—枕詞。○もみちばの—枕詞。○たまづさの—枕詞。○あづさゆみ—枕詞。○たまだすき—枕詞。○畝傍の山—大和三山の一。奈良県橿原市畝傍町の地。○たまだすき…鳴く鳥の—序詞。○たまほこの—枕詞。

二〇九　○たまづさの—枕詞。

二一〇　○つきの木—にれ科の落葉喬木ケヤキの一種。一説にケヤキの古名。○しろたへの—枕詞。○とりじもの—枕詞。○いりひなす—枕詞。○まくらづく—枕詞。○おほとりの—枕詞。おほとりは、ワシツルなどの鳥の大型。○羽易の山—未詳。天理市中山の東方の竜王山か。一説に奈良市の春日の地の山。○たまかぎる—枕詞。

天領巾《あまひれ》隠り　とりじもの　朝立ちいまして　いりひなす　隠りにしかば
我妹子が　形見に置ける　みどり子の　乞ひ泣くごとに　取り与ふる
ものしなければ　をとこじもの　わきばさみ持ち　我妹子と　二人我が
寝し　まくらづく　つま屋のうちに　昼はも　うらさび暮らし　夜はも
息づき明かし　嘆けども　せむすべ知らに　恋ふれども　逢ふよしをな
み　おほとりの　羽易《はがひ》の山に　我が恋ふる　妹はいますと　人の言へば
岩根さくみて　なづみ来し　良けくもそなき　うつせみと　思ひし妹が
たまかぎる　ほのかにだにも　見えなく思へば

短歌二首

二一一　去年《こぞ》見てし　秋の月夜は　照らせども　相見し妹は　いや年離《さか》る

二一二　ふすまぢを　引手の山に　妹を置きて　山路を行けば　生けりともなし

或本の歌に曰く

二一三　うつそみと　思ひし時に　たづさはり　我が二人見し　出で立ちの　百《もも》
枝《え》つきの木　こちごちに　枝させるごと　春の葉の　しげきがごとく
思へりし　妹にはあれど　頼めりし　妹にはあれど　世間《よのなか》を　背《そむ》きしえ
ねば　かぎろひの　もゆる荒野に　しろたへの　天領巾《あまひれ》隠り　とりじも
の　朝立ちい行きて　いりひなす　隠りにしかば　我妹子が　形見に置
ける　みどり子の　乞ひ泣くごとに　取り委《まか》す　物しなければ　をとこじ
もの　わきばさみ持ち　我妹子と　二人我が寝し　まくらづく　つま屋の

二一二　○ふすまぢを―枕詞。○引手の山―未詳。

二一三　○しろたへの―枕詞。○とりじもの―枕詞。○いりひなす―枕詞。○まくらづく―枕詞。○おほとりの―枕詞。

うちに　昼は　うらさび暮らし　夜は　息づき明かし　嘆けども　せむすべ知らに　恋ふれども　逢ふよしをなみ　おほとりの　羽易《はがひ》の山に　汝が恋ふる　妹はいますと　人の言へば　岩根さくみて　なづみ来し　良けくもぞなき　うつそみと　思ひし妹が　灰にていませば

短歌三首

二一四　去年《こぞ》見てし　秋の月夜は　渡れども　相見し妹は　いや年離《さか》る

二一五　ふすまぢを　引出の山に　妹を置きて　山路思ふに　生けるともなし

二一六　家に来て　我が屋を見れば　たま床《どこ》の　外《ほか》に向きけり　妹が木枕《こまくら》

1吉備津采女《きびのつのうねめ》の死にし時に、柿本朝臣人麻呂の作れる歌一首　并びに短歌

二一七　あきやまの　したへる妹　なよたけの　とをよる児らは　いかさまに　思ひ居れか　たくなはの　長き命を　露こそば　朝に置きて　夕には　消ゆといへ　霧こそば　夕に立ちて　朝には　失《う》すといへ　あづさゆみ　音聞く我も　おほに見し　こと悔しきを　しきたへの　手枕《たまくら》まきて　つるぎたち　身に副《そ》へ寝けむ　わかくさの　その夫《つま》の児は　さぶしみか　思ひて寝らむ　悔しみか　思ひ恋ふらむ　時ならず　過ぎにし児らが　朝露のごと　夕霧のごと

短歌二首

二一八　楽浪《ささなみ》の　滋賀津《しがつ》の児らが　一に云ふ「滋賀の津の児が」　罷《まか》り道の　川瀬の道

二一五　〇ふすまぢを—枕詞。

1—吉備国の津郡（岡山県都窪郡）出身の采女の意。

二一七　〇あきやまの—枕詞。〇なよたけの—枕詞。たけは、いね科の竹の総称。〇たくなはの—枕詞。たくは、くわ科の落葉灌木コウゾの古名。〇あづさゆみ—枕詞。〇しきたへの—枕詞。〇つるぎたち—枕詞。〇わかくさの—枕詞。

二一八　〇滋賀津—滋賀県大津市の港。

を　見ればさぶしも

二一九　そらかぞふ　大津の児が　逢ひし日に　おほに見しくは　今ぞ悔しき

[1]讃岐の狭岑の嶋にして、石の中の死人を見て、柿本朝臣人麻呂の作れる歌一首　并びに短歌

二二〇　たまもよし　讃岐の国は　国からか　見れども飽かぬ　神からか　ここだ貴き　天地　日月と共に　足り行かむ　神のみ面と　継ぎ来る　中の水門《みなと》ゆ　舟浮けて　我が漕ぎ来れば　時つ風　雲居に吹くに　沖見れば　とゐ浪立ち　辺見れば　白浪さわく　いさなとり　海を恐《かしこ》み　行く舟の　梶引き折りて　をちこちの　島は多けど　名ぐはし　狭岑《さみね》の嶋の　荒磯《ありそ》面《も》に　廬《いほ》りて見れば　浪の音の　しげき浜辺を　しきたへの　枕になして　荒床に　ころ臥《ふ》す君が　家知らば　往きても告げむ　妻知らば　来も問はましを　たまほこの　道だに知らず　おほほしく　待ちか恋ふらむ　愛《は》しき妻らは

反歌二首

二二一　妻もあらば　摘みて食《た》げまし　沙弥《さみ》の山　野の上のうはぎ　過ぎにけらずや

二二二　沖つ波　来寄する荒磯《ありそ》を　しきたへの　枕とまきて　寝《な》せる君かも

柿本朝臣人麻呂、石見国に在りて死に臨む時に、自ら傷みて作れる歌一首

二一九　○そらかぞふ—枕詞。○大津—滋賀県大津市の地。
1—香川県坂出市沙弥島。

二二〇　○たまもよし—枕詞。○中の港—讃岐国那珂郡の湊。香川県丸亀市金倉町・中津町あたりの金倉川河口。○いさなとり—枕詞。○しきたへの—枕詞。○たまほこの—枕詞。

二二一　○沙弥の山—香川県坂出市沙弥島にある山。○うはぎ—ヨメナ。キク科の多年生草本。秋に淡黄色の頭状花を開く。

二二二　○しきたへの—枕詞。

三三三　鴨山の　磐根《いはね》しまける　我をかも　知らにと妹が　待ちつつあるらむ

柿本朝臣人麻呂の死ぬる時に、妻依羅娘子《よさみのをとめ》の作れる歌二首

三三四　今日今日と　我が待つ君は　石川の　貝に　一に云ふ「谷に」　交じりて　ありといはずやも

三三五　直《ただ》に逢はば　逢ひかつましじ　石川に　雲立ち渡れ　見つつ偲《しの》はむ

丹比真人《たぢひのまひと》[1]　名欠けたり、柿本朝臣人麻呂の心をあてはかりて、報《こた》ふる歌一首

三三六　荒浪に　寄り来る玉を　枕に置き　我ここにありと　誰か告げけむ

或本の歌に曰く

三三七　あまざかる　鄙《ひな》の荒野に　君を置きて　思ひつつあれば　生けるともなし

右の一首の歌は、作者未だ詳らかならず。ただし、古本この歌を以てこの次に載す。

寧楽の宮[2]

和銅四年、歳次辛亥、河辺宮人《かはべのみやひと》[3]、姫島[4]の松原に娘子の屍《かばね》を見て、悲嘆して作れる歌二首

三三八　妹が名は　千代に流れむ　姫島の　小松がうれに　こけ生《む》すまでに

三三九　難波潟　潮干なありそね　沈みにし　妹が光儀《すがた》を　見まく苦しも

霊亀元年、歳次乙卯の秋九月、志貴親王[5]の薨ずる時に作れる歌一

三三三　○鴨山—未詳。諸説ある。島根県邑智郡邑智町湯抱の鴨山説。浜田市内の城山(亀山)説。益田市高津の鴨島説など。

三三四　○石川—未詳。諸説ある。島根県邑智郡の江ノ川説。高津川説。浜田川説など。

1—伝未詳。一説に県守か笠麻呂か。

三三七　○あまざかる—枕詞。

2—平城京の皇居。奈良市佐紀町の南に大極殿跡がある。

3—伝未詳。人名ではなく、飛鳥の川原宮の宮人か。

4—未詳。大阪市西淀川区姫島町説など諸説ある。

三三八　○苔—ゼニゴケ・スギゴケなど苔類の総称。

三三九　○難波潟—難波の海浜。

5→1・五一。

首　并びに短歌

二三〇　梓弓　手に取り持ちて　ますらをの　さつ矢《や》手挾《たばさ》み　立ち向かふ　高円《たかまと》山に　春野焼く　野火と見るまで　燃ゆる火を　いかにと問へば　たまほこの　道来る人の　泣く涙　こさめに降れば　しろたへの　衣ひづちて　立ち留まり　我に語らく　なにしかも　もとなとぶらふ　聞けば　哭のみし泣かゆ　語れば　心そ痛き　天皇《すめろき》の　神の皇子《みこ》の　出でましの　手火《たひ》の光そ　ここだ照りたる

短歌二首

二三一　高円の　野辺の秋萩　いたづらに　咲きか散るらむ　見る人なしに

二三二　三笠山　野辺往く道は　こきだくも　しげく荒れたるか　久にあらなくに

右の歌は笠朝臣金村《かさのあそみかなむら》[1]の歌集に出でたり。

或本の歌に曰く

二三三　高円の　野辺の秋萩　な散りそね　君が形見に　見つつ偲はむ

二三四　三笠山　野辺ゆ行く道　こきだくも　荒れにけるかも　久にあらなくに

萬葉集巻第二

二三〇 〇梓弓…立ち向かふ―序詞。〇高円山―奈良市の東部、春日山の南の山。〇たまほこの―枕詞。〇しろたへの―枕詞。

二三二 〇三笠山―奈良市東部、春日大社後方の御蓋山。

1―万葉集編纂の時材料となった。万葉集巻三・六・九の「金村歌中」「金村歌集」とあるものと同類であろう。ほぼ金村自作の歌か。金村については伝未詳。

萬葉集巻第三

雑歌

[1]天皇《すめらみこと》、[2]雷《いかづち》の丘に出でます時に、[3]柿本朝臣人麻呂《かきのもとのあそみひとまろ》の作れる歌一首

二三五　大君は　神にしませば　天雲《あまくも》の　雷の上に　廬《いほ》らせるかも

右、或本に云ふ、[4]忍壁皇子《おさかべのみこ》に献《たてまつ》れるなりと。その歌に曰く、「大君は　神にしませば　くもがくる　雷山《いかづちやま》に　宮敷きいます」

天皇、[5]志斐嫗《しひのおみな》に賜ふ御歌《おほみうた》一首

二三六　不聴《いな》と言へど　強《し》ふる志斐《しひ》のが　強《し》ひ語《かた》り　このころ聞かずて　朕《われ》恋ひにけり

志斐嫗の和《こた》へ奉《まつ》る歌一首　嫗の名未だ詳《つばひ》らかならず

二三七　不聴《いな》と言へど　語れ語れと　詔《の》らせこそ　志斐いは奏《まを》せ　強ひ語りと言ふ

[6]長忌寸奥麻呂《ながのいみきおきまろ》、詔《みことのり》に応《こた》ふる歌一首

二三八　大宮の　内まで聞こゆ　網引《あびき》すと　網子《あご》ととのふる　海人《あま》の呼び声

右の一首

[7]長皇子《ながのみこ》、[8]猟路《かりぢ》の池に遊《いでま》しし時に、柿本朝臣人麻呂《かきのもとのあそみひとまろ》の作れる歌一首
并びに短歌

1—人麻呂は天武、持統、文武の三天皇に仕えているが、ここは一般に持統天皇をさすものと推定されている。↓八頁。
2—奈良県高市郡明日香村にある小丘。神岡ともいう。↓2・一五九。
3↓1・二九。
二三五 ○大君は神にしませば—天皇を現人神として尊び、その威力を讃えていう当時の慣用句。
4↓2・一九四。
5—志斐は氏、名は未詳。嫗は老女の義。伝未詳。
二三六 ○強ひ語り—強制する話。本来は戯れのこじつけ話のことか。
6↓1・五七。
二三八 ○網子—網主に雇われて網を引く人。
7↓1・六〇。
8—所在未詳。奈良県桜井市鹿路の地か。

二三九　やすみしし　我が大君　たかひかる　我が日の皇子《みこ》の　うま並《な》めて　み狩
立たせる　わかこもを　猟路の小野《をの》に　ししこそば　い這《は》ひ拝《をろが》め　うづ
らこそ　い這ひもとほれ　ししじもの　い這ひ拝み　うづらなす　い這
ひもとほり　恐《かしこ》みと　仕へまつりて　ひさかたの　天《あめ》見るごとく　まそ
かがみ　仰ぎて見れど　はるくさの　いやめづらしき　我が大君かも

反歌一首

二四〇　ひさかたの　天《あま》ゆく月を　網《あみ》に刺し　我が大君は　蓋《きぬがさ》にせり

或本の反歌一首

二四一　大君は　神にしませば　真木《まき》の立つ　荒山中《あらやまなか》に　海をなすかも

[1]弓削皇子《ゆげのみこ》、[2]吉野に出でます時の御歌一首

二四二　滝の上の　三船の山に　居る雲の　常にあらむと　我が思はなくに

[3]春日王《かすがのおほきみ》の和《こた》へ奉《まつ》る歌一首

二四三　大君は　千歳《ちとせ》にまさむ　白雲も　三船の山に　絶ゆる日あらめや

或本の歌一首

二四四　み吉野の　三船の山に　立つ雲の　常にあらむと　我が思はなくに

右の一首、[4]柿本朝臣人麻呂《かきのもとのあそみひとまろ》の歌集に出づ。

[5]長田王《ながたのおほきみ》、[6]筑紫《つくし》に遣《つか》はされて、[7]水島《みづしま》に渡る時の歌二首

二四五　聞くがごと　まこと貴《たふと》く　奇《くす》しくも　神《かむ》さび居るか　これの水島

二四六　葦北《あしきた》の　野坂の浦ゆ　舟出して　水島に行かむ　浪立つなゆめ

二三九　○やすみしし―枕詞。○たかひかる―枕詞。○わかこもを―枕詞。○ししじもの―枕詞。○うづらなす―枕詞。○ひさかたの―枕詞。○まそかがみ―枕詞。○はるくさの―枕詞。

二四〇　○ひさかたの―枕詞。○蓋にせり―キヌガサは貴人の後ろからさしかける傘。夜空に輝く月を蓋に見立てた表現。

1―天武天皇の第六皇子。母は大江皇女、長皇子の同母弟↓2・一一一。
2―奈良県吉野郡吉野町。ただし、宮滝を中心とした一帯の地をさす場合が多い。
二四二　○三船の山―吉野町菜摘の南東の山で船岡山とも呼ばれる。○第一・二・三句―序詞。
3―文武天皇三年（六九九）六月、浄大肆（従四位上に相当）で没した。同名の別人もいる。↓4・六六九。

二四四　○第一・二・三句―序詞。
4↓7・一〇六八。
5↓1・八一。
6―九州地方の総称。筑前、筑後の総称としても用いる。
7―熊本県八代市植柳の南西部を流れる球磨川の分流である南川河口にある小島。大鼠蔵島とする説もある。
二四六　○葦北―熊本県芦北郡および水俣市の地。○野坂の浦―所在未詳。

[1]石川大夫《いしかはのまへつきみ》の和《こた》ふる歌一首　名欠けたり

二四七　沖つ浪　辺波《へなみ》立つとも　我が背子《せこ》が　み舟の泊まり　波立ためやも

右、今案《かむが》ふるに、従四位下[2]石川宮麻呂朝臣《いしかはのみやまろのあそみ》、慶雲《きやううん》年中に大弐《だいに》に任ず。また正五位下[3]石川朝臣吉美侯《いしかはのあそみきみこ》、神亀《じんき》年中に少弐《せうに》に任ず。両人のいづれがこの歌を作るかを知らず。

また、長田王の作れる歌一首

二四八　隼人《はやひと》の　薩摩《さつま》の瀬戸《せと》を　くもゐなす　遠くも我は　今日見つるかも

柿本朝臣人麻呂の羈旅《たび》の歌八首

二四九　三津の崎　浪を恐《かしこ》み　隠《こも》り江の　舟公宣奴嶋尓

二五〇　たまもかる　敏馬《みぬめ》を過ぎて　なつくさの　野島《のしま》が崎に　舟近づきぬ

一本に云ふ「處女《をとめ》を過ぎて　なつくさの　野島が崎に　廬《いほ》りす我は」

二五一　淡路《あはぢ》の　野島《のしま》が崎の　浜風に　妹《いも》が結びし　紐《ひも》吹き返す

二五二　あらたへの　藤江の浦に　すずき釣る　白水郎《あま》とか見らむ　旅行く我を

一本に云ふ「しろたへの　藤江の浦に　いざりする」

二五三　稲日野《いなびの》も　去《ゆ》き過ぎかてに　思へれば　心恋《こほ》しき　加古《かこ》の島見ゆ　一に云ふ「水門《みと》見ゆ」

二五四　ともしびの　明石大門《あかしおほと》に　入らむ日や　漕ぎ別れなむ　家のあたり見ず

二五五　あまざかる　鄙《ひな》の長道《ながち》ゆ　恋ひ来れば　明石の門《と》より　大和島見ゆ　一に云ふ「家のあたり見ゆ」

1—不明。左注に記される宮麻呂、吉美侯のほかに、石川朝臣足人(→4・五四九)も擬せられている。
2—大臣大紫石川連子の子。和銅六(七一三)年、右大弁従三位で没。
3—号を少郎子という。播磨守、兵部大輔、侍従などを歴任、風流侍従のひとりに数えられる。

二四八 〇薩摩の瀬戸—鹿児島県出水郡の長島と阿久根市黒之浜との間の海峡。〇くもゐなす—枕詞。

二四九 〇三津の崎—難波の港の尖端。〇第四・五句—定訓を得ない。

二五〇 〇たまもかる—枕詞。〇敏馬—神戸市灘区岩屋の地。〇なつくさの—枕詞。〇野島が崎—兵庫県津名郡北淡町野島、淡路島の北西端。〇処女—所在未詳。〇なつくさの—枕詞。

二五二 〇あらたへの—枕詞。〇藤江の浦—兵庫県明石市藤江付近の海岸。〇しろたへの—枕詞。〇すずき—はた科。幼魚はセイゴ・フッコなどという。

二五三 〇稲日野—兵庫県加古川市・加古郡・明石市にかけての一帯。〇加古の島—所在未詳。加古川の河口にあった島か。

二五四 〇ともしびの—枕詞。〇明石大門—明石海峡。

二五五 〇あまざかる—枕詞。〇明石の門—明石市の明石海峡。

二五六　飼飯《けひ》の海の　庭良くあらし　かりこもの　乱れて出づ見ゆ　海人《あま》の釣舟

一本に云ふ「武庫の海　舟《ふな》にはならし　いざりする　海部《あま》の釣舟　波の上ゆ見ゆ」

鴨君足人《かものきみたりひと》[1]の香具山《かぐやま》[2]の歌一首　并びに短歌

二五七　あもりつく　天《あめ》の香具山　霞立つ　春に至れば　松風に　池浪立ちて　さくら花　木《こ》の暗茂《くれしげ》に　沖辺《おきへ》には　かも妻呼ばひ　辺《へ》つへに　あぢ群《むら》騒き　ももしきの　大宮人の　退《まか》り出て　遊ぶ舟には　梶棹《かぢさを》も　なくてさぶしも　漕ぐ人なしに

反歌二首

二五八　人漕がず　あらくも著《しる》し　潜《かづ》きする　をしとたかべと　舟の上に住む

二五九　何時《いつ》の間《ま》も　神《かむ》さびけるか　香具山《かぐやま》の　ほこすぎが本に　こけ生《む》すまでに

或本の歌に云ふ

二六〇　あもりつく　神の香具山　うちなびく　春さり来れば　桜花　木《こ》の暗《くれ》しげに　松風に　池浪立ち　辺《へ》つへには　あぢ群《むら》騒き　沖辺《おきへ》には　かも妻呼ばひ　ももしきの　大宮人の　退《まか》り出て　漕ぎける舟は　棹梶《さをかぢ》もなく　てさぶしも　漕がむと思へど

右、今案《かむが》ふるに、奈良に遷都《せんと》[3]したる後に、旧《ふ》りぬるをあはれびてこの歌を作るか。

二五六　○飼飯の海—淡路島西岸、兵庫県三原郡西淡町松帆の慶野松原の海浜。○かりこもの—枕詞。こもは、いね科の多年生草本。○武庫の海—兵庫県の武庫川河口付近の海。

1—伝未詳。

2→1・二。

二五七　○あもりつく—枕詞。○さくら—いばら科のサクラの総称。○かも→1・六四。○あぢ—がんおう科の水鳥。雄の頭部に巴型の斑があり、トモエガモ、アジガモとも。○ももしきの—枕詞。

二五八　○をし—おしどり。○たかべ—鴨に似て小さく、背中に模様がある鳥。今のコガモ。

二五九　○ほこすぎ—桙の刃先のような形に茂り立つ杉の木。

二六〇　○あもりつく—枕詞。○うちなびく—枕詞。○ももしきの—枕詞。

3—和銅三年（七一〇）三月、都を奈良に移す。

柿本朝臣人麻呂《かきのもとのあそみひとまろ》、[1]新田部皇子《にひたべのみこ》に献《たてまつ》る歌一首　并びに短歌

二六一　やすみしし　我が大君　たかてらす　日の皇子《みこ》　しきいます　大殿の上に　ひさかたの　天伝《あまづた》ひ来る　ゆきじもの　行き通ひつつ　いや常世《とこよ》まで

反歌一首

二六二　矢釣山《やつりやま》　木立《こだち》も見えず　降りまがふ　雪驪朝楽毛

[2]近江国《あふみのくに》より上り来る時に、[3]刑部垂麻呂《おさかべのたりまろ》の作れる歌一首

二六三　うまないたく　打ちてな行きそ　日《け》並べて　見ても我が行く　志賀にあらなくに

柿本朝臣人麻呂、近江国より上り来る時に、[4]宇治河《うぢかは》の辺《へ》に至りて作れる歌一首

二六四　もののふの　八十宇治川《やそうぢかは》の　網代木《あじろき》に　いさよふ波の　行くへ知らずも

長忌寸奥麻呂《ながのいみきおきまろ》の歌一首

二六五　苦しくも　降り来る雨か　三輪《みわ》の崎　佐野《さの》の渡りに　家もあらなくに

柿本朝臣人麻呂《かきのもとのあそみひとまろ》の歌一首

二六六　近江《あふみ》の海　夕波千鳥《ゆふなみちどり》　汝《な》が鳴けば　心もしのに　古思《いにしへ》ほゆ

[5]志貴皇子《しきのみこ》の御歌一首

二六七　むささびは　木末《こぬれ》求むと　あしひきの　山の猟雄《さつを》に　あひにけるかも

[6]長屋王《ながやのおほきみ》の故郷の歌一首

1―天武天皇の第七皇子。母は鎌足の娘、五百重娘。舎人親王と並んで重きをなし、大惣管になった。天平七年（七三五）九月没。

二六一 ○やすみしし―枕詞。○たかてらす―枕詞。○ひさかたの―枕詞。○ゆきじもの―枕詞。

二六二 ○矢釣山―奈良県高市郡明日香村八釣の東北の山。生駒山とする説もある。○第四・五句―定訓を得ない。

2―今日の滋賀県にあたる。

3―伝未詳。

4―琵琶湖より発した瀬田川の、京都府に入ってからの呼び名。下流は淀川となる。

二六四 ○もののふの八十―序詞。○網代木―川の中に杭を打ち、そこに網のように編んだ竹を置き、魚をとる仕掛。

二六五 ○三輪の崎―和歌山県新宮市三輪崎か。○佐野の渡り―和歌山県新宮市三輪崎の木ノ川の河口か。

二六六 ○近江の海―琵琶湖。○千鳥―イカルチドリ、シロチドリなどちどり科の総称。

5↓1・五一。

二六七 ○むささび―りす科の小獣。前後の足の間に皮膜があり、これを広げて木の上などを飛び移る。○あしひきの―枕詞。

6―1・七五。

二六八　我が背子《せこ》が　古家《ふるへ》の里の　明日香《あすか》には　ちどり鳴くなり　嬬《つま》待ちかねて
右、今案《かむが》ふるに、明日香より藤原宮[1]に遷《うつ》る後に、この歌を作るか。

[2]阿倍女郎《あへのいらつめ》の[3]屋部坂《やべさか》の歌一首

二六九　人見ずは　我が袖もちて　隠さむを　焼けつつかあらむ　着せずて来にけり

[4]高市連黒人《たけちのむらじくろひと》の覊旅《たび》の歌八首

二七〇　旅にして　もの恋しきに　山下《やました》の　赤《あけ》のそほ舟　沖を漕ぐ見ゆ

二七一　桜田《さくらだ》へ　鶴《たづ》鳴き渡る　年魚市潟《あゆちがた》　潮干《しほひ》にけらし　鶴《たづ》鳴き渡る

二七二　四極山《しはつやま》　うち越え見れば　笠縫《かさぬひ》の　島漕ぎ隠る　棚《たな》なし小舟《をぶね》

二七三　磯の崎　漕ぎたみ行けば　近江《あふみ》の海　八十《やそ》の湊《みなと》に　鶴《たづ》さはに鳴く　未だ詳《つばひ》らかならず

二七四　我が舟は　比良《ひら》の湖《みなと》に　漕ぎ泊《は》てむ　沖辺《おきへ》な離《さか》り　さ夜ふけにけり

二七五　いづくにか　我が宿りせむ　高島《たかしま》の　勝野《かちの》の原に　この日暮れなば

二七六　妹《いも》も我も　一つなれかも　三河《みかは》なる　二見《ふたみ》の道ゆ　別れかねつる
一本に云ふ「三河の　二見の道ゆ　別れなば　我が背《せ》も我も　ひとりかも行かむ」

二七七　速《と》く来ても　見てましものを　山背《やましろ》の　多賀《たか》のつき群《むら》　散りにけるかも

石川少郎《いしかはのせうらう》の歌一首

二六八　○明日香―奈良県高市郡明日香村を中心とする一帯の地。
1―持統八年（六九四）十二月、奈良県橿原市高殿に都を移す。
2―伝未詳。
3―所在未詳。奈良県磯城郡、高市郡、平群郡などの説がある。
4→1・三二。
二七一　○桜田―名古屋市南区の元桜田町、桜本町などの地。○年魚市潟―名古屋市熱田区・南区の低地帯。当時は海岸で潟をなしていた。
二七二　○四極山―所在未詳。○笠縫の島―所在未詳。大阪市東成区深江、片江町、生野区片江町、東大阪市足代の一帯が昔の笠縫の地という。この地の一島か。また、愛知県渥美湾中の島とする説もある。
二七四　○比良―琵琶湖西岸の地名。
二七五　○高島―滋賀県高島郡。○勝野の原―同郡高島町勝野。
二七六　○三河なる二見の道―愛知県豊川市御油町と同市国府町との境で、東海道と姫街道との分れ目。
二七七　○山背の多賀―京都府綴喜郡井手町多賀。○つき群―槻の木（→2・二一〇）の群がっている所。

二七八　志賀《しか》の海人《あま》は　め苅り塩焼き　暇《いとま》なみ　くしげの小櫛《をぐし》　取りも見なくに

右、今案《かむが》ふるに、[1]石川朝臣君子《いしかはのあそみきみこ》、号《な》を少郎子《せうらうし》といふ。

高市連黒人《たけちのむらじくろひと》の歌二首

二七九　我妹子《わぎもこ》に　猪名野《ゐなの》は見せつ　名次山《なすきやま》　角《つの》の松原　いつか示さむ

二八〇　いざ子ども　大和へ早く　しらすげの　真野《まの》の榛原　手折《たを》りて行かむ

黒人の妻の答ふる歌一首

二八一　しらすげの　真野の榛原　行くさ来《く》さ　君こそ見らめ　真野の榛原

[2]春日蔵首老《かすがのくらびとおゆ》の歌一首

二八二　つのさはふ　磐余《いはれ》も過ぎず　初瀬山《はつせやま》　いつかも越えむ　夜はふけにつつ

高市連黒人《たけちのむらじくろひと》の歌一首

二八三　住吉《すみのえ》の　得名津《えなつ》に立ちて　見渡せば　武庫《むこ》の泊まりゆ　出づる舟人

春日蔵首老《かすがのくらびとおゆ》の歌一首

二八四　焼津辺《やきつへ》に　我が去きしかば　駿河《するが》なる　阿倍《あへ》の市道《いちぢ》に　逢ひし児らはも

[3]丹比真人笠麻呂《たぢひのまひとかさまろ》、[4]紀伊国《きのくに》に往き、[5]背《せ》の山を越ゆる時に作れる歌一首

二八五　たくひれの　かけまく欲《ほ》しき　妹《いも》の名を　この背の山に　かけばいかにあらむ　一に云ふ「替《か》へばいかにあらむ」

春日蔵首老、即ち和《こた》ふる歌一首

二八六　宜《よろ》しなへ　我が背《せ》の君が　負《お》ひ来《き》にし　この背の山を　妹とは呼ばじ

1→3・二四七。

二七九　○猪名野—兵庫県伊丹市を中心とした猪名川周辺の地。○名次山—兵庫県西宮市名次町の丘陵地帯。○角の松原—武庫川の河口一帯の地。

二八〇　○しらすげの—枕詞。○真野—神戸市長田区東尻池町、西尻池町、真野町などの地。

二八一　○しらすげの—枕詞。

2→1・五六。

二八二　○つのさはふ—枕詞。○磐余—奈良県桜井市池之内から橿原市池尻にかけての地。

二八三　○住吉の得名津—大阪市住吉区住之江町から堺市浅香山町。○武庫の泊まり—武庫川の旧河口付近。

二八四　○焼津—静岡県焼津市。○阿倍の市道—静岡市付近にあった市へ行く路。市は生活用品などを定期的に売買した。

3—伝未詳。

4—和歌山県および三重県の南・北牟婁郡の地。

5—和歌山県伊都郡かつらぎ町にある山。

二八五　○たくひれの—枕詞。

志賀《しが》に幸《いでま》す時に、石上卿《いそのかみのまへつきみ》[1]の作れる歌一首　名欠けたり

二八七　ここにして　家やもいづち　白雲の　たなびく山を　越えて来にけり

穂積朝臣老《ほづみのあそみおゆ》[2]の歌一首

二八八　我が命し　ま幸くあらば　またも見む　志賀の大津に　寄する白波

右、今案《かむが》ふるに、幸行《いでまし》の年月を審《つばひ》らかにせず。

間人宿祢大浦《はしひとのすくねおほうら》[3]の初月《みかづき》の歌二首

二八九　天の原　振り放《さ》け見れば　白真弓　張りて掛けたり　夜道《よみち》は良けむ

二九〇　倉橋《くらはし》の　山を高みか　夜隠《よごも》りに　出で来《く》る月の　光乏《とも》しき

小田事《をだのつかふ》[4]の背《せ》の山の歌一首

二九一　真木《まき》の葉の　しなふ背の山　しのはずて　我が越え行けば　木《こ》の葉知りけむ

角麻呂《つののまろ》[5]の歌四首

二九二　ひさかたの　天《あま》の探女《さぐめ》が　石舟《いはふね》の　泊《は》てし高津《たかつ》は　あせにけるかも

二九三　潮干《しほかれ》の　三津《みつ》の海女《あま》の　くぐつ持ち　玉藻苅るらむ　いざ行きて見む

二九四　風をいたみ　沖つ白波　高からし　海人の釣舟　浜に帰りぬ

二九五　住吉《すみのえ》の　岸の松原　とほつかみ　我が大君の　幸行処《いでましどころ》

田口益人大夫《たぐちのますひとのまへつきみ》[6]、上野《かみつけの》[7]の国司《くにのつかさ》に任ずる時に、駿河《するが》[8]の清見《きよみ》の崎に至りて作れる歌二首

二九六　廬原《いほはら》の　清見の崎の　美保《みほ》の浦の　ゆたけき見つつ　物思ひもなし

1—石上朝臣麻呂か。↓1・四四。

2—山陽道巡察使、左副将軍、式部大輔などを歴任。養老六年元正天皇を批判した罪により佐渡配流。天平十二年赦されて上京。天平勝宝元年（七四九）没。

二八八　〇大津—滋賀県大津市。天智天皇がここに大津宮を営んだ。

3—伝未詳。

二九〇　〇倉橋の山—奈良県桜井市の音羽山か。

4—伝未詳。

5—伝未詳。角は氏で麻呂が名か。

二九二　〇ひさかたの—枕詞。〇天の探女—高天原から派遣された雉を見あらわし、天若日子にすすめて射殺させたものとして記紀神話に登場している。高津大阪市東区法円坂町の難波宮址を中心とした一帯の地。

二九五　〇とほつかみ—枕詞。

6—和銅元年（七〇八）三月上野守。二年十一月右兵衛率。

7—現在の群馬県にあたる。

8—静岡県清水市興津町清見寺の磯崎。

二九六　〇廬原—静岡県庵原郡。〇美保の浦—三保の岬で囲まれた清水市の海浜。

二九七　昼見れど　飽かぬ田子《たご》の浦　大君の　命恐《みことかしこ》み　夜見つるかも

[1]弁基《べんき》の歌一首

二九八　真土山《まつちやま》　夕《ゆふ》越え行きて　廬前《いほさき》の　隅田川原《すみだかはら》に　ひとりかも寝む

右或いは云ふ、弁基は春日蔵首老《かすがのくらびとおゆ》の法師の名なりと。

[2]大納言大伴《おほとものまへつきみ》　卿　の歌一首　未だ詳《つばひ》らかならず

二九九　奥山の　すがの葉しのぎ　降る雪の　消《け》なば惜しけむ　雨な降りそね

長屋王《ながやのおほきみ》、馬を奈良山[3]に駐《とど》めて作れる歌二首

三〇〇　佐保《さほ》過ぎて　奈良のたむけに　置く幣《ぬさ》は　妹《いも》を目離《か》れず　相見しめとそ

三〇一　岩が根の　こごしき山を　越えかねて　哭《ね》には泣くとも　色に出でめやも

[4]中納言安倍広庭《あへのひろにはのまへつきみ》卿の歌一首

三〇二　児《こ》らが家道《いへぢ》　やや間遠《まとほ》きを　ぬばたまの　夜渡る月に　競《きほ》ひあへむかも

柿本朝臣人麻呂《かきのもとのあそみひとまろ》　筑紫国《つくしのくに》に下る時に、海路《うなぢ》にして作れる歌二首

三〇三　名ぐはしき　印南《いなみ》の海の　沖つ波　千重《ちへ》に隠りぬ　大和島根は

三〇四　大君の　遠《とほ》の朝廷《みかど》と　あり通《がよ》ふ　島門《しまと》を見れば　神代《かみよ》し思ほゆ

高市連黒人《たけちのむらじくろひと》の近江《あふみ》[5]の旧《ふる》き都の歌一首

三〇五　かくゆゑに　見じと言ふものを　ささなみの　古き都を　見せつつもとな

右の歌、或本に曰く、[6]小弁《せうべん》の作なりと。未だこの小弁といふ者を

二九七　〇田子の浦—富士川西岸の興津川から東の蒲原・由比・倉沢周辺の地。
1—春日蔵首老。↓1・五六。
二九八　〇真土山—奈良県五条市上野町と和歌山県橋本市隅田町の真土との間の小山。〇廬前の隅田川原—廬前は和歌山県橋本市の隅田町あたりの総名。隅田川原は、そこを流れる紀ノ川の河原。
2—大伴宿祢安麻呂か。↓2・一〇一。
3—奈良市北郊の丘陵地。
三〇〇　〇佐保—奈良市の北部。佐保川の北岸の法蓮町、法華寺町などの一帯の地。
4—右大臣御主人（みうし）の子。伊予守、宮内卿・左大弁・参議を経て、神亀四年（七二七）中納言。天平四年（七三二）二月没。
三〇二　〇ぬばたまの—枕詞。
5—壬申の乱後に荒廃した大津の都。↓1・二九〜三三。
6—伝未詳。

審《つばひ》らかにせず。

1伊勢国《いせのくに》に幸《いでま》す時に、2安貴王《あきのおほきみ》の作れる歌一首

三〇六　伊勢の海の　沖つ白浪　花にもが　包みて妹《いも》が　家づとにせむ

3博通法師《はくつうほふし》、紀伊国《きのくに》に往き、4美保《みほ》の岩屋を見て作れる歌三首

三〇七　はだすすき　久米《くめ》の若子《わくご》が　いましける　一に云ふ「けむ」　美保の岩屋は　見れど飽かぬかも　一に云ふ「荒れにけるかも」

三〇八　常磐《ときは》なる　岩屋は今も　ありけれど　住みける人そ　常なかりける

三〇九　岩屋戸に　立てるまつの木　汝《な》を見れば　昔の人を　相見るごとし

5門部王《かどべのおほきみ》、6東《ひむがし》の市の樹を詠みて作れる歌一首　後に姓《かばね》大原真人《おほはらのまひと》の氏を賜ふ

三一〇　東《ひむがし》の　市の植木の　木垂《こだ》るまで　逢はず久しみ　うべ恋ひにけり

7桉作村主益人《くらつくりのすぐりますひと》、8豊前《とよくにのみちのくち》国より京に上る時に作れる歌一首

三一一　あづさゆみ　引豊国《ひきとよくに》の　鏡山《かがみやま》　見ず久ならば　恋しけむかも

9式部卿藤原宇合卿《しきぶきやうふぢはらのうまかひのまへつきみ》、難波《なには》の都を改め造らしめらるる時に作れる歌一首

三一二　昔こそ　難波ゐなかと　言はれけめ　今は都引き　都びにけり

10土理宣令《とりのせんりやう》の歌一首

三一三　み吉野の　滝の白波　知らねども　語りし継げば　古《いにしへ》　思ほゆ

11波多朝臣小足《はたのあそみをたり》の歌一首

1—三重県の中央部から北東部にかけての地。
2—志貴皇子の孫。春日王の子。妻は紀女郎。市原王の父。天平元年（七二九）従五位下。同十七年（七四五）従五位上。
3—伝未詳。
4—和歌山県日高郡美浜町三尾の湾口の東側、後磯付近の久米の穴と称する岩窟か。
三〇七　○はだすすき—枕詞。○久米の若子—久米氏の若者。伝説上の人物か。
5—長皇子の孫。高安王の弟。伊勢守、出雲守、弾正尹、右京大夫などを歴任。天平十一年（七三九）大原真人の姓を賜わる。十七年四月大蔵卿をもって没。風流侍従と称せられた。
6—奈良の都の東西にあった市のうち東の方今の奈良市辰市のあたりにあった。
7—伝未詳。
8—福岡県東部と大分県北西部の地。
三一一　○あづさゆみ—枕詞。○第一・二句—序詞。○鏡山—福岡県田川郡香春町鏡山にある小山。
9↓1・七二。
10—養老五年（七二一）退朝ののち東宮の侍講となる。『懐風藻』『経国集』に作品を残している。
三一三　○第一・二句—序詞。
11—伝未詳。

三一四　さざれ波　磯越道《いそこしぢ》なる　能登瀬川《のとせがは》　音のさやけさ　激《たぎ》つ瀬ごとに

暮春の月、芳野の離宮《とつみや》に幸《いでま》す時に、中納言[1]大伴卿《おほとものまへつきみ》　勅《みことのり》を奉《うけたまは》りて作れる歌一首　并びに短歌　未だ奏上を経ぬ歌

三一五　み吉野の　芳野の宮は　山からし　貴《たふと》くあらし　川からし　さやけくあらし　天地《あめつち》と　長く久しく　万代《よろづよ》に　変はらずあらむ　行幸《いでまし》の宮

反　歌

三一六　昔見し　象《きさ》の小川《をがは》を　今見れば　いよよさやけく　なりにけるかも

[2]山部宿祢《やまべのすくね》赤人《あかひと》、不尽の山を望む歌一首　并びに短歌

三一七　天地の　分れし時ゆ　神《かむ》さびて　高く貴き　駿河《するが》なる　布士の高嶺を　天《あま》の原　振《ふ》り放《さ》け見れば　渡る日の　影も隠らひ　照る月の　光も見えず　白雲《しらくも》も　い行きはばかり　時じくぞ　雪は降りける　語り継《つ》ぎ　言ひ継ぎ行かむ　不尽の高嶺は

反　歌

三一八　田子《たご》の浦ゆ　うち出《い》でて見れば　ま白にそ　布士の高嶺に　雪は降りける

不尽の山を詠《よ》む歌一首　并びに短歌

三一九　なまよみの　甲斐《かひ》の国　うちよする　駿河の国と　こちごちの　国のみ中ゆ　出で立てる　不尽の高嶺は　天雲《あまくも》も　い行きはばかり　飛ぶ鳥も　飛びも上《のぼ》らず　燃ゆる火を　雪もて消《け》ち　降る雪を　火もて消ちつつ

三一四　○さざれ波　磯―序詞。○能登瀬川―所在未詳。滋賀県坂田郡近江町能登瀬付近の天野川とする説もある。
1―大伴宿祢旅人のこと。大納言安麻呂の長男。母は巨勢郎女。家持の父。和銅三年（七一〇）左将軍。養老二年（七一八）中納言。同四年征隼人持節大将軍として筑紫に派遣さる。神亀五年（七二八）ごろ大宰帥。天平二年（七三〇）大納言となり帰京。翌年秋没。六十七歳。

2―奈良朝初期から中期にかけての人と思われるが、生没年未詳。宮廷歌人として聖武天皇に従駕して各地を訪れている。すぐれた叙景歌を多く残し、人麻呂と並び称せられている。

三一八　○田子の浦―静岡県。当時は富士川西岸一帯の海辺をさす。↓3・二九七。現在の田子の浦は富士川東岸の富士市に属し、別の地である。

三一九　○なまよみの―枕詞。○甲斐の国―現在の山梨県にあたる。○うちよする―枕詞。○石花の海―山梨県の富士山北麓にあった湖。貞観六年（八六四）の噴火により、現在は、精進湖、西湖に分かれている。○ひのもとの―枕詞。

言ひも得ず　名づけも知らず　くすしくも　います神かも　石花《せ》の海と名づけてあるも　その山の　つつめる海そ　不尽川と　人の渡るも　その山の　水の激《たぎ》ちそ　ひのもとの　大和の国の　鎮《しづ》めとも　います神かも　宝とも　なれる山かも　駿河なる　不尽の高嶺は　見れど飽かぬかも

反　歌

三二〇　富士の嶺《ね》に　降り置く雪は　六月《みなづき》の　十五日《もち》に消《き》ゆれば　その夜《よ》降りけり

三二一　富士の嶺を　高み恐《かしこ》み　天雲《あまくも》も　い行きはばかり　たなびくものを

右の一首は、1高橋連虫麻呂《たかはしのむらじむしまろ》の歌の中に出づ。類《たぐひ》を以てここに載す。

山部宿祢赤人《やまべのすくねあかひと》　2伊豫《いよ》の温泉《ゆ》に至りて作れる歌一首　并びに短歌

三二二　天皇《すめろき》の　神の命《みこと》の　敷きいます　国のことごと　湯はしも　さはにあれども　島山の　宜《よろ》しき国と　こごしかも　伊予の高嶺《たかね》の　射狭庭《いさには》の　岡に立たして　歌思ひ　辞《こと》思ほしし　み湯の上の　木群《こむら》を見れば　おみの木も　生《お》ひ継《つ》ぎにけり　鳴く鳥の　声も変はらず　遠き代に　神《かむ》さび行かむ　行幸処《いでましどころ》

反　歌

三二三　ももしきの　大宮人《おほみやひと》の　熟田津《にきたつ》に　舟乗《ふなの》りしけむ　年の知らなく

3神岳《かむをか》に登りて、山部宿祢赤人《やまべのすくねあかひと》の作れる歌一首　并びに短歌

1―奈良時代初期の歌人であるが、伝未詳。藤原宇合の部下として常陸国風土記の編纂に従ったと言われる。伝説に取材した叙事的内容の長歌が多い。また、彼の作品を集めたらしい虫麻呂歌集がある。

2―愛媛県松山市の道後温泉。

三二二　〇伊予の高嶺―石槌山のことか。〇射狭庭の岡―松山市の道後公園の東北にある丘。〇おみの木―未詳。モミか。モミは山野に自生するまつ科の常緑喬木。

三二三　〇ももしきの―枕詞。〇熟田津―愛媛県松山市北部の和気町、堀江町のあたりか。

3―奈良県高市郡明日香村の雷丘。↓2・一五九。

三二四 〇つがのきの—枕詞。〇神奈備山—神社のある山をさす普通名詞であるが、ここでは明日香の神奈備山のこと。〇たまかづら—枕詞。〇明日香の古き都—天武・持統天皇の都した清御原宮の址をいう。〇かはづ—あかがえる科のカジカガエルのことか。

三二五 〇明日香川—高市郡竜門山中に発し、稲淵山の西麓をまわり、藤原宮址を経て大和川に注ぐ。〇第一・二・三句—序詞。

三二六 〇第一・二・三句—序詞。

1—みみがい科の貝。

2—伝未詳。

3—当時、大宰少弐として大宰帥大伴旅人の配下にあった。天平九年大宰大弐従四位下で没。

三二八 〇あをによし—枕詞。

4—当時。防人司佑として大宰帥大伴旅人の配下にあった。天平十年（七三八）大和少掾。

三二九 〇やすみしし—枕詞。

三二四 三諸《みもろ》の　神奈備山《かむなびやま》に　五百枝《いほえ》さし　しじに生《お》ひたる　つがのきの　いや継《つ》ぎ継ぎに　たまかづら　絶ゆることなく　ありつつも　止《や》まず通はむ　明日香《あすか》の　古き都は　山高み　川とほしろし　春の日は　山し見がほし　秋の夜《よ》は　川しさやけし　朝雲に　鶴《たづ》は乱れ　夕霧に　かはづはさわく　見るごとに　哭《ね》のみし泣かゆ　古《いにしへ》思へば

反歌

三二五 明日香川　川淀《かはよど》去らず　立つ霧の　思ひ過ぐべき　恋にあらなくに

門部王《かどべのおほきみ》、難波《なには》に在りて、漁父《あま》の燭光《ともしび》を見て作れる歌一首　後に姓《かばね》大原真人《おほはらのまひと》の氏を賜ふ

三二六 見渡せば　明石《あかし》の浦に　燭《とも》す火の　ほにぞ出《い》でぬる　妹《いも》に恋ふらく

或娘子《をとめ》等、包める乾《ほ》し鰒《あはび》[1]を贈りて、戯《たはぶ》れて通観僧《つうくわんほうし》[2]の呪願《じゆぐわん》を請《こ》ふ時に、通観の作れる歌一首

三二七 わたつみの　沖に持ち行きて　放つとも　うれむそこれの　よみがへりなむ

大宰少弐小野老朝臣《だざいのせうにをののおゆあそみ》[3]の歌一首

三二八 あをによし　奈良の都は　咲く花の　薫《にほ》ふがごとく　今盛りなり

防人司佑大伴四綱《さきもりのつかさのすけおほとものよつな》[4]の歌二首

三二九 やすみしし　我が大君の　敷きませる　国の中には　都し思ほゆ

三三〇 藤波の　花は盛りに　なりにけり　奈良の都を　思ほすや君

1帥大伴卿《そちおほとものまへつきみ》の歌五首

三三一　我が盛り　またをちめやも　ほとほとに　奈良の都を　見ずかなりなむ

三三二　我が命も　常にあらぬか　昔見し　象《きさ》の小川を　行きて見むため

三三三　あさぢはら　つばらつばらに　物思へば　古《ふ》りにし里し　思ほゆるかも

三三四　わすれぐさ　我が紐《ひも》に付く　香具山《かぐやま》の　古りにし里を　忘れむがため

三三五　我が行きは　久《ひさ》にはあらじ　夢《いめ》のわだ　瀬にはならずて　淵《ふち》にありこそ

2沙弥満誓《さみまんぜい》、綿《わた》を詠《よ》む歌一首　3造筑紫観音寺別当《ざうつくしくわんおんじのべつたう》、俗姓は笠朝臣麻呂《かさのあそみまろ》なり

三三六　しらぬひ　筑紫の綿は　身に付けて　いまだは着ねど　暖けく見ゆ

4山上憶良臣《やまのうへのおくらのおみ》、宴を退《まか》る歌一首

三三七　憶良らは　今は退らむ　子泣くらむ　それその母も　我を待つらむぞ

大宰帥《だざいのそち》大伴卿、酒を讃《ほ》むる歌十三首

三三八　験《しるし》なき　ものを思はずは　一坏《ひとつき》の　濁れる酒を　飲むべくあるらし

三三九　酒の名を　聖《ひじり》と負《おほ》せし　古《いにしへ》の　大き聖の　言《こと》のよろしさ

三四〇　古《いにしへ》の　七《なな》の賢《さか》しき　人たちも　欲《ほ》りせしものは　酒にしあるらし

三四一　賢《さか》しみと　物言ふよりは　酒飲みて　酔《ゑ》ひ泣きするし　優《まさ》りたるらし

三四二　言はむすべ　せむすべ知らず　極《きは》まりて　貴《たふと》きものは　酒にしあるらし

三四三　なかなかに　人とあらずは　酒壺《さかつぼ》に　なりにてしかも　酒に染《し》みなむ

三四四　あな醜《みにく》　賢《さか》しらをすと　酒飲まぬ　人をよく見ば　さるにかも似る

1―大伴宿祢旅人のこと。↓3・三一五。

三三三 ○あさぢはら―枕詞。あさぢは、伸び繁らないうちのチガヤ。

三三四 ○わすれぐさ―萱草（かんぞう）のこと。憂いを忘れさせる草。

三三五 ○夢のわだ―奈良県吉野郡吉野町の宮滝付近にある巨岩にかこまれた淵の名。

2―俗名は笠朝臣麻呂。美濃守、尾張守、按察使を歴任。養老五年元正太上天皇の御病気平癒を願って出家し満誓と改名。

3―福岡県筑紫郡太宰府町の都府楼址の東にある。

三三六 ○しらぬひ―枕詞。

4↓1・六。

三三八 ○濁れる酒―どぶろく。

三三九 ○古の大き聖―禁酒令をおかして酒を飲み泥酔したという魏の徐邈（じょばく）らをふざけて聖と表現したものか。

三四〇 ○古の七の賢しき人―竹林に清談したという魏晋の七賢人をさす。

三四一 ○賢しみと―自分を賢いとして。

三四三 ○なかなかに―中途半端のままで。○人とあらずは―人間として生活するより。

三四四 ○あな―感動詞。○賢しら―利口ぶること。○猿―さる科。本州北端から九州までに多数棲息する。

三四五　価《あたひ》なき　宝といふとも　一坏《ひとつき》の　濁れる酒に　あにまさめやも

三四六　夜光る　玉といふとも　酒飲みて　心を遣《や》るに　あに及《し》かめやも

三四七　世間《よのなか》の　遊びの道に　すずしきは　酔《ゑ》ひ泣きするに　あるべかるらし

三四八　この世にし　楽しくあらば　来む世には　虫に鳥にも　我はなりなむ

三四九　生ける者　つひにも死ぬる　ものにあれば　この世なる間《ま》は　楽しくを　あらな

三五〇　黙居《もだを》りて　賢《さか》しらするは　酒飲みて　酔ひ泣きするに　なほ及《し》かずけり

[1]沙弥満誓《さみまんぜい》の歌一首

三五一　世間《よのなか》を　何に喩《たと》へむ　朝開き　漕ぎ去《い》にし舟の　跡なきがごと

[2]若湯座王《わかゆゑのおほきみ》の歌一首

三五二　葦辺《あしべ》には　鶴《たづ》が哭鳴きて　湖風《みなと》　寒く吹くらむ　津乎《つを》の崎はも

[3]釈通観《しやくつうくわん》の歌一首

三五三　み吉野の　高城《たかき》の山に　白雲は　行きはばかりて　たなびけり見ゆ

[4]日置少老《へきのをおゆ》の歌一首

三五四　縄《なは》の浦に　塩焼くけぶり　夕されば　行き過ぎかねて　山にたなびく

[5]生石村主真人《おひしのすぐりまひと》の歌一首

三五五　大汝《おほなむち》　少彦名《すくなひこな》の　いましけむ　志都《しつ》の岩屋は　幾代経《いくよへ》ぬらむ

[6]上古麻呂《かみのこまろ》の歌一首

三五六　今日《けふ》もかも　明日香《あすか》の川の　夕さらず　かはづ鳴く瀬の　さやけかるら

三四五　〇価なき—値段のつけられないほど貴いという意味。〇あにまさめやも—どうしてまさっているだろうか（まさっていない）。
三四六　〇心を遣る—気持を紛らす。
三四七　〇すずしきは—（諸説あり保留）。

三五〇　〇黙—何も言わないこと。

1→3・三三六。

2—伝未詳。
三五二　〇津乎の崎—所在未詳。滋賀県東浅井郡湖北町津ノ里かともいう。

3—伝未詳。

三五三　〇高城の山—所在未詳。奈良県吉野郡にある金峰山の近くの城山かともいう。

4—伝未詳。
三五四　〇縄の浦—兵庫県相生市那波町の海か。

5—天平十年（七三八）当時、美濃少目。生没年未詳。
三五五　〇大汝—大国主の神。出雲系神話の中心的な神であり、少彦名とともに国作りした神としても知られている。〇少彦名—大汝の項参照。

6—伝未詳。

む　或本の歌　発句《はつく》に云ふ「明日香川　今もかもとな」

山部宿祢《やまべのすくね》赤人《あかひと》の歌六首

三五七　縄の浦ゆ　そがひに見ゆる　沖つ島　漕ぎ廻《み》る舟は　釣《つり》しすらしも

三五八　武庫《むこ》の浦を　漕ぎ廻《み》る小舟《をぶね》　粟島《あはしま》を　そがひに見つつ　ともしき小舟

三五九　阿倍《あへ》の島　うの住む磯に　寄する浪　間《ま》なくこのころ　大和し思ほゆ

三六〇　潮干《しほひ》なば　玉藻刈りつめ　家の妹《いも》が　浜づと乞《こ》はば　何を示さむ

三六一　秋風の　寒き朝明《あさけ》を　佐農《さぬ》の岡《をか》　越ゆらむ君に　衣貸《きぬ》さましを

三六二　みさご居《ゐ》る　磯回《いそみ》に生《お》ふる　なのりその　名は告《の》らしてよ　親は知るとも

或本の歌に曰く

三六三　みさご居る　荒磯《ありそ》に生ふる　なのりその　よし名は告らせ　親は知るとも

笠朝臣金村《かさのあそみかなむら》[1]、塩津山《しほつやま》[2]にして作れる歌二首

三六四　ますらをの　弓末《ゆずゑ》振り起こし　射《い》つる矢を　後《のち》見む人は　語り継《つ》ぐがね

三六五　塩津山　うち越え行けば　我が乗れる　うまそつまづく　家恋ふらしも

角鹿《つのが》[3]の津《つ》にして舟に乗る時に、笠朝臣金村の作れる歌一首　并びに短歌

三六六　越《こし》の海の　角鹿の浜ゆ　大舟に　ま梶貫《ぬ》きおろし　いさなとり　海路《うなぢ》に出《い》でて　あへきつつ　我が漕ぎ行けば　ますらをの　田結《たゆひ》が浦に　海未通女《あまをとめ》　塩焼くけぶり　くさまくら　旅にしあれば　ひとりして　見る

三五七　〇そがひ—背後の意。〇沖つ島—沖の島。ここは兵庫県の相生湾にある蔓島のことか。

三五八　〇武庫の浦—兵庫県の武庫川河口付近の海。〇粟島—所在未詳。〇ともしき—うらやましい。

三五九　〇阿倍の島—所在未詳。大阪市阿倍野区をさすか。〇う—鵜。う科の水鳥。黒くて大きい。水に潜って魚を捕える習性を利用して、当時から鵜飼に用いられた。〇第一・二・三句—序詞。

三六〇　〇浜づと—浜のみやげ。

三六一　〇佐農の岡—所在未詳。

三六二　〇みさご—鶚。鷲鷹目みさご科の鳥。大きな鷹で魚類を食する。〇なのりそ—ひばまた科の藻ホンダワラ。〇第一・二・三句—序詞。

三六三　〇第一・二・三句—序詞。

1—宮廷歌人として、吉野・紀伊・三香の原・難波・播磨の行幸に従っている。作歌年代は明らかなものに限っても霊亀元年(七一五)から天平五年(七三三)までの十九年間に及ぶ。また、彼の作品を集めたらしい金村歌集がある。

2—滋賀県伊香郡西浅井町塩津浜から福井県敦賀に行く塩津越えの山。

三六四　〇ますらを—勇士の意。作者自身。

3—福井県敦賀市の敦賀の港。

三六六　〇越—北陸の越前・越中・越後の総称。〇いさなとり—枕詞。〇ますらをの—枕詞。〇田結が浦—福井県敦賀市田結の海岸。〇くさまくら—枕詞。〇験—効果。〇海神の…たまだすき—序詞。〇たまだすき—枕詞。

験《しるし》なみ　海神《わたつみ》の　手に巻かしたる　たまだすき　かけて偲《しの》ひつ　大和島根《やまとしまね》を

反　歌

三六七　越《こし》の海の　田結《たゆひ》が浦を　旅にして　見ればともしみ　大和偲《しの》ひつ

石上大夫《いそのかみのまへつきみ》[1]の歌一首

三六八　大舟に　ま梶しじ貫《ぬ》き　大君の　命《みこと》恐《かしこ》み　磯回《いそみ》するかも

右、今案《かむが》ふるに、石上朝臣乙麻呂《いそのかみのあそみおとまろ》[2]、越前の国守に任ず。けだしこの大夫《まへつきみ》か。

和《こた》ふる歌一首

三六九　もののふの　臣《おみ》のをとこは　大君の　任《ま》けのまにまに　聞くといふものそ

右は、作者未だ審《つばひ》らかならず。ただし笠朝臣金村《かさのあそみかなむら》の歌の中に出《い》づ。

安倍広庭卿《あへのひろにはのまへつきみ》[3]の歌一首

三七〇　雨降らず　との曇《ぐも》る夜の　しめじめと　恋ひつつ居《を》りき　君待ちがてり

出雲守《いづものかみ》[4]門部王《かどべのおほきみ》[5]、京《みやこ》を思ふ歌一首　後に大原真人《おほはらのまひと》の氏を賜ふ

三七一　飫宇《おう》の海の　河原のちどり　汝《な》が鳴けば　我が佐保川《さほがは》の　思ほゆらくに

山部宿祢赤人《やまべのすくねあかひと》、春日野《かすがの》[6]に登りて作れる歌一首　并びに短歌

三七二　はるひを　春日《かすが》の山の　たかくらの　三笠《みかさ》の山に　朝去らず　雲居《くもゐ》たな

三六七　○ともし—慕わしい。

1—未詳。左注によれば石上朝臣乙麻呂か。

2—左大臣石上麻呂の第三子。宅嗣の父。丹波守、常陸守などを経て、天平勝宝二年（七五〇）中納言兼中務卿で没。

三六九　○もののふ—朝廷に仕える文官武官。○臣のをとこ—臣下である男子。○任けのまにまに—任命に従って。

3→3・三〇二。

4—国名。島根県の東部。

5→3・三一〇。

三七一　○飫宇の海—島根県八束郡の海。○佐保川—奈良市の春日山中に発し、佐保を経て、初瀬川に合して大和川に注ぐ。

6—奈良市街地東方の春日・御蓋・若草山なども含めた一帯の地をいう。

三七二　○はるひを—枕詞。○春日の山—奈良市の東部の山々の総称。春日・御蓋・若草などの山々を含み、南は高円山に連なる。○たかくらの—枕詞。○三笠の山—奈良市東部、春日大社の後方にある御蓋山。○かほどり—杜鵑科のカッコウをさすか。○しば鳴く—しきりに鳴く。○くもゐなす—枕詞。

びき　かほどりの　間《ま》なくしば鳴く　くもゐなす　心いさよひ　その鳥の　片恋のみに　昼はも　日のことごと　夜はも　夜のことごと　立ちて居《ゐ》て　思ひそ我がする　逢はぬ児ゆゑに

反　歌

三七三　たかくらの　三笠《みかさ》の山に　鳴く鳥の　止めば継《つ》がるる　恋もするかも

[1]石上乙麻呂朝臣《いそのかみのおとまろあそみ》の歌一首

三七四　雨降らば　着むと思へる　笠の山　人にな着せそ　濡れはひづとも

[2]湯原王《ゆはらのおほきみ》、芳野にして作れる歌一首

三七五　吉野なる　菜摘《なつみ》の川の　川淀《かはよど》に　かもぞ鳴くなる　山影《やまかげ》にして

湯原王の宴席《えんせき》の歌二首

三七六　あきづはの　袖振る妹《いも》を　たまくしげ　奥に思ふを　見たまへ我が君

三七七　青山の　嶺《みね》の白雲　朝に日《け》に　常に見れども　めづらし我が君

山部宿祢赤人《やまべのすくねあかひと》、故《なき》[3]太政大臣藤原家の[4]山池《しま》を詠《よ》む歌一首

三七八　古《いにしへ》の　古き堤《つつみ》は　年深み　池の渚《なぎさ》に　水草生《お》ひにけり

[5]大伴坂上郎女《おほとものさかのうへのいらつめ》、神を祭る歌一首　并びに短歌

三七九　ひさかたの　天《あま》の原より　生《あ》れ来《きた》る　神の命《みこと》　奥山の　さかきの枝に　しらかつけ　ゆふ取り付けて　斎瓫《いはひへ》を　斎《いは》ひ掘りするゑ　竹玉《たかたま》を　しじに貫《ぬ》き垂《た》れ　ししじもの　膝《ひざ》折り伏して　たわやめの　おすひ取り掛け　かくだにも　我は祈《こ》ひなむ　君は逢はぬかも

三七三　○たかくらの―枕詞。○第一・二・三句―序詞。
1↓3・三六八。
三七四　○笠の山―所在未詳。三笠山のことか。
2―志貴皇子の第二子。優美繊細な作品が多く萬葉後期の代表歌人の一人。
三七五　○菜摘―奈良県吉野郡吉野町菜摘。
三七六　○あきづ―蜻蛉。トンボ科の総称。○あきづはの―枕詞。○たまくしげ―枕詞。
三七七　○第一・二句―序詞。
3―藤原朝臣不比等。鎌足の第二子。大宝律令の撰定に力を尽くした。養老四年(七二〇)右大臣で没。贈太政大臣。
4―築山と周囲の池。
5―安麻呂の娘。母は石川郎女。旅人の異母妹。はじめ穂積皇子に愛され、後に藤原麻呂、及び宿奈麻呂の妻になる。萬葉集を代表する女流歌人であり、家持に大きな影響を与えた。
三七九　○ひさかたの―枕詞。○さかき―榊。つばき科の常緑樹。古くから神前に供えられた。○しらか―語義未詳。細かくさいた麻や木綿（ゆふ）などを白髪にたとえた表現か。○斎瓫―神に祭る酒を入れる神聖な瓶。○竹玉―細い竹を輪切りにし紐を通した玉。神事に用いる。○ししじもの―枕詞。○おすひ―上着か。

反歌

三八〇 ゆふだたみ　手に取り持ちて　かくだにも　我は祈《こ》ひなむ　君に逢はぬかも

右の歌は、天平五年の冬十一月を以て、大伴の氏《うぢ》の神に供《そな》へ祭る時にいささかこの歌を作れり。故《このゆゑ》に神を祭る歌といふ。

[1]筑紫《つくし》の娘子《をとめ》、行旅《たびびと》に贈る歌一首　娘子、字《あざな》を児島《こしま》といふ

三八一 家思ふと　心進むな　風《かざ》まもり　よくしていませ　荒しその道

[2]筑波《つくは》の岳《たけ》に登りて、[3]丹比真人国人《たぢひのまひとくにひと》の作れる歌一首　并びに短歌

三八二 とりがなく　東《あづま》の国に　高山は　さはにあれども　明《あき》つ神の　貴《たふと》き山の　並《な》み立ちの　見が欲《ほ》し山と　神代《かみよ》より　人の言ひ継《つ》ぎ　国見する　筑波《つくは》の山を　ふゆごもり　時じき時と　見ずて行かば　まして恋しみ　雪消《ゆきげ》する　山道すらを　なづみぞ我が来《け》る

反歌

三八三 筑波嶺《つくはね》を　外《よそ》のみ見つつ　ありかねて　雪消の道を　なづみ来《け》るかも

山部宿祢赤人《やまべのすくねあかひと》の歌一首

三八四 我が屋戸《やど》に　からあゐ蒔《ま》き生《お》ほし　枯れぬれど　懲《こ》りずてまたも　蒔かむとそ思ふ

[4]仙柘枝《やまびめつみのえ》の歌三首

三八五 あられふり　吉志美《きしみ》が岳《たけ》を　険《さが》しみと　草取りはなち　妹《いも》が手を取る

1—字は児島。大伴旅人が帰京する際にも送別の歌を贈っている。遊行女婦。
2—茨城県の筑波・真壁・新治の三郡にまたがる筑波山。古来、名山として知られている。
3—天平八年従五位下、出雲守、播磨守、摂津大夫、遠江守などを歴任。橘奈良麻呂の乱に連座し、伊豆に配流。
三八二 ○とりがなく—枕詞。○東の国—関東・東北地方の総称。○ふゆごもり—枕詞。○時じき—（国見の）時節ではない。○なづみ—難渋して。

三八四 ○からあゐ—韓藍。ひゆ科の一年草で現在のケイトウ。秋に鶏冠状の花をつけることから、鶏冠草とも記される。
4—伝説上の仙女である柘枝。柘は山桑の類をさす。
三八五 ○あられふり—枕詞。○吉志美が岳—所在未詳。佐賀県杵島郡白石町にある杵島か。

右の一首、或は云ふ、吉野の人味稲《うましね》[1]、柘枝仙媛《つみのえやまびめ》に与ふる歌なりと。ただし、柘枝伝《しやしでん》[2]を見るに、この歌あることなし。

三八六　この夕《ゆふべ》　つみのさ枝の　流れ来《こ》ば　梁《やな》は打たずて　取らずかもあらむ

右の一首

三八七　古《いにしへ》に　梁《やな》打つ人の　なかりせば　ここにもあらまし　つみの枝はも

右の一首は、若宮年魚麻呂《わかみやのあゆまろ》[3]の作

羇旅《たび》の歌一首　并びに短歌

三八八　海神《わたつみ》は　くすしきものか　淡路島《あはぢしま》　中に立て置きて　白波を　伊予《いよ》に廻《めぐ》らし　ゐまちづき　明石《あかし》の門《と》ゆは　夕されば　潮を満たしめ　明けされば　潮を干《か》れしむ　潮さゐの　波を恐《かしこ》み　淡路島　磯隠《いそがく》り居て　いつしかも　この夜の明けむと　さもらふに　眠《い》の寝かてねば　滝の上の　浅《あさ》野《の》のきぎし　明けぬとし　立ち騒くらし　いざ子ども　あへて漕ぎ出む　にはも静けし

反歌

三八九　島伝ひ　敏馬《みぬめ》の崎を　漕ぎ廻《み》れば　大和恋しく　鶴《たづ》さはに鳴く

右の歌は、若宮年魚麻呂《わかみやのあゆまろ》誦《よ》む。ただし、未だ作者を審《つばひ》らかにせず。

1―柘枝伝説に登場する漁夫。
2―現存しない。柘枝山媛の伝説を記したもの。この伝説は『続日本後紀』『懐風藻』にもみられる。

三八六　○つみ―くわ科の落葉喬木ヤマグワ。○梁―杭や石などの用いて川の水をせきとめ一部あけた魚の通路に簀を置き、魚を捕る設備。網代の一種↓3・二六四。
3―伝未詳。

三八八　○くすしきものか―神妙なものだなあ。○伊予―国名。現在の愛媛県。○ゐまちづき―枕詞。○さもらふ―状態を見守る。○浅野―兵庫県津名郡北淡町浅野。普通名詞とする説もある。○きぎし―雉（きじ）の古名。山間部に多く、美味のため古来猟鳥の代表とされた。

三八九　○敏馬の崎―神戸市灘区岩屋の高台をさすか。同市の和田岬とする説もある。

譬喩歌

[1]紀皇女《きのひめみこ》の御歌一首

三九〇　軽《かる》の池の　浦回《うらみ》行き廻《み》る　かもすらに　玉藻の上に　ひとり寝なくに

[2]造筑紫観世音寺別当《ざうつくしくわんぜおんじのべつたう》[3]沙弥《さみ》満誓《まんぜい》の歌一首

三九一　とぶさ立て　足柄山《あしがらやま》に　舟木《ふなき》伐り　木に伐り行きつ　あたら舟木を

[4]大宰大監大伴宿祢百代《だざいのだいけんおほとものすくねももよ》の梅の歌一首

三九二　ぬばたまの　その夜のうめを　た忘れて　折らず来にけり　思ひしものを

満誓沙弥《まんぜいさみ》の月の歌一首

三九三　見えずとも　誰《たれ》恋ひざらめ　山の末《ま》に　いさよふ月を　外《よそ》に見てしか

[5]余明軍《よのみやうぐん》の歌一首

三九四　標結《しめゆ》ひて　我が定めてし　住吉《すみのえ》の　浜の小松は　後《のち》も我がまつり

[6]笠女郎《かさのいらつめ》、[7]大伴宿祢家持《おほとものすくねやかもち》に贈る歌三首

三九五　託馬野《つくまの》に　生《お》ふるむらさき　衣《きぬ》に染《し》め　いまだ着ずして　色に出《い》でにけり

三九六　陸奥《みちのく》の　真野《まの》の草原《かやはら》　遠けども　面影《おもかげ》にして　見ゆといふものを

三九七　奥山の　岩本菅《いはもとすげ》を　根深めて　結びし心　忘れかねつも

[8]藤原朝臣八束《ふぢはらのあそみやつか》の梅の歌二首　八束、後の名は真楯《またて》、[9]房前《ふささき》の第三子にあたる

〇譬喩歌―たとえの歌。表現手法の面からの部類項目の一つ。歌の内容はほとんどが恋の歌。

1↓2・一一九。

三九〇　〇軽―奈良県橿原市大軽・見瀬・石川・五条野の一帯。

2↓3・三三六。

3↓3・三三六。

三九一　〇とぶさ―枝葉のふさふさとした木末。〇足柄山―神奈川県から静岡県にかけての足柄・箱根山群の総称。〇あたら―もったいない。

4―大宰大監として帥大伴旅人の配下にあった。以後、美作守。鎮西副将軍、豊前守などを歴任。

三九二　〇ぬばたまの―枕詞。〇うめ―いばら科の落葉喬木。

三九三　〇誰恋ひざらめ―誰が恋をしないだろうか。

5―大伴旅人の資人。帰化人の子孫か。

6―伝未詳。代表的な女流歌人の一人。

7―旅人の長男。妻は大伴坂上大嬢。天平十年（七三八）当時内舎人を拝し、十七年従五位下、十八年越中守となって赴任。天平勝宝三年（七五一）少納言となって帰京。同六年四月、兵部少輔に進み、その後、兵部大輔、右中弁を歴任。天平宝字二年（七五八）には因幡守として赴任。翌三年正月、国庁において詠んだ歌が萬葉集の最後を飾っている。その後も累進したが、延暦元年（七八二）には事に坐して官位を奪われた。しかし間もなく復職し、翌二年には中納言兼春宮大夫となり、持節征夷大将軍をも兼ねるに至った。延暦四年、六十八歳で没したと思われる。萬葉集の編纂にも深く関っていて、巻十七以降四巻は彼の歌日記的歌巻とみられる。

三九五　〇託馬野―所在未詳。滋賀県坂田郡米原町筑摩の地か。

三九六　〇陸奥―今の福島・宮城・岩手・青森県

三九八　妹《いも》が家に　咲きたるうめの　いつもいつも　なりなむ時に　事は定めむ

三九九　妹が家に　咲きたる花の　うめの花　実にしなりなば　かもかくもせむ

1大伴宿祢《おほとものすくね》駿河麻呂《するがまろ》の梅の歌一首

四〇〇　うめの花　咲きて散りぬと　人は言へど　我が標結《しめゆ》ひし　枝ならめやも

大伴坂上郎女《おほとものさかのうへのいらつめ》、親族《うがら》と宴する日に吟《うた》ふ歌一首

四〇一　山守《やまもり》の　ありける知らに　その山に　標結《しめゆ》ひ立てて　結《ゆ》ひの恥しつ

大伴宿祢《おほとものすくね》駿河麻呂《するがまろ》即《すなは》ち和《こた》ふる歌一首

四〇二　山守は　けだしありとも　我妹子《わぎもこ》が　結《ゆ》ひけむ標《しめ》を　人解《と》かめやも

大伴宿祢家持《おほとものすくねやかもち》、同じ2坂上家《さかのうへのいへ》の大嬢《おほいらつめ》に贈る歌一首

四〇三　朝に日《け》に　見まく欲《ほ》りする　その玉を　いかにせばかも　手ゆ離《か》れざらむ

3娘子《をとめ》、4佐伯宿祢《さへきのすくね》赤麻呂《あかまろ》の贈る歌に報《こた》ふる歌一首

四〇四　ちはやぶる　神の社《やしろ》し　なかりせば　春日《かすが》の野辺《のべ》に　あは蒔《ま》かましを

佐伯宿祢赤麻呂のさらに贈る歌一首

四〇五　春日野《かすがの》に　あは蒔《ま》けりせば　しし待ちに　継《つ》ぎて行かましを　社《やしろ》し恨めし

娘子《をとめ》のまた報《こた》ふる歌一首

四〇六　我が祭る　神にはあらず　ますらをに　つきたる神そ　よく祭るべき

にあたる。〇真野の草原―福島県相馬郡鹿島町の真野川周辺の地。

三九七　〇第一・二句―序詞。

8―房前の第三子。後の名は真楯。治部卿、参議兼式部大輔、中務卿、摂津大夫、大宰帥などを歴任。天平神護二年（七六六）正月、大納言兼式部卿を拝し、三月没、五十二歳。

9―不比等の第二子。参議、中務卿、東海東山二道節度使などを歴任。天平九年(七三七)四月、五十七歳で没。贈正一位左大臣、のち贈太政大臣。

1―大伴御行の孫か。越前守、出雲守、肥後守、陸奥按察使兼鎮守府将軍などを歴任。宝亀七年（七七六）参議で没。

四〇一　〇結ひの恥―結いめぐらしたという恥。

2―大伴坂上大嬢。宿奈麻呂の娘。母は坂上郎女。田村大嬢の異母妹。家持に嫁した。

3―姓氏未詳。

4―伝未詳。

四〇四　〇ちはやぶる―枕詞。〇あは―いね科の一年生草本。五、六月頃種を蒔き、九月頃穂をつける。強壮な植物で種子を食用とした。

四〇六　〇ますらを―ここでは赤麻呂のこと。

大伴宿祢駿河麻呂《おほとものすくねするがまろ》、同じ坂上家《さかのうへのいへ》[1]の二嬢《おとをとめ》を娉《つまど》ふ歌一首

四〇七 はるかすみ 春日《かすが》の里の 植ゑこなぎ 苗なりと言ひし 柄《え》はさしにけむ

大伴宿祢家持《おほとものすくねやかもち》、同じ坂上家《さかのうへのいへ》の大嬢《おほいらつめ》に贈る歌一首

四〇八 なでしこの その花にもが 朝《あさ》な朝《さ》な 手に取り持ちて 恋ひぬ日なけむ

大伴宿祢駿河麻呂《おほとものすくねするがまろ》の歌一首

四〇九 一日《ひとひ》には 千重波《ちへなみ》敷きに 思へども なぞその玉の 手に巻きがたき

大伴坂上郎女《おほとものさかのうへのいらつめ》の橘《たちばな》の歌一首

四一〇 たちばなを 屋前《やど》に植ゑ生《お》ほし 立ちて居《ゐ》て 後《のち》に悔《く》ゆとも 験《しるし》あらめやも

和《こた》ふる歌一首

四一一 我妹子《わぎもこ》が 屋前《やど》のたちばな いと近く 植ゑてしからに 成らずは止《や》まじ

市原王《いちはらのおほきみ》[2]の歌一首

四一二 いなだきに きすめる玉は 二つなし かにもかくにも 君がまにまに

大網公人主《おほあみのきみひとぬし》[3]の宴《うたげ》に吟《うた》ふ歌一首

四一三 須磨《すま》の海人《あま》の 塩焼き衣《きぬ》の ふぢ衣 間遠《まとほ》にしあれば いまだ着なれず

大伴宿祢家持《おほとものすくねやかもち》の歌一首

1―大伴坂上二嬢。坂上大嬢の妹。

四〇七 ○はるかすみ―枕詞。○春日の里―奈良市東方一帯の地。○植ゑこなぎ―植えた若い水葱（なぎ）。若芽や若菜を食用とする。

四〇八 ○なでしこ―かわらなでしこ。多年生草本で秋の七草の一つに数えられている。

四一〇 ○験―効果。甲斐。○たちばな↓2・一二五。

2―志貴皇子の曾孫。安貴王の子。備中守、玄蕃頭などを経て、天平勝宝八年（七五六）には正五位下治部大輔、天平宝字七年（七六三）造東大寺長官。

四一二 ○いなだき―髪を束ねた頭の頂。○きすめる玉―大切に蔵する玉。

3―伝未詳。

四一三 ○須磨―兵庫県神戸市須磨。○間遠―織り目が荒いこと。お互いの気持がしっくりしない状態の比喩。

四一四　あしひきの　岩根こごしみ　すがの根を　引かば難《かた》みと　標《しめ》のみそ結《ゆ》ふ

挽歌

[1]上宮聖徳皇子《かみつみやしやうとこのみこ》、[2]竹原井《たかはらのゐ》に出遊《い》でます時に、[3]竜田山《たつたやま》の死人を見て悲傷《かなし》びて作らす歌一首　[4]小墾田宮《をはりだのみや》に天《あめ》の下《した》治めたまひし天皇《すめらみこと》の代《みよ》。小墾田宮に天下治めたまひしは[5]豊御食炊屋姫天皇《とよみけかしきやひめのすめらみこと》なり。諱《いみな》は額田《ぬかた》、謚《おくりな》は推古《すいこ》

四一五　家にあらば　妹《いも》が手まかむ　くさまくら　旅に臥《こ》やせる　この旅人《たびと》あはれ

[6]大津皇子《おほつのみこ》、死を被《たまは》りし時に、[7]磐余《いはれ》の池の堤《つつみ》にして涙を流して作らす歌一首

四一六　ももづたふ　磐余の池に　鳴くかもを　今日《けふ》のみ見てや　雲隠《くもがく》りなむ

右、藤原宮《ふぢはらのみや》の朱鳥《あかみとり》元年の冬十月

[8]河内王《かふちのおほきみ》を[9]豊前国《とよくにのみちのくち》の[10]鏡山《かがみのやま》に葬《はぶ》る時に、[11]手持女王《たもちのおほきみ》の作れる歌三首

四一七　大君の　和魂《にきたま》あへか　豊国《とよくに》の　鏡の山を　宮と定むる

四一八　豊国の　鏡の山の　岩戸立て　隠《こも》りにけらし　待てど来まさず

四一九　岩戸割る　手力《たぢから》もがも　手弱《たよわ》き　をみなにしあれば　すべの知らなく

[12]石田王《いしだのおほきみ》の卒《みまか》る時に、[13]丹生王《にふのおほきみ》の作れる歌一首　并びに短歌

四一四　○あしひきの―枕詞。○岩根こごしみ―岩が凝り固まっているので。

1―聖徳太子。用明天皇の第二皇子。母は穴穂部間人皇后。十七条憲法、冠位十二階の制定、国史の編纂、仏教や学術の奨励に努めた。推古天皇三十年（六二二）四十九歳で没。
2―大阪府柏原市高井田。
3―奈良県生駒郡三郷町立野の西方の山。
4―推古天皇の皇居。
5―第三十三代推古天皇。日本最初の女帝。母は堅塩媛。推古天皇三十六年（六二八）七十五歳で崩御。

四一五　○くさまくら―枕詞。○臥やせる―伏していらっしゃる。

6↓2・一〇五。
7―奈良県桜井市、香具山の北部にあったか。

四一六　○ももづたふ―枕詞。

8―朱鳥元年（六八六）筑紫に下り、持統三年（六八九）大宰帥。同八年ごろ没。
9―3・三一一。
10―3・三一一。
11―伝未詳。

四一七　○和魂―心を温和にする魂。

12―伝未詳。
13―伝未詳。丹生女王と同人か↓4・五五三。

四二〇 なゆたけの　とをよる御子《みこ》　さにつらふ　我が大君は　こもりくの　初《はつ》
瀬《せ》の山に　神《かむ》さびに　斎《いつ》きいますと　たまづさの　人そ言ひつる　逆言《およづれ》
か　我が聞きつる　狂言《たはごと》か　我が聞きつるも　天地《あめつら》に　悔《くや》しきことの
世間《よのなか》の　悔しきことは　天雲《あまくも》の　そくへの極み　天地の　至れるまでに
杖《つゑ》つきも　つかずも行きて　夕占問《ゆふけと》ひ　石占《いしうら》もちて　我が屋戸《やど》に　みも
ろを立てて　枕辺《まくらべ》に　斎瓮《いはひへ》をすゑ　竹玉《たかだま》を　間《ま》なく貫《ぬ》き垂《た》れ　ゆふだす
き　かひなに掛けて　天《あめ》にある　ささらの小野《をの》の　七《なな》ふすげ　手に取り
持ちて　ひさかたの　天《あま》の川原に　出《い》で立ちて　みそぎてましを　高山
の　巌《いはほ》の上に　いませつるかも

反歌

四二一 逆言《およづれ》の　狂言《たはごと》とかも　高山の　巌《いはほ》の上に　君が臥《こ》やせる

四二二 石上《いそのかみ》　布留《ふる》の山なる　杉群《むら》の　思ひ過ぐべき　君ならなくに

同じく石田王《1いしだのおほきみ》の卒《みまか》る時に、山前王《2やまさきのおほきみ》の哀傷《かなし》びて作れる歌一首

四二三 つのさはふ　磐余《いはれ》の道を　朝去らず　行きけむ人の　思ひつつ　通ひけ
まくは　ほととぎす　鳴く五月《さつき》には　あやめぐさ　花橘を　玉に貫《ぬ》き
一に云ふ「貫き交《まじ》へ」　縵《かづら》にせむと　九月《ながつき》の　しぐれの時は　もみち葉を
折りかざさむと　はふくずの　いや遠長く　一に云ふ「くずのねの　いや遠長
に」　万代《よろづよ》に　絶えじと思ひて　一に云ふ「おほぶねの　思ひ頼みて」　通ひけ
む　君をば明日《あす》ゆ　一に云ふ「君を明日ゆは」　外《よそ》にかも見む

四二〇 ○なゆたけの―枕詞。○とをよる―しなやかな状態の形容。○さにつらふ―枕詞。○こもりくの―枕詞。○たまづさの―枕詞。○逆言―心を惑わす不吉な言葉。○狂言―気違いじみた言葉。逆言と併用される。○夕占問ひ―日暮れの辻に立ち道行く人の言葉を聞き吉凶を判断する。○石占―石の軽重や、石を蹴った状態などで吉凶を判断。○斎瓮→3・三七九。○竹玉→3・三七九。○七ふすげ―未詳。かやつりぐさ科のカサスゲ説、七節の菅とする説、長い菅とする説、七斑菅の意とする説などがある。○ひさかたの―枕詞。

四二二 ○石上―奈良県天理市の一帯。○布留―石上神宮付近の地。○第一・二・三句―序詞。
1―伝未詳。
2―忍壁皇子の子。慶雲二年（七〇五）従四位下。刑部卿となり、養老七年（七二三）十二月没。

四二三 ○つのさはふ―枕詞。○ほととぎす―杜鵑科。鳩よりやや小さく、初夏に渡来し、山から人里に出て鳴く。鶯の巣に産卵することも当時知られていた。○あやめぐさ―さといも科の多年草。今日いうアヤメではない。芳香があり、薬玉や薬などに用いられた。○はふくずの―枕詞。くずは、まめ科の多年生蔓草。秋の七草の一。○くずのねの―枕詞。○おほぶねの―枕詞。

四二四 ○こもりくの—枕詞。○初瀬—奈良県桜井市初瀬。

1→2・一一九。

四二六 ○くさまくら—枕詞。
2—慶雲二年（七〇五）従六位下から従五位下に進んだこと以外、伝未詳。
3—伝未詳。
四二七 ○ももたらず—枕詞。○八十—多くの。○ももたらず　八十—序詞。○隅坂—奈良県宇陀郡榛原町萩原の西方にある西峠の旧道の坂をさすか。地名とみない説もある。
4—伝未詳。

四二八 ○こもりくの—枕詞。

5—伝未詳。

四二九 ○やまのまゆ—枕詞。

四三〇 ○やくもさす—枕詞。

右の一首、或は云ふ、柿本朝臣人麻呂《かきのもとのあそみひとまろ》の作なりと。

或本の反歌二首

四二四　こもりくの　初瀬《はつせ》をとめが　手に巻ける　玉は乱れて　ありと言はずやも

四二五　川風の　寒き初瀬を　嘆きつつ　君があるくに　似る人も逢へや

右の二首は、或は云ふ、[1]紀皇女《きのひめみこ》薨ぜし後に山前王《やまさきのおほきみ》、石田王《いしだのおほきみ》に代はりて作ると。

柿本朝臣人麻呂《かきのもとのあそみひとまろ》、香具山《かぐやま》の屍《かばね》を見て悲慟《かなし》びて作れる歌一首

四二六　くさまくら　旅の宿りに　誰《た》が夫《つま》か　国忘れたる　家待たまくに

[2]田口広麻呂《たぐちのひろまろ》の死ぬる時に、[3]刑部垂麻呂《おさかべのたりまろ》の作れる歌一首

四二七　ももたらず　八十隅坂《やそすみさか》に　手向《たむけ》せば　過ぎにし人に　けだし逢はむかも

[4]土形娘子《ひぢかたのをとめ》を初瀬《はつせ》の山に火葬《やきはふ》る時に、柿本朝臣人麻呂の作れる歌一首

四二八　こもりくの　泊瀬の山の　山のまに　いさよふ雲は　妹にかもあらむ

溺《おぼ》れ死にし[5]出雲娘子《いづものをとめ》を吉野《よしの》に火葬《やきはふ》る時に、柿本朝臣人麻呂の作れる歌二首

四二九　やまのまゆ　出雲《いづも》の児らは　霧なれや　吉野の山の　嶺《みね》にたなびく

四三〇　やくもさす　出雲の児らが　黒髪は　吉野の川の　沖になづさふ

1勝鹿《かつしか》の2真間《まま》の3娘子《をとめ》が墓に、過《よき》る時に、山部宿祢《やまべのすくね》赤人《あかひと》の作れる歌一首 并びに短歌 東《あづま》の俗語《よのこと》に云ふ、かづしかのままのてご

四三一 古《いにしへ》に ありけむ人の 倭文機《しつはた》の 帯解《と》きかへて 伏屋《ふせや》立て 妻問《つまど》ひしけむ 葛飾《かつしか》の 真間《まま》の手児名《てこな》が 奥つきを こことは聞けど 真木《まき》の葉や 茂りたるらむ まつが根や 遠く久しき 言《こと》のみも 名のみも我は 忘らゆましじ

反 歌

四三二 我も見つ 人にも告《つ》げむ 葛飾《かつしか》の 真間《まま》の手児名《てこな》が 奥つき処《ところ》

四三三 葛飾の 真間の入江《いりえ》に うちなびく 玉藻刈りけむ 手児名し思ほゆ

和銅《わどう》四年辛亥《しんがい》、4河辺宮人《かはへのみやひと》、5姫島《ひめしま》の松原に美人の屍《かばね》を見て、哀慟《あいどう》して作れる歌四首

四三四 かざはやの 美保《みほ》の浦回《うらみ》の 白躑躅《しらつつじ》 見れどもさぶし なき人思へば

或は云ふ「見れば悲しも なき人思ふに」

四三五 みつみつし 久米《くめ》の若子《わくご》が い触れけむ 磯《いそ》の草根《くさね》の 枯れまく惜しも

四三六 人言《ひとごと》の 繁きこのころ 玉ならば 手に巻き持ちて 恋ひざらましを

四三七 妹《いも》も我も 清《きよみ》の川の 川岸の 妹が悔《く》ゆべき 心は持たじ

右、案《かむが》ふるに、年紀《とし》并びに所処《ところ》また娘子《をとめ》の屍《かばね》の歌を作る人の名と、すでに上に見えたり。ただし、歌辞相違《あひたが》ひ、是非《ぜひ》別《わ》き難《かた》し。よりてこの次《つぎて》に累《かさ》ね載《の》す。

1下総国の郡名。千葉県・東京都・埼玉県にわたる江戸川流域一帯の地。
2―千葉県市川市真間。
3―伝説上の女性で、テゴ(ナ)と呼ばれた。
四三一 ○倭文機―簡単な模様だけの日本古来の織物のこと。○伏屋―粗末な小屋。○奥つき―墓所。

4→2・二二八。
5―所在未詳。

四三四 ○かざはやの―枕詞。○美保の浦―和歌山県日高郡美浜町三尾の海浜一帯。

四三五 ○みつみつし―枕詞。○久米の若子―伝説上の人物と思われるが不明。

四三七 ○第一・二・三句―序詞。○清の川―清御原あたりを流れる明日香川をいうか。

神亀《じんき》五年戊辰《ぼしん》、[1]大宰帥大伴卿《だざいのそちおほとものまへつきみ》、故人を偲《しの》ひ恋ふる歌三首

四三八 愛《うつく》しき 人のまきてし しきたへの 我が手枕《たまくら》を まく人あらめや

右の一首は別れ去《い》にて数旬を経て作れる歌。

四三九 帰るべく 時はなりけり 都にて 誰《た》が手本《たもと》をか 我が枕かむ

四四〇 都なる 荒れたる家に ひとり寝ば 旅にまさりて 苦しかるべし

右の二首は、京に向かふ時に臨近《ちか》づきて作れる歌。

神亀《じんき》六年己巳《きし》、左大臣[2]長屋王《ながやのおほきみ》、死を賜《たま》はりし後に、[3]倉橋部女王《くらはしべのおほきみ》の作れる歌一首

四四一 大君の 命恐《みことかしこ》み 大殯《おほあらき》の 時にはあらねど 雲隠ります

[4]膳部王《かしはでのおほきみ》を悲傷《かなし》ぶる歌一首

四四二 世間《よのなか》は 空しきものと あらむとそ この照る月は 満《み》ち欠《か》けしける

右の一首は作者未だ詳《つばひ》らかならず

天平《てんぴやう》元年己巳《きし》、[5]摂津国《つのくに》の班田《はんでん》の史生《ししやう》[6]丈部竜麻呂《はせつかべのたつまろ》自ら経《わな》きて死ぬる時に、[7]判官大伴宿祢《じようおほとものすくね》三中《みなか》の作れる歌一首 并びに短歌

四四三 天雲《あまくも》の 向伏《むかぶ》す国の もののふと 言はるる人は 天皇《すめろき》の 神の御門《みかど》に 外《と》の重《へ》に 立ち候《さもら》ひ 内《うち》の重《へ》に 仕《つか》へ奉《まつ》りて たまかづら いや遠長く 祖《おや》の名も 継《つ》ぎ往くものと 母父《おもちち》に 妻に子どもに 語らひて 立ちにし日より たらちねの 母の命《みこと》は 斎瓮《いはひへ》を 前にすゑ置きて 片手には ゆふ取り持ち 片手には 和《にき》たへ奉《まつ》り 平《たひら》けく ま幸《さき》くませと 天地《あめつち》の

1→3・三一五。

四三八 ○しきたへの―枕詞。

2→1・七五。

3―伝未詳。

四四一 ○大殯―大は尊称。殯は埋葬に先立って新城（あらき）に遺骸を祭ること。4―長屋王の長子。母は草壁皇子の娘。吉備内親王。神亀元年（七二四）従四位下。同六年、長屋王自尽の際、母や弟とともに自殺。5―国名。大阪府の北西部から兵庫県の南東部にかけての地。6―天平元年（七二九）没。このとき摂津国班田史生。7―天平元年（七二九）当時、摂津国班田使判官。同八年（七三六）遣新羅副使となる。以後、刑部少輔兼大判事、兵部少輔、山陽道巡察使、大宰少弐、長門守を歴任し、天平十九年（七四七）刑部大判事となる。

四四三 ○たまかづら―枕詞。○たらちねの―枕詞。○斎瓮→三七九。○つつじはな―枕詞。○にほどりの―枕詞。○おしてる―枕詞。○あらたまの―枕詞。○しろたへの―枕詞。○うつせみの―枕詞。○つゆしもの―枕詞。

神を乞《こ》ひ禱《の》み　いかならむ　歳《とし》の月日《つきひ》か　つつじはな　にほへる君が　にほどりの　なづさひ来《こ》むと　立ちて居《ゐ》て　待ちけむ人は　大君の　命《みこと》恐《かしこ》み　おしてる　難波《なには》の国に　あらたまの　年経《ふ》るまでに　しろたへの　衣も干《ほ》さず　朝夕《あさよひ》に　ありつる君は　いかさまに　思ひいませか　うつせみの　惜《を》しきこの世を　つゆしもの　置きて去《い》にけむ　時にあらずして

反　歌

四四四　昨日《きのふ》こそ　君はありしか　思はぬに　浜松の上に　雲にたなびく

四四五　いつしかと　待つらむ妹《いも》に　たまづさの　言《こと》だに告げず　往《い》にし君かも

天平《てんびやう》二年庚午《かうご》の冬十二月、大宰帥大伴卿《だざいのそちおほとものまへつきみ》、京に向かひて道に上る時に作れる歌五首

四四六　我妹子《わぎもこ》が　見し鞆《とも》の浦の　むろの木は　常世《とこよ》にあれど　見し人そなき

四四七　鞆《とも》の浦の　磯のむろの木　見むごとに　相見し妹《いも》は　忘らえめやも

四四八　磯の上に　根這《ねば》ふむろの木　見し人を　いづらと問はば　語り告げむか

右の三首は、鞆の浦に過《よき》る日に作れる歌。

四四九　妹《いも》と来《こ》し　敏馬《みぬめ》の崎を　帰るさに　ひとりし見れば　涙ぐましも

四五〇　去くさには　二人《ふたり》我が見し　この崎を　ひとり過ぐれば　心悲しも　一に云ふ「見もさかず来《き》ぬ」

右の二首は、敏馬の崎に過《よき》る日に作れる歌。

四四五　○たまづさの―枕詞。

四四六　○鞆の浦―広島県福山市鞆町の海浜一帯。○むろの木―ひのき科の常緑小喬木ネズの木。

四四八　○いづら―いずこ。

四四九　○敏馬の崎―神戸市灘区岩屋の高台をさすか。同市の和田岬とする説もある。

故郷の家に帰り入りて、即《すなは》ち作れる歌三首

四五一　人もなき　空しき家は　くさまくら　旅にまさりて　苦しかりけり

四五二　妹《いも》として　二人作りし　我が山斎《しま》は　木高《こだか》く繁《しげ》く　なりにけるかも

四五三　我妹子《わぎもこ》が　植ゑしうめの木　見るごとに　心むせつつ　涙し流る

天平《てんぴやう》三年辛未《しんび》の秋七月、大納言大伴卿《おほとものまへつきみ》の薨《こう》ずる時の歌六首

四五四　はしきやし　栄えし君の　いましせば　昨日《きのふ》も今日《けふ》も　我《わ》を召《め》さましを

四五五　かくのみに　ありけるものを　はぎの花　咲きてありやと　問ひし君はも

四五六　君に恋ひ　いたもすべなみ　葦鶴の　音《ね》のみし泣かゆ　朝夕《あさよひ》にして

四五七　遠長く　仕へむものと　思へりし　君しまさねば　心どもなし

四五八　みどりごの　這《は》ひたもとほり　朝夕《あさよひ》に　音《ね》のみそ我が泣く　君なしにして

右の五首は[1]資人余明軍《しじんよのみやうぐん》、犬馬《けんば》の慕《した》ひに勝《あ》へずして、心の中に感緒《おも》ひて作れる歌。

四五九　見れど飽《あ》かず　いましし君が　もみちばの　移りい行けば　悲しくもあるか

右の一首は、[2]内礼正県犬養宿祢人上《ないらいのかみあがたいぬかひのすくねひとかみ》に勅《みことのり》して卿《まへつきみ》の病《やまひ》を検護《とりみ》しむ。しかれども医薬験《しるし》なく、逝《ゆ》く水の留まらず。これによりて、悲慟《かなし》びて即《すなは》ちこの歌を作れり。

四五一　〇くさまくら—枕詞。

四五二　〇妹として二人作りし—妹と二人して作りし、の意。〇山斎—泉水や築山などのある庭園のこと。

四五四　〇はしきやし—哀惜の意を添える感動詞。

四五六　〇いたもすべなみ—とてもしかたがないので。〇あしたづの—枕詞。

四五七　〇心ど—しっかりした気持。

四五八　〇みどりごの—枕詞。

1→3・三九四。

四五九　〇もみちばの—枕詞。

2—伝未詳。

七年乙亥《いつがい》、[1]大伴坂上郎女《おほとものさかのうへのいらつめ》、[2]尼理願《あまりぐわん》の死去《しぬ》ることを悲嘆《かなし》びて作れる歌一首　并びに短歌

四六〇　たくづのの　新羅《しらき》の国ゆ　人言《ひとごと》を　良しと聞かして　問ひ放《さ》くる　親族《うがら》兄弟《はらから》　なき国に　渡り来まして　大君の　敷きます国に　うちひさす　都しみみに　里家《さといへ》は　さはにあれども　いかさまに　思ひけめかも　つれもなき　佐保《さほ》の山辺《やまべ》に　なくこなす　慕《した》ひ来まして　しきたへの　家をも造り　あらたまの　年の緒《を》長く　住まひつつ　いまししものを　生ける者　死ぬとふことに　免《まぬか》れぬ　ものにしあれば　頼めりし　人のことごと　くさまくら　旅なる間《あひだ》に　佐保川《さほがは》を　朝川《あさかは》渡り　春日野《かすがの》を　そがひに見つつ　あしひきの　山辺をさして　くれくれと　隠りましぬれ　言はむすべ　せむすべ知らに　たもとほり　ただひとりして　しろたへの　衣手《ころもで》干《ほ》さず　嘆きつつ　我が泣く涙　有間山《ありまやま》　雲居《くもゐ》たなびき　雨に降りきや

反　歌

四六一　留《とど》めえぬ　命にしあれば　しきたへの　家ゆは出《い》でて　雲隠《くもがく》りにき

右、新羅国《しらきのくに》の尼、名は理願《りぐわん》といふ。遠く王徳《わうとく》に感《かま》けて　聖朝に帰化《よりき》ぬ。時《ここ》に[3]大納言大将軍大伴卿《だいなごんだいしやうぐんおほとものまへつきみ》の家に寄住して、すでに数紀《すうき》を経たり。ここに、天平七年乙亥《いつがい》を以て、忽《たちま》ちに運病《うんびやう》に沈み、すでに泉界《せんかい》に趣《おもむ》く。ここに、[4]大家石川命婦《おほとじいしかはのみやうぶ》、餌薬《じやく》の事によ

1→3・三七九。
2―新羅から帰化した尼。大伴安麻呂の家に身を寄せていたが、天平七年（七三五）に病死。

四六〇　〇たくづのの―枕詞。〇新羅の国―朝鮮半島の南東部にあった国。『萬葉集』巻十五に、遣新羅使の歌が収められている。〇うちひさす―枕詞。〇しみみに―すきまのないほどぎっしりと。〇佐保の山辺―佐保の山は奈良市法蓮・佐保田町などの北に位置する丘陵地であり、その山辺に大伴氏の邸宅があった。〇なくこなす―枕詞。〇しきたへの―枕詞。〇あらたまの―枕詞。〇くさまくら―枕詞。〇そがひに―後方に。〇あしひきの―枕詞。しろたへの―枕詞。〇有間山―神戸市兵庫区有馬町の有馬温泉の近くにある山。

四六一　〇しきたへの―枕詞。〇家ゆは出でて―家から出て。死への旅を踏まえた表現。

3―大伴安麻呂→2・一〇一。

4―石川郎女。大伴安麻呂の妻。坂上郎女の母。集中に同名の別人が何人もいる。

りて有間《ありま》の温泉《ゆ》に行きて、この喪《も》に会はず。ただ郎女《いらつめ》ひとり留まりて、屍柩《しきう》を葬《はぶ》り送ることすでに訖《をは》りぬ。よりてこの歌を作りて、温泉に贈り入る。

十一年己卯《きばう》の夏六月、1大伴宿祢家持《おほとものすくねやかもち》、2亡《みまか》りし妾《をみなめ》を悲傷《かなし》びて作れる歌一首

四六二 今よりは 秋風寒く 吹きなむを いかにかひとり 長き夜《よ》を寝む

3弟《いろと》大伴宿祢書持《ふみもち》即《すなは》ち和《こた》ふる歌一首

四六三 長き夜を ひとりや寝むと 君が言へば 過ぎにし人の 思ほゆらくに

また家持《やかもち》、4砌《みぎり》の上のなでしこが花を見て作れる歌一首

四六四 秋さらば 見つつ偲《しの》へと 妹《いも》が植ゑし 屋前《やど》のなでしこ 咲きにけるかも

月移りて後に、秋風を悲嘆《かなし》びて家持の作れる歌一首

四六五 うつせみの 世は常なしと 知るものを 秋風寒み 偲《しの》ひつるかも

また家持の作れる歌一首 并びに短歌

四六六 我が屋前《やど》に 花ぞ咲きたる そを見れど 心も行かず はしきやし 妹がありせば みかもなす 二人《ふたり》並び居《ゐ》 手折《たを》りても 見せましものを うつせみの 借《か》れる身なれば つゆしもの 消《け》ぬるがごとく あしひきの 山路《やまぢ》をさして いりひなす 隠《かく》りにしかば そこ思ふに 胸こそ痛き 言ひも得ず 名づけも知らず 跡もなき 世間《よのなか》なれば せむすべもなし

1↓3・三九五。
2—伝未詳。
3—大伴旅人の子。家持の弟。天平十八年(七四六)九月没。花草花樹を深く愛する性格であったことが家持の歌(三九五七)によって知られる。
四六三 ○過ぎにし人—亡くなった妾をさす。
4—軒下の雨水をうける敷石。
四六四 ○秋さらば—秋が来たならば。
四六五 ○うつせみの—枕詞。
四六六 ○心も行かず—気持も晴れない。○みかもなす—枕詞。○うつせみの—枕詞。○借れる身—仮(かり)のはかない身。○つゆしもの—枕詞。○あしひきの—枕詞。○いりひなす—枕詞。○言ひも得ず名づけも知らず—言葉では説明できず何と表現したらよいかわからない。○跡もなき世間—はかない世間。

反　歌

四六七　時はしも　何時《いつ》もあらむを　心痛く　去《い》にし我妹《わぎも》か　みどり子を置きて

四六八　出《い》でて行く　道知らませば　あらかじめ　妹《いも》を留《とど》めむ　関《せき》も置かましを

四六九　妹《いも》が見し　屋前《やど》に花咲き　時は経《へ》ぬ　我が泣く涙　いまだ干《ひ》なくに

悲緒《かなしび》未だ息《や》まず、さらに作れる歌五首

四七〇　かくのみに　ありけるものを　妹《いも》も我も　千歳《ちとせ》のごとく　頼みたりけり

四七一　家離《いへさか》り　います我妹《わぎも》を　留《とど》めかね　山隠《がく》しつれ　心どもなし

四七二　世間《よのなか》は　常《つね》かくのみと　かつ知れど　痛き心は　忍《しの》びかねつも

四七三　佐保山《さほやま》に　たなびく霞　見るごとに　妹《いも》を思ひ出《い》で　泣かぬ日はなし

四七四　昔こそ　外《よそ》にも見しか　我妹子《わぎもこ》が　奥つきと思へば　愛《は》しき佐保山

十六年甲申《かふしん》春二月、1安積皇子《あさかのみこ》の薨《こう》ずる時に、2内舎人《うどねり》大伴宿祢家持《おほとものすくねやかもち》の作れる歌六首

四七五　かけまくも　あやに恐《かしこ》し　言はまくも　ゆゆしきかも　我が大君　皇子《みこ》の命《みこと》　万代《よろづよ》に　めしたまはまし　大日本《おほやまと》　久邇《くに》の都は　うちなびく　春さりぬれば　山辺《やまべ》には　花咲きをり　川瀬《かはせ》には　鮎子さ走り　いや日異《ひけ》に　栄ゆる時に　逆言《およづれ》の　狂言《たはごと》とかも　白たへに　舎人《とねり》装ひて　和束山《わづかやま》　御輿《みこし》立たして　ひさかたの　天《あめ》知らしぬれ　こいまろび　ひづち泣けども　せむすべもなし

反　歌

四六七　〇みどり子―幼子（三歳まで）の意。

四七一　〇心ど―しっかりした気持。

四七四　〇奥つき―墓所。
1―聖武天皇の皇子。母は県犬養広刀自。天平十六年（七四四）閏正月十一日、難波行幸に同行。途中、脚病のため恭仁京に帰り十三日没。藤原仲麻呂に毒殺されたとする説もある。
2―内舎人とは中務省に所属し、帯剣して侍衛・雑役に勤める。定員九十人。名門の子弟を採用した。

四七五　〇かけまくもあやに恐し―申すのもまことに恐れ多いことだけれど。〇久邇の京―京都府相楽郡加茂町例幣あたり一帯。〇うちなびく―枕詞。〇あゆ―あゆ科の魚。晩秋に孵化して海に下り、早春川を上る。古くから鵜飼・釣などによって漁獲され食用に供された。〇逆言→3・四二〇。〇和束山―京都府相楽郡和束町の山。〇ひさかたの―枕詞。

四七六　我が大君　天《あめ》知らさむと　思はねば　おほにそ見ける　和束杣山《わづかそまやま》

四七七　あしひきの　山さへ光り　咲く花の　散りぬるごとき　我が大君かも

右の三首は、二月三日に作れる歌。

四七八　かけまくも　あやに恐《かしこ》し　我が大君　皇子《みこ》の命《みこと》　もののふの　八十伴《やそとも》の
男《を》を　召《め》し集《つど》へ　あどもひたまひ　朝狩《あさかり》に　しし踏み起こし　夕狩《ゆふかり》に
とり踏み立て　大御馬《おほみま》の　口抑《おさ》へとめ　御心《みこころ》を　見《め》し明《あき》らめし　活道山《いくぢやま》
木立《こだち》の茂《しげ》に　咲く花も　うつろひにけり　世間《よのなか》は　かくのみならし　ま
すらをの　心振り起こし　剣大刀《つるぎたち》　腰に取り佩《は》き　梓弓《あづさゆみ》　靫《ゆき》取り負《お》ひて
天地《あめつち》と　いや遠長《とほなが》に　万代《よろづよ》に　かくしもがもと　頼めりし　皇子《みこ》の御門《みかど》
の　さばへなす　騒く舎人《とねり》は　白たへに　衣取り着て　常なりし　笑《ゑ》ま
ひ振舞《ふるまひ》　いや日異《け》に　変はらふ見れば　悲しきろかも

反　歌

四七九　愛《は》しきかも　皇子《みこ》の命《みこと》の　あり通《がよ》ひ　見《め》しし活道《いくぢ》の　道は荒れにけり

四八〇　大伴《おほとも》の　名に負《お》ふ靫負《ゆきお》ひて　万代《よろづよ》に　頼みし心　いづくか寄せむ

右の三首は、三月二十四日に作れる歌。

死《みまか》りし妻を悲傷《かなし》びて、高橋朝臣《たかはしのあそみ》の作れる歌一首　并びに短歌

四八一　しろたへの　袖さし交《か》へて　なびき寝し　我が黒髪の　ま白髪《しらか》に　なり
なむ極《きは》み　新世《あらたよ》に　ともにあらむと　たまのをの　絶えじい妹《いも》と　結び
てし　ことは果たさず　思へりし　心は遂げず　しろたへの　手本《たもと》を別

四七六　○おほに—粗雑に。いい加減に。○杣山—ソマは木材を伐り出す山。

四七七　○あしひきの—枕詞。

四七八　○もののふの—枕詞。○八十—多くの。○あどもひ—アドモフは声をかけて率いる意。○とり—原文表記は「鶉雉」。猟鳥の代表であるウズラとキギシとを並べてトリの意味とした。○活道山—所在未詳。京都府相楽郡の恭仁京あたりの山か。○靫—矢を入れて背負う道具。○さばへなす—枕詞。さばへは、双翅目の昆虫。イエバエ・クロバエなどの総称であるが。古くはアブの類などを含めた野外の広義の蠅類をさした。

四八一　○しろたへの—枕詞。○たまのをの—枕詞。○にきびにし—馴れ親しんでいた。○あさぎりの—枕詞。○相楽山—京都府相楽郡木津町相楽の山をさすか。相楽郡の山々の総称とする説もある。○をとこじもの—男のようでなく。○あさとりの—枕詞。○験—効果、甲斐。○よすか—手掛かり。拠り所。

れ　にきびにし　家ゆも出でて　みどり子の　泣くをも置きて　あさぎりの　おほになりつつ　山背《やましろ》の　相楽山《さがらかやま》の　山のまに　往き過ぎぬれば　言はむすべ　せむすべ知らに　我妹子《わぎもこ》と　さ寝しつま屋に　朝《あした》には　出で立ち偲《しの》ひ　夕《ゆふべ》には　入り居《ゐ》嘆かひ　わきばさむ　子の泣くごとに　をとこじもの　負《お》ひみ抱《むだ》きみ　あさとりの　哭《ね》のみ泣きつつ　恋ふれども　験《しるし》をなみと　言問《ことと》はぬ　ものにはあれど　我妹子《わぎもこ》が　入りにし山を　よすかとぞ思ふ

反　歌

四八二　うつせみの　世の事なれば　外《よそ》に見し　山をや今は　よすかと思はむ

四八三　あさとりの　音《ね》のみし泣かむ　我妹子《わぎもこ》に　今また更に　逢ふよしをなみ

右の三首は、七月二十日に[1]高橋朝臣《たかはしのあそみ》の作れる歌なり。名字《あざな》未だ審《つばひ》らかならず。ただし[2]奉膳《かしはで》の男子《をのこ》と云ふ。

四八二　○うつせみの—枕詞。○外に見し—自分とは関係のないものとして見ていた。

四八三　あさとりの—枕詞。○逢ふよしをなみ—逢う手段もないので。

1—名は不明。高橋朝臣国足（↓17・三九二六）かという。また、子老、老麻呂かともいう。高橋氏は、景行天皇の東国巡幸の際に大蛤を奉った功により膳臣の姓を賜わり、天武十二年に高橋朝臣を賜わった。代々内膳司に仕えた家柄である。

2—内膳司の長官。天皇の御膳のことをつかさどる。

萬葉集巻第四

相聞

[1]難波天皇《なにはのすめらみこと》の妹《いろも》、大和にいます皇兄《すめいろせ》に奉上《たてまつ》る御歌一首

四八四　一日《ひとひ》こそ　人も待ちよき　長き日《け》を　かくのみ待たば　ありかつましじ

[2]岡本《をかもと》天皇の御製一首　幷びに短歌

四八五　神代より　生《あ》れ継ぎ来れば　人さはに　国には満ちて　あぢむらの　通ひは行けど　我が恋ふる　君にしあらねば　昼は　日の暮るるまで　夜は　夜の明くる極み　思ひつつ　いも寝がてにと　明かしつらくも　長きこの夜を

反歌

四八六　山のはに　あぢ群《むら》さわき　行くなれど　我はさぶしゑ　君にしあらねば

四八七　淡海路《あふみぢ》の　鳥籠《とこ》の山なる　不知哉川《いさやがは》　日《け》のころごろは　恋ひつつもあらむ

右、今案《かむが》ふるに、高市岡本宮[3]・後《のち》[4]の岡本宮、二代二帝おのもおのも異《こと》にあり。ただし、岡本天皇といふは、未だその指すところを審《つばひ》らかにせず。

[5]額田王《ぬかたのおほきみ》、近江天皇[6]を偲《しの》ひて作れる歌一首

1―未詳。難波天皇は仁徳天皇、孝徳天皇両説があり、編者が仁徳天皇を念頭においたものとすれば妹は八田皇女が想定されうる。
2―舒明天皇、皇極（斉明）天皇両説がある。
四八五　〇あぢむらの―枕詞。〇あぢ→3・二五七。
四八七　〇淡海―滋賀県。〇鳥籠の山―滋賀県彦根市正法寺山。〇不知哉川―滋賀県犬上郡霊仙山に発し、彦根市で琵琶湖に注ぐ大堀川。〇第一・二・三句―序詞。
3―舒明天皇→1・二。
4―皇極（斉明）天皇→1・八。
5→1・七。
6―天智天皇→1・一六。

四八八 君待つと 我が恋ひ居《を》れば 我が屋戸《やど》の 簾《すだれ》動かし 秋の風吹く

1 鏡王女《かがみのおほきみ》の作れる歌一首

四八九 風をだに 恋ふるはともし 風をだに 来むとし待たば 何か嘆かむ

2 吹芡刀自《ふふきのとじ》の歌二首

四九〇 真野《まの》の浦の 淀の継ぎ橋 情《こころ》ゆも 思へや妹が 夢《いめ》にし見ゆる

四九一 河の上《へ》の いつ藻《も》の花の いつもいつも 来ませ我が背子 時じけめやも

3 田部《たなべの》忌寸《いみき》櫟子《いちひこ》、大宰に任ずる時の歌四首

四九二 衣手《ころもで》に 取りとどこほり 泣く子にも まされる我を 置きていかにせむ

4 舎人吉年《とねりのよしとし》

四九三 置きて行かば 妹恋ひむかも しきたへの 黒髪敷きて 長きこの夜を

田部忌寸櫟子

四九四 我妹《わぎも》子《こ》を 相知らしめし 人をこそ 恋の増されば 恨めしみ思へ

四九五 朝日影 にほへる山に 照る月の 飽かざる君を 山越しに置きて

5 柿本朝臣人麻呂の歌四首

四九六 み熊野の 浦のはまゆふ 百重《ももへ》なす 心は思へど 直に逢はぬかも

四九七 古《いにしへ》に ありけむ人も 我がごとか 妹に恋ひつつ 寝《い》ねかてずけむ

四九八 今のみの わざにはあらず 古の 人ぞまさりて 哭《ね》にさへ泣きし

四九九 百重にも 来《き》しかぬかもと 思へかも 君が使ひの 見れど飽かざらむ

1↓2・九一。

2↓1・二二。

四九〇 ○真野の浦—未詳。兵庫県神戸市長田区東尻池町、西尻池町、真野町一帯かともいう。○第一・二句—序詞。

四九一 ○第一・二句—序詞。○いつ藻の花—イツは藻をほめた接頭語。

3—伝未詳。天智、天武時代の人。

4—伝未詳。

四九三 ○しきたへの—枕詞。

四九五 ○第一・二・三句—序詞。

5↓1・二九。

四九六 ○み熊野—和歌山県の東、西牟婁郡、三重県南、北牟婁郡一帯。○第一・二句—序詞。○はまゆふ—ひがんばな科ハマオモト。夏、白い花をつける。

碁檀越《ごのだんをち》[1]、伊勢国[2]に行く時に、留まれる妻の作る歌一首

五〇〇　かむかぜの　伊勢の浜荻　折り伏せて　旅寝やすらむ　荒き浜辺に

柿本朝臣人麻呂の歌三首

五〇一　未通女《をとめ》らが　袖布留山《そでふるやま》の　瑞垣《みづかき》の　久しき時ゆ　思ひき我は

五〇二　夏野行く　小鹿《をしか》の角の　束の間も　妹が心を　忘れて思へや

五〇三　たまぎぬの　さゐさゐしづみ　家の妹に　物言はず来にて　思ひかねつも

柿本朝臣人麻呂の妻[3]の歌一首

五〇四　君が家に　我が住坂の　家道《いへぢ》をも　我は忘れじ　命死なずは

安部女郎《あへのいらつめ》[4]の歌二首

五〇五　今さらに　何をか思はむ　うちなびき　心は君に　寄りにしものを

五〇六　我が背子は　物な思ひそ　事しあらば　火にも水にも　我がなけなくに

駿河采女《するがのうねめ》[5]の歌一首

五〇七　しきたへの　枕ゆくくる　涙にそ　浮き寝をしける　恋の繁きに

三方沙弥《みかたのさみ》[6]の歌一首

五〇八　ころもでの　別く今夜《こよひ》より　妹も我も　いたく恋ひむな　逢ふよしをなみ

丹比真人笠麻呂《たぢひのまひとかさまろ》[7]、筑紫国[8]に下る時に、作れる歌一首　并びに短歌

五〇九　臣《おみ》の女《め》の　くしげに乗れる　鏡なす　三津の浜辺に　さにつらふ　紐解き放《さ》けず　我妹子に　恋ひつつ居れば　明《あ》け晩《くれ》の　朝霧隠り　鳴く鶴《たづ》の

1―伝未詳。
2―三重県中央部から北東部一帯。
五〇〇　○かむかぜの―枕詞。　○はまをぎ―浜に生えるヲギ。ヲギはススキに似たいね科の多年生草本。
五〇一　○布留山―奈良県天理市布留。　○をとめらが袖―序詞。　○第一・二・三句―序詞。
五〇二　○第一・二句―序詞。
五〇三　○たまぎぬの―枕詞。
3―伝未詳。
五〇四　○君が家に　我が―序詞。　○住坂―奈良県宇陀郡榛原町萩原の西方西峠の旧道の坂か。
4―伝未詳。
5―駿河国出身の采女。伝未詳。
五〇七　○しきたへの―枕詞。
6―伝未詳。
五〇八　○ころもでの―枕詞。
7―伝未詳。
8―九州地方の総称。また、筑前、筑後の総称。
五〇九　○第一・二・三句―序詞。　○三津の浜辺―難波にあった港。具体的にはわかっていない。　○明け晩の　朝霧隠り　鳴く鶴の―序詞。　○あをはたの―枕詞。　○葛城山―大和、河内の境

哭《ね》のみし泣かゆ　我が恋ふる　千重の一重も　慰もる　情《こころ》もありやと　家のあたり　我が立ち見れば　あをはたの　葛城山に　たなびける　白雲隠る　あまさがる　鄙《ひな》の国辺に　直《ただ》向かふ　淡路を過ぎ　粟島《あはしま》を　そがひに見つつ　朝なぎに　水手《かこ》の声呼び　夕なぎに　梶の聲《おと》しつつ　波の上を　い行きさぐくみ　磐《いは》の間を　い往きもとほり　稲日《いなび》つま　浦《うら》回《み》を過ぎて　とりじもの　なづさひ行けば　家の島　荒磯の上に　うちなびき　しじに生《お》ひたる　なのりそが　などかも妹に　告《の》らず来にけむ

反歌

五一〇　しろたへの　袖解き交《か》へて　帰り来む　月日を数《よ》みて　往きて来ましを

伊勢国に幸《いでま》す時に、当麻麻呂《たぎまのまろ》大夫の妻の作る歌一首

五一一　我が背子は　いづく行くらむ　おきつもの　名張の山を　今日か越ゆらむ

草嬢《くさのをとめ》の歌一首

五一二　秋の田の　穂田の刈りばか　か寄りあはば　そこもか人の　我を言なさむ

志貴皇子《しきのみこ》の御歌一首

五一三　大原の　この市柴の　いつしかと　我が思ふ妹に　今夜《こよひ》逢へるかも

阿倍女郎《あへのいらつめ》の歌一首

五一四　我が背子が　着《け》せる衣の　針目おちず　入りにけらしも　我が情《こころ》さへ

中臣朝臣東人《なかとみのあそみあづまひと》、阿倍女郎に贈る歌一首

にあり、金剛山・葛城山・二上山を含む。○粟島—未詳。香川県屋島北方の阿波島か。○稲日—兵庫県加古川市・加古郡・明石市一帯の地といわれる。○とりじもの—枕詞。○家の島—兵庫県飾磨郡家島町。○なのりそ—ひばまた科ホンダワラ。○家の島…なのりそが—序詞。○あまさがる—枕詞。○淡路—淡路島。

五一〇 ○しろたへの—枕詞。
1↓4・五〇〇。
2—麻呂、妻ともに伝未詳。
五一一 ○おきつもの—枕詞。
3—伝未詳。
五一二 ○第一・二句—序詞。
4↓1・五一。
五一三 ○大原—奈良県高市郡明日香村小原。○第一・二句—序詞。
5—伝未詳。
6—慈美麻呂の子、清麻呂の兄で宅守の父。和銅四年（七一一）正七位上より従五位下。養老二年（七一八）式部少輔。天平四年（七三二）兵部大輔。天平五年（七三三）従四位下。

五一五　ひとり寝て　絶えにし紐を　ゆゆしみと　せむすべ知らに　哭《ね》のみしそ泣く

　阿倍女郎の答ふる歌一首

五一六　我が持てる　三つあひに搓《よ》れる　糸もちて　付けてましもの　今そ悔しき

　大納言兼大将軍大伴卿[1]の歌一首

五一七　神木にも　手は触るといふを　うつたへに　人妻といへば　触れぬものかも

　石川郎女《いしかはのいらつめ》[2]の歌一首　即ち佐保大伴の大家《おほとじ》なり

五一八　春日野の　山辺の道を　恐りなく　通ひし君が　見えぬころかも

　大伴女郎《おほとものいらつめ》[3]の歌一首　今城王《いまきのおほきみ》[4]の母なり。今城王は後に大原真人を賜ふ

五一九　雨つつみ　常する君は　ひさかたの　昨夜《きぞのよ》の雨に　懲りにけむかも

　後の人の追ひて同《こた》ふる歌一首

五二〇　ひさかたの　雨も降らぬか　雨つつみ　君にたぐひて　この日暮らさむ

　藤原宇合《ふぢはらのうまかひ》大夫[5]、遷任して京に上る時に、常陸娘子《ひたちのをとめ》[6]の贈る歌一首

五二一　にはにたつ　あさ手刈り干し　布さらす　東女《をみな》を　忘れたまふな

　京職藤原大夫[7]、大伴郎女[8]に贈る歌三首　卿諱《いみな》を麻呂といふ

五二二　嬢嬬《をとめ》らが　たまくしげなる　玉櫛の　神さびけむも　妹に逢はずあれば

五二三　よく渡る　人は年にも　ありといふを　何時《いつ》の間にそも　我が恋ひにけ

1—大伴安麻呂↓2・一〇一。

2—大伴安麻呂の妻。大伴坂上郎女の母。

五一八 ○春日野—奈良市街地東方の野。
3—伝未詳。
4—大原真人今城（8・一六〇四）と同人か。

五一九 ○ひさかたの—枕詞。

五二〇 ○ひさかたの—枕詞。
5↓1・七二。
6—伝未詳。

五二一 ○にはにたつ—枕詞。○あさ—くわ科の一年生草本。
7—藤原麻呂。不比等の第四子で『歌経標式』の編者浜成の父。養老元年（七一七）従五位下。養老五年（七二一）左京大夫。天平元年（七二九）従三位。天平三年（七三一）参議、兵部卿。天平九年（七三七）没。
8—大伴坂上郎女↓3・三七九。
五二三 ○第一・二・三句—序詞。

る

五二四　蒸《む》し衾《ぶすま》　なごやが下に　臥せれども　妹とし寝ねば　肌し寒しも

大伴郎女の和ふる歌四首

五二五　佐保川の　小石踏み渡り　ぬばたまの　黒馬の来る夜は　年にもあらぬか

五二六　ちどり鳴く　佐保の河瀬の　さざれ波　止む時もなし　我が恋ふらくは

五二七　来むと言ふも　来ぬ時あるを　来じと言ふを　来むとは待たじ　来じと言ふものを

五二八　ちどり鳴く　佐保の河門《かはと》の　瀬を広み　打橋渡す　汝が来《く》と思へば

右、郎女は[1]佐保大納言卿の女《むすめ》なり。はじめ一品[2]穂積皇子に嫁《とつ》ぎ、寵《うつくしび》をかがふること類ひなし。しかして皇子薨ぜし後時《のち》に、[3]藤原麻呂大夫、郎女を娉《つまど》ふ。郎女、坂上の里に家ゐす。よりて族氏号《やからなつ》けて坂上郎女といふ。

また大伴坂上郎女の歌一首

五二九　佐保河の　岸のつかさの　しばな刈りそね　ありつつも　春し来らば　立ち隠《かく》るがね

[4]天皇、[5]海上女王《うなかみのおほきみ》に賜ふ御歌一首　寧楽宮に即位したまふ天皇なり

五三〇　赤駒の　越ゆる馬柵《うませ》の　むすびてし　妹が情《こころ》は　疑ひもなし

右、今案《かむが》ふるに、この歌は擬古の作なり。ただし、時の当たれ

五二五　○佐保川―佐保は奈良市北部。佐保川は春日山中から発し、佐保を過ぎ大和川に至る。○ぬばたまの―枕詞。○黒馬―黒っぽい毛の馬。

五二六　○第一・二・三句―序詞。

1―大伴安麻呂→2・一〇一。

2―天武天皇の皇子。慶雲二年（七〇五）知太政官事。和銅八年（七一五）一品。

3→4・五二二。

五二九　○柴―いね科の多年生草本。山野路傍などの向陽地に生える。

4―聖武天皇。文武天皇の皇子。母は藤原不比等の娘宮子。大宝元年（七〇一）生、天平勝宝八年（七五六）没。

5―志貴皇子の娘。養老七年（七二三）従四位下。神亀元年（七二四）従三位。

五三〇　○第一・二句―序詞。○赤駒―赤毛の馬。

るを以て、即ちこの歌を賜ふか。

海上女王の和へ奉《まつ》る歌一首　志貴皇子の女なり

五二一　あづさゆみ　爪引く夜音の　遠音《とほと》にも　君が御幸《みゆき》を　聞かくし良しも

[1]大伴《おほともの》宿奈麻呂宿祢《すくなまろのすくね》の歌二首　[2]佐保大納言の第三子にあたる

五二二　うちひさす　宮に行く児《こ》を　まかなしみ　留むれば苦し　やればすべなし

五二三　難波潟　潮干のなごり　飽くまでに　人の見む児を　我しともしも

[3]安貴王《あきのおほきみ》の歌一首　并びに短歌

五二四　遠嬬《とほづま》の　ここにしあらねば　たまほこの　道をた遠み　思ふそら　安けなくに　嘆くそら　苦しきものを　み空行《ゆ》く　雲にもがも　高く飛ぶ鳥にもがも　明日去《ゆ》きて　妹に言問ひ　我がために　妹も事なく　妹がため　我も事なく　今も見るごと　たぐひてもがも

反歌

五二五　しきたへの　手枕まかず　間置きて　年そ経にける　逢はなく思へば

右、安貴王、因幡[4]の[5]八上采女《やかみのうねめ》を娶《めと》る。おもひ極まりて甚しく、愛情《うつくしび》尤も盛りなり。時に、勅《みことのり》して不敬の罪に断《さだ》め、本郷《もとつくに》に退却《まか》らしむ。ここに、王の心悼み悲しびて、聊《いささ》かにこの歌を作る。

[6]門部王《かどべのおほきみ》の恋の歌一首

五二六　飫宇《おう》の海の　潮干の潟の　片思《かたも》ひに　思ひや去《ゆ》かむ　道の長手を

五二一　○第一・二句—序詞。
1→2・一二九。
2—大伴安麻呂→2・一〇一。

五二二　○うちひさす—枕詞。

五二三　○難波潟—難波の潟。潟は入江、干潟のどちらか不明。○第一・二句—序詞。
3→3・三〇六。

五二四　○たまほこの—枕詞。

五二五　○しきたへの—枕詞。
4—鳥取県東部。
5—因幡国八上郡（鳥取県八頭郡）出身の采女。伝未詳。
6→3・三一〇。

五二六　○飫宇の海—島根県能義郡八東郡の海。○第一・二句—序詞。
1—島根県東部。

右、門部王、出雲守[1]に任ぜらるる時に、部内の娘子《をとめ》を娶《めと》る。未だ幾だもあらねば、すでに往来を絶つ。月を重ねて後に、さらに愛《うつく》しぶる心を起こす。よりてこの歌を作り、娘子《をとめ》に贈り致す。

高田女王《たかたのおほきみ》[2]、今城王[3]に贈る歌六首

五三七　言清く　いたもな言ひそ　一日だに　君いし哭《な》くは　堪へかたきかも

五三八　人言を　繁み言痛《こちた》み　逢はざりき　心あるごと　な思ひ我が背子

五三九　我が背子し　遂《と》げむと言はば　人言は　繁くありとも　出でて逢はましを

五四〇　我が背子に　または逢はじかと　思へばか　今朝の別れの　すべなかりつる

五四一　この世には　人言繁し　来む生《よ》にも　逢はむ我が背子　今ならずとも

五四二　常止まず　通ひし君が　使ひ来ず　今は逢はじと　たゆたひぬらし

神亀元年甲子の冬十月、紀伊国[4]に幸《いでま》す時に、従駕の人に贈らむがために、をとめに誂《あとら》へられて作れる歌一首　并びに短歌　笠朝臣金村[5]

五四三　大君の　行幸《みゆき》のまにま　もののふの　八十伴《やそとも》の緒《を》と　出でて去《ゆ》きし　愛《うつく》し夫《つま》は　あまとぶや　軽の道より　たまだすき　畝傍《うねび》を見つつ　あさもよし　紀《き》伊道《ぢ》に入り立ち　真土山　越ゆらむ君は　もみち葉の　散り飛ぶ見つつ　にきびにし　我は思はず　くさまくら　旅を宜しと　思ひつつ

2―高安王の女。
3↓4・五一九。
4―和歌山県、三重県の南、北牟婁郡。
5↓3・三六四。
五四三　○もののふの―枕詞。○あまとぶや―枕詞。○軽―奈良県橿原市大軽、見瀬、石川、五条野一帯。○たまだすき―枕詞。○畝傍―奈良県橿原市畝傍町。○あさもよし―枕詞。○くさまくら―枕詞。○真土山―奈良県五条市上野町と和歌山県橋本市隅田町真土の間にある。○くさまくら―枕詞。

君はあるらむと　あそそには　かつは知れども　しかすがに　黙《もだ》もえあらねば　我が背子が　往きのまにまに　追はむとは　千度《ちたび》思へど　たわやめの　我が身にしあれば　道守の　問はむ答へを　言ひ遣らむ　すべを知らにと　立ちてつまづく

反歌

五四四　後《おく》れ居《ゐ》て　恋ひつつあらずは　紀伊国《きのくに》の　妹背の山に　あらましものを

五四五　我が背子が　跡踏み求め　追ひ行かば　紀伊の関守い　留めてむかも

二年乙丑の春三月、[1]三香原の離宮に幸す時に、娘子《をとめ》を得て作れる歌一首　并びに短歌　[2]笠朝臣金村

五四六　三香の原　旅の宿りに　たまほこの　道の行き逢ひに　あまくもの　外《よそ》のみ見つつ　言問はむ　縁《よし》のなければ　情《こころ》のみ　むせつつあるに　天地の　神言《かみこと》寄せて　しきたへの　衣手交《か》へて　自妻《おのつま》と　頼める今夜《こよひ》　秋の夜の　百夜の長さ　ありこせぬかも

反歌

五四七　あまくもの　外に見しより　我妹子に　心も身さへ　縁《よ》りにしものを

五四八　今夜の　早く明けなば　すべをなみ　秋の百夜を　願ひつるかも

五年戊辰、大宰少弐[3]石川足人《いしかはのたるひと》朝臣遷任し、[4]筑前国の[5]阿志岐の駅家に餞《うまのはなむけ》する歌三首

五四四　○妹背の山―和歌山県伊都郡かつらぎ町、紀の川北岸の背ノ山と対岸の妹山。

1―京都府相楽郡加茂町法花寺野あたりにあったといわれる元明、聖武両天皇の離宮。

2→3・三六四。

五四六　○たまほこの―枕詞。○あまくもの―枕詞。○しきたへの―枕詞。

五四七　○あまくもの―枕詞。

3―和銅四年（七一一）従五位下。神亀元年（七二四）従五位上。天平初年、大宰少弐。

4―福岡県北西部。

5―福岡県筑紫野市阿志岐。

五四九　天地の　神も助けよ　くさまくら　旅行く君が　家に至るまで

五五〇　おほぶねの　思ひ頼みし　君が去なば　我は恋ひむな　直《ただ》に逢ふまでに

五五一　大和道の　島の浦回《うらみ》に　寄する浪　間もなけむ　我が恋ひまくは

右の三首、作者未だ詳らかならず

[1]大伴宿祢三依《おほとものすくねみより》の歌一首

五五二　我が君は　わけをば死ねと　思へかも　逢ふ夜逢はぬ夜　二走《ふたはし》るらむ

[2]丹生女王《にふのおほきみ》、大宰帥大伴卿に贈る歌二首

五五三　あまくもの　そきへの極み　遠けども　情《こころ》し行けば　恋ふるものかも

五五四　古人《ふるひと》の　飲《たま》へしめたる　吉備の酒　病まばすべなし　貫簀《ぬきす》賜《たば》らむ

[3]大宰帥大伴卿、[4]大弐丹比県守《たぢひのあがたもり》卿の民部卿に遷任するに贈る歌一首

五五五　君がため　醸《か》みし待ち酒　安の野に　ひとりや飲まむ　友なしにして

[5]賀茂女王《かものおほきみ》、大伴宿祢三依に贈る歌一首　故左大臣長屋王[6]の女《むすめ》なり

五五六　筑紫舟　いまだも来ねば　あらかじめ　荒ぶる君を　見るが悲しさ

[7]土師宿祢水道《はにしのすくねみみち》、筑紫より京に上るに、海路にして作れる歌二首

五五七　大舟を　漕ぎのすすみに　磐《いは》に触れ　覆《かへ》らば覆れ　妹に因《よ》りては

五五八　ちはやぶる　神の社《やしろ》に　我が掛けし　幣《ぬさ》は賜《たば》らむ　妹に逢はなくに

大宰大監[8]大伴宿祢百代《おほとものすくねももよ》の恋の歌四首

五五九　事もなく　生き来しものを　老いなみに　かかる恋にも　我はあへるかも

五四九　〇くさまくら—枕詞。

五五〇　〇おほぶねの—枕詞。

五五一　〇大和道—大和への道。〇第一・二・三句—序詞。

1—大伴御行の子。天平二十年（七四八）従五位下。天平勝宝六年（七五四）主税頭。天平宝字元年（七五七）三河守。天平宝字三年（七五九）仁部少輔。従五位上。遠江守。天平神護元年（七六五）正五位上。出雲守。宝亀元年（七七〇）従四位下。天平初年筑紫にあって大伴旅人と交流があった。

2—天平十一年（七三九）従四位上。天平勝宝二年（七五〇）正四位上。ただしその他系譜未詳。

五五四　〇吉備—備前・備中・備後の総称。

3—大伴旅人↓3・三一五。

4—慶雲二年（七〇五）従五位下。和銅四年（七一一）従五位上。霊亀元年（七一五）造宮卿。霊亀二年（七一六）遣唐押使。養老三年（七一九）武蔵守。按察使。養老四年（七二〇）持節征夷将軍。天平元年（七二九）参議、この時大宰大弐。天平四年（七三二）中納言。

5—長屋王の娘。

6↓1・七五。

五五六　〇筑紫—九州地方の総称、また筑前、筑後の総称。

7—伝未詳。天平二年（七三〇）大宰府における梅花宴（巻五所収）にも歌を残している。↓5・八四三。

五五八　〇ちはやぶる—枕詞。

8↓3・三九二。

五六〇　恋ひ死なむ　後《のち》は何せむ　生ける日の　ためこそ妹を　見まく欲りすれ

五六一　思はぬを　思ふと言はば　大野なる　三笠の社《もり》の　神し知らさむ

[1]大伴坂上郎女の歌二首

五六二　暇《いとま》なく　人の眉根《まよね》を　いたづらに　掻かしめつつも　逢はぬ妹かも

五六三　黒髪に　白髪交《ま》じり　老ゆるまで　かかる恋には　いまだ逢はなくに

五六四　やますげの　実成らぬことを　我に寄そり　言はれし君は　誰とか寝《ぬ》らむ

[2]賀茂女王の歌一首

五六五　おほともの　見つとは言はじ　あかねさし　照れる月夜に　直に逢へりとも

大宰大監大伴宿祢百代ら、駅使に贈る歌二首

五六六　くさまくら　旅行く君を　愛《うつく》しみ　たぐひてそ来し　志賀の浜辺を

右の一首、大監大伴宿祢百代

五六七　周防《すは》にある　磐国山《いはくにやま》を　越えむ日は　手向けよくせよ　荒しその道

右の一首、少典[3]山口忌寸若麻呂《やまぐちのいみきわかまろ》

以前天平二年庚午夏六月、帥[4]大伴卿、忽ちに瘡《かさ》を脚に生《な》し、枕席に苦《くるし》ぶ。これによりて駅《はゆま》を馳せて上奏し、庶弟[5]稲公《いなぎみ》・姪[6]胡麻呂《こまろ》に遺言を語らまく欲しと願ひ請ふ。右の兵庫助大伴宿祢稲公・治部少丞大伴宿祢胡麻呂の両人に勅して駅を給ひてさし遣は

五六一　○大野なる三笠の社—福岡県大野城市山田の地。

1→3・三七九。

五六四　○やますげの—枕詞。やますげは山に生える菅であるが、ゆり科のヤブランともいわれる。

2→4・五五六。

五六五　○おほともの—枕詞。○あかねさし—枕詞。

五六六　○くさまくら—枕詞。○志賀—福岡県粕屋郡志賀町志賀島。

五六七　○周防にある磐国山—周防は山口県南東部、磐国山は岩国市から玖珂町にかけての山。

3—伝未詳。天平初年大宰少典。

4—大伴旅人→3・三一五。

5—大伴稲公。安麻呂の子で旅人の異母弟。天平十三年従五位下。因幡守。天平宝字元年（七五七）従四位下。

6—大伴胡麻呂。旅人の甥。天平十七年（七四五）従五位下。天平勝宝二年（七五〇）遣唐副使。鑑真来朝に尽力。天平宝字元年（七五七）橘奈良麻呂の変に連座。

し、卿の病を省《とりみ》しめたまふ。しかるに、数旬を経て、幸《さきはひ》に平復することと得たり。時に、稲公ら、病すでに癒えたるを以て、府を発ち京に上る。ここに大監大伴宿祢百代、少典山口忌寸若麻呂また卿の男[1]家持ら、駅使を相送り、共に[2]夷守《ひなもり》の駅家に至る。聊《いささ》かに飲みて別れを悲しび、すなはちこの歌を作る。

大宰帥大伴卿、大納言に任ぜられ、京に入らむとする時に、府の官人ら、卿を筑前国の[3]阿志岐の駅家に　餞《うまのはなむけ》する歌四首

五六八　み崎回《み》の　荒磯に縁《よ》する　五百重浪《いほへなみ》　立ちても居ても　我が思へる君

右の一首、筑前掾[4]門部連石足《かどべのむらじいそたり》

五六九　韓人《からひと》の　衣染《そ》むといふ　紫の　心に染みて　思ほゆるかも

五七〇　大和辺に　君が立つ日の　近づけば　野に立つしかも　とよみてそ鳴く

右の二首、大典[5]麻田連陽春《あさだのむらじやす》

五七一　月夜吉《よ》し　河の音清し　いざここに　行くも去かぬも　遊びて歸《ゆ》かむ

右の一首、防人佑[6]大伴四綱《おほとものよつな》

[7]大宰帥大伴卿の京に上りし後に、[8]沙弥満誓《さみのまんぜい》、卿に贈る歌二首

五七二　まそかがみ　見飽かぬ君に　後れてや　朝夕《あしたゆふへ》に　さびつつ居《を》らむ

五七三　ぬばたまの　黒髪変はり　白けても　痛き恋には　あふ時ありけり

[9]大納言大伴卿の和ふる歌二首

五七四　ここにありて　筑紫やいづち　白雲の　たなびく山の　方《かた》にしあるらし

1―大伴家持↓3・三九五。
2―福岡市近辺だが所在未詳。
3↓4・五四九。
五六八 ○第一・二・三句―序詞。
4―伝未詳。巻五梅花宴にも歌を残している。
五六九 ○第一・二・三句―序詞。
5―百済系渡来人。神亀元年(七二四)麻田連姓を賜わる。天平十一年(七三九)外従五位下。
6↓3・三二八。
7―大伴旅人↓3・三一五。
8―俗名笠朝臣麻呂。慶雲元年（七〇四）従五位下。慶雲三年（七〇六）美濃守。養老元年（七一七）従四位上。養老五年(七二一)出家。養老七年（七二三）造筑紫観世音寺別当。
五七二 ○まそかがみ―枕詞。
五七三 ○ぬばたまの―枕詞。
9―大伴旅人↓3・三一五。
五七四 ○筑紫―3・二四五。

五七五　日下江《くさかえ》の　入江にあさる　葦鶴の　あなたづたづし　友なしにして

大宰帥大伴卿の京に上りし後に、[1]筑後守[2]葛井連大成《ふぢゐのむらじおほなり》の悲嘆して作れる歌一首

五七六　今よりは　城《き》の山道は　さぶしけむ　我が通はむと　思ひしものを

大納言大伴卿、新しき袍《うへのきぬ》を[3]摂津大夫[4]高安王《たかやすのおほきみ》に贈る歌

五七七　我が衣　人にな着せそ　網引きする　難波壮士《をとこ》の　手には触るとも

[5]大伴宿祢三依の別れを悲しぶる歌一首

五七八　天地と　共に久しく　住まはむと　思ひてありし　家の庭はも

余明軍《よのみやうぐん》、[6]大伴宿祢家持《おほとものすくねやかもち》に与ふる歌二首　明軍は大納言卿の資人なり

五七九　見まつりて　いまだ時だに　変はらねば　年月のごと　思ほゆる君

五八〇　あしひきの　山に生ひたる　すがのねの　ねもころ見まく　欲しき君かも

[7]大伴坂上家の大嬢《おほいらつめ》、大伴宿祢家持に報へ贈る歌四首

五八一　生きてあらば　見まくも知らず　なにしかも　死なむよ妹と　夢に見えつる

五八二　ますらをも　かく恋ひけるを　たわやめの　恋ふる心に　たぐひあらめやも

五八三　つきくさの　うつろひやすく　思へかも　我が思ふ人の　言も告げ来《こ》ぬ

五八四　春日山　朝立つ雲の　居ぬ日なく　見まくの欲しき　君にもあるかも

五七五　○日下江—大阪府東大阪市日下町一帯。古く広大な入江があった。○第一・二・三句—序詞。
1—福岡県南部。
2—神亀五年（七二八）外従五位下。天平二年の梅花宴（巻五所収）に歌を残している。
五七六　○城の山—福岡県筑紫郡筑紫野町原田と佐賀県三養基郡基山町の間にある。
3—大阪府の一部と兵庫県の一部。
4—大原真人高安。養老元年（七一七）従五位上。神亀四年（七二七）従四位下。天平九年（七三七）従四位上。天平十一年（七三九）大原真人姓を賜わる。
5→4・五五二。

6→3・三九五。

五八〇　○あしひきの—枕詞。○第一・二・三句—序詞。○すがのねの—枕詞。

7→3・四〇三。

五八三　○つきくさの—枕詞。つきくさは、つゆくさ科のツユクサ。路傍に生える一年生草本。
五八四　○春日山→3・三七二。○第一・二句—序詞。

[1]大伴坂上郎女の歌一首

五八五　出でて去《い》なむ　時しはあらむを　ことさらに　妻恋しつつ　立ちて去ぬべしや

[2]大伴宿祢稲公、[3]田村大嬢《たむらのおほいらつめ》に贈る歌一首　大伴宿奈麻呂卿の女なり

五八六　相見ずは　恋ひざらましを　妹を見て　もとなかくのみ　恋ひばいかにせむ

右の一首、姉坂上郎女の作なり

[4]笠女郎《かさのいらつめ》、[5]大伴宿祢家持に贈る歌二十四首

五八七　我が形見　見つつ偲《しの》はせ　あらたまの　年の緒長く　我も思はむ

五八八　しらとりの　飛羽山松《とばやままつ》の　待ちつつそ　我が恋ひ渡る　この月ごろを

五八九　ころもでを　打廻《うちみ》の里に　ある我を　知らにそ人は　待てど来ずける

五九〇　あらたまの　年の経ぬれば　今しはと　ゆめよ我が背子　我が名告らすな

五九一　我が思ひを　人に知るれや　玉くしげ　開き明けつと　夢にし見ゆる

五九二　闇の夜に　鳴くなる鶴《たづ》の　外《よそ》のみに　聞きつつかあらむ　逢ふとはなしに

五九三　君に恋ひ　いたもすべなみ　奈良山の　小松が下《した》に　立ち嘆くかも

五九四　我が屋戸《やど》の　夕影草の　白露の　消ぬがにもとな　思ほゆるかも

五九五　我が命の　全《また》けむ限り　忘れめや　いや日に異《け》には　思ひ増すとも

1→3・三七九。
2→4・五六七。
3―大伴宿奈麻呂の娘。大伴坂上大嬢の異母姉。
4―伝未詳。
5→3・三九五。

五八七　〇あらたまの―枕詞。
五八八　〇しらとりの―枕詞。〇第一・二句―序詞。
五八九　〇ころもでを―枕詞。〇打廻―所在未詳。
五九〇　〇あらたまの―枕詞。
五九二　〇第一・二句序詞。
五九三　〇奈良山―奈良市北部の丘陵地。
五九四　〇第一・二・三句―序詞。

五九七 ○うつせみの―枕詞。○いはばしの―枕詞。
五九八 ○みなせがは―枕詞。
五九九 ○あさぎりの―枕詞。
六〇〇 ○伊勢→4・五〇〇。○第一・二・三句―序詞。
六〇四 ○つるぎたち―枕詞。

五九六　八百日《やほか》往く　浜の砂《まなご》も　我が恋に　あにまさらじか　沖つ島守《しまもり》
五九七　うつせみの　人目を繁み　いはばしの　間近き君に　恋渡るかも
五九八　恋にもそ　人は死にする　みなせがは　下ゆ我痩《や》す　月に日に異に
五九九　あさぎりの　おほに相見し　人ゆゑに　命死ぬべく　恋ひ渡るかも
六〇〇　伊勢の海の　磯もとどろに　因《よ》する波　恐《かしこ》き人に　恋ひ渡るかも
六〇一　情《こころ》ゆも　我は思はずき　山川《やまかは》も　隔たらなくに　かく恋ひむとは
六〇二　夕されば　物思《ものもひ》まさる　見し人の　言問ふ姿　面影にして
六〇三　思ひにし　死にするものに　あらませば　千度《ちたび》そ我は　死にかへらまし
六〇四　つるぎたち　身に取り副ふと　夢に見つ　何の兆《さが》そも　君に逢はむため
六〇五　天地の　神の理《ことはり》　なくはこそ　我が思ふ君に　逢はず死にせめ
六〇六　我も思ふ　人もな忘れ　おほなわに　浦吹く風の　止《や》む時なかれ
六〇七　皆人《みなひと》を　寝よとの鐘は　打つなれど　君をし思へば　寝《い》ねかてぬかも
六〇八　相思はぬ　人を思ふは　大寺《おほてら》の　餓鬼《がき》の後《しりへ》に　額つくごとし
六〇九　情《こころ》ゆも　我は思はずき　またさらに　我が故郷に　帰り来むとは
六一〇　近くあれば　見ねどもあるを　いや遠に　君がいまさば　ありかつましじ

右の二首は、相別れて後にさらに来贈《おく》る。

大伴宿祢家持の和ふる歌二首

六一一　今更に　妹に逢はめやと　思へかも　ここだく我が胸　いぶせくあるら

む

六一二　なかなかに　黙《もだ》もあらましを　なにすとか　相見そめけむ　遂《と》げざらまくに

山口女王《やまぐちのおほきみ》[1]、大伴宿祢家持に贈る歌五首[2]

六一三　物思ふと　人に見えじと　なまじひに　常に思へり　ありそかねつる

六一四　相思はぬ　人をやもとな　しろたへの　袖ひづまでに　哭《ね》のみし泣くも

六一五　我が背子は　相思はずとも　しきたへの　君が枕は　夢に見えこそ

六一六　つるぎたち　名の惜しけくも　我はなし　君に逢はずて　年の経ぬれば

六一七　葦辺より　満ち来る潮の　いや増しに　思へか君が　忘れかねつる

[3]大神女郎《おほみわのいらつめ》、大伴宿祢家持に贈る歌一首

六一八　さ夜中に　友呼ぶちどり　物思ふと　わび居る時に　鳴きつつもとな

[4]大伴坂上郎女の怨恨《うらみ》の歌一首　并びに短歌

六一九　おしてる　難波のすげの　ねもころに　君が聞こして　年深く　長くし言へば　まそかがみ　磨《と》ぎし情《こころ》を　許してし　その日の極み　浪のむた　なびく珠藻の　かにかくに　心は持たず　おほふねの　頼める時に　ちはやぶる　神か放《さ》けけむ　うつせみの　人か障《さ》ふらむ　通はしし　君も来まさず　たまづさの　使ひも見えず　なりぬれば　いたもすべなみ　ぬばたまの　夜はすがらに　あからひく　日も暮るるまで　嘆けども　験《しるし》をなみ　思へども　たづきを知らに　たわやめと　言はくも著《しる》く　たわらはの

1―伝未詳。
2→3・三九五。
六一四　○しろたへの―枕詞。
六一五　○しきたへの―枕詞。
六一六　○つるぎたち―枕詞。
六一七　○第一・二句―序詞。
3―伝未詳。
4→3・三七九。
六一九　○おしてる―枕詞。○第一・二句―序詞。○すげ―かやつりぐさ科のカサスゲ・ナキリスゲ・クンスゲなどの総称。○まそかがみ―枕詞。○浪のむた　なびく珠藻の―序詞。○おほふねの―枕詞。○ちはやぶる―枕詞。○うつせみの―枕詞。○たまづさの―枕詞。○ぬばたまの―枕詞。○あからひく―枕詞。○たわらはの―枕詞。

哭《ね》のみ泣きつつ　たもとほり　君が使ひを　待ちやかねてむ

反歌

六二〇　はじめより　長く言ひつつ　頼めずは　かかる思ひに　あはましものか

1西海道節度使判官2佐伯宿祢東人《さへきのすくねあづまひと》の妻、夫君に贈る歌一首

六二一　間《あひだ》なく　恋ふれにかあらむ　くさまくら　旅なる君が　夢にし見ゆる

佐伯宿祢東人の和ふる歌一首

六二二　くさまくら　旅に久しく　なりぬれば　汝《な》をこそ思へ　な恋ひそ我妹

3池辺王《いけのへのおほきみ》の宴に誦む歌一首

六二三　まつの葉に　月はゆつりぬ　もみちばの　過ぐれや君が　逢はぬ夜の多き

4天皇、5酒人女王《さかひとのおほきみ》を思ほす御製歌一首　女王は穂積皇子の孫女なり

六二四　道に逢ひて　笑《ゑ》まししからに　ふるゆきの　消なば消ぬがに　恋ふとふ　我妹《わぎも》

6高安王包める鮒を娘子《をとめ》に贈る歌一首　高安王は後に姓大原真人の氏を賜ふ

六二五　沖辺往《ゆ》き　辺に去《ゆ》き今や　妹がため　我が漁《すなど》れる　藻伏束鮒《もふしつかふな》

7八代女王《やしろのおほきみ》、天皇に献《たてまつ》る歌一首

六二六　君に因《よ》り　言の繁きを　故郷の　明日香の川に　みそぎしに行く　一の尾に云ふ「竜田《たつた》越え　三津の浜辺に　潔身《みそぎ》しに行く」

娘子《をとめ》8佐伯宿祢赤麻呂《さへきのすくねあかまろ》に報へ贈る歌一首

1―西海道は七道の一。いわゆる筑紫の地。今の九州地方の称。節度使は諸道に派遣され、地方の政績を監察する令外の官。軍政の充実を目的とする。

2―東人、妻ともに伝未詳。ただし東人は天平四年（七三二）西海道節度使判官。外従五位下。

六二一 〇くさまくら―枕詞。

3―大友皇子の孫。葛野王の子。淡海三船の父。神亀四年（七二七）従五位下。天平九年（七三七）内匠頭。

六二二 〇くさまくら―枕詞。

六二三 〇もみちばの―枕詞。

4―聖武天皇。

5―穂積皇子の孫。

六二四 〇ふるゆきの―枕詞。

6→4・五七七。

六二五 〇藻伏束鮒―藻の間に潜んでいる小鮒。鮒はこい科の淡水魚。

7―系譜未詳。

六二六 〇明日香の川―奈良県高市郡竜門山地に発し、稲淵山の西をまわり藤原京址を経て大和川に注ぐ。〇竜田―奈良県生駒郡三郷町立野。〇三津―難波の三津。

8―伝未詳。

六二七　我が手本《たもと》　まかむと思はむ　ますらをは　変水《をちみづ》求め　白髪《しらか》生ひにたり

佐伯宿祢赤麻呂の和ふる歌一首

六二八　白髪生ふる　ことは思はず　変水は　かにもかくにも　求めて行かむ

[1]大伴四綱の宴席の歌一首

六二九　なにすとか　使ひの来つる　君をこそ　かにもかくにも　待ちかてにすれ

佐伯宿祢赤麻呂の歌一首

六三〇　はつはなの　散るべきものを　人言《ひとごと》の　繁きによりて　よどむころかも

[2]湯原王《ゆはらのおほきみ》、娘子《をとめ》に贈る歌二首　志貴皇子の子なり

六三一　うはへなき　ものかも人は　しかばかり　遠き家道《いへぢ》を　帰さく思へば

六三二　目には見て　手には取らえぬ　月の内の　かつらのごとき　妹をいかにせむ

娘子の報へ贈る歌二首

六三三　ここだくに　思ひけめかも　しきたへの　枕片去《まくらかたさ》る　夢に見え来し

六三四　家にして　見れど飽かぬを　くさまくら　旅にも妻と　あるがともしさ

湯原王のまた贈る歌二首

六三五　くさまくら　旅には妻は　率《ゐ》たれども　くしげの内の　珠こそ思ほゆれ

六三六　我が衣　形見に奉《まつ》る　しきたへの　枕を離《さ》けず　まきてさ寝ませ

娘子のまた報へ贈る歌一首

1→3・三二九。

六三〇　○はつはなの—枕詞。
2→3・三七五。

六三二　○かつら—かつら科の落葉喬木。

六三三　○しきたへの—枕詞。

六三四　○くさまくら—枕詞。

六三五　○くさまくら—枕詞。

六三六　○しきたへの—枕詞。

六三七　我が背子が　形見の衣　嬬《つま》問ひに　我が身は離《さ》けじ　言問はずとも

湯原王のまた贈る歌一首

六三八　ただ一夜《ひとよ》　隔てしからに　あらたまの　月か経去《へぬ》ると　心惑ひぬ

娘子のまた報へ贈る歌一首

六三九　我が背子が　かく恋ふれこそ　ぬばたまの　夢に見えつつ　寝《い》ねらえずけれ

湯原王のまた贈る歌一首

六四〇　はしけやし　間近き里を　雲居《くもゐ》にや　恋ひつつ居らむ　月も経なくに

娘子のまた報へ贈る歌一首

六四一　絶ゆと言はば　わびしみせむと　やきたちの　へつかふことは　さきくや我が君

湯原王の歌一首

六四二　我妹子に　恋ひて乱れば　くるべきに　掛けて搓《よ》らむと　我が恋ひそめし

[1]紀女郎《きのいらつめ》の怨恨《うらみ》の歌三首　鹿人大夫《かひとのまへつきみ》の女　名を小鹿といふ。安貴王の妻なり

六四三　世間《よのなか》の　女《をみな》にしあらば　我が渡る　痛背《あなせ》の川を　渡りかねめや

六四四　今は我は　わびそしにける　息の緒に　思ひし君を　ゆるさく思へば

六四五　しろたへの　袖別るべき　日を近み　心にむせひ　哭《ね》のみし泣かゆ

[2]大伴宿祢駿河麻呂の歌一首

六三八　○あらたまの―枕詞。

六三九　○ぬばたまの―枕詞。

六四一　○やきたちの―枕詞。

1―紀朝臣鹿人の娘。安貴王の妻。

六四三　○痛背の川―所在未詳。奈良県桜井市穴師を流れる巻向川か。

六四五　○しろたへの―枕詞。

2―3・四〇〇。

1→3・三七九。

六四九 ○なつくずの——枕詞。

2→2・一〇一。

3——大伴御行か。→19・四二六〇。

六五一 ○ひさかたの——枕詞。

4→3・四〇〇。

六五五 ○第五句——定訓を得ない。

六四六 ますらをの　思ひわびつつ　度《たび》まねく　嘆く嘆きを　負はぬものかも

[1]大伴坂上郎女の歌一首

六四七 心には　忘るる日なく　思へども　人の言こそ　繁き君にあれ

大伴宿祢駿河麻呂の歌一首

六四八 相見ずて　日《け》長くなりぬ　このころは　いかにさきくや　いふかし我妹

大伴坂上郎女の歌一首

六四九 なつくずの　絶えぬ使ひの　よどめれば　事しもあるごと　思ひつるかも

右、坂上郎女は[2]佐保大納言卿の女《むすめ》なり。駿河麻呂は、この[3]高《たけ》市《ち》大卿の孫なり。両卿は兄弟の家、女孫は姑姪《をばをひ》の族なり。ここを以て、歌を作りて送答し、起居を相問す。

大伴宿祢三依、離《か》れてまた逢ふことを歓ぶる歌一首

六五〇 我妹子は　常世《とこよ》の国に　住みけらし　昔見しより　変若《をち》ましにけり

大伴坂上郎女の歌二首

六五一 ひさかたの　天の露霜　置きにけり　家なる人も　待ち恋ひぬらむ

六五二 玉主《たまもり》に　珠《たま》は授けて　かつがつも　枕と我は　いざ二人寝む

[4]大伴宿祢駿河麻呂の歌三首

六五三 情《こころ》には　忘れぬものを　たまさかに　見ぬ日さまねく　月そ経にける

六五四 相見ては　月も経なくに　恋ふと言はば　をそろと我を　思ほさむかも

六五五 思はぬを　思ふと言はば　天地の　神も知らさむ　邑礼左変

[1]大伴坂上郎女の歌六首

六五六　我のみそ　君には恋ふる　我が背子が　恋ふと言ふことは　言のなぐさそ

六五七　思はじと　言ひてしものを　はねずいろの　移《うつろ》ひやすき　我が意《こころ》かも

六五八　思へども　験《しるし》もなしと　知るものを　なにかここだく　我が恋ひ渡る

六五九　あらかじめ　人言繁し　かくしあらば　しゑや我が背子　奥もいかにあらめ

六六〇　汝をと我を　人そ離《さ》くなる　いで我が君　人の中言《なかごと》　聞きこすなゆめ

六六一　恋ひ恋ひて　逢へる時だに　愛《うつく》しき　言尽くしてよ　長くと思はば

[2]市原王《いちはらのおほきみ》の歌一首

六六二　網子《あご》の山　五百重《いほへ》隠せる　佐堤《さて》の崎　さて延へし子が　夢にし見ゆる

[3]安都宿祢年足《あとのすくねとしたり》の歌一首

六六三　佐保渡り　我家《わぎへ》の上に　鳴く鳥の　声なつかしき　愛《は》しき妻の子

[4]大伴宿祢像《かたみ》見の歌一首

六六四　いそのかみ　降るとも雨に　つつまめや　妹に逢はむと　言ひてしものを

[5]安倍《あへの》朝臣《あそみ》虫麻呂《むしまろ》の歌一首

六六五　向かひ居て　見れども飽かぬ　我妹子に　立ち離れ往《ゆ》かな　たづき知らずも

[6]大伴坂上郎女の歌二首

1→3・三七九。

六五七　㈠はねずいろの―枕詞。はねずは、いばら科ニワウメといわれている。他に庭桜・木蓮説もある。

2→3・四一二。

六六二　㈠第一・二・三句―序詞。㈡吾児の山―三重県志摩郡阿児の地にある山。㈢佐堤の崎―所在未詳。ただしこの歌から志摩半島にあったものと推定される。

3―伝未詳。

六六三　㈠第一・二・三句―序詞。㈡佐保―奈良北部佐保川の北で法蓮町、佐保町、佐保田町、法華寺町一帯。

4―系譜未詳。天平宝字八年（七六四）従五位下。宝亀三年（七七二）従五位上。

六六四　㈠いそのかみ―枕詞。地名。奈良県天理市石上町付近。

5―安曇外命婦（伝未詳）の子。天平九年（七三七）従五位下。天平十二年（七四〇）藤原広嗣の乱における功績により従五位上。天平十三年（七四一）播磨守。天平勝宝三年（七五一）従四位下。天平勝宝四年（七五二）中務大輔。

6→3・三七九。

六六六　相見ぬは　幾久さにも　あらなくに　ここだく我は　恋ひつつもあるか

六六七　恋ひ恋ひて　逢ひたるものを　月しあれば　夜は隠《こも》るらむ　しましはあり待て

右、大伴坂上郎女の母[1]石川内命婦《いしかはのないみやうぶ》と[2]安倍朝臣虫麻呂の母[3]安曇外《あづみのげ》命婦《みやうぶ》とは、同居の姉妹、同気の親《しん》なり。これによりて郎女と虫麻呂とは、相見ること疎《うと》からず、相語らふことすでに密《こまか》なり。聊《いささ》かに戯歌《きか》を作りて問答をなせり。

[4]厚見王《あつみのおほきみ》の歌一首

六六八　朝に日《け》に　色づく山の　白雲の　思ひ過ぐべき　君にあらなくに

[5]春日王《かすがのおほきみ》の歌一首　志貴皇子の子、母を多紀皇女《たきのひめみこ》といふ

六六九　あしひきの　山たちばなの　色に出でよ　語らひ継ぎて　逢ふこともあらむ

[6]湯原王の歌一首

六七〇　月読《つくよみ》の　光に来ませ　あしひきの　山きへなりて　遠からなくに

和ふる歌一首　作者を審らかにせず

六七一　月読の　光は清く　照らせれど　惑へる心　思ひあへなくに

[7]安倍朝臣虫麻呂の歌一首

六七二　しつたまき　数にもあらぬ　寿《いのち》もて　なにかここだく　我が恋ひ渡る

[8]大伴坂上郎女の歌二首

1↓4・五一八。
2↓4・六六五。
3―安倍朝臣虫麻呂の母。石川内命婦と姉妹とあるが、伝未詳。
4―系譜未詳。天平勝宝元年（七四九）従五位下。天平勝宝七年（七五五）頃少納言。
5―志貴皇子の子。養老七年（七二三）従四位下。天平十五年（七四三）正四位下。
六六九　〇あしひきの―枕詞。〇山たちばな―やぶこうじ科ヤブコウジ。夏白い花が咲く。
6↓3・三七五。

六七〇　〇あしひきの―枕詞。〇月読―月の異名。記紀などでは天照大神の弟で月の神。

7↓4・六六五。
六七二　〇しつたまき―枕詞。
8↓3・三七九。

六七三　まそかがみ　磨《と》ぎし心を　許してば　後に言ふとも　験《しるし》あらめやも

六七四　またまつく　をちこち兼ねて　言は言へど　逢ひて後こそ　悔いにはありといへ

[1]中臣女郎《なかとみのいらつめ》、[2]大伴宿祢家持に贈る歌五首

六七五　をみなへし　咲沢《さきさは》に生ふる　はなかつみ　かつても知らぬ　恋もするかも

六七六　わたのそこ　奥を深めて　我が思へる　君には逢はむ　年は経ぬとも

六七七　春日山　朝居る雲の　おほほしく　知らぬ人にも　恋ふるものかも

六七八　直《ただ》に逢ひて　見てばのみこそ　たまきはる　命に向かふ　我が恋止《や》まめ

六七九　不欲《いな》と言はば　強《し》ひめや我が背　すがのねの　思ひ乱れて　恋ひつつもあらむ

大伴宿祢家持、交遊《とも》と別るる歌三首

六八〇　けだしくも　人の中言《なかごと》　聞かせかも　ここだく待てど　君が来まさぬ

六八一　なかなかに　絶ゆとし言はば　かくばかり　息の緒にして　我恋ひめやも

六八二　思ふらむ　人にあらなくに　ねもころに　情《こころ》尽くして　恋ふる我かも

[3]大伴坂上郎女の歌七首

六八三　言ふことの　恐《かしこ》き国そ　くれなゐの　色にな出でそ　思ひ死ぬとも

六八四　今は我《あ》は　死なむよ我が背　生けりとも　我に縁《よ》るべしと　言ふといは

六七三　〇まそかがみ—枕詞。

六七四　〇またまつく—枕詞。

1—伝未詳。

2↓3・三九五。

六七五　〇をみなへし—をみなえし科の多年生草本。秋の七草の一。ここでは枕詞。〇第一・二・三句—序詞。〇咲沢（佐紀沢）—奈良市北部佐紀町。〇はなかつみ—未詳。ハナショウブ、マコモなどにあてる説がある。

六七六　〇わたのそこ—枕詞。〇わたのそこ　奥を—序詞。

六七七　〇春日山↓3・三七二。〇第一・二句—序詞。

六七八　〇たまきはる—枕詞。

六七九　〇すがのねの—枕詞。

3↓3・三七九。

六八三　〇くれなゐの—枕詞。くれなゐは、キク科の越年生草本。ベニバナ。集中の大部分は色彩を言ったもの。

なくに
六八五　人言《ひとごと》を　繁みや君が　ふたさやの　家を隔てて　恋ひつつまさむ
六八六　このころは　千年《ちとせ》や往きも　過ぎぬると　我やしか思ふ　見まく欲りかも
六八七　愛《うるは》しと　我が思ふ情《こころ》　はやかはの　塞《せ》きに塞くとも　なほや崩《く》えなむ
六八八　青山を　横切る雲の　いちしろく　我と笑《ゑ》まして　人に知らゆな
六八九　海山も　隔たらなくに　なにしかも　目言《めこと》をだにも　ここだともしき

[1]大伴宿祢三依、別れを悲しぶる歌一首

六九〇　照る月を　闇に見なして　哭《な》く涙　衣濡らしつ　干《ほ》す人なしに

[2]大伴宿祢家持、娘子《をとめ》に贈る歌二首

六九一　ももしきの　大宮人は　多かれど　情に乗りて　思ほゆる妹
六九二　うはへなき　妹にもあるかも　かくばかり　人の情を　尽くさく思へば

[3]大伴宿祢千室《おほとものすくねちむろ》の歌一首　未だ詳らかならず

六九三　かくのみし　恋ひや渡らむ　秋津野に　たなびく雲の　過ぐとはなしに

[4]広河女王《ひろかはのおほきみ》の歌二首　穂積皇子の孫女、上道《かみつみち》王の女《むすめ》なり

六九四　恋草を　力車《ちからくるま》に　七車《ななくるま》　積みて恋ふらく　我が心から
六九五　恋は今は　あらじと我は　思へるを　いづくの恋ぞ　つかみかかれる

[5]石川朝臣広成《いしかはのあそみひろなり》の歌一首　後に姓高円朝臣《たかまとのあそみ》の氏を賜ふ

六九六　家人に　恋ひ過ぎめやも　かはづ鳴く　泉の里に　年の歴去《へぬ》れば

六八五　○ふたさやの—枕詞。
六八七　○はやかはの—枕詞。
六八八　○第一・二句—序詞。
1↓4・五五二。
2↓3・三九五。
六九一　○ももしきの—枕詞。
3—伝未詳。
六九三　○秋津野—奈良県吉野郡吉野町にあった吉野離宮付近。○第三・四句—序詞。
4—天平宝字七年従五位下。注記にある穂積皇子の孫女、上道王の娘という以外詳細にはわかっていない。
5—天平宝字二年（七五八）従五位下。天平宝字四年（七六〇）高円朝臣姓を賜わる。
六九六　○泉の里—京都府相楽郡木津町、加茂町など現在の木津川に沿った一帯。

大伴宿祢像見の歌三首[1]

六九七　我が聞きに　かけてな言ひそ　かりこもの　乱れて思ふ　君がただかそ

六九八　春日野に　朝居る雲の　しくしくに　我《わ》は恋増さる　月に日に異《け》に

六九九　一瀬《ひとせ》には　千度《ちたび》障《さは》らひ　逝く水の　後にも逢はむ　今にあらずとも

大伴宿祢家持、娘子《をとめ》の門に到りて作れる歌一首

七〇〇　かくしてや　なほや退《まか》らむ　近からぬ　道の間を　なづみ参ゐ来て

河内百枝娘子《かふちのももえのをとめ》[2]、大伴宿祢家持に贈る歌二首

七〇一　はつはつに　人を相見て　いかならむ　いづれの日にか　また外《よそ》に見む

七〇二　ぬばたまの　その夜の月夜　今日までに　我は忘れず　間なくし思へば

巫部麻蘇娘子《かむなぎべのまそのをとめ》[3]の歌二首

七〇三　我が背子を　相見しその日　今日までに　我が衣手は　乾《ふ》る時もなし

七〇四　たくなはの　長き命を　欲りしくは　絶えずて人を　見まく欲りこそ

大伴宿祢家持、童女《めのわらは》に贈る歌一首

七〇五　はね縵《かづら》　今する妹を　夢に見て　情《こころ》の内に　恋ひ渡るかも

童女の来報《こた》ふる歌一首

七〇六　はね縵　今する妹は　なかりしを　いづれの妹そ　そこば恋ひたる

粟田女娘子《あはためのをとめ》[4]、大伴宿祢家持に贈る歌二首

七〇七　思ひ遣《や》る　すべの知らねば　かたもひの　底にそ我は　恋ひなりにける

土埦《かたもひ》の中に注《しる》せり

1→4・六六四。

六九七　○かりこもの—枕詞。

六九八　○春日野—奈良市街地東方の野。○第一・二句—序詞。

六九九　○第一・二・三句—序詞。

2—伝未詳。

七〇二　○ぬばたまの—枕詞。

3—伝未詳。

七〇四　○たくなはの—枕詞。

4—伝未詳。

七〇七　○かたもひの—枕詞。

七〇八 ○しろたへの—枕詞。
1—福岡県東部と大分県北西部。
2—伝未詳。

3—伝未詳。

4—伝未詳。

七一一 ○第一・二・三句—序詞。

七一二 ○うまさけを—枕詞。○三輪—奈良県桜井市三輪。

5—3・三九五。

七一五 ○佐保の河→4・五二五。

七二〇 ○むらきもの—枕詞。

6—聖武天皇。
7→3・三七九。

七〇八 またも逢はむ　よしもあらぬか　しろたへの　我が衣手に　斎《いは》ひ留《とど》めむ

[1]豊前国の娘子[2]大宅女《おおやけめの》の歌一首　未だ姓氏を審らかにせず

七〇九 夕闇は　道たづたづし　月待ちて　行かせ我が背子　その間にも見む

[3]安都扉娘子《あとのとびらのをとめ》の歌一首

七一〇 み空行く　月の光に　ただ一目　相見し人の　夢にし見ゆる

[4]丹波大女娘子《たにはのおほめのをとめ》の歌三首

七一一 かもどりの　遊ぶこの池に　木の葉落ちて　浮きたる心　我が思はなくに

七一二 うまさけを　三輪の祝《はふり》が　斎《いは》ふすぎ　手触れし罪か　君に逢ひがたき

七一三 垣穂なす　人言聞きて　我が背子が　情《こころ》たゆたひ　逢はぬこのころ

[5]大伴宿祢家持、娘子《をとめ》に贈る歌七首

七一四 心には　思ひ渡れど　縁《よし》をなみ　外《よそ》のみにして　嘆きそ我がする

七一五 ちどり鳴く　佐保の河門の　清き瀬を　うま打ち渡し　いつか通はむ

七一六 夜昼と　いふ別知《わき》らず　我が恋ふる　情《こころ》はけだし　夢に見えきや

七一七 つれもなく　あるらむ人を　片思ひに　我は思へば　苦しくもあるか

七一八 思はぬに　妹が笑《ゑ》まひを　夢に見て　心の中《うち》に　燃えつつそ居《を》る

七一九 ますらをと　思へる我を　かくばかり　みつれにみつれ　片思ひをせむ

七二〇 むらきもの　心砕けて　かくばかり　我が恋ふらくを　知らずかあるらむ

[6]天皇に献る歌一首　[7]大伴坂上郎女、佐保の宅に在りて作る

七二一　○あしひきの―枕詞。

1―所在未詳。奈良県桜井市外山かともいう。

2―3・四〇三。

七二三　○ぬばたまの―枕詞。

七二四　○あさかみの―枕詞。

七二五　○にほどり―かいつぶり科。カイツブリ類の総称。池・沼・湖などに住む小型の鳥で、水中に潜り魚を捕える。水草を集め、水上に浮巣を作る。

3→3・四〇三。

七二一　あしひきの　山にし居《を》れば　風流《みやび》なみ　我がするわざを　とがめたまふな

大伴宿祢家持の歌一首

七二二　かくばかり　恋ひつつあらずは　石木《いはき》にも　ならましものを　物思《も》はずして

大伴坂上郎女、[1]跡見《とみ》の庄より、宅《いへ》に留まれる女子《むすめ》[2]大嬢に賜ふ歌一首　并びに短歌

七二三　常世《とこよ》にと　我が行かなくに　小金門《をかなと》に　もの悲しらに　思へりし　我が子の刀自《とじ》を　ぬばたまの　夜昼といはず　思ふにし　我が身は痩せぬ　嘆くにし　袖さへ濡れぬ　かくばかり　もとなし恋ひば　故郷に　この月ごろも　ありかつましじ

反歌

七二四　あさかみの　思ひ乱れて　かくばかり　なねが恋ふれそ　夢に見えける

右の歌は、大嬢の献る歌に報へ賜ふ。

天皇に献る歌二首　大伴坂上郎女、春日の里に在りて作る

七二五　にほどりの　潜《かづ》く池水　情《こころ》あらば　君に我が恋ふる　情《こころ》示さね

七二六　外《よそ》に居て　恋ひつつあらずは　君が家の　池に住むといふ　かもにあらましを

大伴宿祢家持、[3]坂上家の大嬢に贈る歌二首　離絶数年、また逢ひて相

聞往来す

七二七　わすれぐさ　我が下紐に　付けたれど　醜《しこ》の醜草　言にしありけり

七二八　人もなき　国もあらぬか　我妹子と　携《たづさ》ひ行きて　たぐひて居《を》らむ

1大伴坂上大嬢、大伴宿祢家持に贈る歌三首

七二九　玉ならば　手にも巻かむを　うつせみの　世の人なれば　手に巻きかたし

七三〇　逢はむ夜は　何時《いつ》もあらむを　なにすとか　その夕《よひ》逢ひて　言の繁きも

七三一　我が名はも　千名《ちな》の五百名《いほな》に　立ちぬとも　君が名立たば　惜しみこそ泣け

また大伴宿祢家持の和ふる歌三首

七三二　今しはし　名の惜しけくも　我はなし　妹に因《よ》りては　千度《ちたび》立つとも

七三三　うつせみの　世やも二《ふた》行く　なにすとか　妹に逢はずて　我がひとり寝む

七三四　我が思ひ　かくてあらずは　玉にもが　まことも妹が　手に巻かれむを

また坂上大嬢、家持に贈る歌一首

七三五　春日山　霞たなびき　情《こころ》ぐく　照れる月夜に　ひとりかも寝む

また家持、坂上大嬢に和ふる歌一首

七三六　月夜には　門に出で立ち　夕占《ゆふけ》問ひ　足占《あうら》をせし　行かまくを欲り

また大嬢、家持に贈る歌二首

七二七　○わすれぐさ→3・三三四。

1→3・四〇三。

七二九　○うつせみの—枕詞。

七三三　○うつせみの—枕詞。

七三五　○春日山→3・三七二。

七三七 ○若狭道—若狭への道。若狭は福井県西南部。○後瀬の山—福井県小浜市市街地南方にある山。○第三・四句—序詞。

七三九 ○のちせやま—枕詞。

七三七 かにかくに　人は言ふとも　若狭道《わかさぢ》の　後瀬《のちせ》の山の　後も逢はむ君

七三八 世間《よのなか》の　苦しきものに　ありけらし　恋にあへずて　死ぬべき思へば

また家持、坂上大嬢に和ふる歌二首

七三九 のちせやま　後も逢はむと　思へこそ　死ぬべきものを　今日までも生けれ

七四〇 言のみを　後も逢はむと　ねもころに　我を頼めて　逢はざらむかも

さらに大伴宿祢家持、坂上大嬢に贈る歌十五首

七四一 夢の逢ひは　苦しかりけり　覚《おどろ》きて　掻《か》き探れども　手にも触れねば

七四二 一重《ひとへ》のみ　妹が結ばむ　帯をすら　三重結ぶべく　我が身はなりぬ

七四三 我が恋は　千引《ちび》きの石《いは》を　七ばかり　首に掛けむも　神のまにまに

七四四 夕さらば　屋戸《やど》開け設《ま》けて　我待たむ　夢に相見に　来むといふ人を

七四五 朝夕《あさよひ》に　見む時さへや　我妹子が　見とも見ぬごと　なほ恋しけむ

七四六 生ける代《よ》に　我はいまだ見ず　言絶えて　かくおもしろく　縫へる袋は

七四七 我妹子が　形見の衣　下に着て　直《ただ》に逢ふまでは　我脱かめやも

七四八 恋ひ死なむ　そこも同じぞ　何せむに　人目人言　言痛《こちた》み我《わが》せむ

七四九 夢にだに　見えばこそあれ　かくばかり　見えずしあるは　恋ひて死ねとか

七五〇 思ひ絶え　わびにしものを　なかなかに　なにか苦しく　相見始《そ》めけむ

七五一 相見ては　幾日《いくか》も経ぬを　ここだくも　狂ひに狂ひ　思ほゆるかも

七五二 かくばかり 面影のみに 思ほえば いかにかもせむ 人目繁くて

七五三 相見てば しましく恋は 和《な》ぎむかと 思へどいよよ 恋益《ま》さりけり

七五四 夜のほどろ 我が出でて来れば 我妹子が 思へりしくし 面影に見ゆ

七五五 夜のほどろ 出でつつ来らく 度《たび》まねく なれば我が胸 切り焼くごとし

[1]大伴田村家の大嬢、[2]妹坂上大嬢に贈る歌四首

七五六 外《よそ》に居て 恋ふれば苦し 我妹子を 継ぎて相見む 事計《ことはか》りせよ

七五七 遠くあれば わびてもあるを 里近く ありと聞きつつ 見ぬがすべなさ

七五八 白雲の たなびく山の 高々に 我が思ふ妹を 見むよしもがも

七五九 いかならむ 時にか妹を むぐらふの 汚き屋戸《やど》に 入れいませてむ[3]

右、田村大嬢と坂上大嬢とはともにこれ右大弁大伴宿奈麻呂卿の女《むすめ》なり。卿、田村の里に居《を》れば、号《な》づけて田村大嬢といふ。ただし、妹坂上大嬢は、母、坂上の里に居れば、よりて坂上大嬢といふ。時に、姉妹諮問《とぶら》ふに歌を以て贈答す。

[4]大伴坂上郎女、[5]竹田の庄より女子《むすめ》大嬢に贈る歌二首

七六〇 うち渡す 竹田の原に 鳴く鶴《たづ》の 間なく時なし 我が恋ふらくは

七六一 速河《はやかは》の 瀬に居る鳥の よしをなみ 思ひてありし 我が子はもあはれ

[6]紀女郎《きのいらつめ》、[7]大伴宿祢家持に贈る歌二首 女郎、名を小鹿《をしか》といふ

1→4・五八六。
2→3・四〇三。

七五八 〇第一・二句—序詞。
七五九 〇むぐら—あかね科の二年生草本ヤエムグラ、くわ科の一年生蔓生草本カナムグラなどに当てる。
3→2・一二九。

4→3・三七九。
5—奈良県橿原市東竹田町。
七六〇 〇第一・二・三句—序詞。
七六一 〇第一・二句—序詞。
6—4・六四三。
7→3・三九五。

七六二　神さぶと　不欲《いな》にはあらず　はたやはた　かくして後に　さぶしけむかも

七六三　玉の緒を　沫緒《あわを》に搓《よ》りて　結べらば　ありて後にも　逢はざらめやも

大伴宿祢家持の和ふる歌一首

七六四　百歳《ももとせ》に　老い舌出でて　よよむとも　我は厭《いと》はじ　恋は益《ま》すとも

[1]久邇京《くにのみやこ》に在りて、奈良の宅に留まれる[2]坂上大嬢を思ひて、大伴宿祢家持の作れる歌一首

七六五　一重山《ひとへやま》　重《へな》れるものを　月夜好《よ》み　門に出で立ち　妹か待つらむ

[3]藤原郎女《ふぢはらのいらつめ》、これを聞きて即ち和ふる歌一首

七六六　路遠み　来じとは知れる　ものからに　しかそ待つらむ　君が目を欲り

[4]大伴宿祢家持、さらに[5]大嬢に贈る歌二首

七六七　都路を　遠みか妹が　このころは　祈《うけ》ひて寝《ぬ》れど　夢に見え来《こ》ぬ

七六八　今知らす　久邇の都に　妹に逢はず　久しくなりぬ　行きてはや見な

大伴宿祢家持、[6]紀女郎に報へ贈る歌一首

七六九　ひさかたの　雨の降る日を　ただ独《ひとり》　山辺に居《を》れば　いぶせかりけり

大伴宿祢家持、久邇京より坂上大嬢に贈る歌五首

七七〇　人目多み　逢はなくのみそ　情《こころ》さへ　妹を忘れて　我《わ》が念はなくに

七七一　偽《いつは》りも　似つきてそする　現《うつ》しくも　まこと我妹子　我《われ》に恋ひめや

七七二　夢にだに　見えむと我《われ》は　ほどけども　相し思はねば　うべ見えざらむ

1—京都府相楽郡加茂町にあった聖武天皇が天平十二年から天平十六年まで営んだ都。
2—3・四〇三。
3—伝未詳。
4↓3・三九五。
5—大伴坂上大嬢↓3・四〇三。
七六八　〇久邇の都—久邇京↓4・七六五。
6↓4・六四三。
七六九　〇ひさかたの—枕詞。

七七三　言問はぬ　木すらあぢさゐ　諸弟《もろと》らが　練りのむらとに　詐《あざむ》かれけり

七七四　百千度《ももちたび》　恋ふと言ふとも　諸弟らが　練りの言葉は　我は頼まじ

大伴宿祢家持、紀女郎に贈る歌一首

七七五　うづらなく　故郷《ふりにしさと》ゆ　思へども　なにそも妹に　逢ふよしもなき

紀女郎、家持に報へ贈る歌一首

七七六　言出《ことで》しは　誰《た》が言なるか　小山田の　苗代水《なはしろみづ》の　中淀《なかよど》にして

大伴宿祢家持、さらに紀女郎に贈る歌五首

七七七　我妹子が　屋戸《やど》のまがきを　見に行かば　けだし門《かど》より　帰してむかも

七七八　うつたへに　まがきの姿　見まく欲《ほ》り　行かむと言へや　君を見にこそ

七七九　板葺《いたぶき》の　黒木の屋根は　山近し　明日の日取りて　持ちて参ゐ来む

七八〇　黒木取り　草《かや》も刈りつつ　仕《つか》へめど　いそしきわけと　褒めむともあらず　一に云ふ「仕ふとも」

[1]紀女郎、包《つつ》める物を友に贈る歌一首　女郎、名を小鹿《をしか》といふ

七八一　ぬばたまの　昨夜《きぞ》は帰しつ　今夜《こよひ》さへ　我を帰すな　路の長手を

七八二　風高く　辺には吹けども　妹がため　袖さへ濡れて　刈れる玉藻《たまも》そ

大伴宿祢家持、娘子に贈る歌三首

七八三　一昨年《をととし》の　先つ年より　今年まで　恋ふれどなぞも　妹に逢ひかたき

七八四　現《うつつ》には　さらにもえ言はず　夢にだに　妹が手本《たもと》を　まき寝《ぬ》とし見ば

七八五　我が屋戸《やど》の　草の上白く　置く露の　寿《み》も惜しからず　妹に逢はざれば

七七三　○あぢさゐ—ゆきのした科の落葉灌木。

七七五　○うづらなく—枕詞。

七七六　○第三・四句—序詞。

七八一　○ぬばたまの—枕詞。
1→4・六四三。

大伴宿祢家持、[1]藤原朝臣久須麻呂《ふぢはらのあそみくすまろ》に報へ贈る歌三首

七八六　春の雨は　いやしき降るに　うめの花　いまだ咲かなく　いと若みかも

七八七　夢のごと　思ほゆるかも　はしきやし　君が使ひの　まねく通へば

七八八　うら若み　花咲きかたき　うめを植ゑて　人の言繁み　思ひそ我がする

また家持、藤原朝臣久須麻呂に贈る歌二首

七八九　情《こころ》ぐく　思ほゆるかも　春霞　たなびく時に　言の通へば

七九〇　はるかぜの　聲《おと》にし出なば　あり去《さ》りて　今ならずとも　君がまにまに

藤原朝臣久須麻呂の来報《こた》ふる歌二首

七九一　奥山の　磐影《いはかげ》に生ふる　すがの根の　ねもころ我も　相思はざれや

七九二　春雨を　待つとにしあらし　我が屋戸《やど》の　若木のうめも　いまだ含《ふふ》めり

萬葉集巻第四

1―藤原仲麻呂の子。天平宝字二年（七五八）従五位下。天平宝字三年（七五九）美濃守。天平宝字五年（七六一）大和守。天平宝字六年（七六二）参議。天平宝字八年（七六四）仲麻呂（恵美押勝）の乱で殺された。

七九〇　○はるかぜの―枕詞。

七九一　○第一・二・三句―序詞。

萬葉集巻第五

雑歌

[1]大宰帥大伴卿、凶問《きようもん》に報ふる歌一首

禍故《くわこ》重畳《ちようでふ》し、凶問《きようもん》累集《るいしふ》す。永く崩心《ほうしん》の悲しびを懐き、独り断腸の涙を流す。ただし、両君の大きなる助けに依《よ》りて、傾命をわづかに継ぐのみ。筆の言を尽さぬは、古今、嘆く所なり。

七九三　世間《よのなか》は　空しきものと　知る時し　いよよますます　悲しかりけり

神亀五年六月二十三日

蓋《けだ》し聞く、[2]四生《ししやう》の起滅《きめつ》は、夢の皆空しきがごとく、[3]三界の漂流は、環《たまき》の息《とど》まらぬがごとし。所以《このゆゑ》に[4]維摩《ゆいま》大士《だいじ》も方丈に在《あ》りて、染疾《ぜんしつ》の患《うれ》へを懐くことあり、[5]釈迦能仁《しやかのうにん》は双林にいまして、泥洹《ないをん》の苦しびを免れたまふことなしと。故に知りぬ、[6]二聖の至極すらに、力負《りきふ》の尋ね至ることを払ふこと能《あた》はず、[7]三千世界、誰か能《よ》く黒闇《こくあん》の捜《あなぐ》り来ることを逃れむ、といふことを。二つの鼠競《きほ》ひ走りて、目を渡る鳥あしたに飛び、四つの蛇争ひ侵して、隙《ひま》を過ぐる駒ゆふへに走《に》ぐ。嗟乎《ああ》痛《たへかた》きかも。紅顔は[8]三従《しよう》と共に長《とほ》く逝き、素質は四徳と永く滅《き》えたり。いかにや図《はか》らむ、

1―大伴旅人↓3・三一五。
2―仏語で卵生・胎生・湿生・化生をさす。あらゆる生物。
3―欲界・色界・無色界。
4―維摩詰の尊称。釈迦在世のとき、毘耶離城にいた長者。その仏弟子に説いた大乗教理を内容とする仏典が『維摩経』。
5―能仁は釈迦の尊称。インドのカビラビラバス城主浄飯王の子。母はマヤ仏教の開祖。
6―維摩詰と釈迦の二人の聖者。
7―小千世界・中千世界・大千世界を合わせていう。全宇宙。
8―婦人の従うべき三つの道。「幼くして父兄に従ひ、嫁して夫に従ひ、夫死して子に従ふ」（礼記）。

偕老《かいらう》、要期《えうご》に違ひ、独飛《どくひ》半路に生きむとは。蘭室《らんしつ》に屏風《ひやうふ》徒《いたづら》に張りて、断腸の哀しびいよいよ痛《たへかた》く、枕頭に明鏡《めいきやう》空しく懸《か》かりて、染筠《ぜんゐん》の涙いよいよ落つ。泉門一たび掩《と》ぢて、再び見む由《よし》もなし。嗚呼《ああ》哀しきかも。

愛河《あいが》の波浪すでに滅《き》え、
苦海の煩悩もまた結ぼほることなし。
従来《むかしより》この穢土《ゑど》を厭離《をんり》せり、
本願に生をその浄刹《じやうせつ》に託せむ。

日本挽歌一首

七九四　大君の　遠《とほ》の朝廷《みかど》と　しらぬひ　筑紫の国に　なくこなす　慕ひ来まして　息だにも　いまだ休めず　年月《としつき》も　いまだあらねば　心ゆも　思はぬ間に　うちなびき　臥《こ》やしぬれ　言はむすべ　せむすべ知らに　石木《いはき》をも　問ひ放《さ》け知らず　家ならば　かたちはあらむを　恨めしき　妹の命《みこと》の　我《あれ》をばも　いかにせよとか　にほどりの　二人並び居《ゐ》　語らひし　心背《そむ》きて　家離《ざか》りいます

反歌

七九五　家に行きて　いかにか我《あ》がせむ　まくらづく　妻屋さぶしく　思ほゆべしも

七九六　愛《は》しきよし　かくのみからに　慕ひ来し　妹が心の　すべもすべなさ

七九七　悔しかも　かく知らませば　あをによし　国内《くぬち》ことごと　見せましものを

七九四　○しらぬひ―枕詞。○筑紫―九州地方の総称、あるいは筑前、筑後の総称。○なくこなす―枕詞。○にほどりの―枕詞。

七九五　○まくらづく―枕詞。

七九七　○あをによし―枕詞。

七九八 妹が見し あふちの花は 散りぬべし 我《わ》が泣く涙《なみた》 いまだ干《ひ》なくに

七九九 大野山 霧立ち渡る 我が嘆く おきその風に 霧立ち渡る

神亀五年七月二十一日に、[1]筑前国守[2]山上憶良上《たてまつ》る。

惑《まと》へる情を反《かへ》さしむる歌一首 并びに序

或《ある》人、父母を敬ふことを知りて、侍養《じやう》を忘れ、妻子を顧みずして、脱《だつ》屣《し》よりも軽《かろ》くし、自ら倍俗《ばいぞく》先生と称《なつ》く。意気は青雲の上に揚がれども、身体は猶《なほ》し塵俗《ちんぞく》の中に在り。未だ得道《とくだう》に修行する聖に験《しるし》あらず、蓋《けだ》しこれ山沢《さんたく》に亡命する民ならむか。所以《このゆゑ》に三[3]綱《かう》を指示《およびさ》し、五[4]教を更《あらた》め開《と》き、遺《おく》るに歌を以てし、その惑ひを反《かへ》さしむ。歌に曰く

八〇〇 父母を 見れば尊し 妻子《めこ》見れば めぐし愛《うつく》し 世間《よのなか》は かくぞことわり もちどりの かからはしもよ 行くへ知らねば うけ沓《ぐつ》を 脱き棄《つ》るごとく 踏み脱きて 行くちふ人は 石木《いはき》より 生《な》り出し人か 汝が名告《の》らさね 天《あめ》へ行かば 汝《な》がまにまに 地ならば 大君います この照らす 日月《ひつき》の下は 天雲の 向伏《むかぶ》す極み たにぐくの さ渡る極み 聞こし食《を》す 国のまほらぞ かにかくに 欲しきまにまに しかにはあらじか

反歌

八〇一 ひさかたの 天道《あまぢ》は遠し なほなほに 家に帰りて 業《なり》をしまさに

子等《こら》を思ふ歌一首 并びに序

七九八 〇あふち—せんだん科の落葉喬木。五月頃淡紫色の花が咲く。果実は薬用のほか細工物に用いる。

七九九 〇大野山—福岡県筑紫郡大野町。大宰府都府楼跡の北方にある。

1—福岡県北西部。

2—大伴旅人と共に大宰府圏作品群の中心をなす。『類聚歌林』の編者。→1・六。

3—君臣・父子・夫婦の間の道。

4—父は義、母は慈、兄は友、弟は順、子は孝という五常の教え。

八〇〇 〇もちどりの—枕詞。〇たにぐく—ひきがえる科。ヒキガエルのこと。

八〇一 〇ひさかたの—枕詞。

釈迦如来、金口《こんく》に正《まさ》しく説きたまはく、「衆生《しゆじやう》を等しく思ふこと、羅[1]睺羅《ら ごら》のごとし」と。また説きたまはく、「愛《うつく》しびは子に過ぎたりといふことなし」と。至極[2]の大聖すらに、尚《なほ》し子を愛しびたまふ心あり。況《いはむ》や、世間の蒼生《あをひとくさ》、誰か子を愛しびざらめや。

八〇二　うり食《は》めば　子ども思ほゆ　くり食めば　まして偲《しぬ》はゆ　いづくより　来りしものそ　まなかひに　もとなかかりて　安眠《い》し寝《な》さぬ

反歌

八〇三　銀《しろかね》も　金《くがね》も玉も　なにせむに　優れる宝　子に及《し》かめやも

世間《よのなか》の住み難きを哀しぶる歌一首　并びに序

集まること易く排《はら》ふこと難きは、八大の辛苦[3]、遂《と》ぐること難く尽くること易きは、百年の賞楽《しやうらく》なり。古人の嘆くところ、今もまたこれに及ぶ。所以《このゆゑ》に因《よ》りて一章の歌を作りて、二毛[4]の嘆きを撥《はら》ふ。その歌に曰く

八〇四　世間の　すべなきものは　年月は　流るるごとし　とり続《つつ》き　追ひ来るものは　百種《ももくさ》に　迫《せ》め寄り来《きた》る　をとめらが　をとめさびすと　韓玉《からたま》を　手本《たもと》に巻かし　或はこの句ありて云ふ「しろたへの　袖振りかはし　紅《くれなゐ》の　赤裳裾引《あかもすそ》き」　よち子らと　手携《てたづさ》はりて　遊びけむ　時の盛りを　留《とど》みかね　過ぐし遣《や》りつれ　みなのわた　か黒き髪に　何時《いつ》の間か　霜の降りけむ　紅の　一に云ふ「丹《に》のほなす」　面《おもて》の上に　いづくゆか　皺《しわ》が来りし　一に云ふ「常なり

1—釈迦の出家前の子。
2—釈迦如来をさす。↓5・七九四。
八〇二　○うり—うり科の一年生蔓草。東南アジア原産で古くから食用にした。○くり—ぶな科の落葉喬木。果実を食用にする。
3—生苦・老苦・病苦・死苦・恩愛別苦・所求不得苦・怨憎会苦・憂悲悩苦。
4—黒髪に白髪の交る嘆。
八〇四　○しろたへの—枕詞。○みなのわた—枕詞。みなは、かわにな科のタニシやカワニナの類。

し　笑《ゑ》まひ眉《まよ》引き　さくはなの　うつろひにけり　世間は　かくのみならし」　ますらをの　をとこさびすと　剣大刀《つるぎたち》　腰に取り佩《は》き　さつ弓を　手握《たにぎ》り持ちて　赤駒に　倭文鞍《しつくら》うち置き　這ひ乗りて　遊びあるきし　世間《よのなか》や　常にありける　をとめらが　さ寝《な》す板戸を　押し開き　い辿《たど》り寄りて　ま玉手の　玉手さし交《か》へ　さ寝《ね》し夜の　いくだもあらねば　手束杖《たつかづゑ》　腰にたがねて　か行けば　人に厭《いと》はえ　かく行けば　人に憎まえ　およしをはかくのみならし　たまきはる　命惜しけど　せむすべもなし

反歌

八〇五　常磐《ときは》なす　かくしもがもと　思へども　世の理《こと》なれば　留《とど》みかねつも

神亀五年七月二十一日に、[1]嘉摩郡《かまのこほり》にして撰定す。[2]筑前国守山上憶良

伏して来書を辱《かたじけ》なみし、具《つぶさ》に芳旨《はうし》を承りぬ。忽《たちま》ちに漢《あまのがは》を隔つる恋を成し、また梁《はし》を抱く意《こころ》を傷《いた》ましむ。ただ羨《ねが》はくは、去留恙《きよりうつつみ》なく、遂に披雲《ひうん》を待たまくのみ。

歌詞両首　大宰帥大伴卿

八〇六　竜《たつ》の馬《ま》も　今も得てしか　あをによし　奈良の都に　行きて来《こ》むため

八〇七　現《うつつ》には　逢ふよしもなし　ぬばたまの　夜の夢にを　継ぎて見えこそ

答《こた》ふる歌二首

○さくはなの―枕詞。

○たまきはる―枕詞。

1―福岡県嘉穂郡の南東部。
2→5・七九九。

八〇六　○あをによし―枕詞。

八〇七　○ぬばたまの―枕詞。ぬばたまはあやめ科の多年生草本。ヒオウギ。

八〇八　竜の馬を　我は求めむ　あをによし　奈良の都に　来む人の為《た》に

八〇九　直《ただ》に逢はず　あらくも多く　しきたへの　枕去らずて　夢にし見えむ

[1]大伴淡等《おおとものたびと》謹上す。

[2]梧桐《ごどう》の日本琴《やまとごと》一面　対馬の結石山《ゆひしやま》の孫枝《ひこえ》なり

この琴、夢に娘子《をとめ》に化《な》りて曰く、「余《われ》、根を遥島《えうたう》の高き巒《みね》に託《つ》け、幹《から》を九陽《きうやう》の休《うるは》しき光に晞《さら》しつ。長く煙霞を帯《めぐ》らして、山川《さんせん》の阿《くま》に逍遥《せうえう》し、遠く風波を望みて、[3]雁木《がんぼく》の間に出入す。ただ百年の後に空しく溝《こう》壑《かく》に朽ちなむことのみを恐る。偶《たまさか》に良き匠《たくみ》に遭《あ》ひ、剒《き》りて小琴に為《つく》られぬ。質麁《あら》く音少なきことを顧みず、恒《つね》に君子《うまひと》の左琴を希《ねが》ふ」と。即ち歌ひて曰く、

八一〇　いかにあらむ　日の時にかも　音《こゑ》知らむ　人の膝《ひざ》の上　我《わ》が枕かむ

僕《われ》、詩詠に報へて曰く、

八一一　言問はぬ　木にはありとも　美《うるは》しき　君が手馴《たな》れの　琴にしあるべし

琴の娘子答へて曰く、

「敬《つつし》みて徳音を奉《うけたま》はりぬ。幸甚幸甚」と。片時《しまらく》ありて覚《おどろ》き、即ち夢の言に感《かま》け、慨然《がぜん》に止黙《もだ》あること得ず。故に、公《おほやけ》の使ひに付けて、聊《いささ》かに進御《たてまつ》らくのみ。謹状す。不具。

天平元年十月七日に、使ひに付けて進上《たてまつ》る。

八〇八〔〕あをによし—枕詞。
八〇九〔〕しきたへの—枕詞。
1—大伴旅人→3・三一五。
2—あおぎり科アオギリ。
3—『荘子』山木篇にある寓話をふまえたもので、ここは、琴の材料として伐られるか伐られないかの中間の状態、不安定な状態にあることをいう。

謹通　中衛高明閣下　謹空

跪《ひざまづ》きて芳音を承り、嘉懽《かくわんこもごも》交深し。乃ち竜門の恩、また蓬身《ほうしん》の上に厚きことを知りぬ。恋望《れんばう》の殊念は常の心の百倍なり。謹みて白雲の什《じふ》に和《こた》へて、野鄙《やひ》の歌を奏《まを》す。[1]房前《ふささき》謹状す。

八一二　言問はぬ　木にはありとも　我が背子が　手馴れのみ琴　地《つち》に置かめやも

謹通　尊門　記室

十一月八日に　還る使ひの大監《だいけん》に付く。

[2]筑前国怡土《いと》郡深江村子負《こふ》の原に、海に臨める岡の上に、二つの石あり。大きなるは長さ一尺二寸六分、囲《かく》み一尺八寸六分、重さ十八斤五《こん》両《りやう》、小さきは長さ一尺一寸、囲み一尺八寸、重さ十六斤十両。並《とも》に皆楕円《まろ》く、状鶏子《かたちとりのこ》のごとし。そのうるはしきこと、あげて論《あげつら》ふべからず。所謂径尺《けいしやく》の璧《たま》是なり。或はいふ「この二つの石は[3]肥前国彼杵《そのき》郡平《ひら》敷《しき》の石なり。占《うら》に当たりて取る」と。深江の駅家《はゆまうまや》を去ること二十里ばかり、路のほとりに近く在り。公私の往来に、うまを下りて跪拝《きはい》せずといふことなし。古老相伝へて曰く、「往者《いにしへ》、[4]息長足日女命《おきながたらしひめのみこと》、[5]新羅《しらき》の国を征討したまひし時に、この両《ふた》つの石を用《も》ちて、御袖の中に挿著《さしはさ》みて、鎮懐《しづめ》と為したまふ。実はこれ御裳の中なり。所以《このゆゑ》に行人《たびびと》この石を敬《うやま》ひ拝《をろが》む」と。乃ち歌を作りて曰く

八一三　かけまくは　あやに畏《かしこ》し　足日女《たらしひめ》　神の命《みこと》　韓国《からくに》を　向け平らげて　み

1―藤原房前。不比等の子で武智麻呂の弟、宇合、麻呂の兄。慶雲二年（七〇五）従五位下。養老元年（七一七）参議。神亀元年（七二四）正三位。天平元年（七二九）中務卿。天平九年（七三七）没。

2―福岡県糸島郡二丈町深江付近。

3―彼杵郡は長崎県西彼杵郡東彼杵郡、長崎市、大村市一帯、平敷は未詳。

4―神功皇后。

5―朝鮮半島南東部にあった一国、巻十五に遣新羅使の歌群がある。

八一三　○韓国―カラは普通朝鮮、中国をいうがここの例は新羅をさす。○わたのそこ―枕詞。○わたのそこ　沖つ―序詞。

心を　鎮《しづ》めたまふと　い取らして　斎《いは》ひたまひし　真玉《またま》なす　二つの石を　世の人に　示したまひて　万代《よろづよ》に　言ひ継ぐがねと　わたのそこ　沖つ深江の　海上《うなかみ》の　子負《こふ》の原に　み手づから　置かしたまひて　神ながら　神さびいます　奇《く》しみ魂《たま》　今の現《をつつ》に　尊きろかむ

八一四　天地の　ともに久しく　言ひ継げと　この奇《く》しみ魂《みたま》　敷かしけらしも

右の事伝へ言ふは、那珂郡伊知郷蓑島《なかのこほりいちのさとみのしま》[1]の人建部牛麻呂《たけべのうしまろ》[2]これなり。

梅花の歌三十二首　幷びに序

天平二年正月十三日に、帥老《そちのおきな》[3]の宅《いへ》に萃《あつ》まりて、宴会を申《の》ぶ。時に、初春の令月《れいげつ》にして、気淑《よ》く風和《やはら》ぐ。梅は鏡前の粉を披《ひら》き、蘭[4]は珮後《ばいご》の香を薫《かを》らす。しかのみにあらず、曙の嶺に雲移り、松は羅《うすもの》を掛けて蓋《きぬがさ》を傾く、夕《ゆふへ》の岫《みね》に霧結び、鳥は縠《うすもの》に封《と》ぢられて林に迷ふ。庭に新蝶舞ひ、空に故雁帰る。ここに天を蓋《きぬがさ》にし地を坐《しきゐ》にし、膝を促《ちかづ》け觴《さかづき》を飛ばす。言を一室の裏《うち》に忘れ、衿《ころものくび》を煙霞の外に開く。淡然《たんぜん》に自ら放《ゆる》し、快然《くわいぜん》に自ら足りぬ。もし翰苑《かんゑん》にあらずは、何を以《もち》てか情を述べむ。詩に落梅の篇を紀《しる》す、古《いにしへ》と今と夫《そ》れ何か異ならむ。宜《よろ》しく園の梅を賦して、聊《いささ》かに短詠を成すべし。

八一五　正月《むつき》立ち　春の来らば　かくしこそ　うめを招《を》きつつ　楽しき終へめ　大弐紀卿《だいにきのきやう》[5]

八一六　うめの花　今咲けるごと　散り過ぎず　我《わ》が家《へ》の園に　ありこせぬかも

1―福岡県福岡市蓑島本町あたりといわれる。
2―伝未詳。
3―大伴旅人のこと。
4―よい香りの草の総称。
5―当時大宰大弐であった紀氏の人。大弐は正五位上相当、尊んで卿といった。紀男人ともいわれる。

八一七　うめの花　咲きたる園の　青柳は　縵《かづら》にすべく　なりにけらずや
少弐小野大夫《せうにをののだいぶ》 1

八一八　春されば　まづ咲くやどの　うめの花　ひとり見つつや　春日《はるひ》暮らさむ
少弐粟田大夫《せうにあはだのだいぶ》 2

八一九　世間《よのなか》は　恋繁《しげ》しゑや　かくしあらば　うめの花にも　ならましものを
筑前守山上大夫《やまのうへのだいぶ》 3

八二〇　うめの花　今盛りなり　思ふどち　かざしにしてな　今盛りなり
豊後守大伴大夫 4

八二一　青柳《あをやなぎ》　うめとの花を　折りかざし　飲みての後《のち》は　散りぬともよし
筑後守葛井大夫《ふぢゐのだいぶ》 5

八二二　我が園に　うめの花散る　ひさかたの　天《あめ》より雪の　流れ来るかも
笠沙弥《かさのさみ》 6

八二三　うめの花　散らくはいづく　しかすがに　この城《き》の山に　雪は降りつつ
主人 7

八二四　うめの花　散らまく惜しみ　我が園の　竹の林に　うぐひす鳴くも
大監伴氏百代《だいけんばんしのももよ》 8

八二五　うめの花　咲きたる園の　青柳《やぎ》を　縵《かづら》にしつつ　遊び暮らさな
少監阿氏奥島《せうけんあしのおきしま》 9

少監土氏百村《せうけんとじのももむら》 10

1—大宰少弐小野老↓3・三二八。

2—粟田朝臣人上のことか。但し彼は当時正五位上。

3—山上憶良↓1・六。

4—未詳。大伴三依ともいう。彼が九州にいたことは↓4・五五六の題詞で知られる。

5—葛井連大成↓4・五七六。

6—満誓（笠朝臣麻呂）↓3・三三六。

八二二 〇ひさかたの—枕詞。

7—大伴旅人↓3・三一五。

8—大伴宿祢百代↓4・五五九。

八二四 〇うぐひす—うぐひす科。全国の竹藪雑木林などに住み、昆虫類を食べる益鳥。

9—未詳。阿部朝臣息島ともいう。大宰少監は従六位上相当。

10—土氏は一説に土師氏といわれる。土師百村だとすれば、養老五年（七二一）山上憶良等と東宮侍講。

八二六　うちなびく　春のやなぎと　我がやどの　うめの花とを　いかにか別かむ　[1]大典史氏大原《だいてんしじのおほはら》

八二七　春されば　木末隠《こぬれがく》りて　うぐひすそ　鳴きて去《い》ぬなる　うめが下枝《しづえ》に　[2]少典山氏若麻呂《せうてんさんじのわかまろ》

八二八　人ごとに　折りかざしつつ　遊べども　いやめづらしき　うめの花かも　[3]大判事丹氏麻呂《だいはんじたんじのまろ》

八二九　うめの花　咲きて散りなば　さくら花　継ぎて咲くべく　なりにてあらずや　[4]薬師張氏福子《やくしちやうじのふくし》

八三〇　万代に　年は来経《きふ》とも　うめの花　絶ゆることなく　咲き渡るべし　[5]筑前介佐氏子首《きじのこおびと》

八三一　春なれば　うべも咲きたる　うめの花　君を思ふと　夜眠《よい》も寝なくに　[6]壱岐守板氏安麻呂《はんじのやすまろ》

八三二　うめの花　折りてかざせる　諸人《もろひと》は　今日の間は　楽しくあるべし　[7]神司荒氏稲布《くわうじのいなしき》

八三三　年のはに　春の来らば　かくしこそ　うめをかざして　楽しく飲まめ　[8]大令史野氏宿奈麻呂《だいりやうしやじのすくなまろ》

八三四　うめの花　今盛りなり　百鳥《ももとり》の　声の恋《こほ》しき　春来《きた》るらし　[9]少令史田氏肥人《でんしのこまひと》

八三五　春さらば　逢はむと思《も》ひし　うめの花　今日の遊びに　相見つるかも

八二六　うちなびく―枕詞。

1―伝未詳。大典は正七位上相当。史氏は史部（ふひとべ）氏か。

2―山口忌寸若麻呂。少典は正八位上相当。

3―伝未詳。大宰府の司法官。従六位下相当。舟氏とする原文によれば、船氏、船木氏などか。

4―伝未詳。帰化人かともいう。

5―伝未詳。介は国司の二等官。大国と上国におかれる。大国では正六位下、上国では従六位上相当。

6―板茂連安麻呂といわれる。

7―伝未詳。神司は正七位下相当。荒氏は荒木氏、荒田氏などの略。

8―伝未詳。大令史は判文を抄写する。

9―伝未詳。

八三六　うめの花　手折りかざして　遊べども　飽き足らぬ日は　今日にしありけり

[1]薬師高氏義通《かうじのよしみち》

八三七　春の野に　鳴くやうぐひす　なつけむと　我《わ》が家《へ》の園に　うめが花咲く

[2]陰陽師磯氏法麻呂《おんやうしきじののりまろ》

八三八　うめの花　散り紛《まが》ひたる　岡辺《をかび》には　うぐひす鳴くも　春かたまけて

[3]笇師志氏大道《さんししじのおほみち》

八三九　春の野に　霧立ち渡り　降る雪と　人の見るまで　うめの花散る

[4]大隅目榎氏鉢麻呂《さくわんかじのはちまろ》

八四〇　春やなぎ　縵《かづら》に折りし　うめの花　誰か浮かべし　酒坏《さかづき》の上に

[5]筑前目田氏真上《さくわんでんじのまかみ》

八四一　うぐひすの　音《をと》聞くなへに　うめの花　我《わ》ぎ家《へ》の園に　咲きて散る見ゆ

[6]壱岐目村氏彼方《さくわんそんじのをちかた》

八四二　我がやどの　うめの下枝《しづえ》に　遊びつつ　うぐひす鳴くも　散らまく惜しみ

[7]対馬目高氏老《さくわんかうじのおゆ》

八四三　うめの花　折りかざしつつ　諸人《もろひと》の　遊ぶを見れば　都しぞ思《も》ふ

[8]薩摩目高氏海人《さくわんかうじのあま》

八四四　妹が家に　雪かも降ると　見るまでに　ここだも紛《まが》ふ　うめの花かも

[9]土師氏御道《はにししのみみち》

[10]小野氏国堅《をのしのくにかた》

1―伝未詳。

2―伝未詳。占卜を掌った。正八位上相当。

3―伝未詳。笇氏は計算にあたる役。正八位上相当。

4―伝未詳。目は国司の四等官。大隅は中国で大初位下相当。

5―伝未詳。上国の目なので従八位下相当。

6―伝未詳。下国の目は少初位上相当。

7―伝未詳。対馬は下国。

8―伝未詳。薩摩は中国。

9―伝未詳。次の小野氏と共に官名のないのは異例。

10―伝未詳。

八四五 うぐひすの 待ちかてにせし うめが花 散らずありこそ 思《おも》ふ児がため 筑前掾門氏石足《じようもんじのいそたり》[1]

八四六 霞立つ 長き春日《はるひ》を かざせれど いやなつかしき うめの花かも 小野氏淡理《をのしのたもり》[2]

員外故郷を思ふ歌両首

八四七 我が盛り いたくくたちぬ 雲に飛ぶ 薬食《は》むとも また変若《をち》めやも

八四八 雲に飛ぶ 薬食むよは 都見ば いやしき我が身 また変若《をち》ぬべし

後に追和するうめの歌四首

八四九 残りたる 雪に交《ま》じれる うめの花 早くな散りそ 雪は消《け》ぬとも

八五〇 雪の色を 奪ひて咲ける うめの花 今盛りなり 見む人もがも

八五一 我《わ》がやどに 盛りに咲ける うめの花 散るべくなりぬ 見む人もがも

八五二 うめの花 夢《いめ》に語らく みやびたる 花と我《あれ》思《も》ふ 酒に浮かべこそ 一に云ふ「いたづらに 我を散らすな 酒に浮かべこそ」

松浦川に遊ぶ序[3]

余《われ》、暫《たまさか》に松浦の県《あがた》に往きて逍遙し、聊《いささ》かに玉島の潭《ふち》に臨みて遊覧するに、忽《たちま》ちに魚を釣る女子《をとめ》等に値《あ》ひぬ。花の容《かほ》双《なら》びなく、光りたる儀《すがた》匹《たぐひ》なし。柳の葉を眉の中に開き、桃の花を頬の上に発《ひら》く。意気雲を凌《しの》ぎ風流世に絶えたり。僕問ひて曰く、「誰が郷誰が家の児らぞ。けだし神仙ならむか」と。娘《をとめ》等皆笑み答へて曰く、「児等《われ》は漁夫の舎《いへ》の児、

1—伝未詳。

2—小野朝臣田守。天平十九年（七四七）従五位下。天平勝宝元年（七四九）大宰少弐。天平勝宝五年（七五三）遣新羅使。天平宝字二年（七五八）遣渤海大使。

3—佐賀県東松浦郡浜玉町、玉島の地を流れる玉島川。

草の庵の微《いや》しき者なり。郷もなく家もなし、何ぞ称《あ》げ云ふに足らむ。ただ性《ひととなり》水に便《なら》ひ、また心山を楽しぶ。ある時《とき》には洛浦《らくほ》に臨みて徒《いたづら》に玉魚を羨《とも》しび、あるときには巫峡《ふかふ》に臥して空しく煙霞を望む。今邂逅《たまさか》に貴客に相遇《あ》ひぬ。感応に勝《あ》へず、輙《すなは》ち欵曲《くわんきよく》を陳《の》ぶ。今より後に豈偕《あにかい》老《らう》にあらざるべけむ」と。下官対《こた》へて曰く、「唯々《をを》。敬《つつし》みて芳命を奉《うけたま》はらむ」と。時に、日は山の西に落ち、驪馬《りば》去《い》なむとす。遂に懐抱を申《の》べ、因《よ》りて詠歌を贈りて曰く

八五三　あさりする　漁夫《あま》の子どもと　人は言へど　見るに知らえぬ　うまひとの子と

答ふる詩に曰く

八五四　玉島の　この川上に　家はあれど　君をやさしみ　あらはさずありき

蓬客等の更に贈る歌三首

八五五　松浦川　川の瀬光り　あゆ釣ると　立たせる妹が　裳《も》の裾《すそ》濡れぬ

八五六　松浦なる　玉島川に　あゆ釣ると　立たせる児らが　家道《いへぢ》知らずも

八五七　とほつひと　松浦の川に　若鮎《わかゆ》釣る　妹が手本《たもと》を　我こそまかめ

娘等《をとめ》の更に報ふる歌三首

八五八　若鮎釣る　松浦の川の　川なみの　なみにし思はば　我恋ひめやも

八五九　春されば　我家《わぎへ》の里の　川門《かはと》には　鮎子《あゆこ》さ走る　君待ちがてに

八六〇　松浦川　七瀬《ななせ》の淀《よど》は　淀むとも　我は淀まず　君をし待たむ

〔八五五〕あゆ―あゆ科の魚。↓3・四七五。

〔八五七〕とほつひと―枕詞。

〔八五八〕第一・二・三句―序詞。

後の人の追和する詩三首　帥老《そちのおきな》

八六一　松浦川　川の瀬速み　紅《くれなゐ》の　裳の裾濡れて　あゆか釣るらむ

八六二　人皆《ひとみな》の　見らむ松浦の　玉島を　見ずてや我は　恋ひつつ居らむ

八六三　松浦川　玉島の浦に　若鮎釣る　妹らを見らむ　人のともしさ

[1]宜《よろし》、啓《まを》す。伏して四月六日の賜書を奉《うけたま》はる。跪《ひざまづ》きて封函《ふうかん》を開き、拝《をろが》みて芳藻《はうそう》を読む。心神の開け朗らかなること、[2]泰初《たいしよ》が月を懐くに似、鄙《ひ》懐《くわい》の除《さ》え祛《き》ること、[3]楽広《がくくわう》が天を披《ひら》くがごとし。辺城《へんじやう》に羈旅《きりよ》し、古旧を懐《おも》ひて志を傷ましめ、年矢《ねんし》停《とど》まらず、平生を憶《おも》ひて涙を落すがごときに至りては、ただし達人は排《ならび》に安みし、君子は悶《うれへ》なし。伏して冀《ねが》はくは、朝には[4]翟《きぎし》を懐《なつ》けし化《うつくしび》を宣《の》べ、暮《ゆふへ》に亀を放ちし術を存《とど》め、[5]張・逍《てう》を百代に架け、[6]松・喬《けう》を千齢に追ひたまはむことを。さらに垂示を奉《うけたま》はるに、梅苑の芳席に、群英藻《ぐんえいさう》をのべ、松浦の玉潭《ぎよくたん》に、仙媛と贈答をなしたるは、杏壇各言《ぎやうだんかくげん》の作に類《たぐ》ひ、衡皐税駕《かうかうせいか》の篇に疑《に》たり。耽読吟《たんどくぎん》諷《ぶう》し、戚謝歓怡《せきしやくわんい》す。宜《よろし》の主に恋ふる誠《まこと》は、誠犬馬に逾《こ》え、徳を仰ぐ心は、心葵藿《ぎくわく》に同じ。しかれども碧海地を分ち、白雲天を隔つ。徒《いたづら》に傾延《けいえん》を積み、いかにしてか労緒《らうしよ》を慰めむ。[7]孟秋節《まうしうせち》にあたる、伏して願はくは、万祐《まんいう》日に新たならむことを。今[8]相撲部領使《すまひのことりつかひ》に因《よ》せ、謹みて片紙《へんし》を付く。宜《よろし》謹みて啓《まを》す、不次《ふし》。

諸人の梅花の歌に和へ奉《まつ》る一首

1―吉田連宜。百済からの帰化人。文武四年（七〇〇）僧籍にあったが還俗。医術に従った。神亀元年（七二四）吉田連姓を賜る。天平五年（七三三）図書頭。天平九年（七三七）正五位下。天平十年（七三八）典楽頭。
2―魏の人。太初。夏侯玄。
3―晋の人。
4―きじのこと。
5―張（張敞）・趙（趙広漢）の二人。漢の名高い役人。
6―松（赤松子）・喬（王子喬）の二人。中国の有名な仙人。
7―七月七日の節。
8―地方から都へ上る力士を引率する使。

八六四　後れ居《ゐ》て　長恋《ながこひ》せずは　み園生《そのふ》の　うめの花にも　ならましものを

松浦の仙媛の歌に和ふる一首

八六五　きみをまつ　松浦の浦の　をとめらは　常世《とこよ》の国の　天《あま》をとめかも

君を思ふこと未だ尽きず、重ねて題する歌二首

八六六　はろばろに　思ほゆるかも　白雲の　千重に隔てる　筑紫の国は

八六七　君が行き　日《け》長くなりぬ　奈良《なら》道《ぢ》なる　山斎《しま》の木立も　神さびにけり

天平二年七月十日

憶良[1]、誠惶頓首《せいくわうとんしゆ》、謹啓す。

憶良聞く、方岳《はうがく》諸侯と都督刺史《ととくしし》とは、並《とも》に典法《てんぱふ》に依りて、部下を巡行し、その風俗を察《み》ると。意内に端《はし》多く、口外に出だすこと難し。謹みて三首の鄙《いや》しき歌を以て、五蔵[2]の鬱結《むすぼほり》を写《のぞ》かむと欲《おも》ふ。その歌に曰く

八六八　松浦潟　佐用姫《さよひめ》の児が　領巾《ひれ》振りし　山の名のみや　聞きつつ居らむ

八六九　足日女《たらしひめ》　神の命《みこと》の　魚《な》釣らすと　み立たしせりし　石を誰見き　一に云ふ「あゆ釣ると」

八七〇　百日《ももか》しも　行かぬ松浦道　今日行きて　明日は来なむを　何か障《さや》れる

天平二年七月十一日筑前国司山上憶良謹みて上《たてまつ》る

大伴佐提比古郎子《おほとものさてひこのいらつこ》[3]、特《ひと》り朝命を被《かがふ》り、使ひを藩国に奉《うけたま》はる。艤棹《ふなよそひ》して言《ここ》に帰《ゆ》き、稍《やくやく》に蒼波《さうは》に赴《おもぶ》く。妾《をみなめ》松浦佐用姫、この別れの易きことを嗟《なげ》き、その会《あ》ひの難きことを嘆く。即ち高き山の嶺に登り、遥かに

八六五〇きみをまつ—枕詞。

八六六〇筑紫の国→5・七九四。

1—山上憶良→1・六。

2—五臓（心・肝・脾・肺・腎）のこと。

八六八〇佐用姫—肥前風土記には篠原弟日姫子とある。

八六九〇足日女—神功皇后。

3—大伴狭手彦とも。大伴金村の三男。宣化天皇二年（五三七）任那救済のため新羅を討つ。欽明天皇二十三年（五六二）百済を助けて高麗を破る。

離《さ》り去《ゆ》く舟を望み、悵然《ちやうぜん》に肝を断ち、黯然《あんぜん》に魂を銷《け》つ。遂に領巾《ひれ》を脱きて麾《ふ》る。傍の者、涙を流さずといふことなし。因りてこの山を号《なつ》けて、領巾麾嶺《ひれふるみね》と曰ふ。乃ち歌を作りて曰く

八七一　とほつひと　松浦佐用姫《まつらさよひめ》　夫《つま》恋に　領巾《ひれ》振りしより　負へる山の名

後の人の追和

八七二　山の名と　言ひ継げとかも　佐用姫が　この山の上《へ》に　領巾《ひれ》を振りけむ

最後《いとのち》の人の追和

八七三　万代に　語り継げとし　この岳《たけ》に　領巾振りけらし　松浦佐用姫

最々後《いといとのち》の人の追和二首

八七四　海原の　沖行く舟を　帰れとか　領巾振らしけむ　松浦佐用姫

八七五　行く舟を　振り留《とど》みかね　いかばかり　恋《こほ》しくありけむ　松浦佐用姫

書殿《ふみとの》にして餞酒《うまのはなむけ》せし日の倭歌《やまとうた》四首

八七六　あまとぶや　鳥にもがもや　都まで　送りまをして　飛び帰るもの

八七七　人もねの　うらぶれ居るに　竜田山　み馬《ま》近付かば　忘らしなむか

八七八　言ひつつも　後《のち》こそ知らめ　とのしくも　さぶしけめやも　君いまさずして

八七九　万代に　いましたまひて　天《あめ》の下　奏《まを》したまはね　朝廷《みかど》去らずて

敢へて私の懐《おもひ》を布《の》ぶる歌三首

八八〇　あまざかる　鄙《ひな》に五年《いつとせ》　住まひつつ　都のてぶり　忘らえにけり

八七一〇とほつひと―枕詞。

八七六〇あまとぶや―枕詞。

八七七〇竜田山―奈良県生駒郡三郷町の西から大阪府柏原市にかけて広がる。

八八〇〇あまざかる―枕詞。

八八一　〇あらたまの―枕詞。

1―舎人親王の第四子で淳仁天皇の兄。
2―伝未詳。
3→4・五七〇。

八八五　〇あさつゆの―枕詞。但し、「あさきりの」とする本もある。

4―熊本県上益城郡、下益城両郡の地。
5―相撲部領使に同じ。→5・八六四。
6―広島県佐伯郡大野町高畑付近。

八八一　かくのみや　息づき居らむ　あらたまの　来経《きへ》行く年の　限り知らずて

八八二　我が主《ぬし》の　み霊《たま》賜《たま》ひて　春さらば　奈良の都に　召上《めさ》げたまはね

天平二年十二月六日　筑前国司山上憶良謹みて上《たてまつ》る

[1]三島王《みしまのおほきみ》、後に松浦佐用姫の歌に追和する歌一首

八八三　音に聞き　目にはいまだ見ず　佐用姫が　領巾《ひれ》振りきとふ　君松浦山《きみまつらやま》

[2]大伴君熊凝《おほとものきみくまごり》の歌二首　[3]大典麻田陽春《あさだのやす》の作

八八四　国遠き　道の長手《ながて》を　おほほしく　今日や過ぎなむ　言問ひもなく

八八五　あさつゆの　消やすき我が身　他国《ひとくに》に　過ぎかてぬかも　親の目を欲《ほ》り

熊凝のためにその志を述ぶる歌に敬《つつし》みて和する六首　并びに序

筑前国守山上憶良

大伴君熊凝は、[4]肥後国益城《ましき》郡の人なり。年十八歳にして、天平三年六月十七日を以て、[5]相撲使某国司《すまひのつかひそれのくにのつかさ》官位姓名の従人となり、京都《みやこ》に参ゐ向かふ。天に幸あらず、道に在《あ》りて疾《やまひ》を獲《え》、即ち[6]安芸国佐伯郡高庭《たかには》の駅家《はゆまうまや》にして身故《みまか》りぬ。終りに臨む時に、長嘆《ながげか》息して曰く、「伝へ聞く、仮合《けがふ》の身は滅易く、泡沫の命は駐《とど》め難しと。所以《このゆゑ》に、千聖も已《すで》に去り、百賢も留《とど》まらず。況《いはむ》や凡愚《ぼんぐ》の微《いや》しき者、いかにしてか能《よ》く逃《まぬか》れ避《さ》らむ。ただ我が老いたる親、並《とも》に庵室《あんしつ》に在《いま》す。我を待ちて日を過ぐさば、自《おのづか》らに心を傷《やぶ》る恨みあらむ。我を望みて時に違《たが》はば、必ず明《ひかり》を喪《うしな》ふ涙を致さむ。哀しきかも我が父、痛《たへかた》きかも我が母。一身の死

に向かふ途を患《うれ》へず、ただ二親の生に在《いま》す苦しびを悲しぶるのみ。今日長《とこしなへ》に別れなば、何《いづ》れの世にか覲《まみ》ゆること得む」と。乃《すなは》ち歌六首を作りて死ぬ。その歌に曰く、

八八六　うちひさす　宮へ上《のぼ》ると　たらちしや　母が手離れ　常知らぬ　国の奥かを　百重山《ももへやま》　越えて過ぎ行き　いつしかも　都を見むと　思ひつつ　語らひ居れど　己《おの》が身し　労《いた》はしければ　たまほこの　道の隈回《くまみ》に　草手折《たを》り　柴取り敷きて　とこじもの　うち臥《こ》い伏して　思ひつつ　嘆き伏《ふ》せらく　国にあらば　父取り見まし　家にあらば　母取り見まし　世間《よのなか》は　かくのみならし　いぬじもの　道に伏してや　命過ぎなむ　一に云ふ「我が世過ぎなむ」

八八七　たらちしの　母が目見ずて　おほほしく　いづち向きてか　我が別《わか》るらむ

八八八　常知らぬ　道の長手《ながて》を　くれくれと　いかにか行かむ　糧《かりて》はなしに　一に云ふ「干飯《かれひ》はなしに」

八八九　家にありて　母が取り見ば　慰むる　心はあらまし　死なば死ぬとも　一に云ふ「後《のち》は死ぬとも」

八九〇　出でて行きし　日を数へつつ　今日今日と　我《あ》を待たすらむ　父母《ちちはは》らはも　一に云ふ「母が哀しさ」

八九一　一世《ひとよ》には　二度《ふたたび》見えぬ　父母を　置きてや長く　我《あ》が別れなむ　一に云

八八六　○うちひさす—枕詞。○たらちしや—枕詞。○たまほこの—枕詞。○とこじもの—枕詞。「とけじもの」とする本もある。○いぬじもの—枕詞。

八八七　○たらちしの—枕詞。

ふ「相別れなむ」

貧窮問答《びんぐうもんだふ》の歌一首　并びに短歌

八九二　風交《ま》じり　雨降る夜の　雨交じり　雪降る夜《よ》は　すべもなく　寒くしあれば　堅塩《かたしほ》を　取りつづしろひ　糟湯酒《かすゆざけ》　うちすすろひて　しはぶかひ　鼻びしびしに　然《しか》とあらぬ　ひげ掻き撫《な》でて　我《あれ》を除《お》きて　人はあらじと　誇ろへど　寒くしあれば　麻衾《あさぶすま》　引き被《かが》ふり　布肩衣《ぬのかたぎぬ》　ありのことごと　着襲《きそ》へども　寒き夜すらを　我《われ》よりも　貧しき人の　父母は　飢ゑ寒《こ》ゆらむ　妻子《めこ》どもは　乞《こ》ひ乞ひ泣くらむ　この時は　いかにしつつか　汝が世は渡る　天地は　広しといへど　我《あ》がためは　狭《さ》くやなりぬる　日月《ひつき》は　明《あか》しといへど　我がためは　照りや給はぬ　人皆《ひとみな》か　我《あ》のみや　然《しか》る　わくらばに　人とはあるを　人並に　我《あれ》もなれるを　綿もなき　布肩衣の　海松《みる》のごと　わわけさがれる　かがふのみ　肩にうち掛け　伏《ふせ》廬《いほ》の　曲廬《まげいほ》の内に　直土《ひたつち》に　藁《わら》解き敷きて　父母は　枕の方に　妻子《めこ》どもは　足《あと》の方に　囲《かく》み居《ゐ》て　憂へ吟《さまよ》ひ　かまどには　火気《ほけ》吹き立てず　こしきには　くもの巣かきて　飯炊《いひかし》く　ことも忘れて　ぬえどりの　のどよひ居《を》るに　いとのきて　短き物を　端《はし》切ると　言へるがごとく　しもと取る　里長《さとをさ》が声は　寝屋処《ねやど》まで　来立ち呼ばひぬ　かくばかり　すべなきものか　世間《よのなか》の道

八九三　世間を　憂しとやさしと　思へども　飛び立ちかねつ　鳥にしあらねば

〈八九二〉㊀ぬえどりの—枕詞。㊁くも—くも科。くも各種の総称。

[1]山上憶良頓首謹上す。

好去好来の歌一首　反歌二首

八九四　神代より　言ひ伝《つ》て来《く》らく　そらみつ　大和の国は　皇神《すめかみ》の　厳《いつく》しき国　言霊《ことだま》の　幸《さき》はふ国と　語り継ぎ　言ひ継がひけり　今の世の　人もことごと　目の前に　見たり知りたり　人さはに　満ちてはあれども　たかひかる　日の朝廷《みかど》　神ながら　愛《め》での盛りに　天の下　奏《まを》したまひし　家の子と　選《え》りたまひて　勅旨《おほみこと》　反して、大命《おおみこと》といふ　戴《いただ》き持ちて　唐《もろこし》の　遠き境に　遣はされ　罷《まか》りいませ　海原の　辺《へ》にも沖にも　神留《かむづ》まり　うしはきいます　諸《もろもろ》の　大御神《おほみかみ》たち　船舳《ふなのへ》に　反して、ふなのへと云ふ　導きまをし　天地の　大御神たち　大和の　大国御魂《おほくにみたま》　ひさかたの　天のみ空ゆ　天翔《あまがけ》り　見渡したまひ　事終はり　帰らむ日には　また更に　大御神たち　船舳《ふなのへ》に　み手うち掛けて　墨縄《すみなは》を　延《は》へたるごとく　あぢかをし　血鹿《ちか》の崎より　大伴の　三津の浜辺に　直泊《ただは》てに　み舟は泊てむ　つつみなく　幸くいまして　はや帰りませ

反歌

八九五　大伴の　三津の松原　かき掃きて　我立ち待たむ　はや帰りませ

八九六　難波津に　み舟泊てぬと　聞こえ来《こ》ば　紐解き放《さ》けて　立ち走りせむ

天平五年三月一日に、[2]良《ら》の宅にして対面し、献るは三日なり。

山上憶良謹上　[3]大唐大使卿　記室

1→1・六。

八九四　○そらみつ—枕詞。○たかひかる—枕詞。○ひさかたの—枕詞。○あぢかをし—枕詞。○血鹿の崎—長崎県北松浦郡に小値嘉島がある。古くは五島列島・平戸島を指した。○大伴の三津—難波（大阪府大阪市）にあった港。→1・六三。

八九六　○難波津—大阪湾の船の発着場。大伴の三津なども含まれる。

2—山上憶良の宅。

3—多治比真人広成。天平四年（七三二）遣唐大使に任ぜられ、天平七年（七三五）帰朝。『懐風藻』に詩三編を載せる。

沈痾自哀文《ちんあじあいぶん》

山上憶良作

竊《ひそ》かに以《おもひ》みれば、朝夕に山野に佃食《でんしよく》する者すらに、猶《なほ》し災害なくして世を渡ること得《う》、常に弓箭《ゆみや》を執り、六斎《りくさい》を避けず、値《あ》ふ所の禽獣の、大きなると小さきと、孕《はら》めると孕まぬとを論ぜずして、並《とも》に皆殺し食《くら》ふ、此を以て業とする者をいふ。昼夜河海に釣漁《てうぎよ》する者すらに、尚し慶福ありて経俗を全《また》くす。漁夫・潜女 各《おのもおのも》勤むる所あり、男は手に竹竿を把《と》りて能く波浪の上に釣り、女は腰に鑿籠《のみこ》を帯びて潜《かつ》きて深き潭《ふち》の底に採る者をいふ。況《いはむ》や、我は胎生より今日に至るまでに、自ら修善の志あり、曽《かつ》て作悪《さあく》の心なし。諸悪莫作《しよあくまくさ》諸善奉行の教へを聞くことをいふ。所以《このゆゑ》に三宝を礼拝し、日として勤めざることなし、毎日誦経《ずきやう》し発露懺悔《はつろさんけ》す。百神を敬重《けいちよう》し、夜として欠くことありといふこと鮮《すくな》し。天地の諸の神等を敬拝することをいふ。嗟乎《ああ》媿《はづか》しきかも、我何の罪を犯せばかも、この重き疾《やまひ》に遭《あ》へる。未だ過去に造れる罪か、若しは是《これ》現前に犯せる過《とが》なるかを知らず、罪過を犯すことなくは、なにしかこの病を獲むといふ。初め痾《やまひ》に沈みしより已来《このかた》、年月稍《やくやく》に多し。十余年を経たることをいふ。是の時に年七十有四、鬢髪斑白《ひんはつはんばく》、筋力尫羸《わうるい》なり。ただに年老いたるのみによらずまたこれの病を加へたり。諺に曰く、「痛き瘡《きず》に塩を灌《そそ》き、短き材《き》は端截《はしき》る」といふは、これの謂《い》ひなり。四支動かず、百節皆疼《ひひら》き、身体太《はなは》だ重きこと、猶し鈞石《きんせき》を負ひたるがごとし。二十四銖《しゆ》を一両と為し、十六両を一斤《こん》と為す。三十斤を一鈞と為し、四鈞を一石《せき》と為す。合はせて一百二十斤なり。布に懸かりて立たむと欲《おも》へば、翼折れたる鳥のごとく、杖に倚《よ》

1—中国・黄帝の時の名医。
2—中国・戦国時代の名医。
3—中国・後漢の名医。
4—中国・秦の名医。
5—中国・秦の名医。
6—中国・晋の人。『抱朴子《はうはくし》』の著者。
7—中国・梁の人で医術・本草に精通。
8—中国・後漢の医者。

りて歩まむとすれば、足跛《な》へたる驢《うさぎうま》のごとし。我《われ》身已《すで》に俗を穿《うか》ち、心もまた塵《ちり》に累《わづら》ふを以て、禍《わざはひ》の伏す所、祟《たたり》の隠る所を知らむと欲ひ、亀卜《きぼく》の門、巫祝《ぶしゆく》の室、往きて問はぬといふことなし。若しは実《まこと》にもあれ、若しは妄《いつはり》にもあれ、その教ふる所に随ひて、幣帛《ぬさ》を奉《まつ》り、祈禱《いの》らむといふことなし。然れども弥《いよい》よ増す苦しびあり、曾《かつ》て減差《い》ゆといふことなし。我聞く、前の代に良き医《くすりし》多くありて、蒼生《あをひとくさ》の病患を救療《いや》す。[1]楡柎《ゆふ》・[2]扁鵲《へんしやく》・[3]華他《くわた》・秦の[4]和《くわ》・[5]緩《くわん》・[6]葛稚川《かつちせん》・[7]陶隠居《たういんきよ》・[8]張仲景《ちやうちうけい》等のごときに至りては、皆是世に在りつる良き医にして除き愈《いや》さぬといふことなし、といふ。扁鵲、姓は秦、字は越人、勃海郡の人なり。胸を割《さ》き心を採り、易《か》へて置き、投ぐるに神薬を以てすれば、即ち寤《さ》めて平《つね》なるがごとし。華他、字は元化、沛国の譙《せう》の人なり。若し病の結積沈重《けつせきちんちよう》したるが内にある者あれば、腸《はら》を刳《わ》りて病を取り、縫復《ほうふく》して膏《かう》を摩《す》ること、四五日にして差《い》ゆ。件《くだり》の医を追ひ望むとも、敢へて及ぶ所に非じ。若し聖医神薬に逢はば、仰ぎ願はくは、五蔵を割《さ》き刳《わ》り、百病を抄《と》り探り、膏肓《かうくわう》の隩処《くまと》に尋ね達《いた》り、肓は鬲《かく》なり、心の下を膏と為す。之を攻《をさ》むれども可《よ》からず、之に達《はりとほ》せども及ばず、薬も至らず。二豎《にじゆ》の逃《のが》れ匿《かく》りたるを顕《あら》はさむと欲《おも》ふ。晋の景公疾む、秦の医緩視て還りしは、鬼に殺さると謂ふべしといひしことをいふ。命根既に尽き、その天年を終へたるすらに、尚し哀しみす。聖人賢者一切の含霊《がんれい》、誰かこの道を免れむ。いかに況《いはむ》や生録《せいろく》未《いま》だも半ばならねば、鬼に枉殺《わうさつ》せられ、顔色壮年なるに、病に横《よこさま》に困《たしな》めらるる者はや。世にある大患の、孰《いづれ》かこれより甚だしからむ。志怪記《しくわいき》に云ふ、「広平《くわうへい》の前《さき》の太守北海の徐玄方の女《むすめ》、年十八歳にして死ぬ。その霊馮馬子《ひようまし》に謂ひて曰く『我が生録を案《かなが》ふるに、寿《とし》八十余歳に当たる。今妖鬼に枉殺せられて、已《すで》に四年を経ぬ』と。ここに馮馬子に遇ひて、乃ち更に活《い》くこと得たり」といふはこれなり。内教に云ふ、「瞻浮州《せんぶしう》の人は寿百二十歳なり」と。謹みて案ふるに、この数必《うつたへ》に此に過ぐること得ずといふにはあらず。故に寿延経に云ふ、「比丘《びく》有り、名を難《なん》達《だつ》と曰《い》ふ。命終《し》なむとする時に臨み、仏に詣《まゐ》でて寿を請《こ》ひたるに、則《すなは》ち十八年を延べたり」と。但し善《よ》く為《をさ》むる者は天地と相畢《を》はる。その寿夭《じゆえう》は業報《ごふほう》の招く所にして、その修《なが》き短《みじか》きに随ひて半ばと為《な》る。未だ斯《こ》の算に盈《み》たずして遄《たちま》ちに死去す。故に未だ半ばならずと曰ふ。任徴《じんちよう》君《くん》曰く、「病は口より入る、故に君子はその飲食を節す」と。斯《これ》に由《よ》りて言ふに、人の疾病に遇ふは、必《うつたへ》に妖鬼にあらず。それ医方諸家の広説、飲食禁忌の厚訓、知易行難の鈍情の三つは、目に盈《み》ち耳に満つこと由来《もとより》久し。抱朴子《はうぼくし》に曰く、「人は但《ただ》その当《まさ》に死ぬべき日を知らず、故に憂へぬのみ。若し誠に羽翮《うかく》の期《ご》を延ぶること得べきを知らば必ず之を為さむ」と。ここを以て観るに、乃ち知りぬ、我が病は蓋《けだ》し斯《こ》れ飲食の招く所にして、自ら治むること能はぬものかと。帛公略説《はくこうりやくせつ》に曰く、「伏して思ひ自ら励むに斯《こ》の長生を以てす。生は貪《むさぼ》るべし、死は畏《お》づべし」と。天地の大徳を生と曰ふ。故に死にたる人は生ける鼠にだに及《し》かず。王侯なりと雖《いへど》も、一日《ひとひ》気《いき》を絶たば、積みたる金山《くがね》のごとくありとも、誰か富めりと為さむ、威勢海のごとくありとも、誰か貴しと為さむ。遊仙窟に曰く、「九泉の下の人は、一銭にだに直《あた》らず」と。孔子[1]曰く、「之を天に受けて、変易《へんえき》すべからぬは形な

1―名は丘、字は仲尼。宣。孔。中国の春秋時代の学者・思想家。儒家の祖。

1—中国の春秋時代の論客。
2—孔子の弟子。
3—中国・魏の文帝。
4—道人は道士に同じく神仙の道を得たもの。方士も道人に同じ。
5—仙薬や養生のことなどを記した書。
6—中国古代の伝説上の皇帝の名。

り、之を命に受けて請益《せいえき》すべからぬは寿《とし》なり」といふ。[1]鬼谷《きこく》先生の相人書《さうにんしよ》に見ゆ。故に生の極めて貴く、命の至りて重きことを知る。言はむと欲《おも》へど言窮《きは》まる、何を以てか言はむ、慮《はか》らむと欲へど慮り絶ゆ、何に由《よ》りてか慮らむ。惟以《おもひみ》れば人賢愚となく、世《よ》古今となく、咸悉《ことごと》くに嗟嘆《さたん》す。歳月競《きほ》ひ流れて、昼夜に息《や》まず。[2]曾子曰く、「往きて反らぬは年なり」と。宣尼《せんぢ》の川に臨む嘆きもまた是なり。老疾相催《うなが》して朝夕に侵《をか》し動《きほ》ふ。一代の懽楽《くわんらく》未だも席前に尽きねば、[3]魏文《ぎぶん》の時賢《じけん》を惜しむ詩に曰く、「未だ西苑の夜をも尽くさねば、劇《うちはや》く北邙《ほくばう》の塵に作《な》る」といふ。千年の愁苦更に座後に継ぐ。古詩に云ふ「人生百に満たず、なにしか千年の憂へを懐かむ」といふ。若し夫《そ》れ群生品類、皆尽くることとある身を以て、並《とも》に窮《きは》みなき命を求めずといふこと莫《な》し。所以《このゆゑ》に、[4]道人方士《だうじんはうじ》の、自ら[5]丹経《たんきやう》を負ひ名山に入りて、薬を合はするは、性《せい》を養ひ、神を怡《よろこ》びしめて、長生を求むなり。抱朴子《はうぼくし》に曰く、「[6]神農云ふ『百病愈えず、安《いかに》してか長生すること得む』」と。帛公《はくこう》また曰く、「生は好《よ》き物なり、死は悪しき物なり」と。若し不幸に長生すること得ずは、猶《なほ》し生涯病患《やまひ》なき者を以て、福《さきはひ》大きなりと為さむか。今し我《われ》病に悩まされ、臥坐《ぐわざ》すること得ず。向東向西《かにかくに》、為す所を知ること莫《な》し。福なきことの至りて甚しき、忽《す》べて我に集まる。「人願へば天従ふ」と。如《も》し実《まこと》にあらば、仰ぎて願はくは、頓《たちまち》にこの病を除き、頼《さきはひ》に平《つね》のごとくなること得むと。鼠を以て喩《たとひ》と為す。豈愧《あには》ぢざらめやも。已に上に見えたり。

俗道の仮合即離《けがふそくり》し、去り易く留め難きことを悲しび嘆く詩一首

并びに序

窃《ひそか》に以《おも》みれば、釈慈《しやくじ》[1,2]の示教《じけう》は、釈氏・慈氏をいふ。[3] 先《すで》に三帰 仏法僧に帰依することをいふ。 五戒を開きて、法界を化《おもぶ》け、一に不殺生、二に不偸盗《ふとうたう》、三に不邪婬《ふじやいん》、四に不妄語《ふまうご》、五に不飲酒《ふおんじゆ》をいふ。 周[4]・孔[5]の垂訓《すいくん》は前に三綱《さんかう》 君臣父子夫婦をいふ。 五教を張りて、邦国を済《すく》ふ。父は義、母は慈、兄は友、弟は順、子は孝なることをいふ。 故に知りぬ、引導《いんだう》は二つなれども、得悟《とくご》は惟《ただ》一つなることを。ただし、世に恒《つね》の質なし、所以《このゆゑ》に陵谷《りようこく》も更変《かは》る、人に定まれる期《ご》なし、所以に寿夭《じゆえう》も同じからず。撃目《けきもく》の間に、百齢《ももよ》已に尽き、申臂《しんび》の頃《あひだ》に、千代もまた空し。旦《あした》には席上の主《あろじ》と作《な》り、夕《ゆうへ》には泉下の客《まらひと》と為る。白馬走り来るとも、黄泉《くわうせん》にいかにか及《し》かむ。隴上《ろうじやう》[6]の青松は、空しく信剣《しんけん》を懸け、野中《やちう》の白楊《はくよう》[7]は但《ただ》に悲風に吹かる。是に知りぬ、世俗には本《もと》より隠遁の室《むろ》なく、原野には唯長夜の台《うてな》のみあることを。先聖已に去《い》に、後賢も留《とど》まらず。もし贖《あか》ひて免《まぬか》るべきことあらば、古人誰か価《あたひ》の金《くがね》なけむ。未だ独り存《なが》らへて、遂に世の終《はて》を見る者を聞かず。所以に維摩大士《ゆいまだいじ》[8]は玉体を方丈に疾《や》ましめ、釈迦能仁《しやかのうにん》[9]は金容《こんよう》を双樹に掩《かく》したまへり。内教に曰く、「黒闇《こくあん》の後《しり》より来むことを欲《ねが》はずは、徳天《とくてん》の先に至るを入るること莫かれ」と。 徳天といふは生なり、黒闇といふは死なり。 故に知りぬ、生まるれば必ず死ありといふことを。死を若《も》し欲《ねが》はずは、生まれぬに如《し》かず。況《いはむ》

1―釈迦のこと。↓5・七九四。
2―慈氏。慈悲の心で衆生も救うという弥勒のこと。
3―釈迦のこと。↓5・七九四。
4―中国・周の君主。孔子の理想とした聖人。
5―孔子のこと。↓5・沈痾自哀文。
6―呉の季札が徐君に剣を献じようとしたが、既に死んでしたので、その墓の松に剣をかけたという故事。
7―ポプラに似た喬木。中国北、中部に多く、葉の裏が白く、よく墓などに植えられた。
8↓5・七九四序文。
9↓5・七九四序文。

八九七　○たまきはる―枕詞。○さばへなす―枕詞。

八九八　○第三・四句―序詞。

や、縦《よし》ゑ始終《しじう》の恒数《こうすう》を覚《さと》るとも、いかにそ存亡の大期《だいご》を慮《おもひはか》らむ。
俗道の変化は撃目《けきもく》のごとく、
人事の経紀は申臂《しんび》のごとし。
空しきことは浮雲《ふうん》と大虚《たいきょ》を行き、
心力共に尽きて寄る所もなし。

老いたる身に病を重ね、年を経て辛苦《たしな》み、また児等《こら》を思ふ歌七首

長一首短六首

八九七　たまきはる　うちの限りは　瞻浮州《せんぶしう》の人の寿一百二十年なることをいふ。　平《たひ》らけく　安くもあらむを　事もなく　喪《も》なくあらむを　世間《よのなか》の　憂《う》けく辛《つら》けく　いとのきて　痛き傷には　辛塩《からしほ》を　注《そそ》くちふがごとく　ますますも　重《おも》き馬荷《うまに》に　表荷《うはに》打つと　いふことのごと　老いにてある　我《あ》が身の上に　病《やまひ》をと　加へてあれば　昼はも　嘆かひ暮らし　夜はも　息づき明かし　年長く　病みし渡れば　月累《つきかさ》ね　憂へ吟《さまよ》ひ　ことことは　死ななと思《おも》へど　さばへなす　騒く子どもを　打棄《うつ》てては　死には知らず　見つつあれば　心は燃えぬ　かにかくに　思ひ煩《わづら》ひ　音《ね》のみし泣かゆ

反歌

八九八　慰むる　心はなしに　雲隠り　鳴き徃く鳥の　音のみし泣かゆ

八九九　すべもなく　苦しくあれば　出で走り　去《い》なと思《おも》へど　子《こ》らに障《さや》りぬ

九〇〇　富人《とみひと》の　家の子どもの　着る身なみ　腐《くた》し捨つらむ　絁綿《きぬわた》らはも

九〇一 あらたへの 布衣《ぬのきぬ》をだに 着せがてに かくや嘆かむ せむすべをなみ

九〇二 みなわなす もろき命も たくなはの 千尋《ちひろ》にもがと 願ひ暮らしつ

九〇三 しつたまき 数にもあらぬ 身にはあれど 千年《ちとせ》にもがと 思ほゆるかも

去にし神亀二年に作れる。ただし類を以ての故に更に茲《ここ》に載す。

天平五年六月丙申朔の三日戊戌に作る。

男子《をのこ》の名を古日《ふるひ》といふに恋ふる歌三首 長一首短二首

九〇四 世の人の 尊《たふと》び願ふ 七種《ななくさ》の 宝も我は 何せむに 我《わ》が中の 生まれ出でたる しらたまの 我《あ》が子古日は あかぼしの 明くる朝《あした》は しきたへの 床《とこ》の辺《へ》去らず 立てれども 居れども ともに戯れ ゆふつづの 夕《ゆふへ》になれば いざ寝よと 手を携《たづさ》はり 父母も うへはなさがり さきくさの 中にを寝むと うつくしく しが語らへば いつしかも 人となり出でて 悪しけくも 良けくも見むと おほぶねの 思ひ頼むに 思はぬに 横しま風の にふふかに 覆《おほ》ひ来ぬれば せむすべの たどきを知らに しろたへの たすきを掛け まそかがみ 手に取り持ちて 天つ神 仰ぎ乞《こ》ひ禱《の》み 国つ神 伏してぬかづき かからずも かかりも 神のまにまにと 立ちあざり 我乞ひ禱《の》めど しましくも 良《よ》けくはなしに やくやくに かたちつくほり 朝《あさ》な朝《さ》な 言ふこと止《や》み たまきはる 命絶えぬれ 立ち躍《をど》り 足すり叫び 伏し仰ぎ 胸打ち嘆き 手に持てる 我が子飛ばしつ 世間《よのなか》の道

九〇二 ○みなわなす―枕詞。○たくなはの―枕詞。

九〇三 ○しつたまき―枕詞。

九〇四 ○しらたまの―枕詞。○あかぼし―枕詞。○しきたへの―枕詞。○ゆふつづの―枕詞。○さきくさの―枕詞。さきくさは、じんちょうげ科の落葉灌木ミツマタ説、ヒノキ説、ヤマユリ説、ササユリ説などがある。○おほぶねの―枕詞。○しろたへの―枕詞。○たまきはる―枕詞。

反歌

九〇五 若ければ 道行き知らじ 賂《まひ》はせむ 黄泉《したへ》の使ひ 負ひて通らせ

九〇六 布施《ふせ》置きて 我は乞《こ》ひ禱《の》む あざむかず 直《ただ》に率《ゐ》行きて 天路《あまぢ》知らしめ

右の一首、作者未だ詳らかならず。ただし裁歌《さいか》の体《すがた》の[1]山上《やまのうへ》の操《さま》に似たるを以て、この次に載す。

萬葉集巻第五

1―山上憶良↓1・六。

萬葉集巻第六

雑歌

養老七年癸亥の夏五月、芳野の離宮に幸《いでま》す時に、笠朝臣金村[1]の作れる歌一首　并びに短歌

九〇七　滝の上の　三船の山に　みづ枝さし　しじに生ひたる　とがの木の　いや継ぎ継ぎに　万代《よろづよ》に　かくし知らさむ　み芳野の　秋津の宮は　神からか　貴くあるらむ　国からか　見が欲しからむ　山川を　清みさやけみ　うべし神代ゆ　定めけらしも

反歌二首

九〇八　年のはに　かくも見てしか　み吉野の　清き河内の　激《たぎ》つ白浪

九〇九　山高み　白木綿花《しらゆふはな》に　落ち激つ　滝の河内は　見れど飽かぬかも

或本の反歌に曰く

九一〇　神からか　見が欲しからむ　み吉野の　滝の河内は　見れど飽かぬかも

九一一　み芳野の　秋津の川の　万代に　絶ゆることなく　またかへり見む

九一二　泊瀬女《はつせめ》の　造る木綿《ゆふ》花　み吉野の　滝の水沫《みなわ》に　咲きにけらずや

車持朝臣千年《くるまもちのあそみちとせ》[2]の作れる歌一首　并びに短歌

1→3・三六四。

九〇七　○三船の山―奈良県吉野郡吉野町宮滝の付近から上流に見える山。○とがの木―「とが」は「つが」（1・二九）に同じ。まつ科の常緑喬木。○滝の上の…とがの木の―序詞。○み吉野―みは接頭語、吉野は奈良県吉野郡吉野町あたり一帯をいう。○秋津の宮―吉野離宮。

九〇九　○白木綿花―コウゾの花の繊維で作った白い造花。

九一一　○秋津の川―奈良県吉野郡吉野町宮滝あたり一帯の秋津野付近を流れる吉野川。

2―神亀頃活躍した。伝未詳。

九一三　うまこり　あやにともしく　なるかみの　音のみ聞きし　み吉野の　真木立つ山ゆ　見降ろせば　川の瀬ごとに　明け来れば　朝霧立ち　夕されば　かはづ鳴くなへ　紐解かぬ　旅にしあれば　我《あ》のみして　清き川原を　見らくし惜しも

反歌一首

九一四　滝の上の　三船の山は　畏《かしこ》けど　思ひ忘るる　時も日もなし

或本の反歌に曰く

九一五　ちどり鳴く　み吉野川の　川の音の　止む時なしに　思ほゆる君

九一六　あかねさす　日並べなくに　我が恋は　吉野の河の　霧に立ちつつ

右、年月審らかならず。ただし、歌の類を以てこの次に載す。

或本に云ふ「養老七年五月に芳野の離宮に幸す時の作」と。

神亀元年甲子の冬十月五日、[1]紀伊国に幸す時に、[2]山部宿祢《やまべのすくね》赤人《あかひと》の作れる歌一首　并びに短歌

九一七　やすみしし　わご大君の　常宮《とこみや》と　仕へ奉《まつ》れる　雑賀野《さひかの》ゆ　そがひに見ゆる　沖つ島　清き渚に　風吹けば　白浪さわき　潮干れば　玉藻《たまも》刈りつつ　神代より　しかそ貴き　玉津島山

反歌二首

九一八　沖つ島　荒磯《ありそ》の玉藻　潮干満ち　い隠《かく》り去《ゆ》かば　思ほえむかも

九一九　若の浦に　潮満ち来れば　潟をなみ　葦辺をさして　鶴《たづ》鳴き渡る

九一三　○うまこり―枕詞。○なるかみの―枕詞。

九一五　○第一・二・三句―序詞。○ちどり↓3・二六六。

九一六　○あかねさす―枕詞。

1―和歌山県、三重県の南、北牟婁郡。

2―神亀、天平期に活躍した。↓3・三一七。

九一七　○やすみしし―枕詞。○雑賀野―和歌山県和歌山市和歌浦町の北西に接する一帯。○玉津島―雑賀野あたりから沖に見えた島。現在の権現山、船頭山、妙見山、雲蓋山、妹背山、鏡山、奠供山などは当時海中にあって、玉津島はそれらの呼称であった。

九一九　○和歌の浦―和歌山県和歌山市にある。○葦―いね科の多年生草本。古名ハマオギ。

右、年月を記さず。ただし、玉津島に従駕すといふ。因《よ》りて今、行幸の年月を検《ただ》し注して載す。

神亀二年乙丑の夏五月、芳野の離宮に幸す時に、笠朝臣金村の作れる歌一首　并びに短歌

九二〇　あしひきの　み山もさやに　落ち激《たぎ》つ　芳野の川の　河の瀬の　清きを見れば　上辺《かみへ》には　ちどりしば鳴く　下辺には　かはづ妻呼ぶ　ももしきの　大宮人も　をちこちに　しじにしあれば　見るごとに　あやにともしみ　たまかづら　絶ゆることなく　万代に　かくしもがもと　天地の　神をそ祈る　恐《かしこ》くあれども

反歌二首

九二一　万代に　見とも飽かめや　み吉野の　激《たぎ》つ河内の　大宮所

九二二　皆人の　寿《いのち》も我も　み吉野の　滝の常磐《ときは》の　常ならぬかも

山部宿祢赤人の作れる歌二首　并びに短歌

九二三　やすみしし　わご大君の　高知らす　芳野の宮は　たたなづく　青垣隠《あをかきごも》り　河なみの　清き河内そ　春へには　花咲きををり　秋されば　霧立ち渡る　その山の　いやますますに　この河の　絶ゆることなく　ももしきの　大宮人は　常に通はむ

反歌二首

九二四　み吉野の　象山《きさやま》のまの　木末《こぬれ》には　ここだもさわく　とりの声かも

九二〇　○あしひきの―枕詞。○ももしきの―枕詞。○たまかづら―枕詞。

九二二　○第三・四句―序詞。

九二三　○やすみしし―枕詞。○たたなづく―枕詞。○ももしきの―枕詞。

九二四　○象山―奈良県吉野郡吉野町を流れる吉野川をはさんで宮滝の対岸一帯の山。

九二五 ぬばたまの 夜の深《ふ》け去《ゆ》けば ひさぎ生ふる 清き河原に ちどりしば鳴く

九二六 やすみしし わご大君は み吉野の 秋津の小野の 野の上には 跡見《とみ》すゑ置きて み山には 射目《いめ》立て渡し 朝狩に 鹿猪《しし》踏み起こし 夕狩に 鳥踏み立て うま並《な》めて み狩そ立たす 春の茂野に

反歌一首

九二七 あしひきの 山にも野にも み狩人 猟矢《さつや》手挟《たばさ》み 散動《さわき》てあり見ゆ

右、先後を審らかにせず。ただし、便を以てすなはちこの次に載す。

冬十月、難波宮[1]に幸す時に、笠朝臣金村の作れる歌一首 并びに短歌

九二八 おしてる 難波の国は あしかきの 古りにし郷《さと》と 人皆の 思ひ息《やす》みて つれもなく ありし間に うみをなす 長柄の宮に 真木柱 太《ふと》高敷《たかし》きて 食《を》す国を 治めたまへば おきつとり 味経《あぢふ》の原に もののふの 八十伴《やそとも》の緒《を》は いほりして 都なしたり 旅にはあれども

反歌二首

九二九 荒野らに 里はあれども 大君の 敷きます時は 京師《みやこ》となりぬ

九三〇 海人未通女《あまをとめ》 棚なし小舟《をぶね》 漕ぎ出《づ》らし 旅の宿りに 梶の音聞こゆ

車持朝臣千年の作れる歌一首 并びに短歌

九二五 ○ぬばたまの―枕詞。○ひさぎ―未詳。のうぜんかずら科のキササゲ、とうだいぐさ科のアカメガシワとする説などがある。

九二六 ○やすみしし―枕詞。○秋津の小野―秋津野に同じ。→4・六九三。

九二七 ○あしひきの―枕詞。

1―大阪市東区法円坂地付近。

九二八 ○おしてる―枕詞。○あしかきの―枕詞。○うみをなす―枕詞。○長柄の宮―孝徳天皇の長柄豊碕宮。○おきつとり―枕詞。○味経の原―大阪市天王寺区味原町、下味原町一帯の地といわれている。○もののふの―枕詞。

九三一　いさなとり　浜辺を清み　うちなびき　生ふる玉藻に　朝なぎに　千重《ちへ》浪《なみ》寄せ　夕なぎに　五百重浪《いほへなみ》寄す　へつなみの　いやしくしくに　月に異《け》に　日に日に見とも　今のみに　飽き足らめやも　白波の　い咲き巡れる　住吉《すみのえ》の浜

反歌一首

九三二　白浪の　千重に来寄する　住吉の　岸の黄土《はにふ》に　にほひて行かな

山部宿祢赤人の作れる歌一首　并びに短歌

九三三　天地の　遠きがごとく　日月《ひつき》の　長きがごとく　おしてる　難波の宮に　わご大君　国知らすらし　御食《みけ》つ国　日の御調《みつき》と　淡路の　野島の海子《あま》の　わたのそこ　沖つ海石《いくり》に　鰒珠　さはに潜《かづ》き出　舟並《な》めて　仕へ奉《まつ》るが　尊き見れば

反歌一首

九三四　朝なぎに　梶の音聞こゆ　御食《みけ》つ国　野島の海子《あま》の　舟にしあるらし

三年丙寅の秋九月十五日、[1]播磨国の[2]印南野に幸す時に、笠朝臣金村の作れる歌一首　并びに短歌

九三五　名寸隅《なきすみ》の　舟瀬ゆ見ゆる　淡路島　松帆《まつほ》の浦に　朝なぎに　玉藻刈りつつ　夕なぎに　藻塩《もしほ》焼きつつ　海未通女《あまをとめ》　ありとは聞けど　見に行かむ　よしのなければ　ますらをの　情《こころ》はなしに　たわやめの　思ひたわみて　たもとほり　我はそ恋ふる　舟梶《ふねかぢ》をなみ

九三一　〇いさなとり—枕詞。〇住吉—大阪市住吉区一帯の地。〇へつなみの—枕詞。

九三三　〇おしてる—枕詞。〇野島—兵庫県津名郡北淡町野島。〇わたのそこ—枕詞。

1—兵庫県。
2—兵庫県加古郡、加古川市、明石市一帯の地。

九三五　〇淡路島—兵庫県の淡路島。〇松帆の浦—兵庫県津名郡淡路町松帆。〇たわやめの—枕詞。

反歌二首

九三六　玉藻刈る　海未通女《あまをとめ》ども　見に去かむ　舟梶もがも　浪高くとも

九三七　往き巡り　見とも飽かめや　名寸隅の　舟瀬の浜に　しきる白浪

山部宿祢赤人の作れる歌一首　并びに短歌

九三八　やすみしし　我が大君の　神ながら　高知らします　印南野の　大海《おほみ》の原の　あらたへの　藤井の浦に　しび釣ると　海人《あま》舟騒き　塩焼くと　人そさはにある　浦を良み　うべも釣《つり》はす　浜を良み　うべも塩焼く　あり通ひ　見《め》さくも著《しる》し　清き白浜

反歌三首

九三九　沖つ浪　辺波静けみ　いざりすと　藤江の浦に　舟そ騒ける

九四〇　印南野の　あさぢ押しなべ　さ寝《ぬ》る夜の　日《け》長くしあれば　家し偲はゆ

九四一　明石潟　潮干の道を　明日よりは　した笑ましけむ　家近づけば

[1]唐荷《からに》の島に過る時に、山部宿祢赤人の作れる歌一首　并びに短歌

九四二　あぢさはふ　妹が目離《か》れて　しきたへの　枕もまかず　桜皮《かには》巻き　作れる舟に　ま梶貫《かぢぬ》き　我が漕ぎ来れば　淡路の　野島も過ぎ　印南つま　唐荷の島の　島の間ゆ　我宅《わぎへ》を見れば　青山の　そことも見えず　白雲も　千重になり来《き》ぬ　漕ぎたむる　浦のことごと　往き隠る　島の崎々　隈《くま》も置かず　思ひそ我が来る　旅の日《け》長み

反歌三首

九三八　○やすみしし—枕詞。　○印南野—稲日野に同じ。→3・二五三。　○大海の原—兵庫県明石市大久保町周辺か。　明石市二見町大見はそのなごりともいう。　○あらたへの—枕詞。　○藤井の浦—兵庫県明石市藤江付近の海岸。　○しび—さば科のマグロ・メバチ・ホンサバ、さわら科のサワラなどサバ型の魚をさしものか。

九三九　○藤江の浦—藤井の浦に同じ。

九四一　○明石潟—兵庫県明石市明石川河口付近。
1—兵庫県揖保郡御津町室津沖合いの唐荷島、中の唐荷島、沖の唐荷島の三島。

九四二　○あぢさはふ—枕詞。　○しきたへの—枕詞。

九二三　玉藻刈る　唐荷の島に　島回《しまみ》する　鵜《う》にしもあれや　家思はざらむ

九二四　島隠《がく》り　我が漕ぎ来れば　ともしかも　大和へ上る　ま熊野の舟

九二五　風吹けば　浪か立たむと　さもらひに　都太《つだ》の細江に　浦隠り居《を》り

敏馬《みぬめ》の浦に過る時に、山部宿祢赤人の作れる歌一首　并びに短歌

九二六　みけむかふ　淡路の島に　直《ただ》向かふ　敏馬の浦の　沖辺には　深海松《ふかみる》採《と》り　浦回《うらみ》には　なのりそ刈る　ふかみるの　見まく欲しけど　なのりその　己《おの》が名惜しみ　間使ひも　遣《や》らずて我は　生けりともなし

反歌一首

九二七　須磨の海人《あま》の　塩焼き衣《きぬ》の　なれなばか　一日《ひとひ》も君を　忘れて思はむ

右、作歌の年月未だ詳らかならず。ただし、類を以てすなはちこの次に載す。

四年丁卯の春正月、諸王・諸臣子等に勅《みことのり》して、授刀寮《じゆたうれう》に散禁《さんきん》せしむる時に作れる歌一首　并びに短歌

九二八　まくず延《は》ふ　春日《かすが》の山は　うちなびく　春去り往くと　山がひに　霞たなびき　高円《たかまと》に　うぐひす鳴きぬ　もののふの　八十伴《やそとも》の緒《を》は　かりがねの　来継ぐこのころ　かく継ぎて　常にありせば　友並めて　遊ばむものを　うま並めて　往かまし里を　待ちかてに　我がせし春を　かけまくも　あやに恐《かしこ》く　言はまくも　ゆゆしくあらむと　あらかじめ　かねて知りせば　ちどり鳴く　その佐保川に　岩に生ふる　すがの根取りて

九二三　○鵜→3・三五九。

九二四　○大和—日本全体をさす場合と奈良地方の国名をさす場合があるがここでは後者であろう。○熊野—和歌山県東、牟婁郡、西牟婁郡と三重県南牟婁郡、北牟婁郡地方一帯。

九二五　○都太の細江—兵庫県姫路市船場川河口付近。

九二六　○みけむかふ—枕詞。○敏馬の浦—兵庫県神戸市灘区岩屋付近。○なのりそ—海中に生える藻の一種で現在のホンダワラ。○ふかみるの—枕詞。○なのりその—枕詞。

九二七　○須磨—兵庫県神戸市須磨区の一帯。○第一・二句—序詞。

九二八　○まくず—マは接頭語。クズは、まめ科の多年生草本で秋の七草の一つ。○うちなびく—枕詞。○高円—奈良市東部。○もののふの—枕詞。○佐保川—佐保は奈良市北部。佐保川は春日山中から発し、佐保を過ぎ、やがて大和川に至る。○しのふ草—未詳。けがれを祓うために使ったらしい。○ももしきの—枕詞。○たまほこの—枕詞。

しのふ草　祓《はら》へてましを　往く水に　潔《みそ》ぎてましを　大君の　命恐《みことかしこ》み
ももしきの　大宮人の　たまほこの　道にも出でず　恋ふるこのころ

反歌一首

九四九　うめやなぎ　過ぐらく惜しみ　佐保の内に　遊びしことを　宮もとどろに

右、神亀四年正月、あまたの王子《みこ》と諸臣子《おみたち》等と、春日野[1]に集ひて打毬《まりうち》の遊びをなす。その日、忽《たちまち》に空曇り雨ふり雷電《いなつるび》す。この時に宮の中に侍従と侍衛となし。勅して刑罰に行なひ、皆授刀寮に散禁せしめみだりて道路に出づること得ざらしむ。ここにいぶせみし、即ちこの歌を作る。作者未だ詳らかならず。

五年戊辰、難波宮に幸す時に作れる歌四首

九五〇　大君の　境賜《さかひたま》ふと　山守《やまもり》置き　守《も》るといふ山に　入らずは止《や》まじ
九五一　見渡せば　近きものから　岩隠り　かがよふ珠を　取らずは止まじ
九五二　韓衣《からころも》　着奈良の里の　嬬《つま》まつに　玉をしつけむ　良き人もがも
九五三　さをしかの　鳴くなる山を　越え行かむ　日だにや君が　はた逢はざらむ

右、笠朝臣金村の歌の中に出づ。或は云ふ「車持朝臣千年の作なり」と。

膳王《かしはでのおほきみ》[2]の歌一首

九五四　朝《あした》には　海辺にあさりし　暮《ゆふ》されば　大和へ越ゆる　かりしともしも

九四九　〇佐保の内—佐保川と佐保山との間の地か。一説に佐保一帯の地。
1—奈良市東部の野。
九五二　〇韓衣　着—序詞。
2—膳王は別に膳部王にもつくる。父は長屋王、母は草壁皇子の娘吉備内親王。神亀六年（七二九）二月、長屋王の自尽に殉じた。

右、作歌の年審らかならず。ただし、歌の類を以てすなはちこの次に載す。

大宰少弐石川朝臣足人[1]の歌一首

九五五　さすたけの　大宮人の　家と住む　佐保の山をば　思ふやも君

[2]帥大伴卿の和ふる歌一首

九五六　やすみしし　我が大君の　食《を》す国は　大和もここも　同じとそ思ふ

冬十一月、大宰の官人等、香椎《かしひ》[3]の廟《みや》を拝《をろが》みまつること訖《を》はり、退《まか》り帰る時に、馬を香椎の浦に駐《とど》めて、各懐《おのおのおもひ》を述べて作れる歌

帥大伴卿の歌一首

九五七　去来《いざ》子ども　香椎の潟に　しろたへの　袖さへ濡れて　朝菜《あさな》摘みてむ

大弐小野老《をののおゆ》[4]朝臣の歌一首

九五八　時つ風　吹くべくなりぬ　香椎潟　潮干の浦に　玉藻刈りてな

豊前守宇努首男人《うののおびとをひと》[5]の歌一首

九五九　往き還り　常に我が見し　香椎潟　明日ゆ後には　見むよしもなし

帥大伴卿、芳野の離宮を遥かに思ひて作れる歌一首

九六〇　隼人《はやひと》の　瀬戸の磐《いはほ》も　あゆ走る　芳野の滝に　なほ及《し》かずけり

帥大伴卿、次田《すきた》[6]の温泉に宿りて鶴が音《ね》を聞きて作れる歌一首

九六一　湯の原に　鳴く葦鶴《あしたづ》は　我がごとく　妹に恋ふれや　時わかず鳴く

天平二年庚午、勅して擢駿馬使《てきしゆんめし》大伴道足宿祢《おほとものみちたりすくね》[7]を遣はす時の歌一首

1―神亀元年（七二四）従五位上。神亀五年（七二八）まで少弐として大宰府にあった。

九五五　〇さすたけの―枕詞。
2―大伴旅人↓3・三一五。

九五六　〇やすみしし―枕詞。
3―福岡県福岡市東区香椎。

九五七　〇しろたへの―枕詞。
4↓3・三二八。

5―養老四年（七二〇）豊前守として隼人の征討将軍となる。

九六〇　〇隼人の瀬戸―福岡県北九州市門司区和布刈と山口県下関市壇之浦との間にある早鞆の瀬戸とする説、鹿児島県出水郡長島と阿久根市との間にある黒の瀬戸とする説があるが、どちらであるかは決定出来ない。
6―福岡県筑紫郡筑紫野町二日市にある二日市温泉。
7―父は大伴馬来田、大伴旅人の父安麻呂の従弟。天平元年（七二九）従四位下、右大弁。天平三年（七三一）参議を兼ねる。

九六二　奥山の　磐《いは》にこけ生《む》し　恐《かしこ》くも　問ひたまふかも　思ひあへなくに

右、勅使大伴道足宿祢を帥《そち》の家に饗《あへ》す。この日に会ひ集ふ衆《もろ》諸《もろ》、駅使葛井連広成《ふぢゐのむらじひろなり》[1]を相誘ひて、歌詞を作るべし、と言ふ。すなはち広成声に応へて即ちこの歌を吟《うた》ふ。

冬十一月、大伴坂上郎女[2]、帥の家を発ちて道に上り、筑前国[3]の宗《むな》[4]像郡《かたのこほり》の名を名児山《なごやま》といふを越ゆる時に作れる歌一首

九六三　大汝《おほなむち》　少彦名《すくなびこな》の　神こそば　名付けそめけめ　名のみを　名児山と負ひて　我が恋の　千重《ちへ》の一重《ひとへ》も　慰めなくに

同じ坂上郎女、京に向かふ海路にして、浜の貝を見て作れる歌一首

九六四　我が背子に　恋ふれば苦し　暇《いとま》あらば　拾《ひり》ひて行かむ　恋忘れ貝

冬十二月、大宰帥大伴卿、京に上る時に娘子《をとめ》の作れる歌二首

九六五　おほならば　かもかもせむを　恐《かし》みと　振りたき袖を　忍びてあるかも

九六六　大和道は　雲隠りたり　然《しか》れども　我が振る袖を　なめしと思ふな

右、大宰帥大伴卿、大納言を兼任し、京に向かひて道に上る。この日、馬を水城《みづき》[5]に駐《とど》めて、府家《ふか》を顧み望む。ときに卿を送る府吏《ふり》の中《なか》に遊行女婦《あそびめ》あり、その字《あざな》[6]を児島《こしま》といふ。ここに、娘子《をとめ》この別れの易きことを傷み、その逢ひの難きことを嘆き、涙を拭《のご》ひて自ら袖を振る歌を吟ふ。

九六二　○第一・二句―序詞。
1―養老三年（七一九）従六位下で遣新羅使。天平二十年（七四八）聖武天皇の自宅への行幸によって正五位上を授けられた。
2→3・三七九。
3―福岡県北西部。
4―福岡県宗像郡。
九六三　○大汝→3・三五五。○少彦名→3・三五五。○名児山―福岡県宗像郡津屋崎町勝浦と玄海町田島との間にある。
5―福岡県筑紫郡太宰府町水城。
6―伝未詳。

[1]大納言大伴卿の和ふる歌二首

九六七　大和道の　吉備の児島を　過ぎて行かば　筑紫の児島　思ほえむかも

九六八　ますらをと　思へる我や　みづくきの　水城の上に　涙拭《のご》はむ

三年辛未、大納言大伴卿、奈良の家に在りて　故郷を思ふ歌二首

九六九　しましくも　行きて見てしか　神奈備《かむなび》の　淵は浅《あ》せにて　瀬にかなるらむ

九七〇　指進乃　栗栖《くるす》の小野の　はぎの花　散らむ時にし　行きて手向けむ

四年壬申、[2]藤原宇合卿《ふぢはらのうまかひ》、[3]西海道の[4]節度使《せつどし》に遣はさるる時に、[5]高橋《たかはし》連虫麻呂《のむらじむしまろ》の作れる歌一首　并びに短歌

九七一　しらくもの　竜田《たつた》の山の　露霜に　色付く時に　うち越えて　旅行く君は　五百重山《いほへやま》　い去きさくみ　賊《あた》守る　筑紫に至り　山のそき　野のそき見よと　伴の部《べ》を　班《あか》ち遣はし　山彦の　応へむ極み　たにぐくの　さ渡る極み　国状《くにかた》を　見《め》したまひて　ふゆごもり　春さり行かば　とぶとりの　早く来まさね　竜田道の　岡辺の道に　丹つつじの　薫《にほ》はむ時の　桜花　咲きなむ時に　山鶴《やまたづ》の　迎へ参ゐ出む　君が来まさば

反歌一首

九七二　千万《ちよろづ》の　軍《いくさ》なりとも　言挙《ことあ》げせず　取りて来《き》ぬべき　をのことそ思ふ

右、補任の文に検《ただ》すに、八月十七日に東山・山陰・西海の節度使を任ず。

1―大伴旅人↓3・三一五。

九六七　○吉備の児島―岡山県岡山市南方の児島半島。

九六八　○みづくきの―枕詞。

九六九　○神奈備の淵―奈良にある飛鳥川の雷丘付近の淵。

九七〇　○第一句―定訓を得ない。○栗栖の小野―栗栖は所在未詳。奈良県北葛城郡新庄町付近か。○はぎ―まめ科の落葉低木ハギ。秋の七草の一つ。

2↓1・七二。

3↓4・六二一。

4↓4・六二一。

5↓3・三二一。

九七一　○しらくもの―枕詞。○竜田の山―奈良県生駒郡三郷町西方の山地。○たにぐく―ヒキガエルのこと。○筑紫―現在の福岡県にあたる筑前、筑後をいうが、普通九州全体をさす。○ふゆごもり―枕詞。○とぶとりの―枕詞。○竜田道―河内へ行く竜田越えの道であるが、古道ははっきりしない。○つつじ―つつじ科ツツジ。四月頃花が咲く。○やまたづの―枕詞。

[1]天皇、酒を節度使の卿等に賜ふ御歌一首　并びに短歌

九七三　食《を》す国の　遠《とほ》の朝廷《みかど》に　汝等《いましら》が　かく罷《まか》りなば　平《たひら》けく　我は遊ばむ　手抱《たむだ》きて　我はいまさむ　天皇朕《すめらわ》が　珍《うづ》のみ手もち　かき撫でそ　ねぎたまふ　うち撫でそ　ねぎたまふ　帰り来む日　相飲まむ酒《き》そ　この豊《とよ》御酒《みき》は

反歌一首

九七四　ますらをの　去《ゆ》くといふ道そ　凡《おほ》らかに　思ひて行くな　ますらをの伴

右の御歌は、或は云ふ[2]「太上天皇の御製なり」と。

中納言[3]安倍広庭《あべのひろには》卿の歌一首

九七五　かくしつつ　あらくを良みぞ　たまきはる　短き命を　長く欲りする

五年癸酉、[4]日下山《くさかやま》を越ゆる時に、[5]神社忌寸老麻呂《かみこそのいみきおゆまろ》の作れる歌二首

九七六　難波潟《なにはがた》　潮干《しほひ》のなごり　よく見てむ　家なる妹が　待ち問はむため

九七七　直越《ただこえ》の　この道にして　おしてるや　難波の海と　名付けけらしも

[6]山上臣憶良《やまのうへのおみおくら》、沈痾《やまひおも》りし時の歌一首

九七八　をのこやも　空しかるべき　万代《よろづよ》に　語り継ぐべき　名は立てずして

右の一首、山上憶良臣の沈痾りし時に、[7]藤原朝臣八束《ふぢはらのあそみやつか》、[8]河辺朝《かはへのあそ》臣東人《みあづまひと》を使はして疾《や》める状《さま》を問はしむ。ここに憶良臣、報ふる語已《ことばすで》に畢《をは》り、須《しまら》くありて涙を拭ひ悲しび嘆きて、この歌を口吟《うた》ふ。

1―聖武天皇。

九七四　2―元正天皇。四十四代、草壁皇子と元明天皇の間に生まれる。聖武天皇成人まで九年在位。天平二十年（七四八）崩御。
3→3・三〇二。

九七五　○たまきはる―枕詞。
4―大阪府東大阪市日下町あたりの山地。
5―伝未詳。

九七六　○難波潟→2・二二九。

九七七　○直越―奈良からまっすぐ大阪へ越えて行く道。○おしてるや―枕詞。
6→1・六。

九七八　7→3・三九八。
8―神護景雲元年（七六七）従五位下。宝亀元年（七七〇）石見守。

大伴坂上郎女、姪《をひ》[1]家持の佐保より西の宅《いへ》に還るに与ふる歌一首

九七九 我が背子が 着る衣《きぬ》薄し 佐保風は いたくな吹きそ 家に至るまで

[2]安倍朝臣虫麻呂の月の歌一首

九八〇 あまごもり 三笠の山を 高みかも 月の出で来《こ》ぬ 夜はふけにつつ

大伴坂上郎女の月の歌三首

九八一 猟高《かりたか》の 高円山《たかまとやま》を 高みかも 出で来る月の 遅く照るらむ

九八二 ぬばたまの 夜霧の立ちて おほほしく 照れる月夜の 見れば悲しさ

九八三 山のはの ささらえをとこ 天の原 門《と》渡る光 見らくし好しも

右の一首の歌は或は云ふ「月の別名をささらえをとこといふ、この辞《こと》によりてこの歌を作る」と。

[3]豊前国の娘子《をとめ》の月の歌一首 娘子《をとめ》、字《あざな》を大宅《おほやけ》といふ。姓氏未だ詳らかならず

九八四 雲隠り 去方《ゆくへ》をなみと 我が恋ふる 月をや君が 見まく欲りする

[4]湯原王の月の歌二首

九八五 天《あめ》にます 月読《つくよみ》をとこ 幣《まひ》はせむ 今夜《こよひ》の長さ 五百夜《いほよ》継ぎこそ

九八六 はしきやし 間近き里の 君来むと おほのびにかも 月の照りたる

[5]藤原八束朝臣の月の歌一首

九八七 待ちかてに 我がする月は いもがきる 三笠の山に 隠りてありけり

[6]市原王《いちはらのおほきみ》、宴に父安貴王[7]を禱《ほ》く歌一首

1―大伴家持→3・三九五。

2→4・六六五。

九八〇○あまごもり―枕詞。○三笠の山―奈良県奈良市春日神社後方の山。

九八一○猟高の高円山―奈良市南東部の丘陵地を高円山といい、猟高はその付近の地。

九八二○ぬばたまの―枕詞。

3―福岡県東部と大分県北西部一帯。

4→3・三七五。

5→3・三九八。

九八七○いもがきる―枕詞。

6→3・四一二。

7→3・三〇六。

九八八　春草は　後《のち》はうつろふ　巌《いはほ》なす　常磐《ときは》にいませ　尊き我が君

湯原王の打酒《ちやうしゅ》の歌一首

九八九　焼大刀《やきたち》の　かど打ち放ち　ますらをの　寿《ほ》く豊御酒《とよみき》に　我酔《ゑ》ひにけり

紀朝臣鹿人《きのあそみかひと》[1]の、跡見《とみ》[2]の茂岡《しげをか》の松の木の歌一首

九九〇　茂岡に　神さび立ちて　栄えたる　千代まつの木の　年の知らなく

同じ鹿人の、泊瀬川[3]の辺に至りて作れる歌一首

九九一　岩走《いはばし》り　激《たぎ》ち流るる　泊瀬川　絶ゆることなく　またも来て見む

大伴坂上郎女の、元興寺の里を詠む歌一首

九九二　故郷《ふるさと》の　明日香はあれど　あをによし　奈良の明日香を　見らくし好しも

同じ坂上郎女の初月《みかづき》の歌一首

九九三　月立ちて　ただ三日月の　眉根搔き　日《け》長く恋ひし　君に逢へるかも

大伴宿祢家持の初月の歌一首

九九四　振り放《さ》けて　三日月見れば　一目見し　人の眉引《まよび》き　思ほゆるかも

大伴坂上郎女の、親族《うがら》と宴する歌一首

九九五　かくしつつ　遊び飲みこそ　草木《くさき》すら　春は生《お》ひつつ　秋は散り去《ゆ》く

六年甲戌、海犬養宿祢《あまのいぬかひのすくね》[4]岡《をか》麻呂《まろ》の、詔《みことのり》に応《こた》ふる歌一首

九九六　御民我《みたみわれ》　生ける験《しるし》あり　天地の　栄ゆる時に　あへらく思へば

春三月、難波宮に幸《いでま》す時の歌六首

1―天平九年（七三七）外従五位下。主殿頭。天平十三年（七四一）大炊頭。
2―跡見は奈良県桜井市外山か。茂岡は地名か普通名詞か不明。
3―奈良県桜井市泊瀬の山中から発し、三輪山をまわって北西に流れ、佐保川と合流して大和川となる。

九九一　〇第一・二・三句―序詞。

九九二　〇明日香―奈良県高市郡明日香村一帯の地。〇あをによし―枕詞。

九九三　〇第一・二句―序詞。

4―伝未詳。

九九七　住吉《すみのえ》の　粉浜《こはま》のしじみ　開けも見ず　隠りてのみや　恋ひ渡りなむ

　　右の一首、作者未だ詳らかならず

九九八　眉のごと　雲居《くもゐ》に見ゆる　阿波の山　かけて漕ぐ舟　泊まり知らずも

　　右の一首、[1]船王《ふなのおほきみ》の作

九九九　千沼回《ちぬみ》より　雨そ降り来る　四極《しはつ》の海人《あま》　網綱《あみつな》干せり　濡れもあへむかも

　　右の一首、住吉の浜に遊覧し、宮に帰る時に、道の上にして、[2]守部王《もりべのおほきみ》、詔に応へて作れる歌

一〇〇〇　児らがあらば　二人聞かむを　沖つ渚《す》に　鳴くなる鶴《たづ》の　暁《あかとき》の声

　　右の一首、守部王の作

一〇〇一　ますらをは　み狩に立たし　未通女《をとめ》らは　赤裳裾《あかもすそび》引く　清き浜辺を

　　右の一首、山部宿祢赤人の作

一〇〇二　うまの歩み　押さへ留《とど》めよ　住吉の　岸の黄土《はにふ》に　にほひてゆかむ

　　右の一首、[3]安倍朝臣豊継の作

　筑後守外従五位下[4]葛井連大成、海人《あま》の釣舟を遥かに見て作れる歌一首

一〇〇三　海人娘嬬《をとめ》　玉求むらし　沖つ浪　恐《かしこ》き海に　舟出せり見ゆ

　[5]桉作村主益人《くらつくりのすぐりますひと》の歌一首

一〇〇四　思ほえず　来まし君を　佐保川の　かはづ聞かせず　帰しつるかも

九九七　○住吉―大阪市住吉区を中心とした一帯。○粉浜―大阪市住吉区粉浜東ノ町、中ノ町、本町、西ノ町一帯の地。○しじみ―しじみ科。河川の砂中に居る貝。シジミガイ。食用となり、古くは、海産のオキシジミ・イソシジミなどをも含めて呼んだ。○第一・二句―序詞。

九九八　○河波の山―未詳。阿波（徳島県）の山々とも考えられる。

1―舎人皇子の子で淳仁天皇の兄。天平十五年従四位上。天平宝字二年（七五八）従三位。親王として大宰帥など淳仁天皇時代政治の中枢にあったが淳仁天皇が廃されたあとは親王から王に下された。藤原仲麻呂の謀反に坐して隠岐に配流。

九九九　○千沼―和泉国の古名。大阪府岸和田市から堺市にかけての海岸。○四極―未詳。大阪市住吉区から東住吉区の南東部にかけての海岸かともいう。

2―舎人皇子の子。淳仁天皇の兄で船王の弟。天平十二年（七四〇）従四位上。

3―天平九年（七三七）従五位下。

4→4・五七六。

5―伝未詳。

一〇〇四　○佐保川→6・九四八。

右、内匠大属《たくみのだいさくわん》桉作村主益人、聊《いささ》かに飲饌《いんぜん》を設けて、長官[1]佐為王《さゐのおほきみ》を饗《あへ》す。未だ日斜《くた》つにも及ばずに、王既に帰りぬ。ここに益人、厭かずに帰りしを悲しび惜しみ、よりてこの歌を作る。

八年丙子の夏六月、芳野の離宮に幸す時に、山部宿祢赤人、詔に応へて作れる歌一首　并びに短歌

一〇〇五　やすみしし　我が大君の　見《め》したまふ　芳野の宮は　山高み　雲そたなびく　河速み　瀬の音そ清き　神さびて　見れば貴く　宜《よろ》しなへ　見れば清《さや》けし　この山の　尽きばのみこそ　この河の　絶えばのみこそ　ももしきの　大宮所　止む時もあらめ

反歌一首

一〇〇六　神代より　芳野の宮に　あり通ひ　高知らせるは　山河を良み

[2]市原王、独り子を悲しぶる歌一首

一〇〇七　言問はぬ　木すら妹と兄《せ》　ありといふを　ただ一人子に　あるが苦しさ

[3]忌部首黒麻呂《いむべのおびとくろまろ》、友の遅く来ることを恨むる歌一首

一〇〇八　山のはに　いさよふ月の　出でむかと　我が待つ君が　夜はふけにつつ

冬十一月、左大弁葛城王[4]等、姓橘氏《たちばなのうぢ》を賜はりし時の御製歌一首

一〇〇九　たちばなは　実さへ花さへ　その葉さへ　枝に霜降れど　いや常葉《とこは》の木

右、冬十一月九日に、従三位葛城王、従四位上佐為王等、皇族の高名を辞《さ》り、外家《ぐわいか》の橘の姓を賜はること已に訖《を》はりぬ。ここ

1―美努王の子で葛城王（橘諸兄）の弟。和銅七年（七一四）従五位下。天平八年（七三六）葛城王とともに橘宿祢姓を賜わった。

一〇〇五　○やすみしし―枕詞。○吉野の宮―奈良県吉野郡吉野町宮滝のあたりにあった離宮。別に秋津の宮（6・九〇七）とも。○ももしきの―枕詞。

2→3・四一二。

3―天平宝字二年（七五八）外従五位下。天平宝字六年内史局助。

4―橘宿祢諸兄―美努王の子。母は県犬養宿祢三千代。和銅三年（七一〇）従五位下。天平元年（七二九）左大弁、天平四年（七三二）従三位。天平八年（七三六）橘宿祢姓を賜る。天平九年（七三七）藤原武智麻呂、房前、宇合、麻呂の四兄弟が疫病によって没した後、大納言、右大臣とすすみ、天平十五年（七四三）左大臣となった。天平宝字元年（七五七）没。

に、[1]太上天皇・[2]天皇・[3]皇后、共に皇后の宮に在《いま》して、肆宴《とよのあかり》をなし、即ち橘を賀《ほ》く歌を製らし、并せて御酒を宿祢等に賜ふ。或は伝ふ「この歌一首は太上天皇の御歌なり、ただし、天皇・皇后の御歌各一首あり」と。その歌遺《うしな》ひ落ちて、未だ探り求むること得ず。今、案内に検《ただ》すに、八年十一月九日に葛城王等、橘宿祢の姓を願ひと表を上《たてまつ》る。十七日を以て、表の願ひによりて橘宿祢を賜ふといふ。

[4]橘宿祢奈良麻呂《たちばなのすくねならまろ》、詔に応ふる歌一首

一〇一〇 奥山の　真木の葉しのぎ　降る雪の　零《ふ》りはますとも　地に落ちめやも

冬十二月十二日に、[5]歌儛所《うたまひどころ》の諸王、臣子等、[6]葛井連広成の家に集ひて宴する歌二首

此来《このころ》、古儛《こぶ》盛りに興り、古歳漸《こさいやくやく》に晩《く》れぬ。理《ことわり》に、共に古情を尽くし、同じく古歌を唱《うた》ふべし。故に、この趣に擬《なぞ》へてすなはち古曲二節を献《たてまつ》る。風流意気のをのこ、たまさかにこの集へるが中にあらば、争《きそ》ひて思ひを発《おこ》し、各《おのもおのも》古体に和せよ。

一〇一一 我がやどの　うめ咲きたりと　告げ遣らば　来《こ》と言ふに似たり　散りぬともよし

一〇一二 春されば　ををりにををり　うぐひすの　鳴く我が山斎《しま》そ　息《や》まず通はせ

1—元正天皇。
2—聖武天皇。
3—光明皇后。藤原不比等の娘。聖武天皇の皇后。孝謙天皇の生母。聖武天皇譲位後も孝謙天皇の後見的存在として政治の実権を握った。天平宝字四年（七六〇）六十歳で崩する。
4—橘諸兄（葛城王）の子。天平十二年（七四〇）従五位上。天平十三年（七四一）大学頭。天平十七年（七四五）摂津大夫。天平十八年（七四六）民部大輔。天平勝宝元年（七四九）参議。天平宝字元年（七五七）右大弁。同年、父諸兄の没後、謀反の科で誅された。
5—歌舞をつかさどる役所。令制の治部省に属する雅楽寮のことか。
6→6・九六二。

九年丁丑の春正月、[1]橘少卿并びに諸大夫等、弾正尹[2]門部王の家に集ひて宴する歌二首

一〇一三　あらかじめ　君来まさむと　知らませば　門にやどにも　玉敷かましを

右の一首、主人門部王　後に姓大原真人を賜はる

一〇一四　一昨日《をとつひ》も　昨日も今日も　見つれども　明日さへ見まく　欲しき君かも

右の一首、[3]橘宿祢文成《たちばなのすくねあやなり》　即ち少卿の子なり

榎井王《えのゐのおほきみ》、後に追和する歌一首　志貴親王の子なり

一〇一五　玉敷きて　待たましよりは　たけそかに　来たる今夜し　楽しく思ほゆ

春二月、諸大夫等、左少弁[4]巨勢宿奈麻呂朝臣《こせのすくなまろあそみ》の家に集ひて宴する歌一首

一〇一六　海原の　遠き渡りを　遊士《みやびを》の　遊ぶを見むと　なづさひそ来し

右の一首、白き紙に書きて屋の壁に懸著《か》く。題して云ふ「蓬萊の仙媛の化《な》れるふくろかづらは風流秀才のをのこの為なり、これ凡客の望み見る所ならじか」と。

夏四月、大伴坂上郎女、[5]賀茂神社を拝《をろが》み奉る時に、すなはち[6]相坂山を越え、[7]近江の海を望み見て晩頭《ひのくれ》に帰り来りて作れる歌一首

一〇一七　ゆふたたみ　手向《たむけ》の山を　今日越えて　いづれの野辺に　いほりせむ我《われ》

十年戊寅、[8]元興寺の僧の自ら嘆く歌一首

一〇一八　白玉は　人に知らえず　知らずともよし　知らずとも　我し知れらば

1—佐為王。→6・一〇〇四。
2→3・三一〇。
3—佐為王の子。
4—神亀五年（七二八）外従五位下。天平五年（七三三）従五位上。長屋王の謀反の際、その罪を糾問した一人。
5—京都市北区上賀茂の賀茂別雷神社と左京区下鴨の賀茂御祖神社。
6—滋賀県大津市西郊の逢坂山。
7—琵琶湖。
一〇一七　○ゆふたたみ—枕詞。
8—奈良市芝新屋町にあった寺。高市郡明日香村飛鳥の法興寺（飛鳥寺）を移建したもの。

知らずともよし

右の一首、或は云ふ「元興寺の僧独覚《どくかく》にして智多《さとり》し。未だ顕聞《けんぶん》あらねば、衆諸あなづる。此によりて、僧この歌を作り、自ら身の才を嘆く」と。

[1]石上乙麻呂卿《いそのかみおとまろのまへつきみ》、土左国に配《なが》さるる時の歌三首　并びに短歌

一〇一九　石上《いそのかみ》　布留《ふる》の尊《みこと》は　たわやめの　惑ひに因《よ》りて　うまじもの　縄取り付け　ししじもの　弓矢囲みて　大君の　命恐《みことかしこ》み　あまざかる　夷辺《ひなべ》に罷る　ふるころも　真土山より　帰り来ぬかも

一〇二〇
一〇二一　大君の　命恐み　さし並ぶ　国に出でます　はしきやし　我が背の君を　かけまくも　ゆゆし恐し　住吉の　現人神《あらひとがみ》　舟舳《ふなのへ》に　うしはきたまひ　着《つ》きたまはむ　島の崎々　寄りたまはむ　磯の崎々　荒き浪　風にあはせず　つつみなく　病あらせず　速《すむや》けく　帰したまはね　本の国辺に

一〇二二　父君に　我は愛子《まなご》ぞ　母刀自《ははとじ》に　我は愛子ぞ　参ゐ上る　八十氏人《やそうぢびと》の　手向けする　恐《かしこ》の坂に　幣奉《ぬさまつ》り　我はぞ追へる　遠き土左道を

反歌一首

一〇二三　大崎の　神の小浜《をばま》は　狭けども　百舟人《ももふなびと》も　過ぐといはなくに

秋八月二十日に、右大臣橘家にして宴する歌四首

一〇二四　長門なる　沖つ借島《かりしま》　奥まへて　我が思ふ君は　千歳《ちとせ》にもがも

右の一首、長門守巨曾倍対馬朝臣《[2]こそべのつしまあそみ》

1→3・三六八。

一〇一九　○石上布留―奈良県天理市布留。○うまじもの―枕詞。○ししじもの―枕詞。○あまざかる―枕詞。○ふるころも―枕詞。○真土山―奈良県五条市上野町と和歌山県橋本市隅田町真土との間にある山。

一〇二〇
一〇二一　○住吉→6・九九七。

一〇二二　○恐の坂―未詳。○土左道―土佐への道。土佐は国名、現在の高知県。

一〇二三　○大崎の神の小浜―和歌山県海草郡下津町大崎の地。

一〇二四　○長門―山口県西部、北部。○借島―歌の内容から山口県にあることがわかるが現在不明。○第一・二句―序詞。

2―天平四年（七三二）山陰道節度使判官、外従五位下。

一〇二五　奥まへて　我を思へる　我が背子は　千歳五百歳《ちとせいほとせ》　ありこせぬかも

右の一首右大臣の和ふる歌

一〇二六　ももしきの　大宮人は　今日もかも　暇《いとま》をなみと　里に出でざらむ

右の一首、右大臣伝へて云ふ「故[1]豊島采女《としまのうねめ》の歌なり」と。

一〇二七　たちばなの　本に道踏む　八衢《やちまた》に　物をそ思ふ　人に知らえず

右の一首、右大弁高橋安麻呂卿[2]語りて云ふ「故豊島采女の作なり」と。ただし、或本に云ふ「[3]三方沙弥《みかたのさみ》、妻苑臣《そののおみ》に恋ひて作る歌なり」と。然らば則ち、豊島采女は当時当所にしてこの歌を口吟《うた》へるか。

十一年己卯、天皇、[4]高円野《たかまとの》に遊猟《みかり》する時に、小さき獣都里《みやこ》の中にもり走る。ここにたまたま勇士にあひ、生きて獲《と》られぬ。即ちこの獣を以て御在所に献《たてまつ》るに副《そ》ふる歌一首　獣の名は俗にむざさびといふ

一〇二八　ますらをの　高円山に　迫《せ》めたれば　里に下《お》り来《け》る　むざさびそこれ

右の一首、大伴坂上郎女作る。ただし、未だ奏をへずして小さき獣死にたふれぬ。これによりて歌を献ることをやむ。

十二年庚辰の冬十月、大宰少弐[5]藤原朝臣広嗣《ふぢはらのあそみひろつぐ》の謀反《みかどかたぶ》けむとて発軍《いくさだち》するによりて[6]伊勢国に幸す時に、[7]河口の行宮《かりみや》にして内舎人[8]大伴宿祢家持の作れる歌一首

一〇二六　○ももしきの―枕詞。
1―豊島の地出身の采女。氏名、伝未詳。

一〇二七　○第一・二句―序詞。
2―養老二年（七一八）従五位下。天平十年（七三八）従四位下。宮内大輔、征夷副将軍、右大弁などを経て、天平十年（七三八）大宰大弐。
3―伝未詳。

4―高円山（6・九八一）の西麓一体の地。

一〇二八　○高円山→6・九八一。○むざさび―むささびとも。→3・二六七。
5―宇合の子。天平九年（七三七）従五位下。天平十年（七三八）大養徳守。大宰少弐。天平十二年（七四〇）僧玄昉と吉備真備の排除を目的に筑前で挙兵し失敗、処刑された。
6―三重県中央部から北東部。
7―三重県一志郡白山町川口の地。
8→3・三九五。

一〇二九　河口の　野辺にいほりて　夜の経《ふ》れば　妹が手本《たもと》し　思ほゆるかも
[1]天皇の御製歌一首

一〇三〇　いもにこひ　吾《わが》の松原　見渡せば　潮干《しほひ》の潟に　鶴鳴き渡る
右の一首、今案《かむが》ふるに、吾の松原は三重郡にあり。河口の行宮を相去ること遠し。けだし、[2]朝明《あさけ》の行宮に御在《いま》す時に製《つく》らす御歌なるを、伝ふる者誤れるか。
[3]丹比屋主真人《たじひのやぬしまひと》の歌一首

一〇三一　後《おく》れにし　人を偲《しの》はく　思泥《しで》の崎　木綿《ゆふ》取り垂《し》でて　好往《さきく》とそ思ふ
右、案ふるに、この歌はこの行の作にあらじか。然言ふ所以は、大夫に勅《みことのり》して[4]河口の行宮より京に還《かへ》し、従駕せしむることなし。いかにしてか思泥の崎を詠みて歌を作ることあらむ。
[5]狭残《ささ》の行宮にして、[6]大伴宿祢家持の作れる歌二首

一〇三二　大君の　行幸《みゆき》のまにま　我妹子が　手枕《たまくら》まかず　月そ経にける

一〇三三　御食《みけ》つ国　志摩の海人《あま》ならし　ま熊野の　小舟に乗りて　沖辺漕ぐ見ゆ
[7]美濃国の[8]多芸《たぎ》の行宮《かりみや》にして、[9]大伴宿祢東人の作れる一首

一〇三四　古《いにしへ》ゆ　人の言ひ来《け》る　老人《おいひと》の　変若《をつ》といふ水そ　名に負ふ滝の瀬
大伴宿祢家持の作れる歌一首

一〇三五　多度川《たどかは》の　滝を清みか　古ゆ　宮仕《みやづか》へけむ　多芸《たぎ》の野の上に
[10]不破の行宮にして、大伴宿祢家持の作れる歌一首

1—聖武天皇。

一〇三〇　〇いもにこひ—枕詞。　〇吾がの松原—現在の三重県内にあったらしいが未詳。
2—伊勢国朝明郡の行宮。朝明郡は現在の三重郡の北部にあたる。
3—池守の子で乙麻呂の父。神亀元年（七二四）従五位下。天平十一年（七三九）因幡守。天平十七年（七四五）従五位上。天平十八年（七四六）備前守。天平二十年（七四八）正五位下。

一〇三一　〇思泥の崎—三重県四日市市羽津。
4—三重県一志郡白山町川口にあった行宮。
5—未詳。
6→3・三九五。

一〇三三　〇志摩—三重県志摩半島。　〇熊野→6・九四四。
7—岐阜県西部。
8—岐阜県養老郡養老町にあった行宮。
9—天平宝字二年（七五八）従五位下。天平宝字七年（七六三）少納言。宝亀元年（七七〇）周防守。

一〇三五　〇多度川—岐阜県養老郡養老町多度山中にある養老の滝。
10—未詳。岐阜県不破郡垂井町にあったともいう。

一〇三六　関なくは　帰りにだにも　うち行きて　妹が手枕　まきて寝ましを

十五年癸未の秋八月十六日、内舎人《うどねり》大伴宿祢家持、久邇[1]の京を讃《ほ》めて作れる歌一首

一〇三七　今造る　久邇《くに》の都は　山川の　清《さや》けき見れば　うべ知らすらし

[2]高丘河内連《たかをかのかふちのむらじ》の歌二首

一〇三八　故郷は　遠くもあらず　一重山《ひとへやま》　越ゆるがからに　思ひそ我がせし

一〇三九　我が背子と　二人し居れば　山高み　里には月は　照らずともよし

[3]安積親王《あさかのみこ》の、左少弁藤原八束朝臣[4]の家に宴する日に、内舎人大伴宿祢家持の作れる歌一首

一〇四〇　ひさかたの　雨は降りしく　思ふ児が　やどに今夜は　明かして行かむ

十六年甲申の春正月五日、諸卿大夫、安倍虫麻呂朝臣[5]の家に集ひて宴する歌一首　作者審らかならず

一〇四一　我がやどの　君まつの木に　降る雪の　行きには去《ゆ》かじ　待ちにし待たむ

同じ月の十一日、活道《いくぢ》[6]の岡に登り、一株《ひともと》の松の下に集ひて飲む歌二首

一〇四二　一つまつ　幾代《いくよ》か経ぬる　吹く風の　声の清きは　年深みかも

右の一首、市原王[7]の作

一〇四三　たまきはる　寿《いのち》は知らず　まつが枝を　結ぶ心は　長くとぞ思ふ

1―京都府相楽郡加茂町にあった。天平十二年から天平十六年まで営まれた。

2―もと楽浪河内といい、神亀元年（七二四）高丘連の姓を賜った。天平三年（七三一）外従五位下。天平十八年（七四六）従五位下。天平勝宝六年（七五四）正五位下。山上憶良らと東宮に侍したのち、紫香楽離宮の造宮輔。伯耆守、大学頭などをつとめた。

3→3・四七五。

4→3・三九八。

一〇四〇　○ひさかたの―枕詞。

5→4・六六五。

一〇四一　○第一・二・三句―序詞。

6―久邇京付近といわれるが未詳。

7―3・四一二。

一〇四三　○たまきはる―枕詞。

右の一首、大伴宿祢家持

奈良の京の荒墟を傷《いた》み惜しみて作れる歌三首　作者審らかならず

一〇四四　紅《くれなゐ》に　深く染《し》みにし　情《こころ》かも　奈良の都に　年の経ぬべき

一〇四五　世間《よのなか》を　常なきものと　今ぞ知る　平城《なら》の京師《みやこ》の　移ろふ見れば

一〇四六　いはつなの　また変若《をち》かへり　あをによし　平城《なら》の京師《みやこ》を　またも見むかも

寧楽《なら》の故郷を悲しびて作れる歌一首　并びに短歌

一〇四七　やすみしし　我が大君の　高敷かす　日本《やまと》の国は　皇祖《すめろき》の　神の御代《みよ》より　敷きませる　国にしあれば　生《あ》れまさむ　御子《みこ》の継ぎ継ぎ　天の下　知らしいませと　八百万《やほよろづ》　千年《ちとせ》をかねて　定めけむ　平城《なら》の京師《みやこ》は、かぎろひの　春にしなれば　春日山　三笠の野辺に　桜花　木《こ》の暗隠《くれがく》り　かほ鳥は　間なくしば鳴く　つゆしもの　秋さり来れば　生駒山《いこまやま》　飛火《とぶひ》が岡《をか》に　はぎの枝を　しがらみ散らし　さをしかは　妻呼びとよむ　山見れば　山も見が欲し　里見れば　里も住み吉し　もののふの　八十伴の緒《を》の　うちはへて　思へりしくは　天地の　依りあひの限《きは》み　万代《よろづよ》に　栄え行かむと　思へりし　大宮すらを　頼めりし　奈良の都を　新世《あらた》の　事にしあれば　大君の　引きのまにまに　はるはなの　うつろひ変はり　むらとりの　朝立ち行けば　さすたけの　大宮人の　踏み平《なら》し　通ひし道は　うまも行かず　人も往かねば　荒れにけるかも

一〇四六 ○いはつなの―枕詞。○あをによし―枕詞。

一〇四七 ○やすみしし―枕詞。○かぎろひの―枕詞。○春日山→3・三七二。○三笠の野辺―三笠の山（6・九八〇）の山麓。○つゆしもの―枕詞。○生駒山―奈良県生駒市・生駒郡と大阪府東大阪市との境にある山。○飛火が岡―奈良県生駒市の生駒山の一峰、高見山。○もののふの―枕詞。○はるはなの―枕詞。○むらとりの―枕詞。○さすたけの―枕詞。

反歌二首

一〇四八　立ちかはり　古き京《みやこ》と　なりぬれば　道の芝草　長く生ひにけり

一〇四九　なつきにし　奈良の京《みやこ》の　荒れ行けば　出で立つごとに　嘆きし増さる

久邇の新京を讃むる歌二首[1]　并びに短歌

一〇五〇　現《あき》つ神　我が大君の　天の下　八島の中に　国はしも　多くあれども　里はしも　さはにあれども　山並の　宜しき国と　川なみの　立ち合ふ　里と　山背《やましろ》の　鹿背山《かせやま》のまに　宮柱　太敷きまつり　高知らす　布当《ふたぎ》の　宮は　河近み　瀬の音ぞ清き　山近み　鳥が鳴《ね》とよむ　秋されば　山も　とどろに　さをしかは　妻呼びとよめ　春されば　岡辺もしじに　巌《いはほ》には　花咲きををり　あなおもしろ　布当の原　いと貴《たふと》　大宮所　うべしこそ　我が大君は　君ながら　聞かしたまひて　さすたけの　大宮ここと　定めけらしも

反歌二首

一〇五一　瓶原《みかのはら》　布当の野辺を　清みこそ　大宮所　一に云ふ「ここと標刺《しめさ》し」　定めけらしも

一〇五二　山高く　川の瀬清し　百代《ももよ》まで　神《かむ》しみ往かむ　大宮所

一〇五三　我が大君　神の命《みこと》の　高知らす　布当の宮は　百樹《ももき》もり　山は木高し　落ち激《たぎ》つ　瀬の音も清し　うぐひすの　来鳴く春べは　巌には　山下《やました》光り　錦なす　花咲きををり　さをしかの　妻呼ぶ秋は　天霧らふ　しぐれ

1→6・一〇三七。

一〇五〇　○山背―京都府南部。○鹿背山―京都府相楽郡木津町にある。○布当の宮―久邇の京。○さすたけの―枕詞。

一〇五一　○瓶原―京都府相楽郡加茂町東部。

をいたみ　さにつらふ　もみち散りつつ　八千年《やちとせ》に　生《あ》れつがしつつ
天の下　知らしめさむと　百代にも　易《か》はるましじき　大宮所

反歌五首

一〇五四　泉川　往く瀬の水の　絶えばこそ　大宮所　うつろひ行かめ
一〇五五　布当山《ふたぎやま》　山並見れば　百代にも　易《か》はるましじき　大宮所
一〇五六　娘嬬《をとめ》らが　続麻《うみを》掛くといふ　鹿背の山　時し往ければ　京師《みやこ》となりぬ
一〇五七　鹿背の山　木立を繁み　朝去らず　来鳴きとよもす　うぐひすの声
一〇五八　狛山《こまやま》に　鳴くほととぎす　泉川　渡りを遠み　ここに通はず　一に云ふ
「渡り遠みか　通はざるらむ」

春の日に、瓶原《みかのはら》の荒墟を悲しび傷みて作れる歌一首　并びに短歌

一〇五九　瓶原　久邇の都は　山高み　河の瀬清み　住み吉しと　人は言へども
あり吉しと　我は思へど　古りにし　里にしあれば　国見れど　人も通
はず　里見れば　家も荒れたり　はしけやし　かくありけるか　みもろ
つく　鹿背山のまに　咲く花の　色めづらしく　百鳥《ももとり》の　声なつかしき
ありが欲し　住み吉き里の　荒るらく惜しも

反歌二首

一〇六〇　瓶原　久邇の京《みやこ》は　荒れにけり　大宮人の　うつろひぬれば
一〇六一　咲く花の　色は易《か》はらず　ももしきの　大宮人ぞ　立ち易《か》はりける

1 難波宮にして作れる歌一首　并びに短歌

一〇五四　○泉川―京都府相楽郡を流れる木津川。
一〇五六　○第一・二句―序詞。　○鹿背の山↓6・一〇五〇。
一〇五八　○狛山―京都府相楽郡山城町上狛の東方。
一〇六一　○ももしきの―枕詞。
1↓6・九二八。

一〇六二　やすみしし　我が大君の　あり通ふ　難波の宮は　いさなとり　海片付きて　玉拾《ひり》ふ　浜辺を近み　朝はふる　浪の音さわき　夕なぎに　梶の音聞こゆ　暁の　寝覚《ねざめ》に聞けば　海石《いくり》の　潮干《しほかれ》のむた　浦渚《うらす》には　ちどり妻呼び　葦辺には　鶴《たづ》が音《ね》とよむ　見る人の　語りにすれば　聞く人の　見まく欲りする　みけむかふ　味原《あぢふ》の宮は　見れど飽かぬかも

反歌二首

一〇六三　あり通ふ　難波の宮は　海近み　海童女《あまをとめ》らが　乗れる舟見ゆ

一〇六四　潮干《しほふ》れば　葦辺にさわく　百鶴《ももたづ》の　妻呼ぶ声は　宮もとどろに

敏馬《みぬめ》の浦に過《よぎ》る時に作れる歌　并びに短歌

一〇六五　八千桙《やちほこ》の　神の御代より　百舟《ももふね》の　泊《は》つる泊《と》まりと　八島国《やしまくに》　百舟人《ももふなびと》の　定めてし　敏馬の浦は　朝風に　浦浪さわき　夕波に　玉藻は来寄る　白砂《しらまなご》　清き浜辺は　行き帰り　見れども飽かず　うべしこそ　見る人ごとに　語り継ぎ　偲《しの》ひけらしき　百代《ももよ》経て　偲はえ行かむ　清き白浜

反歌二首

一〇六六　まそかがみ　敏馬の浦は　百舟の　過ぎて徃くべき　浜ならなくに

一〇六七　浜清み　浦うるはしみ　神代より　千舟《ちふね》の泊つる　大和田の浜

右の二十一首、[1]田辺福麻呂《たなべのさきまろ》の歌集の中に出づ。

萬葉集巻第六

一〇六二　○やすみしし―枕詞。○いさなとり―枕詞。○葦→6・九一九。○みけむかふ―枕詞。○味原の宮―大阪市天王寺区味原町付近。難波の宮の別名ともいう。

一〇六五　○敏馬の浦→6・九四六。

一〇六六　○まそかがみ―枕詞。

一〇六七　○大和田の浜―兵庫県神戸市兵庫区和田崎町一帯の浜。

1―伝未詳。天平二十年（七四八）三月、造酒司令史の官にあり、橘諸兄の使者として越中の大伴家持のもとを訪れた記事が巻十八に見える。

萬葉集巻第七

雑歌

天《あめ》を詠む

一〇六八 天の海に 雲の波立ち 月の舟 星の林に 漕ぎ隠る見ゆ

右の一首、1柿本朝臣人麻呂《かきのもとのあそみひとまろ》の歌集に出づ。

月を詠む

一〇六九 常はさね 思はぬものを この月の 過ぎ隠れまく 惜しき夕《よひ》かも

一〇七〇 ますらをの 弓末《ゆずゑ》振り起こし 猟高《かりたか》の 野辺さへ清く 照る月夜《つくよ》かも

一〇七一 山の端《は》に いさよふ月を 出でむかと 待ちつつ居るに 夜そふけにける

一〇七二 明日の夕《よひ》 照らむ月夜は 片寄りに 今夜《こよひ》に寄りて 夜《よ》長からなむ

一〇七三 たまだれの 小簾《をす》の間通し 独《ひとり》居て 見る験《しるし》なき 夕月夜かも

一〇七四 春日山 おして照らせる この月は 妹が庭にも 清《さや》けかりけり

一〇七五 海原《うなはら》の 道遠みかも 月読《つくよみ》の 明少《ひかり》なき 夜は更《ふ》けにつつ

一〇七六 ももしきの 大宮人の 退り出て 遊ぶ今夜の 月の清《さや》けさ

一〇七七 ぬばたまの 夜渡る月を 留めむに 西の山辺に 関もあらぬかも

1―萬葉集編纂の資料となった歌集の一つで、成立、編者など未詳。萬葉集巻二・三・七・九・十・十一・十二・十三・十四の各巻に、長歌・短歌・旋頭歌合せて約三百七十余首を数える。人麻呂歌集歌の表記には略体・非略体が認められ、その性格が論じられている。

一〇七〇 〇第一・二句―序詞。〇猟高の野辺―奈良市鹿野園町、高円山あたりの野。

一〇七三 〇たまだれの―枕詞。

一〇七四 〇春日山→3・三七二。

一〇七六 〇ももしきの―枕詞。

一〇七七 〇ぬばたまの―枕詞。ぬばたまはあやめ科ヒオウギとする説がある。

一〇七八　この月の　ここに来《きた》れば　今とかも　妹が出で立ち　待ちつつあるらむ

一〇七九　まそかがみ　照るべき月を　しろたへの　雲か隠せる　天つ霧かも

一〇八〇　ひさかたの　天照る月は　神代にか　出で返るらむ　年は経につつ

一〇八一　ぬばたまの　夜渡る月を　おもしろみ　我が居る袖に　露そ置きにける

一〇八二　水底《みなそこ》の　玉さへ清《さや》に　見つべくも　照る月夜かも　夜の深《ふ》け去《ゆ》けば

一〇八三　霜曇り　すとにかあるらむ　ひさかたの　夜渡る月の　見えなく思へば

一〇八四　山の端に　いさよふ月を　何時とかも　我が待ち居らむ　夜は深《ふ》けにつつ

一〇八五　妹があたり　我が袖振らむ　木《こ》の間より　出で来る月に　雲なたなびき

一〇八六　靫懸《ゆきか》くる　伴の緒広き　大伴に　国栄えむと　月は照るらし

雲を詠む

一〇八七　痛足川《あなしがは》　河浪立ちぬ　巻向《まきむく》の　弓月《ゆつき》が岳に　雲居立てるらし

一〇八八　あしひきの　山河の瀬の　響《な》るなへに　弓月が岳に　雲立ち渡る

右の二首、[1]柿本朝臣人麻呂の歌集に出づ。

一〇八九　大海に　島もあらなくに　海原の　たゆたふ浪に　立てる白雲

右の一首、[2]伊勢の従駕《おおみとも》の作

雨を詠む

一〇九〇　我妹子が　赤裳の裾の　ひづちなむ　今日の小雨に　我さへ濡れな

一〇九一　通るべく　雨はな降りそ　我妹子が　形見の衣　我下に著《け》り

一〇七九　○まそかがみ―枕詞。

一〇八〇　○ひさかたの―枕詞。

一〇八一　○ぬばたまの―枕詞。

一〇八三　○ひさかたの―枕詞。

一〇八五　○第一・二句―序詞。

一〇八六　○大伴→1・六三。

一〇八七　○痛足川―奈良県桜井市穴師を流れる川。巻向川とも言う。○巻向―桜井市北部、穴師一帯の地。○弓月が岳―桜井市穴師の巻向山の峰。

一〇八八　○あしひきの―枕詞。

1→7・一〇六八。

2→4・五〇〇。

山を詠む

一〇九二　なるかみの　音のみ聞きし　巻向の　檜原の山を　今日見つるかも

一〇九三　三諸《みもろ》の　その山並に　こらがてを　巻向山《まきむくやま》は　継ぎの宜しも

一〇九四　我が衣　色どり染めむ[1]　うまさけ　三室《みむろ》の山は　もみちしにけり

右の三首、柿本朝臣人麻呂の歌集に出づ。

一〇九五　三諸つく　三輪山見れば　こもりくの　泊瀬の檜原　思ほゆるかも

一〇九六　古《いにしへ》の　事は知らぬを　我見ても　久しくなりぬ　天の香具山

一〇九七　我が背子を　こち古瀬山《こせやま》と　人は言へど　君も来まさず　山の名にあらし

一〇九八　紀伊道《きぢ》にこそ　妹山ありといへ　たまくしげ　二上山も　妹こそありけれ

岳を詠む

一〇九九　片岡の　この向つ峰《を》に　しひ蒔かば　今年の夏の　陰にならむか

河を詠む

一一〇〇　巻向の　痛足の川ゆ　往く水の　絶ゆることなく　また反《かへ》り見む

一一〇一　ぬばたまの　夜さり来れば　巻向の　川音高しも　あらしかも速《と》き

右の二首、柿本朝臣人麻呂の歌集に出づ。

一一〇二　おほきみの　三笠の山の　帯にせる　細谷川の　音の清《さや》けさ

一一〇三　今しくは　見めやと念ひし　み芳野の　大川淀を　今日見つるかも

一〇九二　○なるかみの―枕詞。

一〇九三　○三諸―奈良県桜井市三輪の三輪山。○こらがてを―枕詞。○巻向山―奈良県桜井市穴師を中心とした一帯の地の東方の山で穴師山をも含むか。

一〇九四　○うまさけ―枕詞。○三室の山―神を祭る山の意とする説、桜井市の三輪山とする説がある。

1→7・一〇六八。

一〇九五　○こもりくの―枕詞。○泊瀬の檜原―桜井市初瀬の地にある檜の木の林。

一〇九六　○天の香具山―奈良県橿原市の東部、桜井市との境にある香具山。

一〇九七　○古瀬山―奈良県御所市古瀬のあたりの山。○我が背子を　こち―序詞。

一〇九八　○紀伊道―和歌山県と三重県の南を通っている道。○妹山―和歌山県伊都郡かつらぎ町西渋田にある山、紀ノ川をはさんで背の山と対をなす。○たまくしげ―枕詞。○二上山―奈良県北葛城郡当麻町と大阪府南河内郡太子町との間にある山。→2・一六五。

一〇九九　○片岡―奈良県北葛城郡王寺町の南方丘。○しひ―ぶな科、シイ。

一一〇〇　○第一・二・三句―序詞。

一一〇一　○ぬばたまの―枕詞。

一一〇二　○おほきみの―枕詞。○三笠の山―奈良市の東部にある春日大社後方の山。○細谷川―細い谷川の意、能登川とする説もある。

一一〇三　○み古野の大川淀―奈良県吉野郡吉野町を流れる吉野川の大きな川淀の部分。

一二〇四　うま並めて　み芳野河を　見まく欲り　うち越え来てそ　滝に遊びつる
一二〇五　音に聞き　目にはいまだ見ぬ　吉野川　六田《むつた》の淀を　今日見つるかも
一二〇六　かはづ鳴く　清き川原を　今日見ては　いつか越え来て　見つつ偲はむ
一二〇七　泊瀬川　白木綿《しらゆふ》花に　落ち激《たぎ》つ　瀬を清《さや》けみと　見に来し我を
一二〇八　泊瀬川　流るる水脈《みを》の　瀬を速み　ゐで越す浪の　音の清《きよ》けく
一二〇九　さ檜前《ひのくま》　檜前川の　瀬を速み　君が手取らば　言寄せむかも
一二一〇　湯種蒔く　あらきの小田を　求めむと　足結《あゆひ》出で濡れぬ　この川の瀬に
一二一一　古《いにしへ》も　かく聞きつつや　偲ひけむ　この布留川の　清き瀬の音を
一二一二　はね縵《かづら》　今する妹を　うら若み　いざ率河《いざかは》の　音の清《さや》けさ
一二一三　この小川　霧そ結べる　激ち行く　走井《はしりゐ》の上に　言上げせねども
一二一四　我が紐を　妹が手もちて　結八川《ゆふやがは》　また帰り見む　万代《よろづよ》までに
一二一五　いもが紐　結八《ゆふや》河内《かふち》を　古の　人さへ見きと　こを誰か知る

露を詠む

一二一六　ぬばたまの　我が黒髪に　降りなづむ　天の露霜　取れば消につつ

花を詠む

一二一七　島回《しまみ》すと　磯に見し花　風吹きて　波は寄すとも　取らずは止《や》まじ

葉を詠む

一二一八　古に　ありけむ人も　我がごとか　三輪の檜原に　挿頭《かざ》し折りけむ
一二一九　ゆく川の　過ぎにし人の　手折らねば　うらぶれて立てり　三輪の檜

一二〇五　○六田―吉野郡吉野町六田の地。
一二〇六　○かはづ―あかがえる科、カジカガエル。
一二〇七　○泊瀬川↓6・九九一。○白木綿花↓6・九〇九。
一二〇九　○檜前川―奈良県高市郡高取山に発し、畝傍山付近を流れ宗我川と合流する川。
一二一一　○布留川―奈良県天理市布留町を通り、初瀬川と合流する川。
一二一二　○はね縵……いざ―序詞。○率川―奈良市春日山より発し、猿沢池の付近を流れ佐保川と合流する川。
一二一四　○第一・二句―序詞。○結八川―未詳。
一二一五　○いもがひも―枕詞。
一二一六　○ぬばたまの―枕詞。
一二一九　○ゆくかはの―枕詞。

原は

右の二首、柿本朝臣人麻呂の歌集に出づ。[1]

蘿《こけ》を詠む

一二三〇 み芳野の 青根が峰の 苔席《こけむしろ》 誰か織りけむ 経緯《たてぬき》なしに

草を詠む

一二三一 妹らがり 我が通路《ゆくみち》の しのすすき 我し通はば なびけ細竹原《しのはら》

鳥を詠む

一二三二 山のまに 渡るあきさの 行きて居む その河の瀬に 浪立つなゆめ

一二三三 佐保河の 清き河原に 鳴くちどり かはづと二つ 忘れかねつも

一二三四 佐保川に さをどるちどり 夜ぐたちて 汝が声聞けば 寝《い》ねかてなく
に

故郷《ふるさと》を偲ふ

一二三五 清き瀬に ちどり妻呼び 山のまに 霞立つらむ 神奈備《かむなび》の里

一二三六 年月も いまだ経なくに 明日香川 瀬々ゆ渡しし 石走《いはばし》もなし

井を詠む

一二三七 落ち激《たぎ》つ 走井水《はしりゐみつ》の 清くあれば おきては我は 去《ゆ》きかてぬかも

一二三八 あしびなす 栄えし君が 掘りし井の 石井の水は 飲めど飽かぬかも

倭琴《やまとごと》を詠む

一二三九 琴取れば 嘆き先立つ けだしくも 琴の下樋《したび》に 嬬《つま》や隠《こも》れる

1↓7・一〇六八。

一二三〇 ○み吉野の青根が峰―吉野郡吉野町の吉野山の峰。ミは接頭語。

一二三一 ○しのすすき―いね科、ススキ。しなやかで細いススキの意。

一二三二 ○あきさ―がんおう科の渡り鳥、アイサ・アイサガモ。

一二三三 ○佐保河―奈良市の春日山に発し、佐保を流れ初瀬川に合流し、大和川に注ぐ川。○ちどり↓3・二六六。

一二三五 ○神奈備の里―高市郡明日香の雷丘付近。

一二三六 ○明日香川―高市郡の山地に発し、雷丘、藤原京跡を流れ、大和川に合流する川。

一二三八 ○あしびなす―枕詞。

一二三〇 〇水分山―奈良県吉野郡吉野町吉野山の上方にある水分神社の山。
一二三二 〇夢の曲―所在未詳。吉野町宮滝付近の吉野川の淵とする説がある。ワダは湾曲した地形を表わす語。
一二三三 〇ところづら―枕詞。〇ところづらは、やまいも科、トコロズラ・オニドコロ。
一二三四 〇かしは―ぶな科の落葉灌木。
一二三五 〇宇治川―琵琶湖南端より発する瀬田川が京都府に入ってからの名。
一二三六 〇すがも―未詳。スゲに似た川藻とする説の他に、ガウソ説、ヤナギモ説、ヤキショウモ説がある。
一二三九 〇ちはやひと―枕詞。
一二四〇 〇しながとり―枕詞。〇猪名野―兵庫県伊丹市猪名川流域の平野。〇有馬山―神戸市兵庫区有馬温泉付近の山。
一二四一 〇武庫川―兵庫県三田市に発し、宝塚市を流れ、尼崎市と西宮市の境をなして海に注ぐ川。
一二四二 〇いはばしる―枕詞。〇垂水―未詳。地名説、非地名説がある。
一二四三 〇堀江―大阪市北区と東区との間を流れる天満川とする説がある。
一二四四 〇住吉の岸―大阪市住吉区住吉神社付近の海。

芳野にして作る

一二三〇 神さぶる　磐根《いはね》こごしき　み芳野の　水分山《みくまりやま》を　見れば悲しも
一二三一 皆人の　恋ふるみ芳野　今日見れば　うべも恋ひけり　山川清み
一二三二 夢の曲《わだ》　言にしありけり　現《うつつ》にも　見て来《け》るものを　念ひし念へば
一二三三 天皇《すめろき》の　神の宮人　ところづら　いや常《とこ》しくに　我反《かへ》り見む
一二三四 吉野川　岩とかしはと　常磐《ときは》なす　我は通はむ　万代《よろづよ》までに

山背《やましろ》にして作る

一二三五 宇治河は　淀瀬なからし　網代人《あじろひと》　舟呼ばふ声　をちこち聞こゆ
一二三六 宇治河に　生ふるすがもを　川速み　取らず来にけり　つとにせましを
一二三七 宇治人の　喩《たと》ひの網代《あじろ》　我ならば　今は寄らまし　こづみ来ずとも
一二三八 宇治河を　舟渡せをと　呼ばへども　聞こえずあらし　梶の音もせず
一二三九 ちはやひと　宇治川浪を　清みかも　旅去く人の　立ちかてにする

摂津《つのくに》にして作る

一二四〇 しながとり　猪名野《ゐなの》を来れば　有馬山　夕霧立ちぬ　宿りはなくて
一本に云ふ「猪名の浦回を　漕ぎ来れば」
一二四一 武庫川の　水脈《みを》を速みか　赤駒の　足掻《あが》く激《たぎ》ちに　濡れにけるかも
一二四二 命を　幸《さき》く吉《よ》けむと　いはばしる　垂水《たるみ》の水を　むすびて飲みつ
一二四三 さ夜ふけて　堀江漕ぐなる　松浦舟《まつらぶね》　梶の音高し　水脈速みかも
一二四四 悔しくも　満ちぬる潮か　住吉《すみのえ》の　岸の浦回《うらみ》ゆ　行かましものを

一二四五　妹がため　貝を拾ふと　血沼《ちぬ》の海に　濡れにし袖は　干せど乾かず
一二四六　めづらしき　人を我家《わぎへ》に　住吉《すみのえ》の　岸の黄土《はにふ》を　見むよしもがも
一二四七　暇《いとま》あらば　拾《ひり》ひに行かむ　住吉の　岸に寄るといふ　恋忘れ貝
一二四八　うま並《な》めて　今日我が見つる　住吉の　岸の黄土を　万代に見む
一二四九　住吉に　徃くといふ道に　昨日見し　恋忘れ貝　言にしありけり
一二五〇　住吉の　岸に家もが　沖に辺に　寄する白浪　見つつ偲はむ
一二五一　大伴の　三津の浜辺を　うち曝《さら》し　寄せ来る浪の　逝《ゆ》くへ知らずも
一二五二　梶の音そ　ほのかにすなる　海人未通女《をとめ》　沖つ藻刈りに　舟出すらしも
　　一に云ふ「夕されば　梶の音すなり」
一二五三　住吉の　奈呉《なご》の浜辺に　うま立てて　玉拾《ひり》ひしく　常忘らえず
一二五四　雨は降る　仮廬《かりほ》は作る　何時の間に　吾児《あご》の潮干に　玉は拾はむ
一二五五　奈呉《なご》の海の　朝開《あさけ》のなごり　今日もかも　磯の浦回《うらみ》に　乱れてあるらむ
一二五六　住吉の　遠里小野《とほさとをの》の　真榛《まはり》もち　摺《す》れる衣の　盛り過ぎ去く
一二五七　時つ風　吹かまく知らず　阿胡の海の　朝明の潮に　玉藻刈りてな
一二五八　住吉の　沖つ白浪　風吹けば　来寄《きよ》する浜を　見れば清しも
一二五九　住吉の　岸のまつが根　うち曝《さら》し　寄せ来る浪の　音の清《さや》けさ
一二六〇　難波潟　潮干に立ちて　見渡せば　淡路の島に　鶴《たづ》渡る見ゆ

　　羈旅《たび》にして作る

一二六一　家離《いへざか》り　旅にしあれば　秋風の　寒き暮《ゆふへ》に　かり鳴き渡る

一二四五　◯血沼の海―和泉国の古名。堺市から岸和田市一帯の海岸。
一二四六　◯第一・二句―序詞。
一二五三　◯奈呉の浜辺―未詳。大阪市住吉区付近。
一二五四　◯吾児―未詳。
一二五五　◯奈呉の海―未詳。大阪市住吉区付近の海をさすか。
一二五六　◯遠里小野―大阪市住吉区遠里小野町と堺市遠里小野町の地。◯まはり―ハリはかばのき科、ハンノキ。マは接頭語。
一二六〇　◯難波潟―大阪湾内、淀川河口付近の海浜　◯淡路の島―兵庫県の淡路島。◯たづ―つる科、タンチョウ・マナヅル・クロヅルの総称。

一二六二　円方《まとかた》の　湊のすどり　浪立てや　妻呼び立てて　辺に近付くも
一二六三　年魚市潟《あゆちがた》　潮干にけらし　知多の浦に　朝漕ぐ舟も　沖に寄る見ゆ
一二六四　潮干《ふ》れば　共に潟に出で　鳴く鶴《たづ》の　声遠ざかる　磯回《いそみ》すらしも
一二六五　夕なぎに　あさりする鶴《たづ》　潮満てば　沖浪高み　己が妻呼ぶ
一二六六　古《いにしへ》に　ありけむ人の　求めつつ　衣に摺りけむ　真野の榛原
一二六七　あさりすと　磯に我が見し　なのりそを　いづれの島の　白水郎《あま》か刈りけむ
一二六八　今日もかも　沖つ玉藻は　白浪の　八重折るが上に　乱れてあるらむ
一二六九　近江の海　湖《みなと》は八十ち　いづくにか　君が舟泊て　草結びけむ
一二七〇　ささなみの　連庫山《なみくらやま》に　雲居れば　雨そ降るちふ　帰り来我が背
一二七一　おほみ舟　泊ててさもらふ　高島の　三尾《みを》の勝野《かちの》の　渚し念ほゆ
一二七二　いづくにか　舟乗りしけむ　高島の　香取の浦ゆ　漕ぎ出来る舟
一二七三　飛驒《ひだ》人の　真木流すといふ　丹生の河　言は通へど　舟そ通はぬ
一二七四　あられふり　鹿島の崎を　浪高み　過ぎてや行かむ　恋しきものを
一二七五　足柄の　箱根飛び越え　行く鶴の　ともしき見れば　大和し思ほゆ
一二七六　なつそびく　海上潟《うなかみがた》の　沖つ渚に　鳥はすだけど　君は音もせず
一二七七　若狭なる　三方《みかた》の海の　浜清み　い往き帰らひ　見れど飽かぬかも
一二七八　印南野は　往き過ぎぬらし　あまづたふ　日笠の浦に　波立てり見ゆ
一に云ふ「飾磨江《しかまえ》は　漕ぎ過ぎぬらし」

一二六二　○円方の湊―兵庫県姫路市的形町にあった港。
一二六三　○年魚市潟　→3・二七一。○知多の浦―愛知県知多郡知多半島の西の海岸。
一二六六　○真野―神戸市長田区東尻池町、西尻池町、真野町一帯。
一二六七　○なのりそ―ひばまた科、ホンダワラ。
一二六九　○近江の海―琵琶湖。
一二七〇　○連庫山―未詳。琵琶湖西南岸にある山の名。
一二七一　○高島―滋賀県高島郡の地。○三尾の勝野―高島郡高島町勝野北部の地。
一二七二　○香取の浦―高島郡高島町の琵琶湖岸の地か。
一二七三　○飛驒―東山道十三国の一。岐阜県北部の地。○丹生の河―未詳。大野郡丹生川村付近を流れる小貝川か。
一二七四　○あられふり―枕詞。○鹿島の崎―茨城県鹿島郡の岬。
一二七五　○足柄の箱根―神奈川県南足柄市・足柄上郡・下郡の地。箱根山の一帯の地。
一二七六　○なつそびく―枕詞。○そ―くわ科、アサ。○海上潟―未詳。上総国・下総国のいずれにもある。
一二七七　○若狭―北陸道七国の一。福井県西南の地域。○三方の海―福井県三方郡の三方湖。
一二七八　○印南野―兵庫県加古郡・加古川市・明石市の一帯。○日笠の浦―未詳。明石川河口の海浜説・高浜市から印南郡大塩町の一帯の海浜説がある。○飾磨江―姫路市飾磨区の飾磨川河口付近。○あまづたふ―枕詞。

一一七九　家にして　我は恋ひむな　印南野《いなみの》の　あさぢが上に　照りし月夜を

一一八〇　荒磯《ありそ》越す　浪を恐み　淡路島　見ずや過ぎなむ　ここだ近きを

一一八一　朝霞　止まずたなびく　竜田山　舟出せむ日は　我恋ひむかも

一一八二　海人小舟《あまをぶね》　帆かも張れると　見るまでに　鞆《とも》の浦回《うらみ》に　浪立てり見ゆ

一一八三　ま幸《さき》くて　また還り見む　ますらをの　手に巻き持てる　鞆の浦回を

一一八四　とりじもの　海に浮き居て　沖つ浪　騒くを聞けば　あまた悲しも

一一八五　朝なぎに　ま梶漕ぎ出て　見つつ来し　三津の松原　浪越しに見ゆ

一一八六　あさりする　海未通女《あまをとめ》らが　袖通り　濡れにし衣　干せど乾かず

一一八七　網引《あびき》する　海子《あま》とか見らむ[1]　飽《あく》の浦の　清き荒磯を　見に来し我を

右の一首、柿本朝臣人麻呂の歌集に出づ。

一一八八　やまこえて　遠津の浜の　いはつつじ　我が来るまでに　含みてあり待て

一一八九　大海に　あらしな吹きそ　しながとり　猪名《ゐな》の湖《みなと》に　舟泊つるまで

一一九〇　舟泊てて　かし振り立てて　いほりせむ　名子江《なごえ》の浜辺　過ぎかてぬかも

一一九一　いもがかど　出入《いでいり》の河の　瀬を速み　我がうまつまづく　家思ふらしも

一一九二　白たへに　にほふ真土の　山川に　我がうまなづむ　家恋ふらしも

一一九三　背の山に　直《ただ》に向かへる　妹の山　事許せやも　打橋渡す

一一九四　紀伊《き》の国の　雑賀《さひか》の浦に　出で見れば　海人《あま》の灯火《ともしび》　浪の間ゆ見ゆ

一一七九　○あさぢ―いね科、伸び繁らないうちのチガヤ。

一一八一　○竜田山―奈良県生駒郡三郷町の西方、大阪府柏原市一帯の山地。

一一八二　○鞆の浦―広島県福山市鞆町の海浜。

一一八三　○第三・四句―序詞。

一一八四　○とりじもの―枕詞。

一一八七　○飽の浦―未詳。和歌山市加太町田倉崎の海浜説。岡山市飽浦の海浜とする説がある。1→7・一〇六八。

一一八八　○やまこえて―枕詞。○遠津の浜―未詳。和歌山市新在家里神の浜とする説がある。

一一八九　○しながとり―枕詞。

一一九〇　○名子江の浜辺―未詳。名児の浜とする説、富山県新湊市の奈呉江とする説がある。

一一九一　○いもがかど―枕詞。○第一・二句―序詞。○出入の河―未詳。京都市右京区大原野町上羽の入野神社の付近を流れる善峯川か。

一一九二　○真土の山川―真土山と真土川。和歌山県橋本市の真土の山と落合川か。

一一九三　○妹の山→4・五四四。

一一九四　○雑賀の浦―和歌山市和歌浦雑賀崎付近の海浜。

一二九五 麻衣 著《け》ればなつかし 紀伊の国の 妹背の山に あさ蒔く我妹《わぎも》

右の七首、藤原卿[1]の作なり。未だ年月を審らかにせず。

一二九六 つともがと 乞はば取らせむ 貝拾《ひり》ふ 我を濡らすな 沖つ白浪

一二九七 手に取るが からに忘ると 海人の言ひし 恋忘れ貝 言にしありけり

一二九八 あさりすと 磯に住む鶴《たづ》 明けされば 浜風寒み 己妻《おのづま》喚《よ》ぶも

一二九九 藻苅り舟 沖漕ぎ来らし 妹が島 形見の浦に 鶴翔《たづかけ》る見ゆ

一三〇〇 我が舟は 沖ゆな離《さか》り 迎へ舟 片待ちがてり 浦ゆ漕ぎ逢はむ

一三〇一 大海の 水底とよみ 立つ浪の 寄らむと思へる 磯の清《さや》けさ

一三〇二 荒磯《ありそ》ゆも まして思へや 玉の浦 離れ小島の 夢にし見ゆる

一三〇三 磯の上に 爪木《つまぎ》折り焚き 汝がためと 我が潜《かづ》き来《こ》し 沖つ白玉

一三〇四 浜清み 磯に我が居れば 見む人は 白水郎《あま》とか見らむ 釣もせなくに

一三〇五 沖つ梶 やくやくしぶを 見まく欲り 我がする里の 隠らく惜しも

一三〇六 沖つ波 辺《へ》つ藻巻き持ち 寄せ来とも 君にまされる 玉寄せめやも

一に云ふ「沖つ浪 辺浪しくしく 寄せ来とも」

一三〇七 阿波島に 漕ぎ渡らむと 思へども 明石の門浪 いまだ騒けり

一三〇八 妹に恋ひ 我が越え行けば 背の山の 妹に恋ひずて あるがともしさ

一三〇九 人ならば 母が愛子《まなご》そ あさもよし 紀伊の川の辺の 妹と背の山

一三一〇 我妹子に 我が恋ひ行けば ともしくも 並び居るかも 妹と背の山

一三一一 妹があたり 今そ我が行く 目のみだに 我に見えこそ 言問はずとも

一二九五 ○妹背の山→4・五四四。

1―房前、麻呂の兄弟のいずれか。

一二九九 ○形見の浦―未詳。和歌山市加太の海浜か。

一三〇七 ○阿波島―未詳。兵庫県の淡路島の西側にあったとする説がある。○明石の門―明石市の明石海峡。

一三〇八 ○背の山→4・五四四。

一三〇九 ○あさもよし―枕詞。

一三二二 ○足代—和歌山県有田郡有田市付近とする説がある。○糸我の山—有田市糸我町南方の山。
一三二三 ○名草山—和歌山市紀三井寺付近の名草山。
一三二四 ○英太—未詳。有田市宮原町付近か。○小為手の山—未詳。有田郡清水町押手説・海草郡下津町小畑の才阪説がある。
一三二五 ○玉津島—和歌山市和歌浦の玉津島神社付近の奠供山。○あをによし—枕詞。
一三二八 ○黒牛の海—和歌山県海南市黒江の海。○ももしきの—枕詞。
一三二九 ○和歌の浦—和歌山の浦。
一三三〇 ○由良の岬—日高郡由良町の岬。
一三三三 ○わたのそこ—枕詞。
一三三四 ○大葉山—未詳。和歌山市の大旗山説・有田郡広川町の大場山説がある。
一三三六 ○三輪の崎—和歌山県新宮市三輪の崎。
一三三八 ○かざはやの—枕詞。○美保の浦—日高郡美浜町三尾付近の海浜。

一三二二　足代《あて》過ぎて　糸我の山の　さくらばな　散らずあらなむ　帰り来るまで
一三二三　名草山《なぐさやま》　言にしありけり　我が恋ふる　千重の一重も　慰めなくに
一三二四　英太《あた》へ行く　小為手《をすて》の山の　真木の葉も　久しく見ねば　こけ生《む》しにけり
一三二五　玉津島　よく見ていませ　あをによし　平城《なら》なる人の　待ち問はばいかに
一三二六　潮満たば　いかにせむとか　海神《わたつみ》の　神が手渡る　海部未通女《あまをとめ》ども
一三二七　玉津島　見てし良けくも　我はなし　京《みやこ》に往きて　恋ひまく思へば
一三二八　黒牛の海　くれなゐにほふ　ももしきの　大宮人し　あさりすらしも
一三二九　和歌の浦に　白浪立ちて　沖つ風　寒き夕は　大和し念ほゆ
一三三〇　妹がため　玉を拾《ひり》ふと　紀伊の国の　由良の岬に　この日暮らしつ
一三三一　我が舟の　梶はな引きそ　大和より　恋ひ来し心　いまだ飽かなくに
一三三二　玉津島　見れども飽かず　いかにして　包み持ち行かむ　見ぬ人のため
一三三三　わたのそこ　沖漕ぐ舟を　辺に寄せむ　風も吹かぬか　波立たずして
一三三四　大葉山　霞たなびき　さ夜深けて　我が舟泊てむ　泊まり知らずも
一三三五　さ夜ふけて　夜中の潟に　おほほしく　呼びし舟人　泊てにけむかも
一三三六　三輪《みわ》の崎　荒磯も見えず　浪立ちぬ　いづくゆ行かむ　避《よ》き道はなしに
一三三七　磯に立ち　沖辺を見れば　海藻《め》刈り舟　海人《あま》漕ぎ出《づ》らし　かも翔《かけ》る見ゆ
一三三八　かざはやの　美保の浦回《うらみ》を　漕ぐ舟の　舟人騒く　浪立つらしも

一二二九　我が舟は　明石の湖《みと》に　漕ぎ泊てむ　沖辺な放《さか》り　さ夜深けにけり
一二三〇　ちはやぶる　鐘《かね》の岬を　過ぎぬとも　我は忘れじ　志賀の皇神《すめかみ》
一二三一　天霧《あまぎ》らひ　日方《ひかた》吹くらし　みづくきの　岡の水門《みなと》に　波立ち渡る
一二三二　大海の　波は畏《かしこ》し　然れども　神を斎《いは》ひて　舟出せばいかに
一二三三　未通女《をとめ》らが　織る機《はた》の上を　ま櫛もち　掻上《かか》げ栲島《たくしま》　波の間ゆ見ゆ
一二三四　潮速み　磯回《いそみ》に居れば　潜《かづ》きする　海人《あま》とや見らむ　旅行く我を
一二三五　浪高し　いかに梶取り　みづとりの　浮き寝やすべき　なほや漕ぐべき
一二三六　夢のみに　継ぎて見えつつ　竹島の　磯越す波の　しくしく念ほゆ
一二三七　静けくも　岸には波は　寄せけるか　これの屋通し　聞きつつ居れば
一二三八　高島の　安曇《あど》白波は　騒《さわ》けども　我は家念ふ　いほり悲しみ
一二三九　大海の　磯本揺《いそもとゆ》すり　立つ波の　寄せむと思へる　浜の浄《きよ》けく
一二四〇　たまくしげ　三諸戸山《みもろとやま》を　行きしかば　おもしろくして　古念ほゆ
一二四一　ぬばたまの　黒髪山を　朝越えて　山下露に　濡れにけるかも
一二四二　あしひきの　山行き暮らし　宿《やど》借らば　妹立ち待ちて　宿《やど》貸さむかも
一二四三　見渡せば　近き里回を　たもとほり　今ぞ我が来る　領巾《ひれ》振りし野に
一二四四　未通女《をとめ》らが　放《はな》りの髪を　木綿《ゆふ》の山　雲なたなびき　家のあたり見む
一二四五　志賀の白水郎《あま》の　釣舟の綱　堪へかてに　情《こころ》思ひて　出でて来にけり
一二四六　志賀の白水郎《あま》の　塩焼く煙　風をいたみ　立ちは上《のぼ》らず　山にたなびく

一二三〇　○ちはやぶる―枕詞。○鐘の岬―福岡県宗像郡玄海町鐘崎の鐘の岬。
一二三一　○みづくきの―枕詞。○岡の水門―遠賀郡芦屋町の遠賀川河口付近の港。
一二三三　○未通女らが……掻上げ―序詞。○栲島―未詳。島根県八束郡八束町の大根島か。
一二三五　○みづとりの―枕詞。
一二三六　○第三・四句―序詞。○竹島―未詳。愛知県知多郡南知多町の篠島か。訓に諸説がある。
一二三八　○高島の安曇―滋賀県高島郡安曇川町。
一二四〇　○三諸戸山―未詳。京都府宇治市莵道の三室戸寺のある山とする説、桜井市三輪の三輪山とする説がある。○たまくしげ―枕詞。
一二四一　○ぬばたまの―枕詞。○黒髪山―奈良市黒髪山町付近の山。
一二四二　○あしひきの―枕詞。
一二四四　○木綿の山―大分県別府市と大分郡湯布院町の境にある由布岳。○第一・二句―序詞。
一二四五　○第一・二句―序詞。

右の件の歌、[1]古集の中に出づ。

三二四七 大汝《おほなむち》 少御神《すくなみかみ》の 作らしし 妹背の山を 見らくし良しも

三二四八 我妹子と 見つつ偲はむ 沖つ藻の 花咲きたらば 我に告げこそ

三二四九 君がため 浮沼《うきぬ》の池の ひし摘むと 我が染めし袖 濡れにけるかも

三二五〇 妹がため すがの実摘みに 行きし我 山道に迷《まと》ひ この日暮らしつ

右の四首、[2]柿本朝臣人麻呂の歌集に出づ。

問答

三二五一 佐保川に 鳴くなるちどり なにしかも 川原《かはら》を偲ひ いや河上る

三二五二 人こそば おほにも言はめ 我がここだ 偲ふ川原を 標結《しめゆ》ふなゆめ

右の二首、鳥を詠む

三二五三 神楽浪《ささなみ》の 志賀津の白水郎《あま》は 我なしに 潜きはなせそ 浪立たずとも

三二五四 大舟に 梶しもあらなむ 君なしに 潜きせめやも 波立たずとも

右の二首、白水郎《あま》を詠む

臨時

三二五五 つきくさに 衣そ染むる 君がため 斑《まだら》の衣 摺《す》らむと思ひて

三二五六 はるかすみ 井の上ゆ直《ただ》に 道はあれど 君に逢はむと たもとほり来《く》も

三二五七 道の辺の 草深百合《くさぶかゆり》の 花笑みに 笑みしがからに 妻と言ふべしや

三二五八 黙《もだ》あらじと 言のなぐさに 言ふことを 聞き知れらくは 悪しくはあ

1—古歌集（→7・一二六七）と同じとも言われる。未詳。

三二四七 ○大汝→3・三五五。○少御神—少彦名。→3・三五五。○妹背の山→4・五四四。

三二四九 ○浮沼の池—未詳。泥深い沼の意とする普通名詞説、島根県大田市三瓶山付近の浮布の池とする地名説などがある。○ひし—ひし科の一年生草本。種子を食用とする。

三二五〇 ○すがの実—通例ヤマスゲの実を言うがすいかずら科の落葉灌木ガマズミの実とする説もある。

2→7・一〇六八。

三二五一 ○佐保川→7・一一二三。

三二五三 ○神楽浪—楽浪、琵琶湖南西部一帯の総称。○志賀津—滋賀津。→2・二一八。

三二五五 ○つきくさ—つゆくさ科、ツユクサ。

三二五六 ○はるかすみ—枕詞。

三二五七 ○第一・二句—序詞。○くさぶかゆり—ゆり科・ヤマユリ。

りけり

一二五九　佐伯山《さへきやま》　うのはな持ちし　かなしきが　手をし取りてば　花は散るとも

一二六〇　時ならぬ　斑《まだら》の衣　着欲しきか　島の榛原《はりはら》　時にあらねども

一二六一　山守の　里辺通ひし　山道《やまみち》そ　繁くなりける　忘れけらしも

一二六二　あしひきの　山椿咲く　八つ峰越《を》え　しし待つ君が　斎《いは》ひ妻かも

一二六三　暁《あかとき》と　夜《よ》烏鳴けど　このをかの　木末《こぬれ》が上は　いまだ静けし

一二六四　西の市に　ただ独《ひとり》出でて　目並べず　買ひてし絹の　商《あき》じこりかも

一二六五　今年去く　新島守が　麻衣　肩のまよひは　誰か取り見む

一二六六　大舟を　荒海《あるみ》に漕ぎ出で　八舟たけ　我が見し児らが　まみは著《しろ》しも

所に就《つ》きて思ひを発《おこ》す　旋頭歌

一二六七　ももしきの　大宮人の　踏みし跡所《あとところ》　沖つ浪　来寄せざりせば　失せざらましを

右の十七首、古歌集[1]に出づ。

一二六八　こらがてを　巻向山は　常にあれど　過ぎにし人に　往き巻かめやも

一二六九　巻向の　山辺とよみて　往く水の　水沫《みなわ》のごとし　世の人我は

右の二首、柿本朝臣人麻呂の歌集[2]に出づ。

物に寄せて思ひを発す

一二七〇　こもりくの　初瀬《はつせ》の山に　照る月は　満ち欠けしけり　人の常なき

右の一首、古歌集に出づ。

一二五九　○佐伯山―未詳。広島県佐伯郡の山とする説、大阪府池田市五月山とする説がある。○うのはな―ゆきのした科、ウツギの古名。

一二六〇　○島の榛原―未詳。奈良県高市郡明日香村島ノ庄とする説がある。

一二六二　○あしひきの―枕詞。○やまつばき―つばき科。山野に自生するツバキで、常緑喬木。○しし―狩猟獣類の総称。

一二六四　西の市―奈良県大和郡山市九条町市田付近にあった、平城京内の官営の市場。

一二六七　○ももしきの―枕詞。

1古歌集―萬葉集編纂時の一資料で、編者・体裁など不明。

一二六八　○こらがてを―枕詞。○巻向山→7・一〇九三。

2→7・一〇六八。

一二七〇　○こもりくの―枕詞。○初瀬の山―奈良県桜井市初瀬にある山。

行路《かうろ》

一二七一　遠くありて　雲居に見ゆる　妹が家に　早く至らむ　歩め黒駒

右の一首、[1]柿本朝臣人麻呂の歌集に出づ。

旋頭歌

一二七二　大刀《たち》の後《しり》　鞘に入野に　葛《くず》引く我妹　ま袖もち　著《き》せてむとかも　夏草刈るも

一二七三　住吉《すみのえ》の　波豆麻《はづま》の君が　うま乗り衣　さひづらふ　漢女《あやめ》をすゑて　縫へる衣ぞ

一二七四　住吉の　出見《いでみ》の浜の　しばな刈りそね　未通女《をとめ》らが　赤裳《あかも》の裾の　濡れて往かむ見む

一二七五　住吉の　小田を刈らす子　奴《やつこ》かもなき　奴あれど　妹がみためと　私田《わたくしだ》刈る

一二七六　池の辺の　小槻《をつき》が下《もと》の　しのな刈りそね　それをだに　君が形見に　見つつ偲はむ

一二七七　あめにある　日売菅原《ひめすがはら》の　草な刈りそね　みなのわた　か黒き髪に　あくたし付くも

一二七八　夏影の　つま屋の下《した》に　衣裁《きぬた》つ我妹　裏設《ま》けて　我がため裁たば　やや大《おほ》に裁て

一二七九　あづさゆみ　引津の辺なる　なのりその花　摘むまでに　逢はざらめや

1↓7・一〇六八。

一二七二　○大刀の後　鞘に―序詞。○入野―未詳。京都市右京区の入野神社付近か。

一二七三　○さひづらふ―枕詞。

一二七四　○住吉の　出見の浜―大阪市住吉区住吉神社付近の海岸。

一二七六　○小槻―にれ科のケヤキの一種。

一二七七　○あめにある―枕詞。○日売菅原―未詳。○みなのわた―枕詞。　みなのわたは、かわにな科、タニシ・カワニナ類。

一二七九　○あづさゆみ―枕詞。○引津の辺―福岡県糸島郡志麻町の引津の浦。

も　なのりその花

一二八〇　うちひさす　宮道《みやぢ》を行くに　我が裳《も》は破《や》れぬ　たまのをの　念ひ乱れて　家にあらましを

一二八一　君がため　手力疲れ　織りたる衣ぞ　春さらば　いかなる色に　摺《す》りてば良けむ

一二八二　はしたての　倉椅山《くらはしやま》に　立てる白雲　見まく欲り　我がするなへに　立てる白雲

一二八三　はしたての　倉椅川の　石のはしはも　壮士《を》盛《ざか》りに　我が渡してし　石のはしはも

一二八四　はしたての　倉椅川の　川の静菅《しづすげ》　我が刈りて　笠にも編まぬ　川の静《しづ》菅《すげ》

一二八五　春日《はるひ》すら　田に立ち疲る　君は哀《かな》しも　わかくさの　孋《つま》なき君は　田に立ち疲る

一二八六　山背《やましろ》の　久世《くせ》の社《やしろ》の　草な手折りそ　我が時と　立ち栄ゆとも　草な手折りそ

一二八七　あをみづら　依網《よさみ》の原に　人も逢はぬかも　いはばしる　近江《あふみ》県《あがた》の　物語りせむ

一二八八　水門《みなと》の　あしの末葉《うらば》を　誰か手折りし　我が背子が　振る手を見むと　我そ手折りし

一二八〇　○うちひさす―枕詞。○たまのをの―枕詞。

一二八二　○はしたての―枕詞。○倉椅山―奈良県桜井市倉橋の音羽山。

一二八三　○はしたての―枕詞。○倉椅川―多武峰山中に発し、倉橋を流れ後に大和川と合流する川。

一二八四　○はしたての―枕詞。

一二八五　○わかくさの―枕詞。

一二八六　○山背の久世の社―京都府城陽市久世神社。

一二八七　○あをみづら―枕詞。○依網の原―未詳。○近江県―滋賀県近江地方の意。○いはばしる―枕詞。

一三八九 垣越しに いぬ呼び越して 鳥《と》狩りする君 青山の 繁き山辺に うま休め君

一三九〇 海《わた》の底 沖つ玉藻の なのりそのはな 妹と我と ここにしありと なのりそのはな

一三九一 この岡に 草刈る小子《わらは》 な然《しか》刈りそね ありつつも 君が来まさむ み馬草にせむ

一三九二 江林《えはやし》に 伏せるししやも 求むるに吉《よ》き しろたへの 袖巻き上げて しし待つ我が背

一三九三 あられふり 遠江《とほつあふみ》の 安曇川楊《あどかはやなぎ》 刈れども またも生ふといふ 安曇川楊《やなぎ》

一三九四 あさづくひ 向ひの山に 月立てり見ゆ 遠妻《とほづま》を 持てらむ人し 見つつ偲はむ

右の二十三首、[1]柿本朝臣人麻呂の歌集に出づ。

一三九五 春日なる 三笠の山に 月の舟出づ 遊士《みやびを》の 飲む酒坏《さかづき》に 影に見えつつ

譬喩歌

衣に寄する

一三九六 今造る 斑《まだら》の衣 面影に 我に念ほゆ いまだ服《き》ねども

一三九七 くれなゐに 衣染めまく 欲しけども 着てにほはばか 人の知るべき

一三九二 ○しろたへの—枕詞。

一三九三 ○あられふり—枕詞。

一三九四 ○あさづくひ—枕詞。

1→7・一〇六八。

一二九八　かにかくに　人は言ふとも　織り継がむ　我が機物《はたもの》の　白き麻衣

玉に寄する

一二九九　あぢ群の　とをよる海に　舟浮けて　白玉採ると　人に知らゆな

一三〇〇　をちこちの　磯の中なる　白玉を　人に知らえず　見むよしもがも

一三〇一　海神《わたつみ》の　手に巻き持てる　玉故に　磯の浦回《うらみ》に　潜《かづ》きするかも

一三〇二　海神の　持てる白玉　見まく欲り　千遍《ちたび》そ告《の》りし　潜きする海人《あま》は

一三〇三　潜きする　海子《あま》は告れども　海神の　心を得ねば　見ゆといはなくに

木に寄する

一三〇四　天雲の　たなびく山の　隠りたる　我が下心　木の葉知るらむ

一三〇五　見れど飽かぬ　人国山《ひとくにやま》の　木の葉をば　我が心から　なつかしみ念ふ

花に寄する

一三〇六　この山の　もみちの下の　花を我　はつはつに見て　なほ恋ひにけり

川に寄する

一三〇七　この川ゆ　舟は行くべく　ありといへど　渡り瀬ごとに　守《まも》る人あり

海に寄する

一三〇八　大海を　さもらふ水門《みなと》　事しあらば　いづへゆ君は　我を率《ゐ》しのがむ

一三〇九　風吹きて　海は荒るとも　明日といはば　久しくあるべし　君がまにまに

一三一〇　雲隠る　小島の神の　恐けば　目は隔てども　心隔てや

一二九九　○あぢ―がんおう科の水鳥、トモエガモ・アジガモ。

一三〇四　○第一・二句―序詞。

一三〇五　○人国山―未詳。和歌山県田辺市秋津野とする説がある。

右の十五首、[1]柿本朝臣人麻呂の歌集に出づ。

衣に寄する

一三一一　つるばみの　衣は人皆　事なしと　言ひし時より　着欲しく念ほゆ

一三一二　凡《おほ》ろかに　我し念はば　下に服《き》て　なれにし衣を　取りて著《き》めやも

一三一三　くれなゐの　深染《こそ》めの衣　下に著《き》て　上に取り著《き》ば　言なさむかも

一三一四　つるはみの　解き洗ひ衣の　怪しくも　ことに着欲しき　この夕かも

一三一五　橘の　島にし居れば　河遠み　さらさず縫ひし　我が下衣

糸に寄する

一三一六　河内女《かふちめ》の　手染めの糸を　繰り返し　片糸にあれど　絶えむと念へや

玉に寄する

一三一七　海《わた》の底　沈《しづ》く白玉　風吹きて　海《うみ》は荒るとも　取らずは止《や》まじ

一三一八　底清み　沈ける玉を　見まく欲り　千遍《ちたび》そ告りし　潜きする白水郎《あま》は

一三一九　大海の　水底照らし　沈く玉　斎《いは》ひて取らむ　風な吹きそね

一三二〇　水底に　沈く白玉　誰が故に　心尽くして　我が念はなくに

一三二一　世間《よのなか》は　常かくのみか　結びてし　白玉の緒の　絶ゆらく思へば

一三二二　伊勢の海の　白水郎《あま》の島津《しまつ》が　鰒玉　取りて後もか　恋の繁けむ

一三二三　わたのそこ　沖つ白玉　よしをなみ　常かくのみや　恋ひ渡りなむ

一三二四　あしのねの　ねもころ念ひて　結びてし　玉の緒といはば　人解かめやも

1 ↓7・一〇六八。

一三一一 ○つるばみ―ぶな科、クヌギの古名。

一三一五 ○橘の島―奈良県高市郡明日香村橘一帯。

一三二二 ○島津―未詳。志摩の津とする説、人名説、誤字説などがある。○あわびたま―アワビから得られる真珠。

一三二三 ○わたのそこ―枕詞。

一三二四 ○あしのねの―枕詞。

一三二五　白玉を　手には巻かずに　匣《はこ》のみに　置けりし人そ　玉嘆かする

一三二六　照左豆《てるさつ》が　手に巻き古す　玉もがも　その緒は替へて　我が玉にせむ

一三二七　秋風は　継ぎてな吹きそ　わたのそこ　沖なる玉を　手に巻くまでに

日本琴《やまとごと》に寄する

一三二八　膝《ひざ》に伏す　玉の小琴《をごと》の　事なくは　いたくここだく　我恋ひめやも

弓に寄する

一三二九　陸奥《みちのく》の　吾太多良真弓《あだたらまゆみ》　弦著《つらは》けて　引かばか人の　我を言成さむ

一三三〇　南淵《みなぶち》の　細川山に　立つまゆみ　弓束《ゆづか》巻くまで　人に知らえじ

山に寄する

一三三一　岩畳　恐き山と　知りつつも　我は恋ふるか　同等《なみ》ならなくに

一三三二　岩が根の　こごしき山に　入りそめて　山なつかしみ　出でかてぬかも

一三三三　佐保山を　おほに見しかど　今見れば　山なつかしみ　風吹くなゆめ

一三三四　奥山の　岩にこけ生し　恐みと　思ふ情《こころ》を　いかにかもせむ

一三三五　思ひ余り　いたもすべなみ　たまだすき　畝傍《うねび》の山に　我標《しめ》結ひつ

草に寄する

一三三六　ふゆごもり　春の大野を　焼く人は　焼き足らねかも　我が情《こころ》焼く

一三三七　葛城《かづらき》の　高間の草野《かやの》　はや知りて　標刺さましを　今そ悔しき

一三三八　我屋前《やど》に　生ふるつちはり　心ゆも　思はぬ人の　衣に摺《す》らゆな

一三三九　つきくさに　衣色どり　摺らめども　移変《うつ》ろふ色と　言ふが苦しさ

一三二七　○わたそこの―枕詞。

一三二八　○第一・二句―序詞。

一三二九　○陸奥―東山道十三国の一。福島・宮城・岩手・青森などの地域。○第一・二・三句―序詞。

一三三〇　○南淵の細川山―奈良県高市郡明日香村岡寺の山。○まゆみ―にしきぎ科のヤマニシキギ。幹は弓材に適し、名もそれによる。

一三三三　○佐保山―奈良市法蓮町・佐保田町などの北方の丘陵地。

一三三四　○第一・二句―序詞。

一三三五　○たまだすき―枕詞。○畝傍の山―奈良県橿原市畝傍町の畝傍山。

一三三六　○ふゆごもり―枕詞。

一三三七　○葛城の高間―奈良県御所市高間一帯、金剛山付近。

一三三八　○つちはり―未詳。ツクバネソウ説・エンレイソウ説・メハジキ説・ミソハギ説・レンゲ説などがある。

一三三九　○つきくさ→7・一二五五。

一三四〇　むらさきの　糸をそ我が搓《よ》る　あしひきの　山橘《やまたちばな》を　貫《ぬ》かむと念ひて

一三四一　またまつく　遠智《をち》の菅原《すがはら》　我刈らず　人の刈らまく　惜しき菅原

一三四二　山高み　夕日隠《かく》りぬ　浅茅《あさぢ》原　後見むために　標《しめ》結はましを

一三四三　言痛《こちた》くは　かもかもせむを　岩代の　野辺の下草　我し刈りてば　一に云ふ「くれなゐの　現《うつ》し心や　妹に逢はざらむ」

一三四四　まとりすむ　雲梯《うなで》の社《もり》の　すがの根を　衣《きぬ》にかき付け　着せむ児もがも

一三四五　つねならぬ　人国山の　秋津野の　かきつはたをし　夢に見しかも

一三四六　をみなへし　佐紀沢の辺の　真田葛原《まくずはら》　いつかも繰《く》りて　我が衣に着む

一三四七　君に似る　草と見しより　我が標めし　野山のあさぢ　人な刈りそね

一三四八　三島江の　玉江《たまえ》のこもを　標《し》めしより　己がとそ思ふ　いまだ刈らねど

一三四九　かくしてや　なほや老いなむ　み雪降る　大荒木野《おほあらきの》の　しのにあらなくに

一三五〇　近江のや　八橋《やばせ》のしのを　矢はがずて　まことあり得むや　恋しきものを

一三五一　つきくさに　衣《ころも》は摺《す》らむ　朝露に　濡れての後は　うつろひぬとも

一三五二　我が情《こころ》　ゆたにたゆたに　浮きぬなは　辺にも沖にも　寄りかつましじ

稲に寄する

一三五三　石上《いそのかみ》　布留の早稲田《わさだ》を　秀《ひ》でずとも　縄《なは》だに延《は》へよ　守《も》りつつ居らむ

木に寄する

一三四〇　○あしひきの―枕詞。

一三四一　○またまつく―枕詞。○遠智―未詳。滋賀県坂田郡近江町（旧息長村）とする説がある。

一三四三　○くれなゐの―枕詞。

一三四四　○まとりすむ―枕詞。まとりは立派な鳥の意。マは接頭語。○雲梯の社―奈良県橿原市の雲梯神社。

一三四五　○つねならぬ―枕詞。○秋津野―未詳。和歌山県田辺市秋津町とする説、吉野離宮周辺の野とする説がある。○かきつはた―あやめ科の多年生草本。花ずりの一種として当時染料とした。

一三四六　○をみなへし―枕詞。○佐紀沢の辺―奈良市佐紀町付近の沢。

一三四八　○三島江―大阪府高槻市南部から摂津市にかけての、淀近辺で入江になっていた地。

一三四九　○大荒木野―奈良県五条市今井町の荒木山付近か。

一三五〇　○八橋―滋賀県草津市矢橋町。

一三五一　○つきくさ→7・一二五五。

一三五二　○ぬなは―すいれん科、ジュンサイ。

一三五三　○石上布留―奈良県天理市布留。

一三五四　しらすげの　真野の榛原　心ゆも　念はぬ我し　衣《ころも》に摺りつ

一三五五　真木柱《まきばしら》　作る杣人《そまびと》　いささめに　仮廬《かりほ》のためと　作りけめやも

一三五六　向《むか》つ峰《を》に　立てるももの木　成らめやと　人そささやく　汝が情《こころ》ゆめ

一三五七　たらちねの　母がその業《なり》の　くはすらに　願へば衣《きぬ》に　著《き》るといふものを

一三五八　はしきやし　我家の毛桃　本繁み　花のみ咲きて　成らざらめやも

一三五九　向つ峰《を》の　若楓《かつら》の木　下枝《しづえ》取り　花待つい間《ま》に　嘆きつるかも

花に寄する

一三六〇　息の緒に　念へる我を　やまぢさの　花にか君が　移ろひぬらむ

一三六一　住吉の　浅沢小野の　かきつはた　衣に摺り付け　着む日知らずも

一三六二　秋さらば　移しもせむと　我が蒔きし　からあゐの花を　誰か摘みけむ

一三六三　春日野《かすがの》に　咲きたるはぎは　片枝は　いまだ含《ふふ》めり　言な絶えそね

一三六四　見まく欲り　恋ひつつ待ちし　秋萩は　花のみ咲きて　成らずかもあらむ

一三六五　我妹子が　屋前《やど》の秋萩　花よりは　実に成りてこそ　恋増さりけれ

鳥に寄する

一三六六　明日香川《あすかがは》　七瀬《ななせ》の淀《よど》に　住む鳥も　心あれこそ　波立てざらめ

獣に寄する

一三六七　三国山　木末《こぬれ》に住まふ　むささびの　鳥待つごとく　我待ち痩《や》せむ

一三五四　○しらすげの―枕詞。

一三五六　○第一・二句―序詞。○もも―いばら科の落葉小喬木。

一三五七　○たらちねの―枕詞。

一三五八　○毛もも―ももの一種で毛のあるのをいう。

一三五九　○かつら―かつら科の落葉喬木。ギンモクセイとする説もある。

一三六〇　○やまぢさ―未詳。エゴノキ説・チシャノキ説・イワタバコ説などがある。

一三六一　○住吉の浅沢小野―大阪市住吉区の住吉神社付近の野。○かきつはた→7・一三四五。

一三六二　○からあゐ→3・三八四。

一三六六　○明日香川→7・一一二六。

一三六七　○三国山―未詳。福井県坂井郡三国町三国港付近の山とする説がある。○むささび→3・二六七。

雲に寄する

一三六八　石倉《いはくら》の　小野ゆ秋津に　立ち渡る　雲にしもあれや　時をし待たむ

雷《なるかみ》に寄する

一三六九　天雲に　近く光りて　鳴る神の　見れば恐《かしこ》し　見ねば悲しも

雨に寄する

一三七〇　はなはだも　降らぬ雨故　にはたづみ　いたくな逝きそ　人の知るべく

一三七一　ひさかたの　雨には著《き》ぬを　怪《あや》しくも　我が衣手は　干《ふ》る時なきか

月に寄する

一三七二　み空徃く　月読壮士《つくよみをとこ》　夕去らず　目には見れども　寄るよしもなし

一三七三　春日山　山高からし　石《いは》の上の　すがの根見むに　月待ち難し

一三七四　闇の夜は　苦しきものを　いつしかと　我が待つ月も　はやも照らぬか

一三七五　あさしもの　消易《けやす》き命　誰がために　千歳もがもと　我が念はなくに

右の一首、譬喩歌《ひゆか》の類にあらず。ただし、闇の夜の歌人の所心《おもひ》の故に、並《とも》にこの歌を作る。よりて、この歌を以《もつ》て、この次に載す。

赤土《はに》に寄す

一三七六　大和の　宇陀の真赤土《まはに》の　さ丹著《つ》かば　そこもか人の　我を言なさむ

神に寄する

一三七七　木綿《ゆふ》掛《か》けて　祭る三諸の　神さびて　斎《いは》ふにはあらず　人目多みこそ

一三六八　○石倉の小野—未詳。奈良県吉野郡吉野町説・和歌山県田辺市説がある。○秋津—未詳。吉野郡吉野町吉野離宮のあった地とする説、田辺市秋津町説がある。

一三六九　○第一・二・三句—序詞。

一三七一　○ひさかたの—枕詞。

一三七五　○あさしもの—枕詞。

一三七六　○宇陀→一九一。

一三七七　○木綿—神事に用いるコウゾの繊維。○三諸→7・一〇九三。

一三七八　木綿《ゆふ》懸《か》けて　斎ふこの社《もり》　越えぬべく　念ほゆるかも　恋の繁きに

河に寄する

一三七九　絶えず逝く　明日香の川の　不逝《よどめ》らば　故しもあるごと　人の見まくに

一三八〇　明日香川　瀬瀬《せぜ》に玉藻は　生ひたれど　しがらみあれば　なびきあへなくに

一三八一　広瀬河　袖漬くばかり　浅きをや　心深めて　我が念《も》へるらむ

一三八二　泊瀬川《はつせがは》　流る水沫《みなわ》の　絶えばこそ　我が念ふ心　遂げじと思はめ

一三八三　嘆きせば　人知りぬべみ　やまがはの　激《たぎ》つ情を　塞《せ》かへてあるかも

埋れ木に寄する

一三八四　水隠《みごも》りに　息づき余り　早川の　瀬には立つとも　人に言はめやも

一三八五　まかなもち　弓削《ゆげ》の河原《かはら》の　うもれぎの　顕《あら》はるましじき　ことにあらなくに

海に寄する

一三八六　大舟に　ま梶《かぢ》しじ貫き　漕ぎ出なば　沖は深けむ　潮は干ぬとも

一三八七　伏超《ふしこえ》ゆ　去《ゆ》かましものを　まもらふに　うち濡らさえぬ　浪数《よ》まずして

一三八八　石《いは》そそき　岸の浦回《うらみ》に　寄する浪　辺に来寄らばか　言の繁けむ

一三八九　磯の浦に　来寄る白浪　反《かへ》りつつ　過ぎかてなくは　誰にたゆたへ

一三九〇　近江の海　浪恐《かしこ》みと　風守り　年はや経なむ　漕ぐとはなしに

一三九一　朝なぎに　来寄る白浪　見まく欲り　我はすれども　風こそ寄せね

一三八一　○第一・二句―序詞。○広瀬河―奈良県北葛城郡河合町の広瀬神社付近を流れる川か。

一三八三　○やまがはの―枕詞。

一三八五　○第一・二・三句―序詞。○まかなもち―枕詞。

一三八七　○伏超―未詳。高知県安芸郡東洋町野根伏越とする地名説、波間をうかがって岩壁を伝って通るような海岸の難所をいう地形語とする説などがある。

一三八八　○第一・二・三句―序詞。

一三八九　○第一・二句―序詞。

浦の砂《まなご》に寄する

一三九二 むらさきの　名高の浦の　砂地《まなごつち》　袖のみ触れて　寝ずかなりなむ

一三九三 豊国の　企救《きく》の浜辺の　砂地　真直《まなほ》にしあらば　何か嘆かむ

藻《も》に寄する

一三九四 潮満てば　入りぬる磯の　草なれや　見らく少なく　恋ふらくの多き

一三九五 沖つ浪　寄する荒磯の　なのりそは　心の中に　疾《つつみ》となれり

一三九六 むらさきの　名高の浦の　なのりその　磯になびかむ　時待つ我を

一三九七 荒磯越す　浪は恐《かしこ》し　しかすがに　海の玉藻の　憎くはあらずて

舟に寄する

一三九八 神楽《ささ》声浪《なみ》の　志賀津の浦の　舟乗りに　乗りにし意《こころ》　常忘らえず

一三九九 ももづたふ　八十《やそ》の島回を　漕ぐ舟に　乗りにし情《こころ》　忘れかねつも

一四〇〇 島伝ふ　足速《あばや》の小舟　風守り　年はや経なむ　逢ふとはなしに

一四〇一 水霧《みなぎ》らふ　沖つ小島に　風をいたみ　舟寄せかねつ　心は念へど

一四〇二 こと放《さ》けば　沖ゆ放けなむ　湊より　辺付かふ時に　放《さ》くべきものか

旋頭歌

一四〇三 み幣《ぬさ》取り　神の祝《はふり》が　斎《いは》ふ杉原　薪伐《たきぎこ》り　ほとほとしくに　手斧《てをの》取らえぬ

一三九二 ○むらさきの—枕詞。○名高の浦—和歌山県海南市名高付近の海浜。

一三九三 ○第一・二・三句—序詞。○豊国の　企救の浜辺—北九州市の門司区、小倉区あたりの海岸。

一三九六 ○むらさきの—枕詞。

一三九八 ○ささなみの　志賀津の浦—滋賀県大津市付近の琵琶湖。○第一・二・三句—序詞。

一三九九 ○ももづたふ—枕詞。○第一・二・三句—序詞。

挽歌

一四〇四　かがみなす　我が見し君を　阿婆《あば》の野の　花橘の　玉に拾《ひり》ひつ

一四〇五　秋津野を　人の懸《か》くれば　朝蒔《ま》きし　君が思ほえて　嘆きは止まず

一四〇六　秋津野に　朝居る雲の　失せ行けば　昨日も今日も　なき人念ほゆ

一四〇七　こもりくの　泊瀬《はつせ》の山に　霞立ち　たなびく雲は　妹にかもあらむ

一四〇八　狂言《たはこと》か　およづれ言か　こもりくの　泊瀬の山に　廬《いほり》せりといふ

一四〇九　秋山の　もみちあはれと　うらぶれて　入りにし妹は　待てど来まさず

一四一〇　世間《よのなか》は　まこと二代《ふたよ》は　徃《ゆ》かざらし　過ぎにし妹に　逢はなく念へば

一四一一　幸《さきは》ひの　いかなる人か　黒髪の　白くなるまで　妹が音《こゑ》を聞く

一四一二　我が背子を　いづち行かめと　さきたけの　そがひに寝しく　今し悔しも

一四一三　にはつとり　かけの垂《た》り尾の　乱れ尾の　長き心も　念ほえぬかも

一四一四　こも枕《まくら》　相まきし児も　あらばこそ　夜のふくらくも　我が惜しみせめ

一四一五　たまづさの　妹は玉かも　あしひきの　清き山辺に　蒔《ま》けば散りぬる

或本の歌に曰く

一四一六　たまづさの　妹は花かも　あしひきの　この山影に　まけば失せぬる

覊旅の歌

一四一七　名児《なご》の海を　朝漕ぎ来れば　海中《わたなか》に　鹿子《かこ》そ鳴くなる　あはれその水手《かこ》

萬葉集巻第七

一四〇四　○かがみなす―枕詞。○阿婆の野―未詳。奈良市の率川神社付近の野とする説がある。

一四〇五　○秋津野→7・一三四五。

一四〇六　○第一・二句―序詞。

一四〇七　○こもりくの―枕詞。○泊瀬の山―初瀬の山に同じ。→7・一二七〇。

一四〇八　○こもりくの―枕詞。

一四一二　○さきたけの―枕詞。

一四一三　○第一・二・三句―序詞。○にはつとり―枕詞。○かけ―きじ科、ニワトリ。

一四一五　○たまづさの―枕詞。○あしひきの―枕詞。

一四一六　○たまづさの―枕詞。○あしひきの―枕詞。

一四一七　○名児の海→7・一一五五。

萬葉集巻第八

春の雑歌《ざふか》

[1]志貴皇子《しきのみこ》の懽《よろこ》びの御歌《みうた》一首

一四一八　石激《いはばし》る　垂水《たるみ》の上の　さわらびの　萌《も》え出《い》づる春に　なりにけるかも

[2]鏡王女《かがみのおほきみ》の歌一首

一四一九　神奈備《かむなび》の　磐瀬《いはせ》の社《もり》の　よぶこどり　いたくな鳴きそ　我が恋増さる

[3]駿河采女《するがのうねめ》の歌一首

一四二〇　沫雪《あわゆき》か　はだれに降ると　見るまでに　流らへ散るは　何の花そも

[4]尾張連《をはりのむらじ》の歌二首　名欠けたり

一四二一　春山の　咲きのををりに　春菜採む　妹が白紐《しらひも》　見らくし良しも

一四二二　うちなびく　春来《きた》るらし　山のまの　遠き木末《こぬれ》の　咲き往く見れば

[5]中納言阿倍広庭卿《ちうなごんあへのひろにはのまへつきみ》の歌一首

一四二三　去年《こぞ》の春　い掘《こ》じて植ゑし　我が屋外《やど》の　若樹のうめは　花咲きにけり

[6]山部宿祢赤人《やまべのすくねあかひと》の歌四首

一四二四　春の野に　すみれ採《つ》みにと　来《こ》し我そ　野をなつかしみ　一夜《ひとよ》寝にける

1↓1・五一。

一四一八　〇垂水—垂れる水、つまり滝のこと。地名とする説もある。〇さわらび—サは接頭語。ワラビは、うらぼし科の多年生羊歯（しだ）植物。早春、その渦巻状の新芽を食用にする。

2↓2・九一。

一四一九　〇神奈備—神社のある山をさす普通名詞。〇磐瀬の社—所在未詳。奈良県生駒郡斑鳩町稲葉車瀬の森か。〇よぶこどり—未詳。カッコウ・ホトトギスなどとする説がある。

3↓4・五〇七。

4—伝未詳。

一四二二　〇うちなびく—枕詞。

5↓3・三〇二。

6↓3・三一七。

一四三五　あしひきの　山桜花　日並べて　かく咲きたらば　いた恋ひめやも

一四三六　我が背子《せこ》に　見せむと念ひし　うめの花　それとも見えず　雪の降れれば

一四三七　明日《あす》よりは　春菜採《つ》まむと　標《し》めし野に　昨日《きのふ》も今日《けふ》も　雪は降りつつ

[1]草香山《くさかやま》の歌一首

一四三八　おしてる　難波《なには》を過ぎて　うちなびく　草香の山を　夕晩に　我が越え来れば　山も狭《せ》に　咲けるあしびの　あしからぬ　君をいつしか　往きてはや見む

右の一首、作者の微《いや》しきに依《よ》りて、名字《な》を顕《あら》はさず。

桜花の歌一首　并びに短歌

一四三九　媙嬬《をとめ》らが　頭挿《かざし》のために　遊士《みやびを》の　蘰《かづら》のためと　敷きませる　国のはてに　咲きにける　さくらの花の　にほひはもあなに

反歌

一四四〇　去年《こぞ》の春　逢へりし君に　恋ひにてし　さくらの花は　迎へ来《け》らしも

右の二首、[2]若宮年魚麻呂《わかみやのあゆまろ》誦む。

山部宿祢赤人《やまべのすくねあかひと》の歌一首

一四四一　百済野《くだらの》の　はぎの古枝《ふるえ》に　春待つと　居《を》りしうぐひす　鳴きにけむかも

一四三五　○あしひきの—枕詞。

一四三七　○標めし野—所有権を示してある野。

1—生駒山の西側一帯の山地。

一四三八　○おしてる—枕詞。○うちなびく—枕詞。○山も狭に咲けるあしびの—序詞。○あしび—つつじ科の常緑低木。早春、白い小さい壺状の花が咲く。原文「馬酔木」の字は、馬がその葉を食べると中毒をおこし酔ったようになるところから用いられたか。

一四三九　○遊士—宮廷風・都会風である風流人。ミヤビはヒナビ（鄙び）の対。

2—伝未詳。

一四四一　○百済野—奈良県北葛城郡広陵町百済の一帯の地か。橿原市高殿の藤原宮の朝堂院跡付近の東百済・西百済などの一帯の地とする説もある。

[1]大伴坂上郎女《おほとものさかのうへのいらつめ》の柳の歌二首

一四三二　我が背子《せこ》が　見らむ佐保道《さほぢ》の　青柳を　手折《たを》りてだにも　見むよしもがも

一四三三　うち上《のぼ》る　佐保《さほ》の河原の　青柳は　今は春へと　なりにけるかも

[2]大伴宿祢三林《おほとものすくねみはやし》の梅の歌一首

一四三四　霜雪《しもゆき》も　いまだ過ぎねば　思はぬに　春日《かすが》の里に　うめの花見つ

[3]厚見王《あつみのおほきみ》の歌一首

一四三五　かはづ鳴く　神奈備川《かむなびかは》に　影見えて　今か咲くらむ　やまぶきの花

[4]大伴宿祢村上《おほとものすくねむらかみ》の梅の歌二首

一四三六　含《ふふ》めりと　言ひしうめが枝《え》　今朝《けさ》降りし　沫雪《あわゆき》にあひて　咲きぬらむかも

一四三七　かすみたつ　春日《かすが》の里の　うめの花　山の下風《あらし》に　散りこすなゆめ

[5]大伴宿祢駿河麻呂《おほとものすくねするがまろ》の歌一首

一四三八　かすみたつ　春日の里の　うめの花　花に問はむと　我が念はなくに

[6]中臣朝臣武良自《なかとみのあそみむらじ》の歌一首

一四三九　時は今　春になりぬと　み雪降る　遠き山辺《やまべ》に　霞たなびく

[7]河辺朝臣東人《かはべのあそみあづまひと》の歌一首

一四四〇　春雨《はるさめ》の　しくしく降るに　高円《たかまと》の　山のさくらは　いかにかあるらむ

[8]大伴宿祢家持《おほとものすくねやかもち》の鶯《うぐひす》の歌一首

1→3・三七九。

2—伝未詳。

3→4・六六八。

一四三五 ○かはづ—あかがえる科のカジカガエルをいうか。美声をもって愛される。○神奈備川—神社のある山（場所不明）の周辺を流れる川の意。ここでは明日香川をさすか。
4—天平勝宝六年（七五四）当時、民部少丞。宝亀二年（七七一）に肥後介、その翌年阿波守。

一四三七 ○かすみたつ—枕詞。
5→3・四〇〇。

一四三八 ○第一・二・三句—序詞。○かすみたつ—枕詞。
6—伝未詳。

7→6・九七八。

一四四〇 ○高円の山—奈良市の東方一帯の丘陵地をさす。
8→3・三九五。

一四四一　うち霧《き》らし　雪は降りつつ　しかすがに　我宅《わぎへ》の園に　うぐひす鳴くも
[1]大蔵少輔丹比屋主真人《おほくらのせうふたちひのやぬしのまひと》の歌一首

一四四二　難波辺《なにはへ》に　人の行ければ　後《おく》れ居《ゐ》て　春菜採《つ》む児を　見るが悲しさ
[2]丹比真人乙麻呂《たぢひのまひとおとまろ》の歌一首　屋主真人の第二子にあたる

一四四三　霞立つ　野の上の方に　行きしかば　うぐひす鳴きつ　春になるらし
[3]高田女王《たかたのおほきみ》の歌一首　[4]高安《たかやす》の女《むすめ》なり

一四四四　やまぶきの　咲きたる野辺《のへ》の　つぼすみれ　この春の雨に　盛りなりけり
大伴坂 上郎女《おほとものさかのうへのいらつめ》の歌一首

一四四五　風交《ま》じり　雪は降るとも　実《み》にならぬ　我宅《わぎへ》のうめを　花に散らすな
大伴宿祢家持《おほとものすくねやかもち》の春の雉《きぎし》の歌一首

一四四六　春の野に　あさるきぎしの　妻恋《つまごひ》に　己《おの》があたりを　人に知れつつ
大伴坂 上郎女《おほとものさかのうへのいらつめ》の歌一首

一四四七　尋常《よのつね》に　聞けば苦しき　よぶこどり　声なつかしき　時にはなりぬ
右の一首、天平四年三月一日に、佐保の宅《いへ》にして作る。

春の相聞《さうもん》

大伴宿祢家持《おほとものすくねやかもち》、[5]坂上家《さかのうへのいへ》の大嬢《おほいらつめ》に贈る歌一首

一四四八　我が屋外《やど》に　蒔《ま》きしなでしこ　いつしかも　花に咲きなむ　なそへつつ

1→6・一〇三一。

2—屋主の第二子。天平神護元年（七六五）従五位下。同年冬の紀伊行幸の際、御前次第司次官をつとめた。

3→4・五三七。

4→4・五七七。

一四四四 〇つぼすみれ—すみれ科のタチツボスミレをいうか。花の形状が壺に類似することからの呼称。

一四四六 〇きぎし—キジの古名。山間部に多く、美味のため古来猟鳥の代表とされた。

一四四七 〇よぶこどり—未詳。カッコウ・ホトトギスなどとする説がある。

5→3・四〇三。

一四四八 〇なでしこ—カワラナデシコ。多年生草本で秋の七草の一つに数えられている。

見む

[1]大伴田村家《おほとものたむらのいへ》の毛大嬢《けのおほいらつめ》、妹坂上大嬢に与ふる歌一首

一四四九　つばな抜く　あさぢが原の　つぼすみれ　今盛りなり　我が恋ふらくは

大伴宿祢坂上郎女《おほとものすくねさかのうへのいらつめ》の歌一首

一四五〇　情《こころ》ぐき　ものにそありける　春霞　たなびく時に　恋の繁《しげ》きは

[2]笠女郎《かさのいらつめ》、[3]大伴家持に贈る歌一首

一四五一　みづとりの　かもの羽色《はいろ》の　春山の　おぼつかなくも　念ほゆるかも

[4]紀女郎《きのいらつめ》の歌一首　名を小鹿《をしか》と曰ふ

一四五二　闇夜《やみ》ならば　うべも来まさじ　うめの花　咲ける月夜《つくよ》に　出《い》でまさじとや

天平《てんぴやう》五年癸酉《きいう》の春閏《うるふ》三月、[5]笠朝臣金村《かさのあそみかなむら》、入唐使《にふたうし》に贈る歌一首　并びに短歌

一四五三　たまだすき　かけぬ時なく　息《いき》の緒《を》に　我が念ふ君は　うつせみの　世の人なれば　大君の　命恐《みことかしこ》み　夕されば　鶴《たづ》が妻呼ぶ　難波潟《なにはがた》　三津《みつ》の崎《さき》より　大舟に　ま梶《かぢ》しじ貫《ぬ》き　白浪の　高き荒海《あるみ》を　島伝《しまづた》ひ　い別れ往かば　留《とど》まれる　我は幣《ぬさ》引き　斎《いは》ひつつ　君をば遣《や》らむ　はや帰りませ

反歌

一四五四　波の上ゆ　見ゆる小島《こしま》の　雲隠《くもがく》り　あないきづかし　相《あひ》別れなば

一四五五　たまきはる　命《いのち》に向かひ　恋ひむゆは　君がみ舟の　梶柄《かぢから》にもが

1→4・五八六。

一四四九　○第一・二・三句―序詞。

2―伝未詳。代表的な女流歌人の一人。

3→3・三九五。

一四五一　○みづとりの―枕詞。○第一・二・三句―序詞。

4→4・六四三。

一四五二　○うべ―事情を受け入れ、納得する意。

5→3・三六四。

一四五三　○たまだすき―枕詞。○うつせみの―枕詞。○三津の崎―難波の港の尖端。

一四五四　○第一・二句―序詞。

一四五五　○たまきはる―枕詞。

[1]藤原朝臣広嗣《ふぢはらのあそみひろつぐ》、桜の花を娘子《をとめ》に贈る歌一首

一四五六　この花の　一《ひと》よの内に　百種《ももくさ》の　言《こと》そ隠《こも》れる　おほろかにすな

娘子《をとめ》の和《こた》ふる歌一首

一四五七　この花の　一よの裏《うち》は　百種《ももくさ》の　言《こと》持ちかねて　折らえけらずや

[2]厚見王《あつみのおほきみ》、[3]久米女郎《くめのいらつめ》に贈る歌一首

一四五八　室戸《やど》にある　さくらの花は　今もかも　松風速み　地《つち》に散るらむ

久米女郎《くめのいらつめ》の報《こた》へ贈る歌一首

一四五九　世間《よのなか》も　常にしあらねば　やどにある　さくらの花の　散れるころかも

[4]紀女郎《きのいらつめ》、大伴宿祢家持《おほとものすくねやかもち》に贈る歌二首

一四六〇　戯奴《わけ》変《かへ》してわけと云ふ　がため　我が手もすまに　春の野に　抜けるつばなそ　御食《め》して肥《こ》えませ

一四六一　昼は咲き　夜は恋ひ寝る　ねぶの花　君のみ見めや　戯奴《わけ》さへに見よ

右、合歓《ねぶ》の花と茅花《つばな》とを折り攀《よ》ぢて贈る。

大伴家持の贈り和《こた》ふる歌二首

一四六二　我が君に　戯奴《わけ》は恋ふらし　給《たば》りたる　つばなを喫《は》めど　いや痩《や》せに痩す

一四六三　我妹子《わぎもこ》が　形見《かたみ》のねぶは　花のみに　咲きてけだしく　実《み》にならじかも

大伴家持、坂上大嬢《さかのうへのおほいらつめ》に贈る歌一首

一四六四　春霞　たなびく山の　隔《へな》れれば　妹《いも》に逢はずて　月そ経《へ》にける

1→6・一〇二九。

2→4・六六八。

3—伝未詳。

4→4・六四三。

一四六〇　○戯奴—若輩の者をからかって呼ぶ称。ワカ（若）と同根の語かという。

一四六一　○ねぶ—まめ科の落葉喬木ネム。羽状に複生する葉が夜間に眠るように閉じ合さることからの名。

右、[1]久邇《くに》の京《みやこ》より奈良の宅《いへ》に贈る。

夏の雑歌《ざふか》

[2]藤原夫人《ふぢはらのぶにん》の歌一首
[3]明日香清御原宮《あすかのきよみはらのみや》に天の下知らしめしし天皇[4]の夫人なり。
字《あざな》を大原大刀自《おほはらのおほとじ》と曰ふ。即《すなは》ち[5]新田部皇子《にひたべのみこ》の母なり。

一四六五　ほととぎす　いたくな鳴きそ　汝《な》が声を　五月《さつき》の玉に　あへ貫《ぬ》くまでに

[6]志貴皇子《しきのみこ》の御歌一首

一四六六　神奈備《かむなび》の　磐瀬《いはせ》の社《もり》の　ほととぎす　毛無《けなし》の岡に　いつか来鳴かむ

[7]弓削皇子《ゆげのみこ》の御歌一首

一四六七　ほととぎす　なかる国にも　去きてしか　その鳴く音《こゑ》を　聞けば苦しも

[8]小治田《をはりだの》[9]広瀬王《ひろせのおほきみ》の霍公鳥《ほととぎす》の歌一首

一四六八　ほととぎす　音《こゑ》聞く小野《をの》の　秋風に　はぎ咲きぬれや　声のともしき

[10]沙弥《さみ》の霍公鳥の歌一首

一四六九　あしひきの　山霍公鳥　汝《な》が鳴けば　家なる妹《いも》し　常に偲《しの》はゆ

[11]刀理宣令《とりのせんりやう》の歌一首

一四七〇　もののふの　石瀬《いはせ》の社《もり》の　ほととぎす　今も鳴かぬか　山の常影《とかげ》に

[12]山部宿祢赤人《やまべのすくねあかひと》の歌一首

一四七一　恋しけば　形見《かたみ》にせむと　我が屋戸に　植ゑしふぢなみ　今咲きにけり

[13]式部大輔石上堅魚朝臣《しきぶのだいふいそのかみのかつをあそみ》の歌一首

1—京都府相楽郡加茂町例幣あたり一帯。
2→2・一〇三。
3—奈良県高市郡明日香村飛鳥の飛鳥小学校付近にあった天武・持統天皇の皇居。
4—天武天皇→1・二一。
5→3・二六一。
6→1・五一。
一四六六 ○神奈備の磐瀬の社→8・一四一九。○毛無の岡—所在未詳。
7→2・一一一。
8—奈良県高市郡明日香村飛鳥の付近一帯の地。
9→1・四四。
10—氏名不明。沙弥は仏門に入って得度し、まだ具足戒を受けていない僧をいう。
一四六九 ○あしひきの—枕詞。
11→3・三一三。
一四七〇 ○もののふの—枕詞。
12→3・三一七。
13—神亀元年（七二四）十一月の大嘗会の際、斎宮の南北の門に神楯を立つ。同三年従五位上、天平三年（七三一）正五位下、同八年正五位上。

一四七二　ほととぎす　来鳴きとよもす　うのはなの　共にや来《こ》しと　問はましものを

右、神亀《じんき》五年戊辰《ぼしん》、[1]大宰帥大伴卿《だざいのそちおほとものまへつきみ》[2]の妻大伴郎女《おほとものいらつめ》、病に遇《あ》ひて長逝《ちやうせい》す。ここに、[3]勅使式部大輔石上朝臣堅魚《かつを》を[4]太宰府《だざいふ》に遣《つか》はして、喪《も》を弔《とぶら》ひ并せて物を賜ふ。その事すでに畢《をは》り、駅使《はゆまづかひ》と府の諸《もろもろ》の卿大夫《まへつきみたち》等と共に[5]記夷城《きのき》に登りて望遊する日に、乃《すなは》ちこの歌を作れり。

大宰帥大伴卿《だざいのそちおほとものまへつきみ》の和《こた》ふる歌一首

一四七三　たちばなの　花散る里の　ほととぎす　片恋しつつ　鳴く日しそ多き

大伴坂上郎女《おほとものさかのうへのいらつめ》、[5]筑紫《つくし》の[6]大城《おほき》の山を偲《しの》ふ歌一首

一四七四　今もかも　大城《おほき》の山に　ほととぎす　鳴きとよむらむ　我なけれども

大伴坂上郎女の霍公鳥《ほととぎす》の歌一首

一四七五　なにしかも　ここだく恋ふる　ほととぎす　鳴く声聞けば　恋こそ益《ま》されれ

[7]小治田朝臣広耳《をはりだのあそみひろみみ》の歌一首

一四七六　独居《ひとりゐ》て　物念ふ夕《よひ》に　ほととぎす　こゆ鳴き渡る　心しあるらし

[8]大伴家持《おほとものやかもち》の霍公鳥《ほととぎす》の歌一首

一四七七　うのはなも　いまだ咲かねば　ほととぎす　佐保《さほ》の山辺《やまべ》に　来鳴きとよもす

一四七二　○うのはな→7・一二五九。
1—大伴旅人→3・三一五。
2→4・五一九。
3—石上堅魚。天平八年正五位上、弔問使として太宰府へ下向。
4—九州・壱岐・対馬の防備や外交のために筑前（福岡県北西部）におかれた役所。
5—福岡県筑紫野市原田と佐賀県三養基郡基山町の境の山。

5—九州全域の総称。また筑前、筑後の総称としても用いた。
6—福岡県大野城市、大宰府の都府楼址の北方にある山。

7—伝未詳。

8→3・三九五。

一四七七　○佐保の山辺—佐保の山は奈良市法蓮・佐保田町などの北に位置する丘陵地であり、その山辺に大伴氏の邸宅があった。

大伴家持の橘《たちばな》の歌一首

一四七八 我が庭前《やど》の　花橘の　いつしかも　珠に貫《ぬ》くべく　その実《み》なりなむ

大伴家持の晩蟬《ひぐらし》の歌一首

一四七九 隠《こも》りのみ　居《を》ればいぶせみ　慰むと　出《い》で立ち聞けば　来鳴くひぐらし

1大伴書持《おほとものふみもち》の歌二首

一四八〇 我が屋戸に　月おし照れり　ほととぎす　心あらば今夜《こぞ》　来鳴きとよもせ

一四八一 我が屋戸の　花橘に　ほととぎす　今こそ鳴かめ　友に逢へる時

2大伴清縄《おほとものきよつな》の歌一首

一四八二 皆人の　待ちしうのはな　散《ち》りぬとも　鳴くほととぎす　我忘れめや

3奄君諸立《あむのきみもろたち》の歌一首

一四八三 我が背子《せこ》が　屋戸のたちばな　花を良《よ》み　鳴くほととぎす　見にそ我が来《こ》し

4大伴坂上郎女《おほとものさかのうへのいらつめ》の歌一首

一四八四 ほととぎす　いたくな鳴きそ　独《ひとり》居て　眠《い》の寝らえぬに　聞けば苦しも

大伴家持《おほとものやかもち》の唐棣《はねず》5の花の歌一首

一四八五 夏まけて　咲きたるはねず　ひさかたの　雨うち降らば　移《うつろ》ひなむか

一四七九 〇ひぐらし―かなかな蟬のことか。日暮れによく鳴くのでこの名がある。

1→3・四六三。

2―伝未詳。

3―伝未詳。

4→3・三七九。

5→4・六五七。

一四八五 〇ひさかたの―枕詞。

大伴家持、霍公鳥《ほととぎす》の晩《おそ》く喧《な》くを恨むる歌二首

一四八六 我が屋前《やど》の 花橘を ほととぎす 来喧《な》かず地《つち》に 散《ち》らしてむとか

一四八七 ほととぎす 念はずありき 木《こ》の晩《くれ》の かくなるまでに なにか来喧《な》かぬ

大伴家持、霍公鳥《ほととぎす》を懽《よろこ》ぶる歌一首

一四八八 いづくには 鳴きもしにけむ ほととぎす 我家《わぎへ》の里に 今日《けふ》のみそ鳴く

大伴家持、橘《たちばな》の花を惜しむ歌一首

一四八九 我が屋前《やど》の 花橘は 散り過ぎて 珠に貫《ぬ》くべく 実になりにけり

大伴家持《おほとものやかもち》の霍公鳥《ほととぎす》の歌一首

一四九〇 ほととぎす 待てど来喧《な》かず あやめぐさ 玉に貫《ぬ》く日を いまだ遠みか

大伴家持、雨の日に霍公鳥の喧《な》くを聞く歌一首

一四九一 うのはなの 過ぎば惜《を》しみか ほととぎす 雨間《あまま》も置かず こゆ喧き渡る

橘《たちばな》の歌一首 遊行女婦《うかれめ》[1]

一四九〇 ○あやめぐさ―さといも科の多年草。今日いうアヤメではない。芳香があり、薬玉や薬などに用いられた。○玉に貫く日―薬玉を飾る端午の節句の日、つまり五月五日をさす。

1―遊女。氏名不明。

一四九二　君が家の　花橘は　なりにけり　花なる時に　あはましものを

[1]大伴村上《おほとものむらかみ》の橘の歌一首

一四九三　我が屋前《やど》の　花橘を　ほととぎす　来鳴きとよめて　本《もと》に散らしつ

大伴家持の霍公鳥《ほととぎす》の歌二首

一四九四　夏山の　木末《こぬれ》のしげに　ほととぎす　鳴きとよむなる　声の遥《はる》けさ

一四九五　あしひきの　木の間《こま》立ち潜《く》く　ほととぎす　かく聞きそめて　後《のち》恋ひむかも

大伴家持の石竹《なでしこ》[2]の花の歌一首

一四九六　我が屋前《やど》の　なでしこの花　盛りなり　手折《たを》りて一目《ひとめ》　見せむ児もがも

[3]筑波山《つくはやま》に登らざりしことを惜《を》しむ歌一首

一四九七　筑波嶺《つくはね》に　我が行けりせば　ほととぎす　山彦《やまびこ》とよめ　鳴かましやそれ

右の一首、[4]高橋連虫麻呂《たかはしのむらじむしまろ》の歌の中に出づ。

夏の相聞《さうもん》

大伴坂上郎女《おほとものさかのうへのいらつめ》の歌一首

一四九八　暇《いとま》なみ　来まさぬ君に　ほととぎす　我かく恋ふと　往きて告げこそ

[5]大伴四縄《おほとものよつな》の宴《うたげ》に吟《うた》ふ歌一首

一四九九　言繁《ことしげ》み　君は来まさず　ほととぎす　汝《なれ》だに来鳴け　朝戸《あさと》開かむ

1↓8・一四三六。

一四九五　○あしひきの―枕詞。

2―かわらなでしこ。↓8・一四四八。

3―茨城県の筑波・真壁・新治の三郡にまたがる山。古来、名山として知られている。

4↓3・三二一。

5↓3・三二九。

大伴坂上郎女の歌一首

一五〇〇　夏の野の　繁《しげ》みに咲ける　ひめゆりの　知らえぬ恋は　苦しきものそ

[1]小治田朝臣広耳《をはりだのあそみひろみみ》の歌一首

一五〇一　ほととぎす　鳴く峰《を》の上の　うのはなの　憂《う》きことあれや　君が来まさぬ

大伴坂上郎女《おほとものさかのうへのいらつめ》の歌一首

一五〇二　五月《さつき》の　花橘を　君がため　玉にこそ貫《ぬ》け　散らまく惜《を》しみ

[2]紀朝臣豊河《きのあそみとよかは》の歌一首

一五〇三　我妹子《わぎもこ》が　家の垣内《かきつ》の　さゆりばな　ゆりと言へるは　否《いな》と言ふに似る

[3]高安《たかやす》の歌一首

一五〇四　暇《いとま》なみ　五月《さつき》をすらに　我妹子《わぎもこ》が　花橘を　見ずか過ぎなむ

[4]大神女郎《おほみわのいらつめ》、大伴家持《おほとものやかもち》に贈る歌一首

一五〇五　ほととぎす　鳴きしすなはち　君が家に　往けと追ひしは　至りけむかも

[5]大伴田村大嬢《おほとものたむらのおほいらつめ》、妹[6]坂上大嬢《さかのうへのおほいらつめ》に与ふる歌一首

一五〇六　故郷《ふるさと》の　奈良思《ならし》の岳《をか》の　ほととぎす　言告《ことつ》げ遣《や》りし　いかに告げきや

大伴家持、橘《たちばな》の花を攀《よ》ぢて、坂上大嬢に贈る歌一首　并びに短歌

一五〇七　いかといかと　ある我が屋前《やど》に　百枝《ももえ》さし　生《お》ふるたちばな　玉に貫《ぬ》く　五月《さつき》を近み　あえぬがに　花咲きにけり　朝に日《け》に　出《い》で見るごとに

一五〇〇　○第一・二・三句—序詞。
1—伝未詳。

一五〇一　○第一・二・三句—序詞。

2—天平十一年（七三九）正六位上から外従五位下に進む。作品はこの一首のみ。

一五〇三　○第一・二・三句—序詞。○ゆりと言へるは—またの機会にというのは。ユリは後日の意。

3→大原高安。4・五七七。

4—伝未詳。

5→4・五八六。
6→3・四〇三。

一五〇六　○奈良思の岳—所在未詳。

一五〇七　○まそかがみ—枕詞。

息《いき》の緒《を》に　我が念ふ妹《いも》に　まそかがみ　清き月夜《つくよ》に　ただ一目《ひとめ》　見するまでには　散りこすな　ゆめと言ひつつ　ここだくも　我が守《も》るものを　うれたきや　醜《しこ》ほととぎす　暁《あかとき》の　うら悲しきに　追へど追へど　なほし来鳴きて　いたづらに　地《つち》に散らせば　すべをなみ　攀《よ》ぢて手折《たを》りつ　見ませ我妹子《わぎもこ》

反歌

一五〇八　望《もち》ぐたち　清き月夜《つくよ》に　我妹子《わぎもこ》に　見せむと念ひし　屋前《やど》のたちばな

一五〇九　妹《いも》が見て　後《のち》も鳴かなむ　ほととぎす　花橘を　地《つち》に散らしつ

大伴家持《おほとものやかもち》、紀女郎《きのいらつめ》に贈る歌一首

一五一〇　なでしこは　咲きて散りぬと　人は言へど　我が標《し》めし野の　花にあらめやも

秋の雑歌《ざふか》

1岡本天皇《をかもとのすめらみこと》の御製歌《おほみうた》一首

一五一一　暮《ゆふ》されば　小倉《をぐら》の山に　鳴くしかは　今夜《こよひ》は鳴かず　寝《い》ねにけらしも

2大津皇子《おほつのみこ》の御歌《みうた》一首

一五一二　経《たて》もなく　緯《ぬき》も定めず　未通女《をとめ》らが　織る黄葉《もみちは》に　霜な降りそね

3穂積皇子《ほづみのみこ》の御歌二首

一五一三　今朝《けさ》の朝明《あさけ》　かりが音聞きつ　春日山《かすがやま》　もみちにけらし　我が情《こころ》痛し

一五〇八　○望ぐたち―満月になる十五日を過ぎての意。十五夜が更けてとする説もある。

一五一〇　○標めし野―本来は所有権を示してある野のことをいう。ここは約束を交わしてある人、の意味をこめた比喩表現。

1―舒明天皇↓1・二。

一五一一　○小倉の山―所在未詳。奈良県桜井市にある、多武峰の端山、倉橋山、忍坂山などとする説がある。2↓2・一〇五。

一五一二　○経―機織りの際の縦糸、の意。○緯―横糸の意。3↓2・一一四。

一五一三　○春日山―現在の春日・御蓋・若草山などを含めた一帯の地の総称。

一五一四　秋萩は　咲きぬべからし　我が屋戸の　あさぢが花の　散りぬる見れば

[1]但馬皇女《たぢまのひめみこ》の御歌一首　一書に云ふ、[2]子部王《こべのおほきみ》の作と。

一五一五　言繁《ことしげ》き　里に住まずは　今朝《けさ》鳴きし　かりにたぐひて　去かましものを
一に云ふ、「国にあらずは」

[3]山部王《やまべのおほきみ》、秋葉《あきのもみち》を惜しむ歌一首

一五一六　秋山に　もみつ木《こ》の葉の　移りなば　更にや秋を　見まく欲《ほ》りせむ

[4]長屋王《ながやのおほきみ》の歌一首

一五一七　うまさけ　三輪《みわ》の社《やしろ》の　山照らす　秋のもみちの　散らまく惜しも

[5]山上臣憶良《やまのうへのおみおくら》の七夕《たなばた》の歌十二首

一五一八　天《あま》の川《がは》　相《あひ》向き立ちて　我が恋ひし　君来ますなり　紐解《ひもと》き設《ま》けな
一に云ふ「河に向かひて」

右、養老《やうらう》八年七月七日、令に応《こた》ふ。

一五一九　ひさかたの　天《あま》の川瀬に　舟浮《う》けて　今夜《こよひ》か君が　我がり来《き》まさむ

右、神亀《じんき》元年七月七日の夜に、[6]左大臣の宅にして。

一五二〇　彦星《ひこほし》は　織女《たなばたつめ》と　天地《あめつち》の　別れし時ゆ　いなむしろ　河に向き立ち　思ふそら　安けなくに　嘆くそら　安けなくに　青浪に　望みは絶えぬ　白雲に　涙は尽きぬ　かくのみや　息づき居《を》らむ　かくのみや　恋ひつつあらむ　さ丹塗《にぬ》りの　小舟《をぶね》もがも　玉巻きの　ま櫂《かい》もがも　一に云ふ「小《を》

1→2・一一四。
2―伝未詳。児部女王（→16・三八二一）と同一人物とする説もある。
3―伝未詳。
4→1・七五。
一五一七　○うまさけ―枕詞。○三輪の社―三輪山（奈良県桜井市三輪）の西麓にある大神（おおみわ）神社の拝殿をさすか。
5→1・六。
一五一九　○ひさかたの―枕詞。
6―長屋王→1・七五。
一五二〇　○彦星―牽牛星。七夕伝説を踏まえた男の星の意。○織女―織女星。○いなむしろ―枕詞。○ひさかたの―枕詞。○あまとぶや―枕詞。

棹《さを》もがも」　朝なぎに　いかき渡り　夕塩に　一に云ふ「夕《ゆふべ》にも」　い漕ぎ渡り　ひさかたの　天《あま》の河原《かはら》に　あまとぶや　領巾《ひれ》片敷き　ま玉手《たまで》の　玉手さし交《か》へ　あまた夜も　寝《い》ねてしかも　一に云ふ「眠《い》もさ寝てしか」　秋にあらずとも　一に云ふ「秋待たずとも」

反歌

一五二一　風雲は　二つの岸に　通へども　我が遠嬬《とほづま》の　一に云ふ「愛《は》し嬬の」　言《こと》そ通はぬ

一五二二　たぶてにも　投げ越しつべき　天《あま》の川《がは》　隔《へだ》てればかも　あまたすべなき

右、天平《てんびやう》元年七月七日の夜に、憶良《おくら》、天《あま》の川《がは》を仰《あふ》ぎ観《み》る。一に云ふ、[1]帥《そち》の家にして作ると。

一五二三　秋風の　吹きにし日より　いつしかと　我が待ち恋ひし　君そ来ませる

一五二四　天《あま》の川《がは》　いと河浪は　立たねども　さもらひ難《がた》し　近きこの瀬を

一五二五　袖振らば　見もかはしつべく　近けども　渡るすべなし　秋にしあらねば

一五二六　たまかぎる　ほのかに見えて　別れなば　もとなや恋ひむ　逢ふ時までは

右、天平《てんびやう》二年七月八日の夜に、帥《そち》の家に集会《つど》ふ。

一五二七　彦星《ひこほし》し　嬬《つま》迎へ舟　漕ぎ出《づ》らし　天《あま》の河原《かはら》に　霧の立てるは

一五二八　霞《かすみ》立つ　天の河原に　君待つと　い行き返るに　裳《も》の裾濡《すそぬ》れぬ

一五二二〇たぶて―今いうツブテ（投げる小石）のこと。

1大伴旅人→3・三一五。

一五二六〇たまかぎる―枕詞。

一五二七〇嬬迎へ舟―妻である織女星を迎えるための舟。

一五二八〇君―彦星のこと。

一五二九 天《あま》の河《がは》 浮津《うきつ》の浪音《なみと》 さわくなり 我が待つ君し 舟出すらしも

大宰《だざい》の諸《もろもろ》の卿大夫《まへつきみたち》并せて官人等、筑前国《つくしのみちのくち》[1]の蘆城《あしき》[2]の駅家《はゆまうまや》[3]に宴《うたげ》する歌二首

一五三〇 をみなへし 秋萩交《ま》じる 蘆城《あしき》の野 今日《けふ》を始めて 万代《よろづよ》に見む

一五三一 たまくしげ 蘆城の河を 今日《けふ》見ては 万代までに 忘らえめやも

右の二首、作者未だ詳《つばひ》らかならず。

笠朝臣金村《かさのあそみかなむら》[4]の、伊香山《いかごやま》[5]にして作れる歌二首

一五三二 くさまくら 客《たび》行く人も 往き触《ふ》れば にほひぬべくも 咲けるはぎかも

一五三三 伊香山《いかごやま》 野辺《のべ》に咲きたる はぎ見れば 君が家なる をばなし念ほゆ

石川朝臣老夫《いしかはのあそみおきな》[6]の歌一首

一五三四 をみなへし 秋萩手折《たを》れ たまほこの 道去きづと 乞《こ》はむ児がため

藤原宇合卿《ふぢはらのうまかひのまへつきみ》[7]の歌一首

一五三五 我が背子《せこ》を 何時《いつ》そ今かと 待つなへに 面《おも》やは見えむ 秋の風吹く

縁達師《えんだちし》[8]の歌一首

一五三六 夕《よひ》に逢ひて 朝面《あしたおも》なみ 隠野《なばりの》の はぎは散りにき もみちはや継《つ》げ

山上臣憶良《やまのうへのおみおくら》[9] 秋野の花を詠《よ》む歌二首

一五三七 秋の野に 咲きたる花を 指《および》折り かき数ふれば 七種《ななくさ》の花 その一

一五二九 ○浮津—天上の港、舟着き場を意味するか。
1—国名。福岡県北西部にあたる。
2—福岡県筑紫野市阿志岐の地。
3—ハユマは役人のために諸道の宿駅におかれた公用の馬。その馬をおく場所を駅家という。

一五三一 ○たまくしげ—枕詞。
4→3・三六四。
5—滋賀県伊香郡木之本町大音あたりの山。

一五三二 ○くさまくら—枕詞。

一五三三 ○をばな—ススキの花。形状が尾に似ていることからの名。秋の七草の一つ。
6—伝未詳。

一五三四 ○たまほこの—枕詞。
7→1・七二。
8—伝未詳。百済系の帰化人とする説などがある。

一五三六 ○第一・二句—序詞。○隠野—三重県名張市一帯の野。
9→1・六。

一五三八　はぎの花　をばなくずばな　なでしこが花　をみなへし　またふぢばかま　あさがほが花　その二

[1]天皇《すめらみこと》の御製歌《おほみうた》二首

一五三九　秋の田の　穂田《ほだ》をかりがね　闇《くら》けくに　夜のほどろにも　鳴き渡るかも

一五四〇　今朝《けさ》の旦明《あさけ》　かりが音《ね》寒く　聞きしなへ　野辺《のべ》のあさぢそ　色づきにける

[2]大宰帥大伴卿《だざいのそちおほともつまへつきみ》の歌二首

一五四一　我が岳《をか》に　さをしか来鳴く　初萩の　花嬬問《はなづまと》ひに　来鳴くさをしか

一五四二　我が岳の　秋萩の花　風をいたみ　散るべくなりぬ　見む人もがも

[3]三原王《みはらのおほきみ》の歌一首

一五四三　秋の露は　移しにありけり　みづとりの　青葉の山の　色づく見れば

[4]湯原王《ゆはらのおほきみ》の七夕の歌二首

一五四四　牽牛《ひこほし》の　念ひますらむ　情《こころ》より　見る我苦し　夜のふけ去けば

一五四五　織女《たなばた》の　袖つぐ夕《よひ》の　暁《あかとき》は　河瀬の鶴《たづ》は　鳴かずともよし

[5]市原王《いちはらのおほきみ》の七夕の歌一首

一五四六　妹《いも》がりと　我が去く道の　河しあれば　つくめ結ぶと　夜そふけにける

[6]藤原朝臣八束《ふぢはらのあそみやつか》の歌一首

一五四七　さをしかの　はぎに貫《ぬ》き置ける　露の白珠　あふさわに　誰《たれ》の人かも　手に巻かむちふ

一五三八　〇ふぢばかま―きく科の多年草。秋、アザミに似た淡紫色の花を枝先につける。秋の七草の一つに数えられる。〇あさがほが花―未詳。キキョウ・ムクゲ・アサガオ・ヒルガオなどとする説がある。それらの総称ともいう。

1―聖武天皇→4・五三〇。

一五三九　〇第一・二句―序詞。

2―大伴旅人→3・三一五。

一五四一　〇さをしか―サは接頭語。ヲシカは雄のシカ。シカ(鹿)は古来の狩猟獣で、角、肉、皮など利用価値が高く、また肩の骨は占いにも用いられた。〇嬬問ひ―求婚の意。

3―舎人親王の子。弾正尹、治部卿、大蔵卿、中務卿などを歴任し、天平勝宝四年(七五二)正三位で没。

一五四三　〇みづとりの―枕詞。

4→3・三七五。

5→3・四一二。

一五四六　〇つくめ―舟の櫓の手で握る部分に、櫓綱を結びつけるための突起物があり、それをさすかという。

6→3・三九八。

[1]大伴坂上郎女《おほとものさかのうへのいらつめ》の晩《おそ》き萩の歌一首

一五四八　咲く花も　をそろは厭《いと》はし　おくてなる　長き意《こころ》に　なほしかずけり

[2]典鋳正紀朝臣鹿人《てんちうのかみきのあそみかひと》、[3]衛門大尉大伴宿祢稲公《ゑもんのだいじようおほとものすくねいなぎみ》の[4]跡見《とみ》の庄《しやう》に至りて作れる歌一首

一五四九　いめたてて　跡見《とみ》の岳辺《をかべ》の　なでしこが花　ふさ手折《たを》り　我は持ちて去く　奈良人《ならびと》のため

湯原王《ゆはらのおほきみ》の鳴く鹿の歌一首

一五五〇　秋萩の　落《ち》りのまがひに　呼び立てて　鳴くなるしかの　声の遥《はる》けさ

市原王《いちはらのおほきみ》の歌一首

一五五一　時待ちて　落つるしぐれの　雨止《や》みぬ　明けむ朝《あした》か　山のもみたむ

湯原王《ゆはらのおほきみ》の蟋蟀《こほろぎ》の歌一首

一五五二　暮月夜《ゆふづくよ》　心もしのに　白露の　置くこの庭に　こほろぎ鳴くも

衛門大尉大伴宿祢稲公《ゑもんのだいじようおほとものすくねいなぎみ》の歌一首

一五五三　しぐれの雨　間《ま》なくし降れば　三笠山《みかさやま》　木末《こぬれ》あまねく　色づきにけり

[5]大伴家持《おほとものやかもち》の和《こた》ふる歌一首

一五五四　おほきみの　三笠《みかさ》の山の　秋黄葉《もみちは》は　今日《けふ》のしぐれに　散りか過ぎなむ

[6]安貴王《あきのおほきみ》の歌一首

一五五五　秋立ちて　幾日《いくか》もあらねば　この寝ぬる　朝明《あさけ》の風は　手本《たもと》寒しも

1→3・三七九。

一五四八　〇をそろ―ろは接尾語。本来は早熟の意。転じて軽はずみ・せっかちの意味になる。

2→6・九九〇。

3→4・五六七。

4―奈良県桜井市外山（とび）付近にあった大伴氏の荘園をさすか。

一五四九　〇いめたてて―枕詞。

一五五二　〇こほろぎ―今いうコオロギのほか、松虫・鈴虫・くつわ虫などを含む、秋鳴く虫の総称。

一五五三　〇三笠山―奈良市東部、春日大社の後方にある御蓋山。

5→3・三九五。

一五五四　〇おほきみの―枕詞。

6→3・三〇六。

[1]忌部首黒麻呂《いむべのおびとくろまろ》の歌一首

一五五六 秋田刈る　借廬《かりほ》もいまだ　壊《こほ》たねば　かりがね寒し　霜も置きぬがに

[2]故郷《ふるさと》の[3]豊浦《とゆら》の寺の尼の私房《しばう》にして宴《うたげ》する歌三首

一五五七 明日香河《あすかがは》　逝き回《み》る岳《をか》の　秋萩は　今日《けふ》降る雨に　散《ち》りか過ぎなむ

右の一首、[4]丹比真人国人《たぢひのまひとくにひと》

一五五八 うづら鳴く　古《ふ》りにし郷《さと》の　秋萩を　思ふ人どち　相見つるかも

一五五九 秋萩は　盛り過ぐるを　いたづらに　頭刺《かざし》に挿《さ》さず　還りなむとや

右の二首、[5]沙弥尼等《さみにども》

大伴坂上郎女《おほとものさかのうへのいらつめ》、[6]跡見《とみ》の田庄《たどころ》にして作れる歌二首

一五六〇 いもがめを　始見《みそめ》の崎の　秋萩は　この月ごろは　散りこすなゆめ

一五六一 吉隠《よなばり》の　猪養《ゐかひ》の山に　伏すしかの　嬬《つま》呼ぶ声を　聞くがともしさ

[7]巫部麻蘇娘子《かむなぎべのまそのをとめ》の雁《かり》がねの歌一首

一五六二 誰《たれ》聞きつ　こゆ鳴き渡る　かりがねの　嬬《つま》呼ぶ声の　ともしくもあるを

大伴家持《おほとものやかもち》の和《こた》ふる歌一首

一五六三 聞きつやと　妹《いも》が問はせる　かりがねは　まことも遠く　雲隠《くもがく》るなり

[8]日置長枝娘子《へきのながえのをとめ》の歌一首

一五六四 秋づけば　をばなが上に　置く露の　消《け》ぬべくも我は　念ほゆるかも

大伴家持の和《こた》ふる歌一首

一五六五 我がやどの　一群《ひとむら》はぎを　念ふ児に　見せずほとほと　散らしつるかも

1→6・一〇〇八。
2―かって都などのあった土地をいう。
3―奈良県高市郡明日香村豊浦にあった寺。わが国最初の尼寺。
一五五七 ○明日香川―高市郡竜門山中に発し、稲淵山の西麓をまわり、藤原宮址を経て大和川に注ぐ。
4→3・三八二。
一五五八 ○うづらなく―枕詞。
5―氏名不明。沙弥は仏門に入って得度し、まだ具足戒を受けていない僧のことをいい、そのうちの女子を沙弥尼と呼ぶ。
6―跡見の庄（→8・一五四九）に同じ。
一五六〇 ○いもがめを―枕詞。
一五六一 ○吉隠―奈良県桜井市吉隠。○猪養の山―所在未詳。吉隠の東北方の山をさすか。
7―伝未詳。
8―伝未詳。
一五六四 ○第一・二・三句―序詞。

大伴家持の秋の歌四首

一五六六 ひさかたの　雨間《あまま》も置かず　雲隠《くもがく》り　鳴きそ去くなる　早稲田《わさだ》かりがね

一五六七 雲隠り　鳴くなるかりの　去《ゆ》きて居《ゐ》む　秋田の穂立《ほたち》　繁くし念ほゆ

一五六八 雨隠《あまごも》り　情《こころ》いぶせみ　出《い》で見れば　春日《かすが》の山は　色づきにけり

一五六九 雨はれて　清く照りたる　この月夜《つくよ》　また更にして　雲なたなびき

右の四首、天平《てんぴやう》八年丙子《へいし》の秋九月に作れり。

1藤原朝臣八束《ふぢはらのあそみやつか》の歌二首

一五七〇 ここにありて　春日《かすが》やいづち　雨《あま》つつみ　出《い》でて行かねば　恋ひつつそ居る

一五七一 春日野《かすがの》に　しぐれ降る見ゆ　明日《あす》よりは　もみちかざさむ　高円《たかまと》の山

大伴家持《おほとものやかもち》の白露の歌一首

一五七二 我が屋戸の　をばなが上の　白露を　消《け》たずて玉に　貫《ぬ》くものにもが

2大伴利上《おほとものとしかみ》の歌一首

一五七三 秋の雨に　濡れつつ居《を》れば　賤《いや》しけど　我妹《わぎも》が屋戸し　念ほゆるかも

3右大臣橘家の宴の歌七首

一五七四 雲の上に　鳴くなるかりの　遠けども　君に逢はむと　たもとほり来《き》つ

一五七五 雲の上に　鳴きつるかりの　寒きなへ　はぎの下葉は　もみちぬるかも

右の二首

一五七六 この岳に　をしか踏み起こし　うかねらひ　かもかもすらく　君故にこ

一五六六 〇ひさかたの—枕詞。

1↓3・三九八。

一五七一 〇高円の山—奈良市の東方一帯の丘陵地をさす。

2—伝未詳。

3—橘諸兄（葛城王）↓6・一〇〇九。

一五七四 〇第一・二句—序詞。

一五七六 〇第一・二・三句—序詞。

そ

右の一首、[1]長門守《ながとのかみ》[2]巨曾倍朝臣津島《こそべのあそみつしま》

一五七七　秋の野の　をばな末《うれ》を　押しなべて　来《こ》しくも著《しる》く　逢へる君かも

一五七八　今朝《けさ》鳴きて　行きしかりがね　寒みかも　この野のあさぢ　色づきにける

右の二首、[3]阿倍朝臣虫麻呂《あへのあそみむしまろ》

一五七九　朝扉《あさと》開《あ》けて　物念ふ時に　白露の　置ける秋萩　見えつつもとな

一五八〇　さをしかの　来立ち鳴く野の　秋萩は　露霜《つゆしも》負《お》ひて　散りにしものを

右の二首、[4]文忌寸馬養《あやのいみきうまかひ》

天平十年戊寅《ぼいん》の秋八月二十日

[5]橘朝臣奈良麻呂《たちばなのあそみならまろ》、集宴《しふえん》を結ぶ歌十一首

一五八一　手折《たを》らずて　散りなば惜しと　我が念ひし　秋のもみちを　挿頭《かざ》しつるかも

一五八二　めづらしき　人に見せむと　もみち葉を　手折《たを》りそ我が来し　雨の降らくに

右の二首、橘朝臣奈良麻呂

一五八三　黄葉《もみちば》を　散《ち》らすしぐれに　濡れて来て　君がもみちを　挿頭《かざ》しつるかも

右の一首、[6]久米女王《くめのおほきみ》

1—国名。山口県の西部と北部。
2→6・一〇二四。

3→4・六六五。

一五八〇　〇さをしか→8・一五四一。

4—禰麻呂の子。主税頭、筑後守、鋳銭長官などを歴任。天平宝字二年（七五八）従五位下。作品はここの二首のみ。

5→6・一〇一〇。

6—天平十七年（七四五）従五位下。作品は一首のみ。

一五八四　めづらしと　我が念ふ君は　秋山の　始黄葉《はつもみちば》に　似てこそありけれ

右の一首、長忌寸娘《ながのいみきのをとめ》[1]

一五八五　奈良山の　峰の黄葉　取れば散る　しぐれの雨し　間《ま》なく降るらし

右の一首、内舎人県犬養宿祢吉男《うどねりあがたいぬかひのすくねよしを》[2]

一五八六　黄葉を　散らまく惜しみ　手折《たを》り来て　今夜《こよひ》挿頭《かざ》しつ　何か念はむ

右の一首、県犬養宿祢持男《あがたのいぬかひのすくねもちを》[3]

一五八七　あしひきの　山の黄葉　今夜《こよひ》もか　浮かび去《ゆ》くらむ　山河の瀬に

右の一首、大伴宿祢書持《おほとものすくねふみもち》[4]

一五八八　奈良山を　にほはすもみち　手折《たを》り来て　今夜《こよひ》挿頭《かざ》しつ　散らば散るとも

右の一首、三手代人名《みてしろのひとな》[5]

一五八九　露霜《つゆしも》に　あへるもみちを　手折《たを》り来て　妹《いも》は挿頭《かざ》しつ　後《のち》は散るとも

右の一首、秦許遍麻呂《はだのこへまろ》[6]

一五九〇　十月《かみなづき》　しぐれにあへる　黄葉《ば》の　吹かば散りなむ　風のまにまに

右の一首、大伴宿祢池主《おほとものすくねいけぬし》[7]

一五九一　黄葉の　過ぎまく惜しみ　思ふどち　遊ぶ今夜《こよひ》は　開《あ》けずもあらぬか

右の一首、内舎人大伴宿祢家持《うどねりおほとものすくねやかもち》[8]

以前《さき》は、冬十月十七日に、[9]右大臣橘卿の旧宅に集《つど》ひて宴飲《えんいん》せる

1—伝未詳。

一五八五 ○奈良山—奈良市北部の丘陵地。

2—天平勝宝二年（七五〇）但馬掾。以後、肥前守、上野介、伊予介などを歴任。県犬養氏は橘諸兄の母三千代の実家にあたり、この宴の主催者奈良麻呂とは親戚になる。

3—伝未詳。

一五八七 ○あしひきの—枕詞。

4→3・四六三。

5—伝未詳。三手代が氏、人名が名。

6—伝未詳。作品は一首のみ。

7—天平十八年（七四六）越中掾。この時期、越中守であった家持と盛んに歌の贈答を行なった。以後、越前掾、左京少進、式部少丞となるが、天平宝字元年（七五七）には橘奈良麻呂の叛に加わり、投獄されている。

8→3・三九五。

9—橘諸兄（葛城王）→6・一〇〇九。ここでいう旧宅は奈良山付近と思われるが所在未詳。

なり。

[1]大伴坂上郎女《おほとものさかのうへのいらつめ》、[2]竹田《たけた》の庄《しやう》にして作れる歌二首

一五九二　然《しか》とあらぬ　五百代小田《いほしろをだ》を　刈り乱り　田廬《たぶせ》に居《を》れば　京師《みやこ》し念ほゆ

一五九三　こもりくの　初瀬《はつせ》の山は　色づきぬ　しぐれの雨は　降りにけらしも

右、天平十一年己卯《きばう》の秋九月に作る。

仏前《ぶつぜん》の唱歌《しやうか》一首

一五九四　しぐれの雨　間《ま》なくな降りそ　紅《くれなゐ》に　にほへる山の　散らまく惜しも

右、冬十月、[3]皇后宮《おほきさきのみや》の維摩講《ゆいまかう》に、終日《ひねもす》に大唐《もろこし》・高麗《こま》等の種々《くさぐさ》の音楽を供養《くやう》し、尓《しか》して乃《すなは》ちこの歌詞《かし》を唱《うた》ふ。弾琴《ことひき》は[4]市原王《いちはらのおほきみ》・[5]忍坂王《おさかのおほきみ》　後に、姓大原真人赤麻呂《おほはらのまひとあかまろ》を賜はる、歌子《うたびと》は[6]田口朝臣家守《たぐちのあそみやかもり》・[7]河辺朝臣東人《かはべのあそみあづまひと》・[8]置始連長谷《おきそめのむらじはつせ》等十数人なり。

[9]大伴宿祢像見《おほとものすくねかたみ》の歌一首

一五九五　秋萩の　枝もとををに　置く露の　消《け》なば消ぬとも　色に出《い》でめやも

大伴宿祢家持、娘子《をとめ》の門《かど》に到りて作れる歌一首

一五九六　妹《いも》が家の　門田《かどた》を見むと　うち出来し　情《こころ》も著《しる》く　照る月夜《つくよ》かも

大伴宿祢家持の秋の歌三首

一五九七　秋の野に　咲ける秋萩　秋風に　なびける上に　秋の露置けり

一五九八　さをしかの　朝立つ野辺の　秋萩に　玉と見るまで　置ける白露

一五九九　さをしかの　胸別《むなわ》けにかも　秋萩の　散り過ぎにける　盛りかも去《い》ぬ

1→3・三七九。
2—奈良県橿原市東竹田町にあった大伴氏の荘園。
一五九二　〇五百代小田—代は面積の単位。五百代は約一ヘクタールにあたる。
一五九三　〇こもりくの—枕詞。

3—光明皇后→6・一〇〇九。

4→3・四一二。

5—大原真人赤麻呂。伝未詳。天平宝字五年（七六一）従五位下の忍坂王と同一人かともいう。
6—伝未詳。
7→6・九七八。
8—伝未詳。
9→4・六六四。
一五九五　〇第一・二・三句—序詞。

一五九八　〇さをしか→8・一五四一。

る

右、天平《てんびやう》十五年癸未《きび》の秋八月、1物色《ぶつしよく》を見て作る。

2内舎人《うどねり》石川朝臣広成《いしかはのあそみひろなり》の歌二首

一六〇〇 妻恋《つまごひ》に 鹿《か》鳴く山辺の 秋萩は 露霜《つゆしも》寒み 盛り過ぎ行く

一六〇一 めづらしき 君が家なる 3はだすすき 穂に出《い》づる秋の 過ぐらく惜しも

大伴宿祢家持《おほとものすくねやかもち》の鹿鳴《ろくめい》の歌二首

一六〇二 山彦《やまびこ》の 相《あひ》とよむまで 妻恋《つまごひ》に 鹿《か》鳴く山辺に 独《ひとり》のみして

一六〇三 このころの 朝明《あさけ》に聞けば あしひきの 山呼びとよめ さをしか鳴くも

右の二首、天平十五年癸未《きび》の八月十六日に作る。

4大原真人今城《おほはらのまひといまき》、奈良の故郷を傷《いた》み惜しむ歌一首

一六〇四 秋されば 春日《かすが》の山の もみち見る 寧楽《なら》の京師《みやこ》の 荒るらく惜しも

大伴宿祢家持の歌一首

一六〇五 高円《たかまと》の 野辺の秋萩 このころの 暁露《あかときつゆ》に 咲きにけむかも

秋の相聞

5額田王《ぬかたのおほきみ》・6近江天皇《あふみのすめらみこと》を偲《しの》ひて作れる歌一首

一六〇六 君待つと 我が恋ひ居《を》れば 我が屋外《やど》の 簾《すだれ》動かし 秋の風吹く

7鏡王女《かがみのおほきみ》の作れる歌一首

1―風物。景色。

2→4・六九六。

一六〇〇 ○鹿鳴く―カは鹿のこと。古く鹿はカと呼ばれ、雄をシカ、雌をメカというように区別されていた。のちに鹿全体をシカと呼ぶようになり、サヲシカ（→8・一五四一）などの語が成立したという。

一六〇一 3―はだすすき―尾花。

一六〇三 ○あしひきの―枕詞。

4―今城王（4・五一九）と同人ならば母は大伴女郎。天平二十年（七四八）十月兵部少丞。上総大掾・治部少輔・上野守などを歴任、天平宝字元年（七五七）従五位下、同五年従五位上、その後一時無位に落とされたが、宝亀二年（七七一）従五位上に復位、同七月には更に兵部少輔、三年九月駿河守に任ぜられた。

5→1・七。

6―天智天皇（中大兄）→1・一三。

7→・2九一。

一六〇七　風をだに　恋ふるはともし　風をだに　来《こ》むとし待たば　何か嘆かむ

[1]弓削皇子《ゆげのみこ》の御歌一首

一六〇八　秋萩の　上に置きたる　白露の　消《け》かも死なまし　恋ひつつあらずは

[2]丹比真人《たぢひのまひと》の歌一首　名欠けたり

一六〇九　宇陀《うだ》の野の　秋萩しのぎ　鳴くしかも　妻に恋ふらく　我にはまさじ

[3]丹生女王《にふのおほきみ》、[4]大宰帥大伴卿《だざいのそちおほとものまへつきみ》に贈る歌一首

一六一〇　高円《たかまと》の　秋野の上の　なでしこが花　うら若み　人の挿頭《かざ》しし　なでしこが花

[5]笠縫女王《かさぬひのおほきみ》の歌一首　[6]六人部王《むとべのおほきみ》の女《むすめ》、母を[7]田形皇女《たがたのひめみこ》と曰ふ

一六一一　あしひきの　山下とよめ　鳴くしかの　言《こと》ともしかも　我が情夫《こころつま》

[8]石川賀係女郎《いしかはのかけのいらつめ》の歌一首

一六一二　神《かむ》さぶと　否《いな》にはあらず　秋草の　結びし紐《ひも》を　解《と》くは悲しも

[9]賀茂女王《かものおほきみ》の歌一首　[10]長屋王《ながやのおほきみ》の女、母を[11]阿倍朝臣《あへのあそみ》と曰ふ

一六一三　秋の野を　朝往くしかの　跡もなく　思ひし君に　逢へる今夜《こよひ》か

右の歌、或は云ふ、[12]椋橋部女王《くらはしべのおほきみ》の作なりと。或は云ふ、笠縫女《かさぬひのお》王《ほきみ》の作なりと。

[13]遠江守《とほたふみのかみ》[14]桜井王《さくらゐのおほきみ》、[15]天皇《すめらみこと》に奉《たてまつ》る歌一首

一六一四　九月《ながつき》の　その始鴈《はつかり》の　便《たより》にも　念ふ心は　聞こえ来《こ》ぬかも

天皇《すめらみこと》の報和《こた》へ賜《たま》ふ御歌《おほみうた》一首

1↓2・一一一。
一六〇八 ○第一・二・三句―序詞。
2―丹比は氏、真人は姓。名は不明。
一六〇九 ○宇陀の野―奈良県宇陀郡大宇陀町一帯の野。○しのぎ―押さえ踏みつけて。
3↓4・五五三。
4―大伴旅人↓3・三一五。
5―題詞下の注記以外は不明。
6―笠縫女王の父。身人部王（↓1・六八）と同一人か。
7―天武天皇の皇女。母は蘇我赤兄の娘である大蕤娘。笠縫女王の母。穂積皇子、紀皇女の同母妹。慶雲三年（七〇六）伊勢神宮に仕える。神亀五年（七二八）没。
一六一一 ○あしひきの―枕詞。○第一・二・三句―序詞。
8―伝未詳。作品は一首のみ。
一六一二 ○あきくさの―枕詞。
9↓4・五五六。
10↓1・七五。
11―伝未詳。
一六一三 ○第一・二句―序詞。
12―伝未詳。
13―国名。静岡県の西部。
14―長皇子の孫。川内王の子。高安王の弟。天平十一年（七三九）大原真人姓を賜わった。同十六年大蔵卿。この歌の題詞からみると遠江守も歴任していることがわかる。風流侍従の一人。
15―聖武天皇↓4・五三〇。

一六二五　大《おほ》の浦《うら》の　その長浜に　寄する浪　ゆたけき君を　思ふこのころ　大の浦は　遠江国《とほたふみのくに》の海浜の名なり

[1]笠女郎《かさのいらつめ》、[2]大伴宿祢家持《おほとものすくねやかもち》に贈る歌一首

一六二六　朝ごとに　我が見る屋戸の　なでしこが　花にも君は　ありこせぬかも

[3]山口女王《やまぐちのおほきみ》、大伴宿祢家持に贈る歌一首

一六二七　秋萩に　置きたる露の　風吹きて　落つる涙は　留《とど》めかねつも

[4]湯原王《ゆはらのおほきみ》、[5]娘子《をとめ》に贈る歌一首

一六二八　玉に貫《ぬ》き　消《け》たず賜《たば》らむ　秋萩の　末《うれ》わくら葉に　置ける白露

大伴家持、[6]姑坂上郎女《をばさかのうへのいらつめ》の[7]竹田《たけた》の庄《しやう》に至りて作れる歌一首

一六二九　たまほこの　道は遠けど　はしきやし　妹《いも》を相見に　出《い》でてそ我が来《こ》し

大伴坂上郎女《おほとものさかのうへのいらつめ》の和《こた》ふる歌一首

一六三〇　あらたまの　月立つまでに　来まさねば　夢《いめ》にし見つつ　思ひそ我がせし

右の二首、天平十一年己卯《きばう》の秋八月に作る。

[8]巫部麻蘇娘子《かむなぎべのまそのをとめ》の歌一首

一六三一　我が屋前《やど》の　萩花咲けり　見に来ませ　いま二日《ふつか》だみ　あらば散りなむ

[9]大伴田村大嬢《おほとものたむらのおほいらつめ》、[10]妹坂上大嬢《さかのうへのおほいらつめ》に与ふる歌二首

一六三二　我がやどの　秋のはぎ咲く　夕影《ゆふかげ》に　今も見てしか　妹《いも》が光儀《すがた》を

一六二五　〇大の浦―静岡県磐田市付近にあった湖沼の名。〇第一・二・三句―序詞。

1―代表的な女流歌人の一人であるが伝未詳。

2↓3・三九五。

3―伝未詳。

一六二七　〇第一・二・三句―序詞。

4↓3・三七五。

5―名不明。4・六三一以下の贈答の相手である娘子と同一人か。

6↓3・三七九。

7―奈良県橿原市東竹田町にあった大伴氏の荘園。

一六二九　〇たまほこの―枕詞。

一六三〇　〇あらたまの―枕詞。

8―伝未詳。

一六三一　〇二日だみ―二日ほど、の意。

9↓4・五八六。

10↓3・四〇三。

一六二三　我が屋戸に　もみつかへるで　見るごとに　妹をかけつつ　恋ひぬ日は
なし

[1]坂上大嬢《さかのうへのおほいらつめ》、秋の稲の縵《かづら》を大伴宿祢家持《おほとものすくねやかもち》に贈る歌一首

一六二四　我が蒔《ま》ける　早稲田《わさだ》の穂立《ほたち》　作りたる　縵《かづら》ぞ見つつ　偲《しの》はせ我が背《せ》

大伴宿祢家持の報《こた》へ贈る歌一首

一六二五　我妹子《わぎもこ》が　業《なり》と作れる　秋の田の　早稲穂《わさほ》の縵《かづら》　見れど飽かぬかも

また、身に著《け》る衣《ころも》を脱《ぬ》きて家持に贈りしに報《こた》ふる歌一首

一六二六　秋風の　寒きこのころ　下に着む　妹《いも》が形見《かたみ》と　かつも偲《しの》はむ

右の三首、天平十一年己卯《きばう》の秋九月に往来《わうらい》す。

大伴宿祢家持、[2]時じき藤の花と萩のもみてると二つの物を攀《よ》ぢて、坂上大嬢に贈る歌二首

一六二七　我が屋前《やど》の　時じきふぢの　めづらしく　今も見てしか　妹《いも》が笑《ゑ》まひを

一六二八　我が屋前《やど》の　はぎの下葉は　秋風も　いまだ吹かねば　かくそもみてる

右の二首、天平十二年庚辰《かうしん》の夏六月に往来《わうらい》す。

大伴宿祢家持、坂上大嬢に贈る歌一首　并びに短歌

一六二九　ねもころに　物を思へば　言はむすべ　せむすべもなし　妹《いも》と我と　手携《たづさ》はりて　朝《あした》には　庭に出《い》で立ち　夕《ゆふべ》には　床《とこ》打ち払ひ　しろたへの　袖さし交《か》へて　さ寝し夜や　常にありける　あしひきの　やまどりこそば　峰《を》向かひに　妻問《つまど》ひすといへ　うつせみの　人なる我や　なにすと

一六二三　○かへるで―かえで科の落葉樹の総称。広く分布するのはタカオモミジで、葉の形状が蛙の手に似ていることからの名。○妹をかけつつ―あなたを心にかけて。

1→3・四〇三。

2―季節はずれの。藤の花が咲くのは晩春から初夏にかけてが普通である、ここでは六月なので季節はずれである。

一六二七　○第一・二句―序詞。

一六二九　○しろたへの―枕詞。○あしひきの―枕詞。○うつせみの―枕詞。

か　一日《ひとひ》一夜《ひとよ》も　離《さか》り居《ゐ》て　嘆き恋ふらむ　ここ思へば　胸こそ痛き
そこ故に　心和《な》ぐやと　高円《たかまと》の　山にも野にも　うち行きて　遊びある
けど　花のみし　にほひてあれば　見るごとに　まして偲《しの》はゆ　いかに
して　忘れむものそ　恋といふものを

反歌

一六三〇　高円《たかまと》の　野辺《のへ》のかほばな　面影《おもかげ》に　見えつつ妹《いも》は　忘れかねつも

大伴宿祢家持、[1]安倍女郎《あへのいらつめ》に贈る歌一首

一六三一　今造る　久邇《くに》の京《みやこ》に　秋の夜の　長きにひとり　寝るが苦しさ

大伴宿祢家持、久邇《くに》の京《みやこ》より奈良の宅に留《とど》まれる坂上大嬢《さかのうへのおほいらつめ》に
贈る歌一首

一六三二　あしひきの　山辺に居《を》りて　秋風の　日に異《け》に吹けば　妹《いも》をしそ思ふ

或者《あるひと》、尼《あま》に贈る歌二首

一六三三　手もすまに　植ゑしはぎにや　かへりては　見れども飽かず　心尽《つ》くさ
む

一六三四　衣手《ころもで》に　水渋《みしぶ》付くまで　植ゑし田を　引板《ひきた》我が延《は》へ　守《まも》れる苦し

尼、頭句《とうく》を作り、并《あは》せて大伴宿祢家持、尼に誂《あとら》へられて末句《まつく》等を
継《つ》ぎて和《こた》ふる歌一首

一六三五　佐保川《さほがは》の　水を堰《せ》き上げて　植ゑし田を　尼作る　刈れる早飯《わさいひ》は　ひと
りなるべし　家持継ぐ

一六三〇　○第一・二句—序詞。○かほばな—ヒルガオ・カキツバタ・アサガオ・オモダカ・ムクゲなどとする説がある。また美しい花の総称かともいう。
1—伝未詳。

一六三一　○今造る久邇の京—久邇京（京都府相楽郡加茂町例幣付近）の造営をいう。天平十二年（七四〇）十二月に着工し、同十五年十二月に停止した。

一六三二　○あしひきの—枕詞。

一六三四　○引板—鳴子。稲田を荒らしに来る鳥や獣を追いはらうための道具。

一六三五　○佐保川—奈良市の春日山中に発し、佐保を経て、初瀬川に合して大和川に注ぐ。

冬の雑歌

[1]舎人娘子《とねりのをとめ》の雪の歌一首

一六三六　おほくちの　真神《まかみ》の原《はら》に　降る雪は　いたくな降りそ　家もあらなくに

[2]太上天皇《おほきすめらみこと》の御製歌《おほみうた》一首

一六三七　はだすすき　をばな逆葺《さかふ》き　黒木《くろき》もち　造れる室《むろ》は　万代《よろづよ》までに

[3]天皇《すめらみこと》の御製歌一首

一六三八　あをによし　奈良の山なる　黒木もち　造れる室は　座《ま》せど飽かぬかも

右、聞くならく、左大臣[4]長屋王《ながやのおほきみ》の[5]佐保《さほ》の宅にいまして肆宴《とよのあかり》したまふときの御製なりと。

[6]大宰帥大伴卿《だざいのそちおほとものまへつきみ》、冬の日に雪を見て、京を憶《おも》ふ歌一首

一六三九　沫雪《あわゆき》の　ほどろほどろに　降り敷けば　平城《なら》の京《みやこ》し　念ほゆるかも

大宰帥大伴卿の梅の歌一首

一六四〇　我が岳《をか》に　盛りに咲ける　うめの花　残れる雪を　まがへつるかも

[7]角朝臣広弁《つののあそみひろべ》の雪梅の歌一首

一六四一　沫雪《あわゆき》に　降らえて咲ける　うめの花　君がり遣《や》らば　よそへてむかも

[8]安倍朝臣奥道《あへのあそみおきみち》の雪の歌一首

一六四二　たな霧《ぎ》らひ　雪も降らぬか　うめの花　咲かぬが代《しろ》に　そへてだに見む

[9]若桜部朝臣君足《わかさくらべのあそみきみたり》の雪の歌一首

1→1・六一。

一六三六 ○おほくちの—枕詞。○真神の原—奈良県高市郡明日香村の飛鳥寺付近一帯の地。

2—元正天皇→6・九七四。

一六三七 ○はだすすき—枕詞。○黒木—皮のついたままの丸木。製材してある白木に対する語。

3—聖武天皇→4・五三〇。

一六三八 ○あをによし—枕詞。

4→1・七五。

5—佐保は奈良市の北部、佐保川の北岸の法蓮町・法華寺町などの一帯の地。長屋王の宅は、その地にあった作宝楼。

6—大伴旅人→3・三一五。

7—伝未詳。作品はこの一首のみ。

8—若狭守、大和介、摂津大夫、左衛士督、中務大輔、左兵衛督、内蔵頭などを歴任し、宝亀五年（七七四）三月、但馬守従四位下で没。

9—伝未詳。

一六四三　天霧《あまぎ》らし　雪も降らぬか　いちしろく　このいつしばに　降らまくを見む

[1]三野連石守《みののむらじいそもり》の梅の歌一首

一六四四　引き攀《よ》ぢて　折らば散るべみ　うめの花　袖に扱入《こき》れつ　染《し》まば染むとも

[2]巨勢朝臣宿奈麻呂《こせのあそみすくなまろ》の雪の歌一首

一六四五　我が屋前《やど》の　冬木の上に　降る雪を　うめの花かと　うち見つるかも

[3]小治田朝臣東麻呂《をはりだのあそみあづままろ》の雪の歌一首

一六四六　ぬばたまの　今夜《こよひ》の雪に　いざ濡《ぬ》れな　明けむ朝《あした》に　消《け》なば惜しけむ

[4]忌部首黒麻呂《いむべのおびとくろまろ》の雪の歌一首

一六四七　うめの花　枝にか散ると　見るまでに　風に乱れて　雪そ降り来る

[5]紀小鹿女郎《きのをしかのいらつめ》の梅の歌一首

一六四八　十二月《しはす》には　沫雪《あわゆき》降ると　知らねかも　うめの花咲く　含《ふふ》めらずして

大伴宿祢家持《おほとものすくねやかもち》の雪梅の歌一首

一六四九　今日《けふ》降りし　雪に競《きほ》ひて　我が屋前《やど》の　冬木のうめは　花咲きにけり

[6]西の池の辺にいまして肆宴《とよのあかり》したまふときの歌一首

一六五〇　池の辺《へ》の　まつの末葉《うらば》に　降る雪は　五百重《いほへ》降り敷け　明日《あす》さへも見む

右の一首、作者未だ詳《つばひ》らかならず。ただし、[7]豎子《じゆし》[8]阿倍朝臣虫麻呂《あへのあそみむしまろ》、これを伝誦す。

1―伝未詳。

2―天平元年（七二九）少納言。この時、舎人皇子らと共に長屋王の謀反の罪を窮問する役にあたる。同九年右少弁となる。

3―伝未詳。

一六四六　○ぬばたまの―枕詞。

4→6・一〇〇八。

5→4・六四三。

6―平城宮内にあった池だが所在未詳。西南部の谷田と呼ばれる一帯にあったかという。

7―内豎省に所属し、宮廷に奉仕する少年。

8→4・六六五。

大伴坂上郎女《おほとものさかのうへのいらつめ》の歌一首

一六五一　沫雪《あわゆき》の　このころ継《つ》ぎて　かく降らば　うめの始花《はつはな》　散りか過ぎなむ

[1]他田広津娘子《をさだのひろつのをとめ》の梅の歌一首

一六五二　うめの花　折りも折らずも　見つれども　今夜《こよひ》の花に　なほしかずけり

[2]県犬養娘子《あがたのいぬかひのをとめ》、梅に寄せて思ひを発《おこ》す歌一首

一六五三　今のごと　心を常に　思へらば　まづ咲く花の　地《つち》に落ちめやも

大伴坂上郎女の雪の歌一首

一六五四　松影《かげ》の　あさぢが上の　白雪を　消《け》たずて置かむ　ことばかもなき

冬の相聞

[3]三国真人人足《みくにのまひとひとたり》の歌一首

一六五五　高山の　すがの葉しのぎ　降る雪の　消《け》ぬとか言はも　恋の繁《しげ》けく

大伴坂上郎女の歌一首

一六五六　酒坏《さかづき》に　うめの花浮かべ　念ふどち　飲みての後は　散りぬともよし

和《こた》ふる歌一首

一六五七　官《つかさ》にも　許したまへり　今夜《こよひ》のみ　飲まむ酒かも　散りこすなゆめ

右、酒は官に禁制して偁《い》はく、[4]京中閭里《りより》に、集宴すること得ざれ、ただし、親々一二《しんしんひとりふたり》にして飲楽《いんらく》することは聴許《ゆる》すと。これにより て和《こた》ふる人この[5]発句《はつく》を作る。

1―伝未詳。

2―伝未詳。作品は一首のみ。

一六五四　○あさぢ―伸び繁らないうちのチガヤ。

3―慶雲二年（七〇五）従五位下、和銅八年（七一五）従五位上、養老四年（七二〇）正五位下。作品は一首のみ。

一六五五　○第一・二・三句―序詞。○すが―かやつりぐさ科のカサスゲ・ナキリスゲ・カンスゲなどの総称。

4―都や村里の住民。

5―普通短歌の第一・二句をいう。

[1]藤皇后《とうくわうごう》、[2]天皇《すめらみこと》に奉《たてまつ》る御歌一首

一六五八 我が背子《せこ》と　二人見ませば　いくばくか　この降る雪の　懽《うれ》しからまし

他田広津娘子《をさだのひろつのをとめ》の歌一首

一六五九 真木《まき》の上に　降り置ける雪の　しくしくも　念ほゆるかも　さ夜問《よと》へ我が背《せ》

[3]大伴宿祢駿河麻呂《おほとものすくねするがまろ》の歌一首

一六六〇 うめの花　散らす冬風《あらし》の　音のみに　聞きし我妹《わぎも》を　見らくし良しも

[4]紀小鹿女郎《きのをしかのいらつめ》の歌一首

一六六一 ひさかたの　月夜《つくよ》を清み　うめの花　心開けて　我が念へる君

[5]大伴田村大嬢《おほとものたむらのおほいらつめ》、[6]妹坂上大嬢《さかのうへのおほいらつめ》に与ふる歌一首

一六六二 あわゆきの　消《け》ぬべきものを　今までに　流らへぬるは　妹に逢はむとそ

大伴宿祢家持《おほとものすくねやかもち》の歌一首

一六六三 沫雪の　庭に降り敷き　寒き夜を　手枕《たまくら》まかず　ひとりかも寝む

1―光明皇后→6・一〇〇九。
2―聖武天皇→4・五三〇。

一六五九 ○第一・二句―序詞。○しくしくも―次次に。幾重にも。

3→3・四〇〇。

一六六〇 ○第一・二句―序詞。
4→4・六四三。

一六六一 ○ひさかたの―枕詞。
5→4・五八六。
6→3・四〇三。

一六六三 ○あわゆきの―枕詞。

萬葉集巻第九

雑歌

泊瀬《はつせ》[1]の朝倉《あさくら》の宮《みや》に天《あめ》の下《した》知らしめしし大泊瀬稚武天皇《おほはつせわかたけのすめらみこと》[2]の御製歌一首

一六六四 暮《ゆふ》されば　小椋《をぐら》の山に　臥《ふ》すしかし　今夜は鳴かず　寝《い》ねにけらしも

右、或本に云ふ、岡本天皇[3]の御製なりと。正指を審《つばひ》らかにせず。因以《よりて》累《かさ》ね載《の》す。

岡本宮[4]に天下知らしめしし天皇の紀伊国《きのくに》に幸《いでま》しし時の歌二首

一六六五 妹がため　我玉拾《ひり》ふ　沖辺なる　玉寄せ持ち来《こ》　沖つ白浪

一六六六 朝霧に　濡《ぬ》れにし衣　干さずして　一人か君が　山道越ゆらむ

右の二首、作者未だ詳らかならず。

大宝《たいほう》元年辛丑《しんちう》の冬十月、太上《おほき》[5]天皇・大行《さきの》[6]天皇、紀伊国に幸しし時の歌十三首

一六六七 妹がため　我玉求む　沖辺なる　白玉寄せ来　沖つ白波

右の一首、上に見ゆること既に畢《を》はりぬ。ただし、歌辞少しく換り、年代相違《たが》ふ。因以《よりて》累《かさ》ね載す。

一六六八 白崎《しらさき》は　幸くあり待て　大舟に　ま梶しじ貫き　また帰り見む

1→1・一。

2→1・一。

一六六四 〇小倉の山—未詳。奈良県桜井市の多武峰の端山とする説、他に、倉橋山、今井谷付近、忍坂山などとする説がある。

3→1・二。

4奈良県高市郡明日香村雷丘付近にあったとされる斉明天皇の皇居。

5→1・二八。

6→1・四五。

一六六八 〇白崎—和歌山県日高郡由良町白崎。

一六六九　三名部《みなべ》の浦　潮な満ちそね　鹿島なる　釣りする海人《あま》を　見て帰り来む
一六七〇　朝開《あさびら》き　漕ぎ出て我は　由良《ゆら》の崎　釣りする海人を　見て帰り来む
一六七一　由良《ゆら》の崎　潮干にけらし　白神《しらかみ》の　磯の浦回《うらみ》を　あへて漕ぐなり
一六七二　黒牛潟《くろうしがた》　潮干の浦を　くれなゐの　玉裳裾引き　徃くは誰が妻
一六七三　風早《かざはや》の　浜の白浪　いたづらに　ここに寄せ来る　見る人なしに
一に云ふ「ここに寄せ来も」

右の一首、山上臣憶良の類聚歌林《るいじうかりん》に曰く、長忌寸意吉麻呂《ながのいみきおきまろ》、詔《みことのり》に応《こた》へてこの歌を作ると。

一六七四　我が背子が　使ひ来むかと　出立《いでたち》の　この松原を　今日か過ぎなむ
一六七五　藤白の　み坂を越ゆと　しろたへの　我が衣手は　濡れにけるかも
一六七六　背の山に　もみち常敷《つねし》く　神岡《かむをか》の　山のもみちは　今日か散るらむ
一六七七　大和には　聞こえも徃くか　大我野《おほがの》の　竹葉《たかは》刈り敷き　廬《いほり》せりとは
一六七八　紀伊《き》の国の　昔猟雄《むかしさつを》の　鳴り矢もち　鹿《か》取りなびけし　坂の上にそある
一六七九　紀伊の国に　止《や》まず通はむ　妻《つま》の社《もり》　妻寄しこせね　妻といひながら
一に云ふ「嬬賜《たま》はにも　嬬といひながら」

右の一首、或《ある》は云ふ、坂上忌寸人長《さかのうへのいみきひとをさ》の作なりと。

後れたる人の歌二首

一六八〇　あさもよし　紀伊へ徃く君が　真土山《まつちやま》　越ゆらむ今日そ　雨な降りそね
一六八一　後れ居て　我が恋ひ居れば　白雲の　たなびく山を　今日か越ゆらむ

一六六九　○三名部の浦―日高郡南部町南部湾の海浜。○鹿島―南部町南部湾沖にある島。
一六七〇　○由良の崎―日高郡由良町由良港付近の下山鼻や神谷崎の一帯。
一六七一　○白神の磯―和歌山県有田市湯浅町栖原の白山付近の海とする説、日高郡由良町の白崎とする説がある。
一六七二　○黒牛潟―和歌山県海南市黒江。○くれなゐ―きく科、クレナイ・ベニバナ。

1→1・六。
2→1・六。
3→1・五七。

一六七四　○第一・二句―序詞。○出立―和歌山県田辺市元町出立。
一六七五　○藤白のみ坂―海南市藤白の南部から海草郡下津町橘本に越える坂。○しろたへの―枕詞。
一六七六　○背の山―和歌山県伊都郡かつらぎ町背の山の背ノ山。対岸には妹山がある。○神岡の山―奈良県高市郡明日香村の雷丘。
一六七七　○大我野―和歌山県橋本市西部の東家・市脇など一帯、相賀台の名の平野とする説がある。
一六七九　○妻の社―橋本市妻にある神社。

4→伝未詳。

一六八〇　○真土山―橋本市隅田町真土と奈良県五条市上野町とにかかる山。○あさもよし―枕詞。

[1]忍壁皇子《おさかべのみこ》に献《たてまつ》る歌一首 仙人《やまびと》の形を詠む

一六八二 とこしへに 夏冬往けや 裘《かはごろも》 扇放たぬ 山に住む人

[2]舎人皇子《とねりのみこ》に献る歌二首

一六八三 いもがてを 取りて引き攀《よ》ぢ ふさ手折り 我がかざすべく 花咲けるかも

一六八四 春山は 散り過ぎぬとも 三輪山《みわやま》は いまだ含《ふふ》めり 君待ちかてに

[3]泉川の辺にして[4]間人宿祢《はしひとのすくね》の作れる歌二首

一六八五 河の瀬の 激《たぎ》ちを見れば 玉かも 散り乱れたる 川の常かも

一六八六 彦星の かざしの玉し 嬬《つま》恋に 乱れにけらし この川の瀬に

[5]鷺坂《さぎさか》にして作れる歌一首

一六八七 しらとりの 鷺坂山の 松影に 宿《やど》りて往《ゆ》かな 夜もふけ行くを

[6]名木川にして作れる歌二首

一六八八 あぶり干す 人もあれやも 濡れ衣《ぎぬ》を 家には遣らな 旅のしるしに

一六八九 荒磯辺に 付きて漕がさね 杏人《ももさね》の 浜を過ぐれば 恋しくありなり

高島にして作れる歌二首

一六九〇 高島の 安曇川《あどかは》波は 騒けども 我は家思ふ 宿り悲しみ

一六九一 旅なれば 夜中にわきて 照る月の 高島山に 隠らく惜しも

紀伊国にして作れる歌二首

一六九二 我が恋ふる 妹は逢はさず 玉の浦に 衣片敷き 一人かも寝む

1→2・一九四。

2→2・一一七。

一六八三 ○第一句と「取りて」まで—序詞。○いもがてを—枕詞。

一六八四 ○三輪山—奈良県桜井市三輪にある山。三輪山伝説で有名。大神神社がある。

3→現在の大津川。京都府相楽郡大津町・加茂町の木津川一帯の古名が泉から名がつく。

4→伝未詳。

5→京都府城陽市久世神社付近の坂道。

一六八七 ○しらとりの—枕詞。

6→名木川。国鉄奈良線新田駅の南を西流する小川とする説がある。

一六九〇 ○高島の安曇川—滋賀県高島郡安曇川町を流れ琵琶湖に注ぐ川。

一六九二 ○玉の浦—和歌山県東牟婁郡那智勝浦町の玉の浦。

一六九三　たまくしげ　明けまく惜しき　あたら夜を　衣手離《か》れて　一人かも寝む

鷺坂にして作れる歌一首

一六九四　たくひれの　鷺坂山の　しらつつじ　我ににほはね　妹に示さむ

泉川にして作れる歌一首

一六九五　妹が門《かど》　入り泉川の　常滑《とこなめ》に　み雪残れり　いまだ冬かも

名木川にして作れる歌三首

一六九六　ころもでの　名木の川辺を　春雨に　我立ち濡ると　家思ふらむか

一六九七　家人の　使ひにあらし　春雨の　避《よ》くれど我を　濡らさく思へば

一六九八　あぶり干す　人もあれやも　家人の　春雨すらを　間使ひにする

[1]宇治川にして作れる歌二首

一六九九　巨椋《おほくら》の　入江とよむなり　いめひとの　伏見が田居に　かり渡るらし

一七〇〇　秋風に　山吹の瀬の　鳴るなへに　天雲翔《かけ》る　かりにあへるかも

[2]弓削皇子《ゆげのみこ》に献る歌三首

一七〇一　さ夜中と　夜はふけぬらし　かりがねの　聞こゆる空を　月渡る見ゆ

一七〇二　妹があたり　繁きかりがね　夕霧に　来鳴きて過ぎぬ　すべなきまでに

一七〇三　雲隠り　かり鳴く時は　秋山の　もみち片待つ　時は過ぐれど

[3]舎人皇子《とねりのみこ》に献る歌二首

一七〇四　ふさたをり　多武《たむ》の山霧　繁みかも　細川の瀬に　波の騒《さわ》ける

一七〇五　ふゆごもり　春へを恋ひて　植ゑし木の　実に成る時を　片待つ我ぞ

一六九三　○たまくしげ―枕詞。

一六九四　○たくひれの―枕詞。○たく―くわ科、コウゾの古名。

一六九五　○妹が門入り―序詞。

一六九六　○ころもでの―枕詞。

1―琵琶湖より発する瀬田川が、京都府に入ってからの名。

一六九九　○巨椋の入江―巨椋池の入江。京都府宇治市から久世郡にわたってあった池。○いめひとの―枕詞。○伏見―京都市伏見区一帯。

2→2・一一一。

3→2・一一七。

一七〇四　○ふさたをり―枕詞。○多武の山―奈良県桜井市多武峰の山。○細川―高市郡明日香村細川を流れ飛鳥川に合流する川。

一七〇五　○ふゆごもり―枕詞。

舎人皇子の御歌一首

一七〇六　ぬばたまの　夜霧は立ちぬ　ころもでの　高屋の上に　たなびくまでに

鷺坂にして作れる歌一首

一七〇七　山背の　久世《くせ》の鷺坂　神代より　春は萌《は》りつつ　秋は散りけり

泉川の辺にして作れる歌一首

一七〇八　春草を　馬咋山《うまくひ》ゆ　越え来なる　かりの使ひは　宿り過ぐなり

弓削皇子《ゆげのみこ》に献る歌一首

一七〇九　みけむかふ　南淵山《みなぶちやま》の　巌《いはほ》には　降りしはだれか　消え残りたる

右、[1]柿本朝臣人麻呂の歌集に出づる。

一七一〇　我妹子が　赤裳ひづちて　植ゑし田を　刈りて蔵《をさ》めむ　倉無《くらなし》の浜

一七一一　ももづたふ　八十《やそ》の島回《しまみ》を　漕ぎ来れど　淡《あは》の小島は　見れど飽かぬかも

右の二首、或は云ふ、柿本朝臣人麻呂の作なりと。

筑波山に登りて月を詠む歌一首

一七一二　天の原　雲なき夕《よひ》に　ぬばたまの　夜渡る月の　入《い》らまく惜《を》しも

[2]芳野の離宮《とつみや》に幸す時の歌二首

一七一三　滝の上の　三船の山ゆ　秋津辺《あきづへ》に　来鳴き渡るは　誰よぶこどり

一七一四　落ち激《たぎ》ち　流るる水の　磐《いは》に触れ　淀める淀に　月の影見ゆ

右の二首、作者未だ詳らかならず。

一七〇六　○ぬばたまの―枕詞。○高屋―奈良県桜井市谷の若桜神社付近とする説、桜井市高家とする説、大阪府羽曳野市古市の旧高屋村とする説、非地名とする説などがある。

一七〇七　○山背―五畿内の一国。京都府に属す。○久世の鷺坂―城陽市久世の久世神社の坂道。

一七〇八　○春草を馬―序詞。

一七〇九　○みけむかふ―枕詞。○南淵山―奈良県高市郡明日香村稲淵一帯の山地。

1→7・一〇六八。

一七一〇　○第一・二・三・四句―序詞。○倉無の浜―大分県中津市竜王町付近の浜。闇無浜神社がある。

一七一一　○淡の小島―未詳。○ももづたふ―枕詞。

一七一二　○ぬばたまの―枕詞。

2―奈良県吉野郡吉野町宮滝にあった離宮。諸天皇の行幸が行なわれた。

一七一三　○三船の山―吉野郡吉野町宮滝にある山。○秋津辺―吉野町の吉野川上流の吉野離宮のあった地。この地名から離宮を「秋津の宮」ともいう。○よぶこどり―未詳。カッコウ説・ホトトギス説・子を呼ぶように鳴く鳥の意からツツドリ説などがある。

[1]槐本《つきのもと》の歌一首

一七一五　ささなみの　比良山《ひらやま》風の　海吹けば　釣りする海人の　袖反る見ゆ

[2]山上《やまのうへ》の歌一首

一七一六　白波の　浜松の木の　手向《たむけ》くさ　幾代までにか　年は経ぬらむ

右の一首、或は云ふ、[3]川島皇子の御作歌《みうた》なりと。

[4]春日の歌一首

一七一七　三川《みつかは》の　淵瀬もおちず　小網《さで》さすに　衣手濡れぬ　干す児はなしに

[5]高市《たけち》の歌一首

一七一八　率《あど》ひて　漕ぎ去にし舟は　高島の　安曇《あど》の水門《みなと》に　極《は》てにけむかも

[6]春日蔵《かすがのくら》の歌一首

一七一九　照る月を　雲な隠しそ　島陰に　我が舟極てむ　泊まり知らずも

右の一首、或本に云ふ、[7]小弁《せうべん》の作なりと。或は姓氏を記せれども、名字を記すことなく、或は名《な》号を偁《い》へれど姓氏を偁《い》はず。然れども、古記に依りて便《すなは》ち次を以て載す。凡《すべ》てかくの如き類は、下皆これに倣《なら》ふ。

[8]元仁《ぐわんにん》の歌三首

一七二〇　うま並めて　打ち群れ越え来《き》　今日見つる　芳野の川を　いつ顧《かへりみ》む

一七二一　苦しくも　暮れ行く日かも　吉野川　清き河原を　見れど飽かなくに

一七二二　吉野川　河浪高み　滝の浦を　見ずかなりなむ　恋しけまくに

1―伝未詳。柿本と解し人麻呂とする説がある。

一七一五　○ささなみ―滋賀県琵琶湖西南部一帯の地の総称。○比良山―滋賀郡志賀町西方の山。

2―山上臣憶良→1・六。

3→1・三四。

4―伝未詳。春日蔵首老かとする説もある。

一七一七　○三川―滋賀県大津市下坂本町の四ツ谷川とする説、愛知県東部の矢作川とする説などがある。

5―高市連黒人→1・三二。

一七一八　○高島の安曇―滋賀県高島郡安曇川の河口付近。

6―春日蔵首老→1・五六。

7―伝未詳。左右弁官の第三等官の官職名。3・三〇五の高市黒人作歌の左注に小弁と記されてあることから、黒人とする説もある。

8―伝未詳。

一七二〇　○吉野川―吉野の地を流れる川。大台ケ原山中より発し、吉野町、五条市を流れ紀ノ川となる。

絹の歌一首[1]

一七二三　かはづなく　六田河《むつたのかは》の　川楊の　ねもころ見れど　飽かぬ河かも

島足《しまたり》の歌一首[2]

一七二四　見まく欲り　来《こ》しくも著《しる》く　吉野川　音の清《さや》けさ　見るにともしく

麻呂の歌一首[3]

一七二五　古《いにしへ》の　賢《さか》しき人の　遊びけむ　吉野の川原　見れど飽かぬかも

右、柿本朝臣人麻呂の歌集に出づ。

丹比真人《たぢひのまひと》の歌一首[4]

一七二六　難波潟《なにはがた》　潮干に出でて　玉藻刈る　海部未通女《あまをとめ》ども　汝《な》が名告らさね

和《こた》ふる歌一首

一七二七　あさりする　人とを見ませ　くさまくら　旅去く人に　我が名は告らじ

石川卿《まへつきみ》の歌一首[5]

一七二八　慰めて　今夜は寝なむ　明日よりは　恋ひかも行かむ　こゆ別れなば

宇合卿《うまかひの》の歌三首[6]

一七二九　暁《あかとき》の　夢《いめ》に見えつつ　梶島《かぢしま》の　磯越す浪の　しきてし念ほゆ

一七三〇　山科《やましな》の　石田《いはた》の小野の　ははそ原　見つつか君が　山道越ゆらむ

一七三一　山科の　石田の社《もり》に　幣《ぬさ》置かば　けだし我妹《わぎも》に　直《ただ》に逢はむかも

碁師《ごし》の歌二首[7]

一七三二　祖母山《おほばやま》　霞たなびき　さ夜ふけて　我が舟泊てむ　泊まり知らずも

1—伝未詳。
一七二三　○かはづなく—枕詞。○六田の河—奈良県吉野郡大淀町北六田と吉野町六田付近を流れる吉野川。○第一・二・三句—序詞。
2—伝未詳。
3—伝未詳。人麻呂の略称とする説がある。
4—伝未詳。丹比は氏、真人は姓。
一七二六　○難波潟—大阪湾内、淀川河口付近。
一七二七　○くさまくら—枕詞。
5—伝未詳。石川朝臣年足とする説、石川朝臣麻呂とする説がある。
6—藤原朝臣宇合→1・七二。
一七二九　○第三・四句—序詞。○梶島—未詳。愛知県幡豆郡吉良町宮崎の岬に近い小島とする説、福岡県宗像郡玄海町神湊の勝島とする説がある。
一七三〇　○山科—京都市東山区山科付近一帯。○石田の小野—伏見区石田町付近の野。○ははそ—ぶな科、ナラの別名。
一七三一　○石田の社—伏見区石田町の田中明神か。
7—伝未詳。碁檀越と同一人とする説がある。
一七三二　○祖母山—未詳。和歌山市の大旗山とする説、有田市広川町の大場山とする説などがある。

一七三三　思ひつつ　来れど来かねて　三尾《みを》の崎　真長《まなが》の浦を　また顧《かへりみ》つ

小弁《せうべん》の歌一首

一七三四　高島の　安曇《あど》の湖《みなと》を　漕ぎ過ぎて　塩津《しほつ》菅浦《すがうら》　今か漕ぐらむ

[1]伊保麻呂《いほまろ》の歌一首

一七三五　わがたたみ　三重の川原の　磯の裏《うら》に　かくしもがもと　鳴くかはづかも

[2]式部大倭《しきぶのやまと》、芳野にして作れる歌一首

一七三六　山高み　白木綿花《しらゆふはな》に　落ち激《たぎ》つ　菜摘《なつみ》の川門《かはと》　見れど飽かぬかも

[3]兵部川原《ひやうぶのかはら》の歌一首

一七三七　大滝を　過ぎて菜摘に　近くして　清き川瀬を　見るがさやけさ

上総《かみつふさ》の末《すゑ》の[4]珠名娘子《たまなのをとめ》を詠む一首　并《なら》びに短歌

一七三八　しながとり　安房《あは》に継ぎたる　あづさゆみ　末の珠名は　胸別《むなわけ》の　広き我妹《わぎも》　腰細《こしぼそ》の　すがる娘子《をとめ》の　その姿《かほ》の　きらきらしきに　花のごと　笑みて立てれば　たまほこの　道往き人は　己《おの》が行く　道は去《ゆ》かずて　召《よ》ばなくに　門《かど》に至りぬ　さし並ぶ　隣の君は　あらかじめ　己妻《おのづま》離《か》れて　乞《こ》はなくに　鍵《かぎ》さへ奉《まつ》る　人皆の　かく迷《まど》へれば　うちしなひ　縁《よ》りてそ妹は　たはれてありける

反歌

一七三九　金門《かなと》にし　人の来立てば　夜中《よなか》にも　身はたな知らず　出でてそあひけ

一七三三　○三尾の崎―滋賀県高島郡高島町の明神崎か。○真長の浦―高島町の勝野の湾とする説がある。

一七三四　○塩津菅浦―滋賀県伊香郡西浅井町塩津浜菅浦などの地。

1―伝未詳。

一七三五　○わがたたみ―枕詞。○三重の川原―三重県四日市市を流れる内部川の河原。

2―伝未詳。式部省の役人。大倭は氏か。説がある。

一七三六　○菜摘―奈良県吉野郡吉野町菜摘。

3―伝未詳。兵部省の役人で川原氏の人とする説がある。

一七三七　○大滝―吉野郡吉野町宮滝付近の滝。○上総―東海道十五国の一。千葉県の地域。○末―富津市、君津市、小糸町などの地域。

4―伝説上の娘の名。

一七三八　○しながとり―枕詞。○あづさゆみ―枕詞。○すがる―じがばち科、ジガバチ。○たまほこの―枕詞。

る

一七四〇

1水江《みづのえ》の浦島子《うらのしまこ》を詠む一首　并びに短歌

春の日の　霞める時に　墨吉《すみのえ》の　岸に出て居て　釣舟の　とをらふ見れば　古《いにしへ》の　事そ念ほゆる　水江の　浦島子が　かつを釣り　たひ釣り誇り　七日まで　家にも来ずて　海界《うなさか》を　過ぎて漕ぎ行くに　海若《わたつみ》の神の女《をとめ》に　たまさかに　い漕ぎ向かひ　相とぶらひ　言成りしかばかき結び　常世《とこよ》に至り　海若の　神の宮の　内のへの　妙なる殿に　携はり　二人入り居て　老いもせず　死にもせずして　永き世に　ありけむものを　世間《よのなか》の　愚人《おろかひと》の　我妹子に　告《の》りて語らく　しましくは　家に帰りて　父母に　事も語らひ　明日のごと　我は来なむと　言ひければ　妹が言へらく　常世辺に　また帰《かへ》り来て　今のごと　逢はむとならば　このくしげ　開くなゆめと　そこらくに　堅めしことを　墨吉に還《かへ》り来りて　家見れど　宅《いへ》も見かねて　里見れど　里も見かねて　怪しみと　そこに念はく　家ゆ出でて　三年《みとせ》の間に　垣もなく　家失せめやと　この箱を　開きて見てば　もとのごと　家はあらむと　玉くしげ少し開くに　白雲の　箱より出でて　常世辺に　たなびきぬれば　立ち走り　叫び袖振り　臥《こ》いまろび　足ずりしつつ　たちまちに　情消《こころけ》失せぬ　若かりし　肌もしわみぬ　黒かりし　髪も白けぬ　ゆなゆなは　息さへ絶えて　後《のち》つひに　寿死《いのち》にける　水江の　浦島子が　家地《いへどころ》見ゆ

1―浦島伝説上の名。

一七四〇　○水江―墨吉。浦島伝説を伝える地。京都府与謝郡伊根町本庄の宇良神社付近とする説、竹野郡網野町北ノ浜とする説などがある。

反歌

一七四一 常世辺に 住むべきものを つるぎたち 己《な》が心から おそやこの君

[1]河内の大橋を独り行く娘子《をとめ》を見る歌一首 并びに短歌

一七四二 しなでる 片足羽河《かたしはがは》の さ丹《に》塗りの 大橋の上ゆ くれなゐの 赤裳裾《あかもすそ》引き やまあゐもち 摺《す》れる衣着て ただ独《ひとり》 い渡らす児は わかくさの 夫《つま》かあるらむ かしのみの 独《ひとり》か寝《ぬ》らむ 問はまくの 欲しき我妹が 家の知らなく

反歌

一七四三 大橋の 頭《つめ》に家あらば ま悲しく 独《ひとり》行く児に 宿貸さましを

[2]武蔵の[3]小埼《をさき》の沼の鴨を見て作れる歌一首

一七四四 埼玉《さきたま》の 小埼の沼に かもぞ翼《はね》霧《き》る 己《おの》が尾に 降り置ける霜を 払ふとにあらし

[4]那珂郡《なかのこほり》の曝井《さらしゐ》の歌一首

一七四五 みつぐりの 那珂に向かへる 曝井の 絶えず通はむ そこに妻もが

[5]手綱《たづな》の浜の歌一首

一七四六 遠妻し 高にありせば 知らずとも 手綱の浜の 尋《たづ》ね来なまし

春三月、諸卿大夫等《もろもろのまへつきみたち》の、難波に下る時の歌二首 并びに短歌

一七四七 しらくもの 竜田の山の 滝の上の 小桉《をぐら》の峰に 咲きををる さくらの花は 山高み 風し止まねば 春雨の 継ぎてし降れば ほつ枝は

一七四一 ○つるぎたち—枕詞。

1—片足羽河にかかっていた橋。その所在を、柏原市安堂と藤井寺市船橋との間とする説、羽曳野市碓井付近とする説、柏原市の国豊橋付近とする説などがある。

一七四二 ○しなでる—枕詞。○わかくさの—枕詞。○かしのみの—枕詞。

2—東海道十五国の一。東京都、神奈川県・埼玉県の地域。

3—埼玉県行田市埼玉付近にあった沼。

4—那珂郡の曝井。埼玉県児玉郡美里村広木とする説、茨城県水戸市愛宕町滝坂とする説がある。

一七四五 ○第一・二・三句—序詞。○みつぐりの—枕詞。

5—茨城県高萩市の赤浜の海浜。

一七四六 ○高—茨城県北茨城市・高萩市・日立市にわたる地域。

一七四七 ○しらくもの—枕詞。○竜田の山—奈良県生駒郡三郷町付近の山地。○小桉の峰—大阪府柏原市峠の亀瀬の留所の山付近とする説がある。○くさまくら—枕詞。

散り過ぎにけり　下枝《しづえ》に　残れる花は　しましくは　散りなまがひそ
くさまくら　旅去く君が　還り来るまで

反歌

一七四八 我が去きは　七日は過ぎじ　竜田彦　ゆめこの花を　風にな散らし

一七四九 しらくもの　竜田の山を　夕暮に　うち越え去けば　滝の上の　さくら
の花は　咲きたるは　散り過ぎにけり　含《ふふ》めるは　咲き継ぎぬべし　こ
ちごちの　花の盛りに　めざすとも　かにもかくにも　君がみ行きは
今にしあるべし

反歌

一七五〇 暇あらば　なづさひ渡り　向つ峰《を》の　さくらの花も　折らましものを

難波に経宿《やど》りて明日《あくるひ》に帰り来る時の歌一首　并びに短歌

一七五一 島山を　い往き巡《めぐ》れる　河沿ひの　岡辺の道ゆ　昨日《きのふ》こそ　我が越え来
しか　一夜のみ　寝たりしからに　峰《を》の上の　さくらの花は　滝の瀬ゆ
散らひて流る　君が見む　その日までには　山下《おろし》の　風な吹きそと　うち
越えて　名に負へる社《もり》に　風祭りせな

反歌

一七五二 い行き逢ひの　坂の麓《ふもと》に　咲きをる　さくらの花を　見せむ児もがも

検税使《けんぜいし》[1]大伴卿[2]の、筑波山[3]に登る時の歌一首　并びに短歌

一七五三 ころもで　常陸《ひたち》の国の　二並《ふたなら》ぶ　筑波の山を　見まく欲り　君来ませり

一七四九 ○しらくもの―枕詞。

1―中央から、正税と正税帳とを照合検査するために派遣される役人。
2―未詳。大伴旅人とする説、大伴道足とする説がある。
3―茨城県筑波、真壁、新治の三郡にまたがる。山頂は男体、女体の二峯に分かれている。
一七五三 ○ころもで―枕詞。○常陸の国―東海道十五国の一。茨城県の地域。○うちなびく―枕詞。

と　暑《あつ》けくに　汗かきなけ　木《こ》の根取り　うそぶき登り　峰《を》の上を　君に見すれば　男神《ひこかみ》も　許したまひ　女神《ひめかみ》も　ちはひたまひて　時となく　雲居雨降る　筑波嶺を　さやに照らして　いふかりし　国のまほらを　つばらかに　示したまへば　歓《うれ》しみと　紐の緒解きて　家のごと　解けてそ遊ぶ　うちなびく　春見ましゆは　夏草の　繁きはあれど　今日の楽しさ

反歌

一七五四　今日の日に　いかにか及《し》かむ　筑波嶺に　昔の人の　来けむその日も

霍公鳥《ほととぎす》を詠む一首　并びに短歌

一七五五　うぐひすの　卵《かひご》の中に　ほととぎす　ひとり生まれて　己《な》が父に　似ては鳴かず　己が母に　似ては鳴かず　うのはなの　咲きたる野辺ゆ　飛び翔《かけ》り　来鳴きとよもし　たちばなの　花を居《ゐ》散らし　ひねもすに　鳴けど聞き吉《よ》し　幣《まひ》はせむ　遠くな去《ゆ》きそ　我が屋戸の　花橘に　住み渡れ鳥

反歌

一七五六　かき霧《き》らし　雨の降る夜を　ほととぎす　鳴きて去《ゆ》くなり　あはれその鳥

筑波山に登る歌一首　并びに短歌

一七五七　くさまくら　旅の憂《うれ》へを　慰もる　こともありやと　筑波嶺に　登りて

一七五五　○うのはな―ゆきのした科、ウツギの古名。

一七五七　○くさまくら―枕詞。○をばな―いね科、ススキの花。○信筑―茨城県新治郡千代田村一帯。○新治―茨城県真壁郡、下妻市、及び西茨城郡西部にわたる地域。○鳥羽の淡海―真壁郡明野町から関城町、下妻市にかけてあった沼地。

一七五九 ○わしのすむ―枕詞。○裳羽服津―未詳。筑波山女岳の中かとする説がある。

1→3・[illegible]

一七六一 ○三諸の神奈備山―奈良県高市郡明日香村の雷丘。○み垣の山―雷丘の南の甘樫丘とする説また、非地名説などがあるが未詳。○あしひきの―枕詞。

見れば　をばな散る　信筑《しつく》の田居に　かりがねも　寒く来鳴きぬ　新治《にひばり》の　鳥羽《とば》の淡海《あふみ》も　秋風に　白浪立ちぬ　筑波嶺の　吉《よ》けくを見れば　長き日《け》に　念ひ積み来し　憂へは止みぬ

反歌

一七五八　筑波嶺の　裾回《すそみ》の田居に　秋田刈る　妹がり遣らむ　もみち手折《たを》らな

筑波嶺に登りて嬥歌《かがひ》会を為る日に作れる歌一首　并びに短歌

一七五九　わしのすむ　筑波の山の　裳羽服津《もはきつ》の　その津の上に　率《あども》ひて　未通女《をとめ》　壮士《をとこ》の　往き集ひ　かがふ嬥歌《かがひ》に　他妻《ひとづま》に　我《あ》も交はらむ　我《あ》が妻に　他《ひと》も言問へ　この山を　うしはく神の　昔より　禁《いさ》めぬ行事《わざ》ぞ　今日のみは　めぐしもな見そ　事も咎《とが》むな　嬥歌は東の俗《くにひと》の語にかがひと曰ふ

反歌

一七六〇　男神《ひこがみ》に　雲立ち登り　しぐれ降り　濡れ通るとも　我帰らめや

右の件《くだり》の歌は　[1]高橋連《むらじ》虫麻呂の歌集の中に出づ。

鳴く鹿を詠む一首　并びに短歌

一七六一　三諸《みもろ》の　神奈備山《かむなびやま》に　立ち向かふ　み垣の山に　秋萩の　妻をまかむと　朝月夜《あさづくよ》　明けまく惜しみ　あしひきの　山響《やまびこ》とよめ　呼び立て鳴くも

反歌

一七六二　明日の夕《よひ》　逢はざらめやも　あしひきの　山彦《やまびこ》とよめ　呼び立て鳴くも

右の件の歌、或は云ふ、柿本朝臣人麻呂の作なりと。

[1]沙弥女王《さみのおほきみ》の歌一首

一七六三　倉椅《くらはし》の　山を高みか　夜隠《ごも》りに　出で来る月の　片待ち難き

右の一首、[2]間人宿祢大浦《はしひとのすくねおほうら》の歌の中に既に見えたり。ただし、末の一句相換れり。また作れる歌の両主、正指《せいし》に敢《あ》へず。因以《よりて》累《かさ》ね載す。

七夕の歌一首　并びに短歌

一七六四　ひさかたの　天の川原に　上つ瀬に　玉橋渡し　下つ瀬に　舟浮けする　雨降りて　風吹かずとも　風吹きて　雨降らずとも　裳濡らさず　止まず来ませと　玉橋渡す

反歌

一七六五　天の川　霧立ち渡る　今日今日と　我が待つ君し　舟出すらしも

右の件の歌、或は云ふ、[3]中衛大将《ちうゑいだいしやう》[4]藤原北卿の宅にして作ると。

相聞

[5]振田向宿祢《ふるのたむけのすくね》の、筑紫国に退《まか》る時の歌一首

一七六六　我妹子は　釧《くしろ》にあらなむ　左手の　我が奥の手に　巻きて去《い》なましを

[6]抜気大首《ぬきけのおほびと》、筑紫に任ぜらるる時に、[7]豊前国《とよくにのみちのくち》の娘子《をとめ》[8]紐子《ひものこ》を娶《ま》きて作る歌三首

1―伝未詳。

一七六三〔倉椅の山―奈良県桜井市倉橋の音羽山とする説、多武峰とする説、多武峰北方の峰とする説がある。

2→3・二八九。

一七六四〔ひさかたの―枕詞。

3―宮中を警衛する役所の長官。

4―藤原朝臣房前→5・八一二。

5―伝未詳。

6―伝未詳。

7―西海道十一国の一。福岡県東部と大分県の地域。

8―伝未詳。その地の遊行女婦か。

一七六七 豊国《とよくに》の 香春《かはる》は我家《わぎへ》 紐児《ひものこ》に いつがり居れば 香春は我家

一七六八 石上《いそのかみ》 布留《ふる》の早稲田《わさだ》の 穂には出でず 心の中に 恋ふるこのころ

一七六九 かくのみし 恋ひし渡れば たまきはる 命も我は 惜しけくもなし

[1]大神大夫《おほみわのまへつきみ》、長門守に任ぜらるる時に、[2]三輪川《みわがは》の辺に集《つど》ひて宴《うたげ》する歌二首

一七七〇 三諸の 神の帯ばせる 泊瀬川《はつせがは》 水脈《みを》し絶えずは 我忘れめや

一七七一 後れ居て 我はや恋ひむ 春霞 たなびく山を 君が越え去《い》なば

右の二首、[3]古集の中に出づ。

大神大夫、筑紫国に任ぜらるる時に、[4]阿倍大夫《あへのまへつきみ》の作れる歌一首

一七七二 後れ居て 我はや恋ひむ 印南野《いなみの》の 秋萩見つつ 去《い》なむ子故に

弓削皇子《ゆげのみこ》に献る歌一首

一七七三 神奈備《かむなび》の 神依《かむよ》り板に する杉の 念ひも過ぎず 恋の繁きに

舎人《とねり》皇子に献る歌二首

一七七四 たらちねの 母の命《みこと》の 言にあらば 年の緒長く 頼み過ぎむや

一七七五 初瀬川 夕渡り来て 我妹子が 家の金門《かなと》に 近付きにけり

右の三首、[5]柿本朝臣人麻呂の歌集に出づ。

[6]石川大夫、任を遷《うつ》されて京に上《のぼ》る時に、[7]播磨娘子《はりまのをとめ》の贈る歌二首

一七七六 絶等寸《たゆらき》の 山の峰《を》の上の 桜花 咲かむ春へは 君し偲はむ

一七七七 君なくは なぞ身装《みよそ》はむ くしげなる つげの小櫛《をぐし》も 取らむとも念は

一七六七 ○豊国―豊前国。豊後国の総称。○香春―福岡県田川市香春町。
一七六八 ○石上布留―奈良県天理市の石上神宮付近。○第一・二句―序詞。
一七六九 ○たまきはる―枕詞。
1―三輪朝臣高市麻呂→1・四四。
2―三輪山付近での泊瀬川の呼び名。
一七七〇 ○三諸の神―奈良県桜井市三輪にある三輪山をさす。大神神社がある。○泊瀬川―桜井市初瀬の山中より発し、三輪山付近を流れ、佐保川と合流して大和川となる川。
3→七・一二四六。
4―伝未詳。
一七七二 ○印南野―兵庫県加古郡・加古川市・明石市の一帯。
一七七三 ○神奈備の神―三輪山か。○第一・二・三句―序詞。
一七七四 ○たらちねの―枕詞。
5→7・一〇六八。
6―石川朝臣君子か→3・二四七。
7―伝未詳。
一七七六 ○絶等寸の山―兵庫県姫路市の播磨国府付近の山とする説、姫路市の姫山とする説、姫路市の手柄山とする説などがある。

ず

藤井連《ふぢゐのむらじ》[1]、任を遷されて京に上る時に、娘子の贈る歌一首

一七七八 明日よりは 我は恋ひむな 名欲山《なほりやま》 石《いは》踏み平《なら》し 君が越え去なば

藤井連の和ふる歌一首

一七七九 命をし ま幸くもがも 名欲山 石踏み平し またまたも来む

鹿島郡[2]の軽野橋《かるのはし》[3]にして、大伴卿と別るる歌一首 并びに短歌

一七八〇 ことひうしの 三宅の潟に さし向かふ 鹿島の崎に さ丹塗りの 小舟を設《ま》け 玉巻きの 小梶しじ貫き 夕潮の 満ちのとどみに み舟子《ふなこ》を 率《あども》ひ立てて 呼び立てて み舟出でなば 浜も狭《せ》に 後れ並み居て 臥《こ》いまろび 恋ひかも居らむ 足ずりし 音《ね》のみや泣かむ 海上《うなかみ》の その津をさして 君が漕ぎ行かば

反歌

一七八一 海つ路《ぢ》の 和《な》ぎなむ時も 渡らなむ かく立つ波に 舟出すべしや

右の二首、高橋連虫麻呂の歌集[4]の中に出づ。

妻に与ふる歌一首

一七八二 雪こそは 春日消ゆらめ 心さへ 消え失せたれや 言も通はぬ

妻の和《こた》ふる歌一首

一七八三 まつがへり しひてあれやは みつぐりの 中上り来ぬ 麻呂といふ奴《やつこ》

右の二首、柿本朝臣人麻呂の歌の中に出づ。

1―伝未詳。

一七七八 ○名欲山―大分県竹田市の大原山とする説がある。

2―茨城県鹿島郡の地域。

3―茨城県鹿島郡神栖町軽野の利根川にかかる橋。

一七八〇 ○ことひうしの―枕詞。○三宅の潟―千葉県銚子市三宅町一帯の海浜。○鹿島の崎―鹿島郡南端の岬。○海上―銚子市・海上郡一帯。

4→3・三二一。

一七八三 ○まつがへり―枕詞。○みつぐりの―枕詞。

入唐使に贈る歌一首

一七八四　海若《わたつみ》の　いづれの神を　祈らばか　往《ゆ》くさも来《く》さも　舟の速《はや》けむ

右の一首、渡海の年記未だ詳らかならず。

神亀《じんき》五年戊辰《ぼしん》の秋八月の歌一首　并びに短歌

一七八五　人となる　ことは難《かた》きを　わくらばに　なれる我が身は　死にも生きも
君がまにまと　念ひつつ　ありし間に　うつせみの　世の人なれば　大
君の　命恐《みことかしこ》み　あまざかる　夷《ひな》治めにと　あさとりの　朝立ちしつつ
むらとりの　群立ち行《い》なば　留まり居て　我は恋ひむな　見ず久ならば

反歌

一七八六　み越道《こしぢ》の　雪降る山を　越えむ日は　留まれる我を　かけて偲はせ

天平元年己巳《きし》の冬十二月の歌一首　并びに短歌

一七八七　うつせみの　世の人なれば　大君の　命恐み　しきしまの　大和の国の
石上《いそのかみ》　布留の里に　紐解かず　丸寝《まろね》をすれば　我が着たる　服《ころも》はなれぬ
見るごとに　恋は増されど　色に出でば　人知りぬべみ　冬の夜の　明
かしも得ぬを　眠も寝ずに　我はそ恋ふる　妹がただかに

反歌

一七八八　布留山ゆ　直《ただ》に見渡す　京《みやこ》にそ　眠も寝ず恋ふる　遠からなくに

一七八九　我妹子が　結ひてし紐を　解かめやも　絶えば絶ゆとも　直に逢ふまで
に

一七八五　○うつせみの―枕詞。○あまざかる―枕詞。○あさとりの―枕詞。○むらとりの―枕詞。

一七八六　○み越道―越（越前・越中・越後）の国へ行く道。この越は越前か。

一七八七　○うつせみの―枕詞。○しきしまの―枕詞。○色に出でば―原文「色二山上復有山者」と記す。

右の件《くだり》の五首、[1]笠朝臣金村《かさのあそみかなむら》の歌の中に出づ。

天平五年癸酉《きいう》、[2]遣唐使の船難波を発ちて海に入る時に、親母《おや》の子に贈る歌一首　并びに短歌

一七九〇　秋萩を　妻問ふ鹿こそ　一人子に　子持てりといへ　鹿子《かこ》じもの　我が独子《ひとりご》の　くさまくら　旅にし往けば　竹玉を　しじに貫き垂れ　斎瓮《いはひへ》に木綿《ゆふ》取り垂《し》でて　斎ひつつ　我が思ふ我が子　ま幸《さき》くありこそ

反歌

一七九一　旅人の　宿りせむ野に　霜降らば　我が子羽《は》ぐくめ　天の鶴群《たづむら》

娘子を思ひて作れる歌一首　并びに短歌

一七九二　しらたまの　人のその名を　なかなかに　言を下延《したは》へ　逢はぬ日の　まねく過ぐれば　恋ふる日の　重なり行けば　思ひ遣る　たどきを知らに　きもむかふ　心砕《くだ》けて　たまだすき　かけぬ時なく　口息《や》まず　我が恋ふる児を　たまくしろ　手に取り持ちて　まそかがみ　直目《ただめ》に見ねば　したひやま　下逝《ゆ》く水の　上にも出でず　我が思ふ情《こころ》　安きそらかも

反歌

一七九三　かきほなす　人の横言《よこごと》　繁みかも　逢はぬ日まねく　月の経ぬらむ

一七九四　立ち易《か》はり　月重なりて　逢はねども　さね忘らえず　面影にして

右の三首、[3]田辺福麻呂《たなべのさきまろ》の歌集に出づ。

1→3・三六四。

2—我が国が唐（中国）に派遣した使節。多治比広成を大使として、七三三年四月三日難波津から出発した。

一七九〇　○くさまくら—枕詞。

一七九二　○しらたまの—枕詞。○きもむかふ—枕詞。○たまだすき—枕詞。○たまくしろ—枕詞。○まそかがみ—枕詞。○したひやま—枕詞。○したひやま下逝く水の—序詞。

一七九三　○かきほなす—枕詞。

3→6・一〇六七。

挽歌

[1]宇治若郎子《うぢのわきいらつこ》の宮所《みやどころ》の歌一首

一七九五 いもらがり　今木の嶺に　茂り立つ　嬬《つま》まつの木は　古人《ふるひと》見けむ

紀伊国《きのくに》にして作れる歌四首

一七九六 もみちばの　過ぎにし子らと　携《たづさ》はり　遊びし磯を　見れば悲しも

一七九七 塩気《しほけ》立つ　荒磯にはあれど　ゆくみづの　過ぎにし妹が　形見とぞ来し

一七九八 古《いにしへ》に　妹と我が見し　ぬばたまの　黒牛潟を　見ればさぶしも

一七九九 玉津島　磯の浦回《うらみ》の　砂《まなご》にも　にほひて行かな　妹が触れけむ

右の五首、[2]柿本朝臣人麻呂の歌集に出づ。

[3]足柄《あしがら》の坂を過《よぎ》るに、死人《しにひと》を見て作れる歌一首

一八〇〇 小垣内《をかきつ》の　麻を引き干し　妹なねが　作り服《き》せけむ　しろたへの　紐をも解かず　一重結ふ　帯を三重結ひ　苦しきに　仕へ奉りて　今だにも　国に退《まか》りて　父母も　妻をも見むと　思ひつつ　往《ゆ》きけむ君は　とりがなく　東《あづま》の国の　恐《かしこ》きや　神のみ坂に　和《にき》たへの　服寒《ころもさむ》らに　ぬばたまの　髪は乱れて　国問へど　国をも告《の》らず　家問へど　家をも言はず　ますらをの　行きのまにまに　ここに臥《こ》やせる

[4]葦屋《あしや》の処女《をとめ》の墓に過る時に作れる歌一首　并びに短歌

一八〇一 古《いにしへ》の　ますらをのこの　相競《あひきほ》ひ　妻問ひしけむ　葦屋の　菟原処女《うなひをとめ》の

1—応神天皇の皇子。仁徳天皇の異母弟。仁徳天皇と帝位を譲りあい、宇治市の宇治の宮で自殺した。
一七九五 ○いもらがり—枕詞。○今木の嶺—未詳。
一七九六 ○もみちばの—枕詞。
一七九七 ○ゆくみづの—枕詞。
一七九八 ○ぬばたまの—枕詞。○黒牛潟→9・一六七二。
一七九九 ○玉津島—和歌山県和歌山市和歌浦の玉津島神社付近一帯。
2→7・一〇六八。
3—神奈川県南足柄市と静岡県駿東郡小山町との間の足柄峠。
一八〇〇 ○しろたへの—枕詞。○とりがなく—枕詞。○東の国—東国地方の総称。○ぬばたまの—枕詞。
4—兵庫県芦屋市及び神戸市東部一帯。
一八〇一 ○菟原をとめ—妻争い伝説に出てくる、葦屋に住んでいたとされる伝説上の美人。○たまほこの—枕詞。

奥《おく》つ城《き》を　我が立ち見れば　永き世の　語りにしつつ　後人《のちひと》の　偲ひにせむと　たまほこの　道の辺近く　磐構《いはかま》へ　作れる塚を　天雲の　そきへの極《きは》み　この道を　去く人ごとに　行き寄りて　い立ち嘆かひ　或る人は　音《ね》にも泣きつつ　語り継ぎ　偲《しの》ひ継ぎ来る　処女《をとめ》らが　奥《おく》つ城所《きところ》　我さへに　見れば悲しも　古《いにしへ》思へば

反歌

一八〇二　古の　小竹田《しのだ》をとこの　妻問ひし　菟原処女《うなひをとめ》の　奥つ城ぞこれ

一八〇三　語り継ぐ　からにもここだ　恋しきを　直目《ただめ》に見けむ　古《いにしへ》をとこ

弟《おと》の死にけるを悲しびて作れる歌一首　并びに短歌

一八〇四　父母が　成しのまにまに　はしむかふ　弟《おと》の命《みこと》は　あさつゆの　消易《けやす》き寿《いのち》　神のむた　争ひかねて　葦原の　水穂の国に　家なみや　また還り来ぬ　遠つ国　黄泉《よみ》の界に　はふつたの　己《おの》が向き向き　あまくもの　別れし往けば　やみよなす　思ひ迷《まと》はひ　いゆししの　意《こころ》を痛《いた》み　あしかきの　思ひ乱れて　はるとりの　啼《ね》のみ鳴きつつ　あぢさはふ　夜昼知らず　かぎろひの　心燃えつつ　嘆き別れぬ

反歌

一八〇五　別れても　またも逢ふべく　思ほえば　心乱れて　我恋ひめやも　一に云ふ「意尽くして」

一八〇六　あしひきの　荒山中に　送り置きて　還らふ見れば　情《こころ》苦しも

一八〇二　○小竹田をとこ―妻争い伝説に出てくる大阪府和泉市信太の付近に住んでいたとされる若者、血沼をとこともいわれる。

一八〇四　○はしむかふ―枕詞。○あさつゆの―枕詞。○葦原の水穂の国―日本の古い国名。○はふつたの―枕詞。○あまくもの―枕詞。○やみよなす―枕詞。○いゆししの―枕詞。○あしかきの―枕詞。○はるとりの―枕詞。○あぢさはふ―枕詞。○かぎろひの―枕詞。

一八〇六　○あしひきの―枕詞。

右の七首、田辺福麻呂の歌集に出づ。[1]

[2]葛飾《かつしか》の真間娘子《ままのをとめ》を詠む歌一首　并びに短歌

一八〇七　とりがなく　東《あづま》の国に　古《いにしへ》に　ありけることと　今までに　絶えず言ひける　葛飾の　真間の手児名《てごな》が　麻衣《あさぎぬ》に　青衿《あをくび》付け　ひたさ麻《を》を　裳《も》には織《お》り服《き》て　髪だにも　掻《か》きは梳《けづ》らず　履《くつ》をだに　はかず行けども　錦《にしき》綾の　中に包める　斎《いは》ひ児も　妹に及《し》かめや　もちづきの　足《た》れる面輪《おもわ》に　花のごと　咲《ゑ》みて立てれば　夏虫の　火に入るがごと　水門《みなと》入りに　舟漕ぐごとく　行きかぐれ　人の言ふ時　いくばくも　生けらじものを　何すとか　身をたな知りて　浪の音の　騒く湊《みなと》の　奥つ城《き》に　妹が臥《こ》やせる　遠き代に　ありけることを　昨日しも　見けむがごとも　念ほゆるかも

反歌

一八〇八　葛飾《かつしか》の　真間の井見れば　立ち平《なら》し　水汲《く》ましけむ　手児名し念ほゆ

[3]菟原処女《うなひをとめ》の墓を見る歌一首　并びに短歌

一八〇九　葦屋《あしのや》の　菟原処女《うなひをとめ》の　八歳児《やとせこ》の　片生《かたお》ひの時ゆ　小放《をばな》りに　髪たくまでに　並び居《を》る　家にも見えず　うつゆふの　隠《こも》りて居《を》れば　見てしかと　いぶせむ時の　かきほなす　人の問ふ時　血沼《ちぬ》壮士《をとこ》　菟原《うなひ》壮士《をとこ》の　ふせやたき　すすし競ひ　相結婚《よば》ひ　しける時は　焼き大刀《だち》の　手《た》かみ押しねり　白真弓　靫《ゆき》取り負ひて　水に入り　火にも入らむと

1→6・一〇六七。

2―千葉県市川市真間町付近。

一八〇七　○真間娘子―真間付近に住んでいたとされる伝説上の美人。○とりがなく―枕詞。○もちづきの―枕詞。

3→9・一八〇一。

一八〇九　○うつゆふの―枕詞。かきほなす―枕詞。○血沼をとこ―妻争い伝説に出てくる、大阪府堺市から岸和田市にかけての地域に住んでいたとされる若者。小竹田をとこともいう。○菟原をとこ―妻争い伝説に出てくる。菟原をとめと同じ地域に住むと思われる若者。○ふせやたき―枕詞。○しつたまき―枕詞。○ししくしろ―枕詞。○こもりぬの―枕詞。○ところつら―枕詞。

立ち向かひ　競ひし時に　我妹子が　母に語らく　しつたまき　賤《いや》しき我が故　ますらをの　争ふ見れば　生けりとも　逢ふべくあれや　ししくしろ　黄泉《よみ》に待たむと　こもりぬの　下延《したは》へ置きて　うち嘆き　妹が去《い》ぬれば　血沼壮士《をとこ》　その夜夢《よいめ》に見　取り続き　追ひ去《ゆ》きければ　後れたる　菟原壮士《をとこ》い　天仰ぎ　叫びおらび　地を踏み　きかみたけびて　もころ男《を》に　負けてはあらじと　掛け佩《は》きの　小大刀《をだち》取り佩《は》き　ところつら　尋《と》め去きければ　親族《うがら》どち　い行き集《つど》ひ　永《なが》き代《よ》に　標《しるし》にせむと　遠き代に　語り継がむと　処女墓《をとめつか》　中に造り置き　壮士墓　このもかのもに　造り置ける　故縁《ゆゑよし》聞きて　知らねども　新喪《にひも》のごとも　哭《ね》泣きつるかも

反歌

一八一〇　葦屋の　菟原処女《をとめ》の　奥つ城を　往き来と見れば　哭《ね》のみし泣かゆ

一八一一　墓の上の　木の枝《こえ》なびけり　聞きしごと　血沼《ちぬ》壮士にし　依《よ》りにけらしも

右の五首、[1]高橋連虫麻呂《たかはしのならじむしまろ》の歌集の中に出づ。

萬葉集巻第九

1↓3・三二一。

萬葉集巻第十

春の雑歌

一八一二　ひさかたの　天《あめ》の香具山《かぐやま》　この夕《ゆふべ》　霞たなびく　春立つらしも
一八一三　巻向《まきむく》の　檜原に立てる　春霞　おほにし思はば　なづみ来めやも
一八一四　古《いにしへ》の　人の植ゑけむ　すぎが枝《え》に　霞たなびく　春は来《き》ぬらし
一八一五　こらがてを　巻向山に　春されば　木《こ》の葉しのぎて　霞たなびく
一八一六　たまかぎる　夕さり来れば　さつひとの　弓月《ゆつき》が岳に　霞たなびく
一八一七　今朝行きて　明日は来むと　云子鹿丹　旦妻山《あさつまやま》に　霞たなびく
一八一八　子らが名に　かけの宜《よろ》しき　朝妻の　片山崖《かたやまきし》に　霞たなびく

右、[1]柿本朝臣人麻呂の歌集に出づ。

鳥を詠む

一八一九　うちなびく　春立ちぬらし　我が門《かど》の　やなぎの末《うれ》に　うぐひす鳴きつ
一八二〇　うめの花　咲ける岡辺《をかへ》に　家居れば　ともしくもあらず　うぐひすの声
一八二一　春霞　流るるなへに　青柳の　枝くひ持ちて　うぐひす鳴くも
一八二二　わが背子を　莫越《なこし》の山の　よぶこどり　君呼び返せ　夜のふけぬとに
一八二三　朝ゐでに　来鳴くかほどり　汝《なれ》だにも　君に恋ふれや　時終《ときを》へず鳴く

一八一二　○ひさかたの—枕詞。○天の香具山—奈良県橿原市の東部にある山。
一八一三　○第一・二・三句—序詞。○巻向の檜原—奈良県桜井市三輪の東北方にある山でひのきの林。
一八一五　○こらがてを—枕詞。
一八一六　○たまかぎる—枕詞。○さつひとの—枕詞。○弓月が岳—巻向山にある二つの頂のうちのいずれかをさす。
一八一七　○朝妻山—奈良県御所市南部の朝妻の地にある山。○第三句定訓を得ない。○第一・二・三句—序詞。
1→7・一〇六八。
一八一九　○うちなびく—枕詞。
一八二一　○あをやぎ—やなぎ科、ヤナギ。
一八二二　○わが背子を　莫—序詞。○よぶこどり—未詳。子を呼ぶような鳴き声からこの名がついたとする説もある。
一八二三　○かほ鳥—未詳。かっこうか。

一八二四 ◯ふゆごもり—枕詞。◯あしひきの—枕詞。

一八二五 ◯むらさき—山野に自生し、根から紫色の染料を採る。◯横野—大阪市生野区巽大地町の式内社横野神社一帯の地域。

一八二七 ◯春日—奈良市の東方の山地。◯羽易の山—未詳。◯佐保の内—奈良市市街北部の法蓮町から法華寺町付近の一帯。◯よぶこどり→8・一四四七。

一八二九 ◯あづさゆみ—枕詞。あづさはかばのき科の落葉喬木。

一八三〇 ◯うちなびく—枕詞。

一八三一 ◯三船の山—奈良県吉野郡吉野町宮滝の地の山。

一八三二 ◯うちなびく—枕詞。

一八三七 ◯うちなびく—枕詞。

一八三八 ◯筑波山—茨城県筑波郡・真壁郡・新治郡にまたがっている山。

一八二四　ふゆごもり　春さり来れば　あしひきの　山にも野にも　うぐひす鳴くも

一八二五　むらさきの　根延ふ横野の　春野には　君をかけつつ　うぐひす鳴くも

一八二六　春されば　妻を求むと　うぐひすの　木末《こぬれ》を伝ひ　鳴きつつもとな

一八二七　春日なる　羽易《はがひ》の山ゆ　佐保の内へ　鳴き徃くなるは　誰よぶこどり

一八二八　答へぬに　な呼びとよめそ　よぶこどり　佐保の山辺を　上り下りに

一八二九　あづさゆみ　春山近く　家居らば　継ぎて聞くらむ　うぐひすの声

一八三〇　うちなびく　春さり来れば　しのの末《うれ》に　尾羽打ち触れて　うぐひす鳴くも

一八三一　朝霧に　しののに濡《ぬ》れて　よぶこどり　三船の山ゆ　鳴き渡る見ゆ

一八三二　うちなびく　春さり来れば　しかすがに　天雲《あまぐも》霧《き》らひ　雪は降りつつ

一八三三　うめの花　降り覆《おほ》ふ雪を　包み持ち　君に見せむと　取れば消《け》につつ

一八三四　うめの花　咲き散り過ぎぬ　しかすがに　白雪庭に　降りしきりつつ

一八三五　今更に　雪降らめやも　かぎろひの　もゆる春へと　なりにしものを

一八三六　風交《ま》じり　雪は降りつつ　しかすがに　霞たなびき　春さりにけり

一八三七　山のまに　うぐひす鳴きて　うちなびく　春と思へど　雪降りしきぬ

一八三八　峰《を》の上に　降り置ける雪し　風のむた　ここに散るらし　春にはあれども

右の一首、筑波山にして作る。

一八三九　君がため　山田の沢に　ゑぐ摘《つ》むと　雪消《ゆきげ》の水に　裳《も》の裾濡《すそぬ》れぬ

一八四〇　うめが枝に　鳴きて移ろふ　うぐひすの　羽白妙《はねしろたへ》に　沫雪《あわゆき》そ降る

一八四一　山高み　降り来る雪を　うめの花　散りかも来ると　思ひつるかも　一
に云ふ「うめの花　咲きかも散ると」

一八四二　雪をおきて　うめをな恋ひそ　あしひきの　山片づきて　家居せる君

右の二首、問答

霞を詠む

一八四三　昨日こそ　年は果てしか　はるがすみ　春日《かすが》の山に　はや立ちにけり

一八四四　冬過ぎて　春来《きた》るらし　朝日さす　春日の山に　霞たなびく

一八四五　うぐひすの　春になるらし　春日山　霞たなびく　夜目に見れども

柳を詠む

一八四六　霜枯《しもか》れの　冬のやなぎは　見る人の　縵《かづら》にすべく　萌《も》えにけるかも

一八四七　浅緑　染め掛けたりと　見るまでに　春のやなぎは　萌えにけるかも

一八四八　山のまに　雪は降りつつ　しかすがに　この河楊《かはやぎ》は　萌えにけるかも

一八四九　山のまに　雪は消《け》ざるを　みなぎらふ　川のそひには　萌えにけるかも

一八五〇　朝な旦《あさ》な　我が見るやなぎ　うぐひすの　来居て鳴くべき　森にはやな
れ

一八五一　青柳の　糸の細《くは》しさ　春風に　乱れぬい間に　見せむ児もがも

一八三九　○ゑぐ―未詳。かやつりぐさ科のクロクワイか。

一八四二　○あしひきの―枕詞。

一八四三　○はるがすみ―枕詞。

一八四五　○うぐひすの―枕詞。

一八四八　○かはやぎ―やなぎ科、カワヤナギ、ネコヤナギ。

一八五二 ももしきの 大宮人の かづらける 枝垂柳《しだりやなぎ》は 見れど飽かぬかも

一八五三 うめの花 取り持ち見れば 我が屋前《やど》の やなぎの眉し 念ほゆるかも

花を詠む

一八五四 うぐひすの 木伝《こづた》ふうめの うつろへば さくらの花の 時かたまけぬ

一八五五 桜花 時は過ぎねど 見る人の 恋の盛りと 今し散るらむ

一八五六 我がかざす やなぎの糸を 吹き乱る 風にか妹が うめの散るらむ

一八五七 年のはに うめは咲けども うつせみの 世の人我し 春なかりけり

一八五八 うつたへに 鳥ははまねど 縄延《は》へて 守《も》らまく欲しき うめの花かも

一八五九 うまなめて 高《たか》の山辺を 白妙《しろたへ》に にほはしたるは うめの花かも

一八六〇 花咲きて 実は成らねども 長き日《け》に 念ほゆるかも やまぶきの花

一八六一 能登河《のとがは》の 水底さへに 照るまでに 三笠《みかさ》の山は 咲きにけるかも

一八六二 雪見れば いまだ冬なり しかすがに 春霞立ち うめは散りつつ

一八六三 去年《こぞ》咲きし ひさぎ今咲く いたづらに 土にか落ちむ 見る人なしに

一八六四 あしひきの 山のま照らす 桜花 この春雨に 散り去《ゆ》かむかも

一八六五 うちなびく 春さり来らし 山のまの 遠き木末《こぬれ》の 咲き往く見れば

一八六六 きぎし鳴く 高円《たかまと》の辺に 桜花 散りて流らふ 見む人もがも

一八六七 阿保山《あほやま》の さくらの花は 今日もかも 散りまがふらむ 見る人なしに

一八六八 かはづ鳴く 吉野の河の 滝の上の あしびの花そ はしに置くなゆめ

一八五二 ○ももしきの—枕詞。○しだりやなぎ—シダレヤナギ。

一八五七 ○うつせみの—枕詞。

一八五九 ○うまなめて—枕詞。○高の山辺—未詳。

一八六一 ○能登川—春日山に発し、奈良市街地の南部を西流して佐保川と合流する川。○三笠の山—奈良市街地東方の春日山と呼ばれる山々の一峰。御蓋山。

一八六三 ○ひさぎ—のうぜんかずら科、キササゲ。↓6・九二五。

一八六四 ○あしひきの—枕詞。

一八六五 ○うちなびく—枕詞。

一八六六 ○きぎし—きじ科、キジの古名。○高円の辺—奈良市東方の春日山の南東にある山。

一八六七 ○阿保山—未詳。奈良市佐保田町の山。

一八六八 ○吉野川—奈良県吉野郡吉野町の吉野川。○あしび—つつじ科、アシビ・アセビ。↓8・一四二八。

一八六九 春雨に 争ひかねて 我が屋前《やど》の さくらの花は 咲きそめにけり

一八七〇 春雨は いたくな降りそ 桜花 いまだ見なくに 散らまく惜しも

一八七一 春されば 散らまく惜しき うめの花 しましは咲かず 含《ふふ》みてもがも

一八七二 見渡せば 春日《かすが》の野辺に 霞立ち 咲きにほへるは 桜花かも

一八七三 いつしかも この夜の明けむ うぐひすの 木伝《こづた》ひ散らす うめの花見む

月を詠む

一八七四 春霞 たなびく今日の 夕月夜《ゆふづくよ》 清く照るらむ 高松の野に

一八七五 春されば 木《き》の木暗《このくれ》の 夕月夜 おほつかなしも 山陰にして 一に云ふ「春されば 木暗多《このくれおほ》み 夕月夜」

一八七六 朝霞 春日《はるひ》の暮れば 木《こ》の間より 移ろふ月を 何時とか待たむ

雨を詠む

一八七七 春の雨に ありけるものを 立ち隠《かく》り 妹が家道に この日暮らしつ

河を詠む

一八七八 今往《ゆ》きて 聞くものにもが 明日香川《あすかがは》 春雨降りて 激《たき》つ瀬の音を

煙を詠む

一八七九 春日野《かすがの》に 煙《けぶり》立つ見ゆ 娘嬬《をとめ》らし 春野のうはぎ 摘みて煮らしも

野遊

一八八〇 春日野の あさぢが上に 念ふどち 遊ぶ今日の日 忘らえめやも

一八七四 ○高松の野―未詳。奈良市の高円山か。

一八七八 ○明日香川―高市郡の山地に発し、雷丘、藤原京跡をめぐり大和川と合流する川。

一八七九 ○春日野―奈良市東方の春日山麓一帯の野。○うはぎ―きく科、ヨメナの古名。→2・二二一。

一八八〇 ○あさぢ―いね科、伸び繁らないうちのチガヤ。アサは丈が低い意。

一八八一　春霞　立つ春日野を　往き還り　我は相見む　いや年のはに

一八八二　春の野に　意述《こころの》べむと　念ふどち　来《こ》し今日の日は　暮れずもあらぬか

一八八三　ももしきの　大宮人は　暇《いとま》あれや　うめをかざして　ここに集《つど》へる

旧《ふ》りゆくことを嘆く

一八八四　冬過ぎて　春の来れば　年月は　新《あらた》なれども　人は古りゆく

一八八五　物皆は　新しきよし　ただしくも　人は古《ふ》りゆく　宜《よろ》しかるべし

逢ふを懽《よろこ》ぶる

一八八六　住吉《すみのえ》の　里行きしかば　はるはなの　いやめづらしき　君に逢へるかも

旋頭歌

一八八七　春日なる　三笠《みかさ》の山に　月も出でぬかも　佐紀山《さきやま》に　咲けるさくらの
花の見ゆべく

一八八八　白雪の　常敷《つねし》く冬は　過ぎにけらしも　春霞　たなびく野辺の　うぐひ
す鳴くも

譬喩歌

一八八九　我が屋前《やど》の　毛桃の下に　月夜さし　下心良し　うたてこのころ

春の相聞

一八九〇　春山《はるやま》の　友鶯《ともうぐひす》の　鳴き別れ　帰ります間も　思ほせ我を

一八九一　ふゆごもり　春咲く花を　手折《たを》り持ち　千度《ちたび》の限り　恋ひ渡るかも

一八八三　○ももしきの―枕詞。

一八八六　○住吉の里―大阪市住吉区一帯。○はるはなの―枕詞。

一八八七　○佐紀山―奈良市佐紀町の北方の山。

一八八九　○毛もも―モモの一種で毛のあるもの。

一八九〇　○第一・二句―序詞。

一八九一　○ふゆごもり―枕詞。

一八九三 ○第一・二・三・四句―序詞。
一八九五 ○第一・二句―序詞。○三枝―未詳。ミツマタ説・ヒノキ説・ヤマユリ説・ササユリ説などがある。
一八九六 ○第一・二句―序詞。
1↓7・一〇六八。
一八九七 ○第一・二句―序詞。○もず―もず科の鳥。晩秋から多にかけてが鳴き盛り。○かやぐき―草にひそみ隠れる意。
一八九八 ○第一・二・三句と「草の根」まで―序詞。○かほ鳥↓10・一八二三。
一八九九 ○うのはな―ゆきのした科、ウツギの古名。
一九〇一 ○第一・二・三句―序詞。
一九〇三 ○第三・四句―序詞。○あしび↓8・一四二八。

一八九二 春山の 霧に迷《まと》へる うぐひすも 我にまさりて 物念はめやも
一八九三 出でて見る 向かひの岡に 本《もと》繁く 咲きたる花の 成らずは止まじ
一八九四 霞立つ 春の永日《ながひ》を 恋ひ暮らし 夜もふけ去くに 妹も逢はぬかも
一八九五 春されば まづ三枝《さきくさ》の 幸《さき》くあらば 後にも逢はむ な恋ひそ我妹
一八九六 春されば 枝垂柳《しだりやなぎ》の とををにも 妹は心に 乗りにけるかも

右、[1]柿本朝臣人麻呂の歌集に出づ。

鳥に寄する

一八九七 春されば もずのかやぐき 見えずとも 我は見遣らむ 君があたりをば
一八九八 かほどりの 間なくしば鳴く 春の野の 草根《くさね》の繁き 恋もするかも

花に寄する

一八九九 春されば うのはな腐《くた》し 我が越えし 妹が垣間《かきま》は 荒れにけるかも
一九〇〇 うめの花 咲き散る園に 我行かむ 君が使ひを 片待ちがてり
一九〇一 ふじなみの 咲く春の野に 延《は》ふくずの 下よし恋ひば 久しくもあらむ
一九〇二 春の野に 霞たなびき 咲く花の かくなるまでに 逢はぬ君かも
一九〇三 我が背子に 我が恋ふらくは 奥山の あしびの花の 今盛りなり
一九〇四 うめの花 枝垂柳《しだりやなぎ》に 折り交じへ 花にそなへば 君に逢はむかも

一九〇五 をみなへし　佐紀野《さきの》に生ふる　白躑躅《つつじ》　知らぬこともち　言はれし我が背

一九〇六 うめの花　我は散らさじ　あをによし　奈良なる人も　来つつ見るがね

一九〇七 かくしあらば　なにか植ゑけむ　やまぶきの　止む時もなく　恋ふらく念へば

霜に寄する

一九〇八 春されば　水草の上に　置く霜の　消《け》つつも我は　恋ひ渡るかも

霞に寄する

一九〇九 春霞　山にたなびき　おほほしく　妹を相見て　後恋ひむかも

一九一〇 春霞　立ちにし日より　今日までに　我が恋止まず　本の繁《しげ》けば　一に云ふ「片思にして」

一九一一 さにつらふ　妹を念ふと　霞立つ　春日《はるひ》もくれに　恋ひ渡るかも

一九一二 たまきはる　我が山の上に　立つ霞　立つとも居《う》とも　君がまにまに

一九一三 見渡せば　春日《かすが》の野辺に　立つ霞　見まくの欲しき　君が容儀《すがた》か

一九一四 恋ひつつも　今日は暮らしつ　霞立つ　明日の春日《はるひ》を　いかに暮らさむ

雨に寄する

一九一五 我が背子に　恋ひてすべなみ　春雨の　降る別《わき》知らず　出でて来しかも

一九一六 今更に　君はい往かじ　春雨の　情《こころ》を人の　知らざらなくに

一九一七 春雨に　衣はいたく　通らめや　七日《なぬか》し降らば　七日来じとや

一九〇五 ○第一・二・三句—序詞。○をみなへし—枕詞。○佐紀野—奈良市佐紀町近辺の野。

一九〇六 ○あをによし—枕詞。

一九〇七 ○やまぶきの—枕詞。○第一・二・三句—序詞。

一九〇八 ○第一・二・三句—序詞。

一九〇九 ○第一・二句—序詞。

一九一二 ○第一・二・三句—序詞。○たまきはる—枕詞。

一九一三 ○第一・二・三句—序詞。

一九一八 うめの花 散らす春雨 いたく降る 旅にや君が 廬《いほり》せるらむ

草に寄する

一九一九 国栖《くにす》らが 春菜摘むらむ 司馬《しま》の野の しばしば君を 思ふこのころ

一九二〇 はるくさの 繁き我が恋 大き海の 辺に往《ゆ》く浪の 千重に積《つも》りぬ

一九二一 おほほしく 君を相見て すがのねの 長き春日を 恋ひ渡るかも

松に寄する

一九二二 うめの花 咲きて散りなば 我妹子を 来むか来じかと 我がまつの木そ

雲に寄する

一九二三 しらまゆみ いま春山に 去《ゆ》く雲の 逝《ゆ》きや別れむ 恋しきものを

縵《かづら》を贈る

一九二四 ますらをの 伏し居嘆きて 作りたる 枝垂柳《しだりやなぎ》の 縵せ我妹

別れを悲しぶる

一九二五 朝戸出《あさとで》の 君が儀《すがた》を よく見ずて 長き春日を 恋ひや暮らさむ

問答

一九二六 春山の あしびの花の 悪しからぬ 君にはしゑや 寄そるともよし

一九二七 石上《いそのかみ》 布留《ふる》の神杉《かむすぎ》 神びにし 我やさらさら 恋にあひにける

右の一首、春の歌にあらねども、なほし和《こた》へなるを以《も》ちての故に、この次に載《の》す。

一九二八 狭野方《さのかた》は 実にならずとも 花のみに 咲きて見えこそ 恋のなぐさに

一九一九 ○第一・二・三句―序詞。○国栖―吉野川上流に住んでいた先住民族。○司馬の野―未詳。

一九二〇 ○はるくさの―枕詞。○第三・四句―序詞。

一九二一 ○すがのねの―枕詞。

一九二三 ○しらまゆみ―枕詞。○第一・二・三句―序詞。

一九二六 ○第一・二句―序詞。

一九二七 ○第一・二句―序詞。○石上布留―石上は奈良県天理市の石上神宮の付近から西方一帯をいう。布留はそのうちの神宮周辺の地。

一九二八 ○狭野方―植物説と地名説がある。植物説には、クズとする説、アケビとする説がある。地名説では、滋賀県坂田郡とする説がある。

一九二九　狭野方は　実になりにしを　今更に　春雨降りて　花咲かめやも

一九三〇　あづさゆみ　引津の辺なる　なのりその　花咲くまでに　逢はぬ君かも

一九三一　川の上《へ》の　いつ藻の花の　いつもいつも　来ませ我が背子　時じけめやも

一九三二　春雨の　止まず降る降る　我が恋ふる　人の目すらを　相見せなくに

一九三三　我妹子に　恋ひつつ居れば　春雨の　それも知るごと　止まず降りつつ

一九三四　相念はぬ　妹をやもとな　すがのねの　長き春日を　念ひ暮らさむ

一九三五　春されば　まづ鳴く鳥の　うぐひすの　言先立ちし　君をし待たむ

一九三六　相念はず　あるらむ児故　たまのをの　長き春日を　念ひ暮らさく

夏の雑歌

鳥を詠む

一九三七　ますらをの　出で立ち向かふ　故郷《ふるさと》の　神奈備山《かむなびやま》に　明け来れば　つみのさ枝に　夕されば　小松が末《うれ》に　里人の　聞き恋ふるまで　山彦の　相とよむまで　ほととぎす　妻恋すらし　さ夜中に鳴く

反歌

一九三八　旅にして　妻恋すらし　ほととぎす　神奈備山に　さ夜ふけて鳴く

右、[1]古歌集の中に出づ。

一九三九　ほととぎす　汝《な》が初声は　我にもが　五月の玉に　交じへて貫かむ

一九三〇　○あづさゆみ—枕詞。○なのりその花—ひばまた科、ホンダワラ。

一九三一　○第一・二句—序詞。○いつ藻の花—モ、淡水、海水中に生ずる植物の総称。

一九三四　○すがのねの—枕詞。

一九三五　○第一・二・三句—序詞。

一九三六　○たまのをの—枕詞。

一九三七　○神奈備山—普通名詞、神の火の意か。神霊の降りる所を言う。三輪山・竜田山・雷丘などが考えられる。○つみ—くわ科、ヤマグワ。

1→7・一二六七。

一九四〇 ○あしひきの―枕詞。

一九四一 ○あさぎりの―枕詞。

一九四四 ○今木の岡―未詳。奈良県吉野郡大淀町今木の岡説、京都府宇治市周辺の今木の嶺説などがある。

一九四五 ○あさぎりの―枕詞。

一九五〇 ○はなたちばな―やぶこうじ科のカラタチバナ説、まつかぜそう科のキシュウミカン説、ミカン類の総称説などがある。

一九四〇 朝霞《あさかすみ》 たなびく野辺に あしひきの 山霍公鳥《ほととぎす》 いつか来鳴かむ

一九四一 あさぎりの 八重山越えて よぶこどり 鳴きや汝《な》が来る 屋戸もあらなくに

一九四二 ほととぎす 鳴く声聞くや うのはなの 咲き散る岡に くず引く感嬬《をとめ》

一九四三 月夜良み 鳴くほととぎす 見まく欲り 我草取れり 見む人もがも

一九四四 ふぢなみの 散らまく惜しみ ほととぎす 今木の岡を 鳴きて越ゆなり

一九四五 あさぎりの 八重山越えて ほととぎす うのはな辺から 鳴きて越え来《き》ぬ

一九四六 木高《こたか》くは かつて木《き》植ゑじ ほととぎす 来鳴きとよめて 恋増さらしむ

一九四七 逢ひ難き 君に逢へる夜 ほととぎす 他《あた》し時ゆは 今こそ鳴かめ

一九四八 木暗《このくれ》の 夕闇なるに 一に云ふ「なれば」 ほととぎす いづくを家と 鳴き渡るらむ

一九四九 ほととぎす 今朝の朝明《あさけ》に 鳴きつるは 君聞きけむか 朝眠《い》か寝けむ

一九五〇 ほととぎす 花橘の 枝に居て 鳴きとよもせば 花は散りつつ

一九五一 うれたきや 醜霍公鳥《しこほととぎす》 今こそば 声の涸《か》るがに 来鳴きとよめめ

一九五二 今夜《こよひ》の おほつかなきに ほととぎす 鳴くなる声の 音の遙《はる》けさ

一九五三 五月山《さつき》 うのはな月夜 ほととぎす 聞けども飽かず また鳴かぬかも

一九五四 ほととぎす 来居も鳴かぬか 我が屋前《やど》の 花橘の 地《つち》に落ちむ見む

一九五五 ほととぎす 厭《いと》ふ時なし あやめぐさ 縵《かづら》にせむ日 こゆ鳴き渡れ

一九五六 大和には 鳴きてか来らむ ほととぎす 汝《な》が鳴くごとに なき人思ほゆ

一九五七 うのはなの 散らまく惜しみ ほととぎす 野に出で山に入り 来鳴きとよもす

一九五八 たちばなの 林を植ゑむ ほととぎす 常に冬まで 住み渡るがね

一九五九 雨ばれの 雲にたぐひて ほととぎす 春日《かすが》をさして こゆ鳴き渡る

一九六〇 物念ふと 寝《い》ねぬ旦明《あさけ》に ほととぎす 鳴きてさ渡る すべなきまでに

一九六一 我が衣 君に着せよと ほととぎす 我をうながす 袖に来居つつ

一九六二 本《もと》つ人 ほととぎすをや めづらしみ 今か汝《な》が来し 恋ひつつ居れば

一九六三 かくばかり 雨の降らくに ほととぎす うのはな山に なほか鳴くらむ

蟬《せみ》を詠む

一九六四 黙《もだ》もあらむ 時も鳴かなむ ひぐらしの 物念ふ時に 鳴きつつもとな

榛《はり》を詠む

一九五五 ○あやめぐさ―さといも科、ショウブ。

一九六四 ○ひぐらし―せみ科、夕暮れによく鳴くセミ一般とする説もあるが、カナカナゼミか。

一九六五 ○はり—かばのき科、ハンノキ。

一九七〇 ○なでしこ↓8・一四四八。

一九七三 ○わぎもこに—枕詞。○あふち—せんだん科、センダンの古名。

一九七五 ○うのはなの—枕詞。

一九七六 ○うのはな↓7・一二五九。

一九六五 思ふ児が　衣摺《ころもす》らむに　にほひこそ　島の榛原《はりはら》　秋立たずとも

花を詠む

一九六六 風に散る　花橘を　袖に受けて　君が御跡《みあと》と　偲《しの》ひつるかも

一九六七 かぐはしき　花橘を　玉に貫き　送らむ妹は　みつれてもあるか

一九六八 ほととぎす　来鳴きとよもす　たちばなの　花散る庭を　見む人や誰

一九六九 我が屋前《やど》の　花橘は　散りにけり　悔《くや》しき時に　逢へる君かも

一九七〇 見渡せば　向かひの野辺の　なでしこが　散らまく惜しも　雨な降りそね

一九七一 雨間明けて　国見《くにみ》もせむを　故郷《ふるさと》の　花橘は　散りにけるかも

一九七二 野辺見れば　なでしこが花　咲きにけり　我が待つ秋は　近付くらしも

一九七三 わぎもこに　あふちの花は　散り過ぎず　今咲けるごと　ありこせぬかも

一九七四 春日野の　ふぢは散りにて　何をかも　み狩の人の　折りて挿頭《かざ》さむ

一九七五 時ならず　玉をそ貫ける　うのはなの　五月を待たば　久しくあるべみ

問答

一九七六 うのはなの　咲き散る岳ゆ　ほととぎす　鳴きてさ渡る　君は聞きつや

一九七七 聞きつやと　君が問はせる　ほととぎす　しののに濡れて　こゆ鳴き渡る

譬喩歌

一九七八　たちばなの　花散る里に　通ひなば　山霍公鳥《ほととぎす》　とよもさむかも

夏の相聞

鳥に寄する

一九七九　春されば　すがるなす野の　ほととぎす　ほとほと妹に　逢はず来にけり

一九八〇　五月山《さつきやま》　花橘に　ほととぎす　隠《こも》らふ時に　逢へる君かも

一九八一　ほととぎす　来鳴く五月の　短夜《みじかよ》も　独《ひと》り寝れば　明かしかねつも

蟬に寄する

一九八二　ひぐらしは　時と鳴けども　恋ひしくに　たわやめ我は　定まらず哭《な》く

草に寄する

一九八三　人言は　夏野の草の　繁くとも　妹と我とし　携《たづさ》はり寝ば

一九八四　このころの　恋の繁けく　夏草の　刈り払へども　生ひしくごとし

一九八五　まくず延《は》ふ　夏野の繁く　かく恋ひば　まこと我が命　常ならめやも

一九八六　我のみや　かく恋ひすらむ　かきつはた　につらふ妹は　いかにかあるらむ

花に寄する

一九八七　片搓《かたよ》りに　糸をそ我が搓《よ》る　我が背子が　花橘を　貫《ぬ》かむと思ひて

一九七九　○第一・二・三句—序詞。○すがる—じがばち科、ジガバチ。

一九八〇　○第一・二・三句—序詞。

一九八三　○第二句—序詞。

一九八五　○まくず延ふ　夏野の—序詞。○まくず—クズ。マは接頭語。

一九八六　○かきつはた—枕詞。

一九八八　うぐひすの　通ふ垣根の　うのはなの　憂《う》きことあれや　君が来まさぬ

一九八九　うのはなの　咲くとはなしに　ある人に　恋ひや渡らむ　片思《も》ひにして

一九九〇　我こそば　憎くもあらめ　我が屋前《やど》の　花橘を　見には来じとや

一九九一　ほととぎす　来鳴きとよもす　岡辺なる　藤浪見には　君は来じとや

一九九二　隠《こも》りのみ　恋ふれば苦し　なでしこが　花に咲き出よ　朝な旦《あさ》な見む

一九九三　よそのみに　見つつ恋ひなむ　くれなゐの　すゑつむはなの　色に出でずとも

露に寄する

一九九四　夏草の　露別け衣　着《つ》けなくに　我が衣手の　乾《ふ》る時もなし

日に寄する

一九九五　六月《みなづき》の　地《つち》さへ裂けて　照る日にも　我が袖乾《ひ》めや　君に逢はずして

秋の雑歌

七夕

一九九六　天の川　水さへに照る　舟泊てて　舟なる人は　妹に見えきや

一九九七　ひさかたの　天の川原に　ぬえどりの　うら嘆けましつ　すべなきまでに

一九八八　○第一・二・三句—序詞。

一九九三　○第三・四句—序詞。○末摘む花—べにばなの異名。早朝その頭花を摘み取り、乾燥させて、べにの原料にする。

一九九七　○ひさかたの—枕詞。○ぬえどりの—枕詞。ぬえどりはつぐみ科、トラツグミ。

一九九八 ○ゆくふねの—枕詞。
一九九九 ○あからひく—枕詞。
二〇〇二 ○八千桙の神—大国主の別名。
二〇〇七 ○ひさかたの—枕詞。
二〇〇八 ○ぬばたまの—枕詞。ぬばたまはあやめ科のヒオウギか。
二〇一〇 ○月人をとこ—月の異名。月を若い男子に見立てて呼びかけたもの。
二〇一三 ○水陰草—水辺の物陰に生えている草。

一九九八 我が恋を 夫《つま》は知れるを ゆくふねの 過ぎて来べしや 言も告げなむ
一九九九 あからひく しきたへの児を しば見れば 人妻故に 我恋ひぬべし
二〇〇〇 天の川 安の渡りに 舟浮けて 秋立つ待つと 妹に告げこそ
二〇〇一 大空ゆ 通ふ我すら 汝《な》が故に 天の川道を なづみてぞ来し
二〇〇二 八千桙《やちほこ》の 神の御代《みよ》より ともし孋《つま》 人知りにけり 継ぎてし思へば
二〇〇三 我が恋ふる 丹《に》の穂の面《おも》わ 今夜もか 天の川原に 石枕《いそまくら》まく
二〇〇四 己夫《おのづま》に ともしき児らは 泊てむ津の 荒磯まきて寝む 君待ちかてに
二〇〇五 天地《あめつち》と 別れし時ゆ 己《おの》が孋《つま》 かくぞ年にある 秋待つ我は
二〇〇六 彦星は 嘆かす孋《つま》に 言だにも 告げにぞ来つる 見れば苦しみ
二〇〇七 ひさかたの 天つしるしと 水無《みな》し川 隔てて置きし 神代し恨《うら》めし
二〇〇八 ぬばたまの 夜霧隠《こも》りて 遠くとも 妹が伝へは 早く告げこそ
二〇〇九 汝《な》が恋ふる 妹の命《みこと》は 飽き足りに 袖振る見えつ 雲隠《がく》るまで
二〇一〇 夕星《ゆふつづ》も 通ふ天道《あまぢ》を 何時《いつ》までか 仰ぎて待たむ 月人壮《をとこ》
二〇一一 天の川 い向かひ立ちて 恋しらに 言だに告げむ 孋《つま》問ふまでは
二〇一二 白玉の 五百《いほ》つ集《つど》ひを 解きも見ず 我は寝かてぬ 逢はむ日待つに
二〇一三 天の川 水陰草《みづかげくさ》の 秋風に なびかふ見れば 時は来にけり
二〇一四 我が待ちし 秋萩咲きぬ 今だにも にほひに往かな 彼方人《をちかたひと》に
二〇一五 我が背子に うら恋ひ居れば 天の川 夜舟漕ぐなる 梶《かぢ》の音聞こゆ
二〇一六 ま日《け》長く 恋ふる心ゆ 秋風に 妹が音聞こゆ 紐解き往かな

二〇一七　恋ひしくは　日長《け》きものを　今だにも　ともしむべしや　逢ふべき夜だに

二〇一八　天の川　去年《こぞ》の渡りで　移ろへば　河瀬を踏むに　夜そふけにける

二〇一九　古《いにしへ》ゆ　あげてし服《はた》も　かへり見ず　天の河津に　年ぞ経にける

二〇二〇　天の川　夜舟を漕ぎて　明けぬとも　逢はむと念《も》ふ夜《よ》　袖交《そでか》へずあらむ

二〇二一　遙嬬《とほづま》と　手枕《たまくら》交へて　寝たる夜は　鶏《とり》が音《ね》な鳴き　明けば明けぬとも

二〇二二　相見らく　飽き足らねども　いなのめの　明け去《さ》りにけり　舟出せむ孋《つま》

二〇二三　さ寝そめて　いくだもあらねば　しろたへの　帯乞《こ》ふべしや　恋も過ぎねば

二〇二四　万代《よろづよ》に　携《たづさ》はり居て　相見とも　念ひ過ぐべき　恋にあらなくに

二〇二五　万代に　照るべき月も　雲隠《がく》り　苦しきものぞ　逢はむと念《も》へど

二〇二六　白雲の　五百重《いほへ》に隠り　遠くとも　夕《ゆふ》さらず見む　妹があたりは

二〇二七　我がためと　織女《たなばたつめ》の　その屋戸《やど》に　織る白たへは　織りてけむかも

二〇二八　君に逢はず　久しき時ゆ　織る服《はた》の　白たへ衣　垢付《あか》くまでに

二〇二九　天の川　梶の音聞こゆ　彦星と　織女《たなばたつめ》と　今夜逢ふらしも

二〇三〇　秋されば　川霧立てる　天の川　河に向き居て　恋ふる夜そ多き

二〇三一　よしゑやし　直《ただ》ならずとも　ぬえどりの　うら嘆《な》け居りと　告げむ子もがも

二〇三二　一年《ひととせ》に　七日《なぬか》の夜のみ　逢ふ人の　恋も過ぎねば　夜はふけ往くも　一

二〇二二　○いなのめの―枕詞。

二〇二三　○しろたへの―枕詞。

二〇三一　○ぬえどりの―枕詞。

二〇三三　○第三句以下定訓を得ない。
1―天武九（六八〇）年説、天平十二（七四〇）年説がある。

二〇三五　○ぬばたまの―枕詞。

に云ふ「尽きねば　さ夜ぞ明けにける」

二〇三三　天の川　安の川原に　定而神競者磨待無
　この歌一首、[1]庚辰《かうしん》の年に作る。

　右、柿本朝臣人麻呂の歌集に出づ。

二〇三四　棚機《たなばた》の　五百機《いほはた》立てて　織る布の　秋さり衣　誰か取り見む

二〇三五　年にありて　今かまくらむ　ぬばたまの　夜霧隠《ごも》れる　遠妻の手を

二〇三六　我が待ちし　秋は来りぬ　妹と我と　何事あれそ　紐解かざらむ

二〇三七　年の恋　今夜尽くして　明日よりは　常のごとくや　我が恋ひ居らむ

二〇三八　逢はなくは　日《け》長きものを　天の川　隔ててまたや　我が恋ひ居らむ

二〇三九　恋しけく　日長きものを　逢ふべかる　夕《よひ》だに君が　来まさざるらむ

二〇四〇　彦星と　織女《たなばたつめ》と　今夜逢ふ　天の川門《かはと》に　浪立つなゆめ

二〇四一　秋風の　吹き漂《ただよ》はす　白雲は　織女の　天つ領巾《ひれ》かも

二〇四二　しばしばも　相見ぬ君を　天の川　舟出はやせよ　夜のふけぬ間に

二〇四三　秋風の　清き夕《ゆふべ》に　天の川　舟漕ぎ渡る　月人壮《つくひとをとこ》

二〇四四　天の川　霧立ち渡り　彦星の　梶の音聞こゆ　夜のふけ往けば

二〇四五　君が舟　今漕ぎ来らし　天の川　霧立ち渡る　この川の瀬に

二〇四六　秋風に　河浪立ちぬ　しましくは　八十《やそ》の舟津に　み舟泊《と》めよ

二〇四七　天の川　河の音清し　彦星の　秋漕ぐ舟の　浪の騒《さわ》きか

二〇四八　天の川　河門に立ちて　我が恋ひし　君来ますなり　紐解き待たむ　一

に云ふ「天の河　川に向き立ち」

二〇四九 天の川　河門に居りて　年月を　恋ひ来し君に　今夜《こよひ》逢へるかも

二〇五〇 明日よりは　我が玉床《たまどこ》を　打ち払ひ　君と寝《い》ねずて　一人かも寝《ね》む

二〇五一 天の原　往きて射《い》てむと　白真弓　引きて隠《かく》れる　月人壮士《つくひとをとこ》

二〇五二 この夕《ゆふべ》　降り来る雨は　彦星の　はや漕ぐ舟の　櫂《かい》の散りかも

二〇五三 天の川　八十瀬《やそせ》霧《き》らへり　彦星の　時待つ舟は　今し漕ぐらし

二〇五四 風吹きて　河浪立ちぬ　引き舟に　渡りも来ませ　夜のふけぬ間に

二〇五五 天の川　遠き渡りは　なけれども　君が舟出は　年にこそ待て

二〇五六 天の川　打橋渡せ　妹が家道　止まず通はむ　時待たずとも

二〇五七 月重ね　我が思ふ妹に　逢へる夜は　今し七夕《ななよ》を　継ぎこせぬかも

二〇五八 年に装《よそ》ふ　我が舟漕がむ　天の河　風は吹くとも　浪立つなゆめ

二〇五九 天の河　浪は立つとも　我が舟は　いざ漕ぎ出でむ　夜のふけぬ間に

二〇六〇 ただ今夜《こよひ》　逢ひたる児らに　言問ひも　いまだせずして　さ夜《よ》そ明けにける

二〇六一 天の河　白浪高し　我が恋ふる　君が舟出は　今しすらしも

二〇六二 機《はたもの》の　蹋木《ふみぎ》持ち往きて　天の川　打橋渡す　君が来むため

二〇六三 天の川　霧立ち上る　織女《たなばた》の　雲の衣の　反る袖かも

二〇六四 古《いにしへ》に　織りてし服《はた》を　この夕《ゆふべ》　衣《ころも》に縫《ぬ》ひて　君待つ我を

二〇六五 足玉《あしだま》も　手玉《ただま》もゆらに　織る服《はた》を　君が御衣《みけし》に　縫ひもあへむかも

二〇五一 ○月人をとこ→10・二〇一〇。

二〇五六 ○打橋―板を渡しただけの橋。

二〇六二 ○蹋木―織機の部品名。横糸を通す際縦糸を交互に上下させるために足で踏み動かす木の板。

二〇六六　月日おき　逢ひてしあれば　別れまく　惜《を》しかる君は　明日さへもがも

二〇六七　天の川　渡り瀬深み　舟浮けて　漕ぎ来る君が　梶の音聞こゆ

二〇六八　天の原　振り放け見れば　天の川　霧立ち渡る　君は来《き》ぬらし

二〇六九　天の川　瀬ごとに幣《ぬさ》を　奉《たてまつ》る　情《こころ》は君を　幸《さき》く来ませと

二〇七〇　ひさかたの　天の河津に　舟浮けて　君待つ夜らは　明けずもあらぬか

二〇七一　天の河　なづさひ渡り　君が手も　いまだまかねば　夜のふけぬらく

二〇七二　渡り守《もり》　舟渡せをと　呼ぶ声の　至らねばかも　梶の音のせぬ

二〇七三　ま日《け》長く　河に向き立ち　ありし袖　今夜まかむと　念はくの良さ

二〇七四　天の河　渡り瀬《せ》ごとに　思ひつつ　来《こ》しくも著《しる》し　逢へらく思へば

二〇七五　人さへや　見継《つ》がずあらむ　彦星の　孋《つま》呼ぶ舟の　近付き往くを　一に云ふ「見つつあるらむ」

二〇七六　天の川　瀬を速みかも　ぬばたまの　夜はふけにつつ　逢はぬ彦星

二〇七七　渡り守　舟はや渡せ　一年《ひととせ》に　二度《ふたたび》通ふ　君にあらなくに

二〇七八　たまかづら　絶えぬものから　さ寝らくは　年の渡りに　ただ一夜のみ

二〇七九　恋ふる日は　日《け》長きものを　今夜だに　ともしむべしや　逢ふべきものを

二〇八〇　たなばたの　今夜逢ひなば　常のごと　明日を隔てて　年は長けむ

二〇八一　天の川　棚橋《たなはし》渡せ　織女《たなばた》の　い渡らさむに　棚橋渡せ

二〇八二　天の川　川門八十《かはとやそ》あり　いづくにか　君がみ舟を　我が待ち居らむ

二〇七〇　○ひさかたの—枕詞。

二〇七六　○ぬばたまの—枕詞。

二〇七八　○たまかづら—枕詞。

二〇八一　○棚橋—棚のように板をかけただけの橋か。

二〇八三　秋風の　吹きにし日より　天の川　瀬に出で立ちて　待つと告げこそ

二〇八四　天の川　去年《こぞ》の渡り瀬　荒れにけり　君が来まさむ　道の知らなく

二〇八五　天の川　瀬瀬に白浪　高けども　直《ただ》渡り来《き》ぬ　待たば苦しみ

二〇八六　彦星の　嬬《つま》呼ぶ舟の　引き綱の　絶えむと君を　我が念はなくに

二〇八七　渡り守　舟《ふな》出し出《い》でむ　今夜のみ　相見て後は　逢はじものかも

二〇八八　隠《かく》したる　梶棹《かぢさを》なくて　渡り守　舟貸さめやも　しましはあり待て

二〇八九　天地の　初めの時ゆ　天の川　い向かひ居りて　一年に　二度《ふたたび》逢はぬ　妻恋に　物念ふ人　天の川　安の川原の　あり通ふ　出《い》での渡りに　そほ舟の　艫《とも》にも舳《へ》にも　舟装ひ　ま梶しじ貫き　はたすすき　本葉もそよに　秋風の　吹き来る夕に　天の川　白浪しのぎ　落ち激《たぎ》つ　早瀬渡りて　わかくさの　妻が手まくと　おほぶねの　思ひ頼みて　漕ぎ来《く》らむ　その夫《つま》の子が　あらたまの　年の緒長く　思ひ来し　恋尽くすらむ　七月《ふみづき》の　七日の夕《よひ》は　我も悲しも

反歌

二〇九〇　こまにしき　紐解き交はし　天人《あめひと》の　妻問ふ夕《よひ》ぞ　我も偲《しの》はむ

二〇九一　彦星の　川瀬を渡る　さ小舟《をぶね》の　え行きて泊《は》てむ　河津し念ほゆ

二〇九二　天地と　別れし時ゆ　ひさかたの　天つしるしと　定めてし　天の河原に　あらたまの　月重なりて　妹に逢ふ　時さもらふと　立ち待つに　我が衣手に　秋風の　吹き反《かへ》らへば　立ちて居て　たどきを知らに

二〇八六　○第一・二・三句—序詞。

二〇八九　○安の川原—天上の川の河原。○わかくさの—枕詞。○おほぶねの—枕詞。○あらたまの—枕詞。

二〇九〇　○こまにしき—枕詞。

二〇九二　○ひさかたの—枕詞。○あらたまの—枕詞。○むらきもの—枕詞。○ときぎぬの—枕詞。

むらきもの　心いさよひ　ときぎぬの　思ひ乱れて　いつしかと　我が
待つ今夜《こよひ》　この川の　流れの長く　ありこせぬかも

反歌

二〇九三　妹に逢ふ　時片待つと　ひさかたの　天の川原に　月ぞ経にける

花を詠む

二〇九四　さをしかの　心相思ふ　秋萩の　しぐれの降るに　散らくし惜しも
二〇九五　夕されば　野辺の秋萩　末《うれ》若み　露にぞ枯るる　秋待ちかてに

右の二首、[1]柿本朝臣人麻呂の歌集に出づ。

二〇九六　真葛《まくず》原　なびく秋風　吹くごとに　阿田《あだ》の大野の　はぎの花散る
二〇九七　かりがねの　来鳴かむ日まで　見つつあらむ　この萩原に　雨な降りそね
二〇九八　奥山に　住むといふしかの　夕《よひ》去らず　妻問ふはぎの　散らまく惜しも
二〇九九　白露の　置かまく惜しみ　秋萩を　折りのみ折りて　置きや枯らさむ
二一〇〇　秋田刈る　仮廬《かりほ》の宿り　にほふまで　咲ける秋萩　見れど飽かぬかも
二一〇一　我が衣　摺《す》れるにはあらず　高松の　野辺行きしかば　はぎの摺れるぞ
二一〇二　この夕《ゆふへ》　秋風吹きぬ　白露に　争ふはぎの　明日咲かむ見む
二一〇三　秋風は　涼しくなりぬ　うま並めて　いざ野に行かな　はぎの花見に
二一〇四　あさかほは　朝露負ひて　咲くといへど　夕影にこそ　咲き増さりけれ
二一〇五　春されば　霞隠りて　見えざりし　秋萩咲きぬ　折りてかざさむ

二〇九三　○ひさかたの―枕詞。

二〇九四　○はぎ―まめ科の落葉灌木。秋の七草の一。

1↓7・一〇六八。

二〇九六　○阿田―奈良県五条市の東部、東・西・南阿田一帯の地。

二一〇四　○あさかほ―今のいわゆる朝顔でないことはほぼ確実であるが、何にあたるかは未詳で、次のような諸説がある。㈠木槿。㈡旋花（ヒルガオ）。㈢桔梗。この中では、㈢の桔梗説がもっとも有力である。

二〇六 ○さ額田—サは接頭語。奈良県大和郡山市額田部寺町、額田部南町、額田部北町のあたりか。
二〇七 ○をみなへし—枕詞。○佐紀野—奈良市佐紀町一帯の地。
二〇八 ○とくとく—トクは早く。
二一一 ○たまづさの—枕詞。
二一三 ○第一句—定訓を得ない。
二一七 ○をとめらに—枕詞。

二〇六 さ額田《ぬかた》の　野辺の秋萩　時なれば　今盛りなり　折りてかざさむ
二〇七 ことさらに　衣は摺《す》らじ　をみなへし　佐紀野《さきの》のはぎに　にほひて居らむ
二〇八 秋風は　とくとく吹き来　はぎの花　散らまく惜しみ　競《きほ》ひ立つ見む
二〇九 我が屋前《やど》の　はぎの末《うれ》長し　秋風の　吹きなむ時に　咲かむと思ひて
二一〇 人皆は　はぎを秋と言ふ　よし我は　をばなが末を　秋とは言はむ
二一一 たまづさの　君が使ひの　手折り来《け》る　この秋萩は　見れど飽かぬかも
二一二 我が屋前《やど》に　咲ける秋萩　常にあらば　我が待つ人に　見せましものを
二一三 手寸十名相　植ゑしも著《しろ》く　出で見れば　屋前《やど》の初萩　咲きにけるかも
二一四 我が屋外《やど》に　植ゑ生《お》ほしたる　秋萩を　誰か標《しめ》刺す　我に知らえず
二一五 手に取れば　袖さへにほふ　をみなへし　この白露に　散らまく惜しも
二一六 白露に　争ひかねて　咲けるはぎ　散らば惜しけむ　雨な降りそね
二一七 感嬬《をとめ》らに　行きあひの早稲《わせ》を　刈る時に　なりにけらしも　はぎの花咲く
二一八 朝霧の　たなびく小野の　はぎの花　今か散るらむ　いまだ飽かなくに
二一九 恋しくは　形見にせよと　我が背子が　植ゑし秋萩　花咲きにけり
二二〇 秋萩に　恋尽くさじと　念へども　しゑやあたらし　またも逢はめやも
二二一 秋風は　日に異《け》に吹きぬ　高円《たかまと》の　野辺の秋萩　散らまく惜しも
二二二 ますらをの　心はなくて　秋萩の　恋のみにやも　なづみてありなむ
二二三 我が待ちし　秋は来たりぬ　然れども　はぎの花そも　いまだ咲かずける
二二四 見まく欲り　我が待ち恋ひし　秋萩は　枝もしみみに　花咲きにけり

二一二五　春日野《かすがの》の　はぎし散りなば　朝東風《こち》の　風にたぐひて　ここに散り来ね

二一二六　秋萩は　かりに逢はじと　言へればか　一に云ふ「言へれかも」　声を聞きては　花に散りぬる

二一二七　秋さらば　妹に見せむと　植ゑしはぎ　露霜負ひて　散りにけるかも

雁を詠む

二一二八　秋風に　大和《やまと》へ越ゆる　かりが音《ね》は　いや遠ざかる　雲隠りつつ

二一二九　明け暗《くれ》の　朝霧隠《こも》り　鳴きて去く　かりは我が恋　妹に告げこそ

二一三〇　我が屋戸に　鳴きしかりが哭《ね》　雲の上に　今夜鳴くなり　国へかも行く

二一三一　さをしかの　妻問ふ時に　月を良み　かりが音聞こゆ　今し来らしも

二一三二　天雲の　よそにかりが音　聞きしより　はだれ霜降り　寒しこの夜は

一に云ふ「いやますますに　恋こそ増され」

二一三三　秋の田の　我が刈りばかの　過ぎぬれば　かりが音聞こゆ　冬かたまけて

二一三四　葦辺《あしべ》なる　をぎの葉さやぎ　秋風の　吹き来るなへに　かり鳴き渡る

一に云ふ「秋風に　かりが音聞こゆ　今し来らしも」

二一三五　おしてる　難波《なには》堀江の　葦辺には　かり寝たるかも　霜の降らくに

二一三六　秋風に　山飛び越ゆる　かりが音の　声遠ざかる　雲隠るらし

二一三七　朝に往く　かりの鳴く音《ね》は　我がごとく　物念へかも　声の悲しき

二一三八　鶴《たづ》が音の　今朝鳴くなへに　かりが音は　いづくさしてか　雲隠るらむ

二一三九　ぬばたまの　夜渡るかりは　おほほしく　幾夜を経てか　己が名を告る

二一三五　○おしてる―枕詞。○難波堀江―大阪市北区と東区の天満川をいうか。

二一三九　○ぬばたまの―枕詞。

二一四〇 ○あらたまの—枕詞。

二一四三 ○敷の野—未詳。奈良県磯城郡の野か。

二一四八 ○あしひきの—枕詞。

二一五六 ○あしひきの—枕詞。

二一四〇 あらたまの 年の経行けば あどもふと 夜渡る我を 問ふ人や誰

鹿《しか》鳴を詠む

二一四一 このころの 秋の朝明《あさけ》に 霧隠《こも》り 妻呼ぶしかの 声のさやけさ

二一四二 さをしかの 妻ととのふと 鳴く声の 至らむ極み なびけ萩原

二一四三 君に恋ひ うらぶれ居れば 敷《しき》の野の 秋萩しのぎ さをしか鳴くも

二一四四 かりは来ぬ はぎは散りぬと さをしかの 鳴くなる声も うらぶれにけり

二一四五 秋萩の 恋も尽きねば さをしかの 声い継ぎい継ぎ 恋こそ増され

二一四六 山近く 家や居るべき さをしかの 声を聞きつつ 寝ねかてぬかも

二一四七 山の辺に い行く猟雄《さつを》は 多かれど 山にも野にも さをしか鳴くも

二一四八 あしひきの 山より来《き》せば さをしかの 妻呼ぶ声を 聞かましものを

二一四九 山辺には 猟雄のねらひ 恐《かしこ》けど をしか鳴くなり 妻が目を欲り

二一五〇 秋萩の 散り去《ゆ》く見れば おほほしみ 妻恋すらし さをしか鳴くも

二一五一 山遠き 都にしあれば さをしかの 妻呼ぶ声は ともしくもあるか

二一五二 秋萩の 散り過ぎ去《ゆ》かば さをしかは わび鳴きせむな 見ずはともしみ

二一五三 秋萩の 咲きたる野辺は さをしかそ 露を別けつつ 嬬《つま》問ひしける

二一五四 なぞしかの わび鳴きすなる けだしくも 秋野のはぎや 繁く散るらむ

二一五五 秋萩の 咲きたる野辺の さをしかは 散らまく惜しみ 鳴き行くものを

二一五六 あしひきの 山の常陰《とかげ》に 鳴くしかの 声聞かすやも 山田守《も》らす児

蟬を詠む

二一五七　夕影に　来鳴くひぐらし　ここだくも　日ごとに聞けど　飽かぬ声かも

蟋《こほろぎ》を詠む

二一五八　秋風の　寒く吹くなへ　我が屋前《やど》の　あさぢが本に　こほろぎ鳴くも

二一五九　影草の　生ひたる屋外《やど》の　夕影に　鳴くこほろぎは　聞けど飽かぬかも

二一六〇　庭草に　村雨降りて　こほろぎの　鳴く声聞けば　秋付きにけり

蝦《かはづ》を詠む

二一六一　み吉野《よしの》の　石本《いはもと》去らず　鳴くかはづ　うべも鳴きけり　河をさやけみ

二一六二　神奈備《かむなび》の　山下とよみ　行く水に　かはづ鳴くなり　秋と言はむとや

二一六三　くさまくら　旅に物念《も》ひ　我が聞けば　夕かたまけて　鳴くかはづかも

二一六四　瀬を速み　落ち激《たぎ》ちたる　白浪に　かはづ鳴くなり　朝夕《あさよひ》ごとに

二一六五　上つ瀬に　かはづ妻呼ぶ　夕されば　衣手寒み　妻まかむとか

鳥を詠む

二一六六　いもがてを　取石《とろし》の池の　浪の間ゆ　鳥が音《ね》異《け》に鳴く　秋過ぎぬらし

二一六七　秋の野の　をばなが末《うれ》に　鳴くもずの　声聞くらむか　片聞く我妹

露を詠む

二一六八　秋萩に　置ける白露　朝な朝な　玉としそ見る　置ける白露

二一六九　夕立の　雨降るごとに　一に云ふ「うち降れば」　春日野《かすがの》の　をばなが上の　白露念ほゆ

二一七〇　秋萩の　枝もとををに　露霜置き　寒くも時は　なりにけるかも

二一五八　〇こほろぎ—直翅目の昆虫。現在のコオロギを含め、松虫・鈴虫・くつわ虫など秋鳴く虫の総称。

二一六一　〇み吉野—ミは美称。奈良県吉野郡一帯の地。〇かはづ—あかがえる科のカジカガエル。

二一六三　〇くさまくら—枕詞。

二一六六　〇いもがてを—枕詞。〇取石の池—大阪府高石市取石付近にあった。

二一六七　〇をばな—ススキの花。秋の七草の一。

二一七一 白露と 秋のはぎとは 恋ひ乱れ 別くこと難き 我が情《こころ》かも

二一七二 我が屋外《やど》の をばな押しなべ 置く露に 手触れ我妹子《わぎもこ》 落《ち》らまくも見む

二一七三 白露を 取らば消ぬべし いざ子ども 露に競《きほ》ひて はぎの遊びせむ

二一七四 秋田刈る 仮廬《かりほ》を作り 我が居れば 衣手寒く 露そ置きにける

二一七五 このころの 秋風寒し はぎの花 散らす白露 置きにけらしも

二一七六 秋田刈る 苫手《とまで》動くなり 白露し 置く穂田《ほだ》なしと 告げに来《き》ぬらし

一に云ふ「告げに来らしも

山を詠む

二一七七 春は萌《も》え 夏は緑に 紅の まだらに見ゆる 秋の山かも

黄葉《もみち》を詠む

二一七八 つまごもる 矢野《やの》の神山 露霜に にほひそめたり 散らまく惜しも

二一七九 朝露に にほひそめたる 秋山に しぐれな降りそ あり渡るがね

右の二首、[1]柿本朝臣人麻呂の歌集に出づ。

二一八〇 九月《ながつき》の しぐれの雨に 濡れ通り 春日《かすが》の山は 色付きにけり

二一八一 かりが音の 寒き朝明《あさけ》の 露ならし 春日の山を もみたすものは

二一八二 このころの 暁露《あかときつゆ》に 我が屋前《やど》の はぎの下葉は 色付きにけり

二一八三 かりがねは 今は来鳴きぬ 我が待ちし もみちはや継げ 待てば苦しも

二一八四 秋山を ゆめ人懸《か》くな 忘れにし その黄葉《もみちは》の 思ほゆらくに

二一八五 大坂《おほさか》を 我が越え来れば 二上《ふたがみ》に 黄葉《もみち》流る しぐれ降りつつ

二一七六 ○秋田刈る苫手—「秋田刈る仮廬の苫手」の意で、苫手はかやの類を編んで作った小屋の壁の端のことか。

二一七八 ○つまごもる—枕詞。○矢野の神山—所在未詳。

1↓7・一〇六八。

二一八五 ○大坂—奈良県北葛城郡香芝町と大阪府南河内郡との間の穴虫峠越えの道か。○二上—北葛城郡当麻町と南河内郡太子町との間の二上山。↓2・一六五。

二二八七　○いもがそで―枕詞。○巻来の山―所在未詳。

二二九〇　○吉隠―奈良県桜井市吉隠。○浪柴の野―所在未詳。

二二九三　○みづくきの―枕詞。

二二九四　○からころも―枕詞。○竜田の山―奈良県生駒郡三郷町と大阪府柏原市にまたがる山地をいう。

二二九七　○いちしろく―はっきりと。○大城の山―福岡県大野城市の東、都府楼址の北の山。

二二九八　○我の松原―未詳。三重県四日市市から三重郡楠町にいたる海岸あたりか。

二三〇〇　○あしひきの―枕詞。

二三〇一　○生駒山―奈良県生駒市と東大阪との境の山。

二三〇二　○かつらの枝―中国の俗言では、月の中に桂の木があるという。

二三〇三　○野山司―高原の小高い所。

二二八六　秋されば　置く白露に　我が門の　あさぢが末葉《うらば》　色付きにけり

二二八七　いもがそで　巻来《まきき》の山の　朝露に　にほふもみちの　散らまく惜しも

二二八八　黄葉の　にほひは繁し　然れども　妻なしの木を　手《た》折りかざさむ

二二八九　露霜の　寒き夕《ゆふへ》の　秋風に　もみちにけりも　妻なしの木は

二二九〇　我が門の　あさぢ色付く　吉隠《よなばり》の　浪柴《なみしば》の野の　もみち散るらし

二二九一　かりが音を　聞きつるなへに　高松の　野の上の草そ　色付きにける

二二九二　我が背子が　白たへ衣　往き触《ふ》れば　にほひぬべくも　もみつ山かも

二二九三　秋風の　日に異《け》に吹けば　みづくきの　岡の木の葉も　色付きにけり

二二九四　かりが音の　来鳴きしなへに　からころも　竜田の山は　もみちそめたり

二二九五　かりが音の　声聞くなへに　明日よりは　春日の山は　もみちそめなむ

二二九六　しぐれの雨　間なくし降れば　まきの葉も　争ひかねて　色付きにけり

二二九七　いちしろく　しぐれの雨は　降らなくに　大城《おほき》の山は　色付きにけり

大城と謂ふは、筑前国御笠郡の大野山の頂にあり、号《なづ》けて大城と曰ふ

二二九八　風吹けば　もみち散りつつ　すくなくも　我《あが》の松原《まつばら》　清からなくに

二二九九　物念《も》ふと　隠《こも》らひ居りて　今日見れば　春日の山は　色付きにけり

二三〇〇　九月《ながつき》の　白露負ひて　あしひきの　山のもみたむ　見まくしも良し

二三〇一　妹がりと　うまに鞍置きて　生駒山《いこまやま》　うち越え来れば　もみち散りつつ

二三〇二　もみちする　時になるらし　月人の　かつらの枝の　色づく見れば

二三〇三　里に異《け》に　霜は置くらし　高松の　野山司《のやまづかさ》の　色付く見れば

二二〇五 ○あらたまの―枕詞。

二二〇六 ○まそかがみ―枕詞。○南淵山―奈良県高市郡明日香村稲淵一帯の山地。

二二〇七 ○夏身―未詳。

二二〇八 ○くず―まめ科の多年生蔓草。秋の七草の一。

二二一〇 ○葛城―大和・河内の境の連山で、金剛・葛城・二上山を含む。

二二一一 ○第一・二句―序詞。

二二一九 ○あしひきの―枕詞。

二二二一 ○禁田―番をしている田。

二二〇四 秋風の 日に異《け》に吹けば 露を重み はぎの下葉は 色付きにけり

二二〇五 秋萩の 下葉もみちぬ あらたまの 月の経行けば 風をいたみかも

二二〇六 まそかがみ 南淵山《みなぶちやま》は 今日もかも 白露置きて もみち散るらむ

二二〇七 我が屋外《やど》の あさぢ色付く 吉隠《よなばり》の 夏身《なつみ》の上に しぐれ降るらし

二二〇八 かりが音《ね》の 寒く鳴きしゆ みづくきの 岡の葛葉《くずは》は 色付きにけり

二二〇九 秋萩の 下葉のもみち 花に継ぐ 時過ぎ去かば 後恋ひむかも

二二一〇 明日香川《あすかがは》 黄葉《もみちは》流る 葛城《かづらき》の 山の木の葉は 今し散るらむ

二二一一 妹が紐 解くと結びて 竜田山《たつたやま》 今こそもみち そめてありけれ

二二一二 かりが音の 寒く鳴きしゆ 春日なる 三笠の山は 色付きにけり

二二一三 このころの 暁露《あかときつゆ》に 我が屋外《やど》の 秋の萩原 色付きにけり

二二一四 夕されば かりの越え往く 竜田山 しぐれに競《きほ》ひ 色付きにけり

二二一五 さ夜ふけて しぐれな降りそ 秋萩の 本葉のもみち 散らまく惜しも

二二一六 故郷《ふるさと》の 初黄葉《もみちは》を 手折《た》り持ち 今日そ我が来し 見ぬ人のため

二二一七 君が家の もみちは早く 散りにけり しぐれの雨に 濡れにけらしも

二二一八 一年《ひととせ》に 二度《ふたたび》行かぬ 秋山を 心に飽かず 過ぐしつるかも

水田《こなた》を詠む

二二一九 あしひきの 山田作る児 秀《ひ》でずとも 縄だに延《は》へよ 守《も》ると知るがね

二二二〇 さをしかの 妻呼ぶ山の 岡辺なる 早稲田《わさだ》は刈らじ 霜は降るとも

二二二一 我が門に 禁田《もるた》を見れば 佐保《さほ》の内の 秋萩すすき 思ほゆるかも

二二二二　○三輪河―奈良県桜井市の三輪山付近を流れる川。

川を詠む

二二二二　夕去らず　かはづ鳴くなる　三輪河《みわがは》の　清き瀬の音を　聞かくし良しも

月を詠む

二二二三　天の海に　月の舟浮け　桂梶《かつらかぢ》　懸《か》けて漕ぐ見ゆ　月人壮子《つきひとをとこ》

二二二四　この夜らは　さ夜ふけぬらし　かりが音《ね》の　聞こゆる空ゆ　月立ち渡る

二二二五　我が背子が　挿頭《かざし》のはぎに　置く露を　清《さや》かに見よと　月は照るらし

二二二六　心なき　秋の月夜の　物念《も》ふと　眠《い》の寝らえぬに　照りつつもとな

二二二七　念はぬに　しぐれの雨は　降りたれど　天雲はれて　月夜清《さや》けし

二二二八　はぎの花　咲きのををりを　見よとかも　月夜《つくよ》の清《さや》けき　恋増さらくに

二二二九　白露を　玉になしたる　九月《ながつき》の　有明の月夜　見れど飽かぬかも

風を詠む

二二三〇　恋ひつつも　稲葉かき別け　家居れば　ともしくもあらず　秋の夕風

二二三一　はぎの花　咲きたる野辺に　ひぐらしの　鳴くなるなへに　秋の風吹く

二二三二　秋山の　木の葉もいまだ　もみたねば　今朝吹く風は　霜も置きぬべく

芳《か》を詠む

二二三三　高松の　この峰《みね》も狭《せ》に　笠立てて　満ち盛りたる　秋の香の良さ

雨を詠む

二二三四　一日《ひとひ》には　千重しくしくに　我が恋ふる　妹があたりに　しぐれ降れ見む

右の一首、[1]柿本朝臣人麻呂の歌集に出づ。

二三五 秋田刈る 旅の廬《いほり》に しぐれ降り 我が袖濡《ぬ》れぬ 乾《ほ》す人なしに

二三六 たまだすき かけぬ時なし 我が恋は しぐれし降らば 濡れつつも行かむ

霜を詠む

二三七 黄葉《もみちは》を 散らすしぐれの 降るなへに 夜さへぞ寒き 一人し寝れば

二三八 あまとぶや かりの翼の 覆《おほ》ひ羽の いづく漏《も》りてか 霜の降りけむ

秋の相聞

二三九 あきやまの したひが下に 鳴く鳥の 声だに聞かば 何か嘆かむ

二四〇 誰《た》そ彼と 我をな問ひそ 九月《ながつき》の 露に濡れつつ 君待つ我を

二四一 秋の夜の 霧立ち渡り おほほしく 夢《いめ》にそ見つる 妹が形《すがた》を

二四二 秋の野の をばなが末《うれ》の 生ひなびき 心は妹に 寄りにけるかも

二四三 秋山に 霜降り覆ひ 木の葉散り 年は行くとも 我忘れめや

右、柿本朝臣人麻呂の歌集に出づ。

水田《こなた》に寄する

二四四 住吉《すみのえ》の 岸を田に墾《は》り 蒔《ま》きしいね さて刈るまでに 逢はぬ君かも

二四五 たちのしり 玉纏田居《たままきたゐ》に いつまでか 妹を相見ず 家恋ひ居らむ

1→7・一〇六八。

二三六 〇たまだすき—枕詞。

二三八 〇あまとぶや—枕詞。

二三九 〇あきやまの—枕詞。

二四一 〇第一・二句—序詞。

二四二 〇第一・二句—序詞。

二四五 〇たちのしり—枕詞。〇玉纏田居—田居は田んぼ。玉纏は地名説などあるが不明。

二二四六 ○第一・二・三句―序詞。
二二四七 ○第一・二句―序詞。
二二五一 ○たちばなを―枕詞。○守部の里―未詳。
二二五四 ○第一・二・三句―序詞。
二二五五 ○第一・二・三句―序詞。
二二五六 ○第一・二・三句―序詞。
二二五八 ○第一・二・三句―序詞。
二二六一 ○初瀬風―奈良県桜井市初瀬を吹く風。

二二四六 秋の田の　穂の上に置ける　白露の　消《け》ぬべくも我は　念ほゆるかも
二二四七 秋の田の　穂向きの寄れる　片寄りに　我は物念ふ　つれなきものを
二二四八 秋田刈る　仮廬《かりほ》を作り　いほりして　あるらむ君を　見むよしもがも
二二四九 鶴《たづ》が音の　聞こゆる田居に　いほりして　我旅なりと　妹に告げこそ
二二五〇 春霞　たなびく田居に　廬《いほ》つきて　秋田刈るまで　思はしむらく
二二五一 たちばなを　守部《もりへ》の里の　門田早稲《かどたわせ》　刈る時過ぎぬ　来じとすらしも

露に寄する

二二五二 秋萩の　咲き散る野辺の　夕露に　濡《ぬ》れつつ来ませ　夜はふけぬとも
二二五三 色付かふ　秋の露霜　な降りそね　妹が手本《たもと》を　まかぬ今夜《こよひ》は
二二五四 秋萩の　上に置きたる　白露の　消かも死なまし　恋ひつつあらずは
二二五五 我が屋前《やど》の　秋萩の上に　置く露の　いちしろくしも　我恋ひめやも
二二五六 秋の穂を　しのに押しなべ　置く露の　消かも死なまし　恋ひつつあらずは
二二五七 露霜に　衣手濡れて　今だにも　妹がり行かな　夜は深《ふ》けぬとも
二二五八 秋萩の　枝もとををに　置く露の　消かも死なまし　恋ひつつあらずは
二二五九 秋萩の　上に白露　置くごとに　見つつそ偲《しの》ふ　君が光儀《すがた》を

風に寄する

二二六〇 我妹子は　衣にあらなむ　秋風の　寒きこのころ　下に著《き》ましを
二二六一 泊瀬風《はつせかぜ》　かく吹く夜は　いつまでか　衣片敷《ころもかたし》き　我が一人寝む

雨に寄する

二二六二 秋萩を 散らす長雨の 降るころは 一人起き居て 恋ふる夜そ多き

二二六三 九月《ながつき》の しぐれの雨の 山霧の いぶせき我が胸 誰を見ば止まむ 一に云ふ「十月《かむなづき》 しぐれの雨降り」

蟋《こほろぎ》に寄する

二二六四 こほろぎの 待ち歓《よろこ》ぶる 秋の夜を 寝る験《しるし》なし 枕と我は

蝦《かはづ》に寄する

二二六五 あさがすみ 鹿火屋《かひや》が下に 鳴くかはづ 声だに聞かば 我恋ひめやも

雁に寄する

二二六六 出でて去なば 天飛ぶかりの 泣きぬべみ 今日今日と言ふに 年そ経にける

鹿に寄する

二二六七 さをしかの 朝伏す小野の 草若み 隠らひかねて 人に知らゆな

二二六八 さをしかの 小野の草伏し 灼然《いちしろく》 我が問はなくに 人の知れらく

鶴に寄する

二二六九 今夜《こよひ》の 暁《あかとき》ぐたち 鳴く鶴《たづ》の 念ひは過ぎず 恋こそ増され

草に寄する

二二七〇 道の辺の 尾花が下の おもひくさ 今更になど 物か念はむ

花に寄する

二二六三 ○第一・二・三句—序詞。

二二六五 ○あさがすみ—枕詞。○鹿火屋—鹿火をたく小屋か。鹿火は獣が来ないようにたく火。○第一・二・三句—序詞。

二二六六 ○第二句—序詞。

二二六七 ○第一・二・三句—序詞。

二二六八 ○第一・二句—序詞。

二二六九 ○第一・二・三句—序詞。

二二七〇 ○第一・二・三句—序詞。○おもひくさ—未詳。はまうつぼ科の寄生植物ナンバンギセルのことか。他にリンドウ説・ツユクサ説・ヲミナエシ説がある。

二二七一　草深み　こほろぎさはに　鳴く屋前《やど》の　はぎ見に君は　いつか来まさむ

二二七二　秋付けば　水草《みくさ》の花の　あえぬがに　思へど知らじ　直《ただ》に逢はざれば

二二七三　何すとか　君を厭《いと》はむ　秋萩の　その初花の　歓《うれ》しきものを

二二七四　臥《こ》いまろび　恋ひは死ぬとも　いちしろく　色には出でじ　あさがほの花

二二七五　言に出でて　言はばゆゆしみ　あさがほの　穂には咲き出ぬ　恋もするかも

二二七六　かりが音《ね》の　初声聞きて　咲き出たる　屋前《やど》の秋萩　見に来《こ》我が背子

二二七七　さをしかの　入野《いりの》のすすき　初尾花《はつをばな》　いつしか妹が　手を枕かむ

二二七八　恋ふる日の　日長《けなが》くしあれば　み園生《そのふ》の　からあゐの花の　色に出でにけり

二二七九　我が里に　今咲く花の　をみなへし　堪《あ》へぬ情《こころ》に　なほ恋ひにけり

二二八〇　はぎの花　咲けるを見れば　君に逢はず　まことも久に　なりにけるかも

二二八一　朝露に　咲きすさびたる　つきくさの　日斜《ひくた》つなへに　消《け》ぬべく思ほゆ

二二八二　長き夜を　君に恋ひつつ　不生《いけらず》は　咲きて散りにし　花にあらましを

二二八三　吾妹児《わぎもこ》に　逢坂山《あふさかやま》の　はだすすき　穂には咲き出ず　恋ひ渡るかも

二二八四　ゆくりなく　今も見が欲し　秋萩の　しなひにあらむ　妹が光儀《すがた》を

二二八五　秋萩の　花野のすすき　穂には出でず　我が恋ひ渡る　隠《こも》り嬬《つま》はも

二二八六　我が屋戸に　咲きし秋萩　散り過ぎて　実になるまでに　君に逢はぬかも

二二七二　○第一・二・三句―序詞。

二二七三　○第三・四句―序詞。

二二七五　○あさがほの―枕詞。

二二七七　○さをしかの―枕詞。　○第一・二・三句―序詞。　○入野―未詳。京都市左京区大原町上羽の入野神社付近か。

二二七八　○第三・四句―序詞。

二二八一　○つきくさ―つゆくさ。　○第一・二・三句―序詞。

二二八三　○わぎもこに―枕詞。　○逢坂山―滋賀県大津市の南にある山。　○第一・二・三句―序詞。

二二八四　○あきはぎの―枕詞。

二二八五　○第一・二句―序詞。

三三八七　我が屋前《やど》の　はぎ咲きにけり　散らぬ間に　はや来て見べし　平城《なら》の里人

三三八八　いはばしの　間々に生ひたる　かほばなの　花にしありけり　ありつつ見れば

三三八九　藤原《ふちはら》の　古りにし里の　秋萩は　咲きて散りにき　君待ちかねて

三三九〇　秋萩を　散り過ぎぬべみ　手《た》折り持ち　見れどもさぶし　君にしあらねば

三三九一　朝《あした》咲き　夕《ゆふへ》は消《け》ぬる　つきくさの　消《け》ぬべき恋も　我はするかも

三三九二　秋津野《あきづの》の　をばな刈り副《そ》へ　秋萩の　花を葺《ふ》かさね　君が借廬《かりほ》に

三三九三　咲けりとも　知らずしあらば　黙《もだ》もあらむ　この秋萩を　見せつつもとな

山に寄する

三三九四　秋されば　かり飛び越ゆる　竜田山《たつたやま》　立ちても居ても　君をしそ念ふ

黄葉《もみち》に寄する

三三九五　我が屋戸の　葛葉《くずは》日に異《け》に　色付きぬ　来まさぬ君は　何情《こころ》そも

三三九六　あしひきの　山さなかづら　もみつまで　妹に逢はずや　我が恋ひ居らむ

三三九七　もみちはの　過ぎかてぬ児を　人妻と　見つつやあらむ　恋しきものを

月に寄する

三三八八　○いはばしの—枕詞。○かほばな—ヒルガオ・オモダカ・アサガオなどとする諸説、また美しい花の総称とする説などがあるが、未詳。

三三八九　○藤原—奈良県橿原市高殿町を中心とする一帯の地。

三三九一　○第一・二・三句—序詞。

三三九二　○秋津野—奈良県吉野郡秋津あたりの野。

三三九四　○第一・二・三句—序詞。

三三九六　○あしひきの—枕詞。

三三九七　○もみちはの—枕詞。

二三〇〇 ○第一・二句—序詞。

二三〇七 ○第一・二句—序詞。

二三〇八 ○第一・二・三句—序詞。

二三〇九 ○祝部—神主・祢宜につぐ下級神官。

二二九八 君に恋ひ しなえうらぶれ 我が居れば 秋風吹きて 月傾きぬ

二二九九 秋の夜の 月かも君は 雲隠《がく》り しましく見ねば ここだ恋しき

二三〇〇 九月《ながつき》の 有明の月夜 ありつつも 君が来まさば 我恋ひめやも

夜に寄する

二三〇一 よしゑやし 恋ひじとすれど 秋風の 寒く吹く夜は 君をしぞ念ふ

二三〇二 ある人の あな情無《こころな》と 念ふらむ 秋の長夜を 寝覚め伏すのみ

二三〇三 秋の夜を 長しと言へど 積もりにし 恋を尽くせば 短かりけり

衣に寄する

二三〇四 秋つ葉に にほへる衣 我は服《き》じ 君に奉《まつ》らば 夜も著《き》るがね

問答

二三〇五 旅にすら 紐解くものを 言繁《ことしげ》み 丸寝《まろね》ぞ我がする 長きこの夜を

二三〇六 しぐれ降る 暁《あかとき》月夜 紐解かず 恋ふらむ君と 居らましものを

二三〇七 黄葉《もみちは》に 置く白露の 色葉にも 出でじと念《も》へば 言の繁けく

二三〇八 雨降れば 激《たぎ》つ山川 岩に触れ 君が砕かむ 情《こころ》は持たじ

右の一首、秋の歌に類《に》ず。しかれども和《こた》へなるを以て載す。

譬喩歌

二三〇九 祝部《はふり》らが 斎《いは》ふ社《やしろ》の 黄葉《もみち》の 標縄《しめなは》越えて 散るといふものを

旋頭歌

二三一〇 こほろぎの 我が床《とこ》の辺に 鳴きつつもとな 起き居つつ 君に恋ふる

に　寝ねかてなくに
二三一一　はだすすき　穂には咲き出ぬ　恋を我がする　たまかぎる　ただ一日の
み　見し人ゆゑに

冬の雑歌

二三一二　我が袖に　あられたばしる　巻き隠し　消《け》たずてあらむ　妹が見むため
二三一三　あしひきの　山かも高き　巻向《まきむく》の　岸の小松に　み雪降り来る
二三一四　巻向《まきむく》の　檜原《ひばら》もいまだ　雲居ねば　小松が末《うれ》ゆ　沫雪《あわゆき》流る
二三一五　あしひきの　山路も知らず　白橿《しらかし》の　枝もとををに　雪の降れれば　或
は云ふ「枝もたわたわ」

右、[1]柿本朝臣人麻呂の歌集に出づ。ただし、件の一首　或本に云はく、三方沙弥の作なりと。

雪を詠む

二三一六　奈良《なら》山の　峰なほ霧らふ　うべしこそ　まがきの下の　雪は消《け》ずけれ
二三一七　こと降らば　袖さへ濡れて　通《とほ》るべく　降らなむ雪の　空に消につつ
二三一八　夜を寒み　朝戸を開き　出で見れば　庭もはだらに　み雪降りたり　一
に云ふ「庭もほどろに　雪そ降りたる」
二三一九　夕されば　衣手寒し　高松の　山の木ごとに　雪そ降りたる
二三二〇　我が袖に　降りつる雪も　流れ行きて　妹が手本《たもと》に　い行き触れぬか

二三一一　○はだすすき―枕詞。　○たまかぎる―枕詞。
二三一三　○あしひきの―枕詞。
二三一五　○あしひきの―枕詞。
1→7・一〇六八。
二三一六　○奈良山―奈良市北部の丘陵。

二三二一 ○しろたへの—枕詞。
二三二四 ○あしひきの—枕詞。
二三二五 ○ひさかたの—枕詞。
二三三一 ○八田の野—奈良県大和郡山市矢田の野か ○愛発山—滋賀県高島郡と福井県敦賀市との境の山。

二三二一 沫雪は 今日はな降りそ しろたへの 袖まき干さむ 人もあらなくに
二三二二 はなはだも 降らぬ雪ゆゑ こちたくも 天つみ空は 陰《くも》らひにつつ
二三二三 我が背子を 今か今かと 出で見れば 沫雪《あわゆき》降れり 庭もほどろに
二三二四 あしひきの 山に白きは 我が屋戸に 昨日の夕《ゆふへ》 降りし雪かも

花を詠む

二三二五 誰が園の うめの花そも ひさかたの 清き月夜に ここだ散り来る
二三二六 うめの花 まづ咲く枝を 手《た》折りてば つとと名付けて よそへてむかも
二三二七 誰が園の うめにかありけむ ここだくも 咲きてあるかも 見が欲しまでに
二三二八 来て見べき 人もあらなくに 我家《わぎへ》なる うめの初花 散りぬともよし
二三二九 雪寒み 咲きには咲かず うめの花 よしこのころは かくてもあるがね

露を詠む

二三三〇 妹がため ほつ枝のうめを 手《た》折るとは 下枝《しづえ》の露に 濡れにけるかも

黄葉《もみち》を詠む

二三三一 八田《やた》の野の あさぢ色付く 愛発山《あらちやま》 峰の沫雪《あわゆき》 寒く降るらし

月を詠む

二三三二 さ夜ふけば 出で来む月を 高山の 峰の白雲 隠《かく》すらむかも

冬の相聞

二三三三　降る雪の　空に消《け》ぬべく　恋ふれども　逢ふよしなしに　月そ経にける

二三三四　沫雪は　千重に降りしけ　恋ひしくの　日《け》長き我は　見つつ偲《しの》はむ

右、[1]柿本朝臣人麻呂の歌集に出づ。

露に寄する

二三三五　咲き出照る　うめの下枝《しづえ》に　置く露の　消ぬべく妹に　恋ふるこのころ

霜に寄する

二三三六　はなはだも　夜ふけてな行き　道の辺の　ゆささの上に　霜の降る夜を

雪に寄する

二三三七　ささの葉に　はだれ降り覆ひ　消《け》なばかも　忘れむと言へば　まして思ほゆ

二三三八　あられ降り　いたく風吹き　寒き夜や　旗野《はたの》に今夜《こよひ》　我が独《ひとり》寝む

二三三九　吉隠《よなばり》の　野木に降り覆ふ　白雪の　いちしろくしも　恋ひむ我かも

二三四〇　一目見し　人に恋ふらく　天霧《あまぎ》らし　降り来る雪の　消ぬべく念ほゆ

二三四一　思ひ出づる　時はすべなみ　豊国《とよくに》の　木綿《ゆふ》山雪の　消ぬべく念ほゆ

二三四二　夢のごと　君を相見て　天霧らし　降り来る雪の　消ぬべく念ほゆ

二三四三　我が背子が　言《こと》うつくしみ　出でて往かば　裳《も》引き著《しる》けむ　雪な降りそね

1→7・一〇六八。

二三三五　○第一・二・三句—序詞。

二三三六　○ゆささ—神事に使う神聖な笹。

二三三七　○第一・二句—序詞。

二三三八　○旗野—所在未詳。

二三三九　○第一・二・三句—序詞。　○吉隠→10・二一九〇。

二三四〇　○第三・四句—序詞。

二三四一　○豊国—豊前（福岡県と大分県にまたがる）と豊後（大分県）の総称。　○木綿山—大分県別府市と大分郡湯布院町との間にある由布岳。　○第三・四句—序詞。

二三四二　○第三・四句—序詞。

二三四四　うめの花　それとも見えず　降る雪の　いちしろけむな　間使ひ遣らば

一に云ふ「降る雪に　間使ひ遣らば　それと知らむな」

二三四五　天霧らひ　降り来る雪の　消《け》なめども　君に逢はむと　流らへ渡る

二三四六　うかねらふ　鳥見《とみ》山雪の　いちしろく　恋ひば妹が名　人知らむかも

二三四七　あまをぶね　泊瀬の山に　降る雪の　日《け》長く恋ひし　君が音そする

二三四八　和射美《わざみ》の　峰往き過ぎて　降る雪の　厭《いと》ひもなしと　申せその児に

花に寄する

二三四九　我が屋戸に　咲きたるうめを　月夜良み　夕々《よひよひ》見せむ　君をこそ待て

夜に寄する

二三五〇　あしひきの　山のあらしは　吹かねども　君なき夕《よひ》は　かねて寒しも

萬葉集巻第十

二三四四　○第一・二・三句—序詞。

二三四五　○第一・二句—序詞。

二三四六　○うかねらふ—枕詞。　○第一・二句—序詞。　○鳥見山—奈良県桜井市の鳥見山。

二三四七　○あまをぶね—枕詞。　○第一・二・三句—序詞。

二三四八　○和射美—岐阜県不破郡の関ヶ原付近か。　○第一・二・三句—序詞。

二三五〇　○あしひきの—枕詞。

萬葉集巻第十一

旋頭歌

二三五一　新室《にひむろ》の　壁草刈りに　いましたまはね　草のごと　寄り逢ふ未通女《をとめ》は　君がまにまに

二三五二　新室を　踏み鎮む児が　手玉鳴らすも　玉のごと　照らせる君を　内にと申せ

二三五三　初瀬《はつせ》の　弓月《ゆつき》が下に　我が隠せる妻　あかねさし　照れる月夜に　人見てむかも　一に云ふ「人見つらむか」

二三五四　ますらをの　思ひ乱れて　隠せるその妻　天地に　通り照るとも　顕はれめやも　一に云ふ「ますらをの　思ひたけびて」

二三五五　うるはしと　我が思ふ妹は　はやも死なぬか　生けりとも　我に寄るべしと　人の言はなくに

二三五六　こまにしき　紐の片へぞ　床《とこ》に落ちにける　明日の夜し　来なむと言はば　取り置きて待たむ

二三五七　朝戸《あさと》出《で》の　君が足結《あゆひ》を　濡らす露原　早く起き　出でつつ我も　裳裾《もすそ》濡らさな

二三五三　○初瀬—奈良県桜井市初瀬。○弓月—桜井市穴師の巻向山の二つの頂のうちのどちらかという。○あかねさし—枕詞。

二三五六　○こまにしき—枕詞。

二三五七　○足結—袴の膝の部分をくくる紐。

二三五八 何せむに 命をもとな 長く欲りせむ 生けりとも 我が思ふ妹に やすく逢はなくに

二三五九 息の緒に 我は念へど 人目多みこそ 吹く風に あらばしばしば 逢ふべきものを

二三六〇 人の親の 未通女《をとめ》児すゑて 守《も》る山辺から 朝な朝な 通ひし君が 来ねば哀《かな》しも

二三六一 天《あめ》なる 一つ棚橋《たなはし》 いかにか行かむ わかくさの 妻がりといはば 足飾りせむ

二三六二 山背《やましろ》の 久世《くせ》の若子《わくご》が 欲しと言ふ我 あふさわに 我を欲しと言ふ 山背の久世

右の十二首、[1]柿本朝臣人麻呂の歌集に出づ。

二三六三 岡の崎 回《た》みたる道を 人な通ひそ ありつつも 君が来まさむ 避《よ》き道にせむ

二三六四 たまだれの 小簾《をす》のすけきに 入り通ひ来ね たらちねの 母が問はさば 風と申さむ

二三六五 うちひさす 宮道に逢ひし 人妻ゆゑに たまのをの 思ひ乱れて 寝る夜しそ多き

二三六六 まそかがみ 見しかと念ふ 妹も逢はぬかも たまのをの 絶えたる恋の 繁きこのころ

二三六〇 ○人の親の……守る—序詞。

二三六一 ○わかくさの—枕詞。○棚橋—棚のような板を渡しただけの簡単な橋。

二三六二 ○山背—国名。京都府の南部。○久世—山背国の郡名。現在、久世郡、城陽市および宇治市南部。

1→7・一〇六八。

二三六四 ○たまだれの—枕詞。○たらちねの—枕詞。

二三六五 ○うちひさす—枕詞。○たまのをの—枕詞。

二三六六 ○まそかがみ—枕詞。○たまのをの—枕詞。

二三六七 ○おほぶねの—枕詞。

1→7・一二六七。

二三六八 ○たらちねの—枕詞。

二三七〇 ○たまほこの—枕詞。

二三七四 ○たまきはる—枕詞。

二三六七 海原の 路に乗りてや 我が恋ひ居らむ おほぶねの ゆたにあるらむ 人の児ゆゑに

右の五首、[1]古歌集の中に出づ。

正《ただ》に心緒《おもひ》を述ぶる

二三六八 たらちねの 母が手放れ かくばかり すべなきことは いまだせなくに

二三六九 人の寝る 熟睡《うまい》は寝ずて はしきやし 君が目すらを 欲りし嘆かふ

或本の歌に云はく「君を思ふに 明けにけるかも」

二三七〇 恋ひ死なば 恋ひも死ねとや たまほこの 道行く人の 言も告げなく

二三七一 心には 千遍《ちたび》念へど 人に言はぬ 我が恋嬬《つま》を 見むよしもがも

二三七二 かくばかり 恋ひむものそと 知らませば 遠く見るべく ありけるものを

二三七三 何時はしも 恋ひぬ時とは あらねども 夕かたまけて 恋はすべなし

二三七四 かくのみし 恋ひや渡らむ たまきはる 命も知らず 年は経につつ

二三七五 我ゆ後 生まれむ人は 我がごとく 恋する道に 逢ひこすなゆめ

二三七六 ますらをの 現《うつ》し心も 我はなし 夜昼といはず 恋ひし渡れば

二三七七 何せむに 命継ぎけむ 我妹子《わぎもこ》に 恋ひざるさきに 死なましものを

二三七八 よしゑやし 来まさぬ君を 何せむに 厭《いと》はず我は 恋ひつつをらむ

二三七九　見渡せば　近き渡りを　たもとほり　今か来ますと　恋ひつつそ居る

二三八〇　はしきやし　誰《た》に障《さは》れかも　たまほこの　道見忘れて　君が来まさぬ

二三八一　君が目を　見まく欲りして　この二夜《ふたよ》　千年《ちとせ》のごとも　我《あ》は恋ふるかも

二三八二　うちひさす　宮道《みやぢ》を人は　満ち行けど　我が念ふ君は　ただ一人のみ

二三八三　世間《よのなか》は　常かくのみと　念へども　はたた忘れず　なほ恋ひにけり

二三八四　我が背子は　幸《さき》くいますと　帰り来て　我に告げ来《こ》む　人も来《こ》ぬかも

二三八五　あらたまの　五年《いつとせ》経れど　我が恋ふる　跡なき恋の　止《や》まなくも怪《あや》し

二三八六　巌《いはほ》すら　行き通るべき　ますらをも　恋といふことは　後悔《く》いにけり

二三八七　日《け》並べば　人知りぬべみ　今日の日は　千年のごとも　ありこせぬかも

二三八八　立ちて居て　たどきも知らず　念へども　妹に告げねば　間使ひも来ず

二三八九　ぬばたまの　この夜な明けそ　あからひく　朝行く君を　待たば苦しも

二三九〇　恋するに　死にするものに　あらませば　我が身は千遍《ちたび》　死に反《かへ》らまし

二三九一　たまかぎる　昨日の夕《ゆふへ》　見しものを　今日の朝《あした》に　恋ふべきものか

二三九二　なかなかに　見ずあらましを　相見ては　恋しき心　増して念ほゆ

二三九三　たまほこの　道行かずあらば　ねもころの　かかる恋には　逢はざらましを

二三九四　朝影に　我が身はなりぬ　たまかぎる　ほのかに見えて　去《い》にし児ゆゑに

二三九五　行き行きて　逢はぬ妹ゆゑ　ひさかたの　天の露霜に　濡れにけるかも

二三八〇　○たまほこの—枕詞。

二三八二　○うちひさす—枕詞。

二三八三　○はたた—片一方で。

二三八五　○あらたまの—枕詞。

二三八九　○ぬばたまの—枕詞。○あからひく—枕詞。

二三九一　○たまかぎる—枕詞。

二三九三　○たまほこの—枕詞。

二三九四　○たまかぎる—枕詞。

二三九五　○ひさかたの—枕詞。

二三九六　たまさかに　我が見し人を　いかにあらむ　よしをもちてか　また一目《ひとめ》見む
二三九七　しましくも　見ねば恋しき　我妹子を　日に日に来れば　言の繁けく
二三九八　たまきはる　世までと定め　頼みたる　君によりては　言繁くとも
二三九九　あからひく　肌も触れずて　寝たれども　心を異《け》には　我が念はなくに
二四〇〇　いでなにか　ここだ甚だ　利心《とごころ》の　失するまで念ふ　恋ゆゑにこそ
二四〇一　恋ひ死なば　恋も死ねとや　我妹子が　我家《わぎへ》の門を　過ぎて行くらむ
二四〇二　妹があたり　遠くも見れば　怪《あや》しくも　我はそ恋ふる　逢ふよしをなみ
二四〇三　玉久世の　清き川原に　みそぎして　斎《いは》ふ命は　妹が為こそ
二四〇四　思ひ寄り　見ては寄りにし　物にあれば　一日の間も　忘れて念へや
二四〇五　かきほなす　人は言へども　こまにしき　紐解き開けし　君ならなくに
二五〇六　こまにしき　紐解き開けて　夕《ゆふべ》だに　知らざる命　恋ひつつかあらむ
二四〇七　百積《ももさか》の　舟隠《かく》り入る　八占《やうら》さし　母は問ふとも　その名は告らじ
二四〇八　眉根《まよね》掻《か》き　鼻ひ紐解け　待つらむか　いつかも見むと　念へる我を
二四〇九　君に恋ひ　うらぶれ居れば　悔《くや》しくも　我が下紐を　結ふ手いたづらに
二四一〇　あらたまの　年は果つれど　しきたへの　袖交《か》へし児を　忘れて念へや
二四一一　しろたへの　袖をはつはつ　見しからに　かかる恋をも　我はするかも
二四一二　我妹子に　恋ひてすべなみ　夢《いめ》に見むと　我は念へど　寝《い》ねらえなくに

二三九八　○たまきはる—枕詞。
二三九九　○あからひく—枕詞。
二四〇三　○久世→11・二三六二。
二四〇五　○かきほなす—枕詞。○こまにしき—枕詞。
二四〇六　○こまにしき—枕詞。
二四〇七　○第一・二句—序詞。○百積の舟—百尺の大型船。○八占—さまざまの占いの意。
二四一〇　○あらたまの—枕詞。○しきたへの—枕詞。
二四一一　○しろたへの—枕詞。

二四一三　ゆゑもなく　我が下紐を　解けしめて　人にな知らせ　直《ただ》に逢ふまでに
二四一四　恋ふること　慰めかねて　出でて行けば　山を川をも　知らず来にけり

物に寄せて思ひを陳《の》ぶる

二四一五　処女《をとめ》らを　袖布留山《ふるやま》の　瑞垣《みづかき》の　久しき時ゆ　念ひけり我は
二四一六　ちはやぶる　神の持たせる　命をば　誰がためにかも　長く欲りせむ
二四一七　いそのかみ　布留の神杉　神さびて　恋をも我は　さらにするかも
二四一八　いかならむ　名に負ふ神に　手向せば　我が念ふ妹を　夢《いめ》にだに見む
二四一九　天地と　いふ名の絶えて　あらばこそ　汝《いまし》と我と　逢ふこと止《や》まめ
二四二〇　月見れば　国は同じそ　山隔《へな》り　うつくし妹は　隔りたるかも
二四二一　来る道は　石踏《いはふ》む山は　なくもがも　我が待つ君が　うまつまづくに
二四二二　岩根踏む　重なる山は　あらねども　逢はぬ日まねみ　恋ひ渡るかも
二四二三　道《みち》の後《しり》　深津島山《ふかつしまやま》　しましくも　君が目見ねば　苦しかりけり
二四二四　ひもかがみ　能登香《のとか》の山も　誰がゆゑか　君来ませるに　紐解かず寝む
二四二五　山科《やましな》の　木幡山《こはたのやま》を　うまはあれど　徒歩《かち》より我が来し　汝《な》を念ひかねて
二四二六　遠山に　霞たなびき　いや遠に　妹が目見ねば　我恋ひにけり
二四二七　宇治川《うぢかは》の　瀬々のしき浪　しくしくに　妹は心に　乗りにけるかも
二四二八　ちはやひと　宇治の渡りの　瀬を速み　逢はずこそあれ　後も我が孋《つま》
二四二九　はしきやし　逢はぬ児ゆゑに　いたづらに　宇治川の瀬に　裳裾濡らし

二四一五　○処女らを　袖—序詞。○第一・二・三句—序詞、以上二重の序。○布留—奈良県天理市にある石上神宮一帯の地。
二四一六　○ちはやぶる—枕詞。
二四一七　○第一・二句—序詞。○いそのかみ—枕詞。

二四二三　○第一・二句—序詞。○道の後—吉備の道の後。備後の国。広島県東部。○深津島山—備後国深津郡の島山。現在の広島県福山市東深津付近か。
二四二四　○ひもかがみ—枕詞。○能登香の山—未詳。一説に、岡山県英田郡作東町の二子山の別名かという。○第一・二句—序詞。
二四二五　○山科—京都市東山区山科。○木幡—京都府宇治市木幡。
二四二六　○第一・二句—序詞。
二四二七　○宇治川—琵琶湖から流れ出た瀬田川の京都府に入ってからの名。○第一・二句—序詞。
二四二八　○ちはやひと—枕詞。

つ
二四三〇　宇治川《うぢかは》の　水沫《みなあわ》さかまき　行く水の　事反《かへ》らずそ　思ひそめてし
二四三一　鴨川《かもがは》の　後瀬静けく　後も逢はむ　妹には我は　今ならずとも
二四三二　言に出でて　言はばゆゆしみ　やまがはの　激《たぎ》つ心を　堰《せ》かへたりけり
二四三三　水の上に　数《かず》書くごとき　我が命　妹に逢はむと　うけひつるかも
二四三四　荒磯《ありそ》越し　ほか往く波の　ほか心　我は思はじ　恋ひて死ぬとも
二四三五　淡海《あふみ》の海　沖つ白浪　知らねども　妹がりと言はば　七日越え来む
二四三六　おほぶねの　香取の海に　いかり下ろし　いかなる人か　物念はざらむ
二四三七　沖つ藻を　隠《かく》さふ浪の　五百重浪《いほへなみ》　千重しくしくに　恋ひ渡るかも
二四三八　人言は　しましそ我妹《わぎも》　綱手引く　海ゆまさりて　深くしぞ念ふ
二四三九　淡海の海　沖つ島山　奥まけて　我が念ふ妹が　言の繁けく
二四四〇　近江の海　沖漕ぐ舟に　いかり下ろし　しのびて君が　言待つ我ぞ
二四四一　こもりぬの　下ゆ恋ふれば　すべをなみ　妹が名告りつ　ゆゆしきものを
二四四二　大地《おほつち》は　取り尽くすとも　世間《よのなか》の　尽くし得ぬものは　恋にしありけり
二四四三　隠《こも》り処《ど》の　沢泉《さはいづみ》なる　岩根をも　通してそ念ふ　我が恋ふらくは
二四四四　しらまゆみ　石部《いそべ》の山の　常磐《ときは》なる　命なれやも　恋ひつつ居らむ
二四四五　淡海の海　沈《しづ》く白玉　知らずして　恋せしよりは　今こそ増され
二四四六　白玉を　巻きて持ちたる　今よりは　我が玉にせむ　知れる時だに

二四三〇　○第一・二・三句—序詞。
二四三一　○鴨川—京都府相楽郡加茂の地を流れる大津川。一説に京都市内の鴨川という。○第一・二句—序詞。
二四三二　○やまかはの—枕詞。
二四三四　○第一・二句—序詞。
二四三五　○淡海の海—琵琶湖。　○第一・二句—序詞。
二四三六　○おほぶねの—枕詞。○第一・二・三句—序詞。　○香取の海—滋賀県高島郡高島町あたりの琵琶湖。
二四三七　○第一・二・三句—序詞。
二四三九　○第一・二句—序詞。
二四四〇　○第一・二・三句—序詞。
二四四一　○こもりぬの—枕詞。
二四四四　○しらまゆみ—枕詞。　○第一・二句—序詞。○石部の山—滋賀県甲賀郡の礒部山。
二四四五　○第一・二句—序詞。

二四四七　白玉を　手に巻きしより　忘れじと　念ひしことは　いつか終はらむ

二四四八　白玉の　間開けつつ　貫《ぬ》ける緒も　くくり寄すれば　後も逢ふものを

二四四九　香具山に　雲居たなびき　おほほしく　相見し児らを　後恋ひむかも

二四五〇　雲間より　さ渡る月の　おほほしく　相見し児らを　見むよしもがも

二四五一　天雲の　寄り合ひ遠み　逢はずとも　異手枕《ことたまくら》を　我まかめやも

二四五二　雲だにも　著《しる》くし立たば　心遣《や》り　見つつも居らむ　直《ただ》に逢ふまでに

二四五三　はるやなぎ　葛城山《かづらきやま》に　立つ雲の　立ちても居ても　妹をしそ念ふ

二四五四　春日山《かすがやま》　雲居隠《かく》りて　遠けども　家は念はず　君をしそ念ふ

二四五五　我がゆゑに　言はれし妹は　高山の　峰の朝霧　過ぎにけむかも

二四五六　ぬばたまの　黒髪山の　山菅《やますげ》に　小雨降りしき　しくしく思ほゆ

二四五七　大野らに　小雨降りしく　木《こ》の下《もと》に　時と寄り来ね　我が念ふ人

二四五八　あさしもの　消《け》なば消ぬべく　念ひつつ　いかにこの夜を　明かしてむかも

二四五九　我が背子が　浜行く風の　いや早の　早事なさば　いや逢はざらむ

二四六〇　遠き妹が　振り放け見つつ　偲ふらむ　この月の面《おも》に　雲なたなびき

二四六一　山の端《は》に　さし出づる月の　はつはつに　妹をそ見つる　恋しきまでに

二四六二　我妹子し　我を念はば　まそかがみ　照り出づる月の　影に見え来ね

二四六三　ひさかたの　天照る月の　隠《かく》りなば　何になそへて　妹を偲《しの》はむ

二四六四　三日月の　清《さや》にも見えず　雲隠《がく》り　見まくそ欲しき　うたてこのころ

二四四九　○香具山―奈良県橿原市東部の山で、大和三山の一。○第一・二句―序詞。

二四五〇　○第一・二句―序詞。

二四五一　○第一・二句―序詞。

二四五三　○はるやなぎ―枕詞。○葛城山―大和と河内の境で、二上山から葛城山、金剛山の連山をいう。○第一・二・三句―序詞。

二四五四　○春日山―奈良市東部の春日、御蓋・若草などの山地をいう。

二四五五　○第三・四句―序詞。

二四五六　○ぬばたまの―枕詞。○黒髪山―奈良市北方の黒髪山町一帯の山地。○第一・二・三・四句―序詞。

二四五八　○あさしもの―枕詞。

二四五九　○第一・二句―序詞。

二四六一　○第一・二句―序詞。

二四六二　○まそかがみ―枕詞。

二四六三　○ひさかたの―枕詞。

二四六四　○第一・二・三句―序詞。

二四六五　我が背子に　我が恋ひ居れば　我が屋戸の　草さへ思ひ　うらぶれにけり
二四六六　浅茅原《あさぢはら》　小野に標結《しめゆ》ふ　空言《むなこと》を　いかなりと言ひて　君をし待たむ
二四六七　道の辺の　草深百合の　後《ゆり》もと言ふ　妹が命を　我知らめやも
二四六八　湖葦《みなとあし》に　交じれる草の　しりくさの　人皆知りぬ　我が下念ひを
二四六九　やまぢさの　白露重み　うらぶれて　心に深く　我が恋止まず
二四七〇　湖《みなと》に　さ根延《ば》ふ小菅《すげ》　ぬすまはず　君に恋ひつつ　ありかてぬかも
二四七一　山背《やましろ》の　泉の小菅《すげ》　なみなみに　妹が心を　我が念はなくに
二四七二　見渡しの　三室《みむろ》の山の　巌菅《いはほすげ》　ねもころ我は　片念そする　一に云ふ「三諸《みもろ》の山の　岩小すげ」
二四七三　すがのねの　ねもころ君が　結びてし　我が紐の緒を　解く人はあらじ
二四七四　やますげの　乱れ恋のみ　せしめつつ　逢はぬ妹かも　年は経につつ
二四七五　我が屋戸の　軒のしだくさ　生ひたれど　恋わすれぐさ　見るにいまだ生ひず
二四七六　打つ田に　ひえはあまたに　ありと言えど　選《え》らえし我そ　夜を一人寝る
二四七七　あしひきの　名に負ふ山菅《やますげ》　押し伏せて　君し結ばば　逢はざらめやも
二四七八　あきかしは　潤和《うるわ》川辺の　篠の目の　人には忍び　君に堪《あ》へなく
二四七九　さねかづら　後も逢はむと　夢のみに　うけひ渡りて　年は経につつ
二四八〇　道の辺の　いちしの花の　いちしろく　人皆知りぬ　我が恋孋《つま》を　或本の歌に曰く「いちしろく　人知りにけり　継ぎてし思へば」

二四六六　○第一・二句―序詞。
二四六七　○第一・二句―序詞。　○草深ゆり→7・一二五七。
二四六八　○第一・二・三句―序詞。　○しり草―未詳。かやつりぐさ科のサンカクイとする説もある。
二四六九　○第一・二句―序詞。　○やまぢさ→7・一三六〇。
二四七〇　○第一・二句―序詞。
二四七一　○第一・二句―序詞。　○泉―京都府相楽郡木津町あたりの木津川沿いの地。
二四七二　○三室の山―三諸の山に同じ。桜井市三輪の三輪山のこと。○第一・二・三句―序詞。
二四七三　○すがのねの―枕詞。
二四七四　○やますげの―枕詞。
二四七六　○ひえ―いね科の一年生草本。食用とする。
二四七七　○あしひきの―枕詞。　○第一・二・三句―序詞。
二四七八　○あきかしは―枕詞。　○潤和川―未詳。○第一・二・三句―序詞。
二四七九　○さねかづら―枕詞。
二四八〇　○第一・二句―序詞。　○いちし―未詳。たで科の多年生草本ギシギシのほか、イチゴの花・クサイチゴ・エゴノキ・ヒガンバナなどとする説がある。

二四八一　大野らに　たどきも知らず　標《しめ》結ひて　ありかつましじ　我が恋ふらくは

二四八二　水底に　生ふる玉藻の　うちなびき　心は寄りて　恋ふるこのころ

二四八三　しきたへの　衣手離《か》れて　たまもなす　なびきか寝らむ　我を待ちかてに

二四八四　君来ずは　形見にせむと　我が二人　植ゑしまつの木　君を待ち出でむ

二四八五　袖振らば　見ゆべき限り　我はあれど　そのまつが枝に　隠らひにけり

二四八六　千沼《ちぬ》の海の　浜辺の小松　根深めて　我恋ひ渡る　人の児ゆゑに

或本の歌に曰く「千沼の海の　潮干の小松　ねもころに　恋ひや渡らむ　人の児ゆゑに」

二四八七　奈良山の　小松が末《うれ》の　うれむぞは　我が思ふ妹に　逢はず止みなむ

二四八八　磯の上に　立てるむろの木　ねもころに　何か深めて　念ひそめけむ

二四八九　たちばなの　本に我を立て　下枝《しづえ》取り　成らむや君と　問ひし児らはも

二四九〇　天雲に　翼《はね》打ち付けて　飛ぶ鶴《たづ》の　たづたづしかも　君しまさねば

二四九一　妹に恋ひ　寝《い》ねぬ朝明《あさけ》に　をしどりの　こゆかく渡る　妹が使ひか

二四九二　念ふにし　余りにしかば　にほどりの　なづさひ来しを　人見けむかも

二四九三　高山の　峰行くししの　友を多み　袖振らず来ぬ　忘ると念ふな

二四九四　大舟に　ま梶しじ貫き　漕ぐほども　ここだ恋ふるを　年にあらばいかに

二四九五　たらつねの　母が養ふ蚕《こ》の　繭隠《まよごも》り　隠《こも》れる妹を　見むよしもがも

二四八二　○第一・二句―序詞。

二四八三　○しきたへの―枕詞。　○たまもなす―枕詞。

二四八六　○千沼の海―大阪湾南西部の海。　○第一・二句―序詞。
○或本の歌第一・二句―序詞。

二四八七　○奈良山―奈良市北部の丘陵。　○第一・二句―序詞。

二四八八　○第一・二句―序詞。

二四九〇　○第一・二・三句―序詞。

二四九二　○にほどりの―枕詞。

二四九三　○第一・二句―序詞。

二四九五　○たらつねの―枕詞。　○第一・二・三句―序詞。　○蚕―かさんが科の昆虫。カイコの古名。

二四九六　○肥人—古代、肥後国玖磨地方に住んだ異民族か。○第一・二・三句—序詞。
二四九七　○隼人—古代、薩摩・大隅地方に住んだ異民族。○第一・二句—序詞。
二四九八　○利き—切れ味が鋭い。
二四九九　○つるぎたち—枕詞。
二五〇〇　○あさつきの—枕詞。○第一・二句—序詞。○日向—今の宮崎県。
二五〇一　○まそかがみ—枕詞。
二五〇四　○ときぎぬの—枕詞。○うきまなご—枕詞。
二五〇五　○あづさゆみ—枕詞。○あづさゆみ　引きて—序詞。
二五〇六　○夕占—夕方辻に立って、道行く人のことばを聞き、それによって吉凶を占うこと。
二五〇七　○たまほこの—枕詞。○道行き占—道行く人のことばを聞き、それによって吉凶を占うこと。
二五〇九　○まそかがみ—枕詞。○たまかぎる—枕詞。○第三・四句—序詞。

二四九六　肥人《こまひと》の　額髪《ぬかがみ》結へる　染木綿《しめゆふ》の　染《し》みにし心　我忘れめや　一に云ふ「忘らえめやも」
二四九七　隼人《はやひと》の　名に負ふ夜声《よごゑ》　いちしろく　我が名は告りつ　孋《つま》と頼ませ
二四九八　剣大刀《つるぎたち》　諸刃《もろは》の利《と》きに　足踏みて　死なば死なむよ　君によりては
二四九九　我妹子に　恋ひし渡れば　つるぎたち　名の惜しけくも　念ひかねつも
二五〇〇　あさつきの　日向《ひむか》黄楊櫛《つげぐし》　古りぬれど　なにしか君が　見れど飽かざらむ
二五〇一　里遠み　恋ひうらぶれぬ　まそかがみ　床《とこ》の辺去らず　夢《いめ》に見えこそ
二五〇二　まそ鏡　手に取り持ちて　朝な朝な　見れども君は　飽くこともなし
二五〇三　夕されば　床の辺去らぬ　黄楊枕《つげまくら》　なにしか汝《なれ》が　主《ぬし》待ち難き
二五〇四　ときぎぬの　恋ひ乱れつつ　うきまなご　生きても我は　あり渡るかも
二五〇五　あづさゆみ　引きてゆるさず　あらませば　かかる恋には　あはざらましを
二五〇六　言霊《ことだま》の　八十《やそ》の衢《ちまた》に　夕占《ゆふけ》問ふ　占正《うらまさ》に告《の》る　妹は相寄らむ
二五〇七　たまほこの　道行き占《うら》の　占なへば　妹に逢はむと　我に告りつる

問答

二五〇八　天皇《すめろき》の　神の御門を　恐《かしこ》みと　さもらふ時に　逢へる君かも
二五〇九　まそかがみ　見とも言はめや　たまかぎる　磐垣淵《いはかきぶち》の　隠《こも》りたる孋《つま》

右の二首

二五一〇　赤駒の　足掻き速けば　雲居にも　隠《かく》り往《ゆ》かむぞ　袖まけ我妹

二五一一　こもりくの　豊泊瀬道《とよはつせぢ》は　常滑《とこなめ》の　恐《かしこ》き道そ　恋ふらくはゆめ

二五一二　うまさけの　三諸《みもろ》の山に　立つ月の　見が欲し君が　うまの音そする

右の三首

二五一三　鳴る神の　少し響《とよ》みて　さし曇り　雨も降らぬか　君を留《とど》めむ

二五一四　鳴る神の　少し響みて　降らずとも　我《わ》は留《とど》まらむ　妹し留めば

右の二首

二五一五　しきたへの　枕動きて　夜も寝ず　思ふ人には　後も逢ふものを

二五一六　しきたへの　枕は人に　言問へや　その枕には　苔生《む》したり

右の二首

以前の一百四十九首、[1]柿本朝臣人麻呂の歌集に出づ。

正に心緒を述ぶる

二五一七　たらちねの　母に障《さは》らば　いたづらに　汝《いまし》も我も　事のなるべき

二五一八　我妹子が　我を送ると　しろたへの　袖ひつまでに　哭《な》きし念ほゆ

二五一九　おくやまの　真木の板戸を　押し開き　しゑや出で来ね　後は何せむ

二五二〇　刈りこもの　一重を敷きて　さ寝《ぬ》れども　君とし寝《ぬ》れば　寒けくもなし

二五二一　かきつはた　丹《に》つらふ君を　ゆくりなく　思ひ出でつつ　嘆きつるかも

二五一一 ○こもりくの—枕詞。○豊初瀬道—初瀬の地を通って行く道。トヨは美称。

二五一二 ○うまさけの—枕詞。○第一・二・三句—序詞。○うま→1・四。

二五一五 ○しきたへの—枕詞。

二五一六 ○しきたへの—枕詞。

1 →7・一〇六八。

二五一七 ○たらちねの—枕詞。

二五一八 ○しろたへの—枕詞。

二五一九 ○おくやまの—枕詞。

二五二〇 ○こも—いね科の多年生草本。

二五二一 ○かきつはた—枕詞。→7・一三四五。

二五二三 ○さにつらふ—枕詞。
二五二七 ○たらちねの—枕詞。
二五三〇 ○あらたまの—枕詞。
二五三一 ○たまきはる—枕詞。
二五三二 ○ぬばたまの—枕詞。
二五三四 ○あらたまの—枕詞。
二五三七 ○たらちねの—枕詞。

二五二二 恨めしと　思ひて背なは　ありしかば　よそのみそ見し　心は念へど
二五二三 さにつらふ　色には出でね　すくなくも　心の中《うち》に　我が念はなくに
二五二四 我が背子に　直《ただ》に逢はばこそ　名は立ため　言の通ひに　なにかそこゆゑ
二五二五 ねもころに　片思ひすれか　このころの　我が情《こころ》どの　生けるともなき
二五二六 待つらむに　至らば妹が　懽《うれ》しみと　笑《ゑ》まむ儀《すがた》を　往《ゆ》きてはや見む
二五二七 誰そこの　我が屋戸《やど》来呼ぶ　たらちねの　母にころはえ　物思ふ我を
二五二八 さ寝《ね》ぬ夜は　千夜《ちよ》もありとも　我が背子が　思ひ悔ゆべき　心は持たじ
二五二九 家人は　道もしみみに　通へども　我が待つ妹が　使ひ来ぬかも
二五三〇 あらたまの　伎倍《きへ》が竹垣《たかがき》　編目《あみめ》ゆも　妹し見えなば　我恋ひめやも
二五三一 我が背子が　その名告らじと　たまきはる　命は捨てつ　忘れたまふな
二五三二 おほならば　誰《た》が見むとかも　ぬばたまの　我が黒髪を　なびけて居らむ
二五三三 面《おも》忘れ　いかなる人の　するものそ　我はしかねつ　継ぎてし念へば
二五三四 相思はぬ　人のゆゑにか　あらたまの　年の緒長く　我が恋ひ居らむ
二五三五 おほろかの　わざとは念はじ　我がゆゑに　人に言痛《こちた》く　言はれしものを
二五三六 息の緒に　妹をし思へば　年月の　往くらむわきも　念ほえぬかも
二五三七 たらちねの　母に知らえず　我が持てる　心はよしゑ　君がまにまに

二五三八　○　→11・二五二〇。
二五四一　○たもとほり―枕詞。○行箕の里―未詳。
二五四二　○わかくさの―枕詞。
二五四八　○たまづさの―枕詞。
二五四九　○しきたへの―枕詞。

二五三八　独寝《ひとりね》と　こも朽ちめやも　綾席《あやむしろ》　緒《を》になるまでに　君をし待たむ
二五三九　相見ては　千年や去《い》ぬる　いなをかも　我や然念ふ　君待ちかてに
二五四〇　振分《ふりわけ》の　髪を短み　青草を　髪にたくらむ　妹をしそ思ふ
二五四一　たもとほり　行箕《ゆきみ》の里に　妹を置きて　心空なり　土は踏めども
二五四二　わかくさの　新手枕《にひたまくら》を　巻きそめて　夜《よ》をや隔《へだ》てむ　憎くあらなくに
二五四三　我が恋ひし　ことも語らひ　慰めむ　君が使ひを　待ちやかねてむ
二五四四　現《うつつ》には　逢ふよしもなし　夢《いめ》にだに　間《ま》なく見え君　恋に死ぬべし
二五四五　誰《た》そ彼と　問はば答へむ　すべをなみ　君が使ひを　帰しつるかも
二五四六　念はぬに　至らば妹が　歓《うれ》しみと　笑まむ眉引《まよび》き　思ほゆるかも
二五四七　かくばかり　恋ひむものそと　念はねば　妹が手本《たもと》を　まかぬ夜もありき
二五四八　かくだにも　我は恋ひなむ　たまづさの　君が使ひを　待ちやかねてむ
二五四九　妹に恋ひ　我が泣く涙　しきたへの　木枕《こまくら》通り　袖さへ濡れぬ　或本の歌に曰く「枕通りて　まけば寒しも」
二五五〇　立ちて念ひ　居てもそ念ふ　紅《くれなゐ》の　赤裳《あかも》裾引き　去《い》にし儀《すがた》を
二五五一　念ふにし　余りにしかば　すべをなみ　出でてそ行きし　その門を見に
二五五二　情《こころ》には　千遍《ちへ》しくしくに　念へども　使ひを遣らむ　すべの知らなく
二五五三　夢のみに　見てすらここだ　恋ふる我《あ》は　現《うつつ》に見てば　ましていかにあらむ

二五五四 相見ては 面隠《おもかく》さるる ものからに 継ぎて見まくの 欲しき君かも
二五五五 旦戸《あさと》を 早くな開けそ あぢさはふ 目が欲る君が 今夜《こよひ》来ませり
二五五六 たまだれの 小簀《をす》の垂簾《たれす》を 往《ゆ》きかちに 眠《い》は寝《な》さずとも 君は通はせ
二五五七 たらちねの 母に申さば 君も我も 逢ふとはなしに 年そ経ぬべき
二五五八 うるはしと 思へりけらし な忘れと 結びし紐の 解くらく念へば
二五五九 昨日見て 今日こそ隔て 我妹子が ここだく継ぎて 見まく欲しきも
二五六〇 人もなき 古りにし里に ある人を めぐくや君が 恋に死なせむ
二五六一 人言の 繁き間守《まも》りて 逢ふともや なほ我が上に 言の繁けむ
二五六二 里人の 言寄せ妻を あらかきの よそにや我が見む 憎くあらなくに
二五六三 人目守る 君がまにまに 我さへに 早く起きつつ 裳の裾濡れぬ
二五六四 ぬばたまの 妹が黒髪 今夜もか 我がなき床に なびけて寝《ぬ》らむ
二五六五 はなぐはし 葦垣《あしがき》越しに ただ一目 相見し児ゆゑ 千遍《ちたび》嘆きつ
二五六六 色に出でて 恋ひば人見て 知りぬべし 心の中《うち》の 隠《こも》り妻はも
二五六七 相見ては 恋慰むと 人は言へど 見て後にそも 恋増さりける
二五六八 おほろかに 我し念はば かくばかり 難き御門を 罷《まか》り出めやも
二五六九 念ふらむ その人なれや ぬばたまの 夜ごとに君が 夢《いめ》にし見ゆる
或本の歌に曰く「夜昼といはず 我が恋ひ渡る
二五七〇 かくのみし 恋ひば死ぬべみ たらちねの 母にも告げつ 止まず通はせ

二五五五 ○あぢさはふ—枕詞。
二五五六 ○たまだれの—枕詞。
二五五七 ○たらちねの—枕詞。
二五六二 ○あらかきの—枕詞。
二五六四 ○ぬばたまの—枕詞。
二五六五 ○はなぐはし—枕詞。
二五六九 ○ぬばたまの—枕詞。
二五七〇 ○たらちねの—枕詞。

二五七一　ますらをは　友の騒《さわ》きに　慰もる　心もあるらむ　我ぞ苦しき

二五七二　いつはりも　似つきてそする　いつよりか　見ぬ人恋ふと　人の死にせし

二五七三　情《こころ》さへ　奉《まつ》れる君に　何をかも　言はず言ひしと　我がぬすまはむ

二五七四　面《おも》忘れ　だにも得為《えす》やと　手握《たにぎ》りて　打てども懲《こ》りず　恋といふ奴《やつこ》

二五七五　めづらしき　君を見とこそ　左手の　弓取る方の　眉根《まよね》掻きつれ

二五七六　人間《ひとま》守り　葦《あし》垣越しに　我妹子を　相見しからに　言そさだ多き

二五七七　今だにも　目な乏《とも》しめそ　相見ずて　恋ひむ年月　久しけまくに

二五七八　朝寝髪　我は梳《けづ》らじ　うるはしき　君が手枕《たまくら》　触れてしものを

二五七九　はや去《ゆ》きて　いつしか君を　相見むと　思ひし情《こころ》　今ぞ和《な》ぎぬる

二五八〇　面形《おもかた》の　忘るさあらば　あづきなく　男じものや　恋ひつつ居らむ

二五八一　言《こと》に言へば　耳にたやすし　すくなくも　心の中《うち》に　我が思はなくに

二五八二　あづきなく　何の狂言《たはこと》　今更に　童言《わらはごと》する　老人《おいひと》にして

二五八三　相見ては　幾久さにも　あらなくに　年月のごと　念ほゆるかも

二五八四　ますらをと　念へる我を　かくばかり　恋せしむるは　悪しくはありけり

二五八五　かくしつつ　我が待つ験《しるし》　あらぬかも　世の人皆の　常ならなくに

二五八六　人言を　繁みと君に　たまづさの　使もやらず　忘ると思ふな

二五八七　大原の　古りにし里に　妹を置きて　我寝《い》ねかねつ　夢《いめ》に見えつつ

二五八六　〇たまづさの—枕詞。
二五八七　〇大原—奈良県高市郡明日香村小原の地。

二五八九　○ぬばたまの—枕詞。

二五九三　○しきたへの—枕詞。

二五九八　○たまほこの—枕詞。

二五八八　夕されば　君来まさむと　待ちし夜の　なごりそ今も　寝《い》ねかてにする

二五八九　相思はず　君はあるらし　ぬばたまの　夢にも見えず　うけひて寝《ぬ》れど

二五九〇　石根《いはね》踏み　夜道行かじと　念へれど　妹によりては　忍《しの》びかねつも

二五九一　人言の　繁き間守《まも》ると　逢はずあらば　つひにや児らが　面《おも》忘れなむ

二五九二　恋ひ死なむ　後は何せむ　我が命　生ける日にこそ　見まく欲りすれ

二五九三　しきたへの　枕動きて　寝《い》ねらえず　物念ふ今夜《こよひ》　はやも明けぬかも

二五九四　往《ゆ》かぬ我を　来むとか夜も　門《かど》ささず　あはれ我妹子　待ちつつあらむ

二五九五　夢にだに　なにかも見えぬ　見ゆれども　我かも迷《まと》ふ　恋の繁きに

二五九六　慰もる　心はなしに　かくのみし　恋ひや渡らむ　月に日に異《け》に　或本の歌に曰く「沖つ波　しきてのみやも　恋ひ渡りなむ」

二五九七　いかにして　忘れむものそ　我妹子に　恋は増されど　忘らえなくに

二五九八　遠くあれど　君にぞ恋ふる　たまほこの　里人皆に　我恋ひめやも

二五九九　験《しるし》なき　恋をもするか　夕されば　人の手まきて　寝《ぬ》らむ児ゆゑに

二六〇〇　百代《ももよ》しも　千代しも生きて　あらめやも　我が念ふ妹を　置きて嘆かむ

二六〇一　現《うつつ》にも　夢にも我は　思はずき　古りたる君に　ここに逢はむとは

二六〇二　黒髪の　白くるまでと　結びてし　心ひとつを　今解かめやも

二六〇三　心をし　君に奉《まつ》ると　念へれば　よしこのころは　恋ひつつをあらむ

二六〇四　念ひ出でて　哭《ね》には泣くとも　いちしろく　人の知るべく　嘆かすなゆ

め

二六〇五　たまほこの　道行きぶりに　思はぬに　妹を相見て　恋ふるころかも

二六〇六　人目多み　常かくのみし　さもらはば　いづれの時か　我が恋ひざらむ

二六〇七　しきたへの　衣手離《か》れて　我《あ》を待つと　あるらむ児らは　面影に見ゆ

二六〇八　妹が袖　別れし日より　しろたへの　衣片敷《ころもかたし》き　恋ひつつそ寝《ね》る

二六〇九　しろたへの　袖はまゆひぬ　我妹子が　家のあたりを　止まず振りしに

二六一〇　ぬばたまの　我が黒髪を　引きぬらし　乱れてなほも　恋ひ渡るかも

二六一一　今更に　君が手枕　まき寝めや　我が紐の緒の　解けつつもとな

二六一二　しろたへの　袖触れにしよ　我が背子に　我が恋ふらくは　止む時もな
し

二六一三　夕占《ゆふけ》にも　占《うら》にも告れる　今夜だに　来まさぬ君を　いつとか待たむ

二六一四　眉根《まよね》掻き　下いふかしみ　思へるに　古人《いにしへひと》を　相見つるかも
或本の歌に曰く「眉根掻き　誰をか見むと　思ひつつ　日《け》長く
恋ひし　妹に逢へるかも」
一書の歌に曰く「眉根掻き　下いふかしみ　念へりし　妹が容《すが》
儀《た》を　今日見つるかも」

二六一五　しきたへの　枕をまきて　妹と我と　寝《ぬ》る夜はなくて　年そ経にける

二六一六　おくやまの　真木の板戸を　音《おと》早み　妹があたりの　霜の上に寝ぬ

二六一七　あしひきの　山桜戸を　開け置きて　我が待つ君を　誰か留むる

二六〇五　○たまほこの―枕詞。
二六〇七　○しきたへの―枕詞。
二六〇八　○しろたへの―枕詞。
二六〇九　○しろたへの―枕詞。
二六一〇　○ぬばたまの―枕詞。
二六一二　○しろたへの―枕詞。
二六一五　○しきたへの―枕詞。
二六一六　○おくやまの―枕詞。
二六一七　○あしひきの―枕詞。

二六一八　月夜よみ　妹に逢はむと　直道《ただち》から　我は来つれど　夜そふけにける

物に寄せて思ひを陳ぶる

二六一九　朝影に　我が身はなりぬ　韓衣《からころも》　裾のあはずて　久しくなれば

二六二〇　ときぬの　思ひ乱れて　恋ふれども　なぞ汝《な》がゆゑと　問ふ人もなき

二六二一　摺《す》り衣　著《け》りと夢《いめ》見つ　現《うつつ》には　いづれの人の　言か繁けむ

二六二二　志賀《しか》の白水郎《あま》の　塩焼き衣　なれぬれど　恋といふものは　忘れかねつも

二六二三　紅《くれなゐ》の　八入《やしほ》の衣　朝な旦《あさ》な　なれはすれども　いやめづらしも

二六二四　紅の　濃染《こそめ》の衣　色深く　染《し》みにしかばか　忘れかねつる

二六二五　逢はなくに　夕占《ゆふけ》を問ふと　幣《ぬさ》に置くに　我が衣手は　またそ継ぐべき

二六二六　ふるころも　打《う》ち棄つる人は　秋風の　立ち来る時に　物念ふものそ

二六二七　はね縵《かづら》　今する妹が　うら若み　笑《ゑ》みみ怒《いか》りみ　付けし紐解く

二六二八　古《いにしへ》の　倭文機帯《しつはたおび》を　結び垂れ　誰といふ人も　君にはまさじ

一書の歌に曰く「古の　狭織《さおり》の帯を　結び垂れ　誰しの人も　君にはまさじ」

二六二九　逢はずとも　我は恨《うら》みじ　この枕　我と念ひて　まきてさ寝ませ

二六三〇　結へる紐　解かむ日遠み　しきたへの　我が木枕《こまくら》は　苔生《こけむ》しにけり

二六三一　ぬばたまの　黒髪敷きて　長き夜を　手枕《たまくら》の上に　妹待つらむか

二六三二　まそかがみ　直《ただ》にし妹を　相見ずは　我が恋止まじ　年は経ぬとも

二六二〇　○ときぬの—枕詞。

二六二一　○摺り衣—植物の花や葉を摺りつけて染めた衣。

二六二二　○第一・二句—序詞。　○志賀—福岡市東区志賀島。　○塩焼き衣—塩を焼く作業のときに着る衣。

二六二三　○第一・二句—序詞。　○八入の衣—何度も重ねて染め上げた衣。

二六二四　○第一・二句—序詞。

二六二六　○ふるころも—枕詞。

二六二七　○はね縵—鳥の羽で作った髪飾り。　成年式を迎えた乙女がつけたものか。

二六二八　○第一・二・三句—序詞。　○倭文機帯—古代のあや織りの帯。

二六三〇　○しきたへの—枕詞。

二六三一　○ぬばたまの—枕詞。

二六三二　○まそかがみ—枕詞。

二六三三　まそかがみ　手に取り持ちて　朝な旦《あさ》な　見む時さへや　恋の繁けむ

二六三四　里遠み　恋ひわびにけり　まそかがみ　面影去らず　夢に見えこそ

右の一首、上に柿本朝臣人麻呂の歌の中に見えたり。ただし句句相換はれるを以ての故に、ここに載す。

二六三五　つるぎたち　身に佩《は》き添ふる　大夫《ますらを》や　恋といふものを　忍びかねてむ

二六三六　剣大刀　諸刃の上に　去《ゆ》き触れて　死にかも死なむ　恋ひつつあらずは

二六三七　うちすすり　鼻をそひつる　つるぎたち　身に添ふ妹し　思ひけらしも

二六三八　あづさゆみ　末の腹野《はらの》に　鳥狩《とがり》する　君が弓弦《ゆづる》の　絶えむと念へや

二六三九　葛城《かつらき》の　襲津彦真弓《そつびこまゆみ》　荒木《あらき》にも　頼《たの》めや君が　我が名告りけむ

二六四〇　あづさゆみ　引きみ緩《ゆる》へみ　来ずは来ず　来ば来そをなぞ　来ずは来ばそを

二六四一　時守《ときもり》の　打ち鳴す鼓《つづみ》　数《よ》みみれば　時にはなりぬ　逢はなくも怪《あや》し

二六四二　燈火《ともしび》の　かげにかがよふ　うつせみの　妹が笑《ゑ》まひし　面影に見ゆ

二六四三　たまほこの　道行き疲《つか》れ　いなむしろ　しきても君を　見むよしもがも

二六四四　小墾田《をはりだ》の　板田の橋の　壊《こほ》れなば　桁《けた》より去《ゆ》かむ　な恋ひそ我妹

二六四五　宮材《みやぎ》引く　泉の杣《そま》に　立つ民の　休む時なく　恋ひ渡るかも

二六四六　住吉《すみのえ》の　津守網引《つもりあびき》の　浮《う》けの緒《を》の　浮かれか行かむ　恋ひつつあらずは

二六四七　横雲の　空ゆ引き越し　遠みこそ　目言《めこと》離《か》るらめ　絶ゆと隔てや

二六四八　かにかくに　物は念はじ　飛騨《ひだ》人の　打つ墨縄《すみなは》の　ただ一道《ひとみち》に

二六三三　○第一・二句―序詞。
二六三四　○まそかがみ―枕詞。
二六三五　○つるぎたち―枕詞。
二六三七　○つるぎたち―枕詞。
二六三八　○あづさゆみ―枕詞。○末の腹野―所在未詳。○第一・二・三・四句―序詞。
二六三九　○葛城の襲津彦真弓―強弓の名をとどろかせた伝説的武将の弓ということで、強い弓の形容。○第一・二句―序詞。
二六四〇　○あづさゆみ―枕詞。
二六四二　○うつせみの―枕詞。
二六四三　○たまほこの―枕詞。○いなむしろ―枕詞。○第一・二・三句―序詞。
二六四四　○小墾田―奈良県高市郡明日香村飛鳥の北方の地。
二六四五　○宮材―宮殿建築の用材。○第一・二・三句―序詞。○泉→11・二四七一。○杣―樹木を植えて用材をとる山。
二六四六　○住吉―大阪市住吉区あたり。○津守―大阪市西成区津守町一帯の地。○第一・二・三句―序詞。
二六四七　○第一・二句―序詞。
二六四八　○飛騨人―飛騨の工匠（たくみ）。飛騨は国名。岐阜県北部の地。○第三・四句―序詞。

二六四九 ○あしひきの—枕詞。○第一・二・三句—序詞。

二六五〇 ○第一・二句—序詞。

二六五一 ○難波—大阪市を中心とした地域。○第一・二句—序詞。

二六五二 ○妹が髪 上げ—序詞。○第一・二・三句—序詞。

二六五六 ○あまとぶや—枕詞。○軽—奈良県橿原市大軽・見瀬・石川・五条野あたり一帯の地。○第一・二・三句—序詞。

二六五七 神奈備—飛鳥・三輪・竜田の神奈備があるが、そのうちのどこかは不明。○ひもろき—神事のための常緑樹。神のよりしろとなる。

二六五八 ○第一・二・三句—序詞。

二六六〇 ○ちはやぶる—枕詞。

二六六一 ○たまぢはふ—枕詞。

二六六二 ○ちはやぶる—枕詞。

二六六三 ○ちはやぶる—枕詞。

二六六四 ○第一・二句—序詞。

二六四九 あしひきの 山田守る翁《をぢ》が 置く蚊火《かひ》の 下焦《したこ》がれのみ 我が恋ひ居らく

二六五〇 そき板持ち 葺ける板目の あはざらば いかにせむとか 我が寝そめけむ

二六五一 難波《なには》人 葦火焚く屋の すしてあれど 己が妻こそ 常《とこ》めづらしき

二六五二 妹が髪 上げ竹葉野《たかはの》の 放ち駒 荒びにけらし 逢はなく思へば

二六五三 うまの音の とどともすれば 松影に 出でてそ見つる けだし君かと

二六五四 君に恋ひ 寝《い》ねぬ朝明《あさけ》に 誰《た》が乗れる うまの足《あ》の音《と》そ 我に聞かする

二六五五 紅《くれなゐ》の 裾引く道を 中《なか》に置きて 我や通はむ 君か来まさむ 一に云ふ
「裾漬《つ》く川を」、また曰く「待ちにか待たむ」

二六五六 あまとぶや 軽の社《やしろ》の 斎《いは》ひ槻《つき》 幾代《いくよ》まであらむ 隠《こも》り嬬《つま》そも

二六五七 神奈備《かむなび》に ひもろき立てて 斎へども 人の心は 守《まも》りあへぬもの

二六五八 天雲の 八《や》重《へ》雲隠《くもかく》り 鳴る神の 音のみにやも 聞き渡りなむ

二六五九 争へば 神も憎ます よしゑやし よそふる君が 憎くあらなくに

二六六〇 夜並《よなら》べて 君を来ませと ちはやぶる 神の社を 祈《の》まぬ日はなし

二六六一 たまぢはふ 神も我をば 打棄《うつ》てこそ しゑや命の 惜しけくもなし

二六六二 我妹子に またも逢はむと ちはやぶる 神の社を 祈まぬ日はなし

二六六三 ちはやぶる 神の斎垣《いかき》も 越えぬべし 今は我が名の 惜しけくもなし

二六六四 夕月夜《ゆふづくよ》 暁闇《あかときやみ》の 朝影に 我が身はなりぬ 汝《な》を念ひかねて

二六六八 ○二上―二上山。→2・一六五。○第一・二句―序詞。
二六七〇 ○まそかがみ―枕詞。
二六七一 ○第一・二句―序詞。
二六七二 ○この山の……月の―序詞。
二六七三 ○ぬばたまの―枕詞。
二六七四 ○朽網山―大分県直入郡の久住山。○第一・二句―序詞。
二六七五 ○きみがきる―枕詞。○第一・二・三句―序詞。
二六七六 ○ひさかたの―枕詞。
二六七七 ○佐保―奈良市北部の法蓮町・佐保町・佐保田町・法華寺町一帯の地。
二六七八 ○たまくしげ―枕詞。
二六七九 ○あしひきの―枕詞。
二六八〇 ○第一・二・三句―序詞。

二六六五　月しあれば　明くらむわきも　知らずして　寝《ね》て我が来しを　人見けむかも
二六六六　妹が目の　見まく欲しけく　夕闇の　木《こ》の葉隠《ごも》れる　月待つごとし
二六六七　ま袖もち　床《とこ》打ち払ひ　君待つと　居りし間に　月傾きぬ
二六六八　二上《ふたがみ》に　隠《かく》らふ月の　惜しけども　妹が手本《たもと》を　離《か》るるこのころ
二六六九　我が背子が　振り放け見つつ　嘆くらむ　清き月夜《つくよ》に　雲なたなびき
二六七〇　まそかがみ　清き月夜の　ゆつりなば　思ひは止まず　恋こそ増さめ
二六七一　今夜《こよひ》の　有明の月夜　ありつつも　君をおきては　待つ人もなし
二六七二　この山の　峰に近しと　我が見つる　月の空なる　恋もするかも
二六七三　ぬばたまの　夜渡る月の　ゆつりなば　さらにや妹に　我が恋ひ居らむ
二六七四　朽網山《くたみやま》　夕居る雲の　薄れ往かば　我は恋ひむな　君が目を欲り
二六七五　きみがきる　三笠の山に　居る雲の　立てば継がるる　恋もするかも
二六七六　ひさかたの　天飛ぶ雲に　ありてしか　君を相見む　おつる日なしに
二六七七　佐保の内ゆ　下風《あらし》の風の　吹きぬれば　帰りは知らに　嘆く夜そ多き
二六七八　はしきやし　吹かぬ風ゆゑ　たまくしげ　開けてさ寝にし　我そ悔しき
二六七九　窓越しに　月おし照りて　あしひきの　下風《あらし》吹く夜は　君をしそ念ふ
二六八〇　川千鳥　住む沢の上に　立つ霧の　いちしろけむな　相言ひそめてば
二六八一　我が背子が　使ひを待つと　笠も着ず　出でつつそ見し　雨の降らくに
二六八二　韓衣《からころも》　君に打ち着せ　見まく欲り　恋ひそ暮らしし　雨の降る日を

二六八三 彼方《をちかた》の 赤土《はにふ》の小屋《をや》に 小雨降り 床《とこ》さへ濡れぬ 身に添へ我妹

二六八四 笠なしと 人には言ひて 雨つつみ 留まりし君が 容儀《すがた》し思ほゆ

二六八五 妹が門 去き過ぎかねつ ひさかたの 雨も降らぬか そを因《よし》にせむ

二六八六 夕占《ゆふけ》問ふ 我が衣手に 置く露を 君に見せむと 取れば消《け》につつ

二六八七 桜麻《さくらあさ》の 苧生《をふ》の下草 露しあれば 明かしてい行け 母は知るとも

二六八八 待ちかねて 内には入らじ しろたへの 我が衣手に 露は置きぬとも

二六八九 あさつゆの 消《け》易き我が身 老いぬとも またをちかへり 君をし待たむ

二六九〇 しろたへの 我が衣手に 露は置き 妹は逢はさず たゆたひにして

二六九一 かにかくに 物は念はじ あさつゆの 我が身ひとつは 君がまにまに

二六九二 夕凝《こ》りの 霜置きにけり 朝戸出に いたくし踏みて 人に知らゆな

二六九三 かくばかり 恋ひつつあらずは 朝に日《け》に 妹が踏むらむ 土にあらましを

二六九四 あしひきの 山鳥の尾の 一峰《ひとを》越え 一目見し児に 恋ふべきものか

二六九五 我妹子に 逢ふよしをなみ 駿河《するが》なる 不尽の高嶺の 燃えつつかあらむ

二六九六 荒熊《あらくま》の 住むといふ山の 師歯迫山《しはせやま》 責めて問ふとも 汝《な》が名は告らじ

二六九七 妹が名も 我が名も立たば 惜しみこそ 布仕の高嶺の 燃えつつ渡れ
或歌に曰く「君が名も 我が名も立たば 惜しみこそ 不尽の

二六八五 ○ひさかたの—枕詞。

二六八七 ○桜麻—麻の一種か。苧も麻。苧生は麻の生えているところ。

二六八八 ○しろたへの—枕詞。

二六八九 ○あさつゆの—枕詞。

二六九〇 ○しろたへの—枕詞。

二六九一 ○あさつゆの—枕詞。

二六九四 ○あしひきの—枕詞。第一・二・三句—序詞。

二六九五 ○第三・四句—序詞。

二六九六 ○師歯迫山—未詳。○第一・二・三句—序詞。

高嶺の　燃えつつも居れ」

二六九八　往《ゆ》きて見て　来れば恋しき　浅香潟《あさかがた》　山越しに置きて　寝《い》ねかてぬかも

二六九九　阿太人《あだひと》の　梁《やな》打ち渡す　瀬を早み　意《こころ》は思へど　直《ただ》に逢はぬかも

二七〇〇　たまかぎる　磐垣淵《いはかきふち》の　隠《こも》りには　伏して死ぬとも　汝《な》が名は告らじ

二七〇一　飛鳥川《あすかがは》　明日も渡らむ　いはばしの　遠き心は　思ほえぬかも

二七〇二　飛鳥川　水往《ゆ》き増さり　いや日異《け》に　恋の増さらば　ありかつましじ

二七〇三　まこも刈る　大野川原の　水隠《みごも》りに　恋ひ来し妹が　紐解く我は

二七〇四　あしひきの　山下とよみ　行く水の　時ともなくも　恋ひ渡るかも

二七〇五　はしきやし　逢はぬ君ゆゑ　いたづらに　この川の瀬に　玉裳《たまも》濡らしつ

二七〇六　初瀬川　早み早瀬を　むすび上げて　飽かずや妹と　問ひし君はも

二七〇七　青山の　磐垣沼の　水隠《みごも》りに　恋ひや渡らむ　逢ふよしをなみ

二七〇八　しながどり　猪名山《いなやま》とよに　行く水の　名のみ寄さえし　隠《こも》り妻はも

一に云ふ「名のみ寄そりて　恋ひつつやあらむ」

二七〇九　我妹子に　我が恋ふらくは　水ならば　しがらみ越えて　逝《ゆ》くべく思ほゆ

或本の歌の発句に云ふ「相思はぬ　人を思はく」

二七一〇　犬上《いぬがみ》の　鳥籠《とこ》の山なる　不知哉《いさや》川　いさとを聞こせ　我が名告らすな

二七一一　奥山の　木《こ》の葉隠《ごも》りて　行く水の　音聞きしより　常忘らえず

二七一二　言速《ことと》くは　中《なか》は淀《よど》ませ　みなしがは　絶ゆといふことを　ありこすなゆめ

二六九八　○浅香潟—大阪市住吉区浅香町あたりが当時は海岸で、そこの干潟をいう。○第一・二・三句—序詞。
二六九九　○阿太—奈良県五条市東、西、南阿田町一帯の地。○梁—川瀬などにしかけ魚を取るもの。○第一・二・三句—序詞。
二七〇〇　○たまかぎる—枕詞。○第一・二句—序詞。
二七〇一　○飛鳥川—奈良県高市郡竜門山地に源を発し、明日香村を流れ、大和川にそそぐ。○いはばしの—枕詞。
二七〇二　○第一・二句—序詞。
二七〇三　○第一・二句—序詞。○こも→11・二五二〇。
二七〇四　○あしひきの—枕詞。○第一・二・三句—序詞。
二七〇七　○第一・二・三句—序詞。
二七〇八　○しながどり—枕詞。○猪名山—兵庫県伊丹市にある山だろうが未詳。○第一・二・三句—序詞。
二七一〇　○犬上—滋賀県犬上郡あたりの地。○鳥籠の山—彦根市正法寺町の正法寺山。○不知哉川—犬上郡の霊仙山に発し、彦根市で琵琶湖に注ぐ大堀川。○第一・二・三句—序詞。
二七一一　○第一・二・三句—序詞。
二七一二　○みなしがは—枕詞。

二七一三　明日香河《あすか》　逝く瀬を早み　早けむと　待つらむ妹を　この日暮らしつ

二七一四　もののふの　八十宇治川《やそうぢ》の　早き瀬に　立ち得ぬ恋も　我はするかも

一に云ふ「立ちても君は　忘れかねつも」

二七一五　神奈備《かむなび》の　打回《うちみ》の崎の　岩淵の　隠《こも》りてのみや　我が恋ひ居らむ

二七一六　高山《たかやま》ゆ　出で来る水の　岩に触れ　砕《くだ》けてそ思ふ　妹に逢はぬ夜は

二七一七　朝東風《あさごち》に　ゐで越す浪の　よそ目にも　逢はぬものから　滝もとどろに

二七一八　高山の　岩本激《いはもとたぎ》ち　逝く水の　音には立てじ　恋ひて死ぬとも

二七一九　こもりぬの　下に恋ふれば　飽き足らず　人に語りつ　忌むべきものを

二七二〇　みづとりの　かもの住む池の　下樋《したひ》なみ　いぶせき君を　今日見つるかも

二七二一　たまもかる　ゐでのしがらみ　薄みかも　恋の淀《よど》める　我が情《こころ》かも

二七二二　我妹子が　笠のかりての　和射見野《わざみ》に　我は入りぬと　妹に告げこそ

二七二三　あまたあらぬ　名をしも惜しみ　うもれぎの　下ゆそ恋ふる　去《ゆ》くへ知らずて

二七二四　あきかぜの　千江《ちえ》の浦回《うらみ》の　こつみなす　心は寄りぬ　後は知らねど

二七二五　しらまなご　三津《みつ》の赤土《はにふ》の　色に出でて　言はなくのみそ　我が恋ふらくは

二七二六　風吹かぬ　浦に浪立ち　なき名をも　我は負へるか　逢ふとはなしに

一に云ふ「女《をみな》と思ひて」

二七二七　菅島《すがしま》の　夏身《なつみ》の浦に　寄する浪　間も置きて　我が念はなくに

二七一三　第一・二句—序詞。

二七一四　○もののふの　八十—序詞。　○第一・二・三句—序詞。

二七一五　○打回の崎—所在未詳。非地名説もある。○第一・二・三句—序詞。

二七一六　○第一・二・三句—序詞。

二七一七　○ゐで—川の水を堰き止めた所。○第一・二句—序詞。

二七一八　○第一・二・三句—序詞。

二七一九　○こもりぬの—枕詞。

二七二〇　○みづとりの—枕詞。　○第一・二・三句—序詞。○下樋—土中に埋めた水路。

二七二一　○たまもかる—枕詞。

二七二二　○第一・二句—序詞。　○和射見野—岐阜県不破郡関ケ原付近か。

二七二三　○うもれぎの—枕詞。

二七二四　○あきかぜの—枕詞。　○千江の浦—所在未詳。○第一・二・三句—序詞。

二七二五　○しらまなご—枕詞。　○三津—港をいうが、大伴の三津(大阪市住吉区あたりの海岸)をさすことが多い。○第一・二句—序詞。

二七二六　○第一・二句—序詞。

二七二七　○菅島—三重県鳥羽市の菅島か。　○夏身の浦—所在未詳。○第一・二・三句—序詞。

二七二八　淡海《あふみ》の海　沖つ島山　奥まへて　我が念ふ妹が　言の繁けく

二七二九　あられふり　遠つ大浦に　寄する浪　よしも寄すとも　憎くあらなくに

二七三〇　紀伊《き》の海の　名高《なたか》の浦に　寄する浪　音高きかも　逢はぬ児ゆゑに

二七三一　牛窓《うしまど》の　浪の潮さゐ　島とよみ　寄さえし君に　逢はずかもあらむ

二七三二　沖つ波　辺浪の来寄る　佐太《さだ》の浦の　このさだ過ぎて　後恋ひむかも

二七三三　白浪の　来寄する島の　荒磯《ありそ》にも　あらましものを　恋ひつつあらずは

二七三四　潮満てば　水沫《みなわ》に浮かぶ　砂《まなご》にも　我はなりしか　恋ひは死なずて

二七三五　住吉《すみのえ》の　岸の浦回《うらみ》に　しく浪の　しばしば妹を　見むよしもがも

二七三六　風をいたみ　いたぶる浪、の　間なく　我が念ふ君は　相念ふらむか

二七三七　大伴《おほとも》の　三津《みつ》の白浪　間なく　我が恋ふらくを　人の知らなく

二七三八　大舟の　たゆたふ海に　いかり下ろし　いかにせばかも　我が恋止まむ

二七三九　みさご居る　沖つ荒磯に　寄する浪　往くへも知らず　我が恋ふらくは

二七四〇　大舟の　艫《とも》にも舳《へ》にも　寄する浪　寄すとも我は　君がまにまに

二七四一　大海に　立つらむ浪は　間あらむ　君に恋ふらく　止む時もなし

二七四二　志賀《しか》の海部《あま》の　けぶり焼き立てて　焼く塩の　辛《から》き恋をも　我はするかも

右の一首或は云はく、石川君子朝臣の作なりと。

二七四三　なかなかに　君に恋ひずは　比良《ひら》の浦の　白水郎《あま》ならましを　玉藻刈りつつ

或本の歌に曰く「なかなかに　君に恋ひずは　にほの浦の　海

二七二八　○第一・二句―序詞。

二七二九　○あられふり―枕詞。　○大浦―滋賀県伊香郡西浅井町大浦か。　○第一・二・三句―序詞。

二七三〇　○名高の浦―和歌山県海南市名高あたりの海浜。○第一・二・三句―序詞。

二七三一　○牛窓―岡山県邑久郡牛窓町の地。　○第一・二・三句―序詞。

二七三二　佐太の浦―所在未詳。　○第一・二・三句―序詞。

二七三五　○第一・二・三句―序詞。

二七三六　○第一・二句―序詞。

二七三七　○大伴の三津―大阪市住吉区あたりの舟付き場で、官船が出入りした。　○第一・二句―序詞。

二七三八　○第一・二・三句―序詞。

二七三九　○みさご―鷲たか目みさご科の鳥。　○第一・二・三句―序詞。

二七四〇　○第一・二・三句―序詞。

二七四二　○第一・二・三句―序詞。

二七四三　○比良の浦―滋賀県滋賀郡志賀町南比良、北比良一帯の琵琶湖に面した地。

人にあらましを　玉藻刈る刈る」

二七四四　すずき取る　海部《あま》の燈火《ともしび》　よそにだに　見ぬ人ゆゑに　恋ふるこのころ

二七四五　湊入りの　葦別け小舟《をぶね》　障り多み　我が念ふ君に　逢はぬころかも

二七四六　庭清《には》み　沖辺漕ぎ出づる　海人舟《あまぶね》の　梶取る間なき　恋もするかも

二七四七　味鎌《あぢかま》の　塩津《しほつ》をさして　漕ぐ舟の　名は告りてしを　逢はざらめやも

二七四八　大舟に　葦荷刈り積み　しみみにも　妹は心に　乗りにけるかも

二七四九　駅路《はゆまぢ》に　引き舟渡し　直《ただ》乗りに　妹は情《こころ》に　乗りにけるかも

二七五〇　我妹子に　逢はず久しも　うましもの　阿倍《あへ》橘の　苔生《む》すまでに

二七五一　あぢのすむ　渚沙《すさ》の入江の　荒磯《ありそ》松　我を待つ児らは　ただ一人のみ

二七五二　我妹子を　聞き都賀野辺《つがのへ》の　しなひねぶ　我は忍び得ず　間なくし念へば

二七五三　浪の間ゆ　見ゆる小島の　はまひさき　久しくなりぬ　君に逢はずして

二七五四　あさかしは　潤八《うるや》川辺の　しのの目の　偲《しの》ひて寝れば　夢《いめ》に見えけり

二七五五　浅茅原《あさちはら》　刈り標《しめ》さして　空言《むなこと》も　寄さえし君が　言をし待たむ

二七五六　つきくさの　仮《か》れる命に　ある人を　いかに知りてか　後も逢はむと言ふ

二七五七　大君の　御笠に縫へる　有間菅《ありますげ》　ありつつ見れど　事なき我妹

二七五八　すがのねの　ねもころ妹に　恋ふるにし　ますらを心　思ほえぬかも

二七五九　我が屋戸の　穂蓼古幹《ほたでふるから》　摘み生《お》ほし　実になるまでに　君をし待たむ

二七四四　○第一・二句—序詞。
二七四五　○第一・二句—序詞。
二七四六　○庭清み……梶取る—序詞。
二七四七　○味鎌—未詳。地名説、枕詞説などがある。○第一・二・三句—序詞。
二七四八　○第一・二句—序詞。
二七四九　○駅路—駅（うまや）の設けられている街道。○第一・二句—序詞。
二七五〇　○うましもの—枕詞。○阿倍橘—橘の一種だろうが未詳。
二七五一　○あぢ—鴨の一種。○あぢのすむ—枕詞。○渚沙の入江—未詳。○第一・二・三句—序詞。
二七五二　○都賀野—所在未詳。○しなひねぶ—枝などのしなったネムノキ。山野に自生するまめ科の落葉喬木。○第一・二・三句—序詞。
二七五三　○はまひさき—海浜にあるヒサギ。キササゲ説、アカメガシワ説があるが未詳。○第一・二・三句—序詞。
二七五四　○あさかしは—枕詞。○潤八川—未詳。○第一・二・三句—序詞。
二七五五　○第一・二句—序詞。
二七五六　○つきくさの—枕詞。
二七五七　○有間菅—神戸市の一部と三田市の地で産した菅。○第一・二・三句—序詞。
二七五八　○すがのねの—枕詞。
二七五九　○穂蓼古幹—穂の出たタデの古い茎。

二七六〇　あしひきの　山沢《やまさは》ゑぐを　摘みに行かむ　日だにも逢はせ　母は責《せ》むとも

二七六一　奥山の　岩本菅の　根深くも　思ほゆるかも　我が念ひ妻は

二七六二　葦垣の　中《なか》のにこ草　にこよかに　我と笑まして　人に知らゆな

二七六三　くれなゐの　浅葉の野らに　刈るかやの　束《つか》の間も　我を忘らすな

二七六四　妹がため　命残せり　かりこもの　思ひ乱れて　死ぬべきものを

二七六五　我妹子に　恋ひつつあらずは　かりこもの　思ひ乱れて　死ぬべきものを

二七六六　三島江の　入江のこもを　かりにこそ　我をば君は　念ひたりけれ

二七六七　あしひきの　山橘《やまたちばな》の　色に出でて　我は恋ひなむを　人目難《かた》みすな

二七六八　葦鶴《あしたづ》の　騒《さわ》く入江の　白菅《しらすげ》の　知らせむためと　言痛《こちた》かるかも

二七六九　我が背子に　我が恋ふらくは　夏草の　刈り除《そ》くれども　生ひしく如し

二七七〇　道の辺の　いつ柴原の　いつもいつも　人の許さむ　言をし待たむ

二七七一　我妹子が　袖を頼みて　真野《まの》の浦の　小菅《すげ》の笠を　着ずて来にけり

二七七二　真野《まの》の池の　小菅《すげ》を笠に　縫はずして　人の遠名《とほな》を　立つべきものか

二七七三　さすたけの　よ隠《ごも》りてあれ　我が背子が　我《わ》がりし来ずは　我恋ひめやも

二七七四　神奈備《かむなび》の　浅小竹《しの》原の　うるはしみ　我が思ふ君が　声の著《しる》けく

二七七五　山高み　谷辺に延《は》へる　たまかづら　絶ゆる時なく　見むよしもがも

二七六〇　〇あしひきの―枕詞。〇ゑぐ―未詳。かやつり草科の多年生草本クロクワイかという。

二七六一　〇第一・二句―序詞。

二七六二　〇第一・二句―序詞。　〇にこぐさ―やわらかい草。

二七六三　〇くれなゐの―枕詞。〇浅葉の野―未詳。〇第一・二・三句―序詞。

二七六四　〇かりこもの―枕詞。

二七六五　〇かりこもの―枕詞。

二七六六　〇三島江―大阪府高槻市三島江。〇第一・二句―序詞。

二七六七　〇あしひきの―枕詞。　〇第一・二句―序詞。

二七六八　〇第一・二・三句―序詞。

二七七〇　〇第一・二句―序詞。

二七七一　〇真野―神戸市長田区東尻池町。西尻池町・真野町あたりか。

二七七三　〇さすたけの―枕詞。

二七七四　〇第一・二句―序詞。

二七七五　〇第一・二・三句―序詞。

二七七六　道の辺の　草を冬野に　踏み枯らし　我立ち待つと　妹に告げこそ

二七七七　たたみこも　隔て編む数　通はさば　道の柴草　生ひざらましを

二七七八　水底に　生《お》ふる玉藻の　生ひ出でず　よしこのころは　かくて通はむ

二七七九　海原の　沖つなはのり　うちなびき　心もしのに　念ほゆるかも

二七八〇　むらさきの　名高《なたか》の浦の　なびき藻の　情《こころ》は妹に　寄りにしものを

二七八一　わたのそこ　沖を深めて　生ふる藻の　もとも今こそ　恋はすべなき

二七八二　さ寝《ぬ》がには　誰とも寝めど　おきつもの　なびきし君が　言待つ我を

二七八三　我妹子が　いかにとも我を　思はねば　含《ふふ》める花の　穂に咲きぬべし

二七八四　隠《こも》りには　恋ひて死ぬとも　み苑生《そのふ》の　からあゐの花の　色に出でめやも

二七八五　咲く花は　過ぐる時あれど　我が恋ふる　心のうちは　止む時もなし

二七八六　やまぶきの　にほへる妹が　はねず色の　赤裳《あかも》の姿　夢に見えつつ

二七八七　天地の　寄り合ひの極み　たまのをの　絶えじと念ふ　妹があたり見つ

二七八八　息の緒に　念へば苦し　たまのをの　絶えて乱れな　知らば知るとも

二七八九　たまのをの　絶えたる恋の　乱れなば　死なまくのみそ　またも逢はずして

二七九〇　玉の緒の　くくり寄せつつ　末つひに　去きは別れず　同じ緒にあらむ

二七九一　片糸もち　貫きたる玉の　緒を弱み　乱れやしなむ　人の知るべく

二七九二　たまのをの　現《うつ》し心や　年月の　行きかはるまで　妹に逢はざらむ

二七七七 ○第一・二句—序詞。

二七七八 ○第一・二句—序詞。

二七七九 ○なはのり—縄状の海藻だが未詳。○第一・二句—序詞。

二七八〇 ○むらさきの—枕詞。○第一・二・三句—序詞。

二七八一 ○わたのそこ—枕詞。○第一・二・三句—序詞。

二七八二 ○おきつもの—枕詞。

二七八三 ○第四句—序詞。

二七八四 ○韓藍の花—ケイトウ。ゆり科の一年生草本。○第三・四句—序詞。

二七八六 ○やまぶきの—枕詞。○はねず色—桃色がかった紅。

二七八七 ○たまのをの—枕詞。

二七八八 ○たまのをの—枕詞。

二七八九 ○たまのをの—枕詞。

二七九一 ○第一・二・三句—序詞。

二七九二 ○たまのをの—枕詞。

二七九三　たまのをの　間も置かず　見まく欲り　我が思ふ妹は　家遠くありて

二七九四　隠《こも》り津の　沢《さは》たつみなる　岩根ゆも　通して念ふ　君に逢はまくは

二七九五　紀伊《き》の国の　飽等《あくら》の浜の　忘れ貝　我は忘れじ　年は経ぬとも

二七九六　水潜《くく》る　玉に交じれる　磯貝の　片恋のみに　年は経につつ

二七九七　住吉《すみのえ》の　浜に寄るといふ　うつせ貝　実なき言もち　我恋ひめやも

二七九八　伊勢《いせ》の白水郎《あま》の　朝な夕なに　潜《かづ》くといふ　あはびの貝の　片思ひにして

二七九九　人言を　繁みと君を　うづらなく　人の古家《ふるへ》に　語らひて遣りつ

二八〇〇　暁《あかとき》と　鶏《かけ》は鳴くなり　よしゑやし　一人寝る夜は　明けば明けぬとも

二八〇一　大海《おほうみ》の　荒磯《ありそ》の渚鳥《すどり》　朝な旦《あさ》な　見まく欲しきを　見えぬ君かも

二八〇二　念へども　思ひもかねつ　あしひきの　山鳥の尾の　長きこの夜を

　或本の歌に曰く「あしひきの　山鳥の尾の　しだり尾の　長々し夜を　一人かも寝む」

二八〇三　里中に　鳴くなる鶏の　呼びたてて　いたくは鳴かぬ　隠《こも》り妻はも　一に云ふ「里とよめ　鳴くなる鶏の」

二八〇四　高山に　たかべさ渡り　高々に　我が待つ君を　待ち出でむかも

二八〇五　伊勢《いせ》の海ゆ　鳴き来る鶴《たづ》の　音どろも　君が聞こさば　我恋ひめやも

二八〇六　我妹子に　恋ふれにかあらむ　沖に住む　かもの浮き寝の　安けくもなき

二八〇七　明けぬべく　ちどりしば鳴く　しろたへの　君が手枕《たまくら》　いまだ飽かなくに

二七九三　○たまのをの―枕詞。
二七九四　○隠り津―人目につかない所。○沢たつみ―沢に湧く水の意か。
二七九五　○飽等の浜―和歌山市加太の南、田倉崎の海浜か。○第一・二・三句―序詞。
二七九六　○第一・二・三句―序詞。
二七九七　○うつせ貝―巻貝のことか。○第一・二・三句―序詞。
二七九八　○伊勢―国名、三重県の中央部から北東部。○第一・二・三・四句―序詞。
二七九九　○うづらなく―枕詞。
二八〇一　○第一・二句―序詞。
二八〇二　○あしひきの―枕詞。○第三・四句―序詞。○或本の歌第一・二・三句―序詞。
二八〇三　○第一・二句―序詞。
二八〇四　○たかべ―小鴨。○第一・二句―序詞。
二八〇五　○第一・二句―序詞。
二八〇六　○第三・四句―序詞。

問答

二八〇八　眉根《まよね》掻き　鼻ひ紐解け　待てりやも　いつかも見むと　恋ひ来し我を

右、上に、柿本朝臣人麻呂の歌の中に見えたり。ただし、問答なるを以ての故にここに累ね載せたり。

二八〇九　今日なれば　鼻ひ鼻ひし　眉かゆみ　思ひしことは　君にしありけり

右の二首

二八一〇　音のみを　聞きてや恋ひむ　まそかがみ　直目《ただめ》に逢ひて　恋ひまくもいたく

二八一一　この言を　聞かむとならし　まそかがみ　照れる月夜も　闇のみに見つ

右の二首

二八一二　我妹子に　恋ひてすべなみ　しろたへの　袖返ししは　夢《いめ》に見えきや

二八一三　我が背子が　袖返す夜の　夢ならし　まことも君に　逢へりしごとし

右の二首

二八一四　我が恋は　慰めかねつ　ま日《け》長く　夢に見えずて　年の経ぬれば

二八一五　ま日長く　夢にも見えず　絶えぬとも　我が片恋は　止む時もあらじ

右の二首

二八一六　うらぶれて　物な念ひそ　あまくもの　たゆたふ心　我が思はなくに

二八一七　うらぶれて　物な念はじ　水無瀬《みなせ》川　ありても水は　逝《ゆ》くといふものを

二八一〇 ○まそかがみ―枕詞。

二八一一 ○まそかがみ―枕詞。

二八一二 ○しろたへの―枕詞。

二八一六 ○あまくもの―枕詞。

二八一七 ○水無瀬川―水のない川。

右の二首

二六一八　かきつはた　佐紀沼《さきぬ》のすげを　笠に縫ひ　着む日を待つに　年ぞ経にける

二六一九　おしてる　難波《なには》菅笠　置き古し　後は誰が着む　笠ならなくに

右の二首

二六二〇　かくだにも　妹を待ちなむ　さ夜ふけて　出で来し月の　傾くまでに

二六二一　木の間より　移ろふ月の　影《かげ》を惜しみ　立ちもとほるに　さ夜ふけにけり

右の二首

二六二二　たくひれの　白浜浪の　寄りもあへず　荒ぶる妹に　恋ひつつぞ居る

一に云ふ「恋ふるころかも」

二六二三　かへらまに　君こそ我に　たくひれの　白浜浪の　寄る時もなき

右の二首

二六二四　念ふ人　来むと知りせば　八重むぐら　おほへる庭に　玉敷かましを

二六二五　玉敷ける　家も何せむ　八重むぐら　おほへる小屋《をや》も　妹とし居らば

右の二首

二六二六　かくしつつ　あり慰めて　たまのをの　絶えて別れば　すべなかるべし

二六二七　紅の　花にしあらば　衣手に　染め付け持ちて　行くべく念ほゆ

右の二首

二六一八　○かきつはた—枕詞。○佐紀—奈良市佐紀町一帯の地。

二六一九　○おしてる—枕詞。

二六二二　○たくひれの—枕詞。○第一・二句—序詞。

二六二三　○たくひれの—枕詞。○第三・四句—序詞。

二六二四　○八重むぐら—いく重にも茂ったむぐら。むぐら→4・七五九。

二六二六　○たまのをの—枕詞。

譬喩

二八二八 紅の 濃染《こそ》めの衣《きぬ》を 下に着ば 人の見らくに にほひ出でむかも
二八二九 衣《ころも》しも 多くあらなむ 取り替えて 着ればや君が 面《おも》忘れたる
右の二首、衣に寄せて思ひを喩《たと》へたるなり。
二八三〇 梓弓 弓束《ゆづか》巻き替え 中身さし さらに引くとも 君がまにまに
右の一首、弓に寄せて思ひを喩へたるなり。
二八三一 みさご居る 渚《す》に居る舟の 夕潮の 待つらむよりは 我こそまされ
右の一首、舟に寄せて思ひを喩へたるなり。
二八三二 山河に 筌《うへ》をし伏せて 守りもあへず 年の八年を 我がぬすまひし
右の一首、魚に寄せて思ひを喩へたるなり。
二八三三 葦鴨の すだく池水 溢《はふ》るとも 設溝《まけみぞ》の方に 我越えめやも
右の一首、水に寄せて思ひを喩へたるなり。
二八三四 大和《やまと》の 室生《むろふ》の毛《け》桃 本繁く 言ひてしものを 成らずは止まじ
右の一首、菓《くだもの》に寄せて思ひを喩へたるなり。
二八三五 まくず延《は》ふ 小野のあさぢを 心ゆも 人引かめやも 我がなけなくに
二八三六 三島菅《みしますげ》 いまだ苗なれ 時待たば 着ずやなりなむ 三島菅笠
二八三七 み吉野《よしの》の 水隈《みぐま》がすげを 編まなくに 刈りのみ刈りて 乱りてむとや
二八三八 河上に 洗ふ若菜の 流れ来て 妹があたりの 瀬にこそ寄らめ

二八三一 ○みさご→11・二七三九。

二八三二 ○筌―竹で編んだ魚を捕るためのしかけ。

二八三四 ○室生―奈良県宇陀郡室生村室生。○第一・二句―序詞。

二八三六 ○三島すげ―三島江に生ふる菅か。

二八三七 ○み吉野―ミは美称。奈良県吉野郡吉野町を中心とした一帯の地。○水隈―川の隈。隈は流れの曲り入ったところ。

二八三九 ○大荒木の浮田の社―奈良県五条市今井町の荒木神社の地か。

右の四首、草に寄せて思ひを喩へたるなり。

二八三九 かくしてや　なほやなりなむ　大荒木《おほあらき》の　浮田《うきた》の社《もり》の　標《しめ》にあらなくに

右の一首、標に寄せて思ひを喩へたるなり。

二八四〇 幾《いく》ばくも　降らぬ雨ゆゑ　我が背子が　み名のここだく　滝もとどろに

右の一首、滝に寄せて思ひを喩へたるなり。

萬葉集巻第十一

萬葉集巻第十二

正《ただ》に心緒《おもひ》を述ぶる

二八四一 我が背子が　朝明《あさけ》の形《すがた》　よく見ずて　今日の間を　恋ひ暮らすかも

二八四二 我が心　ともしみ念ふ　新た夜の　一夜もおちず　夢《いめ》に見えこそ

二八四三 うつくしと　我が念ふ妹を　人皆の　行くごと見めや　手にまかずして

二八四四 このころの　眠《い》の寝らえぬは　しきたへの　手枕まきて　寝まく欲りこそ

二八四五 忘るやと　物語りして　意遣《こころや》り　過ぐせど過ぎず　なほ恋ひにけり

二八四六 夜も寝ず　安くもあらず　しろたへの　衣も脱がじ　直《ただ》に逢ふまでに

二八四七 後も逢はむ　我にな恋ひそと　妹は言へど　恋ふる間に　年は経につつ

二八四八 直《ただ》に逢はず　あるはうべなり　夢《いめ》にだに　なにしか人の　言の繁けむ

或本の歌に曰く「現《うつつ》には　うべも逢はなく　夢にさへ」

二八四九 ぬばたまの　その夢にだに　見え継ぐや　袖乾《ふ》る日なく　我は恋ふるを

二八五〇 現《うつつ》には　直《ただ》に逢はなく　夢にだに　逢ふと見えこそ　我が恋ふらくに

二八四四 ○しきたへの—枕詞。

二八四六 ○しろたへの—枕詞。

二八四九 ○ぬばたまの—枕詞。

物に寄せて思ひを陳《の》ぶる

二八五一　人の見る　上は結びて　人の見ぬ　下紐開けて　恋ふる日そ多き

二八五二　人言の　繁き時には　我妹子し　衣《きぬ》にありせば　下に着ましを

二八五三　またまつく　をちをし兼ねて　念へこそ　一重の衣　一人服《き》て寝《ぬ》れ

二八五四　しろたへの　我が紐の緒の　絶えぬ間に　恋結びせむ　逢はむ日までに

二八五五　新治《にひはり》の　今作る道　清《さや》かにも　聞きてけるかも　妹が上のことを

二八五六　山背《やましろ》の　石田《いはた》の社《もり》に　心鈍《おそ》く　手向《たむ》けしたれや　妹に逢ひ難《がた》き

二八五七　すがのねの　ねもころごろに　照る日にも　乾《ひ》めや我が袖　妹に逢はずして

二八五八　妹に恋ひ　寝《い》ねぬ朝《あした》に　吹く風は　妹にし触れば　我と触れなむ

二八五九　飛鳥川《あすかがは》　高川避《よ》かし　越え来しを　まこと今夜《こよひ》は　明けずも行かぬか

二八六〇　八釣川《やつりがは》　水底絶えず　行く水の　継ぎてそ恋ふる　この年ころを　或本の歌に曰く「水脈《みを》も絶えせず」

二八六一　磯の上に　生ふる小松の　名を惜しみ　人に知らえず　恋ひ渡るかも

　或本の歌に曰く「岩の上に　立てる小松の　名を惜しみ　人には言はず　恋ひ渡るかも」

二八六二　山川の　水陰《みづかげ》に生ふる　山菅の　止まずも妹は　念ほゆるかも

二八六三　浅葉野に　立ち神さぶる　すがのねの　ねもころ誰がゆゑ　我が恋ひな

二八五三　〇またまつく—枕詞。

二八五四　〇しろたへの—枕詞。

二八五五　〇新治—新たに開墾すること。〇第一・二句—序詞。

二八五六　〇山背—国名。京都府南部。〇石田の社—京都市伏見区石田にある田中明神か。

二八五七　〇すがのねの—枕詞。

二八五九　〇飛鳥川—奈良県高市郡竜門山地に源を発し、明日香村を流れ、大和川に流れ入る。

二八六〇　〇八釣川—奈良県高市郡明日香村の八釣山の裾を流れる川。〇第一・二・三句—序詞。

二八六一　〇第一・二句—序詞。〇或本の歌。第一・二句—序詞。

二八六二　〇第一・二・三句—序詞。

二八六三　〇浅葉野—所在未詳。〇すがのねの—枕詞。〇或本の歌・誰葉野—所在未詳。

1→7・一〇六八。

二六六五　○たまくしろ―枕詞。

二六七一　○たまほこの―枕詞。

くに　或本の歌に曰く「誰葉野《たがはの》に　立ちしなひたる」

右の二十三首、[1]柿本朝臣人麻呂の歌集に出づ。

正に心緒を述ぶる

二六六四　我が背子を　今か今かと　待ち居るに　夜のふけ去《ゆ》けば　嘆きつるかも

二六六五　たまくしろ　まき寝る妹も　あらばこそ　夜の長けくも　歓《うれ》しかるべき

二六六六　人妻に　言ふは誰が言　さ衣の　この紐解けと　言ふは誰が言

二六六七　かくばかり　恋ひむものそと　知らませば　その夜はゆたに　あらましものを

二六六八　恋ひつつも　後も逢はむと　思へこそ　己《おの》が命を　長く欲りすれ

二六六九　今は我は　死なむよ我妹　逢はずして　念ひ渡れば　安けくもなし

二六七〇　我が背子が　来むと語りし　夜は過ぎぬ　しゑやさらさら　しこり来めやも

二六七一　人言の　讒《よこ》しを聞きて　たまほこの　道にも逢はじと　言へりし我妹

二六七二　逢はなくも　憂しと思へば　いや増しに　人言繁く　聞こえ来るかも

二六七三　里人も　語り継ぐがね　よしゑやし　恋ひても死なむ　誰が名ならめや

二六七四　確《たし》かなる　使ひをなみと　情《こころ》をそ　使ひに遣りし　夢《いめ》に見えきや

二六七五　天地に　少《すこ》し至らぬ　ますらをと　思ひし我や　雄心《をごころ》もなき

二六七六　里近く　家や居るべき　この我が目の　人目をしつつ　恋の繁けく

二八七八　○ぬばたまの―枕詞。
二八八四　○たまくしげ―枕詞。
二八八五　○しきたへの―枕詞。

二八七七　いつはなも　恋ひずありとは　あらねども　うたてこのころ　恋し繁しも
二八七八　ぬばたまの　寝ねてし晩《よひ》の　物念ひに　割《さ》けにし胸は　息《や》む時もなし
二八七九　み空去く　名の惜しけくも　我はなし　逢はぬ日まねく　年の経《へ》ぬれば
二八八〇　現《うつつ》にも　今も見てしか　夢《いめ》のみに　手本《たもと》まき寝《ぬ》と　見れば苦しも　或本の歌の発句に云ふ「我妹子を」
二八八一　立ちて居て　すべのたどきも　今はなし　妹に逢はずて　月の経ぬれば　或本の歌に曰く「君が目見ずて　月の経ぬれば」
二八八二　逢はずして　恋ひ渡るとも　忘れめや　いや日に異《け》には　思ひ増すとも
二八八三　よそ目にも　君が光儀《すがた》を　見てばこそ　我が恋止まめ　命死なずは　一に云ふ「命に向かふ　我が恋止まめ」
二八八四　恋ひつつも　今日はあらめど　たまくしげ　明けなむ明日を　いかに暮らさむ
二八八五　さ夜ふけて　妹を思ひ出で　しきたへの　枕もそよに　嘆きつるかも
二八八六　他言《ひとごと》は　まこと言痛《こちた》く　なりぬとも　そこに障《さや》らむ　我にあらなくに
二八八七　立ちて居て　たどきも知らず　我が意《こころ》　天つ空なり　地は踏めども
二八八八　世間《よのなか》の　人の言葉と　念ほすな　まことぞ恋ひし　逢はぬ日を多み
二八八九　いでなぞ我が　ここだく恋ふる　我妹子が　逢はじと言へる　こともあらなくに

二八九〇 ○ぬばたまの―枕詞。
二八九一 ○あらたまの―枕詞。
二八九四 ○鋒心―しっかりした心。
二八九六 ○うたがたも―きっと、まちがいなく。
二八九八 ○たまだすき―枕詞。
二九〇一 ○あかねさす―枕詞。
二九〇三 ○いとのきて―とりわけ。

二八九〇　ぬばたまの　夜を長みかも　我が背子が　夢《いめ》に夢にし　見え還《かへ》るらむ
二八九一　あらたまの　年の緒長く　かく恋ひば　まこと我が命　全《また》からめやも
二八九二　思ひやる　すべのたどきも　我はなし　逢はずてまねく　月の経ぬれば
二八九三　朝去《あしたい》にて　暮《ゆふへ》は来ます　君ゆゑに　ゆゆしくも我は　嘆きつるかも
二八九四　聞きしより　物を念へば　我が胸は　割れて砕けて　鋒心《とごころ》もなし
二八九五　人言を　繁み言痛《こちた》み　我妹子に　去《い》にし月より　いまだ逢はぬかも
二八九六　うたがたも　言ひつつもあるか　我ならば　地には落ちず　空に消《け》なまし
二八九七　いかならむ　日の時にかも　我妹子が　裳引《もび》きの容儀《すがた》　朝に日《け》に見む
二八九八　独《ひとり》居て　恋ふれば苦し　たまだすき　かけず忘れむ　事量《はか》りもが
二八九九　なかなかに　黙もあらましを　あづきなく　相見そめても　我は恋ふるか
二九〇〇　我妹子が　笑まひ眉引《まよび》き　面影に　かかりてもとな　思ほゆるかも
二九〇一　あかねさす　日の暮れ去《ゆ》けば　すべをなみ　千遍《ちたび》嘆きて　恋ひつつそ居る
二九〇二　我が恋は　夜昼別《わ》かず　百重なす　情《こころ》し思へば　いたもすべなし
二九〇三　いとのきて　薄き眉根《まよね》を　いたづらに　掻かしめつつも　逢はぬ人かも
二九〇四　恋ひ恋ひて　後も逢はむと　慰もる　心しなくは　生きてあらめやも
二九〇五　いくばくも　生けらじ命を　恋ひつつそ　我は息づく　人に知らえず

二九〇六 ○よばひ—求婚。

二九一五 ○しかすがに—そうは言うものの。逆接の接続詞。

二九一六 ○たまかつま—枕詞。

二九〇六 他国《ひとくに》に よばひに行きて 大刀《たち》が緒も いまだ解かねば さ夜そ明けにける

二九〇七 ますらをの 聡《さと》き心も 今はなし 恋の奴に 我は死ぬべし

二九〇八 常かくし 恋ふれば苦し しましくも 心休めむ 事計《はかり》りせよ

二九〇九 おほろかに 我し念はば 人妻に ありといふ妹に 恋ひつつあらめや

二九一〇 心には 千重に百重に 思へれど 人目を多み 妹に逢はぬかも

二九一一 人目多み 目こそ忍ぶれ すくなくも 心の中に 我が念はなくに

二九一二 人の見て 言害《とが》めせぬ 夢に我 今夜《こよひ》至らむ やどさすなゆめ

二九一三 いつまでに 生かむ命ぞ おほかたは 恋ひつつあらずは 死ぬるまされり

二九一四 うつくしと 思ふ我妹を 夢に見て 起きて探《さぐ》るに なきがさぶしさ

二九一五 妹と言はば 無礼《なめ》し恐《かしこ》し しかすがに かけまく欲しき 言にあるかも

二九一六 たまかつま 逢はむと言ふは 誰なるか 逢へる時さへ 面《おも》隠しする

二九一七 現《うつつ》にか 妹が来ませる 夢にかも 我か惑《まと》へる 恋の繁きに

二九一八 おほかたは なにかも恋ひむ 言挙《ことあ》げせず 妹に寄り寝む 年は近きを

二九一九 二人して 結びし紐を 一人して 我は解き見じ 直《ただ》に逢ふまでは

二九二〇 終《を》へむ命 ここは思はず ただしくも 妹に逢はざる ことをしそ念ふ

二九二一 たわやめは 同じ心に しましくも 止む時もなく 見てむとそ念ふ

二九二二 夕さらば 君に逢はむと 念へこそ 日の暮るらくも 嬉《うれ》しかりけれ

二九二三　ただ今日も　君には逢はめど　人言を　繁み逢はずて　恋ひ渡るかも

二九二四　世間《よのなか》に　恋繁けむと　念はねば　君が手本《たもと》を　まかぬ夜もありき

二九二五　みどり子の　ためこそ乳母《おも》は　求むといへ　乳飲めや君が　乳母求むらむ

二九二六　悔しくも　老いにけるかも　我が背子が　求める乳母《おも》に　行かましものを

二九二七　うらぶれて　離《か》れにし袖を　またまかば　過ぎにし恋《こひ》い　乱れ来むかも

二九二八　おのがじし　人死にすらし　妹に恋ひ　日に異《け》に痩せぬ　人に知らえず

二九二九　夕《よひ》々に　我が立ち待つに　けだしくも　君来まさずは　苦しかるべし

二九三〇　生ける代に　恋といふものを　相見ねば　恋のうちにも　我ぞ苦しき

二九三一　念ひつつ　居れば苦しも　ぬばたまの　夜に至らば　我こそ行かめ

二九三二　情《こころ》には　燃えて思へど　うつせみの　人目を繁み　妹に逢はぬかも

二九三三　相念はず　君はまさめど　片恋ひに　我はそ恋ふる　君が光儀《すがた》に

二九三四　あぢさはふ　目は飽かざらね　携《たづさ》はり　言問はなくも　苦しかりけり

二九三五　あらたまの　年の緒長く　いつまでか　我が恋ひ居らむ　寿《いのち》知らずて

二九三六　今は我は　死なむよ我が背　恋すれば　一夜一日《ひとよひとひ》も　安けくもなし

二九三七　しろたへの　袖折り返し　恋ふればか　妹が容儀《すがた》の　夢にし見ゆる

二九三八　人言を　繁み言痛《こちた》み　我が背子を　目には見れども　逢ふよしもなし

二九三九　恋と言へば　薄きことなり　然れども　我は忘れじ　恋ひは死ぬとも

二九三一　○ぬばたまの—枕詞。

二九三二　○うつせみの—枕詞。

二九三四　○あぢさはふ—枕詞。

二九三五　○あらたまの—枕詞。

二九三七　○しろたへの—枕詞。

二九四〇　なかなかに　死なば安けむ　出づる日の　入る別知《わき》らぬ　我し苦しも

二九四一　思ひ遣る　たどきも我は　今はなし　妹に逢はずて　年の経行けば

二九四二　我が背子に　恋ふとにしあらし　みどりごの　夜泣きをしつつ　寝《い》ねかてなくは

二九四三　我が命の　長く欲しけく　偽りを　よくする人を　執《と》らふばかりを

二九四四　人言を　繁みと妹に　逢はずして　情《こころ》のうちに　恋ふるこのころ

二九四五　たまづさの　君が使ひを　待ちし夜の　なごりそ今も　寝ねぬ夜の多き

二九四六　たまほこの　道に行き逢ひて　よそ目にも　見れば吉き子を　いつとか待たむ

二九四七　念ふにし　余りにしかば　すべをなみ　我は言ひてき　忌《い》むべきものを

或本の歌に曰く「門に出でて　我が臥《こ》い伏すを　人見けむかも」。一に云ふ「すべをなみ　出でてそ行きし　家のあたり見に」。

柿本朝臣人麻呂の歌集に云ふ　「にほどりの　なづさひ来しを　人見けむかも」

二九四八　明日の日は　その門去《ゆ》かむ　出でて見よ　恋ひたる容儀《すがた》　あまた著《しる》けむ

二九四九　うたて異《け》に　心いぶせし　事計り　よくせ我が背子　逢へる時だに

二九五〇　我妹子が　夜戸出《よとで》の光儀《すがた》　見てしより　情《こころ》空なり　地は踏めども

二九五一　海石榴市《つばきいち》の　八十《やそ》の衢《ちまた》に　立ち平《なら》し　結びし紐を　解かまく惜しも

二九五二　我が齢《いのち》の　衰へぬれば　しろたへの　袖のなれにし　君をしそ念ふ

二九四二　〇みどりごの—枕詞。

二九四五　〇たまづさの—枕詞。

二九四六　〇たまほこの—枕詞。

二九四七　〇にほどりの—枕詞。

二九四九　〇いぶせし—心が晴々とせずうっとうしいこと。

二九五一　〇海石榴市—奈良県桜井市金屋付近。このあたりは東西南北が通じるところで、市が立ち、また歌垣も行なわれた。

二九五二　〇しろたへの—枕詞。

二九五三 〇しろたへの—枕詞。
二九五四 〇しろたへの—枕詞。
二九五六 〇あらたまの—枕詞。〇ぬばたまの—枕詞。
二九六〇 〇うつせみの—枕詞。
二九六一 〇うつせみの—枕詞。
二九六二 〇しろたへの—枕詞。〇ぬばたまの—枕詞。
二九六三 〇しろたへの—枕詞。
二九六五 〇つるばみ—くぬぎ。〇第一・二句—序詞。
二九六六 〇第一・二句—序詞。

二九五三 君に恋ひ　我が泣く涙　しろたへの　袖さへ湿《ひ》ちて　せむすべもなし

二九五四 今よりは　逢はじとすれや　しろたへの　我が衣手の　干《ふ》る時もなき

二九五五 夢《いめ》かと　情《こころ》は迷《まと》ふ　月まねく　離《か》れにし君が　言の通へば

二九五六 あらたまの　年月かねて　ぬばたまの　夢にそ見ゆる　君が容儀《すがた》は

二九五七 今よりは　恋ふとも妹に　逢はめやも　床《とこ》の辺去らず　夢に見えこそ

二九五八 人の見て　言害《とが》めせぬ　夢にだに　止まず見えこそ　我が恋息《や》まむ　或本の歌の頭に云ふ「人目多み　直《ただ》には逢はず」

二九五九 現《うつつ》には　言も絶えたり　夢にだに　継ぎて見えこそ　直に逢ふまでに

二九六〇 うつせみの　現《うつ》し情《こころ》も　我はなし　妹を相見ず　年の経ぬれば

二九六一 うつせみの　常の言葉と　思へども　継ぎてし聞けば　心迷ひぬ

二九六二 しろたへの　袖離《か》れて寝る　ぬばたまの　今夜《こよひ》ははやも　明けなば明けなむ

二九六三 しろたへの　手本《たもと》ゆたけく　人の寝る　味宿《うまい》は寝ずや　恋ひ渡りなむ

物に寄せて思ひを陳ぶる

二九六四 かくのみに　ありける君を　衣《きぬ》にあらば　下にも著《き》むと　我が念へりける

二九六五 つるばみの　袷《あは》せの衣　裏《うら》にせば　我強ひめやも　君が来まさぬ

二九六六 紅の　薄染め衣　浅らかに　相見し人に　恋ふるころかも

二九六八 ○第一・二句—序詞。
二九六九 ○ときぎぬの—枕詞。
二九七〇 ○第一・二句—序詞。
二九七一 ○第一・二・三句—序詞。
二九七二 ○赤帛の純裏の衣—赤い絹でできた、一枚の布を折って表裏とした衣服か。○第一・二句—序詞。
二九七三 ○またまつく—枕詞。○をちこち—将来と現在。
二九七四 ○もとな—むしょうに。
二九七五 ○こまにしき—枕詞。
二九七六 ○第一・二句—序詞。
二九七七 ○ひものをの—枕詞。
二九七八 ○まそかがみ—枕詞。
二九七九 ○まそかがみ—枕詞。
二九八〇 ○まそかがみ—枕詞。
二九八一 ○祝部—神主、祢宜につぐ下級神官。○三諸—普通名詞だが、集中の例はほとんど奈良県内のもの。○第一・二・三句—序詞。
二九八三 ○こまつるぎ—枕詞。

二九六七 年の経ば　見つつ偲へと　妹が言ひし　衣《ころも》の縫目　見れば悲しも
二九六八 つるばみの　一重の衣　裏《うら》もなく　あるらむ児ゆゑ　恋ひ渡るかも
二九六九 ときぎぬの　念ひ乱れて　恋ふれども　何のゆゑそと　問ふ人もなし
二九七〇 もも染めの　浅らの衣　浅らかに　念ひて妹に　逢はむものかも
二九七一 大君の　塩焼く海部《あま》の　ふぢ衣　なれはすれども　いやめづらしも
二九七二 赤帛《あかきぬ》の　純裏《ひつら》の衣　長く欲り　我が念ふ君が　見えぬころかも
二九七三 またまつく　をちこちかねて　結びつる　我が下紐の　解くる日あらめや
二九七四 紫の　帯の結びも　解きも見ず　もとなや妹に　恋ひ渡りなむ
二九七五 こまにしき　紐の結びも　解き放《さ》けず　斎《いは》ひて待てど　験《しるし》なきかも
二九七六 紫の　我が下紐の　色に出でず　恋ひかも痩せむ　逢ふよしをなみ
二九七七 何ゆゑか　思はずあらむ　紐の緒の　心に入りて　恋しきものを
二九七八 まそかがみ　見ませ我が背子　我が形見　持てらむ時に　逢はざらめやも
二九七九 まそかがみ　直目《ただめ》に君を　見てばこそ　命に向かふ　我が恋止まめ
二九八〇 まそかがみ　見飽かぬ妹に　逢はずして　月の経ぬれば　生けりともなし
二九八一 祝部《はふり》らが　斎《いは》ふ三諸《みもろ》の　まそ鏡　かけて偲ひつ　逢ふ人ごとに
二九八二 針はあれど　妹しなければ　付けめやと　我を悩まし　絶ゆる紐の緒
二九八三 こまつるぎ　わが心から　よそのみに　見つつや君を　恋ひ渡りなむ

二九八四　つるぎたち　名の惜しけくも　我はなし　このころの間の　恋の繁きに

二九八五　あづさゆみ　末はし知らず　然れども　まさかは君に　寄りにしものを

一本の歌に曰く「あづさゆみ　末のたづきは　知らねども　心は君に　寄りにしものを」

二九八六　あづさゆみ　引きみ緩《ゆる》へみ　思ひ見て　すでに心は　寄りにしものを

二九八七　あづさゆみ　引きて緩へぬ　ますらをや　恋といふものを　忍びかねてむ

二九八八　あづさゆみ　末の中ごろ　淀めりし　君には逢ひぬ　嘆きは止まむ

二九八九　今更に　何をか思はむ　あづさゆみ　引きみ緩《ゆる》へみ　寄りにしものを

二九九〇　娍嬬《をとめ》らが　続麻《うみを》のたたり　打ち麻《そ》懸け　うむ時なしに　恋ひ渡るかも

二九九一　たらちねの　母が養《か》ふ蚕《こ》の　眉隠《まよごも》り　いぶせくもあるか　妹に逢はずして

二九九二　たまだすき　かけねば苦し　かけたれば　継ぎて見まくの　欲しき君かも

二九九三　紫の　まだらの縵《かづら》　花やかに　今日見し人に　後恋ひむかも

二九九四　たまかづら　かけぬ時なく　恋ふれども　なにしか妹に　逢ふ時もなき

二九九五　逢ふよしの　出で来るまでは　たたみこも　隔て編む数　夢《いめ》にし見えむ

二九九六　しらかつく　木綿《ゆふ》は花もの　言こそは　いつのまさかも　常忘らえね

二九九七　石上《いそのかみ》　布留《ふる》の高橋《たかはし》　高々に　妹が待つらむ　夜そふけにける

二九九八　湊《みなと》入りの　葦別《あしわ》け小舟《をぶね》　障《さは》り多み　今来む我を　不通《よど》むと思ふな

二九八四 ○つるぎたち—枕詞。

二九八五 ○あづさゆみ—枕詞。

二九八六 ○あづさゆみ—枕詞。○第一・二句—序詞。

二九八七 ○あづさゆみ—枕詞。

二九八八 ○あづさゆみ—枕詞。

二九八九 ○あづさゆみ—枕詞。○第三・四句—序詞。

二九九〇 ○続麻のたたり—紡いだ麻糸を巻きつける道具。○第一・二・三句—序詞。

二九九一 ○たらちねの—枕詞。○第一・二・三句の「眉」まで—序詞。

二九九二 ○たまだすき—枕詞。

二九九三 ○第一・二句—序詞。

二九九四 ○たまかづら—枕詞。

二九九五 ○たたみこも—枕詞。○第三・四句—序詞。

二九九七 ○石上—奈良県天理市の石上神宮一帯の地。○布留の高橋—天理市の布留川にかけられた橋だろうが、不明。○第一・二句—序詞。

二九九八 ○第一・二句—序詞。

或本の歌に曰く「湊入りに　葦別け小舟　障り多み　君に逢はずて　年そ経にける」

二九九九　水を多み　上田《あげ》に種蒔き　ひえを多み　選らえし業《わざ》そ　我が一人寝る

三〇〇〇　意合《こころ》はば　相寝むものを　小山田の　鹿猪田《ししだ》守るごと　母し守らすも

一に云ふ「母が守らしし」

三〇〇一　春日《かすが》野に　照れる夕日の　よそのみに　君を相見て　今そ悔しき

三〇〇二　あしひきの　山より出づる　月待つと　人には言ひて　妹待つ我を

三〇〇三　ゆふづくよ　五更闇《あかときやみ》の　おほほしく　見し人ゆゑに　恋ひ渡るかも

三〇〇四　ひさかたの　天つみ空に　照る月の　失せなむ日こそ　我が恋止まめ

三〇〇五　十五日《もちのひ》に　出でにし月の　高々に　君をいませて　何をか思はむ

三〇〇六　月夜好《よ》み　門に出で立ち　足占《あうら》して　徃《ゆ》く時さへや　妹に逢はざらむ

三〇〇七　ぬばたまの　夜渡る月の　清《さや》けくは　よく見てましを　君が光儀《すがた》を

三〇〇八　あしひきの　山を木高《こだか》み　夕月を　いつかと君を　待つが苦しさ

三〇〇九　つるばみの　衣《きぬ》解き洗ひ　真土《まつち》山　古《もと》つ人には　なほ及《し》かずけり

三〇一〇　佐保川《さほがは》の　川浪立たず　静けくも　君にたぐひて　明日さへもがも

三〇一一　我妹子に　衣春日《かすが》の　吉城川《よしきがは》　よしもあらぬか　妹が目を見む

三〇一二　との曇り　雨布留川《ふるかは》の　さざれ浪　間なくも君は　念ほゆるかも

三〇一三　我妹子や　我を忘らすな　いそのかみ　袖布留川《ふるかは》の　絶えむと思へや

三〇一四　三輪山《みわやま》の　山下とよみ　逝く水の　水脈《みを》し絶えずは　後も我が妻

三〇〇一　○春日野―奈良市街地東部の野。○第一・二句―序詞。
三〇〇二　○あしひきの―枕詞。
三〇〇三　○ゆふづくよ―枕詞。○第一・二句―序詞。
三〇〇四　○ひさかたの―枕詞。
三〇〇五　○第一・二句―序詞。
三〇〇六　○足占―足踏みによる占い。
三〇〇七　○ぬばたまの―枕詞。
三〇〇八　○第一・二・三句―序詞。○あしひきの―枕詞。
三〇〇九　○第一・二・三句―序詞。○まつち山―奈良県五条市上野町と和歌山県橋本市隅田町真土との間の真土山。
三〇一〇　○佐保川―奈良市東方の春日山中に発し佐保を流れ、初瀬川と合流し大和川に入る。○第一・二句―序詞。
三〇一一　○第一・二・三句―序詞。○我妹子に衣―序詞。○吉城川―奈良市春日に発し東大寺南大門の前を過ぎ、佐保川に合する。
三〇一二　○との曇り雨―序詞。○布留川―奈良県天理市布留町を通り初瀬川に入る。○第一・二・三句―序詞。
三〇一三　○第三・四句―序詞。○いそのかみ―枕詞。
三〇一四　○三輪山―奈良県桜井市三輪。○三輪山の……水脈―序詞。

三〇一六 〇第一・二・三句―序詞。
三〇一七 〇あしひきの―枕詞。〇第一・二句―序詞。
三〇一八 〇高湍―所在未詳。〇能登瀬の川―所在未詳。〇第一・二句―序詞。
三〇一九 〇あらひきぬ―枕詞。〇取替川―未詳。〇第一・二・三句―序詞。
三〇二〇 〇斑鳩―奈良県生駒郡斑鳩町。〇因可の池―未詳。〇第一・二句―序詞。
三〇二一 〇こもりぬの―枕詞。
三〇二二 第一・二句―序詞。
三〇二三 〇こもりぬの―枕詞。〇しら浪の―枕詞。〇第一・二・三句―序詞。
三〇二四 〇妹が目を見まく―序詞。〇第一・二・三句―序詞。
三〇二五 〇いはばしる―枕詞。〇第一・二句―序詞。
三〇二六 〇たつなみの―枕詞。
三〇二七 〇淡海の海―琵琶湖。
三〇二八 〇第一・二句―序詞。
三〇二九 〇佐太の浦―所在未詳。〇第一・二句―序詞。
三〇三〇 〇あまくもの―枕詞。

三〇一五 雷《かみ》のごと　聞こゆる滝の　白浪の　面《おも》知る君が　見えぬこのころ
三〇一六 山川の　滝にまされる　恋すとそ　人知りにける　間なくし念へば
三〇一七 あしひきの　山川水の　音に出でず　人の子ゆゑに　恋ひ渡るかも
三〇一八 高湍《こせ》にある　能登瀬《のとせ》の川の　後も逢はむ　妹には我は　今にあらずとも
三〇一九 あらひきぬ　取替川《とりかひ》の　河淀《よど》の　淀まむ心　念ひかねつも
三〇二〇 斑鳩《いかるが》の　因可《よるか》の池の　宜しくも　君を言はねば　思ひそ我がする
三〇二一 こもりぬの　下ゆは恋ひむ　いちしろく　人の知るべく　嘆きせめやも
三〇二二 去くへなみ　隠《こも》れる小沼《をぬ》の　下思に　我そ物念ふ　このころの間
三〇二三 こもりぬの　下ゆ恋ひ余り　しら浪の　いちしろく出でぬ　人の知るべく
三〇二四 妹が目を　見まくほり江の　さざれ浪　しきて恋ひつつ　ありと告げこそ
三〇二五 いはばしる　垂水《たるみ》の水の　はしきやし　君に恋ふらく　我が情《こころ》から
三〇二六 君は来ず　我はゆゑなく　たつなみの　しくしくわびし　かくて来じとや
三〇二七 淡海《あふみ》の海　辺《へた》は人知る　沖つ浪　君をおきては　知る人もなし
三〇二八 大海の　底を深めて　結びてし　妹が心は　疑ひもなし
三〇二九 佐太《さだ》の浦に　寄する白浪　間なく　思ふを何か　妹に逢ひ難き
三〇三〇 思ひ出でて　すべなき時は　あまくもの　奥かも知らず　恋ひつつそ居

る

三〇三一　あまくもの　たゆたひ安き　心あらば　我《あ》をな頼めそ　待たば苦しも

三〇三二　君があたり　見つつも居らむ　生駒山《いこまやま》　雲なたなびき　雨は降るとも

三〇三三　なかなかに　なにか知りけむ　我が山に　燃ゆるけぶりの　よそに見ましを

三〇三四　我妹子に　恋ひすべながり　胸を熱み　旦《あさ》戸開くれば　見ゆる霧かも

三〇三五　暁《あかとき》の　朝霧隠《ごも》り　かへらばに　なにしか恋の　色に出でにける

三〇三六　思ひ出づる　時はすべなみ　佐保《さほ》山に　立つ雨霧の　消ぬべく念ほゆ

三〇三七　切目山《きりめやま》　往きかへり道《ぢ》の　朝霞　ほのかにだにや　妹に逢はざらむ

三〇三八　かく恋ひむ　ものと知りせば　夕《ゆふへ》置きて　旦《あした》は消《け》ぬる　露ならましを

三〇三九　暮《ゆふへ》置きて　旦《あした》は消ぬる　白露の　消ぬべき恋も　我はするかも

三〇四〇　後つひに　妹は逢はむと　旦《あさ》露の　命は生けり　恋は繁けど

三〇四一　朝な旦《あさ》な　草の上白く　置く露の　消《け》なば共にと　言ひし君はも

三〇四二　朝日さす　春日《かすが》の小野に　置く露の　消ぬべき我が身　惜しけくもなし

三〇四三　つゆしもの　消《け》易き我が身　老いぬとも　またをち反《かへ》り　君をし待たむ

三〇四四　君待つと　庭にし居れば　うちなびく　我が黒髪に　霜そ置きにける

或本の歌の尾句に云ふ「しろたへの　我が衣手に　露そ置きにける」

三〇四五　あさしもの　消ぬべくのみや　時なしに　思ひ渡らむ　息の緒にして

三〇四六　楽浪《ささなみ》の　波越す安蹔《あざ》に　降る小雨　間も置きて　我が念はなくに

三〇三一　○あまくもの—枕詞。

三〇三二　○生駒山—奈良県生駒市・生駒郡と東大阪市との境の山。

三〇三三　○第三・四句—序詞。

三〇三五　○かへらばに—反対にの意か。

三〇三六　○佐保山—奈良市法蓮町・佐保田町などの北方の丘陵。○第三・四句—序詞。

三〇三七　○切目山—和歌山県日高郡印南町島田の東方の山。○第一・二・三句—序詞。

三〇三九　○第一・二・三句—序詞。

三〇四一　○第一・二・三句—序詞。

三〇四二　○第一・二・三句—序詞。

三〇四三　○つゆしもの—枕詞。○をち反り—若返り。

三〇四五　○あさしもの—枕詞。

三〇四六　○楽浪—滋賀県大津市および滋賀郡の地で琵琶湖西南部一帯の総称。○安蹔—未詳。

三〇四七　神さびて　巌《いはほ》に生ふる　まつが根の　君が心は　忘れかねつも

三〇四八　み狩する　雁羽《かりは》の小野の　ならしばの　慣れは増さらず　恋こそ増され

三〇四九　桜麻《さくらを》の　麻原《をふ》の下草　早く生ひば　妹が下紐　解かざらましを

三〇五〇　春日野《かすがの》に　あさぢ標結《しめゆ》ひ　絶えめやと　我が念ふ人は　いや遠長に

三〇五一　あしひきの　山菅《すが》の根の　ねもころに　我はそ恋ふる　君が光儀《すがた》に
或本の歌に曰く「我が思ふ人を　見むよしもがも」

三〇五二　かきつはた　佐紀沢《さきさは》に生ふる　すがの根の　絶ゆとや君が　見えぬこのころ

三〇五三　あしひきの　山菅《すが》の根の　ねもころに　止まず思はば　妹に逢はむかも

三〇五四　相思はず　あるものをかも　すがのねの　ねもころごろに　我が念へるらむ

三〇五五　やますげの　止まずて君を　念へかも　我が心神《こころど》の　このころはなき

三〇五六　妹が門　去《ゆ》き過ぎかねて　草結ぶ　風吹き解くな　またかへり見む　一に云ふ「直《ただ》に逢ふまでに」

三〇五七　浅茅《あさぢ》原　茅生《ちふ》に足踏み　意《こころ》ぐみ　我が念ふ児らが　家のあたり見つ　一に云ふ「妹が　家のあたり見つ」

三〇五八　うちひさす　宮にはあれど　つきくさの　うつろふ情《こころ》　我が思はなくに

三〇五九　百《もも》に千《ち》に　人は言ふとも　つきくさの　うつろふ心　我持ためやも

三〇六〇　わすれぐさ　我が紐に付く　時となく　念ひ渡れば　生けりともなし

三〇四七　○第一・二・三句―序詞。
三〇四八　○第一・二・三句―序詞。
三〇四九　○桜麻―麻の一種か。○第一・二句―序詞。
三〇五〇　○第一・二句―序詞。
三〇五一　○あしひきの―枕詞。○第一・二句―序詞。
三〇五二　○かきつはた―枕詞。○佐紀沢―奈良市佐紀町にある沢。○第一・二・三句―序詞。
三〇五三　○第一・二句―序詞。
三〇五四　○すがのねの―枕詞。
三〇五五　○やますげの―枕詞。
三〇五七　○意ぐみ―心グシのミ語法。心苦しいので。せつないので。○第一・二句―序詞。
三〇五八　○うちひさす―枕詞。○つきくさの―枕詞。
三〇五九　○つきくさの―枕詞。
三〇六〇　○わすれぐさ→3・三三四

三〇六一　五更《あかとき》の　目覚まし草と　これをだに　見つついまして　我を偲はせ

三〇六二　わすれぐさ　垣もしみみに　植ゑたれど　醜《しこ》の醜草　なほ恋ひにけり

三〇六三　浅茅原《あさぢはら》　小野に標結《しめゆ》ふ　空言《むなこと》も　逢はむと聞こせ　恋のなぐさに

或本の歌に曰く「来むと知らせし　君をし待たむ」。また、柿[1]本朝臣人麻呂歌集に見ゆ。しかれども、落句少しく異なるのみ。

三〇六四　人皆の　笠に縫ふといふ　ありますげ　ありて後にも　逢はむとそ念ふ

三〇六五　み吉野《よしの》　秋津の小野に　刈る草《かや》の　思ひ乱れて　寝る夜しそ多き

三〇六六　妹待つと　三笠の山の　やますげの　止まずや恋ひむ　命死なずは

三〇六七　谷狭《せば》み　峰辺に延《は》へる　玉葛　延へてしあらば　年に来ずとも　一に云ふ「石《いは》つなの　延へてしあらば」

三〇六八　みづくきの　岡のくず葉を　吹き返し　面《おも》知る児らが　見えぬころかも

三〇六九　赤駒の　い行きはばかる　真葛《まくず》原　何の伝《つ》て言《こと》　直《ただ》にし吉《え》けむ

三〇七〇　ゆふだたみ　田上山《たなかみやま》の　さなかづら　ありさりてしも　今ならずとも

三〇七一　丹波《たには》道《ぢ》の　大江《おほえ》の山の　さなかづら　絶えむの心　我が思はなくに

三〇七二　大崎《おほさき》の　荒磯《ありそ》の渡り　はふくずの　往くへもなくや　恋ひ渡りなむ

三〇七三　ゆふづつみ　一に云ふ「畳」　白月山《しらつき》の　さなかづら　後も必ず　逢はむとそ念ふ　或本の歌に曰く「絶えむと妹を　我が思はなくに」

三〇七四　はねずいろの　うつろひ安き　情《こころ》あれば　年をそ来経《ふ》る　言は絶えずて

三〇七五　かくしてそ　人の死ぬといふ　ふぢなみの　ただ一目のみ　見し人ゆゑ

三〇六二　○醜の醜草―役立たず草と草をののしっていう語。

三〇六三　○第一・二句―序詞。

1↓7・一〇六八。

三〇六四　○ありますげ―枕詞。ありまは有間で、神戸市と三田市にまたがった地。○第一・二・三句―序詞。

三〇六五　○み吉野―ミは美称。奈良県吉野郡一帯の地。○秋津―吉野郡吉野町宮滝付近。○第一・二・三句―序詞。

三〇六六　○三笠の山―奈良市東方の御笠山。○第一・二・三句―序詞。

三〇六七　○第一・二・三句―序詞。

三〇六八　○みづくきの―枕詞。○第一・二・三句―序詞。

三〇六九　○第一・二・三句―序詞。

三〇七〇　○ゆふだたみ―枕詞。○田上山―滋賀県大津市東南部の山地。○第一・二・三句―序詞。

三〇七一　○丹波道―丹波(京都府と兵庫県の一部)へ行く道。○大江の山―京都市右京区大枝沓掛町の西北の山。○第一・二・三句―序詞。

三〇七二　○大崎―和歌山県海草郡下津町大崎の地。○第一・二・三句―序詞。

三〇七三　○ゆふづつみ―枕詞。○白月山―所在未詳。○第一・二・三句―序詞。

三〇七四　○はねずいろの―枕詞。

三〇七五　○ふぢなみの―枕詞。

に

三〇七六 住吉《すみのえ》の 敷津の浦の なのりその 名は告りてしを 逢はなくも怪し

三〇七七 みさご居る 荒磯に生ふる なのりその よし名は告らじ 親は知るとも

三〇七八 浪のむた なびく玉藻の 片念に 我が念ふ人の 言の繁けく

三〇七九 わたつみの 沖つ玉藻の なびき寝む はや来ませ君 待たば苦しも

三〇八〇 わたつみの 沖に生ひたる なはのりの 名はさね告らじ 恋ひは死ぬとも

三〇八一 玉の緒を 片緒に搓《よ》りて 緒を弱み 乱るる時に 恋ひざらめやも

三〇八二 君に逢はず 久しくなりぬ たまのをの 長き命の 惜しけくもなし

三〇八三 恋ふること 増される今は たまのをの 絶えて乱れて 死ぬべく念ほゆ

三〇八四 海人処女《あまをとめ》 潜《かづ》き取るといふ 忘れ貝 よにも忘れず 妹が光儀《すがた》は

三〇八五 朝影に 我が身はなりぬ たまかぎる ほのかに見えて 去にし児ゆゑに

三〇八六 なかなかに 人とあらずは 桑子《くはこ》にも ならましものを 玉の緒ばかり

三〇八七 まそがよし 曾我《そが》の河原に 鳴くちどり 間なし我が背子 我が恋ふらくは

三〇八八 恋衣 着奈良《なら》の山に 鳴く鳥の 間なく時なし 我が恋ふらくは

三〇七六 ○住吉—大阪市住吉区一帯の地。○敷津の浦—住吉神社南西の津付近の海浜。○第一・二・三句—序詞。○なのりそ—ほんだわら。

三〇七七 ○みさご—鷲たか目みさご科の鳥。○第一・二・三句—序詞。

三〇七八 ○第一・二句—序詞。

三〇七九 ○第一・二句—序詞。

三〇八〇 ○なはのり—ウミソウメン。異説もある。○第一・二・三句—序詞。

三〇八一 ○第一・二・三句—序詞。

三〇八二 ○たまのをの—枕詞。

三〇八三 ○たまのをの—枕詞。

三〇八四 ○第一・二・三句—序詞。

三〇八五 ○たまかぎる—枕詞。

三〇八六 ○桑子—蚕の異名か。

三〇八七 ○まそがよし—枕詞。○曾我の河—奈良県橿原市曾我で檜隈川と合流し、大和川に注ぐ。○第一・二・三句—序詞。

三〇八八 ○恋衣 着—序詞。○第一・二・三句—序詞。

三〇八九 とほつひと 猟道《かりぢ》の池に 住む鳥の 立ちても居ても 君をしそ思ふ

三〇九〇 葦辺往く かもの羽音の 聲《おと》のみに 聞きつつもとな 恋ひ渡るかも

三〇九一 かもすらも 己《おの》が妻どち あさりして 後《おく》るるほどに 恋ふといふものを

三〇九二 しらまゆみ 斐太《ひだ》の細江の すがとりの 妹に恋ふれか 眠《い》を寝かねつる

三〇九三 しのの上に 来居て鳴く鳥 目を安み 人妻ゆゑに 我恋ひにけり

三〇九四 物念ふと 寝《い》ねず起きたる 旦明《あさけ》には わびて鳴くなり にはつとりさへ

三〇九五 朝烏 早くな鳴きそ 我が背子が 朝明《あさけ》の光儀《すがた》 見れば悲しも

三〇九六 馬柵《せ》越しに 麦食《は》む駒の 罵《の》らゆれど なほし恋ほしく 思ひかねつも

三〇九七 さ檜前《ひのくま》 檜前川《ひのくまがは》に うま留《とど》め うまに水かへ 我よそに見む

三〇九八 おのれゆゑ 罵らえて居れば 青馬の 面高夫駄《おもたかぶだ》に 乗りて来べしや

右の一首、平群文屋朝臣益人《へぐりのふみやのあそみますひと》伝へて言はく、昔聞くならく、紀《きの》皇女《ひめみこ》ひそかに高安王《たかやすのおほきみ》に嫁ぎて嘖《ころ》はえたりし時にこの歌を作らすといふ。ただし、高安王は左降し伊予《いよ》国守に任ぜらる。

三〇九九 むらさきを 草と別《わ》く別く 伏すしかの 野は異《こと》にして 心は同じ

問答歌

三一〇〇 想《おも》はぬを 想《おも》ふと言はば まとりすむ 雲梯《うなて》の社《もり》の 神し知らさむ

三一〇一 紫は 灰さすものそ 海石榴市《つばきち》の 八十《やそ》の衢《ちまた》に 逢へる児や誰

三一〇二 たらちねの 母が呼ぶ名を 申さめど 道行く人を 誰と知りてか

三〇八九 ○とほつひと—枕詞。○猟道の池—奈良県桜井市鹿路の地の池か。未詳。○第一・二・三句—序詞。

三〇九〇 ○第一・二句—序詞。

三〇九二 ○しらまゆみ—枕詞。○斐太の細江—所在未詳。○菅鳥—未詳。○第一・二・三句—序詞。

三〇九三 ○第一・二句—序詞。

三〇九六 ○第一・二句—序詞。

三〇九七 ○さ檜前—奈良県高市郡明日香村檜隈一帯の地。

三〇九八 ○面高夫駄—未詳。夫駄は、雑役に徴発された馬。

三〇九九 ○第一・二・三句—序詞。

三一〇〇 ○まとりすむ—枕詞。○雲梯の社—奈良県橿原市雲梯の雲梯神社。

三一〇一 ○第一・二句—序詞。

三一〇二 ○たらちねの—枕詞。

右の二首

三三〇三　逢はなくは　然もありなむ　たまづさの　使ひをだにも　待ちやかねてむ

三三〇四　逢はむとは　千遍《ちたび》思へど　あり通ふ　人目を多み　恋ひつつそ居る

右の二首

三三〇五　人目多み　直《ただ》に逢はずて　けだしくも　我が恋ひ死なば　誰が名ならむも

三三〇六　相見まく　欲しきがために　君よりも　我そまさりて　いふかしみする

右の二首

三三〇七　うつせみの　人目を繁み　逢はずして　年の経ぬれば　生けりともなし

三三〇八　うつせみの　人目繁くは　ぬばたまの　夜の夢《いめ》にを　継ぎて見えこそ

右の二首

三三〇九　ねもころに　憶《おも》ふ我妹を　人言の　繁きによりて　不通《よど》むころかも

三三一〇　人言の　繁くしあらば　君も我も　絶えむと言ひて　逢ひしものかも

右の二首

三三一一　すべもなき　片恋をすと　このころに　我が死ぬべきは　夢に見えきや

三三一二　夢に見て　衣《ころも》を取り服《き》　装《よそ》ふ間に　妹が使ひそ　先立ちにける

右の二首

三三一三　ありありて　後も逢はむと　言のみを　堅め言ひつつ　逢ふとはなしに

三三〇三　○たまづさの―枕詞。

三三〇七　○うつせみの―枕詞。

三三〇八　○うつせみの―枕詞。　○ぬばたまの―枕詞。

三二一四　極まりて　我も逢はむと　思へども　人の言こそ　繁き君にあれ

右の二首

三二一五　息の緒に　我が息づきし　妹すらを　人妻なりと　聞けば悲しも

三二一六　我がゆゑに　いたくなわびそ　後つひに　逢はじと言ひし　こともあらなくに

右の二首

三二一七　門たてて　戸もさしたるを　いづくゆか　妹が入り来て　夢《いめ》に見えつる

三二一八　門たてて　戸はさしたれど　盗人《ぬすびと》の　ほれる穴より　入りて見えけむ

右の二首

三二一九　明日よりは　恋ひつつあらむ　今夕《こよひ》だに　早く初夜《よひ》より　紐解け我妹

三二二〇　今更に　寝めや我が背子　新た夜の　全夜《またよ》もおちず　夢に見えこそ

右の二首

三二二一　我が背子が　使ひを待つと　笠も著《き》ず　出でつつそ見し　雨の降らくに

三二二二　心なき　雨にもあるか　人目守《ひとめも》り　ともしき妹に　今日だに逢はむを

右の二首

三二二三　ただ独《ひとり》　寝れど寝かねて　しろたへの　袖を笠に著《き》　濡《ぬ》れつつそ来し

三二二四　雨も降り　夜もふけにけり　今更に　君行かめやも　紐解き設《ま》けな

右の二首

三二二五　ひさかたの　雨の降る日を　我が門に　蓑笠《みのかさ》着ずて　来《け》る人や誰

三二二三　〇しろたへの—枕詞。

三二二五　〇ひさかたの—枕詞。

三一二六　巻向《まきむく》の　穴師《あなし》の山に　雲居つつ　雨は降れども　濡れつつそ来し

右の二首

羈旅《きりよ》にして思ひを発す

三一二七　度会《わたらひ》の　大川の辺の　若歴木《ひさぎ》　我が久ならば　妹恋ひむかも

三一二八　我妹子を　夢に見え来と　大和道《やまとぢ》の　渡り瀬ごとに　手向《たむ》けそ我がする

三一二九　桜花　咲きかも散ると　見るまでに　誰かも此《ここ》に　見えて散り行く

三一三〇　豊国《とよくに》の　企救《きく》の浜松　ねもころに　なにしか妹に　相言ひそめけむ

右の四首、[1]柿本朝臣人麻呂の歌集に出づ。

三一三一　月易《か》へて　君をば見むと　思へかも　日も易えずして　恋の繁けく

三一三二　な行きそと　帰りも来やと　顧《かへり》みに　往《ゆ》けど帰らず　道の長手《ながて》を

三一三三　旅にして　妹を思ひ出で　いちしろく　人の知るべく　嘆きせむかも

三一三四　里離《さか》り　遠からなくに　くさまくら　旅とし思へば　なほ恋ひにけり

三一三五　近くあれば　名のみも聞きて　慰めつ　今夜《こよひ》ゆ恋の　いや増さりなむ

三一三六　旅にありて　恋ふれば苦し　いつしかも　京《みやこ》に行きて　君が目を見む

三一三七　遠くあれば　光儀《すがた》は見えず　常のごと　妹が笑まひは　面影にして

三一三八　年も経ず　帰り来なむと　朝影に　待つらむ妹し　面影に見ゆ

三一三九　たまほこの　道に出で立ち　別れ来し　日より思ふに　忘る時なし

三一四〇　はしきやし　然ある恋にも　ありしかも　君に後れて　恋しく思へば

三一二六　○巻向の穴師の山—奈良県桜井市穴師の穴師山。

三一二七　○度会の大川—三重県伊勢市・度会郡の宮川か。五十鈴川とする説もある。○第一・二・三句—序詞。

三一三〇　○豊国—豊前(福岡県東部と大分県西北部)と豊後（大分県）の総称。○企救の浜—北九州市門司区・小倉区。もとの企救郡。○第一・二句—序詞。1→7・一〇六八。

三一三四　○くさまくら—枕詞。

三一三九　○たまほこの—枕詞。

三二四一　くさまくら　旅の悲しく　あるなへに　妹を相見て　後恋ひむかも

三二四二　国遠み　直《ただ》には逢はず　夢《いめ》にだに　我に見えこそ　逢はむ日までに

三二四三　かく恋ひむ　ものと知りせば　我妹子に　言問はましを　今し悔しも

三二四四　旅の夜の　久しくなれば　さにつらふ　紐解き離《さ》けず　恋ふるこのころ

三二四五　我妹子し　我を偲ふらし　くさまくら　旅の丸寝《まろね》に　下紐解けぬ

三二四六　くさまくら　旅の衣の　紐解けて　思ほゆるかも　この年ころは

三二四七　くさまくら　旅の紐解く　家の妹し　我《あ》を待ちかねて　嘆かふらしも

三二四八　たまくしろ　まき寝し妹を　月も経ず　置きてや越えむ　この山の岫《さき》

三二四九　あづさゆみ　末は知らねど　うるはしみ　君にたぐひて　山路越え来ぬ

三二五〇　霞立つ　春の長日を　奥かなく　知らぬ山道を　恋ひつつか来む

三二五一　よそのみに　君を相見て　ゆふたたみ　手向《たむ》けの山を　明日か越え去《い》なむ

三二五二　たまかつま　安倍島山《あへしまやま》の　夕露に　旅寝えせめや　長きこの夜を

三二五三　み雪降る　越《こし》の大山　行き過ぎて　いづれの日にか　我が里を見む

三二五四　いで我が駒　早く行きこそ　まつちやま　待つらむ妹を　去《ゆ》きてはや見む

三二五五　悪木山《あしきやま》　木末《こぬれ》ことごと　明日よりは　なびきてあれこそ　妹があたり見む

三二五六　鈴鹿河《すずかがは》　八十瀬渡りて　誰ゆゑか　夜越えに越えむ　妻もあらなくに

三二四一　○くさまくら—枕詞。

三二四四　○さにつらふ—枕詞。赤みを帯びたの意。

三二四五　○くさまくら—枕詞。

三二四六　○くさまくら—枕詞。

三二四七　○くさまくら—枕詞。

三二四八　○たまくしろ—枕詞。

三二四九　○あづさゆみ—枕詞。

三二五一　○ゆふたたみ—枕詞。

三二五二　○たまかつま—枕詞。○安倍島山—未詳。

三二五三　○越の大山—未詳。越は越前・加賀・能登・越中・越後の総称。

三二五四　○まつちやま—枕詞。

三二五五　○悪木山—福岡県筑紫野市阿志岐付近の山か。

三二五六　○鈴鹿河—鈴鹿山脈を発し、三重県鈴鹿市などを流れ、伊勢湾に注ぐ。

三一五七　我妹子に　またも相海《あふみ》の　安の河　安眠《やすい》も寝ずに　恋ひ渡るかも
三一五八　旅にありて　物をそ念ふ　白浪の　辺にも沖にも　寄るとはなしに
三一五九　湖回《みなとみ》に　満ち来る潮の　いや増しに　恋はまされど　忘らえぬかも
三一六〇　沖つ浪　辺浪の来寄る　佐太《さだ》の浦の　このさだ過ぎて　後恋ひむかも
三一六一　ありちがた　あり慰めて　行かめども　家なる妹い　おほほしみせむ
三一六二　みをつくし　心尽くして　思へかも　ここにももとな　夢《いめ》にし見ゆる
三一六三　我妹子に　触るとはなしに　荒磯回《ありそみ》に　我が衣手は　濡れにけるかも
三一六四　室《むろ》の浦の　湍戸《せと》の崎なる　鳴《なき》島の　磯越す波に　濡れにけるかも
三一六五　ほととぎす　飛幡《とばた》の浦に　しく浪の　しくしく君を　見むよしもがも
三一六六　我妹子を　よそのみや見む　越《こし》の海の　子難《こかた》の海の　島ならなくに
三一六七　浪の間ゆ　雲居に見ゆる　粟島《あはしま》の　逢はぬものゆゑ　我に寄そる児ら
三一六八　ころもでの　真若《まわか》の浦の　砂地《まなごつち》　間なく時なし　我が恋ふらくは
三一六九　能登《のと》の海に　釣する海部《あま》の　いざり火の　光にい往け　月待ちがてり
三一七〇　志賀《しか》の白水郎《あま》の　釣し燈《とも》せる　いざり火の　ほのかに妹を　見むよしもがも
三一七一　難波潟《なにはがた》　漕ぎ出《づ》る舟の　はろはろに　別れ来ぬれど　忘れかねつも
三一七二　浦回《み》漕ぐ　熊野《くまの》舟着き　めづらしく　かけて思はむ　月も日もなし
三一七三　松浦《まつら》舟　騒く堀江の　水脈《みを》速み　梶取る間なく　念ほゆるかも
三一七四　いざりする　海部《あま》の梶《かぢ》の音　ゆくらかに　妹は心に　乗りにけるかも

三一五七　○我妹子にまたも―序詞。○相海の安の河―滋賀県甲賀郡の山中に発し、琵琶湖に注ぐ。○第一・二・三句―序詞。
三一五九　○第一・二句―序詞。
三一六〇　○第一・二・三句―序詞。
三一六一　○ありちがた―枕詞。
三一六二　○みをつくし―枕詞。
三一六四　○室の浦―兵庫県揖保郡御津町室津か。○鳴島―室津の南にある君島か。
三一六五　○ほととぎす―枕詞。○飛幡の浦―北九州市戸畑の海浜。○第一・二・三句―序詞。
三一六六　○子難の海―北陸地方の海だろうが未詳。
三一六七　○粟島―未詳。○第一・二・三句―序詞。
三一六八　○ころもでの―枕詞。○真若の浦―和歌山市和歌浦。○第一・二・三句―序詞。
三一六九　○能登の海―能登半島周辺の海。
三一七〇　○志賀―福岡市東区志賀島。○第一・二・三句―序詞。
三一七一　○難波潟―大阪市沿岸の海浜。○はろはろに―はるばると。○第一・二句―序詞。
三一七二　○熊野舟―熊野の山の木で作った優秀な舟。○第一・二句―序詞。
三一七三　○松浦舟―肥前国松浦（佐賀県東松浦郡あたり）の地で作った舟。○第一・二・三句―序詞。
三一七四　○第一・二句―序詞。

三一七五　和歌《わか》の浦に　袖さへ濡れて　忘れ貝　拾《ひり》へど妹は　忘らえなくに　或本の歌の末句に云ふ「忘れかねつも」

三一七六　くさまくら　旅にし居れば　かりこもの　乱れて妹に　恋ひぬ日はなし

三一七七　志賀《しか》の海人《あま》の　磯に刈り乾《ほ》す　なのりその　名は告りてしを　なにか逢ひ難き

三一七八　国遠み　思ひなわびそ　風のむた　雲の行くごと　言は通はむ

三一七九　留まりにし　人を思ふに　秋津《あきつ》野に　居る白雲の　止む時もなし

別れを悲しぶる歌

三一八〇　うらもなく　去《い》にし君ゆゑ　朝《あさ》な旦《あさ》な　もとなぞ恋ふる　逢ふとはなけど

三一八一　しろたへの　君が下紐　我さへに　今日結びてな　逢はむ日のため

三一八二　しろたへの　袖の別れは　惜しけども　思ひ乱れて　許しつるかも

三一八三　京師《みやこ》辺に　君は去にしを　誰が解けか　我が紐の緒の　結ふ手たゆきも

三一八四　くさまくら　旅行く君を　人目多み　袖振らずして　あまた悔しも

三一八五　まそ鏡　手に取り持ちて　見れど飽かぬ　君に後れて　生けりともなし

三一八六　くもりよの　たどきも知らぬ　山越えて　います君をば　いつとか待たむ

三一八七　たたなづく　青垣山の　隔りなば　しばしば君を　言問はじかも

三一七六　○くさまくら—枕詞。　○かりこもの—枕詞。
三一七七　○第一・二・三句—序詞。
三一七九　○第三・四句—序詞。
三一八一　○しろたへの—枕詞。
三一八二　○しろたへの—枕詞。
三一八四　○くさまくら—枕詞。
三一八五　○第一・二句—序詞。
三一八六　○くもりよの—枕詞。
三一八七　○たたなづく—枕詞。

三一八八　朝霞　たなびく山を　越えて去《い》なば　我は恋ひむな　逢はむ日までに

三一八九　あしひきの　山は百重に　隠すとも　妹は忘れじ　直《ただ》に逢ふまでに
に云ふ「隠せども　君を思はく　止む時もなし」

三一九〇　雲居なる　海山越えて　い往きなば　我は恋ひむな　後は相寝《あひね》とも

三一九一　よしゑやし　恋ひじとすれど　木綿間山《ゆふまやま》　越えにし君が　思ほゆらくに

三一九二　くさかげの　新井《あらゐ》の崎の　笠島を　見つつか君が　山路越ゆらむ　一に云ふ「み坂越ゆらむ」

三一九三　たまかつま　島熊山《しまくまやま》の　夕暮れに　独《ひとり》君が　山路越ゆらむ　一に云ふ「夕霧に　長恋しつつ　寝《い》ねかてぬかも」

三一九四　息の緒に　我が念ふ君は　とりがなく　東《あづま》の坂を　今日か越ゆらむ

三一九五　磐城山《いはきやま》　直《ただ》越え来ませ　磯崎《いそさき》の　許奴美《こぬみ》の浜に　我立ち待たむ

三一九六　春日野《かすがの》の　あさぢが原に　後れ居て　時そともなし　我が恋ふらくは

三一九七　住吉《すみのえ》の　岸に向かへる　淡路島《あはぢしま》　あはれと君を　言はぬ日はなし

三一九八　明日よりは　印南《いなむ》の河の　出でて去《い》なば　留まれる我は　恋ひつつやあらむ

三一九九　わたのそこ　沖は恐《かしこ》し　磯回《み》より　漕ぎたみ行かせ　月は経ぬとも

三二〇〇　飼飯《けひ》の浦に　寄する白波　しくしくに　妹が容儀《すがた》は　念ほゆるかも

三二〇一　ときつかぜ　吹飯《ふけひ》の浜に　出で居つつ　贖《あか》ふ命は　妹がためこそ

三二〇二　熟田津《にきたつ》に　舟乗りせむと　聞きしなへ　なにぞも君が　見え来ざるらむ

三一八九　○あしひきの―枕詞。

三一九一　○木綿間山―所在未詳。

三一九二　○くさかげの―枕詞。○新井の崎―所在未詳。○笠島―未詳。

三一九三　○たまかつま―枕詞。○島熊山―所在未詳。

三一九四　○とりがなく―枕詞。○東の坂―東海道の足柄峠か、東山道の碓氷峠か、未詳。

三一九五　○磐城山―未詳。○磯崎の許奴美の浜―未詳。

三一九七　○淡路島―兵庫県の淡路島。○第一・二・三句―序詞。

三一九八　○印南の河―兵庫県加古川市・加古郡・明石市の印南一帯を流れる川だろうが未詳。○第一・二―序詞。

三一九九　○わたのそこ―枕詞。

三二〇〇　○飼飯の浦―未詳。○第一・二句―序詞。

三二〇一　○ときつかぜ―枕詞。○吹飯の浜―大阪府泉南郡岬町深日の浜か。○贖ふ―神仏などに幣帛を捧げ、罪やけがれを逃れようとすること。

三二〇二　○熟田津―未詳。愛媛県松山の道後温泉に近い港。

三二〇三　みさご居る　渚《す》に居る舟の　漕ぎ出なば　うら恋しけむ　後は相寝《あひぬ》とも

三二〇四　たまかづら　幸《さき》く行かさね　やますげの　思ひ乱れて　恋ひつつ待たむ

三二〇五　後れゐて　恋ひつつあらずは　田子《たご》の浦の　海部《あま》ならましを　玉藻刈る刈る

三二〇六　筑紫道《つくしぢ》の　荒磯《ありそ》の玉藻　刈るとかも　君が久しく　待てど来まさぬ

三二〇七　あらたまの　年の緒長く　照る月の　飽かざる君や　明日別れなむ

三二〇八　久にあらむ　君を念ふに　ひさかたの　清き月夜《つくよ》も　闇のみに見ゆ

三二〇九　春日《かすが》なる　三笠《みかさ》の山に　居る雲を　出で見るごとに　君をしぞ思ふ

三二一〇　あしひきの　片山雉《きぎし》　立ち往《ゆ》かむ　君に後れて　現《うつ》しけめやも

問答歌

三二一一　たまのをの　現《うつ》し心や　八十梶懸《やそかか》け　漕ぎ出む舟に　後れて居らむ

三二一二　八十梶懸《か》け　島隠《がく》りなば　我妹子が　留まれと振らむ　袖見えじかも

右の二首

三二一三　十月《かむなづき》　しぐれの雨に　濡れつつか　君が行くらむ　宿か借るらむ

三二一四　十月　雨間《あまま》も置かず　降りにせば　いづれの里の　宿か借らまし

右の二首

三二一五　しろたへの　袖の別れを　難《かた》みして　荒津《あらつ》の浜に　宿りするかも

三二一六　くさまくら　旅行く君を　荒津まで　送りぞ来ぬる　飽き足らねこそ

三二〇四　〇たまかづら―枕詞。〇やますげの―枕詞。
三二〇五　〇田子の浦―静岡県庵原郡由比町・蒲原町一帯の海岸。
三二〇六　〇筑紫―筑前・筑後の併称としても、九州全体の総称としても用いられる。
三二〇七　〇あらたまの―枕詞。〇第一・二・三句―序詞。
三二〇八　〇ひさかたの―枕詞。
三二一〇　〇あしひきの―枕詞。〇片山きぎし―一方だけ傾斜した山の崖に住むキジ。〇第一・二句―序詞。
三二一一　〇たまのをの―枕詞。
三二一五　〇しろたへの―枕詞。〇荒津の浜―福岡市中央区の西公園付近。
三二一六　〇くさまくら―枕詞。

右の二首

三二一七 荒津の海 我幣奉《ぬさまつ》り 斎《いは》ひてむ はや帰りませ 面《おも》変はりせず

三二一八 旦《あさ》な旦な 筑紫《つくし》の方を 出で見つつ 哭《ね》のみそ我《あ》が泣く いたもすべなみ

右の二首

三二一九 豊国《とよくに》の 企救《きく》の長浜 去《ゆ》き暮らし 日の昏《く》れ去《ゆ》けば 妹をしそ念ふ

三二二〇 豊国の 企救の高浜 高々に 君待つ夜らは さ夜深《ふ》けにけり

右の二首

三二一九 ○第一・二句—序詞。

三二二〇 ○第一・二句—序詞。

萬葉集巻第十二

三二二一　〇ふゆごもり―枕詞。〇汗瑞能振―定訓を得ない。カゼノフク、ウチハブキなどと読む説がある。

三二二二　〇三諸―神の降下してくる所の意の普通名詞であるが、ここでは奈良県高市郡明日香村の雷丘をさすか。〇あしび―つつじ科の常緑低木。早春、白い小さい壺状の花が咲く。↓8・一四二八。〇つばき↓1・五四。

三二二三　〇かむとけ―落雷。〇日香空の―定訓を得ず。クモレルソラノ、ヒカルミソラノなどと読む説がある。〇神奈備―明日香村の雷丘か。↓3・三二四。〇垣内田の池―所在未詳。〇ももたらず―枕詞。〇つき↓2・二一〇。

萬葉集巻第十三

雑歌

三二二一　ふゆごもり　春さり来れば　朝《あした》には　白露置き　夕《ゆふべ》には　霞たなびく
汗瑞能振　木末《こぬれ》が下に　うぐひす鳴くも

右の一首

三二二二　三諸《みもろ》は　人の守《も》る山　本辺《もとへ》は　あしび花咲き　末辺《すゑへ》は　つばき花咲く
うらぐはし　山そ　泣く子守る山

右の一首

三二二三　かむとけの　日香空の　九月《ながつき》の　しぐれの降れば　かりがねも　いまだ来鳴かぬ　神奈備《かむなび》の　清きみ田屋の　垣内《かきつ》田の　池の堤の　ももたらず　斎つきが枝に　みづ枝さす　秋の黄葉《もみちは》　まき持てる　小鈴もゆらに　たわやめに　我はあれども　引き攀《よ》ぢて　うれもとををに　ふさ手折《たを》り
我は持ちて徃く　君が頭刺《かざし》に

反歌

三二二四　独《ひとり》のみ　見れば恋しみ　神奈備の　山の黄葉《もみち》　手折り来《け》り君

右の二首

三三二五　天雲《あまくも》の　影さへ見ゆる　こもりくの　初瀬の河は　浦なみか　舟の寄り来《こ》ぬ　磯なみか　海部《あま》の釣せぬ　よしゑやし　浦はなくとも　よしゑやし　磯はなくとも　おきつなみ　諍《いそ》ひ漕《こぎ》入り来《こ》　白水郎《あま》の釣舟

反歌

三三二六　さざれ浪　浮きて流るる　初瀬川　寄るべき磯の　なきがさぶしさ

右の二首

三三二七　葦原《あしはら》の　水穂《みつほ》の国に　手向《たむけ》すと　天降《あも》りましけむ　五百万《いほよろづ》　千万神《ちよろづかみ》の　神代より　言ひ継ぎ来《きた》る　神奈備《かむなび》の　三諸の山は　春されば　春霞立ち　秋往けば　紅《くれなゐ》にほふ　神奈備の　三諸《みもろ》の神の　帯にせる　明日香《あすか》の河の　水脈《みを》速み　生《む》したため難き　石枕《いそまくら》　苔生《む》すまでに　新《あら》た夜《よ》の　幸く通はむ　事計《ことはか》り　夢に見えこそ　つるぎたち　斎《いは》ひ祭れる　神にし座《ま》さば

反歌

三三二八　神奈備の　三諸の山に　斎ふすぎ　思ひ過ぎめや　こけ生《む》すまでに

三三二九　斎串《いぐし》立て　神酒《みわ》すゑ奉《まつ》る　祝部《はふりへ》が　うずの玉かげ　見ればともしも

右の三首、ただし或書にはこの短歌一首これを載することあることなし。

三三三〇　みてぐらを　奈良より出でて　みづたで　穂積《ほづみ》に至り　となみはる　坂手を過ぎ　いはばしる　神奈備山に　朝宮に　仕へ奉りて　吉野へと　入ります見れば　古《いにしへ》念ほゆ

三三二五　○こもりくの―枕詞。○初瀬の河―奈良県桜井市初瀬の北方の山地に発し、三輪山の裾をめぐって大和川に入る。○おきつなみ―枕詞。

三三二七　○葦原の水穂の国―日本の古名。葦原の中にある五穀豊穣の国の意味。○神奈備の三諸の神→2・九四。○つるぎたち―枕詞。

三三二八　○第一・二・三句―序詞。

三三二九　○斎串―神聖な串。若竹、榊の枝などを用いたか。○祝部―ここは巫女をさすか。○うず―木の葉、花などを頭にさし飾りとしたもの。○玉かげ―玉は美称。ひかげのかずら。

三三三〇　○みてぐらを―枕詞。○みづたで―枕詞。たでは、たで科の一年生草本。○穂積―所在未詳。○となみはる―枕詞。○坂手―奈良県磯城郡田原本町坂手。○いはばしる―枕詞。

反歌

三二三一　月も日も　かはらひぬとも　久に経《ふ》る　三諸《みもろ》の山の　離宮所《とつみやところ》

右の二首、ただし或本の歌に曰く、「旧き都の　離宮所」

三二三二　斧《をの》取りて　丹生《にふ》の檜山《ひやま》の　木伐《こ》り来て　筏《いかだ》に作り　ま梶貫《かぢぬ》き　磯漕ぎ回《み》つつ　島伝ひ　見れども飽かず　み吉野の　滝もとどろに　落つる白浪

反歌

三二三三　み芳野の　滝もとどろに　落つる白浪　留《と》まりにし　妹《いも》に見せまく　欲《ほ》しき白浪

右の二首

三二三四　やすみしし　わご大君　たかてらす　日の皇子《みこ》の　聞こし食《を》す　御食《みけ》つ国　かむかぜの　伊勢の国は　国見ればしも　山見れば　高く貴し　河見れば　さやけく清し　水門《みなと》なす　海も広し　見渡す　島も名高し　こをしも　まぐはしみかも　かけまくも　あやに恐《かしこ》き　山の辺の　五十《い》師《し》の原に　うちひさす　大宮仕へ　朝日なす　まぐはしも　夕日なす　うらぐはしも　はるやまの　しなひ栄えて　あきやまの　色なつかしき　ももしきの　大宮人は　天地《あめつち》と　日月と共に　万代《よろづよ》にもが

反歌

三二三五　山の辺の　五十師の御井《みゐ》は　おのづから　成れる錦《にしき》を　張れる山かも

右の二首

三二三一　○三諸の山の離宮―明日香村の神岡にあった離宮（外つ宮）であるが所在不明。

三二三二　○丹生の檜山―奈良県吉野郡の大天井ケ岳の北西に発し、五条市で吉野川に注ぐ丹生川の上流の黒滝村一帯の檜の山か。

三二三四　○やすみしし―枕詞。○たかてらす―枕詞。○御食つ国―天皇の食膳の料を奉る国。○かむかぜの―枕詞。○山の辺の五十師の原―所在未詳。○うちひさす―枕詞。○はるやまの―枕詞。○あきやまの―枕詞。○ももしきの―枕詞。

三三六 ○そらみつ—枕詞。○あをによし—枕詞。○山背の管木の原—京都府綴喜郡田辺町南部一帯の地か。○ちはやぶる—枕詞。○滝屋—所在未詳。○阿後尼の原—所在未詳。京都府宇治市・宇治川東岸の野か。○山科—京都府東山区山科。宇治市木幡の丘陵一帯をも含むか。○相坂山—滋賀県大津市の南西部にある山。山城国と近江国との境をなし、交通の要地であった。

三三七 ○あをによし—枕詞。○もののふの—枕詞。○宇治川—琵琶湖より発した瀬田川の、京都府に入ってからの呼び名。下流は淀川となる。○をとめらに—枕詞。○わぎもこに—枕詞。○相海の海—近江の海。琵琶湖。

三三九 ○もち—鳥などを捕えるためのとりもちのこと。○いかるが—斑鳩。雀科では最大の鳥。腹は灰色で、頭・翼・尾は黒。鳴き声が美しい。○ひめ—シメのこと。体型はイカルガに似ている。秋期に多数飛来し春北方に帰る。

三四〇 ○泉の河—京都府相楽郡にある木津川のことか。○ちはやぶる—枕詞。○ささなみ—琵琶湖南西部一帯の地。○志賀の唐崎—滋賀県大津市下阪本町にある唐崎神社の周辺。○ささなみの　志賀の唐崎—序詞。○剣大刀…伊香具山—序詞。○伊香具山—滋賀県伊香郡木之本町大音あたりの山。

三三六 そらみつ　大和《やまと》の国　あをによし　奈良山越えて　山背《やましろ》の　管木《つつき》の原
ちはやぶる　宇治の渡り　滝屋《たきつや》の　阿後尼《あごね》の原を　千年《ちとせ》に　欠くること
なく　万代に　あり通はむと　山科《やましな》の　石田《いはた》の社《もり》の　皇神《すめかみ》に　幣《ぬさ》取り向
けて　我は越え徃く　相坂山《あふさかやま》を

或本の歌に曰く

三三七 あをによし　平山《なら》過ぎて　もののふの　宇治川渡り　未通女《をとめ》らに　相坂
山に　手向《たむけ》くさ　幣《ぬさ》取り置きて　わぎもこに　相海《あふみ》の海の　沖つ浪　来
寄る浜辺を　くれくれと　独《ひとり》そ我が来る　妹《いも》が目を欲《ほ》り

反歌

三三八 相坂を　うち出でて見れば　淡海《あふみ》の海　白木綿花《しらゆふはな》に　浪立ち渡る

右の三首

三三九 近江の海　泊《と》まり八十《やそ》あり　八十島の　島の崎々　あり立てる　花橘を
末枝《ほつえ》に　もち引き掛け　中つ枝に　いかるが掛け　下枝《しづえ》に　ひめを掛け
汝《な》が母を　取らくを知らに　汝が父を　取らくを知らに　いそばひ居《を》る
よ　いかるがとひめと

右の一首

三四〇 大君の　命恐《みことかしこ》み　見れど飽かぬ　奈良山越えて　真木《まき》積む　泉《いづみ》の河の
速き瀬を　棹《さを》さし渡り　ちはやぶる　宇治の渡りの　激《たき》つ瀬を　見つつ
渡りて　近江道《あふみぢ》の　相坂山に　手向《たむけ》して　我が越え徃《ゆ》けば　ささなみの

志賀《しが》の唐崎《からさき》　幸くあらば　またかへり見む　道の隈《くま》　八十《やそ》隈ごとに　嘆きつつ　我が過ぎ往《ゆ》けば　いや遠に　里離《さか》り来《き》ぬ　いや高に　山も越え来ぬ　剣大刀《つるぎたち》　鞘《さや》ゆ抜き出でて　伊香具山《いかごやま》　いかにか我がせむ　往《ゆ》くへ知らずて

反歌

三二四一　天地《あめつち》を　嘆き乞ひ禱《の》み　幸《さき》くあらば　またかへり見む　志賀の唐崎

右の二首、ただし、この短歌は、或書に云ふ、[1]穂積朝臣老《ほづみのあそみおゆ》の佐《さ》渡《ど》に配《なが》されし時に作れる歌と。

三二四二　ももきね　美濃《みの》の国の　高北《たかきた》の　くくりの宮に　日向《ひむ》かひに　行靡闕矣　ありと聞きて　我が行く道の　奥礒山《おきそやま》　美濃の山　なびけと　人は踏めども　かく寄れと　人は突けども　意《こころ》なき山の　奥十山　美濃の山

右の一首

三二四三　處女《をとめ》らが　麻笥《をけ》に垂れたる　うみをなす　長門《ながと》の浦に　朝なぎに　満ち来る潮の　夕なぎに　寄せ来る波の　その潮の　いやますますに　その浪の　いやしくしくに　我妹子《わぎもこ》に　恋ひつつ来れば　阿胡《あご》の海の　荒《あり》磯《そ》の上に　浜菜摘む　海部《あま》処女らが　うながせる　領巾《ひれ》も照るがに　手に巻ける　玉もゆららに　しろたへの　袖振る見えつ　相思ふらしも

反歌

三二四四　阿胡の海の　荒磯の上の　さざれ浪　我が恋ふらくは　止《や》む時もなし

1→3・二八八。

三二四二　〇ももきね—枕詞。〇美濃の国—岐阜県の南部の地。〇高北—未詳。〇くくりの宮—岐阜県可児郡可児町久々利にあった宮か。〇行靡闕矣—定訓を得ない。〇奥十山—所在未詳。

三二四三　〇処女らが…うみをなす—序詞。〇長門の浦—所在未詳。広島県安芸郡倉橋町・桂浜のことか。〇朝なぎに…いやしくしくに—序詞。〇阿胡の海—所在未詳。〇しろたへの—枕詞。

三二四四　〇第一・二・三句—序詞。

右の二首

三二四五 天橋《あまはし》も　長くもがも　高山も　高くもがも　月夜見《つくよみ》の　持てるをち水
い取り来て　君に奉《まつ》りて　をち得てしかも

反歌

三二四六 天《あめ》なるや　月日のごとく　我が思へる　君が日に異《け》に　老ゆらく惜しも

右の二首

三二四七 沼名河《ぬなかは》の　底なる玉　求めて　得し玉かも　拾《ひり》ひて　得し玉かも　あた
らしき　君が　老ゆらく惜しも

右の一首

相聞

三二四八 しきしまの　大和の国に　人さはに　満ちてあれども　ふぢなみの　思
ひもとほり　わかくさの　思ひつきにし　君が目に　恋ひや明かさむ
長きこの夜を

反歌

三二四九 しきしまの　大和の国に　人ふたり　ありとし念はば　何か嘆かむ

右の二首

三二五〇 あきづしま　大和の国は　神《かむ》からと　言挙《ことあ》げせぬ国　然《しか》れども　我は言
挙げす　天地《あめつち》の　神もはなはだ　我が念ふ　心知らずや　ゆくかげの

三二四五 ○月夜見→4・六七〇。○をち水―若返りの水。

三二四七 ○沼名川―所在未詳。玉の川を意味する普通名詞とする説もある。

三二四八 ○しきしまの―枕詞。○ふぢなみの―枕詞。○わかくさの―枕詞。

三二四九 ○しきしまの―枕詞。

三二五〇 ○あきづしま―枕詞。○言挙げせぬ国―言葉に出して言い立てない国。○ゆくかげの―枕詞。○たまかぎる―枕詞。○まそかがみ―枕詞。

月も経《へ》行《ゆ》けば　たまかぎる　日も重なりて　念へかも　胸安からぬ　恋
ふれかも　心の痛き　末つひに　君に逢はずは　我が命の　生けらむ極
み　恋ひつつも　我は渡らむ　まそかがみ　正目《ただめ》に君を　相見てばこそ
我が恋止《や》まめ

反歌

三二五一　おほぶねの　思ひ頼める　君故に　尽くす心は　惜しけくもなし

三二五二　ひさかたの　王都《みやこ》を置きて　くさまくら　旅往く君を　何時《いつ》とか待たむ

1柿本朝臣人麻呂《かきのもとのあそみひとまろ》の歌集の歌に曰く

三二五三　葦原《あしはら》の　水穂《みづほ》の国は　神《かむ》ながら　言挙《ことあ》げせぬ国　然《しか》れども　言挙げぞ我
がする　言幸《ことさき》く　ま幸くませと　つつみなく　幸くいまさば　ありそ浪
ありても見むと　百重波《ももへなみ》　千重浪《ちへなみ》しきに　言挙げす我は　言挙げす我
は

反歌

三二五四　しきしまの　大和の国は　言霊《ことだま》の　助くる国ぞ　ま幸くありこそ

右の五首

三二五五　古《いにしへ》ゆ　言ひ継《つ》ぎけらく　恋すれば　苦しきものと　たまのをの　継ぎて
は言へど　處女《をとめ》らが　心を知らに　そを知らむ　よしのなければ　なつ
そびく　命かたまけ　かりこもの　心もしのに　人知れず　もとなそ恋
ふる　息の緒にして

三二五一　〇おほぶねの―枕詞。

三二五二　〇ひさかたの―枕詞。〇くさまくら―枕詞。

1→7・一〇六八。

三二五三　〇葦原の水穂の国→13・三二二七。〇ありそなみ―枕詞。

三二五四　〇しきしまの―枕詞。

三二五五　〇たまのをの―枕詞。〇なつそびく―枕詞。〇かりこもの―枕詞。

反歌

三二五六　しくしくに　思はず人は　あるらめど　しましくも我は　忘らえぬかも

三二五七　直《ただ》に来ず　こゆ巨勢道《こせぢ》から　石橋《いははし》踏み　なづみぞ我が来し　恋ひてすべなみ

或本には、この歌一首を以て「紀《き》[1]伊の国の　浜に寄るといふ　あはび玉　拾《ひり》ひにと言ひて　往きし君　いつ来まさむ」の歌の反歌と為す。詳《つばひ》らかには下に見ゆ。ただし、古本[2]によりてまた重ねてここに載す。

右の三首

三二五八　あらたまの　年は来去《きゆ》きて　たまづさの　使ひの来《こ》ねば　霞立つ　長き春日を　天地《あめつち》に　思ひ足《た》らはし　たらちねの　母が飼ふ蚕《こ》の　眉隠《まよごも》り　息づき渡り　我が恋ふる　心の中《うち》を　人に言ふ　ものにしあらねば　まつがねの　待つこと遠み　あまづたふ　日の暮れぬれば　しろたへの　我が衣手《ころもで》も　通りて濡れぬ

反歌

三二五九　かくのみし　相思はざらば　あまくもの　よそにぞ君は　あるべくありける

右の二首

三二六〇　小治田《をはりだ》の　年魚道《あゆぢ》の水を　間《ま》なくそ　人は汲《く》むといふ　時じくそ　人は

三二五七　○巨勢道—奈良県御所（ごせ）市にある、大和と紀伊とを結ぶ道。○直に来ず　こゆ—序詞。

1—和歌山県と三重県の南・北牟婁郡の地。

2—『萬葉集』編纂の際の一資料。詳細は不明。

三二五八　○あらたまの—枕詞。○たまづさの—枕詞。○たらちねの…繭隠り—序詞。○まつがねの—枕詞。○あまづたふ—枕詞。○しろたへの—枕詞。

三二五九　○あまくもの—枕詞。

三二六〇　○小治田の年魚道—所在未詳。

飲むといふ　汲む人の　間なきがごとく　飲む人の　時じきがごと　我妹子に　我が恋ふらくは　止《や》む時もなし

反歌

三二六一　思ひ遣る　すべのたづきも　今はなし　君に逢はずて　年の経《へ》ぬれば

今案《かむが》ふるにこの反歌は「君に逢はず」と謂《い》へれば理に合はず。宜しく「妹に逢はず」と言ふべし。

或本の反歌に曰く

三二六二　みづかきの　久しき時ゆ　恋すれば　我が帯緩《ゆる》ふ　朝夕《あさよひ》ごとに

右の三首

三二六三　こもりくの　泊瀬《はつせ》の河の　上《かみ》つ瀬に　い杭《くひ》を打ち　下《しも》つ瀬に　ま杭を打ち　い杭には　鏡を掛け　ま杭には　ま玉を掛け　ま玉なす　我が念ふ妹《いも》も　かがみなす　我が念ふ妹も　ありと言はばこそ　国にも　家にも行かめ　誰《た》が故か行かむ

古事記に検《ただ》すに、曰く、件《くだ》りの歌は[1]木梨軽太子《きなしのかるのひつぎのみこ》の自ら死にし時に作る所なりと。

反歌

三二六四　年渡る　までにも人は　ありといふを　何時《いつ》の間にそも　我が恋ひにける

或書の反歌に曰く

三二六二　〇みづかきの—枕詞。

三二六三　〇こもりくの—枕詞。〇こもりくの…ま玉の掛け—序詞。〇かがみなす—枕詞。

1—允恭天皇の皇太子。母は忍坂大中姫命。

三二六五 世間《よのなか》を 憂《う》しと思ひて 家出せし 我や何にか かへりてならむ

右の三首

三二六六 春されば 花咲きををり 秋づけば 丹《に》の穂にもみつ うまさけを 神《かむ》奈備山《なびやま》の 帯にせる 明日香《あすか》の河の 速き瀬に 生《お》ふる玉藻の うちなびき 情《こころ》は寄りて あさつゆの 消《け》なば消ぬべく 恋ひしくも 著《しる》くも 逢へる 隠《こも》り妻かも

反歌

三二六七 明日香河 瀬々《せぜ》の玉藻の うちなびき 情《こころ》は妹《いも》に 寄りにけるかも

右の二首

三二六八 三諸《みもろ》の 神奈備山《かむなびやま》ゆ との曇り 雨は降り来ぬ 雨霧《あまぎ》らひ 風さへ吹きぬ おほくちの 真神《まかみ》の原ゆ 思ひつつ 還りにし人 家に至りきや

反歌

三二六九 還りにし 人を念ふと ぬばたまの その夜は我も 眠《い》も寝かねてき

右の二首

三二七〇 さし焼かむ 小屋《をや》の醜屋《しこや》に かき棄《う》てむ 破《や》れ薦《こも》を敷きて 打ち折らむ 醜《しこ》の醜手《しこて》を さし交《か》へて 寝らむ君故 あかねさす 昼はしみらに ぬばたまの 夜はすがらに この床《とこ》の ひしと鳴るまで 嘆きつるかも

反歌

三二七一 我が情《こころ》 焼くも我なり はしきやし 君に恋ふるも 我が心から

三二六六 〇春されば…生ふる玉藻の—序詞。〇うまさけを—枕詞。〇あさつゆの—枕詞。

三二六七 〇第一・二句—序詞。

三二六八 〇おほくちの—枕詞。

三二六九 〇ぬばたまの—枕詞。

三二七〇 〇醜屋—粗末な建物。〇あかねさす—枕詞。〇昼はしみらに—終日。〇ぬばたまの—枕詞。

右の二首

三二七二 うちはへて 思ひし小野は 遠からぬ その里人の 標《しめ》結ふと 聞きてし日より 立てらくの たづきも知らに 居らくの 奥かも知らに にきびにし 我が家すらを くさまくら 旅寝のごとく 思ふ空 苦しきものを 嘆く空 過ぐし得ぬものを あまくもの ゆくらゆくらに あしかきの 思ひ乱れて 乱れ麻《を》の 麻笥《をけ》をなみと 我が恋ふる 千重の一重も 人知れず もとなや恋ひむ 息の緒にして

反歌

三二七三 二つなき 恋をしすれば 常の帯を 三重結ぶべく 我が身はなりぬ

右の二首

三二七四 せむすべの たづきを知らに 石《いは》が根の こごしき道を 石床《いはとこ》の 根延《ねば》へる門《かど》を 朝《あした》には 出で居て嘆き 夕《ゆふべ》には 入り居て偲《しの》ひ しろたへの 我が衣手《ころもで》を 折り返し 独《ひとり》し寝れば ぬばたまの 黒髪敷きて 人の寝る 味眠《うまい》は寝ずて おほぶねの ゆくらゆくらに 思ひつつ 我が寝《ぬ》る夜らを 数《よ》みも敢へむかも

反歌

三二七五 一人寝る 夜を数へむと 思へども 恋の繁きに 情《こころ》どもなし

右の二首

三二七六 ももたらず 山田の道を なみくもの 愛《うつく》し妻と 語らはず 別れし来

三二七二 ○思ひし小野—恋しい女性をたとえた。○くさまくら—枕詞。○あまくもの—枕詞。○あしかきの—枕詞。

三二七四 ○こごしき道—険しい道の意。○しろたへの—枕詞。○ぬばたまの—枕詞。○味眠—気持の良い眠り。男女の共寝に限って用いられる表現。○おほぶねの—枕詞。

三二七六 ○ももたらず—枕詞。○山田の道—明日香から伊勢方面に出る道。山田は奈良県桜井市

れば　はやかはの　往《ゆ》きも知らず　ころもでの　かへりも知らず　うまじもの　立ちてつまづき　せむすべの　たづきを知らに　もののふの　八十《やそ》の心を　天地《あめつち》に　念ひ足《た》らはし　魂《たま》合はば　君来ますやと　我が嘆く　八尺《やさか》の嘆き　たまほこの　道来る人の　立ち留《と》まり　何かと問はば　答へ遣《や》る　たづきを知らに　さにつらふ　君が名言はば　色に出でて　人知りぬべみ　あしひきの　山より出づる　月待つと　人には言ひて　君待つ我を

反歌

三二七七 眠《い》も寝ずに　我が思ふ君は　いづく辺《へ》に　今夜《こよひ》誰とか　待てど来まさぬ

右の二首

三二七八 赤駒を　厩《うまや》に立て　黒駒を　厩に立てて　そを飼ひ　我が往くごとく　思ひ妻　心に乗りて　高山の　峰のたをりに　射目《いめ》立てて　しし待つごとく　床《とこ》敷《し》きて　我が待つ君を　いぬな吠えそね

反歌

三二七九 葦垣の　末かき別けて　君越ゆと　人にな告げそ　言《こと》はたな知れ

右の二首

三二八〇 我が背子は　待てど来まさず　天の原　振り放《さ》け見れば　ぬばたまの　夜もふけにけり　さ夜ふけて　荒風《あらし》の吹けば　立ち待てる　我が衣手《ころもで》に　降る雪は　凍《こほ》り渡りぬ　今更に　君来まさめや　さなかづら　後も逢は

にある地名。○なみくもの―枕詞。○はやかはの―枕詞。○ころもでの―枕詞。○うまじもの―枕詞。○もののふの―枕詞。○八十の心―あれこれと乱れる心。○たまほこの―枕詞。○あしひきの―枕詞。

三二七八 ○射目―射手が身を潜めて獲物を狙う設備のこと。

三二八〇 ○ぬばたまの―枕詞。○さなかづら―枕詞。

むと　慰むる　心を持ちて　ま袖もち　床《とこ》打ち払ひ　現《うつつ》には　君には逢はず　夢《いめ》にだに　逢ふと見えこそ　天《あめ》の足夜《たりよ》を

或本の歌に曰く

三二八一　我が背子は　待てど来まさず　かりが音《ね》も　とよみて寒し　ぬばたまの　夜もふけにけり　さ夜ふくと　あらしの吹けば　立ち待つに　我が衣手に　置く霜も　氷《ひ》にさえ渡り　降る雪も　凍り渡りぬ　今更に　君来まさめや　さなかづら　後も逢はむと　おほぶねの　思ひ頼めど　現には　君には逢はず　夢にだに　逢ふと見えこそ　天の足夜に

反歌

三二八二　衣手に　山下《あらし》の吹きて　寒き夜を　君来まさずは　独《ひとり》かも寝む

三二八三　今更に　恋ふとも君に　逢はめやも　寝《ぬ》る夜をおちず　夢《いめ》に見えこそ

右の四首

三二八四　すがのねの　ねもころごろに　我が念へる　妹《いも》によりては　言《こと》の忌《い》みもなくありこそと　斎瓮《いはひへ》を　斎《いは》ひ掘りすゑ　竹《たか》玉を　間《ま》なく貫《ぬ》き垂れ　天《あめ》地《つち》の　神をそ我が祈《の》む　いたもすべなみ

今案《かむが》ふるに、「妹によりては」と言ふべからず。まさに「君により」と謂《い》ふべし。なにそとならば、すなはち反歌に「君がままに」と云へればなり。

反歌

三二八一　○ぬばたまの—枕詞。○さなかづら—枕詞。○おほぶねの—枕詞。

三二八四　○すがのねの—枕詞。○斎瓮—神に供える酒を入れる神聖な器。○たか玉—細い竹を輪切りにして紐に通した玉のことで、神事に用いる。

三二八五 〇たらちねの—枕詞。

三二八六 〇たまだすき—枕詞。〇倭文幣—神にいのる時に供える日本古来の文（あや）織の布のこと。

三二八八 〇おほぶねの—枕詞。〇さなかづら—枕詞。〇ゆふだすき—神事の際に用いる木綿（ゆふ）で作ったたすき。

三二八九 〇みはかしを—枕詞。〇剣の池—奈良県橿原市石川町にある人造池。〇みはかしを…溜まれる水の—序詞。〇我が情…池の底—序詞。〇清隅の池—所在未詳。剣の池とする説もある。

三二九一 〇み吉野の…やますがの根の—序詞。〇ひなざかる—枕詞。〇あまざかる—枕詞。〇むらとりの—枕詞。〇あしひきの—枕詞。〇はふつたの—枕詞。

三二八五 たらちねの　母にも言はず　包《つつ》めりし　心はよしゑ　君がまにまに

或本の歌に曰く

三二八六 たまだすき　かけぬ時なく　我が思へる　君によりては　倭文幣《しつぬさ》を　手に取り持ちて　竹玉《たかたま》を　しじに貫き垂れ　天地の　神をそ我が祈《の》む　いたもすべなみ

反歌

三二八七 天地の　神を祈りて　我が恋ふる　君い必ず　逢はざらめやも

或本の歌に曰く

三二八八 おほぶねの　思ひ頼みて　さなかづら　いや遠長く　我が念へる　君によりては　言《こと》の故も　なくありこそと　ゆふだすき　肩に取り掛け　斎《いはひ》瓮《へ》を　斎《いは》ひ掘りする　天地《あめつち》の　神にそ我が祈《の》む　いたもすべなみ

右の五首

三二八九 みはかしを　剣《つるぎ》の池の　蓮葉《はちすは》に　溜《た》まれる水の　往くへなみ　我がする時に　逢ふべしと　逢ひたる君を　な寝《い》ねそと　母聞こせども　我が情《こころ》　清隅《きよすみ》の池の　池の底　我は忘れじ　直《ただ》に逢ふまでに

反歌

三二九〇 古《いにしへ》の　神の時より　逢ひけらし　今の心も　常《つね》忘らえず

右の二首

三二九一 み芳野の　真木《まき》立つ山に　青く生《お》ふる　山菅《やますが》の根の　ねもころに我が

念ふ君は　大君の　遣《ま》けのまにまに　或本に云ふ「大君の　命恐《みことかしこ》み」ひなざかる
国治めにと　或本に云ふ「あまざかる　鄙治めにと」　むらとりの　朝立ち行《い》な
ば　後《おく》れたる　我《われ》か恋ひむな　旅なれば　君か偲《しの》はむ　言はむすべ　せ
むすべ知らず　或書に「あしひきの　山の木末《こぬれ》に」の句あり　はふつたの行きの
或本には「行きの」の句なし　別れのあまた　惜しきものかも

反歌

三二九二　うつせみの　命を長く　ありこそと　留《と》まれる我は　斎《いは》ひて待たむ

右の二首

三二九三　み吉野の　御金《みかね》の岳《たけ》に　間《ま》なくぞ　雨は降るといふ　時じくぞ　雪は降
るといふ　その雨の　間なきがごとく　その雪の　時じきがごと　間も
おちず　我はそ恋ふる　妹がただかに

反歌

三二九四　み雪降る　吉野の岳に　居る雲の　よそに見し子に　恋ひ渡るかも

右の二首

三二九五　うちひさつ　三宅《みやけ》の原ゆ　ひた土に　足踏《ふ》み貫《ぬ》き　夏草を　腰になづみ
いかなるや　人の子故そ　通はすも我子《あご》　うべなうべな　母は知らじ
うべなうべな　父は知らじ　みなのわた　か黒き髪に　まゆふもち　あ
ざさ結《ゆ》ひ垂《た》れ　大和の　つげの小櫛《をぐし》を　抑《おさ》へ刺《さ》す　うらぐはし子　それ

三二九二　○うつせみの—枕詞。

三二九三　○御金の岳—奈良県吉野郡吉野町吉野山の南東にある金峰山。金の御岳ともいう。○ただか—その人自身を表わす。タダカのカは、香（カ）またはアリカ（在所）のカといわれる。

三二九四　○第一・二・三句—序詞。

三二九五　○うちひさつ—枕詞。○三宅の原—奈良県磯城郡三宅村のことか。○みなのわた—枕詞。○あざさ—リンドウ科の多年生水草。スイレンに似た葉を水面に浮かべ、夏から秋にかけて黄色い花をつける。○つげ—ツゲ科の常緑半喬木。樹皮は灰白色またはうす茶色。櫛や印章などの材料として使われる。

そ我が嬬《つま》

反歌

三二九六　父母に　知らせぬ子故　三宅通《みやけぢ》の　夏野の草を　なづみ来るかも

右の二首

三二九七　たまだすき　かけぬ時なく　我が念ふ　妹にし逢はねば　あかねさす
昼はしみらに　ぬばたまの　夜はすがらに　眠《い》も寝ずに　妹に恋ふるに
生《い》けるすべなし

反歌

三二九八　よしゑやし　死なむよ我妹　生けりとも　かくのみこそ我が　恋ひ渡り
なめ

右の二首

三二九九　見渡しに　妹らは立たし　この方に　我は立ちて　思ふ空　安けなくに
嘆く空　安けなくに　さ丹《に》塗りの　小舟もがも　玉巻きの　小梶《をかぢ》もがも
漕ぎ渡りつつも　語らふ妻を

或本の歌の頭句に云ふ「こもりくの　初瀬《はつせ》の川の　彼方《をちかた》に　妹らは立たし　この方に　我は立ちて」と。

右の一首

三三〇〇　おしてる　難波《なには》の崎に　引き登る　赤《あけ》のそほ舟　そほ舟に　綱取り掛け
引こづらひ　ありなみすれど　言ひづらひ　ありなみすれど　ありなみ

三二九七　○たまだすき―枕詞。○あかねさす―枕詞。○ぬばたまの―枕詞。

三二九九　○こもりくの―枕詞。

三三〇〇　○おしてる―枕詞。○赤のそほ舟―ソホは赤土のこと。赤土を船腹に塗った舟。○おしてる…赤のそほ舟―序詞。

得ずぞ　言はれにし我が身

右の一首

三三〇一　かむかぜの　伊勢の海の　朝なぎに　来寄るふかみる　夕なぎに　来寄るまたみる　ふかみるの　深めし我を　またみるの　また去《ゆ》き反《かへ》り　妻と言はじとかも　思ほせる君

右の一首

三三〇二　紀《き》伊の国の　室《むろ》の江《え》の辺《へ》に　千年《ちとせ》に　障《さは》ることなく　万代《よろづよ》に　かくしもあらむと　おほぶねの　思ひ頼みて　出立《いでたち》の　清き渚《なぎさ》に　朝なぎに　来寄るふかみる　夕なぎに　来寄るなはのり　ふかみるの　深めし子らを　なはのりの　引けば絶ゆとや　里人《さとびと》の　行きの集《つど》ひに　泣く児なす　行き取りさぐり　梓《あづさ》弓　弓腹《ゆばら》振り起こし　しのぎ羽《は》を　二つ手挾《たばさ》み放ちけむ　人し悔しも　恋ふらく思へば

右の一首

三三〇三　里人の　我に告ぐらく　汝《な》が恋ふる　愛《うつく》し妻は　黄葉《もみちは》の　散りまがひたる　神奈備《かむなび》の　この山辺から　或本に云ふ「その山辺」　ぬばたまの　黒馬《くろま》に乗りて　河の瀬を　七瀬渡りて　うらぶれて　妻は逢ひきと　人そ告げつる

反歌

三三〇四　聞かずして　黙《もだ》もあらましを　なにしかも　君がただかを　人の告げつ

三三〇一　○かむかぜの―枕詞。○みる→2・一三五。○かむかぜの…またみるの―序詞。○ふかみるの―枕詞。○またみるの―枕詞。

三三〇二　○室の江―和歌山県田辺市の田辺湾のことか。○おほぶねの―枕詞。○出立―田辺市元町の海岸を呼ぶ地名か。地名でなく門前の、の意とする説もある。○紀伊の国の…ふかみるの―序詞。○ふかみるの―枕詞。○なはのりの―枕詞。○なはのり―べにもずく科の紅色藻ウミソウメンのことか。○泣く子なす…二つ手挾み―序詞。

三三〇三　○神奈備―雷丘をさすか→3・三二四。○ぬばたまの―枕詞。

三三〇四　○黙―何もしないでいるさま。○ただか→13・三二九三。

る

右の二首

問答

三三〇五 物思はず 道行く去《ゆ》くも 青山を 振り放け見れば つつじはな にほえ未通女《をとめ》 さくらばな 栄《さか》え未通女 汝《なれ》をそも 我に寄すといふ 我をもそ 汝に寄すといふ 荒山も 人し寄すれば 寄そるとぞいふ 汝《な》が心ゆめ

反歌

三三〇六 いかにして 恋止《や》むものぞ 天地の 神を祈れど 我や思ひ増す

三三〇七 然《しか》れこそ 年の八年《やとせ》を きりかみの 吾同子《よちこ》を過ぎ たちばなの 末枝《ほつえ》を過ぎて この河の 下にも長く 汝《な》が情《こころ》待て

反歌

三三〇八 天地《あめつち》の 神をも我は 祈りてき 恋といふものは さね止《や》まずけり

柿本朝臣人麻呂《かきのもとのあそみひとまろ》の集の歌

三三〇九 物念はず 道行く去《ゆ》くも 青山を 振り放《さ》け見れば つつじはな にほえ越売《をとめ》 さくらばな 栄えをとめ 汝《なれ》をぞも 我に寄すといふ 我をぞも 汝に寄すといふ 汝《な》はいかに思ふ 思へこそ 年の八年を きりかみの 吾同子《よちこ》を過ぎ たちばなの 末枝《ほつえ》をすぐり この川の 下にも長く 汝《な》

三三〇五 〇つつじはな—枕詞。〇さくらばな—枕詞。

三三〇七 〇きりかみの—枕詞。

三三〇九 〇つつじはな—枕詞。〇さくらばな—枕詞。〇きりかみの—枕詞。

が心待て

右の五首

三三一〇　こもりくの　泊瀬《はつせ》の国に　さよばひに　我が来れば　たな曇り　雪は降り来《く》　さ曇り　雨は降り来　のつとり　きぎしはとよむ　いへつとり　かけも鳴く　さ夜は明け　この夜は明けぬ　入りてかつ寝む　この戸開かせ

反歌

三三一一　こもりくの　泊瀬小国《はつせをぐに》に　妻しあれば　石は踏めども　なほし来にけり

三三一二　こもりくの　初瀬小国に　よばひせす　我が天皇《すめろき》よ　奥床《おくとこ》に　母は寝《い》ねたり　外床《とどこ》に　父は寝ねたり　起き立たば　母知りぬべし　出でて行かば　父知りぬべし　ぬばたまの　夜は明け去《ゆ》きぬ　ここだくも　思ふごとならぬ　隠《こも》り嬬《づま》かも

反歌

三三一三　川の瀬の　石踏み渡り　ぬばたまの　黒馬《くろま》の来る夜は　常にあらぬかも

右の四首

三三一四　つぎねふ　山背道《やましろぢ》を　他夫《ひとづま》の　うまより行くに　己夫《おのづま》し　徒歩《かち》より行けば　見るごとに　哭《ね》のみし泣かゆ　そこ思ふに　心し痛し　たらちねの　母が形見《かたみ》と　我が持てる　まそみ鏡に　あきづ領巾《ひれ》　負《お》ひ並《な》め持ちて　うま替《か》へ我が背《せ》

三三一〇　○こもりくの―枕詞。○初瀬―奈良県桜井市初瀬。○のつとり―枕詞。○きぎし―キジの古名。本州以南の山間部に多い。○いへつとり―枕詞。○かけ―ニワトリのこと。

三三一一　○こもりくの―枕詞。

三三一二　○こもりくの―枕詞。○ぬばたまの―枕詞。

三三一三　○ぬばたまの―枕詞。○くろま―黒馬。

三三一四　○つぎねふ―枕詞。○たらちねの―枕詞。○あきづ領巾―アキヅはとんぼの古名。とんぼの羽のように薄く透きとおった細長い布。

反歌

三二五 泉川《いづみがは》 渡り瀬深み 我が背子が 旅行き衣 濡れひたむかも

或本の反歌に曰く

三二六 まそ鏡 持てれど我は 験《しるし》なし 君が徒歩《かち》より なづみ去く見れば

三二七 うま替《か》はば 妹《いも》徒歩ならむ よしゑやし 石は踏むとも 我はふたり行かむ

右の四首

三二八 紀伊《き》の国の 浜に寄るといふ 鰒玉《あはびたま》 拾《ひり》はむと言ひて 妹《いも》の山 背《せ》の山越えて 行きし君 何時《いつ》来まさむと たまほこの 道に出で立ち 夕占《ゆふうら》を 我が問ひしかば 夕占の 我に告《の》らく 我妹子《わぎもこ》や 汝《な》が待つ君は 沖つ浪 来寄る白玉 辺《へ》つ浪の 寄する白玉 求むとそ 君が来まさぬ 拾《ひり》ふとそ 君は来まさぬ 久ならば いま七日ばかり 早からば いま二日ばかり あらむとそ 君は聞こしし な恋ひそ我妹

反歌

三二九 杖《つゑ》つきも つかずも我は 行かめども 君が来まさむ 道の知らなく

三三〇 直《ただ》に往かず こゆ巨勢道《こせぢ》から 石瀬《いはせ》踏み 求めそ我が来し 恋ひてすべなみ

三三一 さ夜ふけて 今は明けぬと 戸を開《あ》けて 紀伊《き》へ行く君を 何時《いつ》とか待たむ

三二五 ○泉川→13・三二四〇。

三二六 ○験なし—その効果がない。○なづみ—困難のため悩んで。

三二七 ○よしゑやし—たとい。

三二八 ○あはび玉—あわびにできる真珠。○妹の山・背の山—両山は和歌山県伊都郡かつらぎ町にあり、紀の川をはさんで相対している。○たまほこの—枕詞。○夕占—夕方の辻に立ち、人のことばを聞き吉凶を判断する。○な恋ひそ我妹—そんなに恋しがるな我妹よ、の意。

三三〇 ○直に行かず こゆ—序詞。

三三一 ○紀伊—国名。和歌山県と三重県の南・北牟婁の地。

三三二 門《かど》に居《ゐ》し　郎子宇智《いらつこうち》に　至るとも　いたくし恋ひば　今帰り来む

右の五首

譬喩歌

三三三 しなたつ　筑摩狭野方《つくまさのかた》　息長《おきなが》の　遠智《をち》の小菅《こすげ》　編《あ》まなくに　い刈り持ち来　敷かなくに　い刈り持ち来て　置きて　我を偲《しの》はす　息長の　遠智の小菅《こすげ》

右の一首

挽歌

三三四 かけまくも　あやに恐《かしこ》し　藤原の　都しみみに　人はしも　満ちてあれども　君はしも　多くいませど　往き向かふ　年の緒長く　仕へ来し君が御門《みかど》を　天《あめ》のごと　仰ぎて見つつ　畏《かしこ》けど　思ひ頼みて　いつしかも　日足《ひた》らしまして　もちづきの　たたはしけむと　我が思ふ　皇子《みこ》の命《みこと》は　春されば　植槻《うゑつき》が上の　とほつひと　まつの下道《したぢ》ゆ　登らして国見遊ばし　九月《ながつき》の　しぐれの秋は　大殿の　みぎりしみみに　露負ひて　なびけるはぎを　たまだすき　かけて偲《しの》はし　み雪降る　冬の朝《あした》はさしやなぎ　根張りあづさを　大御手《おほみて》に　取らしたまひて　遊ばしし我が大君を　煙《けぶり》立つ　春の日暮らし　まそかがみ　見れど飽かねば　万《よろづ》

三三二 ○宇智—奈良県五条市の地か。地名でなく内に、の意とする説もある。

○譬喩歌—譬喩はたとえ。表現形式により分類した標題の一つで、内容的にはほとんどが相聞（恋）歌である。

三三三 ○しなたつ—枕詞。○筑摩—滋賀県坂田郡米原町西方一帯の地。○狭野方—一種の蔓植物か。アケビとする説もある。また地名かともいわれる。○息長の遠智—滋賀県坂田郡近江町にあった地名だが所在未詳。

○挽歌—死者をいたみ悲しむ歌。哀悼歌。

三三四 ○かけまくもあやに恐し—申すのもまことに恐れ多いことだけれど。○藤原の都—奈良県橿原市醍醐町・高殿町の一帯にあった都。持統・文武・元明天皇の都城。○もちづきの—枕詞。○植槻—奈良県大和郡山市の殖槻八幡宮の地か。○とほつひと—枕詞。○たまだすき—枕詞。○さしやなぎ—枕詞。○まそかがみ—枕詞。○おほぶねの—枕詞。○うちひさす—枕詞。○たへの穂の—真白な。○くもりよの—枕詞。○あさもよし—枕詞。○城上—所在未詳。奈良県北葛城郡広陵町大塚・三吉のあたりか。○つのさはふ—枕詞。○磐余—奈良県桜井市池之内から橿原市池尻にかけての一帯か。○あらたまの—枕詞。○たまだすき—枕詞。

代《よ》に　かくしもがもと　おほぶねの　頼める時に　泣く我　目かも迷《まと》へる　大殿を　振り放《さ》け見れば　白たへに　飾り奉《まつ》りて　うちひさす　宮の舎人《とねり》も　一に云ふ「は」　たへの穂の　あさ衣《ぎぬ》着《け》れば　夢《いめ》かも　現《うつつ》かもと　くもりよの　迷へる間《ほど》に　あさもよし　城上《きのへ》の道ゆ　つのさはふ　磐余《いはれ》を見つつ　神葬《かむはぶ》り　葬《はぶ》り奉《まつ》れば　往く道の　たづきを知らに　思へども　験《しるし》をなみ　嘆けども　奥かをなみ　大御袖《おほみそで》　往き触れしまつを　言問《ことと》はぬ　木にはありとも　あらたまの　立つ月ごとに　天の原　振り放《さ》け見つつ　たまだすき　かけて偲《しの》はな　恐《かしこ》くありとも

反歌

三三五　つのさはふ　磐余《いはれ》の山に　白たへに　かかれる雲は　皇子《すめらみこ》かも

右の二首

三三六　しきしまの　大和の国に　いかさまに　念ほしめせか　つれもなき　城《き》上《へ》の宮に　大殿を　仕へ奉《まつ》りて　殿隠《とのこも》り　隠りいませば　朝《あした》には　召して使ひ　夕《ゆふべ》には　召して使ひ　使はしし　舎人《とねり》の子らは　ゆくとりの　群がりて待ち　あり待てど　召したまはねば　つるぎたち　磨《と》ぎし心を　天雲《あまくも》に　念ひはぶらし　臥《こ》いまろび　ひづち泣けども　飽き足らぬかも

右の一首

三三七　ももしのの　三野王《みののおほきみ》　西の厩《うまや》　立てて飼ふ駒　東《ひむがし》の厩　立てて飼ふ駒　草こそば　取りて飼へ　水こそば　汲《く》みて飼へ　なにしかも　葦毛《あしげ》のう

三三五　○つのさはふ—枕詞。

三三六　○しきしまの—枕詞。○城上の宮—所在未詳。明日香皇女・高市皇子などの墓所→13・三三二四。○ゆくとりの—枕詞。○つるぎたち—枕詞。

三三七　○ももしのの—枕詞。○三野王—栗隈王の子。橘諸兄・牟漏女王の父。天武朝に仕え、日本書紀の編纂にも参与。和銅元年(七〇八)五月没。○葦毛—馬の毛色の名。白色に黒・濃褐色などが混じっているもの。

まの　いなき立てつる

反歌

三三二八　ころもで　葦毛のうまの　いなく声　情《こころ》あれかも　常ゆ異《け》に鳴く

右の二首

三三二九　白雲の　たなびく国の　青雲《あをくも》の　向伏《むかぶ》す国の　天雲《あまくも》の　下なる人は　我のみかも　君に恋ふらむ　我のみかも　君に恋ふれば　天地《あめつち》に　言《こと》を足《た》らはし　恋ふれかも　胸の病《や》みたる　念へかも　意《こころ》の痛き　我が恋ぞ　日に異《け》に増さる　何時《いつ》はしも　恋ひぬ時とは　あらねども　この九月《ながつき》を　我が背子《せこ》が　偲《しの》ひにせよと　千代《ちよ》にも　偲ひ渡れと　万代《よろづよ》に　語り継がへと　始めてし　この九月の　過ぎまくを　いたもすべなみ　あらたまの　月の変はれば　せむすべの　たどきを知らに　石《いは》が根の　こごしき道の　石床《いはとこ》の　根延《ねば》へる門《かど》に　朝《あした》には　出で居て嘆き　夕《ゆふべ》には　入り居恋ひつつ　ぬばたまの　黒髪敷きて　人の寝る　味眠《うまい》は寝ずに　おほぶねの　ゆくらゆくらに　思ひつつ　我が寝る夜らは　数《よ》みもあへぬかも

右の一首

三三三〇　こもりくの　初瀬《はつせ》の川の　上《かみ》つ瀬に　鵜《う》を八つ潜《かづ》け　下《しも》つ瀬に　鵜《う》を八つ潜け　上つ瀬の　あゆを食はしめ　下つ瀬の　あゆを食はしめ　くはし妹《いも》に　あゆを惜しみ　くはし妹に　あゆを惜しみ　なぐるさの　遠ざかり居て　思ふ空　安けなくに　嘆く空　安けなくに　衣《きぬ》こそば　それ

三三二八　○ころもで—枕詞。

三三二九　○向伏す国—天雲がはるかかなたに横たわっているその国。○あらたまの—枕詞。○たどき—様子。○ぬばたまの—枕詞。○味眠↓13・三二七四。○数みもあへぬかも—数えきれないことだ。

三三三〇　○こもりくの—枕詞。○う—鵜。う科の水鳥。黒くて大きい。水に潜って魚を捕える習性を利用して当時から鵜飼に用いられた。○こもりくの…あゆを食はしめ—序詞。○くはし妹に—とても美しい妹に。○なぐるさの—枕詞。

破《や》れぬれば　継ぎつつも　またも逢ふといへ　玉こそば　緒の絶えぬれば　くくりつつ　またも逢ふといへ　またも逢はぬものは　孋《つま》にしありけり

三三三一　こもりくの　初瀬《はつせ》の山　あをはたの　忍坂《おさか》の山は　走り出の　宜しき山の　出で立ちの　くはしき山ぞ　あたらしき　山の　荒れまく惜しも

三三三二　高山と　海とこそば　山ながら　かくも現《うつ》しく　海ながら　然直《しかただ》ならめ　人は花ものそ　うつせみ世人《よひと》

右の三首

三三三三　大君の　命恐《みことかしこ》み　あきづしま　大和を過ぎて　大伴の　三津《みつ》の浜辺ゆ　大舟に　ま梶しじ貫《ぬ》き　旦《あさ》なぎに　水手《かこ》の音《こゑ》しつつ　夕なぎに　梶の音《おと》しつつ　行きし君　いつ来まさむと　占《うら》置きて　斎《いは》ひ渡るに　狂言《たはこと》か　人の言ひつる　我が心　筑紫《つくし》の山の　もみちばの　散り過ぎにきと　君がただかを

反歌

三三三四　狂言《たはこと》か　人の言ひつる　たまのをの　長くと君は　言ひてしものを

右の二首

三三三五　たまほこの　道去《ゆ》き人は　あしひきの　山行き野往《ゆ》き　にはたづみ　川往き渡り　いさなとり　海路《うみぢ》に出でて　恐《かしこ》きや　神の渡りは　吹く風も　のどには吹かず　立つ浪も　おほには立たず　とゐ浪の　塞《さき》ふる道を

三三三一　○こもりくの―枕詞。○あをはたの―枕詞。○忍坂の山―奈良県桜井市忍坂の北東にある山。○あたらしき―惜しむべき。

三三三三　○あきづしま―枕詞。○大伴の三津→11・二七三七。○水手―水夫。○我が心…もみちばの―序詞。○もみちばの―枕詞。○ただか→13・三二九三。

三三三四　○たまのをの―枕詞。

三三三五　○たまほこの―枕詞。○あしひきの―枕詞。○にはたづみ―枕詞。○いさなとり―枕詞。○神の渡り―所在未詳。海路の難所を海神のいる所と考えた呼び名か。○とゐ波―うねる波。

誰《た》が心　いたはしとかも　直渡《ただわた》りけむ　直渡りけむ

三三三六　とりがねの　かしまの海に　高山を　隔《へだ》てになして　おきつもを　枕になし　ひむし羽《は》の　衣《きぬ》だに着ずに　いさなとり　海の浜辺に　うらもなく　臥《ふ》したる人は　母父《おもちち》に　愛子《まなご》にかあらむ　わかくさの　妻かありけむ　思ほしき　言伝《ことつ》てむやと　家問へば　家をも告《の》らず　名を問へど　名だにも告らず　なくこなす　言だに問はず　思へども　悲しきものは　世間《よのなか》にそある　世間にそある

反歌

三三三七　母父《おもちち》も　妻も子どもも　高々に　来むと待ちけむ　人の悲しさ

三三三八　あしひきの　山道《やまぢ》は行かむ　風吹けば　浪のささふる　海道《うみぢ》は行かじ

或本の歌

[1]備後国《きびのみちのしり》[2]の神島の浜にして[3]調使首《つきのおみのおびと》、屍《かばね》を見て作れる歌一首　并びに短歌

三三三九　たまほこの　道に出で立ち　あしひきの　野行き山行き　にはたづみ　川往き渡り　いさなとり　海路《うみぢ》に出でて　吹く風も　おほには吹かず　立つ浪も　のどには立たぬ　恐《かしこ》きや　神の渡りの　しき浪の　寄する浜辺に　高山を　隔《へだ》てに置きて　浦淵を　枕にまきて　うらもなく　臥《ふ》したる君は　母父《おもちち》が　愛子《まなご》にもあらむ　わかくさの　妻もあるらむ　家問へど　家道《いへぢ》も言はず　名を問へど　名だにも告《の》らず　誰《た》が言《こと》を　いた

三三三六　〇とりがねの―枕詞。〇かしまの海―所在未詳。原文「所聞海」をキコユル海と読み、地名とみない説もある。〇ひむし―蛾の総称。〇いさなとり―枕詞。〇わかくさの―枕詞。〇なくこなす―枕詞。

三三三七　〇高高に―人を待ち望むさまの形容。

三三三八　〇あしひきの―枕詞。

1―広島県の東部。
2―所在未詳。岡山県笠岡市の神ノ島か。
3―伝未詳。調氏は百済の努理使主の後裔。

三三三九　〇たまほこの―枕詞。〇あしひきの―枕詞。〇にはたづみ―枕詞。〇いさなとり―枕詞。〇わかくさの―枕詞。

はしとかも　とゐ浪の　恐《かしこ》き海を　直《ただ》渡りけむ

反歌

三三四〇　母父《おもちち》も　妻も子どもも　高々に　来むと待つらむ　人の悲しさ

三三四一　家人《いへびと》の　待つらむものを　つれもなき　荒磯《ありそ》をまきて　臥《ふ》せる君かも

三三四二　浦ぶちに　臥したる君を　今日今日と　来むと待つらむ　妻し悲しも

三三四三　浦浪の　来寄する浜に　つれもなく　臥《ふ》したる君が　家道《いへぢ》知らずも

右の九首

三三四四　この月は　君来まさむと　おほぶねの　思ひ頼みて　いつしかと　我が待ち居れば　もみちばの　過ぎて去《い》にきと　たまづさの　使ひの言へば　ほたるなす　ほのかに聞きて　大地《おほつち》を　炎と踏みて　立ちて居て　去《ゆ》くへも知らず　あさぎりの　思ひ迷《まと》ひて　つゐたらず　八尺《やさか》の嘆き　嘆けども　験《しるし》をなみと　いづくにか　君がまさむと　あまくもの　行きのまにまに　いゆししの　行きも死なむと　思へども　道の知らねば　独居《ひとり》て　君に恋ふるに　哭《ね》のみし泣かゆ

反歌

三三四五　葦辺《へ》往く　かりの翼を　見るごとに　君が帯《お》ばしし　投矢《なぐや》し思ほゆ

右の二首、ただし或は云ふ、この短歌は防人《さきもり》[1]の妻が作る所なりと。しからばすなはち、長歌もまたこれと同じく作りたることを知るべし。

三三四一　○つれもなき—何の縁もない。

三三四四　○おほぶねの—枕詞。○もみちばの—枕詞。○たまづさの—枕詞。○ほたるなす—枕詞。○あさぎりの—枕詞。○つゐたらず—枕詞。○験—効果。○あまくもの—枕詞。○いゆししの—枕詞。

1—筑紫・壱岐・対馬の防備のため、東国などから徴集された兵士。

三二四六 ○十羽の松原―所在未詳。○いざわ―呼びかけの間投詞。○こと放けば―（妻を）同じ遠ざけるのならば。○くさまくら―枕詞。

三二四七 ○くさまくら―枕詞。

三二四六
見欲《ほ》しきは　雲居《くもゐ》に見ゆる　うるはしき　十羽《とば》の松原　童《わらは》ども　いざわ　天《あめ》
出で見む　ことさけば　国に放《さ》けなむ　こと避《さ》けば　家に離《さ》けなむ
地《つち》の　神し恨めし　くさまくら　この旅の日《け》に　妻離くべしや

反歌

三二四七
くさまくら　この旅の日《け》に　妻放《さ》かり　家道思ふに　生けるすべなし
或本の歌に曰く「旅の日《け》にして」

右の二首

萬葉集巻第十三

萬葉集巻第十四

東《あづま》歌《うた》

三三四八　なつそびく　海上潟《うなかみがた》の　沖つ渚《す》に　舟は留《とど》めむ　さ夜ふけにけり
右の一首、[1]上総国《かみつふさのくに》の歌

三三四九　葛飾《かづしか》の　真間《まま》の浦回《うらみ》を　漕《こ》ぐ舟の　舟人騒《さわ》く　波立つらしも
右の一首、[2]下総国《しもつふさのくに》の歌

三三五〇　筑波嶺《つくはね》の　新《にひ》ぐは繭《まよ》の　衣《きぬ》はあれど　君がみ衣《けし》し　あやに着欲しも
或本の歌に曰く「たらちねの」、また云ふ「あまた着欲しも」

三三五一　筑波嶺に　雪かも降らる　否《いな》をかも　かなしき児《こ》ろが　布乾《にのほ》さるかも
右の二首、[3]常陸国《ひたちのくに》の歌

三三五二　信濃《しなの》なる　須我《すが》の荒野《あらの》に　ほととぎす　鳴く声聞けば　時過ぎにけり
右の一首、信濃国《しなののくに》の歌

相聞

三三五三　あらたまの　伎倍《きへ》の林に　汝《な》を立てて　行《ゆ》きかつましじ　寝《い》を先立《さきだ》たね

三三五四　伎倍人《きへひと》の　斑衾《まだらぶすま》に　綿《わた》さはだ　入りなましもの　妹がを床に

三三四八　○なつそびく—枕詞。○海上潟—千葉県。市原市の海辺。
1—国名。千葉県の中部。

三三四九　○葛飾—千葉県葛飾郡、市川市、松戸市・東京都葛飾区、江戸川区、埼玉県北葛飾郡などの江戸川流域の地。○真間—千葉県市川市真間町付近。
2—国名。千葉県の北部。

三三五〇　○筑波嶺—茨城県筑波郡にある筑波山。男体女体の二峰に分れ「かがひ」で知られる。○新ぐは繭—新しい春の桑葉を食べてできた繭。野蚕か。○たらちねの—枕詞。
3—国名。茨城県。

三三五二　○信濃—国名。長野県。○須我—所在未詳。

三三五三　○あらたまの—枕詞。○伎倍—未詳。

三三五四　○伎倍人—伎倍の人。○斑衾—種々の色を濃く淡く斑に染めた布で作った寝具。○第一・二・三句—序詞。

右の二首、遠江国《とほつあふみのくに》[1]の歌

三三五五 あまのはら 不自《ふじ》の柴山 木の暗《くれ》の 時移《ゆつ》りなば 逢はずかもあらむ

三三五六 不尽の嶺の いや遠長《とほなが》き 山道《やまち》をも 妹《いも》がりとへば 日《け》に及《よ》はず来《き》ぬ

三三五七 霞居《かすみゐ》る 布時の山辺《やまび》に 我《わ》が来《き》なば いづち向きてか 妹が嘆かむ

三三五八 さ寝《ぬ》らくは 玉の緒《を》ばかり 恋ふらくは 布自の高嶺《たかね》の 鳴沢《なるさは》の如《ごと》

或本の歌に曰く「まかなしみ 寝らくはしけらく さ鳴らくは 伊豆の高嶺の 鳴沢なすよ」

一本の歌に曰く「逢へらくは 玉の緒しけや 恋ふらくは 富士の高嶺に 降る雪なすも」

右の五首、駿河国《するがのくに》の歌

三三五九 駿河《するが》の海 磯辺《おしへ》に生《お》ふる はまつづら 汝《いまし》を頼み 母に違《たが》ひぬ 一に云ふ「親に違ひぬ」

三三六〇 伊豆《いづ》の海に 立つ白波の ありつつも 継ぎなむものを 乱れしめめや

或本の歌に曰く「白雲の 絶えつつも 継がむと思《も》へや 乱れそめけむ」

右の一首、伊豆国《いづのくに》の歌

三三六一 足柄《あしがら》の 彼面此面《をてもこのも》に さす罠《わな》の かなる間しづみ 児ろ我紐《あれひも》解く

三三六二 相模嶺《さがむね》の 小峰《をみね》見隠《かく》し 忘れ来る 妹《いも》が名呼びて 我《あ》を哭《ね》し泣くな

或本の歌に曰く「武蔵嶺の 小峰見隠し 忘れ行く 君が名か

1―国名。静岡の西部大井川以西。

三三五五 ○あまのはら―枕詞。○富士のしば山―富士山麓の樹林地帯。○第一・二句―序詞。

三三五八 伊豆の高嶺―未詳。天城山、富士山、日金山などの説がある。

三三五九 ○駿河―国名。静岡県の大井川以東で、伊豆半島を除く地。○第一・二・三句―序詞。○はまつづら―海岸の砂地に多い落葉灌木。ハマゴウ・ハマハヒとも。

三三六〇 ○伊豆―国名。静岡県の伊豆半島の地。○第一・二句―序詞。

三三六一 ○足柄―神奈川県南足柄市、足柄上郡、下郡の地。○第一・二・三句―序詞。

三三六二 ○相模嶺―相模は国名。神奈川県。相模嶺は伊勢原市、秦野市、厚木市にまたがる大山か。多摩の横山かとも。○武蔵嶺―武蔵は国名。東京都、埼玉県および神奈川県の一部。武蔵嶺は不明。秩父の山々か。

けて　我《あ》を哭し泣くる」

三三六三　我《わ》が背子を　大和《やまと》へ遣《や》りて　まつしだす　足柄山《あしがら》の　すぎの木《こ》の間か

三三六四　足柄《あしがら》の　箱根《はこね》の山に　あは蒔《ま》きて　実とはなれるを　逢はなくもあやし
或本の歌の末句に曰く「延《は》ふくずの　引かば寄り来ね　したなほなほに」

三三六五　鎌倉《かまくら》の　美胡之《みごし》の崎《さき》の　岩崩《いはくえ》の　君が悔ゆべき　心は持たじ

三三六六　まかなしみ　さ寝に我《わ》は行く　鎌倉の　美奈能瀬河《みなのせがは》に　潮《しほ》満つなむか

三三六七　ももつしま　足柄小舟《をぶね》　歩き多み　目こそ離《か》るらめ　心は思《も》へど

三三六八　足柄《あしがり》の　刀比《とひ》の河内《かふち》に　出づる湯の　世にもたよらに　児ろが言はなくに

三三六九　足柄《あしがり》の　真間の小菅《こすげ》の　菅《すが》枕　あぜかまかさむ　児ろせ手枕《たまくら》

三三七〇　足柄《あしがり》の　箱根《はこね》の嶺《ね》ろの　にこぐさの　花つ妻なれや　紐解かず寝む

三三七一　足柄《あしがら》の　み坂恐《かしこ》み　くもりよの　我《あ》が下延《したばへ》を　言出《こちで》つるかも

三三七二　相模道《さがむち》の　余呂伎《よろぎ》の浜の　ま砂《なご》なす　児らはかなしく　思はるるかも
右の十二首、相模国《さがむのくに》の歌

三三七三　多摩川《たまがは》に　晒《さら》す手作り　さらさらに　何そこの児の　ここだかなしき

三三七四　武蔵野《むざしの》に　占部《うらへ》肩焼き　まさでにも　告《の》らぬ君が名　占《うら》に出にけり

三三七五　武蔵野の　小岫《をぐき》がきぎし　立ち別れ　去《い》にし宵《よひ》より　背《せ》ろに逢はなふよ

三三七六　恋しけば　袖も振らむを　武蔵野の　うけらが花の　色に出《づ》なゆめ
或本の歌に曰く「いかにして　恋ひばか妹に　武蔵野の　うけ

三三六三 ○大和—中央諸官庁のある大和国。○足柄山—足柄、箱根山群の総称。
三三六四 ○箱根の山—神奈川県足柄下郡箱根町の箱根山。○あは—いね科の一年草。古来五穀の一つとされ、種子を食用とする。○くず—まめ科の多年生つる草。山野に繁茂の、つるからは葛布の繊維を取り、根からは葛粉を取る。
三三六五 ○鎌倉—神奈川県鎌倉市。○美胡之の崎—鎌倉市の稲村が崎か。○第一・二・三句—序詞。
三三六六 ○美奈能瀬河—神奈川県鎌倉市深沢に発し長谷を通って由比が浜に注ぐ稲瀬川。
三三六七 ○ももつしま—枕詞。
三三六八 ○刀比—神奈川県足柄下郡湯河原町・真鶴町一帯の地。○第一・二・三句—序詞。
三三六九 ○真間—崖や堤などの崩れた所、急傾斜地・草の生えた畦畔。地形名から発展した地名か。
三三七〇 ○にこぐさ→11・二七六二。○第一・二・三句—序詞。
三三七一 ○くもりよの—枕詞。○第一・二・三句—序詞。
三三七二 ○余呂伎の浜—神奈川県小田原市国府津から東の中郡大磯町にかけての海浜。○第一・二・三句—序詞。
三三七三 ○多摩川—西多摩郡の山中に発し、東流して、東京湾に注ぐ。○第一・二句—序詞。
三三七四 ○武蔵野—多摩川流域にかけての野。○肩焼き—鹿の肩骨を焼き占をした。
三三七五 ○第一・二句—序詞。
三三七六 ○うけら—キク科の多年生草本。山野に自生し、秋に白または紅の花が開く。根は薬用。○第三・四句—序詞。或本の歌も同じ。

らが花の　色に出《で》ずあらむ」

三三七七 武蔵野の　草は諸向《もろむ》き　かもかくも　君がまにまに　我《あ》は寄りにしを

三三七八 入間道《いりまぢ》の　於保屋《おほや》が原《はら》の　いはゐつら　引かばぬるぬる　我《わ》にな絶えそね

三三七九 我《わ》が背子《せこ》を　あどかも言はむ　武蔵野の　うけらが花の　時無きものを

三三八〇 埼玉《さきたま》の　津に居《を》る舟の　風を疾《いた》み　綱は絶ゆとも　言《こと》な絶えそね

三三八一 なつそびく　宇奈比《うなひ》をさして　飛ぶ鳥の　至らむとそよ　我《あ》が下延《したは》へし

右の九首、[1]武蔵国《むざしのくに》の歌

三三八二 望陁《うまぐた》の　嶺《ね》ろの小竹葉《ささば》の　露霜《つゆしも》の　濡れて我来《わき》なば　汝《な》は恋ふばそも

三三八三 望陁の　嶺ろに隠《かく》り居《ゐ》　かくだにも　国の遠《とほ》かば　汝が目欲《めほ》りせむ

右の二首、上総国《かみつふさのくに》の歌

三三八四 葛飾《かづしか》の　真間《まま》の手児奈《てごな》を　まことかも　我に寄すとふ　真間の手児奈を

三三八五 葛飾の　真間の手児奈が　ありしかば　真間の磯辺《おすひ》に　波もとどろに

三三八六 にほどりの　葛飾早稲《わせ》を　にへすとも　そのかなしきを　外《と》に立てめやも

三三八七 足《あ》の音せず　行《ゆ》かむ駒もが　葛飾の　真間の継橋《つぎはし》　やまず通はむ

右の四首、下総国《しもつふさのくに》の歌

三三八八 筑波嶺《つくはね》の　嶺ろに霞居《かすみゐ》　過ぎかてに　息づく君を　率寝《ゐね》てやらさね

三三八九 妹《いも》が門《かど》　いや遠そきぬ　筑波山《つくはやま》　隠れぬ程《ほと》に　袖は振りてな

三三九〇 筑波嶺に　かか鳴くわしの　音《ね》のみをか　泣き渡りなむ　逢ふとはなしに

三三九一 筑波嶺に　背向《そがひ》に見ゆる　葦穂山《あしほやま》　悪しかる咎《とが》も　さ寝見えなくに

三三七七 ○第一・二句―序詞。

三三七八 ○入間道―埼玉県入間郡。郡衙への道。○於保屋が原―未詳。○いはゐつら―未詳。○第一・二・三句―序詞。

三三七九 ○第三・四句―序詞。

三三八〇 ○埼玉―埼玉県熊谷、行田、羽生市、及び大里、北足立、南埼玉、北埼玉の各郡一帯。

三三八一 ○なつそびく―枕詞。○宇奈比―武蔵国の地名だが未詳。○第一・二・三句―序詞。1―国名。東京都、埼玉県および神奈川県の一部。

三三八二 ○望陁―千葉県君津郡及び木更津市の小櫃川流域。○第一・二・三句―序詞。

三三八四 ○葛飾の真間→14・三三四九。

三三八六 ○にほどりの―枕詞。

三三八八 ○第一・二句―序詞。

三三八九 ○筑波山→14・三三五〇。

三三九〇 ○わし―わしたか科の猛禽のうち大きいもの。○第一・二句―序詞。

三三九一 ○葦穂山―茨城県新治郡と真壁郡との境の足尾山。○第一・二・三句―序詞。

三三九二 ○第一・二・三句—序詞。
三三九三 ○第一・二・三句—序詞。
三三九四 ○さごろもの—枕詞。
三三九五 ○月立し—「月立ち」の訛り。
三三九六 ○第一・二・三句—序詞。
三三九七 ○常陸—国名。茨城県。○浪逆の海—茨城県行方郡潮来町の外浪逆浦付近。北浦と利根川の交わる江湾。
三三九八 ○埴科—長野県埴科郡。○石井—所在未詳。○手児—手児奈と同じ。
三三九九 ○信濃道。信濃へ通じる道。大宝二年着工。和銅六年開通。
三四〇〇 ○千曲の川—長野県南佐久郡に発し、善光寺平で犀川をあわせて千曲川となる。
三四〇一 ○中麻奈—方言で千曲川のこと。
三四〇二 ○ひのぐれに—枕詞。○碓氷の山—群馬県碓氷郡の地の山。
三四〇三 ○くさまくら—枕詞。○多胡—群馬県多野郡の一部（現在の吉井町）。○第三・四句—序詞。
三四〇四 ○上野—国名。群馬県。○安蘇—栃木県佐野市及び安蘇郡。○第一・二句—序詞。
三四〇五 ○乎度—群馬県の地名だが未詳。○多杼里—群馬県の地名だが未詳。○乎野—群馬県内だが未詳。○安波治—未詳。
三四〇六 ○佐野—群馬県高崎市の南東の地。一説に栃木県佐野市。

三三九二　筑波嶺の　岩《いは》もとどろに　落つる水　世にもたゆらに　我が思はなくに
三三九三　筑波嶺の　彼面此面《をてもこのも》に　守部《もりべ》するゐ　母い守《も》れども　魂《たま》そ合ひにける
三三九四　さごろもの　小筑波嶺《をづくは》ろの　山の岬《さき》　忘ら来《こ》ばこそ　汝《な》をかけなはめ
三三九五　小筑波の　嶺ろに月立《つくた》し　間夜《あひだよ》は　さはだなりぬを　また寝てむかも
三三九六　小筑波の　繁き木《こ》の間よ　立つ鳥の　目ゆか汝を見む　さ寝ざらなくに
三三九七　常陸《ひたち》なる　浪逆《なさか》の海の　玉藻こそ　引けば絶えすれ　あどか絶えせむ
右の十首、常陸国《ひたちのくに》の歌
三三九八　人皆《ひとみな》の　言《こと》は絶ゆとも　埴科《はにしな》の　石井《いしゐ》の手児《てご》が　言な絶えそね
三三九九　信濃道《しなのぢ》は　今の墾《は》り道　刈り株《ばね》に　足踏ましむな　沓履《くつは》け我《わ》が背《せ》
三四〇〇　信濃なる　千曲《ちぐま》の川の　小石《さざれし》も　君し踏みてば　玉と拾《ひり》はむ
三四〇一　中麻奈《なかまな》に　浮き居《を》る舟の　漕《こ》ぎ出なば　逢ふこと難《かた》し　今日にしあらずは
右の四首、信濃国《しなののくに》の歌
三四〇二　ひのぐれに　碓氷《うすひ》の山を　越ゆる日は　背《せ》なのが袖も　さやに振らしつ
三四〇三　我《あ》が恋は　まさかも悲し　くさまくら　多胡《たご》の入野《いりの》の　奥も悲しも
三四〇四　上野《かみつけの》　安蘇《あそ》のまそ群《むら》　かき抱《むだ》き　寝《ぬ》れど飽かぬを　あどか我《あ》がせむ
三四〇五　上野　乎度《をど》の多杼里《たどり》が　川道《かはぢ》にも　児らは逢はなも　一人のみして
或本の歌に曰く「上野　乎野《をの》の多杼利の　安波治《あはぢ》にも　背なは逢はなも　見る人なしに」
三四〇六　上野　佐野《さの》のくくたち　折りはやし　我《あれ》は待たむゐ　今年《ことし》来ずとも

三四〇七　上野《かみつけの》　まぐはしまとに　朝日さし　まきらはしもな　ありつつ見れば

三四〇八　爾比多山《にひたやま》　ねには付かなな　我《わ》に寄そり　間《はし》なる児らし　あやにかなしも

三四〇九　伊香保《いかほ》ろに　天雲《あまくも》い継ぎ　かぬまづく　人とおたはふ　いざ寝しめとら

三四一〇　伊香保ろの　そひの榛原《はりはら》　ねもころに　奥をなかねそ　まさかしよかば

三四一一　多胡《たご》の嶺《ね》に　寄せ綱延《は》へて　寄すれども　あにくやしづし　その顔《かほ》良きに

三四一二　上野《かみつけの》　久路保《くろほ》の嶺ろの　葛葉《くずは》がた　かなしけ児らに　いや離《ざか》り来《く》も

三四一三　利根川《とねがは》の　川瀬《かはせ》も知らず　ただ渡り　波に逢ふのす　逢へる君かも

三四一四　伊香保《いかほ》ろの　夜左可《やさか》のゐでに　立つ虹《のじ》の　顕《あら》はろまでも　さ寝をさ寝てば

三四一五　上野　伊香保の沼に　植ゑこなぎ　かく恋ひむとや　種求めけむ

三四一六　上野　可保夜《かほや》が沼の　いはゐつら　引かばぬれつつ　我《あ》をな絶えそね

三四一七　上野　伊奈良《いなら》の沼の　おほゐぐさ　よそに見しよは　今こそ増され

[1]柿本朝臣人麻呂の歌集に出づ

三四一八　上野　佐野田《さのだ》の苗の　群《むら》苗に　事は定めつ　今はいかにせも

三四一九　伊香保せよ　奈可中次下　思ひどろ　くまこそしつと　忘れせなふも

三四二〇　上野　佐野の舟橋　取り放《はな》し　親は離《さ》くれど　我《わ》は離かるがへ

三四二一　伊香保嶺《いかほね》に　雷《かみ》な鳴りそね　我《わ》が上《へ》には　故《ゆゑ》はなけども　児らによりてそ

三四二二　伊香保風　吹く日吹かぬ日　ありといへど　我《あ》が恋《こひ》のみし　時なかりけり

三四二三　上野　伊香保の嶺ろに　降《ふ》ろ雪《よき》の　行《ゆ》き過ぎかてぬ　妹《いも》が家《いへ》のあたり

右の二十二首、上野国《かみつけのくに》の歌

三四〇七　○第一・二・三句—序詞。

三四〇八　○爾比多山—群馬県太田市北方の金山。

三四〇九　○伊香保ろ—群馬県北群馬郡伊香保町一帯の地にある山、榛名町の榛名山か。

三四一〇　○はり原—はんのき（一説に、はぎ）の生えている原。○第一・二句—序詞。

三四一一　○多胡の嶺—群馬県多野郡吉井町の南西の山々か。○第一・二句—序詞。

三四一二　○久路保の嶺ろ—群馬県勢多郡にある赤城山の総称。○第一・二・三句—序詞。

三四一三　○利根川—群馬県利根郡の奥地に発し南東へ流れ、太平洋と東京湾に注ぐ。○第一・二・三・四句—序詞。

三四一四　○夜左可のゐで—未詳。非地名説もある。○第一・二・三句—序詞。

三四一五　○伊香保の沼—群馬県榛名町の榛名湖。○こなぎ—ミズアオイ。○第一・二・三句—序詞。

三四一六　○可保夜が沼—群馬県であるが未詳。○いはゐつら—植物名。他説あり。○第一・二・三句—序詞。

三四一七　○伊奈良の沼—未詳。群馬県邑楽郡板倉町の板倉沼か。○おほゐぐさ—フトイ。蓆を織るのに用いる水草。○第一・二・三句—序詞。

1↓7・一〇六八。

三四一八　○佐野田—サヤダと訓み、群馬県佐波郡玉村町斎田か。佐野市付近とも。○第一・二句—序詞。

三四一九　○奈可中次下—定訓を得ない。○佐野の舟橋—高崎市上佐野の鳥川の舟橋か。

三四二〇　○第一・二・三句—序詞。

三四二一　○伊香保嶺—群馬県榛名町の榛名山。

三四二三　○第一・二・三句—序詞。

三四二四　下野《しもつけの》　三毳《みかも》の山の　こならのす　まぐはし児ろは　誰《た》が笥《け》か持たむ

三四二五　下野　安蘇《あそ》の川原《かはら》よ　石《いし》踏まず　空ゆと来《き》ぬよ　汝《な》が心告《の》れ

右の二首、下野国《しもつけののくに》の歌

三四二六　会津嶺《あひづね》の　国をさ遠《どほ》み　逢はなはば　偲《しの》ひにせもと　紐結ばさね

三四二七　筑紫《つくし》なる　にほふ児故に　陸奥《みちのく》の　香取をとめの　結《ゆ》ひし紐解く

三四二八　安達太良《あだたら》の　嶺《ね》に伏すししの　ありつつも　我《あれ》は到らむ　寝処《ねど》な去りそね

右の三首、陸奥国《みちのくのくに》の歌

譬喩歌

三四二九　遠江《とほつあふみ》　引佐《いなさ》細江《ほそえ》の　澪標《みをつくし》　我《あれ》を頼めて　あさましものを

右の一首、遠江国《とほつあふみのくに》の歌

三四三〇　志太《しだ》の浦《うら》を　朝漕ぐ舟は　よしなしに　漕ぐらめかもよ　よしこさるらめ

右の一首、駿河国《するがのくに》の歌

三四三一　足柄《あしがり》の　安伎奈《あきな》の山《やま》に　引こ舟の　尻《しり》引かしもよ　ここばこがたに

三四三二　足柄《あしがり》の　我《わ》を可鶏山《かけやま》の　かづの木の　我をかづさねも　かづさかずとも

三四三三　たきぎこる　鎌倉山《かまくらやま》の　木垂《こだ》る木を　まつと汝《な》が言はば　恋ひつつやあらむ

右の三首、相模国《さがむのくに》の歌

三四三四　上野《かみつけの》　安蘇山《あそやま》つづら　野を広み　延《は》ひにしものを　あぜか絶えせむ

三四三五　伊香保ろの　そひの榛《はり》原　我《わ》が衣《きぬ》に　着きよらしもよ　ひたへと思へば

三四二四　○下野―国名。栃木県。○三毳の山―栃木県下都賀郡藤岡町大田和の三毳山。○第一・二・三句―序詞。○こなら―ぶな科の落葉喬木。

三四二五　○安蘇の川原―安蘇郡、佐野市を流れる秋山川の川原。

三四二六　○会津嶺―福島県会津若松市の北東にある磐梯山。

三四二七　○筑紫―九州地方の総称。また筑前筑後の総称として用いた。○陸奥―磐城、岩代、陸前、陸中、陸奥の総称。○香取―未詳。地名か。

三四二八　○安達太良―福島県安達郡の安達太良山。○第一・二句―序詞。

三四二九　○遠江―国名。静岡県の西部。大井川以西の地。○引佐細江―静岡県引佐郡細江町気賀の付近か。○澪標―水路標示のための杭。○第一・二・三句―序詞。

三四三〇　○志太の浦―静岡県志太郡大井川町南西の海浜か。

三四三一　○安伎奈の山―未詳。神奈川県足柄山中の山。○第一・二・三句―序詞。

三四三二　○可鶏山―未詳。足柄山中の山。○かづ―カヂの木の訛り。○第一・二・三句―序詞。

三四三三　○たきぎこる―枕詞。○鎌倉山―鎌倉市の背後の山。○第一・二・三句―序詞。

三四三四　○上野→14・三四〇四。○安蘇山―栃木県佐野市及び安蘇郡北方一帯の山地か。

三四三六　しらとほふ　小爾比多山《をにひたやま》の　守《も》る山の　うら枯れせな　常葉《とこは》にもがも

右の三首、上野国《かみつけのくに》の歌

三四三七　陸奥《みちのく》の　安達太良《あだたら》ま弓　弾《はじ》き置きて　せらしめ来《き》なば　弦《つら》はかめかも

右の一首、陸奥国《みちのくのくに》の歌

雑歌

三四三八　都武賀野《つむがの》に　鈴が音聞こゆ　上志太《かむしだ》の　殿の仲子《なかち》し　鳥狩《とがり》すらしも

或本の歌に曰く「美都我野《みつがの》に」、また曰く「若子《わくご》し」

三四三九　すずがねの　駅　家《はゆまうまや》の　堤井《つつみゐ》の　水を賜《たま》へな　妹《いも》が直手《ただて》よ

三四四〇　この川《かは》に　あさな洗ふ児　汝《なれ》も我《あれ》も　よちをそ持てる　いで子賜《たば》りに

一に云ふ「汝《まし》も我《あれ》も」

三四四一　ま遠《とほ》くの　雲居《くもゐ》に見ゆる　妹が家《へ》に　いつか到らむ　歩《あゆ》め我《あ》が駒

柿本朝臣人麻呂の歌集に曰く「遠くして」また曰く「歩め黒駒」

三四四二　東道《あづまぢ》の　手児《てご》の呼坂《よびさか》　越えがねて　山にか寝むも　宿りはなしに

三四四三　うらもなく　我《わ》が行く道に　青柳の　張りて立てれば　物思《ものも》ひ出《で》つも

三四四四　伎波都久《きはつく》の　岡のくくみら　我摘めど　籠《こ》にも満たなふ　背なと摘まさね

三四四五　水門《みなと》の　あしが中《なか》なる　玉小菅《たまこすげ》　刈り来我が背子　床《とこ》の隔《へだ》しに

三四四六　妹《いも》なろが　つかふ川津《かはづ》の　ささらをぎ　あしと人言《ひとごと》　語りよらしも

三四四七　くさかげの　安濃《あの》な行かむと　墾《は》りし道　安濃は行かずて　荒草《あらくさ》立ちぬ

三四三六　〇しらとほふ―枕詞。〇小爾比多山―群馬県太田市北方の金山。

三四三七　〇安達太良ま弓―安太多良の地に産する弓。または、安太多良山の檀（まゆみ）で作った弓。

三四三八　〇都武賀野―所在未詳。〇上志太―駿河、常陸、陸前にある郡名。〇鳥狩―たか狩。〇美都我野―初句の別伝。所在未詳。

三四三九　〇すずがねの―枕詞。〇駅家―宿駅、宿場。ハユマはハヤウマの約で駅馬。ウマヤは馬小屋または駅、駅家のことを言う。

三四四〇　〇あさな―朝食に用いる菜。

三四四二　〇東道―東国道。アズマの国を通る道、また東国へ行く道。あるいは東国、東海道の意か。〇手児の呼坂―未詳。清水市興津町の薩埵峠か。静岡県庵原郡蒲原町の東端の七難坂とも。

三四四四　〇伎波都久の岡―未詳。常陸国真壁郡にあるという。〇くくみら―茎の伸びたニラ。

三四四五　〇あし―いね科の多年生草本。水辺に生え、春芽を出す。秋、かい紫色の小花からなる大きな穂を出す。

三四四六　〇ささらをぎ―少さくて美しいヲギ。〇第一・二・三句―序詞。

三四四七　〇くさかげの―枕詞。〇安濃―未詳。伊勢

三四四八 花散らふ　この向《むか》つ嶺《を》の　乎那《をな》の嶺の　洲《ひじ》につくまで　君が齢《よ》もがも

三四四九 しろたへの　衣の袖を　麻久良我《まくらが》よ　海人《あま》漕ぎ来《く》見ゆ　波立つなゆめ

三四五〇 乎久佐壮丁《をくさを》と　乎具佐受家乎《をぐさずけを》と　しほふねの　並べてみれば　乎具佐勝ちめり

三四五一 左奈都良《さなつら》の　岡にあは蒔《ま》き　かなしきが　駒は食《た》ぐとも　我《わ》はそと思《も》はじ

三四五二 おもしろき　野をばな焼きそ　古草に　新草《にひくさ》まじり　生《お》ひは生ふるがに

三四五三 かぜのとの　遠き我妹《わぎも》が　着せし衣《きぬ》　手本《たもと》のくだり　まよひ来にけり

三四五四 にはにたつ　あさ布小衾《でこぶすま》　今宵だに　夫《つま》寄しこせね　あさ布小衾

相聞

三四五五 恋しけば　来ませ我が背子　垣《かき》つやぎ　末《うれ》摘み枯らし　我《われ》立ち待たむ

三四五六 うつせみの　八十《やそ》言のへは　繁くとも　争ひかねて　我《あ》を言なすな

三四五七 うちひさす　宮の我《わ》が背は　大和女《やまとめ》の　膝まくごとに　我《あ》を忘らすな

三四五八 汝背《なせ》の子や　等里乃乎加《とりのをか》ちし　中だをれ　我《あ》を音《ね》し泣くよ　息《いく》づくまでに

三四五九 いね搗《つ》けば　かかる我《あ》が手を　今宵もか　殿の若子《わくご》が　取りて嘆かむ

三四六〇 誰《たれ》そこの　屋の戸押《お》そぶる　新嘗《にふなみ》に　我《わ》が背を遣りて　斎《いは》ふこの戸を

三四六一 あぜと言へか　さ寝に逢はなくに　ま日暮れて　宵《よひ》なは来《こ》なに　明けぬしだ来る

国の安濃郡か。また駿河国阿野荘とも。

三四四八 ○乎那の嶺—未詳。一説に静岡県引佐郡三ケ日町尾奈の山。非地名説もある。

三四四九 ○しろたへの—枕詞。○麻久良我—未詳。一説に茨城県古河市付近の総名。○第一・二句—序詞。

三四五〇 ○乎久佐壮丁—乎具佐の地の正丁。○乎具佐受家乎—乎具佐の地の助丁。○しほふねの—枕詞。

三四五一 ○左奈都良—所在未詳。○あは—いね科の栽培一年草。五穀の一つ。

三四五三 ○かぜのとの—枕詞。

三四五四 ○にはにたつ—枕詞。○あさ布小衾—アサの布で作った衾。衾は上にかける寝具。

三四五五 ○垣つやぎ—垣根のヤナギ。

三四五六 ○うつせみの—枕詞。

三四五七 ○うちひさす—枕詞。○大和女—大和の女。

三四五八 ○等里乃乎加—未詳。

三四五九 ○いね—いね科の栽培一年草。水稲と陸稲がある。種子を米と呼び、うるちともちの別がある。

三四六〇 ○新嘗—ニフナへの訛り。新穀を神に捧げる祭りで、村々で集団的に営まれた。

三四六二　○あしひきの—枕詞。○第一・二句—序詞。

三四六四　○まをごも—マもヲも接頭語。こもはマコモのこと。いね科の多年草。水草で、実は食用。葉でこもを編む。

三四六五　○こまにしき—枕詞。

三四六七　○おくやまの—枕詞。○ま木—スギやヒノキなど良質の建材となる木。マは美称。

三四六八　○やまどりの—枕詞。○かがみ—かがいも。

三四六九　○夕占—夕暮に辻で道行く人の話などを聞いて吉凶を判ずる占法。

1→7・一〇六八。

三四七三　○佐野山—佐野は三四〇六、三四一八、三四二〇では上野に入っているが、佐野の地名は東国各地に見られる。未詳。○第一・二句—序詞。

三四七五　○木綿間山—所在未詳。

三四六二　あしひきの　山沢人《やまさはびと》の　人さはに　まなと言ふ児が　あやにかなしさ

三四六三　ま遠くの　野にも逢はなむ　心なく　里のみ中に　逢へる背なかも

三四六四　人言《ひとごと》の　繁きによりて　まをごもの　同じ枕《おや》は　我《わ》はまかじやも

三四六五　こまにしき　紐解き放《さ》けて　寝《ぬ》るが上《へ》に　あどせろとかも　あやにかなしき

三四六六　まかなしみ　寝《ぬ》れば言《こと》に出《づ》　さ寝《ね》なへば　心の緒ろに　乗りてかなしも

三四六七　おくやまの　ま木の板戸を　とどとして　我《わ》が開かむに　入り来て寝《な》さね

三四六八　やまどりの　をろのはつをに　かがみ掛け　捉《とな》ふべみこそ　汝《な》に寄そりけめ

三四六九　夕占《ゆふけ》にも　今宵と告《の》らろ　我が背なは　あぜそも今宵　寄しろ来まさぬ

三四七〇　あひ見ては　千年《ちとせ》や去《い》ぬる　否をかも　我《あれ》や然思《しかも》ふ　君待ちがてに

柿本朝臣人麻呂の歌集に出《い》づ[1]

三四七一　暫《しまら》くは　寝つつもあらむを　夢《いめ》のみに　もとな見えつつ　我《あ》を哭《ね》し泣くる

三四七二　人妻と　あぜか其《そ》を言はむ　然《しか》らばか　隣の衣《きぬ》を　借りて着なはも

三四七三　佐野山《さのやま》に　打つや斧音《をのと》の　遠かども　寝もとか児ろが　面《おも》に見えつる

三四七四　植ゑだけの　本《もと》さへ響《とよ》み　出でて去《い》なば　いづし向きてか　妹《いも》が嘆かむ

三四七五　恋ひつつも　居らむとすれど　木綿間山《ゆふまやま》　隠《かく》れし君を　思ひかねつも

三四七六　諸児《うべ》なは　我《わぬ》に恋ふなも　立《た》と月《つく》の　ぬがなへ行けば　恋《こふ》しかるなも

或本の歌の末句に曰く「ぬがなへ行けど　我行《わぬ》かのへば」

三四七七　東道《あづまぢ》の　手児《てご》の呼坂《よびさか》　越えて去《い》なば　我《あれ》は恋ひむな　後はあひ寝《ぬ》とも

三四七八　遠《とほ》しとふ　故奈《こな》の白根《しらね》に　逢ほ時《しだ》も　逢はのへ時《しだ》も　汝《な》にこそ寄され

三四七九　赤見山《あかみやま》　草根刈り除《そ》け　逢はすがへ　争《あらそ》ふ妹し　あやにかなしも

三四八〇　大王《おほきみ》の　命《みこと》畏《かしこ》み　かなし妹が　手枕《たまくら》離れ　よだち来ぬかも

三四八一　ありきぬの　さゑさゑしづみ　家《いへ》の妹に　物言はず来にて　思ひ苦《ぐる》しも

柿本朝臣人麻呂の歌集の中《うち》に出づ。上に見ゆることすでに訖《を》はりぬ。

三四八二　からころも　裾《すそ》のうち交《か》へ　逢はねども　異《け》しき心を　我《あ》が思《も》はなくに

或本の歌に曰く「からころも　裾のうち交ひ　逢はなへば　寝なへのからに　言痛《ことた》かりつも」

三四八三　昼解けば　解けなへ紐の　我《わ》が背なに　あひ寄るとかも　夜解け易け

三四八四　あさをらを　をけにふすさに　績《う》まずとも　明日着せさめや　いざせ小《を》床《どこ》に

三四八五　つるぎたち　身に添《そ》ふ妹《いも》を　とり見がね　哭《ね》をぞ泣きつる　手児《てご》にあらなくに

三四八六　かなし妹を　弓束《ゆづか》並べ巻き　もころ男《を》の　事とし言はば　いや勝たましに

三四八七　あづさゆみ　末《すゑ》に玉巻き　かくすすそ　寝ななりにし　奥を兼ぬ兼ぬ

三四八八　生ふしもと　この本山《もとやま》の　真柴《ましば》にも　告らぬ妹が名　象《かた》に出でむかも

三四八九　あづさゆみ　欲良《よら》の山辺《やまへ》の　繁《しげ》かくに　妹ろを立てて　さ寝処《ねど》払ふも

三四九〇　あづさゆみ　末《すゑ》は寄り寝む　まさかこそ　人目を多《おほ》み　汝《な》を端《はし》に置けれ

三四七八　○故奈の白根—各地に白根山があり未詳。群馬県吾妻郡、石川県の白根山説などがある。

三四七九　○赤見山—栃木県佐野市赤見町の山。○第一・二句—序詞。

三四八一　○ありきぬの—枕詞。

三四八二　○からころも—枕詞。○第一・二句—序詞。或本の歌も同じ。

三四八四　○あさをら—アサまたはカラムシの茎の繊維を材料とする糸。ラは接尾語。

三四八五　○つるぎたち—枕詞。

三四八七　○あづさゆみ—枕詞。

三四八八　○第一・二句—序詞。○本山—東国地方の山だが未詳。非地名説もある。

三四八九　○あづさゆみ—枕詞。○欲良の山—未詳。

三四九〇　○あづさゆみ—枕詞。

柿本朝臣人麻呂の歌集に出づ[1]

三四九一　やなぎこそ　伐《き》れば生《は》えすれ　世の人の　恋に死なむを　いかにせよとそ

三四九二　小《を》山田の　池の堤《つつみ》に　刺すやなぎ　成りも成らずも　汝《な》と二人《ふたり》はも

三四九三　遅速《おそはや》も　汝《な》をこそ待ため　向《むか》つ嶺《を》の　しひのこ枝《やで》の　逢ひは違《たが》はじ

或本の歌に曰く「遅速も　君をし待たむ　向つ嶺の　しひのさ枝《えだ》の　時は過ぐとも」

三四九四　子持山《こもちやま》　若鶏冠木《かへるで》の　もみつまで　寝もと我《わ》は思《も》ふ　汝《な》はあどか思《も》ふ

三四九五　伊波保呂《いはほろ》の　傍《そひ》の若松　限りとや　君が来まさぬ　うらもとなくも

三四九六　多知婆奈《たちばな》の　古婆《こば》の放髪《はなり》が　思ふなむ　心愛《うつく》し　いで我《あれ》は行《い》かな

三四九七　川上《かはかみ》の　根白高《ねじろたか》がや　あやにあやに　さ寝さ寝てこそ　言《こと》に出《で》にしか

三四九八　海原《うなはら》の　根柔《ねやは》ら小菅《こすげ》　あまたあれば　君は忘らす　我忘るれや

三四九九　岡に寄せ　我《わ》が刈るかやの　さねかやの　まこと柔《なご》やは　寝ろとへなかも

三五〇〇　むらさきは　根をかも終《を》ふる　人の児の　うらがなしけを　寝を終《を》へなくに

三五〇一　安房峰《あはを》ろの　峰《を》ろ田に生《お》はる　たはみづら　引かばぬるぬる　我《あ》を言《こと》な絶え

三五〇二　我《わ》がめ妻《づま》　人は放《さ》くれど　あさがほの　年さへこごと　我《わ》は離《さか》るがへ

三五〇三　安斉可潟《あせかがた》　潮干《しほひ》のゆたに　思へらば　うけらが花の　色に出《で》めやも

三五〇四　春べ咲く　ふぢの末葉《うらば》の　うら安に　さ寝る夜そなき　児ろをし思へば

1↓7・一〇六八。

三四九一　〇やなぎ―やなぎ科の植物の総称。細長い枝を垂れる。種類多く、雌雄異株。

三四九二　〇小山田の池―山の田の池。〇第一・二・三句―序詞。

三四九三　〇しひ―ぶな科の常緑喬木。暖地に自生し、実は食用となる。〇第三・四句―序詞。或本の歌も同じ。

三四九四　〇子持山―群馬県北群馬郡、吾妻郡、沼田市にまたがる子持山。〇若かへるで―若いカエデ、モミジの木。

三四九五　〇伊波保呂―未詳。巌ろか。伊香保ろの訛りか。〇第一・二句―序詞。

三四九六　〇多知婆奈の古婆―未詳。

三四九七　〇根白高がや―川水などに洗われて、根が白く現われているカヤ。〇第一・二句―序詞。

三四九八　〇根柔らこすげ―根つきのしなやかなスゲ。〇第一・二句―序詞

三四九九　〇さねかや―根のついたままかり取ったカヤ。〇第一・二・三句―序詞

三五〇〇　〇第一・二句―序詞。〇むらさき―ムラサキソウ。もと武蔵野に多く自生した野草で、根から染料をとる。

三五〇一　〇安房峰ろ―未詳。安房国（千葉県）の山の意か。〇たはみづら―語義未詳。水田などに生ずるつる草の名か。一説にヒルムシロの古名。〇第一・二・三句―序詞。

三五〇二　〇あさがほの―枕詞。

三五〇三　〇安斉可潟―未詳。「常陸下総二国之堺・安是湖」（『常陸国風土記』香島郡）とある地か。〇安斉可潟　潮干の―序詞。〇うけらが花の―序詞。

三五〇四　〇第一・二句―序詞。

三五〇五　うちひさつ　美夜能瀬川《みやのせがは》の　かほばなの　恋ひてか寝《ぬ》らむ　昨夜《きそ》も今夜《こよひ》も

三五〇六　新室《にひむろ》の　蚕時《こどき》に至れば　はだすすき　穂に出し君が　見えぬ此の頃《ころ》

三五〇七　谷狭《せば》み　峰に延《は》ひたる　たまかづら　絶えむの心　我《わ》が思《も》はなくに

三五〇八　芝付《しばつき》の　三浦崎《みうらさき》なる　ねつこぐさ　あひ見ずあらば　我《あれ》恋ひめやも

三五〇九　たくぶすま　白山風《しらやまかぜ》の　寝なへども　児ろが襲着《おそき》の　あろこそ良《え》しも

三五一〇　み空行く　雲にもがもな　今日行《けふゆ》きて　妹《いも》に言問《ことど》ひ　明日《あす》帰り来む

三五一一　青嶺《あをね》ろに　たなびく雲の　いさよひに　物をそ思ふ　年の此《こ》の頃《ころ》

三五一二　一嶺《ひとね》ろに　言はるものから　青嶺ろに　いさよふ雲の　寄そり妻《づま》はも

三五一三　夕されば　み山を去《さ》らぬ　布雲《にのぐも》の　あぜか絶えむと　言ひし児ろばも

三五一四　高き嶺《ね》に　雲の着くのす　我《われ》さへに　君に着きなな　高嶺と思《も》ひて

三五一五　我《あ》が面《おも》の　忘れむ時《しだ》は　国はふり　嶺《ね》に立つ雲を　見つつ偲《しの》はせ

三五一六　対馬《つしま》の嶺《ね》は　下雲《したぐも》あらなふ　神《かむ》の嶺に　たなびく雲を　見つつ偲《しの》はも

三五一七　しらくもの　絶えにし妹を　あぜせろと　心に乗りて　ここばかなしけ

三五一八　岩の上《へ》に　い懸《かか》る雲の　かのまづく　人そおたはふ　いざ寝しめとら

三五一九　汝《な》が母に　嘖《こ》られ我《あ》は行《ゆ》く　あをくもの　出《い》で来我妹子《わぎもこ》　あひ見て行かむ

三五二〇　面形《おもかた》の　忘れむ時《しだ》は　大野ろに　たなびく雲を　見つつ偲はむ

三五二一　からすとふ　大軽率鳥《おほをそどり》の　まさでにも　来まさぬ君を　兒ろ来とそ鳴く

三五二二　昨日《きそ》こそは　児ろとさ寝しか　雲の上《うへ》ゆ　鳴き行く鶴《たづ》の　ま遠《とほ》く思ほゆ

三五二三　坂越えて　安倍《あへ》の田の面《も》に　居《ゐ》る鶴《たづ》の　ともしき君は　明日さへもがも

三五〇五　○うちひさつ―枕詞。○美夜能瀬川―未詳。○かほばな―ヒルガオ。
三五〇六　○蚕《こ》―カイコ。○はだすすき―枕詞。
三五〇七　○たまかづら―枕詞。カヅラは蔓性植物の総称。タマは美称。○第一・二・三句―序詞。
三五〇八　○芝付―未詳。○三浦崎―未詳。一説に三浦半島の中の地。○ねつこぐさ―オキナグサか。○第一・二・三句―序詞。
三五〇九　○たくぶすま―枕詞。○白山―未詳。石川県石川郡の白山のことか。○第一・二句―序詞。
三五一一　○第一・二句―序詞。
三五一三　○第一・二・三句―序詞。
三五一六　○対馬の嶺―対馬のどの山かは未詳。対馬は国名。長崎県の対馬。上・下県郡にあたる。
三五一七　○しらくもの―枕詞。
三五一八　○第一・二句―序詞。
三五一九　○あをくもの―枕詞。
三五二〇　○大野ろ―広い野原。ロは接尾語。
三五二一　○からす―からす科カラス属の総称。全身黒色。
三五二二　○鶴《たづ》―ツル・クグイ・ハクチョウ・オオホトリの総称。○第三・四句―序詞。
三五二三　○安倍―静岡市安倍川付近の地か。○第一・二・三句―序詞。

三五二四　まをごもの　節《ふ》の間《ま》近くて　逢はなへば　沖つまかもの　嘆きそ我《あ》がする

三五二五　水《み》久《く》君《く》野《の》に　かもの這ほのす　児ろが上《うへ》に　言《こと》をろ延《は》へて　未《いま》だ寝なふも

三五二六　沼二つ　通は鳥が巣　我《あ》が心　二行《ふたゆ》くなもと　なよ思《も》はりそね

三五二七　沖に住《す》も　小鴨《をかも》のもころ　やさかどり　息《いき》づく妹《いも》を　置きて来《き》のかも

三五二八　みづとりの　立たむ装《よそ》ひに　妹《いも》のらに　物言はず来にて　思ひかねつも

三五二九　等《と》夜《や》の野《の》に　をさぎ狙《ねら》はり　をさをさも　寝なへ児ゆゑに　母に嘖《ころ》はえ

三五三〇　さをしかの　伏すや草群　見えずとも　児ろが金門《かなと》よ　行《ゆ》かくし良《え》しも

三五三一　妹をこそ　あひ見に来しか　まよびきの　横山辺《よこやまへ》ろの　ししなす思《も》へる

三五三二　春の野に　草食《は》む駒の　口止《や》まず　我《あ》を偲《しつ》ふらむ　家の児ろはも

三五三三　人の児の　かなしけ時《しだ》は　はますどり　足悩《あなゆ》む駒の　惜しけくもなし

三五三四　赤駒が　門出をしつつ　出でかてに　せしを見立てし　家の児らはも

三五三五　己《おの》が命《を》を　おほにな思ひそ　庭に立ち　笑ますがからに　駒に逢ふものを

三五三六　赤駒を　打ちてさを引《び》き　心引き　いかなる背なか　我《わ》がり来むと言ふ

三五三七　柵越《くへ》しに　むぎ食《は》む小馬の　はつはつに　あひ見し児らし　あやにかなしも

或本の歌に曰く「うま柵《せ》越し　むぎ食む駒の　はつはつに　新《にひ》肌《はだ》触れし　児ろしかなしも」

三五三八　広橋《ひろはし》を　うま越しがねて　心のみ　妹がり遣りて　我はここにして

三五二四　〇まをごもの　節の―序詞。〇第四句―序詞。

三五二五　〇水久君野―未詳。非地名説も。〇かも―がんおう科の水鳥の総称。〇第一・二句―序詞。

三五二六　〇第一・二句―序詞。

三五二七　〇小鴨―かも。〇やさかどり―枕詞。

三五二八　〇みづとりの―枕詞。

三五二九　〇等夜の野―東国の中だが未詳。〇をさぎ―ウサギの訛り。雄ウサギとも。〇第一・二句―序詞。

三五三〇　〇さをしか―男ジカ。〇第一・二句―序詞。

三五三一　〇まよびきの―枕詞。〇しし―野獣。イノシシまたはシカ。

三五三二　〇駒―うま。こうま。〇第一・二句―序詞。

三五三三　〇はますどり―枕詞。

三五三六　〇第一・二句―序詞。

三五三七　〇第一・二句―序詞。或本の歌も同じ。

或本の歌の発句に曰く「小林《をばやし》に 駒を馳《は》ささげ」

三五三九 あずの上に 駒を繋《つな》ぎて 危《あや》ほかど 人妻《ひとづま》児ろを 息《いき》に我《わ》がする

三五四〇 左和多利《さわたり》の 手児《てご》にい行き逢ひ 赤駒が 足掻《あが》きを速み 言《こと》問はず来《き》ぬ

三五四一 あずへから 駒の行《ゆ》このす 危《あや》はとも 人妻児ろを 目《ま》ゆかせらふも

三五四二 さざれ石に 駒を馳《は》させて 心痛《いた》み 我《あ》が思《も》ふ妹《いも》が 家のあたりかも

三五四三 武路我夜《むろがや》の 都留《つる》の堤の 成りぬがに 児ろは言へども いまだ寝なくに

三五四四 明日香川《あすかがは》 下濁れるを 知らずして 背なと二人 さ寝て悔《くや》しも

三五四五 明日香川 塞《せ》くと知りせば 数多夜《あまたよ》も 率《ゐ》寝て来《こ》ましを 塞《せ》くと知りせば

三五四六 青柳の 張《は》らろ川門《かはと》に 汝《な》を待つと 清水《せみど》は汲まず 立処《たちど》平《なら》すも

三五四七 あぢの住む 須佐《すさ》の入江《いりえ》の 隠《こも》り江の あな息づかし 見ず久《ひさ》にして

三五四八 鳴る瀬ろに 木屑《こつ》の寄すなす いとのきて かなしけ背ろに 人さへ寄すも

三五四九 田結潟《たゆひがた》 潮満ち渡る いづゆかも かなしけ背ろが 我《わ》がり通はむ

三五五〇 押して否と いねは春《つ》かねど 波の穂の いたぶらしもよ 昨日《きそ》一人寝て

三五五一 あぢかまの 潟に咲く波 平瀬《ひらせ》にも 紐解くものか かなしけを置きて

三五五二 麻都《まつ》が浦に さわゐうらだち ま人言《ひとごと》 思《おも》ほすなもろ 我《わ》が思《も》ほのすも

三五五三 あぢかまの 可家《かけ》の湊《みなと》に 入る潮《しほ》の こてたずくもか 入りて寝まくも

三五五四 妹が寝《ぬ》る 床《とこ》のあたりに 岩ぐくる 水にもがもよ 入りて寝まくも

三五五五 麻久良我《まくらが》の 古河《こが》の渡りの 唐楫《からかぢ》の 音高《おとだか》しもな 寝なへ児故に

三五三九 ○第一・二句—序詞。
三五四〇 ○左和多利—東国の地名だが未詳。
三五四二 ○第一・二句—序詞。
三五四三 ○武路我夜—未詳。一説に非地名。○都留の堤—未詳。山梨県北都留郡上野原町の鶴川の堤か。○第一・二句—序詞。
三五四四 ○明日香川—東国の川だが未詳。一説に大和の飛鳥川。
三五四六 ○青柳—青く若芽をふいた柳。
三五四七 ○あぢ—アヂガモ・トモエガモの別名。○須佐の入江—未詳。愛知県知多郡南知多町豊浜の須佐湾か。○第一・二・三句—序詞。
三五四九 ○田結潟—未詳。一説に福井県敦賀市田結の海辺。
三五五〇 ○波の穂の—枕詞。
三五五一 ○あぢかまの—枕詞。○第一・二句—序詞。
三五五二 ○麻都が浦—未詳。(1)宮城県宮城郡七ヶ浜の松ヶ浜。(2)福島県相馬市の松川浦。○第一・二句—序詞。
三五五三 ○あぢかまの—枕詞。○第一・二・三句—序詞。○可家の湊—未詳。愛知県東海市上野町から横須賀町にかけての低地か。
三五五五 ○古河の渡り—茨城県古河の渡津か。○第一・二・三句—序詞。

三五五六　しほぶねの　置かれば悲し　さ寝つれば　人言《ひとごと》繁し　汝をどかもしむ

三五五七　悩《なや》ましけ　人妻《ひとづま》かもよ　こぐふねの　忘れはせなな　いや思《も》ひ増すに

三五五八　逢はずして　行かば惜しけむ　麻久良我《まくらが》の　古河《こが》漕ぐ舟に　君も逢はぬかも

三五五九　大舟《おほぶね》の　舳《へ》ゆも艫《とも》ゆも　固めてし　許曽《こそ》の里人　顕《あらは》さめかも

三五六〇　まかねふく　爾布《にふ》のま朱《そほ》の　色に出て　言はなくのみそ　我《あ》が恋ふらくは

三五六一　金門田《かなとだ》を　荒掻《あらが》きま斎《ゆ》み　日が照《と》れば　雨を待《ま》とのす　君をと待《ま》とも

三五六二　荒磯《ありそ》やに　生《お》ふる玉藻の　うち靡《なび》き　一人や寝《ぬ》らむ　我《あ》を待ちかねて

三五六三　比多潟《ひたかた》の　磯のわかめの　立ち乱《みだ》え　我《わ》をか待つなも　昨日《きそ》も今宵《こよひ》も

三五六四　小《こ》菅ろの　浦吹く風の　あどすすか　かなしけ児ろを　思《おも》ひ過ごさむ

三五六五　彼《か》の児ろと　寝ずやなりなむ　はだすすき　宇良野《うらの》の山に　月《つく》片寄るも

三五六六　我妹子《わぎもこ》に　我《あ》が恋ひ死なば　そわへかも　神に負《お》ほせむ　心知らずて

防人の歌

三五六七　置きて行《い》かば　妹はまかなし　持ちて行く　あづさの弓の　弓束《ゆづか》にもがも

三五六八　おくれ居て　恋ひば苦しも　朝狩の　君が弓にも　ならましものを

右の二首、問答

三五六九　防人《さきもり》に　立ちし朝明《あさけ》の　金門出《かなとで》に　手離《たばな》れ惜しみ　泣きし児らはも

三五七〇　あしの葉に　夕霧立ちて　かもが音《ね》の　寒き夕《ゆふへ》し　汝《な》をば偲《しの》はむ

三五五六　○しほぶねの—枕詞。

三五五七　○こぐふねの—枕詞。

三五五八　○古河—茨城県古河市。利根川河畔の地をさす。

三五五九　○第一・二句—序詞。○許曽—未詳。地名か。

三五六〇　○まかねふく—枕詞。○第一・二句—序詞。○爾布—未詳。群馬県富岡市の丹生の地か。

三五六一　○第一・二・三・四句—序詞。

三五六二　○玉藻—美しい水草。○第一・二句—序詞。

三五六三　○比多潟—東国の中だが未詳。一説に茨城県の霞ケ浦の一部。○わかめ—海中の岩につくこんぶ科の褐藻。○第一・二句—序詞。

三五六四　○小菅ろの浦—東京都葛飾区小菅町付近か。非地名説もある。○第一・二句—序詞。

三五六五　○はだすすき—枕詞。○宇良野の山—未詳。長野県小県郡川西村浦野付近の山か。一説に同郡青木村沓掛の地の山。

三五六七　○あづさ—キササゲ・アカメガシワなどの説があるが未詳。材は弓を作る。

三五七〇　○かも—がんおう科の水鳥の総称。多くは秋日本に渡来する冬鳥。

三五七一　己妻《おのづま》を　人の里に置き　おほほしく　見つつそ来ぬる　此の道の間《あひだ》

譬喩歌

三五七二　あど思へか　阿自久麻山《あじくまやま》の　ゆづるはの　含《ふふ》まる時に　風吹かずかも

三五七三　あしひきの　やまかづらかげ　ましばにも　得がたきかげを　置きや枯らさむ

三五七四　小里《をさと》なる　花橘を　引き攀《よ》ぢて　折らむとすれど　うら若みこそ

三五七五　美夜自呂《みやじろ》の　砂丘辺《すかへ》に立てる　かほがはな　な咲き出《い》でそね　隠《こ》めて偲はむ

三五七六　苗代《なはしろ》の　こなぎが花を　衣《きぬ》に摺《す》り　馴るるまにまに　あぜかかなしけ

挽歌

三五七七　かなし妹を　何処《いづち》行かめと　山菅《やますげ》の　背向《そがひ》に寝しく　今し悔しも

1以前《さき》の歌詞は、未だ国土山川の名を勘《かむが》へ知ることを得ず。

萬葉集巻第十四

三五七二　〇阿自久麻山―未詳。茨城県筑波町平沢の北、子飼山か。〇ゆづるは―ユヅリハの古名。濶葉常緑樹で山野に自生。雌雄異種。

三五七三　〇あしひきの―枕詞。〇やまかづらかげ―ヒカゲカヅラ（ヤマカヅラ）の異名。

三五七四　〇小里―里。ヲサトという地名とも。〇花たちばな―花の咲いているタチバナ。ミカン科の常緑小喬木。六月頃、白色花をつける。

三五七五　〇美夜自呂―未詳。〇砂丘辺―海岸の砂丘・また川の洲のほとり。〇かほがはな―ヒルガオ。

三五七七　〇やますげの―枕詞。

1―以前の歌詞―三四三八以下の歌をさす。

萬葉集巻第十五

新羅《しらき》[1]に遣《つか》はさるる使人等《しじんら》[2]、別れを悲しびて贈答し、また海路《かいろ》にして心を慟《いた》ましめて思ひを陳べ、并びに所に当りて誦《うた》ふ古歌《こか》

三五七八　武庫《むこ》の浦の　入江の渚鳥　羽ぐくもる　君を離れて　恋に死ぬべし

三五七九　大舟に　妹乗るものに　あらませば　羽ぐくみ持ちて　行かましものを

三五八〇　君が行く　海辺のやどに　霧立たば　我《あ》が立ち嘆く　息と知りませ

三五八一　秋さらば　相見むものを　なにしかも　霧に立つべく　嘆きしまさむ

三五八二　大舟を　荒海《あるみ》に出だし　います君　障《つつ》むことなく　はや帰りませ

三五八三　ま幸《さき》くて　妹が斎《いは》はば　沖つ波　千重に立つとも　障《さは》りあらめやも

三五八四　別れなば　うら悲しけむ　我《あ》が衣　下にを着ませ　直《ただ》に逢ふまでに

三五八五　我妹子が　下にも着よと　送りたる　衣の紐を　我《われ》解かめやも

三五八六　我《わ》が故に　思ひな痩《や》せそ　秋風の　吹かむその月　逢はむものゆゑ

三五八七　たくぶすま　新羅へいます　君が目を　今日か明日かと　斎《いは》ひて待たむ

三五八八　遙々《はろはろ》に　思ほゆるかも　然《しか》れども　異《け》しき心を　我《あ》が思はなくに

右の十一首、贈答

三五八九　夕されば　ひぐらし来鳴く　生駒山《いこまやま》　越えてそ我《あ》が来る　妹が目を欲り

右の一首、秦間満《はたのはしまろ》[3]

1―朝鮮半島南東部にあった三韓のうちの一国。

2―遣新羅使。この時の大使は阿部継麻呂。この回の遣使は「続日本紀」によると、天平八年四月拝朝、翌年正月二十七日に帰国したことが知れる。また、目録に「夏六月」とあり、出発はこの頃と思われる。

三五七八 ○武庫の浦―兵庫県の武庫川の旧河口付近。尼ヶ崎市・西宮市にかける海浜地。○すどり―渚にいる鳥、ハマドリ。○第一・二句―序詞。

三五八七 ○たくぶすま―枕詞。○たく―くわ科、コウゾの古名。

三五八九 ○ひぐらし―せみ科、夕暮れによく鳴くセミ一般とする説、カナカナゼミ説がある。○生駒山―奈良県生駒市、生駒郡と大阪府東大阪市との境にある山。

3―伝未詳。

三五九〇　妹に逢はず　あらばすべなみ　岩根踏む　生駒の山を　越えてそ我《あ》が来る

右の一首、暫《しま》しく私家《しか》に帰りて思ひを陳《の》ぶ。

三五九一　妹とありし　時はあれども　別れては　衣手寒き　ものにそありける

三五九二　海原《うなはら》に　浮き寝せむ夜は　沖つ風　いたくな吹きそ　妹もあらなくに

三五九三　大伴の　三津に舟乗り　漕ぎ出ては　いづれの島に　いほりせむ我

右の三首、発《た》つに臨む時に作れる歌

三五九四　潮待つと　ありける舟を　知らずして　悔しく妹を　別れ来にけり

三五九五　朝開き　漕ぎ出て来れば　武庫の浦の　潮干の潟に　鶴《たづ》が声すも

三五九六　我妹子が　形見に見むを　印南都麻《いなみつま》　白波高み　よそにかも見む

三五九七　わたつみの　沖つ白波　立ち来らし　海人《あま》をとめども　島隠る見ゆ

三五九八　ぬばたまの　夜は明けぬらし　玉の浦に　あさりする鶴《たづ》　鳴き渡るなり

三五九九　月読《つくよみ》の　光を清み　神島《かみしま》の　磯回《いそみ》の浦ゆ　舟出す我は

三六〇〇　離磯《はなれそ》に　立てるむろの木　うたがたも　久しき時を　過ぎにけるかも

三六〇一　しましくも　ひとりありうる　ものにあれや　島のむろの木　離れてあるらむ

右の八首、舟に乗りて海に入り路《みち》の上にして作れる歌

所に当たりて誦詠する古歌

三五九三　〇大伴の三津―大阪湾内の大伴の地にあった官船の発着する港。

三五九五　鶴《たづ》―つる科、タンチョウ・マナヅル・クロヅルの総称。

三五九六　〇印南都麻―兵庫県の加古川河口の高砂市の一帯とする説がある。

三五九八　〇ぬばたまの―枕詞。ぬばたまは、あやめ科、ヒオウギ。〇玉の浦―岡山県玉島市の海浜とする説、岡山県玉野市玉の海浜とする説、岡山県西大寺市の東片岡の地とする説などがある。

三五九九　〇神島―広島県福山市神島町にある小山とする説、岡山県笠岡市の神島とする説、同市笠岡港南方の高島とする説などがある。

三六〇〇　〇むろの木―ひのき科、ネズ、ネズミサシ。

三六〇二　あをによし　奈良の都に　たなびける　天《あま》の白雲　見れど飽かぬかも

右の一首、雲を詠む

三六〇三　青柳の　枝伐《き》り下ろし　湯《ゆ》種《だね》蒔き　ゆゆしき君に　恋ひ渡るかも

三六〇四　妹が袖　別れて久に　なりぬれど　一日《ひとひ》も妹を　忘れて思へや

三六〇五　わたつみの　海に出でたる　飾磨《しかま》川　絶えむ日にこそ　我《あ》が恋ひ止まめ

右の三首、恋の歌

三六〇六　たまもかる　をとめを過ぎて　なつくさの　野島が崎に　いほりす我は

柿本朝臣人麻呂の歌に曰く「敏馬《みぬめ》を過ぎて」、また曰く「舟近付きぬ」

三六〇七　しろたへの　藤江の浦に　いざりする　海人《あま》とや見らむ　旅行く我を

柿本朝臣人麻呂の歌に曰く「あらたへの」、また曰く「すずき釣る　海人とか見らむ」

三六〇八　あまざかる　鄙《ひな》の長道を　恋ひ来れば　明石《あかし》の門《と》より　家のあたり見ゆ

柿本朝臣人麻呂の歌に曰く「大和島見ゆ」

三六〇九　武《む》庫《こ》の海の　庭《には》良くあらし　いざりする　海人の釣舟　波の上ゆ見ゆ

柿本朝臣人麻呂の歌に曰く「笥飯《けひ》の海の」、また曰く「かりこもの　乱れて出づ見ゆ　海人の釣舟」

三六一〇　安《あ》胡《ご》の浦に　舟乗りすらむ　をとめらが　赤裳の裾に　潮満つらむか

柿本朝臣人麻呂の歌に曰く「嗚呼《あ》見《み》の浦」、また曰く「玉裳の」

三六〇二　○あをによし―枕詞。

三六〇三　○あをやぎ―やなぎ科、ヤナギ。○第一・二・三句―序詞。

三六〇五　○飾磨川―姫路市を流れる船場川の古称。○第一・二・三句―序詞。

三六〇六　○たまもかる―枕詞。○処女―葦屋の菟原処女の伝説から生まれた地名とする説がある。○なつくさの―枕詞。○野島が崎―兵庫県津名郡北淡町の野島の突端地。○敏馬―神戸市灘区岩屋の敏馬神社付近か。○柿本朝臣人麻呂→1・二九。

三六〇七　○しろたへの―枕詞。○藤江の浦―明石市藤江付近の海岸。○あらたへの―枕詞。

三六〇八　○あまざかる―枕詞。○明石の門―兵庫県明石市明石海峡。○大和島―海上から大和の国をさしていった。

三六〇九　○かりこもの―枕詞。

三六一〇　○安胡の浦―三重県志摩郡阿児町の海浜か。○嗚呼見の浦―所在未詳。

裾に」

七夕の歌一首

三六一一　大舟に　ま梶しじ貫き　海原を　漕ぎ出て渡る　月人壮士《をとこ》

右、柿本朝臣人麻呂の歌

備後国《きびのみちのしりのくに》[1]御調郡《みつきのこほり》[2]の長井の浦[3]にして舟泊まりする夜に作れる歌三首

三六一二　あをによし　奈良の都に　行く人もがも　くさまくら　旅行く舟の　泊まり告げむに　旋頭歌なり

三六一三　海原を　八十《やそ》島隠《がく》り　来ぬれども　奈良の都は　忘れかねつも

右の一首、大判官[4]

三六一四　帰るさに　妹に見せむに　わたつみの　沖つ白玉　拾《ひり》ひて行かな

風速《かざはや》[5]の浦にして舟泊まりする夜に作れる歌二首

三六一五　我《わ》が故に　妹嘆くらし　風速の　浦の沖辺に　霧たなびけり

三六一六　沖つ風　いたく吹きせば　我妹子が　嘆きの霧に　飽かましものを

安芸国《あきのくに》[6]の長門の島[7]にして磯辺に舟泊まりして作れる歌五首

三六一七　いはばしる　滝もとどろに　鳴くせみの　声をし聞けば　都し思ほゆ

右の一首、大石蓑麻呂《おほいしのみのまろ》[8]

三六一八　山川の　清き川瀬に　遊べども　奈良の都は　忘れかねつも

三六一九　磯の間ゆ　激《たぎ》つ山川　絶えずあらば　またも相見む　秋かたまけて

1―山陽道八国の一つ。広島県東部と岡山県西部の地域。
2―広島県御調郡の地域。
3―広島県三原市糸崎港付近の海浜。
三六一二　〇あをによし―枕詞。〇くさまくら―枕詞。
4―副使に次ぐ官。壬生使主宇太麻呂、正倉院文書によると、天平六年正七位上少外記勲十二等で造公文使録事として出雲に遣わされたことが知れる。天平八年の遣新羅使人の時は、従六位上。
5―広島県豊田郡安芸津町風速の海浜。
6―山陽道八国の一つ。広島県西部の地域。
7―安芸郡倉橋町の倉橋島の古名とする説がある。
三六一七　〇いはばしる―枕詞。
8―伝未詳。
三六一九　〇第一・二句―序詞。

三六二〇　恋繁み　慰めかねて　ひぐらしの　鳴く島陰《しまかげ》に　いほりするかも

三六二一　我《わ》がいのちを　長門の島の　小松原　幾代を経てか　神さび渡る

長門の浦より舟出する夜に月の光を仰ぎ観て作れる歌三首

三六二二　月読《つくよみ》の　光を清み　夕なぎに　水手《かこ》の声呼び　浦回《うらみ》漕ぐかも

三六二三　山のはに　月傾けば　いざりする　海人《あま》の灯火《ともしび》　沖になづさふ

三六二四　我《われ》のみや　夜舟は漕ぐと　思へれば　沖辺の方に　梶の音すなり

古き挽歌《ばんか》一首　并びに短歌

三六二五　夕されば　葦辺に騒き　明け来れば　沖になづさふ　かもすらも　妻とたぐひて　我が尾《を》には　霜な降りそと　しろたへの　翼《はね》さし交《か》へて　打ち払ひ　さ寝《ぬ》とふものを　行く水の　返らぬごとく　吹く風の　見えぬがごとく　跡もなき　世の人にして　別れにし　妹が着せてし　なれ衣　袖片敷きて　一人かも寝む

反歌一首

三六二六　鶴が鳴き　葦辺をさして　飛び渡る　あなたづたづし　一人さ寝れば

右、1丹比《たぢひ》大夫《たいぶ》、亡き妻を悽愴《いたみなげ》く歌

物に属《つ》きて思ひを発す歌一首　并びに短歌

三六二七　朝されば　妹が手にまく　鏡なす　三津の浜辺に　大舟に　ま梶《かぢ》しじ貫き　韓国《から》に　渡り行かむと　直《ただ》向かふ　敏馬《みぬめ》をさして　潮待ちて　水脈《みを》

三六二一　○わがいのちを―枕詞。

三六二五　○しろたへの―枕詞。

三六二六　○第一・二・三句―序詞。
1―伝未詳。大夫は、四位・五位の者の称。

三六二七　○第一・二・三句―序詞。○三津の浜辺―大伴の御津、大阪湾内の大伴の地の港。○韓国―新羅国を指す。○わぎもこに―枕詞。○淡路の島―兵庫県の淡路島。○あがこころ―枕詞。○明石の浦―兵庫県明石市の明石海岸。○にほどりの―枕詞。○家島―兵庫県飾磨郡家島町。飾磨港の沖にある群島。

引き行けば　沖辺には　白波高み　浦回《うらみ》より　漕ぎて渡れば　わぎもこに　淡路《あはぢ》の島は　夕されば　雲居隠《かく》りぬ　さ夜ふけて　行くへを知らに　あがこころ　明石《あかし》の浦に　舟泊めて　浮き寝をしつつ　わたつみの　沖辺を見れば　いざりする　海人のをとめは　小舟乗り　つららに浮けり　暁《あかとき》の　潮満ち来れば　葦辺には　鶴鳴き渡る　朝なぎに　舟出をせむと　舟人も　水手《かこ》も声呼び　にほどりの　なづさひ行けば　家島は　雲居に見えぬ　我が思へる　心和《な》ぐやと　早く来て　見むと思ひて　大舟を　漕ぎ我が行けば　沖つ波　高く立ち来ぬ　よそのみに　見つつ過ぎ行き　玉の浦に　舟を泊《とど》めて　浜辺《び》より　浦磯を見つつ　泣く子なす　音《ね》のみし泣かゆ　海神《わたつみ》の　手巻《たまき》の玉を　家づとに　妹に遣らむと　拾《ひり》ひ取り　袖には入れて　返し遣る　使ひなければ　持てれども　験《しるし》をなみと　また置きつるかも

反歌二首

三六二八　玉の浦の　沖つ白玉　拾《ひり》へれど　またそ置きつる　見る人をなみ

三六二九　秋さらば　我が舟泊てむ　忘れ貝　寄せ来て置けれ　沖つ白波

1周防国玖河郡《すはのくにくがのこほり》の2麻里布《まりふ》の浦を行く時に作れる歌八首

三六三〇　ま梶《かぢ》貫き　舟し行かずは　見れど飽《あ》かぬ　麻里布《まりふ》の浦に　宿《やどり》せましを

三六三一　いつしかも　見むと思ひし　阿波島《あはしま》を　よそにや恋ひむ　行くよしをな

三六二九　○忘れ貝―波に置き去りにされた二枚貝。恋を忘れさせる貝の意がある。

1―山口県東部玖河郡、岩国市柳井市などの地域。

2―麻里布の浦―岩国市の東方今津川河口付近とする説、熊毛郡田布施町とする説がある。

三六三一　○阿波島―山口県熊毛郡平生湾口の阿多田島か大島郡屋代島のいずれか。

み

三六三二 大舟に かし振り立てて 浜清き 麻里布《まりふ》の浦に 宿《やど》りかせまし

三六三三 あはしまの 逢はじと思ふ 妹にあれや 安眠《やすい》も寝ずて 我が恋ひ渡る

三六三四 筑紫道《つくしぢ》の 可太《かだ》の大島 しましくも 見ねば恋しき 妹を置きて来ぬ

三六三五 妹が家道 近くありせば 見れど飽かぬ 麻里布の浦を 見せましもの
を

三六三六 家人《いへびと》は 帰りはや来《こ》と いはひしま 斎《いは》ひ待つらむ 旅行く我を

三六三七 くさまくら 旅行く人を 祝島《いはひしま》 幾代経るまで 斎《いは》ひ来《き》にけむ

[1]大島の鳴門を過ぎて再宿《ふたよ》を経ぬる後に追ひて作れる歌二首

三六三八 これやこの 名に負ふ鳴門《なると》の 渦潮《うづしほ》に 玉藻刈るとふ 海人《あま》をとめども

右の一首、[2]田辺秋庭《たなべのあきには》

三六三九 波の上に 浮き寝せし夕《よひ》 あど思《も》へか 心悲《がな》しく 夢《いめ》に見えつる

[3]熊毛の浦に舟泊まりする夜に作れる歌四首

三六四〇 都辺に 行かむ舟もが かりこもの 乱れて思ふ こと告げ遣らむ

右の一首、[4]羽栗《はぐり》

三六四一 暁《あかとき》の 家恋しきに 浦回《うらみ》より 梶《かぢ》の音するは 海人《あま》をとめかも

三六四二 沖辺より 潮満ち来《く》らし 可良《から》の浦に あさりする鶴 鳴きて騒《さわ》きぬ

三六四三 沖辺より 舟人上《のぼ》る 呼び寄せて いざ告げ遣らむ 旅の宿《やど》りを 一に云
ふ「旅の宿りを いざ告げ遣らな」

三六三三 ○あはしまの―枕詞。

三六三四 ○可太の大島―山口県大島郡の大島。○第一・二句―序詞。

三六三六 ○いはひしま―枕詞。この島は山口県熊毛郡上関町祝島のこと。

三六三七 ○くさまくら―枕詞。

1―山口県大島郡の大島と玖珂郡大畠村との間の海峡。

2―伝未詳。

3―熊毛郡上関町室津の湾。

三六四〇 ○かりこもの―枕詞。

4―羽栗吉麻呂の子、翼・翔の兄弟のうちいずれか不明。

三六四二 ○可良の浦―熊毛郡平生町の尾国、小郡の海岸一帯。

[1]佐婆《さば》の海中にして忽ちに逆風に遭ひ、漲《たた》へる浪に漂流す。経宿《やど》りて後に幸に順風を得、豊前国《とよくにのみちのくに》[2]下毛郡《しもつけみのこほり》[3]の分間《わくま》[4]の浦に到着す。ここに艱難《かんなん》を追ひて怛《いた》み悽惆《せいちう》して作れる歌八首

三六四四　大君の　命《みこと》恐み　大舟の　行きのまにまに　宿りするかも

右の一首、雪宅麻呂《ゆきのやかまろ》[5]

三六四五　我妹子は　はやも来ぬかと　待つらむを　沖にや住まむ　家付かずして

三六四六　浦回《うらみ》より　漕ぎ来し舟を　風速み　沖つみ浦に　宿りするかも

三六四七　我妹子が　いかに思へか　ぬばたまの　一夜《ひとよ》もおちず　夢にし見ゆる

三六四八　海原の　沖辺に灯《とも》し　いざる火は　明かして灯《とも》せ　大和島見む

三六四九　かもじもの　浮き寝をすれば　みなのわた　か黒き髪に　露ぞ置きにける

三六五〇　ひさかたの　天照る月は　見つれども　我が思《も》ふ妹に　逢はぬころかも

三六五一　ぬばたまの　夜渡る月は　はやも出でぬかも　海原の　八十《やそ》島の上ゆ　妹があたり見む　旋頭歌なり

[6]筑紫の館《むろつみ》に至りて本郷を遙かに望み悽愴《いたみなげ》きて作れる歌四首

三六五二　志賀の海人《あま》の　一日《ひとひ》もおちず　焼く塩の　辛き恋をも　我はするかも

三六五三　志賀の浦に　いざりする海人　家人の　待ち恋ふらむに　明かし釣る魚《うを》

三六五四　可之布江《かしふえ》に　鶴鳴き渡る　志賀の浦に　沖つ白波　立ちし来らしも

一に云ふ「満ちし来ぬらし」

1—山口県宇部市、防府市、徳山市など一帯の周防灘。
2—大分県と福岡県の東部にあたる。
3—大分県下毛郡の地域。
4—大分県中津市東部田尻あたりとする説がある。

5—伝未詳。

三六四七　○ぬばたまの—枕詞。

三六四九　○かもじもの—枕詞。○みなのわた—枕詞。みなはかわにな科、タニシやカワニナの類。

三六五〇　○ひさかたの—枕詞。

三六五一　○ぬばたまの—枕詞。

6—九州北部筑紫にあった外国使節接待用の館。

三六五二　○第一・二・三句—序詞。

三六五三　○志賀の浦—福岡県の博多湾口の志賀島付近の海。

三六五四　○可之布江—福岡市東区香椎の地の入江とする説がある。

三六五五　今よりは　秋付きぬらし　あしひきの　山松陰に　ひぐらし鳴きぬ

七夕に天漢《あまのかは》を仰《あふ》ぎ観《み》て各思ふ所を陳べて作れる歌三首

三六五六　秋萩に　にほへる我が裳　濡れぬとも　君がみ舟の　綱し取りてば

右の一首、[1]大使

三六五七　年にありて　一夜妹に逢ふ　彦星も　我にまさりて　思ふらめやも

三六五八　夕月夜《ゆふつくよ》　影立ち寄り合ひ　天《あま》の川　漕ぐ舟人を　見るがともしさ

海辺に月を望みて作れる歌九首

三六五九　秋風は　日に異《け》に吹きぬ　我妹子は　何時《いつ》とか我を　斎《いは》ひ待つらむ

[2]大使の第二男

三六六〇　神さぶる　荒津の崎に　寄する波　間なくや妹に　恋ひ渡りなむ

右の一首、[3]土師稲足《はにしのいなたり》

三六六一　風のむた　寄せ来る波に　いざりする　海人《あま》をとめらが　裳の裾濡れぬ

一に云ふ「海人のをとめが　裳の裾濡れぬ」

三六六二　天の原　振り放け見れば　夜ぞふけにける　よしゑやし　一人寝る夜は　明けば明けぬとも

右の一首、旋頭歌なり

三六六三　わたつみの　沖つなはのり　くる時と　妹が待つらむ　月は経につつ

三六六四　志賀の浦に　いざりする海人《あま》　明け来れば　浦回《うらみ》漕ぐらし　梶《かぢ》の音聞こゆ

三六五五　〇あしひきの―枕詞。

1―阿部朝臣継麻呂。天平七年に従五位下であった。

2―大使の次男。継人とする説がある。

三六六〇　〇荒津の崎―福岡市中央区西公園の北にある、博多湾に突出する岬。〇第一・二・三句―序詞。

3―伝未詳

三六六二　〇第一・二句―序詞。

三六六三　〇第一・二句―序詞。

三六六五　妹を思ひ　眠の寝らえぬに　暁の　朝霧隠《ごも》り　かりがねそ鳴く
三六六六　夕されば　秋風寒し　我妹子が　解き洗ひ衣　行きてはや着む
三六六七　我が旅は　久しくあらし　この我が着《け》る　妹が衣の　垢《あか》付く見れば

[1]筑前《つくしのみちのくち》 国[2]志麻郡《しまのこほり》の[3]韓亭《からとまり》に到りて、舟泊《ふなど》まりし、三日を経ぬ。ここに夜月の光皎々《かうかう》として流照す。奄《たちまち》にこの華に対し旅情悽噎《せいいつ》し各心緒《おもひ》を陳べ聊《いささ》かに裁《つく》る歌六首

三六六八　大君の　遠《とほ》の朝廷《みかど》と　思へれど　日長《けなが》くしあれば　恋ひにけるかも
右の一首、大使
三六六九　旅にあれど　夜は火灯《ひとも》し　居る我を　闇にや妹が　恋ひつつあるらむ
右の一首、大判官
三六七〇　韓亭《からとまり》　能許《のこ》の浦波　立たぬ日は　あれども家に　恋ひぬ日はなし
三六七一　ぬばたまの　夜渡る月に　あらませば　家なる妹に　逢ひて来ましを
三六七二　ひさかたの　月は照りたり　暇《いとま》なく　海人《あま》のいざりは　灯《とも》し合《あ》へり見ゆ
三六七三　風吹けば　沖つ白波　恐《かしこ》みと　能許の泊《と》まりに　あまた夜そ寝《ぬ》る

[4]引津の亭《とまり》に舟泊まりして作れる歌七首

三六七四　くさまくら　旅を苦しみ　恋ひ居れば　可也《かや》の山辺に　さをしか鳴くも
三六七五　沖つ波　高く立つ日に　逢へりきと　都の人は　聞きてけむかも
右の二首、大判官
三六七六　あまとぶや　かりを使ひに　得てしかも　奈良の都に　言告げ遣らむ

1—西海道十一国の一つ。福岡県北西部一帯の地。
2—糸島郡北部。
3—福岡市西区の博多湾入口の唐泊崎付近の舟着き場。
三六七〇 ○能許の浦—福岡市の博多湾内の浅島付近の海浜。
三六七一 ○ぬばたまの—枕詞。
三六七二 ○ひさかたの—枕詞。
4—福岡県糸島郡志摩町船越から岐志にかけた地域にあった舟着き場。
三六七四 ○可也の山—糸島郡志摩町にある山。○さをしか—しか科、日本シカの牡。サは接頭語。○くさまくら—枕詞。
三六七六 ○あまとぶや—枕詞。

三六七七　秋の野を　にほはすはぎは　咲けれども　見る験《しるし》なし　旅にしあれば

三六七八　妹を思ひ　眠《い》の寝《ね》らえぬに　秋の野に　さをしか鳴きつ　妻思ひかねて

三六七九　大舟に　ま梶《かぢ》しじ貫き　時待つと　我は思へど　月そ経にける

三六八〇　夜を長み　眠《い》の寝らえぬに　あしひきの　山彦とよめ　さをしか鳴くも

[1]肥前国《ひのみちのくち》松浦《まつら》[2]郡の狛島《こましま》[3]の亭《とまり》にして舟泊まりする夜に、海浪を遙《はる》かに望み各《おのもおのも》旅の心を慟《いた》みて作れる歌七首

三六八一　帰り来て　見むと思ひし　我がやどの　秋萩すすき　散りにけむかも

右の一首、[4]秦田麻呂《はたのたまろ》

三六八二　天地《あめつち》の　神を乞《こ》ひつつ　我待たむ　はや来ませ君　待たば苦しも

右の一首、[5]娘子《をとめ》

三六八三　君を思ひ　我が恋ひまくは　あらたまの　立つ月ごとに　避《よ》くる日もあらじ

三六八四　秋の夜を　長みにかあらむ　なぞここば　眠の寝らえぬも　一人寝ればか

三六八五　足日女《たらしひめ》　み舟泊てけむ　松浦の海　妹が待つべき　月は経につつ

三六八六　旅なれば　思ひ絶えても　ありつれど　家にある妹し　思ひがなしも

三六八七　あしひきの　山飛び越ゆる　かりがねは　都に行かば　妹に逢ひて来ね

[6]壱岐島《ゆきのしま》に至りて、[7]雪連宅満《ゆきのむらじやかまろ》の忽ちに鬼病に遇ひて死去せし時に作れる歌一首　并びに短歌

三六八〇　○あしひきの―枕詞。
1―西海道十二国の一つ。佐賀、長崎県の地域。
2―佐賀県の東西両松浦郡。長崎県の南北両松浦郡一帯の地域。
3―佐賀県唐津市付近の海にあった舟着き場かとする説がある。
4―伝未詳。

5―狛島の亭の遊行女婦か。

三六八三　○あらたまの―枕詞。

三六八五　○第一・二・三句―序詞。○足日女―神功皇后。

三六八七　○あしひきの―枕詞。
6―長崎県壱岐島。
7―伝未詳。

三六八八 天皇《すめろき》の 遠の朝廷《みかど》と 韓国に 渡る我が背は 家人の 斎《いは》ひ待たねか
正身《ただみ》かも 過《あやま》ちしけむ 秋さらば 帰りまさむと たらちねの 母に申
して 時も過ぎ 月も経ぬれば 今日か来む 明日かも来むと 家人は
待ち恋ふらむに 遠の国 いまだも着かず 大和をも 遠く離《さか》りて 岩
が根の 荒き島根に 宿りする君

反歌二首

三六八九 石田野《いはたの》に 宿りする君 家人の いづらと我を 問はばいかに言はむ
三六九〇 世間《よのなか》は 常かくのみと 別れぬる 君にやもとな 我が恋ひ行かむ

右の三首、挽歌

三六九一 天地《あめつち》と ともにもがもと 思ひつつ ありけむものを はしけやし 家
を離れて 波の上ゆ なづさひ来にて あらたまの 月日も来経ぬ か
りがねも 継ぎて来鳴けば たらちねの 母も妻らも 朝露に 裳《も》の裾《すそ》
ひづち 夕霧に 衣手濡れて 幸《さき》くしも あるらむごとく 出で見つつ
待つらむものを 世間《よのなか》の 人の嘆きは 相思はぬ 君にあれやも 秋
萩の 散らへる野辺の 初《はつ》尾花 仮廬《かりほ》に葺《ふ》きて 雲離れ 遠き国辺の 露
霜の 寒き山辺に 宿りせるらむ

反歌二首

三六九二 はしけやし 妻も子どもも 高々に 待つらむ君や 山隠《がく》れぬる
三六九三 黄葉《もみちは》の 散りなむ山に 宿《やど》りぬる 君を待つらむ 人し悲しも

三六八八 ○たらちねの―枕詞。

三六八九 ○石田野―壱岐郡石田町付近の野。

三六九一 ○あらたまの―枕詞。○たらちねの―枕詞。○をばな―いね科、ススキの花。

三六九三 ○もみち―露や霜にあたって、草や木の葉が黄や赤に変色すること。

右の三首、1葛井連子老《ふぢゐのむらじこおゆ》の作る挽歌

三六九四　わたつみの　恐《かしこ》き道を　安けくも　なく悩み来て　今だにも　喪《も》なく行かむと　壱岐《ゆき》の海人《あま》の　ほつての占部《うらへ》を　かた灼《や》きて　行かむとするに　夢《いめ》のごと　道《みち》の空道《そらぢ》に　別れする君

反歌

三六九五　昔より　言ひけることの　からくにの　辛《から》くもここに　別れするかも

三六九六　新羅辺《しらきへ》か　家にか帰る　壱岐《ゆき》の島　行かむたどきも　思ひかねつも

右の三首、2六鯖《むさば》の作る挽歌

3対馬島《つしまのしま》の4浅茅《あさぢ》の浦に到り舟泊まりする時に、順風を得ず経停《とど》まること五箇日《いつか》なり。ここに物華を瞻望《せんぼう》し各慟心《どうしん》を陳べて作れる歌三首

三六九七　百舟《ももふね》の　泊つる対馬の　浅芽山　しぐれの雨に　もみたひにけり

三六九八　あまざかる　鄙にも月は　照れれども　妹そ遠くは　別れ来にける

三六九九　秋されば　置く露霜に　あへずして　都の山は　色付きぬらむ

5竹敷《たかしき》の浦にして舟泊まりする時に各心緒《おもひ》を陳べて作れる歌十八首

三七〇〇　あしひきの　山下光る　黄葉《もみちは》の　散りのまがひは　今日にもあるかも

右の一首、大使

三七〇一　竹敷《たかしき》の　もみちを見れば　我妹子が　待たむと言ひし　時ぞ来にける

1―伝未詳。

三六九五　○からくにの―枕詞。

2―六鯖―六人部連鯖麻呂。

3―朝鮮半島と九州を結ぶ大陸航路にあたる島。

4―対馬の大口湾（浅茅湾）。

三六九七　○浅茅山―対馬の大口湾東方の山。○百舟の　泊つる―序詞。

三六九八　○あまざかる―枕詞。

5―対馬の下県郡美津島町竹敷の海浜。

三七〇〇　○あしひきの―枕詞。

三七〇二 竹敷《たかしき》の 浦回《うらみ》のもみち 我行きて 帰り来るまで 散りこすなゆめ

右の一首、副使[1]

三七〇三 竹敷の 宇敞可多山《うへかた》は くれなゐの 八入《やしほ》の色に なりにけるかも

右の一首、小判官[2]

三七〇四 黄葉《もみちは》の 散らふ山辺ゆ 漕ぐ舟の にほひにめでて 出でて来にけり

三七〇五 竹敷の 玉藻なびかし 漕ぎ出なむ 君がみ舟を 何時とか待たむ

右の二首、対馬の娘子名を玉槻《たまつき》[3]といふ

三七〇六 玉敷ける 清き渚《なぎさ》を 潮満てば 飽かず我行く 帰るさに見む

右の一首、大使

三七〇七 秋山の もみちをかざし 我が居れば 浦潮満ち来 いまだ飽かなくに

右の一首、副使

三七〇八 物思ふと 人には見えじ したびもの 下ゆ恋ふるに 月ぞ経にける

右の一首、大使

三七〇九 家づとに 貝を拾《ひり》ふと 沖辺より 寄せ来る波に 衣手濡れぬ

三七一〇 潮干なば またも我来む いざ行かむ 沖つ潮騒《しほざゐ》 高く立ち来ぬ

三七一一 我が袖は 手本《たもと》通りて 濡れぬとも 恋忘れ貝 取らずは行かじ

三七一二 ぬばたまの 妹が乾《ほ》すべく あらなくに 我が衣手を 濡れていかにせ

1—大伴宿祢三中。天平八年は従六位下であった↓3・四四三。巻十五のうち作者名を明記しない歌の作者とする説もある。

三七〇三 ○宇敞可多山—対馬の下県郡美津島町竹敷の山か。

2—大蔵忌寸麻呂—天平八年は正七位上であった。

3—遊行女婦か。

三七〇八 ○したびもの—枕詞。

三七一二 ○ぬばたまの—枕詞。

む
三七一三 黄葉《もみちは》は 今はうつろふ 我妹子が 待たむと言ひし 時の経行けば
三七一四 秋されば 恋しみ妹を 夢にだに 久しく見むを 明けにけるかも
三七一五 一人のみ きぬる衣の 紐解かば 誰かも結《ゆ》はむ 家遠くして
三七一六 あまくもの たゆたひ来れば 九月《ながつき》の もみちの山も うつろひにけり
三七一七 旅にても 喪《も》なくはや来《こ》と 我妹子が 結びし紐は なれにけるかも

筑紫《つくし》を廻り来、海路にて京に入らむとし、1播磨国《はりまのくに》の家島に到りし時に作れる歌五首

三七一八 家島は 名にこそありけれ 海原《うなはら》を 我が恋ひ来つる 妹もあらなくに
三七一九 くさまくら 旅に久しく あらめやと 妹に言ひしを 年の経ぬらく
三七二〇 我妹子を 行きてはや見む 淡路島 雲居に見えぬ 家付くらしも
三七二一 ぬばたまの 夜明かしも舟は 漕ぎ行かな 三津の浜松 待ち恋ひぬらむ
三七二二 大伴の 三津の泊まりに 舟泊てて 竜田の山を いつか越え行かむ

2中臣朝臣宅守《なかとみのあそみやかもり》と3狭野弟上娘子《さののおとがみをとめ》との贈答歌

三七二三 あしひきの 山道《やまぢ》越えむと する君を 心に持ちて 安けくもなし
三七二四 君が行く 道の長手を 繰《く》り畳《たた》ね 焼き滅ぼさむ 天の火もがも
三七二五 我が背子し けだし退《まか》らば しろたへの 袖を振らさね 見つつ偲はむ
三七二六 このころは 恋ひつつもあらむ たまくしげ 明けてをちより すべな
かるべし

三七一六 ○あまくもの―枕詞。
1―兵庫県明石市付近の地域。
三七一九 ○くさまくら―枕詞。
2―東人の第七男。天平十（七三八）年頃、蔵部の女孺狭野弟上娘子と婚姻をなすが、勅断により越前国に流罪となり、同十二年赦免。
3―後宮令の蔵司の女孺とする説もある。なお流罪の原因について諸説がある。
三七二三 ○あしひきの―枕詞。
三七二五 ○しろたへの―枕詞。
三七二六 ○たまくしげ―枕詞。

三七二八 ○あをによし—枕詞。

三七三〇 ○み越道—越（北陸地方の越前）の国へ行く道。ミは接頭語。

三七三三 ○あかねさす—枕詞。○ぬばたまの—枕詞。

三七三八 ○ぬばたまの—枕詞。

右の四首、娘子の別れに臨《のぞ》みて作れる歌

三七二七 塵泥《ちりひぢ》の 数にもあらぬ 我《われ》故に 思ひわぶらむ 妹がかなしさ

三七二八 あをによし 奈良の大道《おほぢ》は 行き良けど この山道は 行き悪しかりけり

三七二九 うるはしと 我《あ》が思ふ妹を 思ひつつ 行けばかもとな 行き悪しかるらむ

右の四首、中臣朝臣宅守、道に上りて作れる歌

三七三〇 恐《かしこ》みと 告らずありしを み越道《こしぢ》の 手向《たむけ》に立ちて 妹が名告《の》りつ

三七三一 思ふ故《ゑ》に 逢ふものならば しましくも 妹が目離《めか》れて 我《あれ》居らめやも

三七三二 あかねさす 昼は物思ひ ぬばたまの 夜はすがらに 音《ね》のみし泣かゆ

三七三三 我妹子が 形見の衣 なかりせば 何物もてか 命継がまし

三七三四 遠き山 関も越え来ぬ 今更に 逢ふべきよしの なきがさぶしさ

一に云ふ「さびしさ」

三七三五 思はずも まことあり得むや さ寝る夜の 夢《いめ》にも妹が 見えざらなくに

三七三六 遠くあれば 一日《ひとひ》一夜《ひとよ》も 思はずて あるらむものと 思ほしめすな

三七三七 人よりは 妹そも悪しき 恋もなく あらましものを 思はしめつつ

三七三八 思ひつつ 寝ればかもとな ぬばたまの 一夜《ひとよ》もおちず 夢にし見ゆる

三七三九 かくばかり 恋ひむとかねて 知らませば 妹をば見ずそ あるべくありける

三七四〇 天地《あめつち》の 神なきものに あらばこそ 我《あ》が思ふ妹に 逢はず死にせめ

三七四一 ○ありきぬの―枕詞。

三七四四 ○たまきはる―枕詞。

三七五一 ○しろたへの―枕詞。

三七五四 ○ほととぎす―杜鵑科。○第四句定訓を得ない。

三七四一 命をし　全《また》くしあらば　ありきぬの　ありて後にも　逢はざらめやも

一に云ふ「ありての後も」

三七四二 逢はむ日を　その日と知らず　常闇《とこやみ》に　いづれの日まで　我《あれ》恋ひ居らむ

三七四三 旅と言へば　言にぞ易《やす》き　すくなくも　妹に恋ひつつ　すべなけなくに

三七四四 我妹子に　恋ふるに我《あれ》は　たまきはる　短き命も　惜しけくもなし

右の十四首、中臣朝臣宅守

三七四五 命あらば　逢ふこともあらむ　我《わ》が故に　はだな思ひそ　命だに経ば

三七四六 人の植うる　田は植ゑまさず　今更に　国別れして　我《あれ》はいかにせむ

三七四七 我《わ》がやどの　まつの葉見つつ　我《あれ》待たむ　はや帰りませ　恋ひ死なぬとに

三七四八 他国《ひとくに》は　住み悪しとそいふ　速《すむや》けく　はや帰りませ　恋ひ死なぬとに

三七四九 他国に　君をいませて　何時までか　我《あ》が恋ひ居らむ　時の知らなく

三七五〇 天地の　底ひの裏《うら》に　我《あ》がごとく　君に恋ふらむ　人はさねあらじ

三七五一 しろたへの　我《あ》が下衣　失はず　持てれ我《わ》が背子　直《ただ》に逢ふまでに

三七五二 春の日の　うら悲しきに　後れ居て　君に恋ひつつ　現《うつ》しけめやも

三七五三 逢はむ日の　形見にせよと　たわやめの　思ひ乱れて　縫へる衣そ

右の九首、娘子

三七五四 過所《くわそ》なしに　関飛び越ゆる　ほととぎす　多我子尓毛　止まず通はむ

三七五五 うるはしと　我《あ》が思ふ妹を　山川を　中に隔《へな》りて　安けくもなし

三七五六 向かひ居て　一日もおちず　見しかども　厭《いと》はぬ妹を　月渡るまで

三七五八　○さすだけの―枕詞。

三七六二　○わぎもこに―枕詞。

三七六五　○まそかがみ―枕詞。

三七六九　○ぬばたまの―枕詞。

三七七〇　○味真野―福井県武生市味真野町の味真野神社付近一帯の地。

三七五七　我《あ》が身こそ　関山越えて　ここにあらめ　心は妹に　寄りにしものを

三七五八　さすだけの　大宮人は　今もかも　人なぶりのみ　好みたるらむ

一に云ふ「今さへや」

三七五九　立ち反り　泣けども我《あれ》は　験《しるし》なみ　思ひわぶれて　寝る夜しそ多き

三七六〇　さ寝る夜は　多くあれども　物思はず　安く寝る夜は　さねなきものを

三七六一　世間《よのなか》の　常の理《ことわり》　かくさまに　なり来にけらし　すゑし種から

三七六二　わぎもこに　相坂山を　越えて来て　泣きつつ居れど　逢ふよしもなし

三七六三　旅といへば　言にそ易《やす》き　すべもなく　苦しき旅も　言にまさめやも

三七六四　山川を　中に隔《へな》りて　遠くとも　心を近く　思ほせ我妹《わぎも》

三七六五　まそかがみ　かけて偲《しぬ》へと　まつりだす　形見のものを　人に示すな

三七六六　うるはしと　思ひし思はば　下紐に　結《ゆ》ひ付け持ちて　止まず偲《しぬ》はせ

右の十三首、中臣朝臣宅守

三七六七　魂《たましひ》は　朝夕《あしたゆふへ》に　賜《たま》ふれど　我《あ》が胸痛し　恋の繁きに

三七六八　このころは　君を思ふと　すべもなき　恋のみしつつ　音《ね》のみしそ泣く

三七六九　ぬばたまの　夜見し君を　明くる朝《あした》　逢はずまにして　今ぞ悔《くや》しき

三七七〇　味真野《あぢまの》に　宿れる君が　帰り来む　時の迎へを　何時とか待たむ

三七七一　宮人の　安眠《やすい》も寝ずて　今日今日と　待つらむものを　見えぬ君かも

三七七二　帰り来る　人来れりと　言ひしかば　ほとほと死にき　君かと思《おも》ひて

三七七三　君がむた　行かましものを　同じこと　後《おく》れて居れど　良きこともなし

三七七五　○あらたまの―枕詞。

三七七八　○しろたへの―枕詞。

三七七九　○花橘―やぶこうじ科のカラタチバナ説、まつかぜそう科のキシュウミカン説、ミカン類の総称説などがある。

三七七四　我が背子が　帰り来まさむ　時のため　命残さむ　忘れたまふな

　右の八首、娘子

三七七五　あらたまの　年の緒《を》長く　逢はざれど　異《け》しき心を　我《あ》が思《も》はなくに

三七七六　今日もかも　都なりせば　見まく欲り　西の御厩《みまや》の　外《と》に立てらまし

　右の二首、中臣朝臣宅守

三七七七　昨日今日　君に逢はずて　するすべの　たどきを知らに　音《ね》のみしそ泣く

三七七八　しろたへの　我《あ》が衣手を　取り持ちて　斎《いは》へ我が背子　直《ただ》に逢ふまでに

　右の二首、娘子

三七七九　我《わ》がやどの　花橘は　いたづらに　散りか過ぐらむ　見る人なしに

三七八〇　恋ひ死なば　恋ひも死ねとや　ほととぎす　物思ふ時に　来鳴きとよむる

三七八一　旅にして　物《も》思ふ時に　ほととぎす　もとな鳴きそ　我《あ》が恋増さる

三七八二　雨隠《ごも》り　物《も》思ふ時に　ほととぎす　我《わ》が住む里に　来鳴きとよもす

三七八三　旅にして　妹に恋ふれば　ほととぎす　我《わ》が住む里に　こよ鳴き渡る

三七八四　心なき　鳥にそありける　ほととぎす　物思ふ時に　鳴くべきものか

三七八五　ほととぎす　間《あひだ》しまし置け　汝が鳴けば　我《あ》が思ふ心　いたもすべなし

　右の七首、中臣朝臣宅守、花鳥に寄せて思ひを陳べて作る歌

萬葉集巻第十五

萬葉集巻第十六

由縁有る并びに雑歌[1]

昔、娘子《をとめ》あり、字《あざな》を桜児《さくらこ》といふ。ここに二人の壮士《をとこ》あり。共にこの娘を誂《とぶら》ひて、生を捐《す》てて挌競《あらそ》ひ、死を貪《むさぼ》りて相敵《あた》む。ここに娘子歔欷《なげ》きて曰く、古より今までに、未だ聞かず、未だ見ず、一人の女《をみな》の身の二つの門に往適《ゆ》くといふことを。方今《いまし》壮士の意《こころ》、和平《にき》び難きものあり。如《し》かじ、妾《わ》が死にて相害《あらそ》ふこと永く息《や》まむには、といふ。すなはち林の中に尋ね入り、樹に懸りて経《わな》き死にき。その両《ふたり》の壮士、哀慟《かなしび》に敢へず、血の涙襟に漣《なが》る。各ゝ心緒《おもひ》を陳《の》べて作る歌二首

三七八六　春さらば　挿頭《かざし》にせむと　我が思ひし　さくらの花は　散り行けるかも

その一

三七八七　妹が名に　かけたるさくら　花咲かば　常にや恋ひむ　いや年のはに

その二

或《あるひと》の曰く、昔三人の男あり、同しく一人の女を娉《つまど》ひき。娘子嘆息《なげか》ひて曰く、一人の女の身の、滅《け》易きこと露の如く、三人の雄《をのこ》の志

1―「由縁有る雑歌」なのか「由縁有る歌并びに雑歌」なのか諸説がある。

の、平《にき》び難きこと石の如し。遂にすなはち池の上を彷徨《たちもとほ》り、水底に沈《しづ》みき。ここにその壮士《をとこ》等、哀頽《かなしび》の至りに勝《あ》へず、各所心《おもひ》を陳《の》べて作る歌三首　娘子は字《あざな》を縵児《かづらこ》といふ

三七八八　耳無《みみなし》の　池し恨めし　我妹子が　来つつ潜《かづ》かば　水は涸《か》れなむ　一

三七八九　あしひきの　山縵の児　今日徃くと　我に告げせば　還り来《こ》ましを　二

三七九〇　あしひきの　玉縵の児　今日の如　いづれの隈を　見つつ来《き》にけむ　三

昔、老翁《おきな》有り、号を竹取の翁といふ。この翁、[1]季春の月に、丘に登りて遠く望む。忽ちに羹《あつもの》を煎《に》る九箇《ここのたり》の女子に逢ひぬ。百の嬌《こび》は儔《たぐひ》無く、花容《すがた》は匹無《たぐひ》し。ここに娘子等、老翁を呼び嗤《わら》ひて曰く、叔父来りて、この燭火を吹け、といふ。ここに翁唯々《おお》といひて、漸く趍き徐《おもふる》に行き、座上に着接《つ》きぬ。良久《ややひさ》にして、娘子等皆共に咲《ゑ》みを含み、相推譲《ゆづ》りて曰く、阿誰《たれ》かこの翁を呼びつる阿誰かこの翁を呼びつると、すなはち竹取の翁謝《かしこ》まりて曰く、慮《おも》はざる外に、偶《たまさか》に神仙に逢ひぬ。迷惑《まと》へる心、敢へて禁《とど》むる所無し。近づき狎《な》れぬる罪は、希《ねが》はくは贖《あか》ふに歌を以てせむと。即ち作る歌一首并せて短歌

三七九一　みどり子の　若子《わくご》が身には　たらちし　母に懐《むだ》かえ　褨襁《ひむつき》の　平生《はふこ》が身には　木綿肩衣《ゆふかたぎぬ》　純裏《ひつら》に縫ひ着　頸付《うなづき》の　童《わらは》が身には　結ひ幡《はた》の　袖付け衣《ごろも》　着し我を　にほひよる　児らが同年児《よち》には　みなのわた　か黒し髪を　ま櫛《くし》もち　ここに掻き垂れ　取り束《つか》ね　上げても巻きみ　解き乱

三七八八　○耳無の池―所在未詳。

三七八九　○あしひきの―枕詞。

三七九〇　○あしひきの―枕詞。

1―陰暦の三月。

三七九一　○たらちし―枕詞。○褨襁―諸説あるが未詳。○平生―這う子の意。○肩衣―丈の短い袖なし。○純裏―一枚の布を折って表裏とした衣服か。○頸付―襟のついた小児用の衣服か。○結ひ幡―しぼり染め。○みなのわた―枕詞。○さ丹つかふ―赤みがかっている。

○大綾の衣―綾織の大きな文様の衣。○住吉―大阪市住吉区を中心とした一帯の地。○遠里小野―住吉区遠里小野町、堺市遠里小野町の地。○こまにしき―枕詞。○刺部重部―定訓を得ない。○うちそやし―枕詞。○麻続の児―麻を績むことを職とする児。○ありきぬの―枕詞。○宝の児―防部の児。○信巾裳成者之寸丹取為支屋所経―定訓を得ない。○稲置をとめ―天武朝に制定された八色の姓のうち最下級稲置の女子。○二綾裏沓―二色の綾織の布で作ったクツ下か。○とぶとりの―枕詞。○明日香―奈良県高市郡明日香村一帯の地。○黒沓―未詳。衣服令に見える礼服・朝服の「烏皮舄」の類かという。○禁めをとめ―母が邪魔する。○水縹―淡い藍色。○引き帯なす―衣服の上に用いる小帯のように。○韓帯―韓風の様式の帯。○すがる―ジガバチのこと。○さ野つ鳥―キジの異名。○うちひさす―枕詞。○さすたけの―枕詞。○舎人―天皇や皇族などに近く仕えて雑事を管理した者。○如是所為故為―定訓を得ない。○ささきし―未詳。はなやぎの意か。

り　童になしみ　さ丹つかふ　色なつかしき　紫の　大綾の衣《きぬ》　住吉《すみのえ》の
遠里小野の　真榛もち　にほしし衣《きぬ》に　こまにしき　紐に縫ひ付け
刺部重部　なみ重ね着て　うちそやし　麻続《をみ》の児ら　ありきぬの　宝の
児らが　うつたへは　経て織る布　日曝《さら》しの　麻《あさ》手作りを　信巾裳成者
之寸丹取為支屋所経　稲置丁女《いなきをとめ》が　妻問ふと　我におこせし　彼方《をちかた》の
二綾裏沓《ふたあやしたぐつ》　とぶとりの　明日香壮《をとこ》が　長雨《ながめ》忌み　縫ひし黒沓　刺し履《は》
きて　庭にたたずめ　罷《まか》りな立ちと　禁《いさ》め尾迹女《をとめ》が　ほの聞きて　我に
おこせし　水縹《みはなた》の　絹の帯を　引き帯なす　韓《から》帯に取らせ　海神《わたつみ》の　殿
の盖《いらか》に　飛び翔《かけ》る　すがるのごとき　腰細に　取り飾らひ　まそ鏡　取
り並め掛けて　己《おの》が顔　還《かへ》らひ見つつ　春さりて　野辺を巡れば　おも
しろみ　我を思へか　さ野つ鳥　来鳴き翔《かけ》らふ　秋さりて　山辺を行け
ば　なつかしと　我を思へか　天雲も　行きたなびく　還り立ち　道を
来れば　うちひさす　宮をみな　さすたけの　舎人壮《とねりをとこ》も　忍ぶらひ　還《かへ》
らひ見つつ　誰が子そとや　思はへてある　如是所為故為　古《いにしへ》　ささき
し我や　はしきやし　今日やも児らに　いさにとや　思はえてある　如
是所為故為　古の　賢《さか》しき人も　後の世の　鑑《かがみ》にせむと　老人《おいひと》を　送り
し車　持ち帰りけり　持ち帰りけり

反歌二首

三七九二　死なばこそ　相見ずあらめ　生きてあらば　白髪《しろかみ》児らに　生ひざらめや

三八〇〇　○はだすすき—枕詞。

三八〇一　○住吉→6・九九七。

三八〇二　○第一・二句—序詞。

三八〇三　○第三・四句—序詞。

も

三七九三　白髪し　児らも生ひなば　かくのごと　若けむ児らに　罵《の》らえかねめや

娘子《をとめ》等の和ふる歌九首

三七九四　はしきやし　翁の歌に　おほほしき　九《ここの》の児らや　かまけて居らむ　一

三七九五　辱《はぢ》を忍び　辱《はぢ》を黙《もだ》して　事もなく　物言はぬさきに　我は寄りなむ　二

三七九六　否《いな》も諾《を》も　欲しきまにまに　許すべき　かたちは見ゆや　我も寄りなむ　三

三七九七　死にも生きも　同じ心と　結びてし　友や違《たが》はむ　我も寄りなむ　四

三七九八　何すと　違ひは居らむ　否も諾も　友のなみなみ　我も寄りなむ　五

三七九九　豈《あに》もあらぬ　己《おの》が身のから　人の子の　言も尽くさじ　我も寄りなむ　六

三八〇〇　はだすすき　穂にはな出でと　思ひたる　情《こころ》は知らゆ　我も寄りなむ　七

三八〇一　住吉《すみのえ》の　岸野のはりに　にほふれど　にほはぬ我や　にほひて居らむ　八

三八〇二　春の野の　下草なびき　我も寄り　にほひ寄りなむ　友のまにまに　九

昔、壮士《をとこ》と美しき女と有り　姓名未だ詳らかならず、　二人の親に告げずして、竊《ひそか》に交接《まじはり》を為せり。時に娘子の意に、親に知らせむと欲《おも》ふ。因りて歌詠を作り、その夫に送り与へき。歌に曰く

三八〇三　隠《こも》りのみ　恋ふれば苦し　山のはゆ　出で来る月の　顕《あらは》さばいかに

右、或《あるひと》の云ふ、男に答歌有りと。未だ探り求むること得ず。

昔、壮士有り。新たに婚礼をなす。未だ幾時も経ずして、忽ちに

駅使《はゆまづかひ》となりて、遠き境に遣はされぬ。公事は限り有り、会ふ期は日無し。ここに娘子、感慟悽愴《かんどうせいさう》、疾疢《やまひ》に沈み臥しぬ。累年の後に壮士還り来り覆命《かへりこと》既に了《をは》りぬ。すなはち詣《いた》りて相視る。しかるに娘子の姿容《すがた》の、疲羸《ひるい》せること甚だ異にして、言語哽咽《かうえつ》す。ここに壮士哀しび嘆きて涙を流し、歌を裁《つく》りて口に号《おら》ぶ。その歌一首

三八〇四　かくのみに　ありけるものを　猪《ゐ》名川の　沖を深めて　我が念へりける

娘子、臥しつつ夫君の歌を聞き、枕より頭を上げ、声に応へて和ふる歌一首

三八〇五　ぬばたまの　黒髪濡れて　沫雪《あわゆき》の　降るにや来ます　ここだ恋ふれば

今案《かむが》ふるに、この歌は、その夫使はれて既に累載を経ぬ。而《しか》して還る時に当たりて雪降る冬なり。斯によりて、娘子この沫雪の句を作るか。

三八〇六　事しあらば　小初瀬《をはつせ》山の　石城《いはき》にも　隠《こも》らば共に　な思ひ我が背

右、伝へて云はく、時に女子あり。父母に知らせず、竊《ひそか》に壮士《をとこ》に接《まじは》る。壮士、その親の叱嘖《ころは》むことを悚惕《おそ》りて、稍《やくや》く猶予《たゆた》ふ意あり。これによりて、娘子この歌を裁作《つく》りて、その夫に贈り与ふといふ。

三八〇七　安積香《あさか》山　影さへ見ゆる　山の井の　浅き心を　我が念はなくに

右の歌、伝へて云はく、葛城王《1かづらきのおほきみ》、陸奥国《2みちのくのくに》に遣はさえし時に、

三八〇四　○猪名川―兵庫県川辺郡の山中に発し、川西市、伊丹市を流れ、尼崎市で海に入る。

三八〇五　○ぬばたまの―枕詞。

三八〇六　○小初瀬山―奈良県桜井市初瀬の山。

三八〇七　○安積香山―福島県安積郡日和田町の北東にある山。○第一・二・三句―序詞。
1―橘宿祢諸兄↓6・一〇〇九。
2―磐城・岩代・陸前・陸中・陸奥の総称。

三八〇八 ○住吉小集楽―小さな歌垣的なあそびの集りか。

国司の祇承《しじよう》の緩怠なること異に甚だし。ここに王の意悦びずして怒りの色面に顕はれぬ。飲饌を設けたれど、肯《あ》へて宴楽せず。ここに前《さき》の采女《うねめ》あり、風流《みやび》たる娘子なり。左手に觴《さかづき》を捧げ、右手に水を持ち、王の膝を撃ちて、この歌を詠む。すなはち王の意解け悦びて、楽飲すること終日なり、といふ。

三八〇八　住吉《すみのえ》の　小集楽《をづめ》に出でて　現《うつつ》にも　己妻《おのづま》すらを　鏡と見つも

右、伝へて云はく、昔、鄙人《とひと》あり。姓名未だ詳かならず。時に郷里の男女、衆集ひて野遊びす。この会集の中に鄙人の夫婦あり。その婦、容姿《すがた》の端正《きらきら》しきこと、衆諸に秀れたり。すなはちその鄙人の意に、弥《いよよ》妻を愛しぶる情増りて、この歌を作り美貌を賛嘆す、といふ。

三八〇九　商変《あきかへ》し　をすとの御法《みのり》　あらばこそ　我が下衣　返したまはめ

右、伝へて云はく、ある時に幸《うつくし》びらるる娘子あり。姓名未だ詳らかならず。寵《おもひ》薄れたる後に、寄物、俗に可多美《かたみ》といふ、を還したまふ。ここに娘子怨恨《うら》みて、聊かにこの歌を作りて献上《たてまつ》るといふ。

三八一〇　味飯《うまいひ》を　水に醸《か》み成し　我が待ちし　代《かひ》はさねなし　直《ただ》にしあらねば

右、伝へて云はく、昔、娘子あり、その夫に相別れて、望み恋ひて年を経たり。その時夫君更に他《あた》し妻を取り、正身は来たら

三八一一　○さにつらふ―赤みを帯びた。○たまづさの―枕詞。○ちはやぶる―枕詞。○むらきもの―枕詞。○たらちねの―枕詞。○ももたらず―枕詞。

ずして、徒褁物《ただつと》のみを贈る。此に因りて、娘子はこの恨むる歌を作りて、還し酬《むく》ひき、といふ。

夫君に恋ふる歌一首　并せて短歌

三八一一　さにつらふ　君がみ言と　たまづさの　使ひも来ねば　憶《おも》ひ病《や》む　我が
身ひとつぞ　ちはやぶる　神にもな負ほせ　占部《うらへ》すゑ　亀もな灼《や》きそ
恋ひしくに　痛き我が身そ　いちしろく　身にしみ通り　むらきもの
心砕けて　死なむ命　にはかになりぬ　今更に　君か我を呼ぶ　たらち
ねの　母の御事《みこと》か　ももたらず　八十の衢《ちまた》に　夕占《ゆふけ》にも　占《うら》にもぞ問ふ
死ぬべき我がゆゑ

反歌

三八一二　卜部《うらへ》をも　八十《やそ》の衢《ちまた》も　占問へど　君を相見む　たどき知らずも

或本の反歌に曰く

三八一三　我が命は　惜しくもあらず　さにつらふ　君によりてそ　長く欲りせし

右、伝へて云はく、時に娘子有り、姓は車持《くるまもち》氏なり。その夫久しく年序《とし》を経れども、往来をなさず。時に娘子、係恋《おもひ》に心を傷ましめ、痾疹《やまひ》に沈み臥せり。痩《や》羸すること日に異《け》にして、忽ちに泉路に臨みき。ここに使ひを遣り、その夫君を喚《よ》び来す。すなはち歔欷《なげ》き渧《なみた》を流し、この歌を口に号《おら》ぶ。すなはち逝歿《みまか》りぬ、といふ。

贈る歌一首

三八一四　白玉は　緒絶えしにきと　聞きしゆゑに　その緒また貫き　我が玉にせむ

答ふる歌一首

三八一五　白玉の　緒絶えはまこと　然れども　その緒また貫き　人持ち去《い》にけり

右、伝へて云はく、時に娘子あり、夫君に棄てられて他氏に改め適《ゆ》きき。ここに或る壮士《をとこ》あり、改め適きしことを知らずしてこの歌を贈り遣はし、女の父母に請ひ誂《とぶら》ふ。ここに父母の意に壮士未だ委曲《つばひ》らかなる旨を聞かずとして、すなはちその歌を作り報《こた》へ送り、以て改め適きし縁を顕はす、といふ。

穂積親王[1]の御歌一首

三八一六　家にありし　櫃《ひつ》に鏁《かぎ》刺し　蔵《をさ》めてし　恋の奴《やつこ》の　つかみかかりて

右の歌一首、穂積親王宴飲の日に、酒酣《たけなは》なる時に、好みてこの歌を誦《よ》み、以て恒《つね》の賞《め》でとす、といふ。

三八一七　かるうすは　田廬《たぶせ》の本に　我が背子は　にふぶに笑みて　立ちませり見ゆ　田廬は多夫世《たぶせ》の反

三八一八　あさがすみ　鹿火屋《かひや》が下の　鳴くかはづ　偲ひつつありと　告げむ児もがも

右の歌二首、河村王[2]、宴居の時に、琴を弾きて即ちまづこの歌

1—2・一一四。

三八一七○かるうす—カラウスのこと。韓臼、柄臼の両説がある。

三八一八○あさがすみ—枕詞。○鹿火屋—未詳。蚊あるいは鹿を追いやる火をたく家か。○第一・二・三句—序詞。

2—伝未詳。宝亀から延暦年間にかけて少納言、阿波守、大舎人頭などを歴任する。

を誦み、以て常の行《わざ》と為す。

三八一九　夕立の　雨うち降れば　春日野《かすがの》の　をばなが末《うれ》の　白露思ほゆ

三八二〇　夕づく日　さすや河辺に　作る屋の　形《かた》を宜《よろ》しみ　うべ寄そりけり

右の歌二首、小鯛王《をたひ》[1]、宴居の日に琴を取り、登時《すなはち》必ずまづこの歌を吟詠す。その小鯛王は更《また》の名を置始多久美《おきそめのたくみ》といふ、この人なり。

児部《こべ》[2]女王の嗤《わら》ふ歌一首

三八二一　うましもの　いづく飽かじを　坂門《さかと》らが　角のふくれに　しぐひあひにけむ

右、時に娘子あり、姓は尺度氏《さかと》なり。この娘子は高き姓の美人《うまひと》の誂《とぶら》ふ所を聴かず、下姓の媿士《しこを》の誂ふ所を応諾《ゆる》す。ここに児部女王この歌を裁作《つく》り、その愚を嗤咲《わら》ふ。

古歌に曰く

三八二二　たちばなの　寺の長屋に　我が率寝《ゐね》し　童女《うなゐ》放《はな》りは　髪上げつらむか

右の歌、椎野連長年《しひののむらじながとし》[3]、脈《とり》みて曰く、それ寺家の屋は、俗人の寝る処にあらず。また若冠の女を偁ひて、放髪丱《うなゐはなり》と曰ふ、然らば則ち腰句已《すで》に放髪丱と云へば、尾句に重ねて著冠の辞を云ふべからじか、といふ。

決《さだ》めて曰く

三八一九　○春日野―奈良市街地東部の野。

1―藤原武智麻呂伝に風流の侍従とある人。臣籍に移り置始多久美という。

2―伝未詳。

三八二一　○うましもの―美しく立派なもの。○角のふくれ―角は男の氏か。ふくれはみにくいさまをいう。○しぐひ―未詳。○坂門―左注にある尺度氏の娘子。

三八二二　○橘の寺―奈良県高市郡明日香村橘にあり、聖徳太子誕生の地と伝え、太子の菩提を弔う寺。上宮皇院菩提寺。○童女放り―童女の髪形。

3―家系生没等未詳。

三八二三　たちばなの　照れる長屋に　我が率寝し　うなゐ放りに　髪上げつらむか

[1]長忌寸意吉麻呂の歌八首

三八二四　さし鍋に　湯沸かせ子ども　櫟津《いちひつ》の　檜橋《ひばし》より来む　狐《きつね》に浴《あ》むさむ

右の一首、伝へて云はく、一時《あるとき》に衆集ひて宴飲す。ここに夜漏《やろう》[2]三更にして、狐の声聞こゆ。すなはち衆諸、奥麻呂に誘《すす》めて曰く、この饌具・雑器・狐声・河橋等の物に関りて但《ただ》に歌を作れといへれば、即ち声に応へてこの歌を作る。

行縢《むかばき》・蔓菁《あをな》・食薦《すごも》・屋梁《やのうつはり》を詠む歌

三八二五　食薦《すごも》敷き　あをな煮持ち来　梁《うつはり》に　行縢《むかばき》掛けて　休むこの君

荷葉《はちすば》を詠む歌

三八二六　蓮葉《はちすば》は　かくこそあるもの　意吉麻呂《おきまろ》が　家なるものは　うもの葉にあらし

双六《すぐろく》の頭《さえ》を詠む歌

三八二七　一二の目　のみにはあらず　五六三　四さへありけり　双六《すぐろく》の頭《さえ》

香・塔・厠《かはや》・屎・鮒・奴を詠む歌

三八二八　香《かう》塗れる　塔《たふ》にな寄りそ　川隈《かはくま》の　屎鮒《くそふな》食める　いたき女奴《めやつこ》

酢・醬《ひしほ》・蒜《ひる》・鯛・水葱《なぎ》を詠む歌

三八二九　醬酢《ひしほす》に　ひる搗《つ》き合《か》てて　たひ願ふ　我にな見えそ　なぎの羹《あつもの》

玉箒《たまばはき》・鎌・天木香《むろのき》・棗《なつめ》を詠む歌

1→1・五七。

三八二四　○櫟津―地名であろうが未詳。津は左注の河にあたる。

2―午前零時を中心とする真夜中。

三八二五　○食薦―食事の時に敷くムシロ。○梁―家の柱の上にわたす横木。○行縢―騎乗の時や山野を行く時に脚部を包むためのもの。

三八二六　○うも―イモ。里芋。

三八二八　○香塗れる塔―仏教では、香木は邪気を払うものとして尊ばれたが、それを塔に塗ることもあった。○川隈―川の隈っこ。

三八二九　○醬酢―醬油と酢。○ひる―ねぎなどの類。○なぎ―ミズアオイ。田や沼に自生し、葉を食用とした。

三八三〇 玉箒《たまばはき》 刈り来《こ》鎌麻呂 むろのきと なつめが本と かき掃かむため

白鷺の木を啄《く》ひて飛ぶを詠む歌

三八三一 池神の 力士舞かも 白鷺の 桙《ほこ》啄《く》ひ持ちて 飛び渡るらむ

1忌部首、数種の物を詠む歌一首 名忘れ失せたり

三八三二 からたちの うばら刈り除《そ》け 倉立てむ 屎遠くまれ 櫛造る刀自《とじ》

2境部王、数種の物を詠む歌一首 3穂積親王の子なり

三八三三 とらに乗り 古屋を越えて 青淵に みつち取り来む 剣大刀もが

作主未だ詳らかならぬ歌一首

三八三四 なしなつめ きみにあは継ぎ はふくずの 後も逢はむと あふひ花咲く

4新田部親王に献る歌一首 未だ詳らかならず

三八三五 勝間田《かつまた》の 池は我知る はちすなし 然言ふ君が 鬚《ひげ》なきごとし

右、或る人聞きて曰く、新田部親王、堵裏《みやこのうち》に出遊す。勝間田の池を御見《みそこな》はし、御心の中に感緒《め》でませり。その池より還りて、怜愛に忍びず、時に婦人に語りて曰く、今日遊び行《ある》き、勝間田の池を見る。水影濤々《たうたう》に蓮花灼々《しやくしやく》なり、何怜《おもしろ》きこと腸を断ち、得て言ふ可からずといふ。すなはち婦人、この戯歌《ぎ》を作り、専《もはら》すなはち吟詠す、といふ。

佞人《こびひと》を誹《そし》る歌一首

三八三〇 〇玉箒—きく科の落葉植物コウヤボウキ。これを刈り取って箒にする。〇鎌麻呂—鎌を擬人化した。〇むろのき—ヒノキ科の常緑小喬木ネズのこと。〇なつめ—くろうめもどき科の落葉小喬木。その実は食用となる。

三八三一 〇池神—所在未詳。〇力士舞—伎楽の一種。

1—未詳。

三八三二 〇刀自—主婦の尊称。

2—坂合部王にも作る。養老元年従四位下、同五年治部卿、懐風藻に五言詩二首を残す。

3→2・一一四

三八三三 〇古屋—地名か。古びた家屋という説もある。〇みつち—竜のような水中に住む想像の動物。竜の一種。

三八三四 〇きみ—黍。君の意をかけている。〇はふくずの—枕詞。

4→3・二六一。

三八三五 〇勝間田の池—奈良市六条町にあった池。

三八三六　奈良山の　このてかしはの　両面《ふたおも》に　かにもかくにも　佞人《こびひと》の伴《とも》

右の歌一首、博士[1]消奈行文《せなのぎやうもん》大夫作る。

三八三七　ひさかたの　雨も降らぬか　蓮葉《ば》に　溜まれる水の　玉に似たる見む

右の歌一首、伝へて云はく、右兵衛あり　姓名未だ詳らかならず、歌作の芸に多能なり。時に府家に酒食を備へ設けて、府の官人等に饗宴す。ここに饌食は盛るに、皆蓮葉を用ちてす。諸人酒酣《たけなは》にして、歌儛駱駅す。すなはち兵衛に誘《すす》めて云はく、その蓮葉に関《わた》りて歌を作れといへれば、登時《すなはち》声に応《こた》へてこの歌を作る、といふ。

心に著《つ》く所無き歌二首

三八三八　我妹子が　額《ひたひ》に生ふる　双六《すぐろく》の　牡《ことひ》のうしの　鞍《くら》の上の瘡《かさ》

三八三九　我が背子が　犢鼻《たふさぎ》にする　円石《つぶれいし》の　吉野の山に　氷魚《ひを》そ懸《さが》れる　懸有は反して佐義礼流《さがれる》といふ

右の歌は、舎人親王[2]、侍座に令《おほ》せて曰く、或《も》し、由《よ》る所無き歌を作る人有らば、賜ふに銭帛を以てせむと。時に大舎人[3]安倍朝臣《あへのあそみ》子祖父《こおぢ》すなはちこの歌を作りて献上す。登時《すなはち》募る所の物銭二千文を以て給ふ。

池田朝臣[4]、大神朝臣奥守[5]を嗤《わら》ふ歌一首　池田朝臣の名は忘れ失せたり

三八四〇　寺々の　女餓鬼《めがき》申さく　大神《おほみわ》の　男餓鬼《を》賜《たば》りて　その子産まはむ

三八三六　〇奈良山—奈良市北部の丘陵。〇このてかしは—ひのき科の常緑喬木。〇第一・二句—序詞。

1養老五年明経第二博士。懐風藻に詩三首がある。

三八三七　〇ひさかたの—枕詞。

三八三八　〇牡のうし—特に大きい牡牛。

三八三九　〇犢鼻—ふんどし。〇吉野—奈良県吉野郡一帯。〇氷魚—鮎の稚魚。

2→2・一一七。

3—伝未詳。

4—伝未詳。

5—伝未詳。

大神朝臣奥守の報《こた》へ嗤《わら》ふ歌一首

三八四一　仏造る　ま朱《そほ》足らずは　みづたまる　池田の朝臣《あそ》が　鼻の上を堀れ

或るは云ふ

[1]平群朝臣の嗤ふ歌一首

三八四二　童ども　草はな刈りそ　やほたでを　穂積の朝臣《あそ》が　腋草《わきくさ》を刈れ

[2]穂積朝臣の和《こた》ふる歌一首

三八四三　いづくにそ　ま朱堀る岡　こもたたみ　平群《へぐり》の朝臣が　鼻の上を堀れ

黒き色を嗤笑《わら》ふ歌一首

三八四四　ぬばたまの　飛騨《ひだ》の大黒《おほぐろ》　見るごとに　巨勢《こせ》の小黒《をぐろ》し　思ほゆるかも

答ふる歌一首

三八四五　駒つくる　土師《はじ》の志婢麻呂《しびまろ》　白くあれば　うべ欲しからむ　その黒き色を

右の歌は、伝へて云はく、[3]大舎人土師《はじ》宿祢水通《みみち》といふ人のあり、字《あざな》は志婢麻呂《しびまろ》といふ。時に[4]大舎人巨勢朝臣豊人、字を正月麻呂《むつきまろ》といふものと、[5]巨勢斐太朝臣　名字忘れたり、島村[6]大夫の男なり　との両人、並《とも》にこれかれの顔黒き色なり。ここに土師宿祢水通この歌を作り、嗤咲《わら》ひたれば、巨勢朝臣豊人これを聞きて、即ち和ふる歌を作り酬《むく》ひ笑ふといふ。

戯れに僧を嗤ふ歌一首

三八四一　○ま朱—マは美称、ソホは赤土。硫化水銀のことで、金と混ぜ仏像の鍍金などに用いた。○みづたまる—枕詞。

1—未詳。

三八四二　○やほたでを—枕詞。

2—未詳。

三八四三　○こもたたみ—枕詞。

三八四四　○ぬばたまの—枕詞。○飛騨—国名。岐阜県北部。

3→4・五五七。
4—伝未詳。
5—伝未詳。
6—伝未詳。続紀天平九年正六位下の巨勢朝臣嶋村のことか。

三八四六　法師らが　鬚《ひげ》の剃《そ》り杭《くひ》　うま繋ぎ　いたくな引きそ　僧《ほふし》は泣かむ

法師の報《こた》ふる歌一首

三八四七　檀越《だにをち》や　然もな言ひそ　五十戸長《さとをさ》が　課役徴《えつきはた》らば　汝《いまし》も泣かむ

夢の裏《うち》に作る歌一首

三八四八　荒城田《あらきだ》の　子師田《ししだ》の稲を　倉に上げて　あなひねひねし　我が恋ふらくは

右の歌一首、[1]忌部首黒麻呂、夢の裏にこの恋歌を作りて友に贈る。覚《おどろ》きて誦習せしむるに、前のごとし。

世間の無常を厭《いと》ふ歌二首

三八四九　生死《いきしに》の　二つの海を　厭《いと》はしみ　潮干の山を　偲ひつるかも

三八五〇　世間《よのなか》の　繁き仮廬《かりほ》に　住み住みて　至らむ国の　たづき知らずも

右の歌二首、[2]河原寺の仏堂の裏に倭琴の面に在り。

三八五一　心をし　無何有《むかう》の郷に　置きてあらば　藐孤射《はこや》の山を　見まく近けむ

右の歌一首

三八五二　いさなとり　海や死にする　山や死にする　死ぬれこそ　海は潮干て　山は枯れすれ

右の歌一首

痩《や》せたる人を笑ふ歌二首

三八五三　石麻呂《いしまろ》に　我物申す　夏痩せに　良しといふものぞ　むなぎ取り喫《めせ》

売世《めせ》の反なり

三八四七　○檀越―梵語の音訳で、施主のこと。

三八四八　○荒城田―新しく開墾した田で十分に整備されていないものをいうか。○子師田―鹿や猪がくい荒す田。○第一・二・三句―序詞。1→6・一〇〇八

三八五〇　○繁き仮廬―煩しい仮の住居（現世）。2―奈良県高市郡明日香村川原にあった寺。

三八五一　○無何有の郷―荘子にしばしば用いられている虚無自然の世界。○藐孤射の山―同じく荘子に見られる北海の海中にある仙人の住む伝説上の山。

三八五二　○いさなとり―枕詞。

三八五三　○むなぎ―ムナギはウナギの古名。

三八五四 痩す痩すも 生けらばあらむを はたやはた むなぎを取ると 川に流るな

右、吉田連老[1]といふ人あり、字《あざな》を石麻呂といふ。所謂仁敬の子なり。その老、人となり身体甚《いた》く痩せたり。多く喫《くら》ひ飲めども形飢饉に似たり。此に因りて大伴宿祢家持[2]聊《いささ》かにこの歌を作りて、戯咲《きせう》を為す。

高宮王、数種の物を詠む歌二首

三八五五 さうけふに 延《は》ひおほとれる くそかづら 絶ゆることなく 宮仕へせむ

三八五六 波羅門《ばらもに》の 作れる小田《をだ》を 食《は》むからす 瞼腫《まなぶたは》れて 幡幢《はたほこ》に居り

夫君に恋ふる歌一首

三八五七 飯食《いひは》めど うまくもあらず 寝《い》ぬれども 安くもあらず あかねさす 君が心し 忘れかねつも

右の歌一首、伝へて云はく、佐為王[3]に近習する婢《まかたち》あり。時に宿直《とのゐいとま》あらず、夫君は遇ひ難し。感情馳せ結ぼれ、係恋《おもひ》実に深し。ここに当宿の夜、夢の裏《うち》に相見、覚《おどろ》き悟《さ》めて探り抱くに、かつて手に触るること無し。すなはち哽咽歔欷して、高声にこの歌を吟詠す。因りて王之を聞き哀慟し、永《ふつ》に宿直を免《ゆる》す、といふ。

三八五八 このころの 我が恋力《こひぢから》 記《しる》し集め 功《くう》に申さば 五位の冠《かがふり》

三八五九 このころの 我が恋力 給はずは 京兆《みさとづかさ》に 出でて訴《うれ》へむ

1—伝未詳。

2→3・三九五。

三八五五 ○さうけふ—莢莢。まめ科の落葉灌木、カハラフヂとする説、まめ科の落葉喬木サイカチとする説がある。○おほとれる—乱れ広がるの意。○くそかづら—あかね科の多年性蔓性草本、ヘクソカヅラ。○第一・二・三句—序詞。

三八五六 ○波羅門—梵語の音訳。インド四姓中最上階級で浄行と訳される。ただし、ここでは俗称波羅門僧正(?〜七六〇)をさすのであろう。○幡幢—旗のついた桙。

三八五七 ○あかねさす—枕詞。

3—美努王の男、母は県犬養宿祢三千代。和銅七年従五位下、養老五年退朝の後東宮に侍す。天平八年葛城王とともに橘宿祢姓を賜うことを願い、許されて臣籍となる。同九年没。

三八五八 ○五位の冠—大宝令の位階のひとつ。位階は冠によってあらわした。

三八五九 ○京兆—京兆尹の略。司法・警察・民政などをつかさどった京職の長官のこと。

右の歌二首

筑前国[1]の志賀《しか》の白水郎《あま》の歌十首

三八六〇　大君の　遣はさなくに　さかしらに　行きし荒雄《あらを》ら　沖に袖振る

三八六一　荒雄らを　来むか来じかと　飯《いひ》盛りて　門に出で立ち　待てど来まさず

三八六二　志賀《しか》の山　いたくな伐《き》りそ　荒雄らが　よすかの山と　見つつ偲はむ

三八六三　荒雄らが　去きにし日より　志賀《しか》の海人《あま》の　大浦田沼《おほうらたぬ》は　さぶしくもあるか

三八六四　官《つかさ》こそ　さしても遣《や》らめ　さかしらに　行きし荒雄ら　波に袖振る

三八六五　荒雄らは　妻子《めこ》の産業《なり》をば　思はずろ　年の八年《やとせ》を　待てど来まさず

三八六六　おきつとり　かもといふ舟の　還り来ば　也良《やら》の防人《さきもり》　早く告げこそ

三八六七　おきつとり　かもといふ舟は　也良の崎　回《た》みて漕ぎ来《く》と　聞こえ来《こ》ぬかも

三八六八　沖去くや　赤ら小舟《をぶね》に　つと遣らば　けだし人見て　開き見むかも

三八六九　大舟に　小舟引き添へ　潜《かづ》くとも　志賀の荒雄に　潜きあはめやも

右は、神亀年中に大宰府、筑前国宗像《むなかた》郡[2]の百姓宗形部津麻呂[3]を差して、対馬《つしま》送粮の船の柁師《かぢとり》に宛《あ》つ。時に津麻呂、滓屋《かすや》郡[4]志賀村の白水郎荒雄が許に詣《いた》り語りて曰く、「僕《やつがれ》小事有り、若疑《けだし》許さじか」といふ。荒雄答へて曰く、「走《われ》郡を異にすれども、船を同じくすること日久し。志は兄弟よりも篤く、殉死することありとも、豈復辞《あにまたいな》びめや」といふ。津麻呂曰く、「府の官《つかさ》、僕

1—旧国名、福岡県中部と北西部。

三八六〇　〇荒雄—伝未詳。

三八六三　〇大浦田沼—福岡市東区志賀町志賀島の勝馬付近か。

三八六六　〇おきつとり—枕詞。〇也良—福岡市西区の能古島北端の也良岬。

三八六七　〇おきつとり—枕詞。

三八六八　〇赤ら小舟—舟体を赤く塗った舟。

2—福岡県宗像郡。

3—伝未詳。

4—福岡県粕屋郡。

を差して対馬送粮の船の柁師に宛てたれど、容歯衰老し、海路に堪へず。故《ことさら》に来り祇候す、願はくは相替ることを垂《めぐ》め」といふ。ここに荒雄許諾《うべ》なひて、遂にその事に従ひ、[1]肥前国の[2]松浦《まつら》県[3]美《み》禰《ね》良《ら》久《く》の崎より舶を発だし、ただに対馬をさして海を渡る。登時《すなはち》忽ちに天暗冥《くらく》、暴風は雨を交へ、竟《つひ》に順風無く、海中に沈み没《い》りぬ。これにより妻子ども、犢《とく》慕《ぼ》に勝《あ》へずして、この歌を裁《つ》作《く》りき。或は云はく、筑前国守[4]山上憶良臣、妻子の傷《おもひ》に悲感《かな》しび、志を述べてこの歌を作ると。

三八七〇 むらさきの 粉潟《こがた》の海に 潜《かづ》く鳥 玉潜き出ば 我が玉にせむ

右の歌一首

三八七一 角島の 瀬戸のわかめは 人のむた 荒かりしかど 我とは和海藻《にきめ》

右の歌一首

三八七二 我が門の 榎《え》の実もり食む 百千鳥《ももちとり》 ちどりは来れど 君そ来まさぬ

三八七三 我が門に ちどりしば鳴く 起きよ起きよ 我が一夜《ひとよ》妻《づま》 人に知らゆな

右の歌二首

三八七四 射ゆししを つなぐ川辺の 和草《にこぐさ》の 身の若かへに さ寝し児らはも

右の歌一首

三八七五 ことさけを 押垂《おしたり》小野ゆ 出づる水 ぬるくは出でず さむみづの 心もけやに 念ほゆる 音の少なき 道に逢はぬかも 少なきよ 道に逢

1―現在の佐賀県と長崎県。
2―佐賀県東松浦郡と唐津市あたりを中心とする地。
3―長崎県南松浦郡三井楽町の柏崎あたりか。

4―山上憶良→1・六。

三八七〇 ○むらさきの―枕詞。○子難の海―北陸地方の海だろうが未詳。
三八七一 ○角島―山口県豊浦郡豊北町角島。○和海藻―柔らかな食用の海藻。
三八七二 ○榎の実―えのきの果実。
三八七四 ○和草―柔かい草。○第一・二・三句―序詞。
三八七五 ○ことさけを―枕詞。○押垂小野―地名らしいが所在未詳。○さむみづの―枕詞。○ことさけを……思ほゆる―序詞。

はさば　色着《げ》せる　菅《すが》笠小笠　我がうなげる　玉の七つ緒　取り替へも　申さむものを　少なき　道に逢はぬかも

右の歌一首

[1]豊前国の白水郎《あま》の歌一首

三八七六　豊国《とよくに》の　企救《きく》の池なる　ひしの末《うれ》を　摘むとや妹が　み袖濡れけむ

[2]豊後国の白水郎の歌一首

三八七七　紅に　染めてし衣　雨降りて　にほひはすとも　うつろはめやも

[3]能登国の歌三首

三八七八　はしたての　熊来《くまき》のやらに　新羅《しらき》斧　落とし入れ　わし　あげてあげて　な泣かしそね　浮き出づるやと　見む　わし

右の歌一首、伝へて云はく、或るところに愚人あり。斧海の底に堕《お》ちて、鉄の沈み水に浮く理なきことを解らず。聊かにこの歌を作り口吟して喩ひと為す、といふ。

三八七九　はしたての　熊来酒屋に　まぬらる奴《やつこ》　わし　さすひ立て　率《ゐ》て来なましを　まぬらる奴　わし

右の一首

三八八〇　香島《かしま》ねの　机の島の　しただみを　い拾《ひり》ひ持ち来て　石もち　つつき破り　速川《はやかは》に　洗ひ濯《すす》ぎ　辛塩《からしほ》に　こごともみ　高坏《たかつき》に盛り　机に立てて　母にあへつや　目豆児《めづこ》の刀自《とじ》　父にあへつや　目豆児《めづこ》の刀自《とじ》

1—国名。福岡県東部と大分県北西部の地。

三八七六　〇豊国—豊前（福岡県東部と大分県北西部）と豊後（大分県）の総称。〇企救の池—北九州市、もとの企救郡の池だが所在未詳。

2—国名。大分県のうち宇佐・下毛両郡を除いた地。

3—石川県の能登半島。

三八七八　〇はしたての—枕詞。〇熊来—石川県鹿島郡中島町の中心部一帯の地。〇新羅斧—新羅から輸入した、あるいは新羅様式の斧。

三八七九　〇熊来酒屋—熊来にある酒を作る家。〇まぬらる—マは接頭語、罵られる、叱られるの意。

三八八〇　〇香島嶺—石川県七尾市の峯。未詳。〇机の島—鹿島郡中島町瀬嵐の南東にある机島か。〇しただみ—小型の巻貝の総称。〇辛塩—煮つめた海水か。〇目豆児—愛すべき女性の意か。〇身女児—未詳。

[1]越中国の歌四首

三八八一　大野路《おほのぢ》は　繁道森径《しげちもりみち》　繁くとも　君し通はば　径は広けむ

三八八二　渋谷《しぶたに》の　二上山《ふたがみやま》に　わしそ子産《む》といふ　翳《さしは》にも　君がみために　わしそ
子生《む》といふ

三八八三　弥彦《いやひこ》　おのれ神さび　青雲の　たなびく日すら　小雨そほ降る　一に云ふ
「あなに神さび」

[2]乞食者《ほかひ》の詠める二首

三八八四　弥彦　神の麓に　今日らもか　しかの伏すらむ　皮服《かはころも》着て　角付きながら

三八八五　愛子《いとこ》　汝背《なせ》の君　居り居りて　物にい行くとは　韓国《からくに》の　とらといふ神
を　生け取りに　八つ取り持ち来　その皮を　畳に刺し　やへだたみ　平《へ》
群《ぐり》の山に　四月《うづき》と　五月《さつき》との間に　薬狩　仕ふる時に　あしひきの　こ
の片山に　二つ立つ　いちひが本に　梓弓　八つ手挾み　ひめ鏑《かぶら》　八つ
手挾み　しし待つと　我が居る時に　さをしかの　来立ち嘆かく　たちま
ちに　我は死ぬべし　大君に　我は仕へむ　我が角は　み笠のはやし
我が耳は　み墨の坩《つぼ》　我が目らは　ますみの鏡　我が爪は　み弓の弓弭《ゆはず》
我が毛らは　み筆《ふみて》はやし　我が皮は　み箱の皮に　我が肉《しし》は　み膾《なます》はや
し　我が肝《きも》も　み膾はやし　我がみげは　み塩のはやし　老いはてぬ　我
が身一つに　七重花咲く　八重花咲くと　申しはやさね　申しはやさね

右の歌一首、鹿の為に痛みを述べて作る。

1—旧国名。富山県。

三八八一　○大野道—未詳。

三八八二　○渋谷—富山県高岡市渋谷。○二上山—富山県高岡市と氷見市との間の二上山。○翳—貴人の後ろからさしかける具。鳥の羽や薄絹などで作った。

三八八三　○弥彦—新潟県西蒲原郡弥彦村の弥彦山。○おのれ神さび—自分自身が神々しい。○青雲—晴天の後にたなびく雲。

2—家々をまわり、寿歌を唱えて食を乞う人で民間芸能を伝播する芸能者でもあった。

三八八五　○畳に刺し—序詞。○やへだたみ—枕詞。○平群の山—奈良県生駒郡平群の平群谷の山々。○薬狩—主に五月五日、薬草と鹿の若角をとるために行う宮廷行事。○あしひきの—枕詞。○いちひ—イチイガシ。○坩—墨壺。実際に壺の材料にしたのではなく、形をそれに見立てたのであろう。○弓弭—金属や動物の角など堅いものを用いたが、鹿の爪も同様に用いたのか。○み膾—鳥獣の肉や魚貝類などを細かく刻んで食べる料理。

三八八六　おしてるや　難波《なには》の小江《をえ》に　廬《いほ》作り　隠《なま》りて居る　葦蟹《あしがに》を　大君召《め》すと　なにせむに　我を召すらめや　明《あきら》けく　我が知ることは　歌人《うたびと》と　我を召すらめや　笛吹きと　我を召すらめや　琴弾《ひ》きと　我を召すらめや　かもかくも　命受けむと　けふけふと　飛鳥《あすか》に至り　おくとも　置《おく》勿《な》に到り　つかねども　都久野《つくの》に到り　東《ひむがし》の　中の御門《みかど》ゆ　参り来て　命受くれば　うまにこそ　ふもだしかくもの　うしにこそ　鼻縄はくれ　あしひきの　この片山の　もむにれを　五百枝《いほえ》はき垂れ　あまてるや　日の気《け》に干し　さひづるや　韓臼《からうす》に搗《つ》き　庭に立つ　手臼に搗き　おしてるや　難波の小江の　初垂《はつたり》を　辛《から》く垂れ来て　陶人《すゑひと》の　作れる瓶《かめ》を　今日往きて　明日取り持ち来　我が目らに　塩塗りたまひ　腊《きた》ひはやすも　腊ひはやすも

右の歌一首、蟹の為に痛みを述べて作る。

怕《おそ》ろしき物の歌三首

三八八七　天なるや　神楽良《さきら》の小野に　ちがや刈り　草《かや》刈りばかに　うづらを立つも

三八八八　沖つ国　領《うしは》く君が　塗り屋形《やかた》　黄《に》塗りの屋形　神が門《と》渡る

三八八九　人魂《ひとだま》の　さ青《を》なる君が　ただ一人　逢へりし雨夜の　葉非左し念ほゆ

萬葉集巻第十六

三八八六　〇おしてるや—枕詞。〇難波の小江—大阪市を中心とした地の入江だが未詳。〇隠り—かくれている。〇葦蟹—葦辺に住む蟹。〇けふけふと—枕詞。〇おくとも—枕詞。〇置勿—未詳。奈良県高市郡明日香村付近か。〇つかねども—枕詞。〇都久野—奈良県内だろうが未詳。〇ふもだし—馬の腹などをしばり動けなくするための綱か。〇あしひきの—枕詞。〇もむにれ—ニレはにれ科の落葉喬木だが、もむは未詳。〇あまてるや—枕詞。〇さひづるや—枕詞。〇韓臼—足で踏む機械化された臼。〇手臼—手で搗く臼。〇おしてるや—枕詞。〇初垂—製塩の時に最初にしたたる濃い塩汁。

三八八七　〇神楽良の小野—天上にあると考えられた野。

三八八八　〇沖つ国—海の彼方にあると考えられた常世の国。〇塗り屋形—塗料を塗った屋形舟。魔よけのまじないか。

三八八九　〇葉非左—定訓を得ない。

萬葉集巻第十七

天平《てんぴやう》二年庚午の冬十一月、[1]大宰帥《だざいのそち》大伴卿《おほとものまへつきみ》、大納言《だいなごん》に任ぜられ帥を兼ねること旧《もと》のごとし、　京に上る時に、　傔従《けんじう》等別に海路を取りて京に入る。ここに羇旅《きりよ》を悲傷し、　各《おのもおのも》所心を陳べて作る歌十首

三八九〇　わがせこを　あが松原よ　見渡せば　海人《あま》をとめども　玉藻《たまも》刈る見ゆ

右の一首、[2]三野連石守《みののむらじいそもり》作る。

三八九一　荒津《あらつ》の海　潮干潮満ち　時はあれど　いづれの時か　我が恋ひざらむ

三八九二　磯ごとに　海人の釣舟　泊《は》てにけり　我が舟泊てむ　磯の知らなく

三八九三　昨日こそ　舟出はせしか　いさなとり　比治奇《ひぢき》の灘《なだ》を　今日見つるかも

三八九四　淡路島　門《と》渡る舟の　梶間《かぢま》にも　我は忘れず　家をしそ思ふ

三八九五　たまはやす　武庫《むこ》の渡りに　あまづたふ　日の暮れ行けば　家をしそ思ふ

三八九六　家にても　たゆたふ命　浪の上に　思ひし居れば　奥か知らずも　一に云ふ「浮きてし居れば」

三八九七　おほうみの　奥かも知らず　行く我を　何時来まさむと　問ひし児らはも

1—大伴宿祢旅人↓3・三一五。

2—伝未詳。

三八九〇　○わがせこを—枕詞。　○わがせこを　あがまつ—序詞。

三八九一　○荒津の海—福岡市中央区西公園付近の海岸。

三八九三　○いさなとり—枕詞。　○比治奇の灘—所在未詳。北九州市北方の海面とする説がある。

三八九四　○淡路島—兵庫県にある。瀬戸内海第一の島。

三八九五　○たまはやす—枕詞。　○武庫の渡り—兵庫県尼崎市と西宮市の間を流れている武庫川河口付近の港。　○あまづたふ—枕詞。

三八九八　大舟の　上にし居れば　あまくもの　たどきも知らず　歌乞我が背

三八九九　海人未通女《をとめ》　いざり焚《た》く火の　おぼほしく　角《つの》の松原　思ほゆるかも

右の九首の作者、姓名を審らかにせず。

十年七月七日の夜、独り天漢《あまのかは》を仰ぎて聊《いささ》か懐《おもひ》を述ぶる一首

三九〇〇　織女《たなばた》し　舟《ふな》乗りすらし　まそかがみ　清き月夜《つくよ》に　雲立ち渡る

右の一首、[1]大伴宿祢家持作る。

[2]大宰の時の梅花に追和する新《あらた》しき歌六首

三九〇一　み冬継ぎ　春は来たれど　うめの花　君にしあらねば　招《を》く人もなし

三九〇二　うめの花　み山としみに　ありともや　かくのみ君は　見れど飽《あ》かにせむ

三九〇三　春雨に　萌《も》えしやなぎか　うめの花　ともに後れぬ　常の物かも

三九〇四　うめの花　何時は折らじと　厭《いと》はねど　咲きの盛りは　惜しきものなり

三九〇五　遊ぶ内の　楽しき庭に　うめやなぎ　折りかざしてば　思ひなみかも

三九〇六　み園生《そのふ》の　百木《ももき》のうめの　散る花し　天《あめ》に飛び上がり　雪と降りけむ

右、十二年十二月九日に[3]大伴宿祢書持《おほとものすくねふみもち》作る。

[4]三香原《みかのはら》の新都を讃《ほ》むる歌一首　并びに短歌

三九〇七　山背《やましろ》の　久邇《くに》の都は　春されば　花咲きをり　秋されば　黄葉《もみちは》にほひ　帯《お》ばせる　泉の川の　上つ瀬に　打橋《うちはし》渡し　淀瀬《よど せ》には　浮橋渡し　あり通《がよ》ひ　仕へ奉《まつ》らむ　万代《よろづよ》までに

三八九八　○あまくもの—枕詞。○歌乞—定訓を得ない。

三八九九　○第一・二句—序詞。○角のまつ原—兵庫県西宮市津門、松原町のあたり。

三九〇〇　○まそかがみ—枕詞。

1→3・三九五。

2—天平二年一月一三日に大宰帥大伴旅人主催の梅花の宴の歌三二首に追和したものである。(→5・八一五～八四六)。

3→3・四六三。

4—京都府相楽郡加茂町の東方久邇京の地の原。

三九〇七　○山背—京都府の南部。○久邇の都—加茂町例幣を中心とする。聖武天皇は天平十二年十二月から同十六年閏正月までここに都した。○泉の川—木津川をいう。

反歌

三九〇八　たたなめて　泉の川の　水脈《みを》絶えず　仕へ奉《まつ》らむ　大宮所《おほみやところ》

右、天平十三年二月に、[1]右馬頭境部宿祢老麻呂《みぎのうまのかみさかひべのすくねおゆまろ》作る。

霍公鳥《ほととぎす》を詠む歌二首

三九〇九　たちばなは　常花《とこはな》にもが　ほととぎす　住むと来鳴かば　聞かぬ日なけむ

三九一〇　玉に貫く　あふちを家に　植ゑたらば　山霍公鳥《ほととぎす》　離《か》れず来むかも

右、四月二日に大伴宿祢書持《おほとものすくねふみもち》、奈良の宅《いへ》より兄家持に贈る。

[2]橙橘《ちやうきつ》初めて咲き、霍公鳥翻《ほととぎすかけ》り嚶《な》く。この時候に対《むか》ひ、詎《なん》ぞ志を暢《の》べざらむ。因りて三首の短歌を作り、以て欝結《うつけつ》の緒《こころ》を散らさむのみ。

三九一一　あしひきの　山辺に居れば　ほととぎす　木《こ》の間立ち漏《く》き　鳴かぬ日はなし

三九一二　ほととぎす　何の情《こころ》ぞ　たちばなの　玉貫く月し　来鳴きとよむる

三九一三　ほととぎす　あふちの枝に　行きてゐば　花は散らむな　玉と見るまで

右、四月三日に、[3]内舎人《うどねり》大伴宿祢家持、久邇《くに》の京より弟書持に報《こた》へ送る。

霍公鳥《ほととぎす》を思ふ歌一首　[4]田口朝臣《たぐちのあそみ》馬長《うまをさ》作る。

三九一四　ほととぎす　今し来鳴かば　万代《よろづよ》に　語り継ぐべく　念ほゆるかも

三九〇八　○たたなめて―枕詞。○たたなめて……水脈―序詞。
1―伝未詳。

三九〇九　○ほととぎす―杜鵑目の鳥。カッコウに酷似。鶯の巣に産卵することも当時知られていた。初夏、山から人里に出て鳴く。○たちばな―みかん類の総称。他にやぶこうじ科の常緑小灌木カラタチバナ、まつかぜそう科の常緑喬木のキシコウミカンとする説がある。

三九一〇　○あふち―せんだん科。せんだんの古名。落葉喬木で五、六月ごろ梢に淡紫色の花をつける。
2―「橙」はだいだい。みかん科の常緑喬木。「橘」はたちばな。

三九一一　○あしひきの―枕詞。

3→3・四七五。

4―伝未詳。

右、伝へて云ふ、ある時交遊集宴す。この日ここに霍公鳥喧《な》かず。よりて件《くだり》の歌を作り、以《もち》て思慕の意を陳ぶ。ただし、その宴する所并びに年月、未だ詳審《つばひらか》にすることを得ず。

[1]山部宿祢《やまべのすくね》明人《あかひと》、春鶯を詠む歌一首

三九一五　あしひきの　山谷《やまたに》越えて　野づかさに　今は鳴くらむ　うぐひすの声

右は年月所処、未だ詳審にすることを得ず。ただし、聞きし時のまにまに、ここに記載す。

十六年四月五日に独り奈良の故《ふる》き宅に居りて作る歌六首

三九一六　たちばなの　にほへる香かも　ほととぎす　鳴く夜の雨に　うつろひぬらむ

三九一七　ほととぎす　夜声なつかし　網《あみ》ささば　花は過ぐとも　離《か》れずか鳴かむ

三九一八　たちばなの　にほへる園に　ほととぎす　鳴くと人告ぐ　網《あみ》ささましを

三九一九　あをによし　奈良の都は　古りぬれど　もとほととぎす　鳴かずあらなくに

三九二〇　うづらなく　古しと人は　思へれど　はなたちばなの　にほふこのやど

三九二一　かきつはた　衣《きぬ》に摺《す》り付け　ますらをの　着襲《きそ》ひ狩する　月は来にけり

右の六首の歌、天平十六年四月五日に独り奈良故郷の旧宅に居りて、大伴宿祢家持作る。

天平十八年正月、白雪多く零《ふ》り地《つち》に積むこと数寸なり。時に左大

1―赤人のこと。↓3・三一七。
三九一五　○あしひきの―枕詞。
三九一九　○あをによし―枕詞。
三九二〇　○うづらなく―枕詞。
三九二一　○かきつはた―あやめ科の多年草。

臣橘卿《たちばなきやう》[1]、大納言藤原豊成朝臣《ふぢはらのとよなりあそみ》[2]また諸王諸臣たちを率《ゐ》て、太上《おほき》[3]天皇《すめらみこと》の御在所中宮の西院に参入《まゐ》り、仕へ奉りて雪を掃く。ここに詔を降し、大臣参議并びに諸王らは、大殿上に侍《さもら》はしめ、諸卿大夫らは、南の細殿に侍はしめたまふ、而して則ち酒を賜ひ肆宴《とよのあかり》したまふ。勅して曰く、「汝ら諸王卿たち、聊《いささ》かこの雪を賦して各《おのもおのも》その歌を奏せよ」と。

左大臣橘宿祢、詔に応《こた》ふる歌一首

三九二二　ふるゆきの　白髪までに　大君に　仕へ奉れば　貴くもあるか

紀朝臣清人《きのあそみきよひと》[4]、詔に応《こた》ふる歌一首

三九二三　天の下　すでに覆《おほ》ひて　降る雪の　光を見れば　貴くもあるか

紀朝臣男梶《きのあそみをかぢ》[5]、詔に応ふる歌一首

三九二四　山の狭《かひ》　そことも見えず　一昨日《をとつひ》も　昨日も今日も　雪の降れれば

葛井連諸会《ふぢゐのむらじもろあひ》[6]、詔に応ふる歌一首

三九二五　新《あら》しき　年の初めに　豊の稔《とし》　しるすとならし　雪の降れるは

大伴宿祢家持、詔に応ふる歌一首

三九二六　大宮の　内にも外《と》にも　光るまで　降れる白雪　見れど飽かぬかも

藤原豊成朝臣
巨勢奈弖麻呂朝臣《こせのなてまろあそみ》[7]
大伴牛養宿祢《おほとものうしかひすくね》[8]
藤原仲麻呂朝臣《ふぢはらのなかまろあそみ》[9]
三原王《みはらのおほきみ》[10]
智奴王《ちぬのおほきみ》[11]

1↓6・一〇〇九。
2—武智麻呂の子、仲麻呂の兄。神亀元年従五位下、兵部卿・中衛大将・参議・中納言・大納言を経て勝宝元年右大臣。後大宰員外帥に左遷されたが、また本官にかえり、神護元年薨。六十二歳。
3—元正天皇。

三九二二　ふるゆきの—枕詞。
4—和銅七年二月、三宅藤麿と共に国史撰進の詔を受けた。勝宝五年七月十一日没。この間山上憶良らと共に東宮侍講となった。
5—天平十八年四月大宰少弐。勝宝二年山背守。六年東海道巡察使。宝字四年和泉守。
6—天平十七年外従五位下、同十九年相模守。経国集に対策文が載る。
7—比登の子。民部卿、参議、左大弁兼神祇伯春宮大夫、中納言を経て勝宝五年大納言従二位兼神祇伯造宮卿で没。
8—小吹負の子、遠江守、左衛士督、摂津大夫、参議。感宝元年中納言。同年没。
9—武智麻呂の子、豊成の弟。天平六年従五位下、民部卿・参議・大納言。宝字元年紫微内相、同二年大保（右大臣）、恵美押勝と改名し、同四年従一位大師（太政大臣）。同八年近江で敗死。
10—舎人親王の子。養老元年従四位下、弾正尹・治部卿・大蔵卿・中務卿。勝宝四年中務卿正三位で没。
11—長親王の子。養老元年従四位下。木工頭、造宮卿を経て勝宝四年文室真人の姓を賜わる。摂津大夫・治部卿・参議従二位大納言。宝亀元年没。薬師寺の仏足石は彼が作ったという。

[1]船王《ふなのおほきみ》　　[2]邑知王《おほちのおほきみ》
[3]小田王《をだのおほきみ》　　[4]林王《はやしのおほきみ》
[5]穂積朝臣老《ほづみのあそみおゆ》　　[6]小田朝臣諸人《をだのあそみもろひと》
[7]小野朝臣綱手《をののあそみつなて》　　[8]高橋朝臣国足《たかはしのあそみくにたり》
[9]太朝臣徳太理《おほのあそみとこたり》　　[10]高丘連河内《たかをかのむらじかふち》
[11]秦忌寸朝元《はだのいみきてうぐわん》　　[12]楢原造東人《ならはらのみやつこあづまひと》

右の件《くだり》の王卿等は、詔に応へて歌を作り、次《つぎて》に依りてこれを奏す。登時《そのとき》記さずしてその歌漏り失せたり。ただし、秦忌寸朝元は、左大臣橘卿謔《たはぶ》れて云ふ、「歌を賦《ふ》するに堪《あ》へずは麝《じゃ》を以《もち》てこれを贖《あか》へ」と。これによりて黙已《もだを》り。

大伴宿祢家持、天平十八年閏《うるふ》[13]七月を以《もち》て、越中国守《こしのみちのなかのかみ》[14]に任ぜられ、即ち七月を以ちて、任所に赴《おもぶ》く。ここに姑大伴氏坂上郎女《をばおほとものうぢさかのうへのいらつめ》[15]、家持に贈る歌二首。

三九二七　くさまくら　旅行く君を　幸《さき》くあれと　斎瓮《いはひへ》据ゑつ　我が床《とこ》の辺に

三九二八　今のごと　恋しく君が　思ほえば　いかにかもせむ　するすべのなさ

更に越中国に贈る歌二首

三九二九　旅に去《い》にし　君しも継ぎて　夢《いめ》に見ゆ　我が片恋の　繁ければかも

三九三〇　道の中《なか》　国つみ神は　旅行きも　し知らぬ君を　恵《めぐ》みたまはな

[16]平群氏女郎《へぐりうぢのいらつめ》、越中守大伴宿祢家持に贈る歌十二首

1―舎人親王の子。神亀四年従四位下。弾正尹。治部卿・信部卿・大宰帥。仲麻呂の乱に捕えられ隠岐に配流。
2―長親王の子。天平十一年従四位下、勝宝四年文室真人を賜わり、宝亀二年大納言。同十一年正二位で没。
3―天平六年従五位下、大蔵大輔・木工頭・因幡守。勝宝元年正五位上。
4―伝未詳。
5→3・二八八。
6―天平元年外従五位下。散位頭・豊後守。同十八年従五位下。勝宝六年従五位上。
7―天平十二年外従五位下。内蔵頭、上野守。
8―天平十五年外従五位下、十八年従五位下、越後守。
9―天平十八年従五位下。
10→6・一〇三八。
11―養老三年忌寸姓を賜わる。天平三年外従五位下、七年外従五位上、同九年図書頭、十八年主計頭。
12―天平十七年外従五位下、同十八年従五位下。同十九年駿河守。勝宝二年勤臣の姓を賜わる。宝字元年正五位上。
13―この年の閏は九月。
14―富山県。
15→3・三七九。

三九二七　〇くさまくら―枕詞。

三九三〇　〇道の中―越中。
16―伝未詳

三九三一　君により　我が名はすでに　竜田山　絶えたる恋の　繁きころかも
三九三二　須磨人《すまひと》の　海辺常去らず　焼く塩の　辛《から》き恋をも　あれはするかも
三九三三　ありさりて　後も逢はむと　思へこそ　露の命も　継ぎつつ渡れ
三九三四　なかなかに　死なば安けむ　君が目を　見ず久ならば　すべなかるべし
三九三五　こもりぬの　下ゆ恋ひあまり　しらなみの　いちしろく出でぬ　人の知るべく
三九三六　くさまくら　旅にしばしば　かくのみや　君を遣《や》りつつ　我が恋ひ居らむ
三九三七　くさまくら　旅去《い》にし君が　帰り来む　月日を知らむ　すべの知らなくて
三九三八　かくのみや　我が恋ひ居らむ　ぬばたまの　夜の紐だに　解き放《さ》けずして
三九三九　里近く　君がなりなば　恋ひめやと　もとな思ひし　あれそくやしき
三九四〇　万代《よろづよ》に　心は解けて　我が背子が　積《つ》みし手見つつ　忍びかねつも
三九四一　うぐひすの　鳴くくら谷に　うちはめて　焼けは死ぬとも　君をし待たむ
三九四二　まつの花　花数にしも　我が背子が　思へらなくに　もとな咲きつつ

右の件《くだり》の十二首の歌、時々《ときどき》便使に寄せて来贈《おこ》せたり。一時に送る所にあらず。

八月七日の夜に、守大伴宿祢家持の館に集《つど》ひて宴する歌

三九三一　○竜田山—作者が平群氏女郎であるので平群郡の竜田山を持ち出した。竜田山は奈良県生駒郡三郷町の西方の山地。○第一・二・三句—序詞。更に第一・二句は「立ツ」の序詞。二重序である。
三九三二　○第一・二・三句—序詞。
三九三五　○こもりぬの—枕詞。○しらなみの—枕詞。
三九三六　○くさまくら—枕詞。
三九三七　○くさまくら—枕詞。
三九三八　○ぬばたまの—枕詞。
三九四一　○うぐひす—うぐいす科。ほととぎすはうぐいすの巣に産卵する。○くら谷—峡谷。

三九四三 秋の田の　穂向き見がてり　我が背子が　ふさ手折りける　をみなへし
かも

右の一首、守大伴宿祢家持作る。

三九四四 をみなへし　咲きたる野辺《のへ》を　行き巡《めぐ》り　君を思ひ出　たもとほり来ぬ

三九四五 秋の夜は　暁《あかとき》寒し　しろたへの　妹が衣手《ころもで》　着むよしもがも

三九四六 ほととぎす　鳴きて過ぎにし　岡辺《をかび》から　秋風吹きぬ　よしもあらなく
に

右の三首、[1]掾《じよう》大伴《おほともの》宿祢《すくね》池主《いけぬし》作る。

三九四七 今朝の朝明《あさけ》　秋風寒し　とほつひと　かりが来鳴かむ　時近みかも

三九四八 あまざかる　鄙《ひな》に月経ぬ　しかれども　結ひてし紐を　解きも開けなくに

右の二首、守大伴宿祢家持作る。

三九四九 あまざかる　鄙にある我を　うたがたも　紐解き放けて　思ほすらめや

右の一首、掾大伴宿祢池主

三九五〇 家にして　結ひてし紐を　解き放けず　念ふ情《こころ》を　誰《たれ》か知らむも

右の一首、守大伴宿祢家持作る。

三九五一 ひぐらしの　鳴きぬる時は　をみなへし　咲きたる野辺を　行きつつ見
べし

右の一首、大目《だいさくわん》[2]秦忌寸八千島《はだのいみきやちしま》

古歌一首　[3]大原高安真人《おほはらのたかやすのまひと》作る。年月審《つばひ》らかならず。ただし聞きし時

三九四三 ○をみなへし―おみなえし科。多年草。秋の七草の一つ。
三九四五 ○しろたへの―枕詞。
1→8・一五九〇。
三九四七 ○とほつひと―枕詞。
三九四八 ○あまざかる―枕詞。
三九四九 ○あまざかる―枕詞。
三九五一 ○ひぐらし―かなかなぜみ。晩夏、初秋の夕方鳴く。せみ科。
2―伝未詳。
3→4・五七七。

のまにまにここに記載す。

三九五二　いもがいへに　井栗《いくり》の森の　ふぢの花　今来む春も　常かくし見む

右の一首、伝誦するは僧[1]玄勝《げんしょう》これなり。

三九五三　かりがねは　使ひに来むと　騒《さわ》くらむ　秋風寒み　その川の上《へ》に

三九五四　うま並めて　いざ打ち行かな　渋谷《しぶたに》の　清き磯回《いそみ》に　寄する波見に

右の二首、守大伴宿祢家持

三九五五　ぬばたまの　夜はふけぬらし　たまくしげ　二上山《ふたがみやま》に　月傾《かたぶ》きぬ

右の一首、[2]史生《ししやう》土師《はにしの》宿祢《すくね》道良《みちよし》

大目秦忌守八千島の館に宴する歌一首

三九五六　奈呉《なご》の海人《あま》の　釣する舟は　今こそば　舟棚《ふなだな》打ちて　あへて漕ぎ出め

右、館の客屋に居つつ蒼海を望む。よりて主人八千島この歌を作る。

長逝せる[3]弟《おとひと》を哀傷する歌一首　并びに短歌

三九五七　あまざかる　鄙《ひな》治めにと　大君の　任《ま》けのまにまに　出でて来し　我を送ると　あをによし　奈良山過ぎて　泉川《いづみがは》　清き河原に　うま留《とど》め　別れし時に　ま幸《さき》くて　あれ帰り来《こ》む　平らけく　斎《いは》ひて待てと　語らひて　来し日の極《きは》み　たまほこの　道をた遠み　山川の　隔《へな》りてあれば　恋しけく　日《け》長きものを　見まく欲り　思ふ間に　たまづさの　使ひの来《け》れば　嬉《うれ》しみと　我が待ち問ふに　逆言《およづれ》の　狂言《たはこと》とかも　はしきよし　汝《な》

三九五二　○いもがいへに—枕詞。○井栗の森—所在未詳。
1—伝未詳。
三九五三　○かりがね—雁そのものをさす。
三九五四　○渋谷—富山県高岡市渋谷。
三九五五　○ぬばたまの—枕詞。○たまくしげ—枕詞。○二上山—高岡市と氷見市との間の二上山。
2—伝未詳。
三九五六　○奈呉—高岡市伏木から新湊市の西部海浜および放生津潟一帯の地。
3—大伴書持をいう。
三九五七　○あまざかる—枕詞。○あをによし—枕詞。○奈良山—奈良市の北郊にある丘陵。○泉川→1・五〇。○たまほこの—枕詞。○たまづさの—枕詞。○はだすすき—未詳。○佐保—奈良市の北部。佐保川の北側で法蓮、佐保・佐保山・佐保田・法華寺町の地域をいう。○あしひきの—枕詞。○佐保山—法蓮町・佐保田町などの丘陵地帯。

弟《おと》の命《みこと》 なにしかも 時しはあらむを はだすすき 穂に出《づ》る秋の はぎの花 にほへる屋戸を 言ふこころは この人、人となり、花草花樹を好愛して、多く寝院の庭に植ゑたり。故に「花薫《にほ》へる庭」と謂ふ。 朝庭に 出で立ち平《なら》し 夕庭に 踏み平《たひら》げず 佐保の内の 里を往き過ぎ あしひきの 山の木末《こぬれ》に 白雲に 立ちたなびくと あれに告げつる 佐保山に火葬す。故に「佐保の内の 里を行き過ぎ」といふ。

三九五八 ま幸《さき》くと 言ひてしものを 白雲に 立ちたなびくと 聞けば悲しも

三九五九 かからむと かねて知りせば 越《こし》の海の 荒磯《ありそ》の波も 見せましものを

右、天平十八年秋九月二十五日に越中守大伴宿祢家持、遙かに弟の喪《も》を聞き、感傷して作る。

相歓《よろこ》ぶる歌二首 越中守大伴宿祢家持作

三九六〇 庭に降る 雪は千重敷く しかのみに 思ひて君を 我が待たなくに

三九六一 白波の 寄する磯回《いそみ》を 漕ぐ舟の 梶《かぢ》とる間なく 思ほえし君

右、天平十八年八月を以《もち》て、掾《じよう》大伴宿祢池主、大帳使《だいちやうし》[1]に付して、京師に赴き向かふ。而して同じ年十一月本任に還り到りぬ。よりて詩酒の宴を設《ま》け、弾糸飲楽す。この日、白雪忽ちに降り、地《つち》に積むこと尺余。この時にまた、漁夫の舟海に入り瀾《なみ》に浮けり。ここに守大伴宿祢家持、情を二つの眺めに寄せ、聊《いささ》かに所心を裁《つく》る。

三九五九〔越〕—越前、加賀、能登、越中、越後を総称していう。

1—四度使（年四回各国の国衙から太政官に書類を持参して報告する使い）の一つで、大帳（戸籍と計帳）を主計寮に届ける。

1—黄泉（あの世）への道。

三九六二 ○あしひきの—枕詞。○あまざかる—枕詞。○うつせみの—枕詞。○たらちねの—枕詞。○おほぶねの—枕詞。○ぬばたまの—枕詞。○たまほこの—枕詞。○たまきはる—枕詞。

忽ちに枉疾《わうしつ》に沈み、殆《ほとほ》と泉路[1]に臨む。よりて歌詞を作り、以《もち》て悲緒《の》を申ぶる一首 并びに短歌

三九六二 大君の 任《ま》けのまにまに ますらをの 情《こころ》振り起こし あしひきの 山坂越えて あまざかる 鄙《ひな》に下り来 息だにも いまだ休めず 年月も 幾らもあらぬに うつせみの 世の人なれば うちなびき 床に臥《こ》い伏し 痛けくし 日に異《け》に増さる たらちねの 母の命《みこと》の おほぶねの ゆくらゆくらに 下恋に いつかも来むと 待たすらむ 情《こころ》さぶしく はしきよし 妻の命も 明け来れば 門に寄り立ち 衣手を 折り返しつつ 夕されば 床打ち払ひ ぬばたまの 黒髪敷きて いつしかと 嘆かすらむそ 妹も兄《せ》も 若き子どもは をちこちに 騒き泣くらむ たまほこの 道をた遠み 間使ひも 遣るよしもなし 思ほしき 言伝《つ》て遣らず 恋ふるにし 情《こころ》は燃えぬ たまきはる 命惜しけど せむすべの たどきを知らに かくしてや 荒《あら》し男《を》すらに 嘆き伏せらむ

三九六三 世間《よのなか》は 数なきものか 春花の 散りのまがひに 死ぬべき思へば

三九六四 山川の そきへを遠み はしきよし 妹を相見ず かくや嘆かむ

右、天平十九年春二月二十日に越中国守の館に病に臥して悲傷し、聊《いささ》かこの歌を作る。

守大伴宿祢家持、掾大伴宿祢池主に贈る悲歌二首

忽ちに枉《わう》疾に沈み、累旬《るいじゆん》痛み苦しむ。百神を禱《こ》ひ恃み、且《かつ》消損す

ること得たり。而《しか》れども由《なほ》し身体疼羸《どうるい》、筋力怯軟《けふなん》にして、未だ展謝に堪へず、係恋弥《いよいよ》深し、方今《いまし》、春朝に春花は、馥《にほ》ひを春苑に流し、春暮に春鶯は、声を春林に囀《さひづ》る。この節候に対《むか》ひ、琴罇《きんそん》翫《もてあそ》ぶべし。興に乗る感有れども、杖《つゑ》を策《つ》く労に耐へず。独り帷幄《ゐあく》の裏《うち》に臥し、聊《いささ》か寸分の歌を作る。軽《かろがろ》しく机下に奉り、玉頤《ぎよくい》を解かむことを犯す。その詞に曰く、

三九六五　春の花　今は盛りに　にほふらむ　折りてかざさむ　手力《たぢから》もがも

三九六六　うぐひすの　鳴き散らすらむ　春の花　いつしか君と　手折《たを》りかざさむ

二月二十九日、大伴宿祢家持

忽ちに芳音《はういん》を辱《かたじけ》なみし、翰苑《かんゑん》雲を凌《しの》ぐ。兼ねて倭詩《わし》を垂れ、詞林錦《にしき》を舒《の》ぶ。以《もち》て吟じ以て詠じ、能く恋緒を蠲《のぞ》く。春は楽しぶべく、暮春の風景最《もと》も怜《あは》れぶべし。紅桃《こうたう》灼《しやく》々、戯蝶《きてふ》は花を回《めぐ》りて儛《ま》ひ、翠柳《すいりう》依々《いい》、嬌鶯《けうあう》は葉に隠《かく》りて歌ふ。楽しぶべきかも。淡交に席を促《ちかづ》け、意を得て言を忘る。楽しきかも、美《うるは》しきかも。幽襟《いうきん》賞《め》づるに足れり。豈慮《あにはか》らめや、蘭蕙藂《らんけいそう》を隔て、琴罇《きんそん》用ゐるところ無く、空しく令節を過ぐして、物色人を軽《いるかせ》にせむとは。怨むる所ここにあり、黙已《もだを》ること能はず、俗《よ》の語《ことば》に云ふ、藤を以て錦に続《つ》ぐと。聊かに談笑に擬《あてはか》らくのみ。

三九六七　山狭《やまがひ》に　咲けるさくらを　ただ一目　君に見せてば　何をか思はむ

三九六八　うぐひすの　来鳴くやまぶき　うたがたも　君が手触れず　花散らめやも

沽洗《やよひ》二日、掾大伴宿祢池主

更に贈る歌一首　并びに短歌

含弘《がんこう》の徳は、恩を蓬体《ほうたい》に垂れ、不貲《ふし》の恩は、陋心《ろうしん》を報《こた》へ慰む。来《らい》眷《けん》を戴荷《たいか》し、喩《たと》ふる所に堪《あ》ふるもの無し。ただし、稚《わか》き時に遊芸の庭に渉《わた》らず、横翰《わうかん》の藻《さう》、自らに彫虫《てうちゆう》に乏し。幼年に山柿《さんし》[1]の門に逕《いた》らず、裁歌の趣詞、聚林《じゆりん》に失ふ。ここに藤を以て錦に続《つ》ぐの言を辱《かたじけ》なくし、更に石を将《も》ちて瓊《たま》に間《まじ》ふる詠を題《しる》す。固《もと》より是れ俗愚にして癖を懐き、黙《もだ》已《を》ること能はず。よりて数行を捧げ、式《もち》て嗤笑《しせう》に酬《むく》いむ。その詞に曰く、

三九六九　大君の　任《ま》けのまにまに　しなざかる　越《こし》を治めに　出でて来し　ますら我すら　世間《よのなか》の　常しなければ　うちなびき　床に臥《こ》い伏し　痛けくの日に異《け》に増せば　悲しけく　ここに思ひ出　いらなけく　そこに念ひ出嘆くそら　安けなくに　思ふそら　苦しきものを　あしひきの　山きへなりて　たまほこの　道の遠けば　間使ひも　遣るよしもなみ　思ほしき　言も通はず　たまきはる　命惜しけど　せむすべの　たどきを知らに　隠り居て　念ひ嘆かひ　慰むる　心はなしに　春花の　咲ける盛りに　思ふどち　手折りかざさず　春の野の　繁み飛び漏《く》く　うぐひすの声だに聞かず　處女《をとめ》らが　春菜摘ますと　紅の　赤裳《あかも》の裾の　春雨に

三九六八　○やまぶき―いばら科の落葉灌木。晩春から初夏にかけて黄色の花をつける。

1―山部赤人と柿本人麻呂とをさす。山を山上憶良と見る説もある。

三九六九　○しなざかる―枕詞。○あしひきの―枕詞。○たまほこの―枕詞。○たまきはる―枕詞。

三九七〇　○あしひきの―枕詞。

にほひひづちて　通ふらむ　時の盛りを　いたづらに　過ぐし遣りつれ
偲はせる　君が心を　うるはしみ　この夜すがらに　眠も寝ずに　今日
もしめらに　恋ひつつぞ居る

三九七〇　あしひきの　山桜花　一目だに　君とし見てば　あれ恋ひめやも

三九七一　やまぶきの　繁み飛び漏《く》く　うぐひすの　声を聞くらむ　君はともしも

三九七二　出で立たむ　力をなみと　隠《こも》り居て　君に恋ふるに　心処《こころど》もなし

三月三日　大伴宿祢家持

七言晩春三日遊覧一首　并びに序

上巳《じやうし》の名辰《めいしん》は、暮春《ぼしゆん》の麗景《れいけい》なり。桃花瞼《まなぶた》を昭《て》らして紅《くれなゐ》を分ち、柳色苔《ふふ》を含みて緑を競《きほ》ふ。ここに手を携《たづさ》へ、江河の畔《ほとり》を曠《はる》かに望み、酒を訪《とぶら》ひ、野客の家に迥《とほ》く過《よき》る。既にして、琴罇《きんそん》性を得、蘭《らん》契《けい》光を和《やはら》げたり。嗟乎《ああ》、今日恨むる所は、徳星已に少なきことか。若し寂を扣《う》ち、章を含《ふふ》まずは、何を以てか逍遙《せうえう》の趣《おもぶき》を攄《う》べむ。忽ちに短筆に課《おほ》せ、聊《いささ》かに四韻《しゐん》を勒《ろく》すと尓《しか》云ふ。

余春の媚日《びじつ》は怜賞《れんしやう》するに宜《よ》く、
上巳《じやうし》の風光は覧遊するに足る。
柳陌《りうまく》は江に臨みて袨服《げんぷく》を縟《まだら》かにし、
桃源《たうげん》は海に通ひて仙舟《せんしう》を浮かぶ。
雲罍《うんらい》に桂を酌《く》みて三清湛《たた》ひ、

羽爵人《うしやく》を催《うなが》して九曲流る。
縦酔陶心《しようすいたうしん》彼我《ひが》を忘れ、
酩酊《めいてい》して処として淹留《えんりう》せぬこと無し。

三月四日大伴宿祢池主

昨日短懐《たんくわい》を述べ、今朝耳目を汙《けが》す。更に賜書《ししよ》を承《うけたまは》り、且不次《かつふし》を奉る。死罪死罪。下賤を遺《わす》れず、頻《しき》りに徳音《とくいん》を恵みたまふ。英霊星気あり、逸調《いつてう》人に過ぐ。智水仁山、既に琳瑯《りんらう》の光彩を韞《つつ》み、潘江《はんかう》陸海《りくかい》、自《おのづか》らに詩書の廊廟《らうべう》に坐す。思ひを非常に騁《は》せ、情を有理に託《よ》す。七歩にして章を成し、数篇紙に満つ。巧《よ》く愁人《しうじん》の重患《ぢゆうくわん》を遣り、能く恋者の積思を除く。山柿《さんし》の歌泉は、これに比《くら》ぶれば蔑《な》きが如く、彫竜《てうりよう》の筆海は、粲然《さんぜん》として看《み》ることを得たり。方《まさ》に僕が幸《さきはひ》あることを知りぬ。敬《つつし》みて和ふる歌、その詞に云ふ。

三九七三
大君の　命恐《かしこ》み　あしひきの　山野障らず　あまざかる　鄙も治むる
ますらをや　なにか物思《も》ふ　あをによし　奈良道来通《ならぢきかよ》ふ　たまづさの
使ひ絶えめや　隠《こも》り恋ひ　息づき渡り　下思《したもひ》に　嘆《なげ》かふわが背　古《いにしへ》ゆ
言ひ継ぎ来《く》らし　世間《よのなか》は　数なきものぞ　慰むる　こともあらむと　里
人の　あれに告ぐらく　山辺《やまび》には　桜花散り　かほとりの　間なくしば
鳴く　春の野に　すみれを摘むと　しろたへの　袖折り返し　紅の赤裳《あかも》
裾引き　處女《をとめ》らは　思ひ乱れて　君待つと　うら恋すなり　心ぐし　い

三九七三　○あしひきの―枕詞。○あまざかる―枕詞。○あをによし―枕詞。○たまづさの―枕詞。○かほとり―未詳。○しろたへの―枕詞。

三九七五　○あしかきの—枕詞。

ざ見に行かな　ことはたなゆひ

三九七四　やまぶきは　日に日に咲きぬ　うるはしと　我が思ふ君は　しくしく思ほゆ

三九七五　我が背子に　恋ひすべながり　あしかきの　外《ほか》に嘆かふ　我し悲しも

三月五日　大伴宿祢池主

昨暮の来使は、幸にも晩春遊覧の詩を垂れたまひ、今朝の累信《るいしん》は、辱《かたじけな》くも相招望野《さうせうばうや》の歌を貺《たま》ふ。一たび玉藻《ぎよくさう》を看るに、稍《やくや》く鬱結《うつけつ》を写《のぞ》き、二たび秀句を吟《うた》ふに、已に愁緒《しうしよ》を蠲《のぞ》きつ。此の眺翫《てうぐわん》に非ずは、孰《たれ》か能《よ》く心を暢《の》べむ。但惟《ただし》下僕、稟性《ひんせい》彫《ゑ》り難く、闇神《あんしん》瑩《みが》くこと靡《な》し。翰《かん》を握《と》り毫《がう》を腐《くた》し、研《げん》に対《むか》ひて渇《かわ》くことを忘れ、終日目流《もくる》してこれを綴るに能はず。所謂文章は天骨にして、これを習ふに得ず。豈字を探り韻を勒《ろく》するに、雅篇に叶和《けふわ》するに堪《あ》へめや。抑鄙里《はたひり》の少児《せうに》に聞くに、古人は言に酬《むく》いずといふことなしといふ。聊か拙詠を裁《つく》り、敬《つつし》みて解咲《かいせう》に擬《あてはか》らくのみ。如今《いまし》言を賦《ふ》し韻を勒し、この雅作の篇に同ず。豈石を将《も》ちて瓊《たま》に間《まじ》へ、声に唱へ走《わ》が曲に遊ぶに殊ならめや。抑《はた》小児の濫《みだ》りなる謡《うた》の譬《ごと》し。敬みて葉端《えふたん》に写し、式《もち》て乱に擬《なぞ》へて曰く。

七言一首

杪春《べうしゆん》の余日媚景《びけい》麗《うるは》しく、

初巳《しよし》の和風払ひて自《おの》づからに軽《かろ》し。
来燕《らいえん》は泥《ひぢ》を銜《ふふ》み宇《いへ》を賀《ほ》きて入り、
帰鴻《きこう》は葦《あし》を引き迥《とほ》く瀛《おき》に赴《おもぶ》く。
聞くならく君は侶《とも》に嘯《うそぶ》き流曲を新たにし、
禊飲《げいいん》に爵《さかづき》を催《うなが》して河清に泛《う》かぶと。
良きこの宴《うたげ》を追ひ尋ねまく欲りすれど、
還りて知る懊《やまひ》に染《そ》みて脚の跉盯《れいてい》することを。

短歌二首

三九七六 咲けりとも 知らずしあらば 黙《もだ》もあらむ このやまぶきを 見せつつもとな

三九七七 あしかきの 外《ほか》にも君が 寄り立たし 恋ひけれこそば 夢《いめ》に見えけれ

三月五日に大伴宿祢家持、病に臥して作る。

恋緒を述ぶる歌一首 并びに短歌

三九七八 妹も我も 心は同《おや》じ 比《たぐ》へれど いやなつかしく 相見れば 常初花《とこはつはな》に 情《こころ》ぐし めぐしもなしに はしけやし 我が奥妻 大君の 命恐み あしひきの 山越え野行き あまざかる 鄙《ひな》治めにと 別れ来し その日の極み あらたまの 年行きがへり 春花の 移《うつ》ろふまでに 相見ねば いたもすべなみ しきたへの 袖返しつつ 寝《ぬ》る夜落ちず 夢には見れど 現《うつつ》にし 直《ただ》にあらねば 恋しけく 千重に積もりぬ 近くあらば

三九七七 ○あしかきの—枕詞。

三九七八 ○あしひきの—枕詞。○あまざかる—枕詞。○あらたまの—枕詞。○しきたへの—枕詞。○たまほこの—枕詞。○うの花—うつぎ。ゆきのした科の落葉灌木。○あをによし—枕詞。○ぬえどりの—枕詞。ぬえ鳥はつぐみのこと。

三九七九　○あらたまの—枕詞。
三九八〇　○ぬばたまの—枕詞。
三九八一　○あしひきの—枕詞。
三九八三　○あしひきの—枕詞。

帰りにだにも　うち行きて　妹が手枕　さし交《か》へて　寝ても来ましを　たまほこの　道はし遠く　関さへに　隔《へな》りてあれこそ　よしゑやし　よしはあらむそ　ほととぎす　来鳴かむ月に　いつしかも　早くなりなむ　うのはなの　にほへる山を　よそのみも　振り放《さ》け見つつ　近江路《あふみぢ》に　い行き乗り立ち　あをによし　奈良の我家《わぎへ》に　ぬえどりの　うら嘆《な》けしつつ　下恋に　思ひうらぶれ　門に立ち　夕占《ゆふけ》問ひつつ　我を待つと　寝《な》すらむ妹を　逢ひてはや見む

三九七九　あらたまの　年かへるまで　相見ねば　心もしのに　思ほゆるかも

三九八〇　ぬばたまの　夢《いめ》にはもとな　相見れど　直《ただ》にあらねば　恋止まずけり

三九八一　あしひきの　山きへなりて　遠けども　心し行けば　夢《いめ》に見えけり

三九八二　春花の　移ろふまでに　相見ねば　月日数《よ》みつつ　妹待つらむぞ

右、三月二十日夜裏、忽ち恋情を起こして作る。大伴宿祢家持

立夏四月、既に累日を経ぬるに、由未《なほ》だ霍公鳥の喧くを聞かず、因りて作る恨みの歌二首

三九八三　あしひきの　山も近きを　ほととぎす　月立つまでに　なにか来鳴かぬ

三九八四　玉に貫く　花橘を　乏《とも》しみし　この我が里に　来鳴かずあるらし

霍公鳥は立夏の日来鳴くこと必定。又越中の風土、橙橘《ちやうきつ》有ることと希《まれ》なり。これによりて、大伴宿祢家持懐《こころ》に感発して聊かこの歌を裁《つく》る。三月二十九日

[1]二上山《ふたがみやま》の賦一首　この山は[2]射水郡《いみづのこほり》にあり

三九八五　射水川　い行き巡れる　たまくしげ　二上山は　春花の　咲ける盛りに秋の葉の　にほへる時に　出で立ちて　振り放け見れば　神からや　そこば貴き　山からや　見が欲しからむ　皇神《すめかみ》の　裾回《すそみ》の山の　渋谷《しぶたに》の崎の荒磯《ありそ》に　朝なぎに　寄する白波　夕なぎに　満ち来る潮の　いや増しに　絶ゆることなく　古ゆ　今の現《をつつ》に　かくしこそ　見る人ごとにかけてしのはめ

三九八六　渋谷の　崎の荒磯に　寄する波　いやしくしくに　古思ほゆ

三九八七　たまくしげ　二上山に　鳴く鳥の　声の恋しき　時は来にけり

右、三月三十日、興によりて作る。大伴宿祢家持

四月十六日夜裏遙かに霍公鳥の喧くを聞きて懐《おもひ》を述ぶる歌一首

三九八八　ぬばたまの　月に向かひて　ほととぎす　鳴く音《おと》遙けし　里遠みかも

右、大伴宿祢家持作る。

大目秦忌寸八千島《だいさくわんはだのいみきやちしま》の館にして守大伴宿祢家持に餞《せん》する宴の歌二首

三九八九　奈呉《なご》の海の　沖つ白波　しくしくに　思ほえむかも　立ち別れなば

三九九〇　我が背子は　玉にもがもな　手に巻きて　見つつ行かむを　置きて行かば惜し

右、守大伴宿祢家持、[3]正税帳《しやうぜいちやう》を以《もち》て京師に入らむとし、よりてこの歌を作りて聊かに相別るる嘆きを陳《の》ぶ。四月二十日

1→17・三九五五。

2―富山県射水郡。高岡市・氷見市を含む一帯の地。

三九八五　○射水川―小矢部川のこと。高岡市伏木で富山湾に入る。○たまくしげ―枕詞。○「皇神の」「満ち来る潮の」まで―序詞。○渋谷→17・三九五四。

三九八六　○第一・二・三句―序詞。

三九八七　○たまくしげ―枕詞。

三九八八　○ぬばたまの―枕詞。

三九八九　○第一・二句―序詞。

3―租税と国内の官物についての帳簿。

1―富山県氷見市にあった湖水。田子・窪・神代・布施・十二町などの諸地で囲まれ、広大であった。現在は十二町潟という小さな湖があるだけである。
2→17・三九八五。
3旧江村―潟あるいは氷見市の南方、十二町神代のあたりか。
三九九一 ○もののふの―枕詞。○松田江―高岡市の北方、国鉄雨晴駅付近から氷見市にかけての海岸。○宇奈比川―宇波川。氷見市の北方宇波で富山湾に入る。○あぢ群―あいがもの群れ。○つた―ぶどう科。○「たまくしげ」から「延ふつたの」まで―序詞。○たまくしげ―枕詞。
三九九三 ○あしひきの―枕詞。○しろたへの―枕詞。○乎布の崎―布勢の水海の南側の地。○さざれなみ波―枕詞。○しろたへの―枕詞。

布勢《ふせ》[1]の水海《みづうみ》に遊覧する賦一首　并びに短歌　この海は射水郡《いみづのこほり》[2]の旧江《ふるえ》村[3]にあり

三九九一　もののふの　八十伴の緒の　思ふどち　心遣らむと　うま並めて　うちくちぶりの　白波の　荒磯に寄する　渋谷《しぶたに》の　崎たもとほり　松田江の長浜過ぎて　宇奈比川《うなひがは》　清き瀬ごとに　鵜川立ち　か行きかく行き　見つれども　そこも飽かにと　布勢の海に　舟浮けすゑて　沖辺漕ぎ　辺に漕ぎ見れば　渚《なぎさ》には　あぢ群《むら》騒き　島回《しまみ》には　木末《こぬれ》花咲き　ここばくも　見のさやけきか　たまくしげ　二上山に　延ふつたの　行きは別れず　あり通ひ　いや年のはに　思ふどち　かくしあそばむ　今も見るごと

三九九二　布勢《ふせ》の海の　沖つ白波　あり通ひ　いや年のはに　見つつしのはむ

右、守大伴宿祢家持作る。　四月二十四日

敬《つつし》みて布勢の水海に遊覧する賦に和ふる一首　并びに一絶

三九九三　藤波は　咲きて散りにき　うのはなは　今そ盛りと　あしひきの　山にも野にも　ほととぎす　鳴きしとよめば　うちなびく　心もしのに　そこをしも　うら恋しみと　思ふどち　うま打ち群れて　携《たづさ》はり　出で立ち見れば　射水川《いみづがは》　港のすどり　朝なぎに　潟《かた》にあさりし　潮満てば　妻呼びかはす　ともしきに　見つつ過ぎ行き　渋谷《しぶたに》の　荒磯《ありそ》の崎に　沖つ波　寄せ来る玉藻　片搓《よ》りに　縵《かづら》に作り　妹がため　手に巻き持ちて　う

らぐはし　布勢の水海に　海人舟《あまぶね》に　ま梶櫂《かぢかい》貫《ぬ》き　しろたへの　袖振り返し　率《あども》ひて　我が漕ぎ行けば　乎布《をふ》の崎　花散りまがひ　渚には　あしがも騒き　さざれなみ　立ちても居ても　漕ぎ巡り　見れども飽かず　秋さらば　もみちの時に　春さらば　花の盛りに　かもかくも　君がまにまと　かくしこそ　見も明らめめ　絶ゆる日あらめや

三九九四　白波の　寄せ来る玉藻　世《よ》の間《あひだ》も　継ぎて見に来む　清き浜辺《はまび》を

右、掾大伴宿祢池主作る。四月二十六日追和す

四月二十六日、掾大伴宿祢池主の館に、税帳使守大伴宿祢家持に餞する宴の歌　并びに古歌四首

三九九五　たまほこの　道に出で立ち　別れなば　見ぬ日さまねみ　恋しけむかも
一に云ふ「見ぬ日久しみ　恋しけむかも」

右の一首、大伴宿祢家持作る。

三九九六　我が背子が　国へましなば　ほととぎす　鳴かむ五月は　さぶしけむかも

右の一首、[1]介内蔵忌寸《すけくらのいみき》縄麻呂《なはまろ》作る。

三九九七　我なしと　なわび我が背子　ほととぎす　鳴かむ五月は　玉を貫《ぬ》かさね

右の一首、守大伴宿祢家持和ふ。

[2]石川朝臣《いしかはのあそみ》水通《みち》の橘の歌一首

三九九八　我が宿の　花橘を　花ごめに　玉にそ我が貫《ぬ》く　待たば苦しみ

三九九四 ○第一・二句—序詞。

三九九五 ○たまほこの—枕詞。

1—天平十七年正六位上・大蔵少丞・同十八年勝宝三年の家持越中守在任中の同国の介。勝宝五年造東大寺司判官。

2—伝未詳。

右の一首、伝誦するは主人《あるじ》大伴宿祢池主なりと尓云《しか》ふ。

守大伴宿祢家持の館に飲宴する歌一首　四月二十六日

三九九九　都辺に　立つ日近付く　飽くまでに　相見て行かな　恋ふる日多けむ

[1]立山《たちやま》の賦一首　并びに短歌　この山は[2]新川郡《にひかはのこほり》にあり

四〇〇〇　あまざかる　鄙に名かかす　越《こし》の中　国内《くぬち》ことごと　山はしも　しじにあれども　川はしも　多《さは》に行けども　皇神《すめかみ》の　領《うしは》きいます　新川の　その立山に　常夏《とこなつ》に　雪降り敷きて　帯《お》ばせる　片貝川《かたかひがは》の　清き瀬に　朝《あさ》夕《よひ》ごとに　立つ霧の　思ひ過ぎめや　あり通ひ　いや年のはに　よそのみも　振り放《さ》け見つつ　万代《よろづよ》の　語らひぐさと　いまだ見ぬ　人にも告げむ　音のみも　名のみも聞きて　ともしぶるがね

四〇〇一　立山に　降り置ける雪を　常夏に　見れども飽かず　神からならし

四〇〇二　片貝《かたかひ》の　川の瀬清く　行く水の　絶ゆることなく　あり通ひ見む

四月二十七日に大伴宿祢家持作る。

敬《つつし》みて立山の賦に和する一首　并びに二絶

四〇〇三　朝日さし　そがひに見ゆる　神ながら　み名に帯ばせる　白雲の　千重を押し別け　天そそり　高き立山　冬夏と　別くこともなく　白たへに　雪は降り置きて　古《いにしへ》ゆ　あり来にければ　こごしかも　岩の神さび　たまきはる　幾代経にけむ　立ちて居て　見れども異《あや》し　嶺高み　谷を深みと　落ちたぎつ　清き河内《かふち》に　朝去らず　霧立ち渡り　夕されば

1—富山県中新川郡にある。
2—富山県東部。上・中・下新川郡、富山・滑川・魚津・黒部の諸市を含む地。
四〇〇〇　○あまざかる—枕詞。○片貝川—立山連峰北部に発して魚津市で富山湾に流入する。○「帯ばせる」から「立つ霧の」まで—序詞。
四〇〇二　○第一・二・三句—序詞。
四〇〇三　○たまきはる—枕詞。○くもゐなす—枕詞。

四〇〇四　○立山↓17・四〇〇〇。

四〇〇六　○かきかぞふ—枕詞。○つがの木—まつ科の常緑喬木。とがに同じ。○たまほこの—枕詞。

雲居たなびき　くもゐなす　心もしのに　立つ霧の　思ひ過ぐさず　行く水の　音もさやけく　万代《よろづよ》に　言ひ継ぎ行かむ　川し絶えずは

四〇〇四　立山に　降り置ける雪の　常夏に　消《け》ずて渡るは　神ながらとそ

四〇〇五　落ちたぎつ　片貝川の　絶えぬごと　今見る人も　止まず通はむ

右、掾大伴宿祢池主和ふ。四月二十八日

京に入ること漸《やくや》く近づき、悲情撥《はら》ひ難くして懐《おもひ》を述ぶる一首

并びに一絶

四〇〇六　かきかぞふ　二上山《ふたがみやま》に　神さびて　立てるつがの木　本も枝も　同《おや》じ常《と》磐《きは》に　はしきよし　我が背の君を　朝去らず　逢ひて言問《ことど》ひ　夕されば　手携《たづさ》はりて　射水《いみづ》川　清き河内に　出で立ちて　我が立ち見れば　東風《あゆ》の風　いたくし吹けば　湊《みなと》には　白波高み　妻呼ぶと　すどりは騒く　あし刈ると　海人《あま》の小舟は　入江漕ぐ　梶《かぢ》の音《おと》高し　そこをしも　あやにともしみ　しのひつつ　遊ぶ盛りを　天皇《すめろき》の　食《を》す国なれば　命《みこと》持ち　立ち別れなば　後れたる　君はあれども　たまほこの　道行く我は　白雲の　たなびく山を　岩根踏み　越え隔《へな》りなば　恋しけく　日《け》の長けむそ　そこ思《も》へば　心し痛し　ほととぎす　声にあへ貫《ぬ》く　玉にもが　手に巻き持ちて　朝夕《あさよひ》に　見つつ行かむを　置きて行かば惜し

四〇〇七　我が背子は　玉にもがもな　ほととぎす　声にあへ貫き　手に巻きて行かむ

右、大伴宿祢家持、掾大伴宿祢池主に贈る。四月三十日

忽ちに、京に入らむとして懐《おもひ》を述ぶる作を見るに、生別の悲しびは断腸万廻《よろづたび》にして、怨むる緒《こころや》禁み難し。聊《いささ》か所心を奉る一首 并びに二絶

四〇〇八 あをによし 奈良を来離れ あまざかる 鄙《ひな》にはあれど 我が背子を 見つつし居れば 思ひ遣る こともありしを 大君の 命恐《みことかしこ》み 食《を》す国の 事取り持ちて わかくさの 足結《あゆひ》たづくり むらとりの 朝立ち去なば 後れたる あれや悲しき 旅に行く 君かも恋ひむ 思ふそら 安くあらねば 嘆かくを 留めもかねて 見渡せば うのはな山の ほととぎす 音《ね》のみし泣かゆ あさぎりの 乱るる心 言《こと》に出でて 言はばゆゆしみ 礪波山《となみやま》 手向《たむけ》の神に 幣奉《ぬさまつ》り 我が乞ひ禱《の》まく はしけやし 君がただかを ま幸くも ありたもとほり 月立たば 時もかはさず なでしこが 花の盛りに 相見しめとそ

四〇〇九 たまほこの 道の神たち 賂《まひ》はせむ 我が思ふ君を なつかしみせよ

四〇一〇 うら恋し 我が背の君は なでしこが 花にもがもな 朝《あさ》な朝《さ》な見む

右、大伴宿祢池主の報へ贈る和への歌 五月二日

放逸せる鷹を思ひ夢に見て感悦して作る歌一首 并びに短歌

四〇一一 大君の 遠《とほ》の朝廷《みかど》そ み雪降る 越《こし》と名に負へる あまざかる 鄙にしあれば 山高み 川とほしろし 野を広み 草こそ繁《しげ》き あゆ走る 夏

四〇〇八 〇あをによし―枕詞。〇あまざかる―枕詞。〇わかくさの―枕詞。〇むらとりの―枕詞。〇「見渡せば」から「ほととぎす」まで―序詞。〇あさぎりの―枕詞。〇なでしこ―なでしこ科の多年草。夏から秋にかけて咲く。〇礪波山―富山県小矢部市石動町にある山。

四〇〇九 〇たまほこの―枕詞。

四〇一一 〇あまざかる―枕詞。〇しまつとり―枕詞。〇つゆしもの―枕詞。〇蒼鷹―三歳の雌鷹をいう。〇三島野―富山県射水郡大門町の南

部。〇あしひきの―枕詞。〇ちはやぶる―枕詞。〇松田江―17・三九九一。〇氷見の江―富山県氷見市北方にあった布勢水海と氷見の海を結んだ水路の入江であろう。氷見の海説、布勢水海の入江説等ある。〇多古―布勢水海湾岸の地、氷見市上田子、下田子一帯。

の盛りと　しまつとり　鵜飼《うかひ》が伴は　行く川の　清き瀬ごとに　篝《かがり》さし　なづさひ上る　つゆしもの　秋に至れば　野もさはに　鳥集《すだ》けりと　ますらをの　伴誘《いざな》ひて　たかはしも　あまたあれども　矢形尾《やかたを》の　我が大黒《おほぐろ》に　大黒といふは蒼鷹《おほたか》の名なり　白塗の　鈴取りつけて　朝狩に　五百《いほ》つ鳥立て　夕狩に　ちどり踏み立て　追ふごとに　許すことなく　手放れもをちもかやすき　これをおきて　またはありがたし　さ馴《なら》へる　たかはなけむと　心には　思ひ誇りて　笑まひつつ　渡る間に　狂《たぶ》れたる醜《しこ》つ翁《おきな》の　言だにも　我には告げず　との曇り　雨の降る日を　鳥狩《とがり》すと　名のみを告りて　三島野《みしまの》を　そがひに見つつ　二上《ふたがみ》の　山飛び越えて　雲隠り　翔《かけ》り去《い》にきと　帰り来て　しはぶれ告ぐれ　招《を》くよしのそこになければ　言ふすべの　たどきを知らに　心には　火さへ燃えつつ　思ひ恋ひ　息づき余り　けだしくも　あふことありやと　あしひきの　をてもこのもに　鳥網《となみ》張り　守部《もりへ》をすゑて　ちはやぶる　神の社《やしろ》に照る鏡　倭文《しつ》に取り添へ　乞ひ禱《の》みて　我が待つ時に　處女《をとめ》らが夢《いめ》に告ぐらく　汝が恋ふる　その秀《ほ》つたかは　松田江《まつだえ》の　浜行き暮らしつなし取る　氷見《ひみ》の江《え》過ぎて　多古《たこ》の島《しま》　飛びたもとほり　あしがもの集《すだ》く古江に　一昨日《をとつひ》も　昨日《きのふ》もありつ　近くあらば　いま二日だみ　遠くあらば　七日のをちは　過ぎめやも　来なむ我が背子　ねもころにな恋ひそよとそ　いまに告げつる

四〇一二　矢形尾《やかたを》の　たかを手にする　三島野に　狩らぬ日まねく　月そ経にける

四〇一三　二上の　をてもこのもに　網さして　我が待つたかを　夢に告げつも

四〇一四　まつがへり　しひにてあれかも　さ山田の　翁《をぢ》がその日に　求めあはずけむ

四〇一五　心には　緩《ゆる》ふことなく　すかのやま　すかなくのみや　恋ひ渡りなむ

右、射水郡《いみづのこほり》の旧《ふる》江村にして蒼鷹を取《と》獲る。形容美麗《かたちうるは》しくして、鷙雄《しいう》群に秀《すぐ》れたり。ここに、養吏山田史君麻呂[1]《やまだのふひときみまろ》、調試節を失ひ、野猟候を乖《そむ》く。搏風の翹《つばさ》は、高く翔《かけ》りて雲に匿《かく》り、腐鼠《ふそ》の餌も、呼び留むるに験靡《しるしな》し。ここに、羅網を張り設《ま》けて、非常を窺《うかか》ひ、神祇に奉幣して、不虞を恃《たの》む。ここに、夢の裏《うち》に娘子《をとめ》有り。喩へて曰く、「使君、勿《まな》苦念を作《な》して空しく精神を費《つひ》やすこと。放逸せるその鷹は獲り得むこと幾だもあらじ」といふ。須臾《しゆゆ》にして覚《おどろ》き寤《さ》め、懐に悦《よろこ》び有り、因りて恨を却《す》つる歌を作り、式《も》ちて感信を旌《あらは》す。守大伴宿祢家持九月二十六日に作る

高市連黒人[2]《たけちのむらじくろひと》の歌一首　年月審《つばひ》らかならず

四〇一六　婦負《めひ》の野の　すすき押し並べ　降る雪に　宿借る今日し　かなしく思はゆ

右、この歌を伝誦するは三国真人五百国[3]《みくにのまひといほくに》これなり。

四〇一七　東《あゆ》の風《かぜ》越の俗《くにひと》の語《ことば》に東の風《ひむかし》をあゆのかぜと謂ふ　いたく吹くらし　奈呉の海人《あま》の

四〇一四　○まつがへり—枕詞。

四〇一五　○すかのやま—枕詞。高岡市国吉のあたりの山地。

1—伝未詳。

2—↓1・三二

四〇一六　○婦負の野—富山県婦負郡と富山市の一帯の野。

3—伝未詳。

四〇一七　○奈呉↓17・三九五六

釣する小舟　漕ぎ隠る見ゆ

四〇一八　湊風　寒く吹くらし　奈呉《なご》の江に　妻呼びかはし　鶴多《たづさは》に鳴く

一に云ふ「鶴騒《さわ》ぐなり」

四〇一九　あまざかる　鄙とも著《しる》く　ここだくも　繁き恋かも　和《な》ぐる日もなく

四〇二〇　越《こし》の海の　信濃《しなぬ》浜の名なりの浜を　行き暮らし　長き春日も　忘れて思へや

右の四首、天平二十年春正月二十九日、大伴宿祢家持

礪波郡《となみのこほり》[1]の雄神川《をかみがは》[2]の辺《へ》にして作る歌一首

四〇二一　雄神川　紅《くれなゐ》にほふ　處女《をとめ》らし　あしつき水松《みる》の類　取ると　瀬に立たすらし

婦負郡《めひのこほり》[3]にして鸕坂川《うさかがは》[4]の辺を渡る時に作る一首

四〇二二　鸕坂川　渡る瀬多み　この我がうまの　足掻《あが》きの水に　衣濡《きぬ》れにけり

鸕《う》を潜《かづ》くる人を見て作る歌一首

四〇二三　婦負川《めひがは》の　速き瀬ごとに　篝《かがり》さし　八十伴《やそとも》の緒《を》は　鵜川立ちけり

新川郡《にひかはのこほり》[5]にして延槻河《はひつきがは》[6]を渡る時に作る歌一首

四〇二四　立山《たちやま》の　雪し消《く》らしも　延槻《はひつき》の　川の渡り瀬　あぶみ漬《つ》かすも

気太《けだの》神宮[7]に赴き参り、海辺を行く時に作る歌一首

四〇二五　志雄路《しをぢ》から　直越《ただこ》え来れば　羽咋《はくひ》の海　朝なぎしたり　舟梶もがも

能登郡《のとのこほり》[8]にして香嶋《かしま》[9]の津より舟を発《いだ》し、熊来村《くまきのむら》[10]をさして往く時に作る歌二首

四〇一九 ○あまざかる—枕詞。

1—富山県東礪波郡、西礪波郡、礪波市、小矢部市一帯。

2—庄川のこと。富山県東礪波郡を流れ新湊市で富山湾に注ぐ。

四〇二一 ○あしつき—じゅずも科のアシツキノリ。食用にする。一説にカワモズク。

3婦負郡—富山県婦負郡と富山市一帯。

4—神通川であろう。富山県婦負郡婦中町を流れる。

四〇二三 ○婦負川—神通川下流のことかという。

5→17・四〇〇〇。

6—早月《はやつき》川。富山県中新川郡に発し、滑川、魚津両市の境をなして海に入る。

7—石川県羽咋市の気多神社。

四〇二五 ○志雄路—志雄街道。富山県氷見市から石川県羽咋郡志雄町に通じる。○羽咋—石川県羽咋郡および羽咋市。

8—石川県鹿島郡・七尾市の地。

9—石川県七尾市の東部、所口町のあたりかという。

10—石川県鹿島郡中島町の中心部一帯。

四〇二六 とぶさ立て 舟木《ふなぎ》伐るといふ 能登の島山 今日見れば 木立繁《しげ》しも 幾代神びそ

四〇二七 香島より 熊来をさして 漕ぐ舟の 梶取る間なく 京師《みやこ》し思ほゆ

[1]鳳至郡《ふげしのこほり》にして[2]饒石川《にぎしがは》を渡る時に作る歌一首

四〇二八 妹に逢はず 久しくなりぬ 饒石川 清き瀬ごとに 水占《みなうら》延へてな

[3]珠洲郡《すすのこほり》より舟を発し、[4]太沼郡に還る時に、[5]長浜の湾《うら》に泊まり、月の光を仰ぎ見て作る歌一首

四〇二九 珠洲の海に 朝開きして 漕ぎ来れば 長浜の浦に 月照りにけり

右の件の歌詞は、春の出挙に依りて、諸郡を巡行し、当時当所にして、属目し作る。大伴宿祢家持

鶯の晩《おそ》く哢《な》くを怨むる歌一首

四〇三〇 うぐひすは 今は鳴かむと 片待てば 霞《かすみ》たなびき 月は経につつ

酒を造る歌一首

四〇三一 中臣《なかとみ》の 太祝詞《ふとのりと》言《ごと》 言《い》ひ祓《はら》へ 贖《あか》ふ命《いのち》も 誰がために汝《なれ》

右、大伴宿祢家持作る。

萬葉集巻第十七

四〇二六 ○能登—石川県能登半島の地。

1—石川県鳳至郡と輪島市の地。
2—仁岸川。鳳至郡門前町で日本海に入る。

3—石川県珠洲郡と珠洲市の地。
4—未詳。
5—氷見市松田江の長浜と同地か。

四〇三一 ○中臣の太祝詞言—中臣は祭祀をつかさどる氏の名で太はほめていう。現存の祝詞の多くは中臣氏の作だといわれている。

萬葉集巻第十八

天平二十年春三月二十三日、左大臣橘家の使者造酒司令史《さけのつかさのさくわん》[1]田辺福《たなべのさき》麻呂《まろ》[2][3]を守大伴宿祢家持の館《むろつみ》に饗《あへ》す。ここに作る新しき歌并びに便《すなは》ち古詠を誦して、各《おのもおのも》心緒を述ぶ

四〇三二　奈呉《なご》の海に　舟しまし貸せ　沖に出でて　波立ち来《く》やと　見て帰り来む

四〇三三　波立てば　奈呉の浦回《うらみ》に　寄る貝の　間なき恋にそ　年は経にける

四〇三四　奈呉の海に　潮のはや干ば　あさりしに　出でむと鶴《たづ》は　今そ鳴くなる

四〇三五　ほととぎす　厭《いと》ふ時なし　あやめぐさ　縵《かづら》にせむ日　こゆ鳴き渡れ

右の四首、田辺史福麻呂

ここに、明日《あすのひ》布勢《ふせ》の水海《みづうみ》に遊覧せむと期し、よりて懐を述べ、各《おのもおのも》作る歌

四〇三六　いかにある　布勢の浦そも　ここだくに　君が見せむと　我を留むる

右の一首、田辺史福麻呂

四〇三七　乎布《をふ》の崎《さき》　漕ぎたもとほり　ひねもすに　見とも飽くべき　浦にあらなくに　一に云ふ「君が問はすも」

右の一首、守大伴宿祢家持

1―造酒司は宮内省所属の酒類醸造をつかさどる役所。令史はその三等官。
2―伝未詳。↓6・一〇六七。
3↓3・三九五。

四〇三二 ○奈呉―富山県新湊市の西部の海岸や放生津潟一帯。
四〇三三 ○第一・二・三句―序詞。
四〇三五 ○あやめ草―ショウブ。さといも科の多年草。水辺に自生。端午の節句に使用する。
四〇三六 ○布勢の水海―富山県氷見市にあった湖水。
四〇三七 ○乎布の崎―布勢の水海の一部の岬。

四〇三八　たまくしげ　いつしか明けむ　布勢《ふせ》の海の　浦を行きつつ　玉も拾《ひり》はむ

四〇三九　音のみに　聞きて目に見ぬ　布勢の浦を　見ずは上らじ　年は経ぬとも

四〇四〇　布勢の浦を　行きてし見てば　ももしきの　大宮人に　語り継ぎてむ

四〇四一　うめの花　咲き散る園に　我行かむ　君が使ひを　片待ちがてら

四〇四二　藤波の　咲き行く見れば　ほととぎす　鳴くべき時に　近付きにけり

右の五首、田辺史福麻呂

四〇四三　明日の日の　布勢の浦回の　藤波に　けだし来鳴かず　散らしてむかも

一に頭に云ふ「ほととぎす」

右の一首、大伴宿祢家持和ふ。

前《さき》の件の十首の歌は、二十四日の宴に作る。

二十五日に布勢の水海に徃き、道中馬上にして口に号《おら》ぶ二首

四〇四四　浜辺《はまへ》より　我がうち行かば　海辺より　迎へも来ぬか　海人《あま》の釣舟《つりぶね》

四〇四五　沖辺より　満ち来る潮の　いや増しに　あが思ふ君が　み舟かもかれ

水海に至りて遊覧する時に各懐を述べて作る歌

四〇四六　神さぶる　垂姫《たるひめ》の崎《さき》　漕《こ》ぎ巡り　見れども飽かず　いかに我せむ

右の一首、田辺史福麻呂

四〇四七　垂姫の　浦を漕ぎつつ　今日の日は　楽しく遊べ　言ひ継ぎにせむ

右の一首、遊行女婦土師《あそびめはにし》

四〇四八　垂姫の　浦を漕ぐ舟　梶間にも　奈良の我家《わぎへ》を　忘れて思へや

四〇三八　○たまくしげ—枕詞。

四〇四〇　○ももしきの—枕詞。

四〇四五　○第一・二句—序詞。

四〇四六　○垂姫の崎—布勢水海沿岸の地。

右の一首、大伴家持

四〇四九　おろかにぞ　我は思ひし　乎敷《をふ》の浦の　荒磯《ありそ》の巡り　見れど飽かずけり

右の一首、田辺史福麻呂

四〇五〇　めづらしき　君が来まさば　鳴けと言ひし　山霍公鳥《ほととぎす》　なにか来鳴かぬ

右の一首、[1]掾久米朝臣広縄《じようくめのあそみひろつな》

四〇五一　多胡《たこ》の崎《さき》　木《こ》の暗茂《くれしげ》に　ほととぎす　来鳴きとよめば　はだ恋ひめやも

右の一首、大伴宿祢家持

前の件の十五首の歌は二十五日に作る。

掾久米朝臣広縄の館《むろつみ》に田辺史福麻呂を饗する宴の歌四首

四〇五二　ほととぎす　今鳴かずして　明日越えむ　山に鳴くとも　験《しるし》あらめやも

右の一首、田辺史福麻呂

四〇五三　木《こ》の暗《くれ》に　なりぬるものを　ほととぎす　なにか来鳴かぬ　君に逢へる時

右の一首、久米朝臣広縄

四〇五四　ほととぎす　こよ鳴き渡れ　灯火《ともしび》を　月夜《つくよ》になぞへ　その影も見む

四〇五五　帰回《かへるみ》の　道行かむ日は　五幡《いつはた》の　坂に袖振れ　我をし思はば

右の二首、大伴宿祢家持

前の件の歌は二十六日に作る。

四〇四九　〇乎敷の浦—富山県氷見市窪園付近の地であろう。

四〇五〇　〇ほととぎす—杜鵑科。初夏、山から人里に出て鳴く。鶯の巣に産卵する。

1—久米朝臣広縄—大伴池主の後任の掾。

四〇五一　〇多胡の崎—氷見市。布勢水海沿岸の地。

四〇五五　〇帰回—福井県南条郡今庄町帰《かえる》付近。〇五幡—福井県敦賀市五幡。

[1]太上皇《おほきすめらみこと》、[2]難波《なにはの》宮に御在《おはしま》しし時の歌七首　清足姫天皇《きよたらしひめのすめらみこと》なり

[3]左大臣橘宿祢《たちばなのすくね》の歌一首

四〇五六　堀江には　玉敷かましを　大君を　み舟漕がむと　かねて知りせば

御製の歌一首　和へ

四〇五七　玉敷かず　君が悔いて言ふ　堀江には　玉敷き満てて　継ぎて通はむ

或は云ふ「玉扱き敷きて」

右の二首の件の歌は、御船江を泝《さかのぼ》り遊宴する日に、左大臣の奏する、并びに御製なり。

御製の歌一首

四〇五八　たちばなの　とをのたちばな　八つ代にも　あれは忘れじ　このたちばなを

[4]河内女王《かふちのおほきみ》の歌一首

四〇五九　たちばなの　下照《したで》る庭に　殿建てて　酒みづきいます　我が大君かも

[5]粟田女王《あはたのおほきみ》の歌一首

四〇六〇　月待ちて　家には行かむ　我が刺せる　赤らたちばな　影に見えつつ

右の件の歌は、左大臣橘卿の宅に在りて肆宴するときの御歌、并びに奏歌なり。

四〇六一　堀江より　水脈《みを》引《び》きしつつ　み舟さす　賤男《しづを》の伴は　川の瀬申せ

四〇六二　夏の夜は　道たづたづし　舟に乗り　川の瀬ごとに　棹さし上れ

1―元正天皇。この翌月の四月二十一日、六十九歳で崩御。

2―天平十六年夏、元正天皇が難波に滞在した時に詠まれたと推定される。

3→6・一〇〇九。

四〇五八　〇たちばな―みかん科の常緑の小喬木。

4―高市皇子の娘。天平十一年従四位上、宝字二年従三位。その後無位。宝亀四年正三位に復位。同十年没。

5―養老七年従四位下。天平十一年従四位上。同二十年正四位上。宝字八年正三位で没。

右の件の歌は、御船綱手を以て江を泝《さかのぼ》り遊宴せし日に作る。伝誦する人は田辺史福麻呂これなり。

後れて橘の歌に追和する二首

四〇六三 常世物《とこよもの》 このたちばなの いや照りに 我ご大君は 今も見るごと

四〇六四 大君は 常磐《ときは》にまさむ たちばなの 殿のたちばな ひた照りにして

右の二首、大伴宿祢家持作る。

射水郡[1]の駅館の屋の柱に題著《しる》したりし歌一首

四〇六五 朝開き 入江漕ぐなる 梶の音の つばらつばらに 我家《わぎへ》し思ほゆ

右の一首、山上臣《やまのうへのおみ》の作。名を審《つばひ》らかにせず。或《ある》は云ふ、[2]憶良《おくら》大夫の男と。ただしその正名未だ詳《つばひ》らかならず。

四月一日に掾久米朝臣広縄《じょうくめのあそみひろつな》の館にして宴する歌四首

四〇六六 うのはなの 咲く月立ちぬ ほととぎす 来鳴きとよめよ 含《ふふ》みたりとも

右の一首、守大伴宿祢家持作る。

四〇六七 二上《ふたがみ》の 山に隠《こも》れる ほととぎす 今も鳴かぬか 君に聞かせむ

右の一首、遊行女婦《あそびめ》[3]土師《はにし》作る。

四〇六八 居り明かしも 今夜《こよひ》は飲まむ ほととぎす 明けむ朝《あした》は 鳴き渡らむそ

二日は立夏の節に応《あた》る。故に明けむ旦《あした》に喧かむ、と謂ふ。

右の一首、守大伴宿祢家持作る。

四〇六九 明日よりは 継ぎて聞こえむ ほととぎす 一夜のからに 恋ひ渡るか

1―富山県射水郡、現在の高岡市、氷見市を含む。

四〇六五 ○第一・二・三句―序詞。

2―山上憶良。↓1・六〇。

四〇六六 ○うの花―ウツギ。ゆきのした科。

四〇六七 ○二上―富山県高岡市と氷見市の間にある山。

3―伝未詳。

も

右の一首、[1]羽咋郡《はくひのこほり》の擬主帳《ぎしゆちやう》[2]能登臣乙美《のとのおみおとみ》作る。

庭中のなでしこが花を詠む歌一首

四〇七〇　一本《ひと》の　なでしこ植ゑし　その心　誰に見せむと　思ひそめけむ

右、先の国師の従僧[3]清見《せいけん》といふもの、京師に入るべく、因りて飲饌を設け饗《ま》宴す。ここに主人《あろじ》大伴宿祢家持、この歌詞を作り酒を清見に送る。

四〇七一　しなざかる　越《こし》の君らと　かくしこそ　やなぎかづらき　楽しく遊ばめ

右、郡司已下子弟已上の諸人多くこの会に集《つど》ふ。因りて守大伴宿祢家持この歌を作る。

四〇七二　ぬばたまの　夜渡る月を　幾夜経《ふ》と　数《よ》みつつ妹は　我待つらむそ

右、此の夕月光遅く流れ、和風稍《やくや》く扇《あふ》ぐ。即ち属目に因り、聊《いささ》かにこの歌を作る。

[4]越前国《こしのみちのくち》の掾[5]大伴宿祢池主の来贈《おこ》する歌三首

今月十四日を以《もち》て、[6]深見村《ふかみのむら》に到来し、その北方を望拝す。常に芳徳を思ふこと、いづれの日にか能く休《や》まむ。兼ねて隣近なるを以て、忽ちに恋を増す。加以《しかのみにあらず》、先の書に云ふ、暮春惜しむべし、膝を促《ちかづ》くること未だ期せず、生別の悲しび、それまたいかにか言はむと。紙に臨みて悽断し、状を奉ること不備。

1—石川県羽咋郡および羽咋市。
2—伝未詳。
四〇七〇　〇なでしこ—萬葉集では夏の花として詠まれることが多い。
3—伝未詳。
四〇七一　〇しなざかる—枕詞。
四〇七二　〇ぬばたまの—枕詞。
4—今日の福井県東部の地。
5—天平十年ごろ春宮坊少属従七位下。家持の越中守赴任当時は同国掾。二一年三月ごろまでには越前国掾に転出。左京少進、式部少丞を歴任。宝字元年橘奈良麻呂の変に加担、投獄された。
6—石川県河北郡津幡町付近。

1―富山県。

四〇七六 ○あしひきの―枕詞。

四〇七九 ○三島野→17・四〇一一。

三月十五日、大伴宿祢池主

一 古人云ふ

四〇七三 月見れば 同じ国なり 山こそば 君があたりを 隔てたりけれ

一 物に属《つ》きて思ひを発す

四〇七四 桜花 今そ盛りと 人は言へど 我はさぶしも 君としあらねば

一 所心の歌

四〇七五 相思はず あるらむ君を 怪しくも 嘆き渡るか 人の問ふまで

越中国[1]の守大伴家持の報へ贈る歌四首

一 古人云ふに答ふ

四〇七六 あしひきの 山はなくもが 月見れば 同じき里を 心隔てつ

一 属目《しよくもく》し思ひを発すに答へ、兼ねて遷任せる旧宅の西北隅の桜樹を詠《うた》ひ云ふ

四〇七七 我が背子が 古き垣内《かきつ》の 桜花 いまだ含《ふふ》めり 一目見に来ね

一 所心に答へ、即ち古人の跡を以て、今日の意に代ふ

四〇七八 恋ふといふは えも名付けたり 言ふすべの たづきもなきは あが身なりけり

一 更に矚目す

四〇七九 三島野《みしまの》に 霞たなびき しかすがに 昨日《きのふ》も今日《けふ》も 雪は降りつつ

三月十六日

姑《をば》[1]大伴氏坂上郎女《おほともうぢさかのうへのいらつめ》、越中守大伴宿祢家持に来贈《おこ》する歌二首

四〇八〇 常人《つねひと》の 恋ふと言ふよりは 余りにて 我は死ぬべく なりにたらずや

四〇八一 片思《かたおもひ》を 馬荷両馬《うまにふつま》に 負《お》ほせ持て 越辺《こしへ》に遣らば 人かたはむかも

越中守大伴宿祢家持の報ふる歌并びに所心三首

四〇八二 あまざかる 鄙の奴に 天人し かく恋すらば 生ける験《しるし》あり

四〇八三 常の恋 いまだ止まぬに 都より うまに恋来ば 荷なひ堪《あ》へむかも

別なる所心一首

四〇八四 暁《あかとき》に 名《な》告り鳴くなる ほととぎす いやめづらしく 思ほゆるかも

右四首、使に付して京師に贈り上す。

天平感宝《てんぴやうかんぽう》元年五月五日に、東大寺の[2]占墾地使《せんこんちし》の僧[3]平栄《へいえい》等を饗《あへ》す。ここに守大伴宿祢家持、酒を僧に送る歌一首

四〇八五 やきたちを 礪波《となみ》の関に 明日よりは 守部遣り添へ 君を留めむ

同じ月の九日に、諸僚、少目《せうさくわん》[4]秦伊美吉石竹《はたのいみきいはたけ》の館に会し飲宴す。ここに主人《あろじ》、百合《ゆり》の花縵《はなかづら》三枚を造り、豆器《とうき》に畳《かさ》ね置き、賓客に捧げ贈る。各《おのもおのも》この縵を賦して作る三首

四〇八六 油火の 光に見ゆる 我が縵 さゆりの花の 笑まはしきかも

右の一首、守大伴宿祢家持

四〇八七 灯火《ともしび》の 光に見ゆる さ百合花《ゆりばな》 ゆりもあはむと 思ひそめてき

右の一首、介《すけ》[5]内蔵伊美吉縄麻呂《くらのいみきなはまろ》

1—3・三七九。

四〇八二 ○あまざかる—枕詞。

2—東大寺の開墾田の土地占定のために各地に派遣された使者。

3—勝宝初年東大寺寺主、宝字初年上座。

四〇八五 ○やきたちを—枕詞。○礪波の関—富山県小矢部市石動町の礪波山にあったかという。

4—宝字八年外従五位下、宝亀五年飛騨守、七年播磨介。

四〇八七 ○第一・二・句—序詞。

5—伝未詳。

四〇八八　さ百合花　ゆりも逢はむと　思へこそ　今のまさかも　うるはしみすれ

右の一首、大伴宿祢家持　和へたるなり

独り幄《とばり》の裏《うち》に居りて、遙かに霍公鳥《ほととぎす》の喧《な》くを聞きて作る歌一首
并びに短歌

四〇八九　たかみくら　天の日継《ひつぎ》と　天皇《すめろき》の　神の命《みこと》の　聞こし食《を》す　国のまほらに　山をしも　さはに多みと　百鳥《ももとり》の　来居て鳴く声　春されば　聞きのかなしも　いづれをか　別《わ》きてしのはむ　うのはなの　咲く月立てば　めづらしく　鳴くほととぎす　あやめぐさ　玉貫くまでに　昼暮らし　夜渡し聞けど　聞くごとに　心つごきて　うち嘆き　あはれの鳥と　言はぬ時なし

反歌

四〇九〇　行くへなく　あり渡るとも　ほととぎす　鳴きし渡らば　かくやしのはむ

四〇九一　うのはなの　ともにし鳴けば　ほととぎす　いやめづらしも　名告《なの》り鳴くなへ

四〇九二　ほととぎす　いとねたけくは　たちばなの　花散る時に　来鳴きとよむる

右の四首、十日に大伴宿祢家持作る。

[1]阿尾《あを》の浦を行く日に作る歌一首

四〇八九　○たかみくら―枕詞。

1―富山県氷見市阿尾の浦。

四〇九三　阿尾の浦に　寄する白波　いや増しに　立ちしき寄せ来《く》　東風《あゆ》をいたみかも

右の一首、大伴宿祢家持作る。

1陸奥国《みちのくのくに》に金《くがね》を出《いだ》す詔書を賀《ほ》く歌一首　并びに短歌

四〇九四　葦原の　水穂の国を　天下り　知らしめしける　天皇《すめろき》の　神の命《みこと》の　御代重ね　天《あま》の日嗣《ひつぎ》と　知らし来る　君の御代御代　敷きませる　四方《よも》の国には　山川を　広み厚みと　奉る　御調宝《みつきたから》は　数へ得ず　尽くしもかねつ　然れども　我が大君の　諸人を　誘《いざな》ひたまひ　良き事を　始めたまひて　金《くがね》かも　たしけくあらむと　思《おも》ほして　下悩ますに　とりがなく　東の国の　陸奥の　小田なる山に　金ありと　申したまへれ　み心を明らめたまひ　天地の　神相うづなひ　皇祖《すめろき》の　み霊《たま》助けて　遠き代にかかりしことを　朕《わ》が御代に　顕はしてあれば　食す国は　栄えむものと　神ながら　思ほしめして　もののふの　八十伴の緒を　まつろへの向けのまにまに　老人も　女童《をみなわらは》も　しが願ふ　心足らひに　撫でたまひ治めたまへば　ここをしも　あやに貴《たふと》み　嬉しけく　いよよ思ひて　大伴の　遠つ神祖《かむおや》の　その名をば　大来目主《おほくめぬし》と　負《お》ひ持ちて　仕へし官《つかさ》海行かば　水漬《みづ》く屍《かばね》　山行かば　草生《む》す屍《かばね》　大君の　辺にこそ死なめかへり見は　せじと言立て　ますらをの　清きその名を　古よ　今の現《をつつ》に　流さへる　親の子どもそ　大伴と　佐伯《さへき》の氏は　人の祖の　立つ

1―今の福島・宮城・岩手・青森県を総称していった。

四〇九四　○我が大君―聖武天皇。○とりがなく―枕詞。○もののふの―枕詞。○小田なる山―宮城県遠田郡涌谷町字黄金迫一帯の山。

る言立て　人の子は　親の名絶たず　大君に　まつろふものと　言ひ継げる　言の官《つかさ》ぞ　梓弓《あづさゆみ》　手に取り持ちて　剣大刀《つるぎたち》　腰に取り佩《は》き　朝守り　夕の守りに　大君の　御門《みかど》の守り　我をおきて　人はあらじと　いや立て　思ひし増さる　大君の　命《みこと》の幸《さき》の　一に云ふ「を」　聞けば貴み
一に云ふ「貴くしあれば」

反歌三首

四〇九五　ますらをの　心思ほゆ　大君の　命の幸を　一に云ふ「の」　聞けば貴み
一に云ふ「貴くしあれば」

四〇九六　大伴の　遠つ神祖《かむおや》の　奥《おく》つ城《き》は　著《しる》く標《しめ》立て　人の知るべく

四〇九七　天皇《すめろき》の　御代栄えむと　東なる　陸奥山《みちのくやま》に　金《くがね》花咲く

天平感宝元年五月十二日に、越中国守の館にして大伴宿祢家持作る。

芳野の離宮《とつみや》に幸行《いでま》さむ時の為に儲《ま》け作る歌一首　并びに短歌

四〇九八　たかみくら　天《あま》の日嗣と　天の下　知らしめしける　皇祖《すめろき》の　神の命の　恐《かしこ》くも　始めたまひて　貴くも　定めたまへる　み芳野の　この大宮に　あり通ひ　見《め》したまふらし　もののふの　八十伴の緒も　己《をの》が負へる　己が名負ひて　大君の　任《ま》けのまにまに　この川の　絶ゆることなく　この山の　いや継ぎ継ぎに　かくしこそ　仕へ奉らめ　いや遠長に

反歌

四〇九八　〇たかみくら―枕詞。〇もののふの―枕詞。

四〇九九 古を 思ほすらしも わが大君 芳野の宮を あり通ひ見《め》す

四一〇〇 もののふの 八十氏人も 芳野川 絶ゆることなく 仕へつつ見む

京の家に贈らむ為に真珠を願ふ歌一首 并びに短歌

四一〇一 珠洲《すす》の海人《あま》の 沖つ御神に い渡りて 潜《かづ》き取るといふ 鰒《あはび》玉 五百箇《いほち》もがも はしきよし 妻の命《みこと》の ころもでの 別れし時よ ぬばたまの 夜床片去り 朝寝髪 掻きも梳《けつ》らず 出でて来し 月日数《よ》みつつ 嘆くらむ 心なぐさに ほととぎす 来鳴く五月《さつき》の あやめぐさ 花橘に 貫き交じへ 縵《かづら》にせよと 包みて遣らむ

四一〇二 白玉を 包みて遣らば あやめぐさ 花橘に あへも貫くがね

四一〇三 沖つ島 い行き渡りて 潜《かづ》くちふ 鰒《あはび》玉もが 包みて遣らむ

四一〇四 我妹子《わぎもこ》が 心なぐさに 遣《や》らむため 沖つ島なる 白玉もがも

四一〇五 白玉の 五百つ集ひを 手に結び おこせむ海人《あま》は 幸《むが》しくもあるか

一に云ふ「我家牟伎波母」

右、五月十四日に大伴宿祢家持興に依りて作る

史生《ししやう》尾張少咋《をはりのをくひ》[1]に教へ喩《さと》す歌一首 并びに短歌

七出の例に云ふ

但し一条を犯さば、即ち出だす合《べ》し。七出無くして輙《たやす》く棄《す》つる者は徒《づ》一年半。

三不去に云ふ

四一〇〇 ○もののふの—枕詞。○吉野川—大台ケ原山中から発し、吉野町五条市を経て紀ノ川となる。

四一〇一 ○珠洲—石川県珠洲市。○ころもでの—枕詞。○ぬばたまの—枕詞。

四一〇二 ○あやめ草→18・四〇三五。

1—伝未詳。

七出を犯すとも棄つ合《べ》からず。違《たが》ふ者《ひと》は杖一百。唯し奸《かん》を犯したると悪疾《あくじつ》とはこれを棄つること得《う》。

両妻例に云ふ

妻有りて更に娶る者は徒一年。女家は杖一百にして離て。

詔書に云ふ

義夫節婦を愍《めぐ》み賜ふと。

謹《つつし》みて案《かむが》ふるに、先の件の数条は、法を建つる基《もと》にして、道を化《をし》ふる源なり。然れば則ち義夫の道は、情、別無きに存し、一家財を同じくす。豈、旧《ふる》きを忘れ新《あらた》しきを愛《うつく》しぶる志有らめや。このゆゑに数行の歌を綴り作《な》し、旧きを棄つる惑ひを悔いしむ。その詞に曰く、

四一〇六
大汝《おほなむち》 少彦名《すくなびこな》の 神代より 言ひ継ぎけらく 父母を 見れば貴く 妻子見れば かなしく愛《めぐ》し うつせみの 世の理と かくさまに 言ひけるものを 世の人の 立つる言立《ことだて》 ちさのはな 咲ける盛りに はしきよし その妻の子と 朝夕《あさよひ》に 笑《ゑ》みみ笑《ゑ》まずも うち嘆き 語りけまくは とこしへに かくしもあらめや 天地の 神言寄せて 春花の 盛りもあらむと 待たしけむ 時の盛りそ 離れ居て 嘆かす妹が いつしかも 使ひの来むと 待たすらむ 心さぶしく 南風《みなみ》吹き 雪消《ゆきげ》溢《はふ》りて 射水川 流る水沫《みなわ》の 寄るへなみ 左夫流《さぶる》その児に ひものをの いつ

四一〇六 〇大汝―大国主命。〇少彦名↓3・三五五。〇うつせみの―枕詞。〇ちさのはな―エゴノキ。えごのき科落葉喬木。越年生草本のチサとする説もある。〇はるはなの―枕詞。〇「南風吹き」から「流る水深の」まで―序詞。〇射水川―富山県の小矢部川のこと。〇ひものをの―枕詞。〇にほどりの―枕詞。〇なごのうみの―枕詞。

がりあひて　にほどりの　二人並び居　なごのうみの　沖を深めて　さど
はせる　君が心の　すべもすべなさ　左夫流《さぶる》といふは遊行女婦の字《あざな》なり

反歌三首

四一〇七　あをによし　奈良にある妹が　高々に　待つらむ心　然にはあらじか

四一〇八　里人の　見る目恥づかし　左夫流児《さぶるこ》に　さどはす君が　宮出後姿《みやでしりぶり》

四一〇九　紅《くれなゐ》は　うつろふものそ　つるはみの　なれにし衣《きぬ》に　なほ及《し》かめやも

右、五月十五日に守大伴宿祢家持作る。

先妻《こなみ》、夫君の喚ぶ使ひを待たずして自《みづか》ら来《きた》る時に作る歌一首

四一一〇　左夫流児《さぶるこ》が　斎《いつ》きし殿に　鐸《すず》掛けぬ　駅馬《はゆま》下れり　里もとどろに

同じ月十七日に大伴宿祢家持作る。

橘の歌一首　并びに短歌

四一一一　かけまくも　あやに恐《かしこ》し　皇神祖《すめろき》の　神《かみ》の大御代《おほみよ》に　田道間守《たぢまもり》　常世《とこよ》に渡り　八桙《やほこ》持ち　参《ま》ゐ出来し時　時じくの　香《かく》の菓実《このみ》を　恐《かしこ》くも　残したまへれ　国も狭《せ》に　生ひ立ち栄え　春されば　孫枝《ひこえ》萠《も》いつつ　ほととぎす　鳴く五月には　初花を　枝に手折りて　をとめらに　つとにも遣りみ　しろたへの　袖にも扱入《こき》れ　かぐはしみ　置きて枯《か》らしみ　落《あ》ゆる実は　玉に貫きつつ　手に巻きて　見れども飽かず　秋付けば　しぐれの雨降り　あしひきの　山の木末《こぬれ》は　紅《くれなゐ》に　にほひ散れども　たちばなの　成れるその実は　ひた照りに　いや見がほしく　み雪降る　冬に至

四一〇七　○あをによし―枕詞。

四一〇九　○つるはみ―ドングリのこと。染料に用いた。

四一一一　○田道間守―天之日矛の子孫。垂仁天皇の御代に常世の国から橘をもたらしたという。○しろたへの―枕詞。○あしひきの―枕詞。

れば　霜置けども　その葉も枯れず　常磐《ときは》なす　いやさかばえに　然れこそ　神の御代より　宜《よろ》しなへ　このたちばなを　時じくの　香《かく》の菓実《このみ》と　名付けけらしも

反歌一首

四二一二　たちばなは　花にも実にも　見つれども　いや時じくに　なほし見がほし

閏五月二十三日に大伴宿祢家持作る。

庭中の花に作る歌一首　并びに短歌

四二一三　大君の　遠の朝廷《みかど》と　任《ま》きたまふ　官《つかさ》のまにま　み雪降る　越に下り来　あらたまの　年の五年　しきたへの　手枕《たまくら》まかず　紐解かず　丸寝《まろね》をすれば　いぶせみと　心なぐさに　なでしこを　やどに蒔き生ほし　夏の野の　さゆり引き植ゑて　咲く花を　出で見るごとに　なでしこが　その花妻《はなづま》に　さゆりはな　ゆりも逢はむと　慰《なぐさ》むる　心しなくは　あまざかる　鄙に一日も　あるべくもあれや

反歌二首

四二一四　なでしこが　花見るごとに　處女《をとめ》らが　笑まひのにほひ　思ほゆるかも

四二一五　さゆりはな　ゆりも逢はむと　下延ふる　心しなくは　今日も経めやも

同じ閏五月二十六日に大伴宿祢家持作る。

四二一三　○あらたまの―枕詞。○しきたへの―枕詞。○さゆりはな―枕詞。○あまざかる―枕詞。

四二一五　○さゆりはな―枕詞。

国の掾久米朝臣広縄、[1]天平二十年を以て朝集使[2]に付きて京に入る。その事畢《をは》りて、天平感宝元年閏五月二十七日に本任に還り到る。よりて長官の館に詩酒の宴を設《ま》け楽飲す。ここに主人《あるじ》守大伴宿祢家持の作る歌一首 并びに短歌

四二一六 大君の 任きのまにまに 取り持ちて 仕ふる国の 年の内の 事かたね持ち たまほこの 道に出で立ち 岩根踏み 山越え野行き 都辺に 参《ま》ゐし我が背を あらたまの 年行き反り 月重ね 見ぬ日さまねみ 恋ふるそら 安くしあらねば ほととぎす 来鳴く五月の あやめぐさ よもぎかづらき 酒《さか》みづき 遊び和《な》ぐれど 射水川 雪消《ゆきげ》溢りて 行く水の いや増しにのみ 鶴《たづ》が鳴く 奈呉江のすげの ねもころに 思ひむすぼれ 嘆きつつ あが待つ君が 事終はり 帰り罷りて 夏の野の さゆりの花の 花笑みに にふぶに笑みて 逢はしたる 今日を始めて かがみなす かくし常見む 面変はりせず

反歌二首

四二一七 去年《こぞ》の秋 相見しまにま 今日見れば 面やめづらし 都方人《みやこかたひと》

四二一八 かくしても 相見るものを すくなくも 年月経《ふ》れば 恋しけれやも

霍公鳥《ほととぎす》の喧《な》くを聞きて作る歌一首

四二一九 古《いにしへ》よ しのひにければ ほととぎす 鳴く声聞きて 恋しきものを

1↓18・四〇五〇。
2—朝集帳（国郡司の考課を記した国政一般の状況報告書）を持参する使い。

四二一六 〇たまほこの—枕詞 〇あらたまの—枕詞。〇よもぎ—きく科の多年草。〇「射水川」から「行く水の」まで序詞。〇たづ—鶴の歌語。たづが鳴く 奈呉江のすげの は序詞。〇奈呉↓17・三九五六。〇かがみなす—枕詞。

京に向かはむ時に貴人《うまひと》を見また美《うるは》しき人に逢ひ飲宴せむ日の為に懐を述べ儲《ま》けて作る歌二首

四一二〇　見まく欲り　思ひしなへに　縵掛《かづらか》け　かぐはし君を　相見つるかも

四一二一　朝参《まゐり》の　君が姿を　見ず久に　鄙《ひな》にし住めば　あれ恋ひにけり

一に云ふ「はしきよし　妹が姿を」

同じ閏五月二十八日に大伴宿祢家持作る。

天平感宝元年閏五月六日より以来《このかた》、小旱《せうかん》を起こし、百姓の田畝《でんぽ》稍《やくや》くに凋《しぼ》む色有り。今、六月朔日に至りて忽ちに雨雲の気を見る。よりて作る雲の歌一首　短歌一絶

四一二二　天皇《すめろき》の　敷きます国の　天の下　四方の道には　うまの爪　い尽くす極み　舟《ふな》の舳の　い泊《は》つるまでに　古よ　今の現《をつつ》に　万調《よろづつき》　奉る官《つかさ》と　作りたる　その生業《なりはひ》を　雨降らず　日の重なれば　植ゑし田も　蒔きし畠も　朝ごとに　凋《しぼ》み枯れ行く　そを見れば　心を痛み　みどり子の　乳《ち》乞ふがごとく　天つ水　仰ぎてそ待つ　あしひきの　山のたをりに　この見ゆる　天の白雲　海神《わたつみ》の　沖つ宮辺に　立ち渡り　との曇りあひて　雨も賜はね

反歌一首

四一二三　この見ゆる　雲ほびこりて　との曇り　雨も降らぬか　心足らひに

右の二首、六月一日の晩頭《ゆふぐれ》に守大伴宿祢家持作る。

四一二三　〇あしひきの―枕詞。

四一二五 ○うつせみの―枕詞。

雨落るを賀《ほ》く歌一首

四一二四 我が欲りし　雨は降り来ぬ　かくしあらば　言挙げせずとも　稔《とし》は栄えむ

右の一首、同じ月四日に大伴宿祢家持作る。

七夕の歌一首　并びに短歌

四一二五 天照らす　神の御代より　安の川　中に隔てて　向かひ立ち　袖振りかはし　息の緒に　嘆かす児ら　渡り守　舟も設《まう》けず　橋だにも　渡してあらば　その上《へ》ゆも　い行き渡らし　携《たづさ》はり　うながけり居て　思ほしき　言も語らひ　慰むる　心はあらむを　なにしかも　秋にしあらねば　言問ひの　ともしき児ら　うつせみの　世の人我も　ここをしも　あやに奇《くす》しみ　行き変はる　年のはごとに　天の原　振り放《さ》け見つつ　言ひ継ぎにすれ

反歌二首

四一二六 天の川　橋渡せらば　その上《へ》ゆも　い渡らさむを　秋にあらずとも

四一二七 安の川　い向かひ立ちて　年の恋　日《け》長き児らが　妻問ひの夜ぞ

右、七月七日に天漢《あまのがは》を仰ぎ見て大伴宿祢家持作る。

越前国《こしのみちのくち》の掾大伴宿祢池主《じようおほとものすくねいけぬし》の来贈《おこ》する戯《たはぶ》れの歌四首

忽ちに恩賜を辱《かたじけ》なみし、驚欣《きやうきん》已に深し。心中咲《ゑ》みを含《ふふ》み、独り座《を》りて稍《やや》くに開けば、表裏同じからず、相違何しかも異なる。所由《そのゆゑ》を推量するに、率爾《ゆくりな》く策を作《な》せるか。明らかに知りて言を加ふること、豈他《あにあた》し意《こころ》有らめや。凡本物《おほかたほんもつ》[1]を貿易《もうやく》[2]することは、その罪軽からず。正贓倍贓《しやうぞうべそう》[3]、急ぎて併満《ひやうまん》[4]すべし。今、風雲に勒《ろく》して、徴使を発遣す。早速に返報せよ、延廻すべからず。

　勝宝元年十一月十二日　物の貿易《もうやく》せられたる下吏

謹みて　貿易人断官司の庁下に訴《うれ》ふ

別に白《まを》さく、可怜《かれん》の意黙止《もだを》ること能はず、聊《いささ》かに四詠を述べ、睡《すい》覚《かく》に准擬《しゆんぎ》せむと。

四一二八　くさまくら　旅の翁と　思ほして　針そ賜へる　縫はむものもが

四一二九　針袋　取り上げ　前に置き　返さへば　おのともおのや　裏も継ぎたり

四一三〇　針袋　帯《お》び続《つつ》けながら　里ごとに　照らさひあるけど　人も咎めず

四一三一　とりがなく　東をさして　ふさへしに　行かむと思へど　よしもさねなし

　右の歌の返報歌は脱漏し、探り求むること得ず。

更に来贈《おこ》する歌二首

駅使を迎ふる事に依りて、今月十五日に部下加賀郡《かがのこほり》[5]の境に到来す。面蔭《おもかげ》に射水の郷を見、恋緒深海村《ふかみのむら》[6]に結ぼほる。身は胡馬に異なれども、心は北風に悲しぶ。月に乗じて徘徊すれども、曾て為す所無し。稍《やくや》くに来封を開くに、その辞云々《しかしか》とあれば、先に奉る

1―もとの物品。
2―自分の賤物を他人又は官の貴物とすり替えること。
3―「理ニ非ズシテ財ヲ取ル」こと。正贓は強盗・竊盗・枉法・不枉法・受所監臨・坐贓の六つ。倍贓はそのうち強・竊盗の贓。犯人は二倍にして償う。
4―法に照らして処断するしかた。単に重法を以て軽法に併満する法と重法の贓を以て軽法の贓に累併して、これを半倍するものとがあった。

四一二八 ○くさまくら―枕詞。

四一三一 ○とりがなく―枕詞。

5―石川県河北郡、金沢市、石川郡を含む。
6―石川県河北郡津幡町付近。

所の書、返りて畏《おそ》る、疑ひに度《わた》れるかと。僕嘱羅《われしよくら》[1]を作り、且《かつがつ》使君を悩ます。夫《それ》、水を乞ひて酒を得るは、従来《もとより》能き口なり。論時理に合はば、何せむに強吏《がうり》と題《しる》さむや。尋《つ》ぎて針袋の詠を誦するに、詞泉酌めども渇《つ》きず、膝を抱き独り咲《ゑ》み、能く旅愁を蠲《のぞ》く。陶然に日を遣《おく》れば、何をか慮《はか》らむ何をか思はむ。短筆不宣《たんぴつふせん》。

勝宝元年十二月十五日　物を徴《はた》りし下司

謹上　不伏使君　記室

別に奉る　云々《しかしか》　歌二首

四一三二　縦《たた》さにも　かにも横さも　奴《やつこ》とそ　あれはありける　主《ぬし》の殿戸に

四一三三　針袋　これは賜《たば》りぬ　すり袋　今は得てしか　翁《おきな》さびせむ

宴席に雪月梅花を詠む歌一首

四一三四　雪の上に　照れる月夜に　うめの花　折りて送らむ　愛《は》しき児もがも

右の一首、十二月に大伴宿祢家持作る。

四一三五　我が背子が　琴取るなへに　常人《つねひと》の　言ふ嘆きしも　いやしき増すも

右の一首、少目[2]秦伊美吉石竹《はだのいみきいはたけ》の館の宴にして守大伴宿祢家持作る。

天平勝宝二年正月二日に、国庁にして饗を諸《もろもろ》の郡司等に給ふ宴の歌一首

四一三六　あしひきの　山の木末《こぬれ》の　ほよ取りて　かざしつらくは　千年寿《ほ》くとそ

1―未詳。

2―18・四〇八六。

四一三六　○あしひきの―枕詞。

右の一首、守大伴宿祢家持作る。

判官《じょう》久米朝臣広縄《くめのあそみひろつな》の館に宴する歌一首

四一三七　正月《むつき》立つ　春の初めに　かくしつつ　相し笑みてば　時じけめやも

同じ月五日に守大伴宿祢家持作る。

墾田地《こんでんち》[1]を検察する事に縁《よ》りて、礪波郡《となみのこほり》主帳《しゆちやう》[2]多治比部北里《たぢひべのきたさと》の家に宿る。ここに忽ちに風雨起こり、辞去すること得ずして作る歌一首

四一三八　荊波《やぶなみ》の　里に宿借り　春雨に　隠《こも》り障《つつ》むと　妹に告げつや

二月十八日に守大伴宿祢家持作る。

1―大寺や豪族の開墾の検察とも、家持自身の墾田の検察とも考えられる。
2―越中国官倉納穀交替帳（平安遺文一）にある天平勝宝三年外大初位蝮部北理、宝字元年主政外大初位上蝮部北理はこれと同一人かと考えられる。
四一三八〔荊波―未詳。延喜式に「荊波神社」とある。現存のものは、礪波市池原、西礪波郡福光町、高岡市などがある。

萬葉集巻第十八

萬葉集巻第十九

天平勝宝二年三月一日の暮に、春苑桃李の花を眺矚《てうしよく》して作る二首

四一三九 春の苑《その》 紅《くれなゐ》にほふ ももの花 下照る道に 出で立つ𡢳嬬《をとめ》

四一四〇 我が苑の すももの花か 庭に散る はだれのいまだ 残りたるかも

翻《と》び翔《かけ》る[1]鴫《しぎ》を見て作る歌一首

四一四一 春まけて もの悲しきに さ夜ふけて 羽振き鳴くしぎ 誰《た》が田にか住む

二日に柳黛《りうたい》を攀《よ》ぢて京師《みやこ》を思ふ歌一首

四一四二 春の日に 萌《は》れるやなぎを 取り持ちて 見れば都の 大路し思ほゆ

かたかご草の花を攀《よ》ぢ折る歌一首

四一四三 もののふの 八十𡢳嬬《をとめ》らが 汲みまがふ 寺井の上の かたかごの花

帰る雁を見る歌二首

四一四四 つばめ来る 時になりぬと かりがねは 国偲《しの》ひつつ 雲隠り鳴く

四一四五 春まけて かく帰るとも 秋風に もみたむ山を 越え来ざらめや

一に云ふ「春されば 帰るこのかり」

夜の裏《うち》に千鳥[2]の鳴くを聞く歌二首

四一四六 夜降《よぐたち》に 寝覚《ねざ》めて居れば 川瀬尋《と》め 情《こころ》もしのに 鳴くちどりかも

四一四〇 ○すもも—中国原産の落葉喬木。ばら科。春白い花をつける。李。
1—しぎ科。わたり鳥である。ここは田鴫をさしたのだろう。

四一四三 ○かたかご—かたくり。ゆり科の多年生草本。○もののふの—枕詞。
2—ちどり科。河原や海岸などに住んでいる。

四一四七　夜降ちて　鳴く河千鳥　うべしこそ　昔の人も　しのひ来にけれ

暁に鳴く雉《きぎし》[1]を聞く歌二首

四一四八　すぎの野に　さ躍るきぎし　いちしろく　音にしも鳴かむ　隠り妻かも

四一四九　あしひきの　八つ峰《を》のきぎし　鳴きとよむ　朝明《あさけ》の霞　見れば悲しも

遙かに江を泝《さかのぼ》る船人の唱《うた》を聞く歌一首

四一五〇　朝床に　聞けば遙けし　射水川　朝漕ぎしつつ　唱ふ舟人

三日に守大伴宿祢家持の館にして宴する歌三首

四一五一　今日の為と　思ひて標《し》めし　あしひきの　峰の上のさくら　かく咲きにけり

四一五二　奥山の　八《や》つ峰《を》のつばき　つばらかに　今日は暮らさね　ますらをの伴

四一五三　漢人《からひと》も　筏《いかだ》浮かべて　遊ぶといふ　今日そ我が背子　花縵《はなかづら》せな

八日に白き大鷹《おほたか》を詠む歌一首　并びに短歌

四一五四　あしひきの　山坂越えて　去き変はる　年の緒長く　しなざかる　越にし住めば　大君の　敷きます国は　都をも　ここも同《おや》じと　心には　思ふものから　語り放《さ》け　見放《さ》くる人目　ともしみと　思ひし繁し　そこ故に　情和《こころな》ぐやと　秋付けば　はぎ咲きにほふ　石瀬野《いはせの》に　うまだき行きて　をちこちに　鳥踏み立て　白塗りの　小鈴もゆらに　あはせやり　振り放け見つつ　憤《いきどほ》る　心の内を　思ひ延べ　嬉しびながら　まくらづく　つま屋の内に　鳥座《とぐら》結ひ　すゑてそ我が飼ふ　真白斑《ましらふ》のたか

1—きじ科。きじの古名をきぎしという。

四一四九　○あしひきの—枕詞。

四一五〇　○射水川→17・三九八五。

四一五一　○あしひきの—枕詞。

四一五二　○第一・二句—序詞。

四一五四　○あしひきの—枕詞。○しなざかる—枕詞。○まくらづく—枕詞。

四一五五 矢形尾の 真白のたかを 屋戸にするゑ 掻き撫で見つつ 飼はくし良し
も

鸕《う》を潜《かづ》くる歌一首 并びに短歌

四一五六 あらたまの 年往き反り 春されば 花のみにほふ あしひきの 山下
とよみ 落ちたぎち 流る辟田《さきた》の 河の瀬に 年魚子《あゆこ》さ走る しまつとり
鵜養《うかひ》ともなへ 篝《かがり》さし なづさひ行けば 我妹子《わぎもこ》が 形見がてらと 紅
の 八入《やしほ》に染めて おこせたる 衣の裾も 通りて濡れぬ

四一五七 紅の 衣にほはし 辟田川 絶ゆることなく 我かへり見む

四一五八 毎年《としのは》に あゆし走らば 辟田川 鵜八つ潜けて 河瀬尋ねむ

季春三月九日に出挙《すいこ》の政に擬《あた》りて、[1]旧江村に行く。道の上に物花を属目《しよくもく》する詠《うた》并びに興中に作る所の歌

[2]渋谷《しぶたに》の崎に過《よき》り、巌の上の樹を見る歌一首 樹の名は都万麻《つまま》

四一五九 磯の上の つままを見れば 根を延へて 年深からし 神さびにけり

世間《よのなか》の無常を悲しぶる歌一首 并びに短歌

四一六〇 天地の 遠き初《はじ》めよ 世間《よのなか》は 常なきものと 語り継ぎ 流らへ来れ
天の原 振り放《さ》け見れば 照る月も 満ち欠けしけり あしひきの 山
の木末《こぬれ》も 春されば 花咲きにほひ 秋付けば 露霜負ひて 風交じり
もみち散りけり うつせみも かくのみならし くれなゐの 色もうつ
ろひ ぬばたまの 黒髪変はり 朝の笑み 夕変はらひ 吹く風の 見

四一五六 ○あらたまの―枕詞。○あしひきの―枕詞。○辟田の川―所在未詳。○しまつとり―枕詞。

1―富山県氷見市神代・古江付近。

2―富山県高岡市渋谷。

四一五九 ○つまま―くすのき科の常緑喬木。タブノキ。

四一六〇 ○あしひきの―枕詞。○くれなゐの―枕詞。○ぬばたまの―枕詞。○にはたづみ―枕詞。

えぬがごとく　逝く水の　止まらぬごとく　常もなく　うつろふ見れば　にはたづみ　流るる涙　留めかねつも

四一六一　言問はぬ　木すら春咲き　秋付けば　もみち散らくは　常をなみこそ
一に云ふ「常なけむとそ」

四一六二　うつせみの　常なき見れば　世間《よのなか》に　情《こころ》付けずて　念ふ日そ多き　一に云ふ「嘆く日そ多き」

予《あらかじ》め作る七夕の歌一首

四一六三　妹が袖　我枕《まくら》かむ　河の瀬に　霧立ち渡れ　さ夜ふけぬとに

勇士の名を振るはむことを慕《ねが》ふ一首　并びに短歌

四一六四　ちちのみの　父の命《みこと》　ははそはの　母の命　凡ろかに　情《こころ》尽くして　念ふらむ　その子なれやも　ますらをや　空しくあるべき　梓弓　末振り起こし　投矢《なぐや》持ち　千尋射渡し　剣大刀　腰に取り佩き　あしひきの　八つ峰《を》踏み越え　さしまくる　情《こころ》障らず　後の代の　語り継ぐべく　名を立つべしも

四一六五　ますらをは　名をし立つべし　後の代に　聞き継ぐ人も　語り継ぐがね

右の二首　1山上憶良臣《やまのうへのおくらおみ》の作る歌に追和《ついわ》す。

霍公鳥と時の花とを詠む歌一首　并びに短歌

四一六六　時ごとに　いやめづらしく　八千種に　草木花咲き　鳴く鳥の　声も変はらふ　耳に聞き　目に見るごとに　うち嘆き　萎《しな》えうらぶれ　しのひつ

四一六四　〇ちちのみの—枕詞。〇ははそはの—枕詞。〇あしひきの—枕詞。

1→1・六。

四一六六　○あやめ草—さといも科。今日のショウブ。今のアヤメではない。○あかねさす—枕詞。○あしひきの—枕詞。○ぬばたまの—枕詞。

四一六九　○第一・二・三・四句—序詞。○あまざかる—枕詞。○あしひきの—枕詞。○奈呉↓17・三九五六。○「奈呉の海人の」から「しらたま」まで—序詞。○しらたまの—枕詞。○まつかへの—枕詞。

つ　争ふはしに　木の暗の　四月《うづき》し立てば　夜隠《ごも》りに　鳴くほととぎす
古ゆ　語り継ぎつる　うぐひすの　現《うつ》し真子《まこ》かも　あやめぐさ　花橘を
𡢳嬬《をとめ》らが　玉貫くまでに　あかねさす　昼はしめらに　あしひきの　八つ
峰《を》飛び越え　ぬばたまの　夜はすがらに　暁の　月に向かひて　往き反
り　鳴きとよむれど　なにか飽き足らむ

反歌二首

四一六七　時ごとに　いやめづらしく　咲く花を　折りも折らずも　見らくし良し
も

四一六八　毎年《としのは》に　来鳴くもの故　ほととぎす　聞けばしのはく　逢はぬ日を多み
毎年これを等之乃波《としのは》と謂ふ

右、二十日未《いま》だ時に及《いた》らねども、興に依り預《あらかじ》め作る。

家婦の京に在す尊母に贈らむ為に誂《あとら》へられて作る歌一首　并びに短歌

四一六九　ほととぎす　来鳴く五月に　咲きにほふ　花橘の　かぐはしき親の命《みこと》
朝夕《あさよひ》に　聞かぬ日まねく　あまざかる　夷《ひな》にし居れば　あしひきの　山の
たをりに　立つ雲を　よそのみ見つつ　嘆くそら　安けなくに　念ふそ
ら　苦しきものを　奈呉の海人の　潜《かづ》き取るといふ　しらたまの見が欲
し御面《みおもわ》　直《ただ》向かひ　見む時までは　まつかへの　栄えいまさね　貴きあが
君　御面これを美於毛和《みおもわ》といふ

反歌一首

四一七〇　しらたまの　見がほし君を　見ず久に　鄙にし居れば　生けるともなし

二十四日は立夏四月の節に応る。これに因りて二十三日の暮に、忽ちに霍公鳥《ほととぎす》の暁《あかとき》に喧《な》く声を思ひて作る歌二首

四一七一　常人も　起きつつ聞くぞ　ほととぎす　この暁《あかとき》に　来鳴く初声

四一七二　ほととぎす　来鳴きとよめば　草取らむ　花橘を　屋戸には植ゑずて

京の[1]丹比《たぢひ》の家に贈る歌一首

四一七三　妹を見ず　越の国辺に　年経れば　我が情利《こころど》の　和ぐる日もなし

筑紫の大宰《ださい》の時の春苑梅歌に追和する一首

四一七四　春の内の　楽しき終へは　うめの花　手折り招《を》きつつ　遊ぶにあるべし

右の一首、二十七日に興に依りて作る。

霍公鳥《ほととぎす》を詠む二首

四一七五　ほととぎす　今来鳴きそむ　あやめぐさ　かづらくまでに　離《か》る日あらめや　毛・能・波、三つの辞を欠く

四一七六　我が門ゆ　鳴き過ぎ渡る　ほととぎす　いやなつかしく　聞けど飽き足らず　毛・野・波・氐・尓・乎、六つの辞を欠く

四月三日に越前《こしのみちのくち》の判官大伴宿祢池主《じようおほとものすくねいけぬし》に贈る霍公鳥《ほととぎす》の歌、感旧の意に勝《あ》へずして懐を述ぶる一首　并びに短歌

四一七〇　○しらたまの―枕詞。

1―宣化天皇の子孫で皇親系の名家。

四一七三　○越―越前、加賀、能登、越中、越後を総称していう。

四一七四　○筑紫―九州地方を総称して、また筑前筑後を併称していう。

四一七五　○あやめぐさ―ショウブ。さといも科の多年草。水辺に自生。端午の節句に用いる。

四一七七　○越前―福井県の東部。○大伴池主→8・一五九〇。○礪波山―富山県小矢部市石動町の山。

四一七八　○丹生の山―福井県武生市の丹生岳。

四一八〇　○あしひきの―枕詞。

四一七七　我が背子と　手携《たづさ》はりて　明け来れば　出で立ち向かひ　夕されば　振り放け見つつ　念ひ延べ　見和《な》ぎし山に　八つ峰《を》には　霞たなびき　谷辺には　つばき花咲き　うら悲し　春し過ぐれば　ほととぎす　いやしき鳴きぬ　独《ひとり》のみ　聞けばさぶしも　君と我と　隔てて恋ふる　礪波山《となみやま》　飛び越え行きて　明け立たば　まつのさ枝に　夕さらば　月に向かひて　あやめぐさ　玉貫くまでに　鳴きとよめ　安眠《やすい》寝しめず　君を悩ませ

四一七八　一人のみ　聞けばさぶしも　ほととぎす　丹生の山辺に　い去き鳴かにも

四一七九　ほととぎす　夜鳴きをしつつ　我が背子を　安眠《やすい》な寝しめ　ゆめ心あれ

霍公鳥《ほととぎす》を感《ほ》むる情に飽かずして、懐を述べて作る歌一首　并びに短歌

四一八〇　春過ぎて　夏来向かへば　あしひきの　山呼びとよめ　さ夜中に　鳴くほととぎす　初声を　聞けばなつかし　あやめぐさ　花橘を　貫《ぬ》き交じへ　かづらくまでに　里とよめ　鳴き渡れども　なほし偲はゆ

反歌三首

四一八一　さ夜ふけて　暁月《あかときづき》に　影見えて　鳴くほととぎす　聞けばなつかし

四一八二　ほととぎす　聞けども飽かず　網取りに　取りてなつけな　離《か》れず鳴くがね

四一八三　ほととぎす　飼ひ通せらば　今年経て　来向かふ夏は　まづ鳴きなむを

1―家持の妹かともいわれている。

四一八七○このくれの―枕詞。○布勢の水海―富山県氷見市にあった湖水。○乎布の浦―布勢の水海の一部。○垂姫―布勢の水海の沿岸の地。氷見市耳浦付近か。

京師《みやこ》より贈来《おこ》する歌一首

四一八四　やまぶきの　花取り持ちて　つれもなく　離《か》れにし妹を　偲ひつるかも

右、四月五日に[1]京に留《とど》まれる女郎《いらつめ》より送れるなり。

山振《やまぶき》の花を詠む歌一首　并びに短歌

四一八五　うつせみは　恋を繁《しげ》みと　春まけて　念ひ繁けば　引き攀ぢて　折りも折らずも　見るごとに　情和《こころな》ぎむと　繁山《しげやま》の　谷辺に生ふる　やまぶきを　屋戸に引き植ゑて　朝露に　にほへる花を　見るごとに　念ひは止まず　恋し繁しも

四一八六　やまぶきを　屋戸に植ゑては　見るごとに　思ひは止まず　恋こそ増され

六日に布勢の水海を遊覧して作る歌一首　并びに短歌

四一八七　念ふどち　ますらをのこの　このくれの　繁き思ひを　見明《あき》らめ　情遣《こころや》らむと　布勢《ふせ》の海に　小舟つら並め　ま櫂《かい》掛け　い漕ぎ巡れば　乎布《をふ》の浦に　霞たなびき　垂姫《たるひめ》に　藤波咲きて　浜清く　白波騒き　しくしくに　恋は増されど　今日のみに　飽き足らめやも　かくしこそ　いや毎年《としのは》に　春花の　繁き盛りに　秋の葉の　もみたむ時に　あり通ひ　見つつしのはめ　この布勢の海を

四一八八　藤波の　花の盛りに　かくしこそ　浦漕ぎ回《み》つつ　年にしのはめ

水烏《う》を越前《こしのみちのくち》の判官《じよう》大伴宿祢池主に贈る歌一首　并びに短歌

四一八九　あまざかる　夷にしあれば　そこここも　同じ心そ　家離《いへざか》り　年の経ぬれば　うつせみは　物念繁《ものもひしげ》し　そこ故に　情《こころ》なぐさに　ほととぎす　鳴く初声を　たちばなの　玉にあへ貫《ぬ》き　かづらきて　遊ばむはしも　ますらをを　伴なへ立てて　叔羅川《しくらがは》　なづさひ泝《のぼ》り　平瀬には　小網《さで》さし渡し　速き瀬に　鵜《う》を潜《かづ》けつつ　月に日に　然《しか》し遊ばね　愛《は》しき我が背子

四一九〇　叔羅川　瀬を尋ねつつ　我が背子は　鵜川立たさね　情《こころ》なぐさに

四一九一　鵜河立ち　取らさむあゆの　しが[1]鰭《はた》は　我にかき向け　思ひし思はば

右、九日に使ひ付けて贈る。

霍公鳥と藤の花とを詠む一首　并びに短歌

四一九二　ももの花　紅色に　にほひたる　面輪《おもわ》のうちに　あをやぎの　細き眉根を　笑みまがり　朝影見つつ　嬢嬬《をとめ》らが　手に取り持てる　まそかがみ　二上山に　木の暗の　繁き谷辺を　呼びとよめ　旦《あさ》飛び渡り　夕月夜《ゆふづくよ》　かそけき野辺に　遙々《はろはろ》に　鳴くほととぎす　立ち潜《く》くと　羽触《はぶ》れに散らす　藤波の　花なつかしみ　引き攀《よ》ぢて　袖に扱《こき》入れつ　染《し》まば染むとも

四一九三　ほととぎす　鳴く羽触《はぶ》れにも　散りにけり　盛り過ぐらし　藤波の花

一に云ふ「散りぬべみ　袖に扱き入れつ　藤波の花」

同じ九日に作る。

四一八九　○あまざかる―枕詞。○叔羅川―福井県武生市の日野川。

1―魚のひれ。

四一九二　○あをやぎの―枕詞。○ももの花……まそかがみ―序詞。○まそかがみ―枕詞。○二上山―富山県高岡市と氷見市の間の二上山。

更に霍公鳥の哢《な》くことの晩《おそ》きを怨《うら》むる歌三首

四一九四　ほととぎす　鳴き渡りぬと　告ぐれども　我聞き継がず　花は過ぎつつ

四一九五　我がここだ　偲はく知らに　ほととぎす　いづへの山を　鳴きか越ゆらむ

四一九六　月立ちし　日より招《を》きつつ　うち偲《じの》ひ　待てど来鳴かぬ　ほととぎすかも

京人に贈る歌二首

四一九七　妹に似る　草と見しより　我が標《し》めし　野辺のやまぶき　誰か手折りし

四一九八　つれもなく　離《か》れにしものと　人は言へど　逢はぬ日まねみ　念ひそ我がする

右、留女の女郎に贈らむ為に家婦に誂《あとら》へて作る。女郎は即ち大伴家持の妹。

十二日に布勢の水海に遊覧するに、[1]多祜湾《たこのうら》に船泊《ふなはて》し、藤の花を望み見て、各《おのもおのも》懐を述べて作る歌四首

四一九九　藤波の　影成す海の　底清み　沈《しづ》く石をも　玉とそ我が見る

守大伴宿祢家持

四二〇〇　多祜《たこ》の浦の　底さへにほふ　藤波を　かざして行かむ　見ぬ人のため

[2]次官内蔵忌寸縄麻呂《すけくらのいみきなはまろ》

四二〇一　聊《いささ》かに　念ひて来しを　多祜《と》の浦に　咲けるふぢ見て　一夜経ぬべし

判官久米朝臣広縄《じようくめのあそみひろつな》

1—富山県氷見市、布勢の水海の沿岸の地。

2→17・三九九六。

四二〇二　藤波を　仮廬《かりほ》に造り　浦回《うらみ》する　人とは知らに　海人《あま》とか見らむ

[1]久米朝臣《くめのあそみ》継麻呂《つぐまろ》

霍公鳥《ほととぎす》の喧《な》かぬことを恨むる歌一首

四二〇三　家に去きて　何を語らむ　あしひきの　山霍公鳥《ほととぎす》　一声も鳴け

判官久米朝臣広縄

攀ぢ折れる保宝葉《ほほがしは》を見る歌二首

四二〇四　我が背子が　捧げて持てる　ほほがしは　あたかも似るか　青《あを》き　蓋《きぬがさ》

講師僧恵行

四二〇五　皇神祖《すめろき》の　遠御代御代《とほみよみよ》は　い敷《し》き折《を》り　酒《き》飲みきといふぞ　このほほがしは

守大伴宿祢家持

還る時に浜の上に月の光を仰ぎ見る歌一首

四二〇六　渋谷を　さして我が行く　この浜に　月夜飽きてむ　うましまし留《と》め

守大伴宿祢家持

二十二日に判官久米朝臣広縄に贈る霍公鳥《ほととぎす》の怨恨《うらみ》の歌一首　并びに短歌

四二〇七　ここにして　そがひに見ゆる　我が背子が　垣内《かきつ》の谷に　明けされば　はりのさ枝に　夕されば　ふぢの繁みに　遙々《はろはろ》に　鳴くほととぎす　我が屋戸の　植ゑ木たちばな　花に散る　時をまだしみ　来鳴かなく　そこは

1―伝未詳。

四二〇三　○あしひきの―枕詞。

四二〇四　○ほほがしは―もくれん科の落葉喬木。ホオノキ。

四二〇六　○渋谷→17・三九五四。

四二〇七　○はり―かばのき科の落葉喬木。ハンノキ。

恨みず　然れども　谷片付きて　家居れる　君が聞きつつ　告げなくも
憂し

反歌一首

四二〇八　我がここだ　待てど来鳴かぬ　ほととぎす　一人聞きつつ　告げぬ君かも

霍公鳥を詠む歌一首　并びに短歌

四二〇九　谷近く　家は居れども　木高くて　里はあれども　ほととぎす　いまだ
来鳴かず　鳴く声を　聞かまく欲りと　朝には　門に出で立ち　夕には
谷を見渡し　恋ふれども　一声だにも　いまだ聞こえず

四二一〇　藤波の　茂りは過ぎぬ　あしひきの　山霍公鳥《ほととぎす》　などか来鳴かぬ

右、二十三日、掾久米朝臣広縄和ふ。

処女墓《をとめはか》の歌に追同《ついどう》する一首　并びに短歌

四二一一　古に　ありけるわざの　くすばしき　事と言ひ継ぐ　千沼壮士《ちぬをとこ》　菟原壮《うなひをと》
士《こ》の　うつせみの　名を争ふと　たまきはる　命も捨てて　争ひに　嬬《つま》
問ひしける　感嬬らが　聞けば悲しさ　はるはなの　にほえ栄えて
あきのはの　にほひに照れる　あたらしき　身の盛りすら　ますらをの
言《こと》いたはしみ　父母に　申し別れて　家離《いへざか》り　海辺に出で立ち　朝夕《あさよひ》に
満ち来る潮の　八重浪に　なびく玉藻の　節の間も　惜しき命を　つゆ
しもの　過ぎましにけれ　奥《おく》つ城《き》を　ここと定めて　後の世の　聞き継
ぐ人も　いや遠に　偲ひにせよと　つげ小櫛《をぐし》　然《しか》刺しけらし　生ひてな

四二一一〇うつせみの—枕詞。〇たまきはる—枕詞。〇はるはなの—枕詞。〇あきのはの—枕詞。〇「朝夕に」から「なびく玉藻の」まで—序詞。〇つゆしもの—枕詞。〇つげ—黄楊。つげ科の常緑半喬木。櫛や印材に用いる。

びけり

四二一二　處女《をとめ》らが　後のしるしと　つげ小櫛　生《お》ひ変はり生ひて　なびきけらしも

右、五月六日に興に依りて大伴宿祢家持作る。

四二一三　東風《あゆ》をいたみ　奈呉の浦回に　寄する浪　いや千重しきに　恋ひ渡るかも

右の一首、京の丹比家《たぢひのいへ》に贈る。

挽歌一首　并びに短歌

四二一四　天地の　初めの時ゆ　うつそみの　八十伴の緒は　大君に　まつろふものと　定まれる　官《つかさ》にしあれば　大君の　命恐《かしこ》み　鄙離《ひなざか》る　国を治むと　あしひきの　山河隔《へな》り　風雲《かぜくも》に　言は通へど　直《ただ》に逢はず　日の重なれば　思ひ恋ひ　息づき居るに　たまほこの　道来る人の　伝言《つてこと》に　我に語らく　はしきよし　君はこのころ　うらさびて　嘆かひいます　世間《よのなか》の　憂《う》けく辛《つら》けく　咲く花も　時にうつろふ　うつせみも　常なくありけり　たらちねの　み母の命　なにしかも　時しはあらむを　まそかがみ　見れども飽かず　たまのをの　惜しき盛りに　立つ霧の　失せぬるごとく　置く露の　消ぬるがごとく　たまもなす　なびき臥い伏し　ゆくみづの　留めかねつと　狂言《たはこと》か　人の言ひつる　逆言《およづれ》か　人の告げつる　あづさゆみ　爪弾く夜音の　遠音にも　聞けば悲しみ　にはたづみ　流るる涙　留めかねつも

四二一三　○第一・二・三句—序詞。○奈呉→17・三九五六。

四二一四　○あしひきの—枕詞。○たまほこの—枕詞。○たらちねの—枕詞。○まそかがみ—枕詞。○たまのをの—枕詞。○たまもなす—枕詞。○ゆくみづの—枕詞。○あづさゆみ—枕詞。○にはたづみ—枕詞。○あづさゆみ—爪弾く夜音の　は序詞。

反歌二首

四二五　遠音にも　君が嘆くと　聞きつれば　哭《ね》のみし泣かゆ　相念ふ我は

四二六　世間《よのなか》の　常なきことは　知るらむを　心尽くすな　ますらをにして

右、大伴宿祢家持、聟《むこ》1の南右大臣家の藤原二郎の慈母を喪《うしな》ひつる患へを弔《とぶら》ふ。五月二十七日

霖雨《ながめ》の晴《は》れぬる日に作る歌一首

四二七　うのはなを　腐《くた》す霖雨《ながめ》の　始水《はなみつ》に　寄るこつみなす　寄らむ児もがも

漁夫《あま》の火光《いざりひ》を見る歌一首

四二八　しび突くと　海人《あま》の灯《とも》せる　いざり火の　ほにか出ださむ　我が下思《したもひ》を

右の二首、五月

四二九　我が屋戸《やど》の　はぎ咲きにけり　秋風の　吹かむを待たば　いと遠みかも

右の一首、六月十五日に萩の早花《はつはな》を見て作る。

京師《みやこ》より来贈《おこ》する歌一首　并びに短歌

四三〇　わたつみの　神の命の　みくしげに　貯《たくは》ひ置きて　斎《いつ》くとふ　玉にまさりて　思へりし　あが子にはあれど　うつせみの　世の理《ことわり》と　ますらをの　引きのまにまに　しなざかる　越路をさして　はふつたの　別れにしより　おきつなみ　撓《とを》む眉引《まよび》き　おほふねの　ゆくらゆくらに　面影に　もとな見えつつ　かく恋ひば　老い付くあが身　けだし堪《あ》へむかも

反歌一首

1―南家の右大臣の二男。南家は藤原不比等の長男武智麻呂の系統。家持の娘婿が誰であったかについては、継縄説、久須麻呂説、真先説等諸説がある。

四二七　○うの花―ウツギの古名。ゆきのした科。落葉灌木。白い花をつける。○第一・二・三四句―序詞。

四二八　○しび―まぐろの古名。○第一・二・三句―序詞。

四三〇　○うつせみの―枕詞。○しなざかる―枕詞。○はふつたの―枕詞。○おきつなみ―枕詞。○おほふねの―枕詞。

四二二一　かくばかり　恋しくしあらば　まそかがみ　見ぬ日時なく　あらましものを

右の二首、[1]大伴氏坂上郎女の[2]女子大嬢《むすめおほいらつめ》に賜へるなり。

九月三日の宴の歌二首

四二二二　このしぐれ　いたくな降りそ　我妹子《わぎもこ》に　見せむがために　もみち取りてむ

右の一首、掾久米朝臣広縄作る。

四二二三　あをによし　奈良人見むと　我が背子が　標《し》めけむもみち　地《つち》に落ちめやも

右の一首、守大伴宿祢家持作る。

四二二四　朝霧の　たなびく田居に　鳴くかりを　留め得むかも　我が屋戸のはぎ

右の一首の歌、吉野宮に幸《いでま》しし時に、[3]藤原皇后《ふぢはらのおほきさき》の作らしたるなり。ただし、年月未だ審《つばひ》詳らかならず。

十月五日に[4]河辺朝臣東人の伝誦せりと尓《しか》云ふ。

四二二五　あしひきの　山のもみちに　しづくあひて　散らむ山道を　君が越えまく

右の一首、同じき月十六日に、朝集使少目[5]秦伊美吉石竹に餞する時に守大伴宿祢家持作る。

雪の日に作る歌一首

四二二六　この雪の　消残《けのこ》る時に　いざ行かな　山橘の　実の照るも見む

四二二一　○まそかがみ—枕詞。1→3・三七九。

2→3・四〇三。

四二二三　○あをによし—枕詞。

3—光明皇后。不比等と県犬養宿祢三千代の娘、聖武天皇皇后。宝字四年崩。→6・一〇〇九。

4—河辺東人。景雲元年従五位下、宝亀元年石見守。

四二二五　○あしひきの—枕詞。5→18・四〇八六。

四二二六　○山たちばな—ヤブコウジ。山地に自生。常緑の小灌木。夏、白色の花をつけ、秋赤い実がなる。

1→2・一二三。
2—房前→5・八一二。
3—伝未詳。
4→17・三九九六。

右の一首、十二月に大伴宿祢家持作る。

四二二七　大殿の　このもとほりの　雪な踏みそね　しばしばも　降らぬ雪そ　山のみに　降りし雪そ　ゆめ寄るな　人や　な踏みそね　雪は

反歌一首

四二二八　ありつつも　見《め》したまはむそ　大殿の　このもとほりの　雪な踏みそね

右の二首の歌、[1]三形沙弥、贈左大臣[2]藤原北卿の語《ことば》を承けて作り誦みけるなり。これを聞き伝へたる者は[3]笠朝臣子君にして、また後に伝へ読む者は越中国の掾久米朝臣広縄これなり。

天平勝宝三年

四二二九　新《あらた》しき　年の初《はじ》めは　いや年に　雪踏み平《なら》し　常かくにもが

右の一首の歌、正月二日に守の館に集宴す。ここに降る雪殊に多く。積みて四尺あり。即ち主人大伴宿祢家持この歌を作る。

四二三〇　降る雪を　腰になづみて　参《ま》ゐ出来し　験《しるし》もあるか　年の初めに

右の一首、三日に[4]介《すけ》内蔵忌寸《くらのいみき》縄麻呂《なはまろ》の館に会集して宴楽する時に、大伴宿祢家持作る。

ここに積雪重巌の起《た》てるを彫《ゑ》り成し、奇巧《たくみ》に草樹の花を綵《いろど》り発《いだ》す。

これに属《つ》きて掾久米朝臣広縄の作る歌一首

四二三一　なでしこは　秋咲くものを　君が家の　雪の巌に　咲けりけるかも

1—伝未詳。

2—不比等。↓3・三七八。

3—県犬養橘宿祢三千代。美努王に嫁し、葛城王・佐為王・牟漏女王を、後、不比等に嫁し、光明皇后を生む。天平五年薨。

四二三六 ○ひかるかみ—枕詞。

遊行女婦《あそびめ》[1]蒲生娘子《かまふのをとめ》の歌一首

四二三二 雪の山斎《しま》 巌に植ゑたる なでしこは 千代に咲かぬか 君がかざしに

ここに諸人酒酣《たけなは》に更深《よふ》け鶏鳴《にはつとり》く。これによりて主人内蔵伊美吉縄麻呂の作る歌一首

四二三三 打ち羽振《はぶ》き とりは鳴くとも かくばかり 降り敷く雪に 君いまさめやも

守大伴宿祢家持の和ふる歌一首

四二三四 鳴くとりは いやしき鳴けど 降る雪の 千重に積めこそ 我が立ちかてね

[2]太政大臣藤原家の[3]県犬養命婦《あがたいぬかひのみやうぶ》、天皇に奉る歌一首

四二三五 天雲を ほろに踏みあだし 鳴る神も 今日にまさりて 恐《かしこ》けめやも

右の一首、伝誦するは掾久米朝臣広縄なり。

死にし妻を悲傷する歌一首 并びに短歌 作主未だ詳《つばひ》らかならず

四二三六 天地の 神はなかれや 愛《うつく》しき 我が妻離《さか》る ひかるかみ 鳴りはた𡢳嬬《をとめ》 携《たづさ》はり 共にあらむと 念ひしに 情《こころ》違ひぬ 言はむすべ せむすべ知らに ゆふだすき 肩に取り掛け 倭文幣《しつぬさ》を 手に取り持ちて な放《さ》けそと 我は祈れど まきて寝し 妹が手本は 雲にたなびく

反歌一首

四二三七 現《うつつ》にと 念ひてしかも 夢《いめ》のみに 手本まき寝《ぬ》と 見ればすべなし

右二首、伝誦するは遊行女婦《あそびめ》蒲生《かまふ》これなり。

二月二日に、守の館に会集し宴して作る歌一首

四二三八　君が往き　もし久にあらば　うめやなぎ　誰と共にか　我がかづらかむ

右、判官久米朝臣広縄、[1]正税帳《しやうぜいちやう》を以ちて京師に入るべし。よりて守大伴宿祢家持、この歌を作る。ただし、越中の風土に、梅花柳絮《りうしよ》三月にして初めて咲くのみ。

霍公鳥を詠む歌一首

四二三九　二上の　峰《を》の上の繁《しげ》に　隠りにし　そのほととぎす　待てど来鳴かず

右、四月十六日に大伴宿祢家持作る。

[2]春日《かすが》に神を祭る日に[3]藤原太后《ふぢはらのおほきさき》の作らす歌一首

即ち入唐大使[4]藤原朝臣清河《ふぢはらのあそみきよかは》に賜ふ　参議従四位下遣唐使

四二四〇　大船に　ま梶しじ貫き　この我子を　韓国《から》へ遣る　斎《いは》へ神たち

大使藤原朝臣清河の歌一首

四二四一　春日野に　斎《いつ》く三諸の　うめの花　栄えてあり待て　還り来るまで

[5]大納言藤原家にして、入唐使等に餞する宴の日の歌一首　即ち主人卿作る

四二四二　あまくもの　去き還りなむ　もの故に　思ひそ我がする　別れ悲しみ

民部少輔《みんぶのせう》[6]多治比真人土作《たぢひのまひとはにし》の歌一首

四二四三　住吉《すみのえ》に　斎《いつ》く祝《はふり》が　神言《かむごと》と　行くとも来《く》とも　舟は早けむ

1→17・三九九〇。

2—春日神社。
3→6・一〇〇九。19・四二二四。
4—房前の子、永手・八束の弟。天平十二年従五位下、同十三年中衛少輔、勝宝元年参議、同二年九月遣唐大使。同四年出発したらしい。唐では玄宗皇帝に会った。帰国の途中逆風のためベトナムに漂着。長安に帰り、唐朝に仕え、高官に任ぜられた、宝亀九年、唐で没した。
四二四一　〇春日野—奈良市東部の野。→3・三七二。〇三諸—神社。
5—仲麻呂と豊成の二人が考えられるが決定は困難。
四二四二　〇あまくもの—枕詞。
6—天平十二年従五位下、同十八年民部少輔。勝宝六年尾張守。宝亀元年参議。同二年卒。
四二四三　〇住吉—住吉神社。海神を祭る。

四二四四　○あらたまの—枕詞。

四二四五　○そらみつ—枕詞。○あをによし—枕詞。○おしてる—枕詞。

1—伝未詳。

2—伝未詳。

3→17・四〇五〇。

大使藤原朝臣清河の歌一首

四二四四　あらたまの　年の緒長く　我が念へる　児らに恋ふべき　月近付きぬ

天平五年、入唐使に贈る歌一首　并びに短歌　作り主未だ詳《つばひ》らかならず

四二四五　そらみつ　大和の国　あをによし　奈良の都ゆ　おしてる　難波に下り　住吉《すみのえ》の　三津に舟乗り　直《ただ》渡り　日の入る国に　遣はさる　我が背の君を　かけまくの　ゆゆし恐《かしこ》き　住吉の　我が大御神《おほみかみ》　舟の舳《へ》に　領《うしは》きいまし　舟艫《ふなども》に　み立たしまして　さし寄らむ　磯の崎々　漕ぎ泊てむ　泊《と》まり泊まりに　荒き風　浪にあはせず　平けく　率《ゐ》て帰りませ　もとの朝廷《みかど》に

反歌一首

四二四六　沖つ浪　辺波《へなみ》な起《た》ちそ　君が舟　漕ぎ帰り来て　津に泊《は》つるまで

[1]阿倍朝臣《あへのあそみ》老人《おきな》唐《もろこし》に遣はされし時に、母に奉りて別れを悲しぶる歌一首

四二四七　天雲の　そきへの極み　我が念へる　君に別れむ　日近くなりぬ

右の件の歌、伝誦する人は、[2]越中大目《こしのみちのなかのだいさくわん》高安倉人種麻呂《たかやすのくらひとたねまろ》これなり。但し、年月の次《つぎて》は聞きし時のまにまに、ここに載す。

七月十七日を以て、少納言に遷任す。よりて別れを悲しぶる歌を作り、朝集使掾《てうしふしじよう》[3]久米朝臣広縄《くめのあそみひろつな》の館《むろつみ》に贈《おく》り貽《のこ》す二首

既に六載の期に満ち、忽ちに遷替《せんたい》の運に値《あ》ふ。ここに旧きを別る悽《かな》しびは、心中に欝結《むすぼ》れ、渧《なみた》を拭《のご》ふ袖は、何を以てか能く旱《ほ》さむ。因りて悲歌二首を作り、もちて莫忘《ばくばう》の志を遺《のこ》す。その詞に曰く

四二四八　あらたまの　年の緒長く　相見てし　その心引き　忘らえめやも

四二四九　石瀬野《いはせの》に　秋萩しのぎ　うま並めて　初鳥狩《はつとがり》だに　せずや別れむ

右、八月四日に贈る。

すなはち大帳使《だいちやうし》に付し、八日五日を取りて京師に入るべし。これに因りて、四日を以て[1]国厨《こくちう》の饌《そなへ》を介《すけ》内蔵《くらの》[2]伊美吉《いみき》縄麻呂《なはまろ》の館に設《ま》けて餞《せん》す。ここに大伴宿祢家持の作る歌一首

四二五〇　しなざかる　越《こし》に五年《いつとせ》　住み住みて　立ち別れまく　惜しき夕《よひ》かも

五日平旦に道に上る。よりて国司の次官已下の諸僚皆共に視送《みおく》る。ここに射[3]水郡の大領安努君[4]広島が門前の林中に預《あらかじ》め餞饌《せんせん》の宴を設《ま》けたり。ここに[5]大帳使大伴宿祢家持、内蔵伊美吉縄麻呂の盞《さかづき》を捧ぐる歌に和《こた》ふる一首

四二五一　たまほこの　道に出で立ち　往く我は　君が事跡《ことと》を　負ひてし行かむ

[6]正税帳使掾久米朝臣広縄事畢《をは》り任に退《まか》る。適《たまさか》に越前国掾《こしのみちのくちのじよう》[7]大伴宿祢池主の館に遇ひ、よりて共に飲楽す。ここに久米朝臣広縄萩の花を矚《み》て作る歌一首

四二四八　○あらたまの―枕詞。

1―国庁の炊事場。
2→17・三九九六。

四二五〇　○しなざかる―枕詞。

3→17・三九八五。
4―伝未詳。
5―大計帳(課戸の事などを記す)を太政官に届ける使い。

四二五一　○たまほこの―枕詞

6→17・三九九〇。
7→8・一五九〇。

四二五四　○あきづしま―枕詞。○もののふの―枕詞。○やすみしし―枕詞。

四二五二　君が家に　植ゑたるはぎの　初花を　折りてかざさな　旅別るどち

大伴宿祢家持の和ふる歌一首

四二五三　立ちて居て　待てど待ちかね　出でて来し　君にここに逢ひ　かざしつるはぎ

京に向かふ路の上《ほとり》にして、興に依りて預《あらかじ》め作る侍宴応詔の歌一首并びに短歌

四二五四　あきづしま　大和の国を　天雲に　磐舟《いはふね》浮かべ　艫《とも》に舳《へ》に　ま櫂《かい》しじ貫《ぬ》き　い漕ぎつつ　国見しせして　天降《あも》りまし　払《はら》ひ平《たひら》げ　千代重ね　いや継ぎ継ぎに　知らし来る　天《あま》の日継《ひつぎ》と　神ながら　我が大君の　天の下　治めたまへば　もののふの　八十伴の緒を　撫でたまひ　整へたまひ　食《を》す国も　四方の人をも　あぶさはず　恵みたまへば　古ゆ　なかりし瑞《しるし》　度まねく　申《まを》したまひぬ　手拱《たむだ》きて　事なき御代と　天地　日月と共に　万代《よろづよ》に　記し継がむそ　やすみしし　我が大君　秋の花　しが色々に　見《め》したまひ　明らめたまひ　酒みづき　栄ゆる今日の　あやに貴さ

反歌一首

四二五五　秋の花　種々《くさぐさ》にあれど　色ごとに　見《め》し明らむる　今日の貴さ

左大臣橘卿を寿かむ為に預め作る歌一首

四二五六　古に　君の三代経て　仕へけり　我が大主は　七代申さね

十月二十二日に左大弁《さだいべん》[1]紀飯麻呂《きのいひまろ》朝臣《あそみ》の家にして宴する歌三首

四三五七 手束弓《たつかゆみ》　手に取り持ちて　朝狩に　君は立たしぬ　棚倉の野に

右の一首、治部卿船王[2]伝誦する久邇の京都《みやこ》の時の歌。未だ作り主を詳《つばひ》らかにせず。

四三五八 明日香河　川門を清み　後れ居て　恋ふれば都　いや遠そきぬ

右の一首、左中弁中臣朝臣清麻呂[3]伝誦する古き京の時の歌なり。

四三五九 十月《かみなづき》　しぐれの常か　我が背子が　屋戸の黄葉《もみちは》　散りぬべく見ゆ

右の一首、少納言大伴宿祢家持、当時梨の黄葉を矚てこの歌を作る。

壬申の年の乱[4]の平定《しづ》まりにし以後《のち》の歌二首

四三六〇 大君は　神にしませば　赤駒の　腹這《はらば》ふ田居《たゐ》を　都と成しつ

右の一首、大将軍贈右大臣大伴卿[5]作る。

四三六一 大君は　神にしませば　水鳥の　集《すだ》く水沼《みぬま》を　都と成しつ　作者未だ詳《つばひ》らかならず

右の件の二首、天平勝宝四年二月二日に聞き、即ちここに載す。

閏三月に衛門督大伴古慈悲宿祢《おほとものこじひすくね》[6]の家にして、入唐副使同じ胡麻呂[7]宿祢等に餞する歌二首

1―天平元年従五位下。同十三年右大弁。同十八年常陸守、同二十一年大倭守。勝宝五年大宰大弐。大蔵卿、右京大夫を経て宝字元年左大弁。参議、紫微大弼。義部卿、河内守、美作守を歴任、同六年薨。

四三五七〔棚倉―京都府綴喜郡田辺町の棚倉の野か。

2↓6・九九八。神亀四年従四位下、天平十八年弾正尹。大宰帥。宝字四年信部卿、同八年仲麻呂の謀反に連坐、配流された。

四三五八〔飛鳥川↓3・三二五。

3―意美麻呂の男。天平十五年従五位下、尾張守、文部大輔。勝宝六年参議、同七年左中弁兼摂津大夫。景雲二年中納言、天応元年致仕、時に右大臣。延暦七年薨。

4―六七二年。大海人皇子（天武天皇）と天智天皇の皇子大友皇子との間に起こった戦乱。

5―大伴御行。長徳の子、安麻呂の兄。天武四年兵部大輔、同十三年宿祢、持統十年大納言。大宝元年薨。家持の祖父の兄になる。

6―吹負の孫、祖父麻呂の子。天平十一年従五位下。勝宝八年出雲守在任中朝廷誹謗により禁国。宝字元年奈良麻呂の変に連坐、土佐に配流された。

7↓4・五六七。長徳の子。天平十七年従五位下、勝宝元年左中弁、同二年入唐副使、同五年一月遣唐の際、新羅と席を争い、改めさせた。同六年帰朝、左大弁。宝字元年奈良麻呂の変に捕えられて杖下に死す。

四二六二　韓国《から》に　行き足らはして　帰り来む　ますら健男に　御酒奉る
右の一首、[1]多治比真人鷹主《たぢひのまひとたかぬし》、副使[2]大伴胡麻呂宿祢《おほとものこまろすくね》を寿《ほ》く。

四二六三　櫛《くし》も見じ　屋内《やぬち》も掃かじ　くさまくら　旅行く君を　斎《いは》ふと思ひて
作者未だ詳らかならず
右の件の歌、伝誦するは[3]大伴宿祢村上《おほとものすくねむらかみ》同じ清継《きよつぐ》等これなり。

従四位上[4]高麗朝臣福信《こまのあそみふくしん》に勅して難波に遣はし、酒肴《しゆかう》を入唐使[5]藤原《ふぢはら》朝臣清河《のあそみきよかは》等に賜ふ御歌一首　并びに短歌

四二六四　そらみつ　大和の国は　水の上は　地《つち》往くごとく　船の上は　床に居るごと　大神の　鎮《いは》へる国そ　四つの船　船《ふな》の舳《へ》並べ　平《たひら》けく　はや渡り来て　返り言　奏《まを》さむ日に　相飲まむ酒《き》そ　この豊御酒は

反歌一首

四二六五　四つの船　はや帰り来と　しらかつけ　朕《わ》が裳の裾に　鎮《いは》ひて待たむ
右、勅使を発遣し并せて酒を賜ふ。楽宴の日月未だ詳審《つばひ》らかにすること得ず。

詔に応へむ為に儲《ま》け作る歌一首　并びに短歌

四二六六　あしひきの　八つ峰《を》の上の　つがの木の　いや継ぎ継ぎに　まつが根の　絶ゆることなく　あをによし　奈良の都に　万代《よろづよ》に　国知らさむと　やすみしし　我が大君の　神ながら　思ほしめして　豊の宴《あかり》　見《め》す今日の日は　もののふの　八十伴の緒の　島山に　赤るたちばな　うずに刺し

1―奈良麻呂の変に参加した。
2―宝亀二年従五位下。肥後介阿波守。伝未詳。
四二六三　〇くさまくら―枕詞。
3→8・一四三六。
4―帰化人で祖父の代から武蔵国高麗郡に住む。天平十一年従五位下。紫微少弼、信部大輔、内匠頭、但馬守、弾正尹を歴任、延暦八年没。
5→19・四二四〇。
四二六四　〇そらみつ―枕詞。
四二六六　〇あしひきの―枕詞。〇八つ峰の上の―「つがの木」「松が根」の両方にかかる。「つがの木の」はつぎつぎにを起す序。「松が根の」は「絶ゆることなく」を起す序。以上は二句ずつの複式の序詞になっている。〇あをによし―枕詞。〇やすみしし―枕詞。〇もののふの―枕詞。

紐解き放《さ》けて　千年寿き　寿きとよもし　ゑらゑらに　仕へ奉るを　見るが貴さ

　反歌一首

四二六七　天皇《すめろき》の　御代万代《よろづよ》に　かくしこそ　見《め》し明らめめ　立つ年のはに

　右の二首、大伴宿祢家持作る。

天皇《すめらみこと》[1]、太后《おほきさき》[2]共に大納言藤原家[3]に幸《いでま》す日に、黄葉せる沢蘭《さはあららき》[4]一株抜き取り、内侍佐々貴山君《ささきやまのきみ》[5]に持たしめ、大納言藤原卿《ふぢはらきやう》と陪従《べいじゅ》の大《だ》夫《いぶ》等とに遣《つかは》し賜ふ御歌一首

命婦[6]誦《よ》みて曰く

四二六八　この里は　継ぎて霜や置く　夏の野に　我が見し草は　もみちたりけり

十一月八日に、左大臣橘朝臣[7]の宅に在《いま》して肆宴したまふ歌四首

四二六九　よそのみに　見ればありしを　今日見ては　年に忘れず　思ほえむかも

　右の一首、太上天皇《おほきすめらみこと》[8]の御歌

四二七〇　むぐら延《は》ふ　賤しき屋戸も　大君の　まさむと知らば　玉敷かましを

　右の一首、左大臣橘卿《たちばなのまへつきみ》[9]

四二七一　松蔭の　清き浜辺《はまへ》に　玉敷かば　君来まさむか　清き浜辺に

　右の一首、右大弁藤原八束朝臣《うだいべんふぢはらのやつかあそみ》[10]

四二七二　天地に　足らはし照りて　我が大君　敷きませばかも　楽しき小里

　右の一首、少納言大伴宿祢家持　未だ奏せず

1—孝謙天皇。
2—皇太后光明皇后。
3—藤原仲麻呂。
4—きく科の多年草。沢辺に生える。黄変するのは病葉。
5—伝未詳。
6—佐々貴山君を指すであろう。
7—橘諸兄。→6・一〇〇九。
8—聖武天皇。
9→6・一〇〇九。
10→3・三九八。

二十五日、新嘗会《にひなめまつり》の肆宴にして詔に応ふる歌六首

四二七三　天地と　相栄えむと　大宮を　仕へ奉れば　貴く嬉しき

右の一首、大納言[1]巨勢朝臣

四二七四　天にはも　五百《いほ》つ綱《は》延ふ　万代《よろづよ》に　国知らさむと　五百つ綱延ふ　古歌に似たれども未だ詳らかならず

右の一首、式部卿《しきぶのきやう》[2]石川年足朝臣《いしかはのとしたりあそみ》

四二七五　天地と　久しきまでに　万代に　仕へ奉らむ　黒酒《くろき》白酒を

右の一首、従三位[3]文室智努真人《ふみやのちのまひと》

四二七六　島山に　照れるたちばな　うずに刺し　仕へ奉るは　卿大夫《まへつきみ》たち

右の一首、右大弁藤原八束朝臣

四二七七　袖垂れて　いざ我が園に　うぐひすの　木伝《こづた》ひ散らす　うめの花見に

右の一首、大和国守《やまとのくにのかみ》[4]藤原永手朝臣《ふぢはらのながてあそみ》

四二七八　あしひきの　山下日影　かづらける　上にや更に　うめをしのはむ

右の一首、少納言大伴宿祢家持

二十七日に、[5]林王《はやしのおほきみ》の宅にして但馬按察使《たぢまあんせつし》[6]橘奈良麻呂朝臣《たちばなのならまろあそみ》に餞する宴の歌三首

四二七九　のとがはの　後には逢はむ　しましくも　別るといへば　悲しくもあるか

右の一首、治部卿[7]船王

四二八〇　立ち別れ　君がいまさば　磯城島《しきしま》の　人は我じく　斎《いは》ひて待たむ

1—巨勢奈弖麻呂。→17・三九二六。

2—石足の子。天平七年従五位下、同十一年出雲守。同十八年陸奥守。勝宝元年紫微大弼、時に式部卿。参議。同五年大宰帥、宝字元年神祇伯兼兵部卿、中納言。同六年薨。

3—智努王。→17・三九二六。

4—房前の子。八束、清河らの兄。天平九年従五位下。勝宝四年大倭守、宝字元年中納言、同七年式部卿、神亀二年右大臣、宝亀二年薨。

四二七八 ○あしひきの—枕詞。

5→17・三九二六。

6—橘諸兄の子。母は不比等の娘、多比能。天平十二年従五位下。摂津大夫、民部大輔を歴任。勝宝元年参議。同四年但馬、因幡按察使。宝字元年右大弁。藤原仲麻呂の打倒を計画、六月発覚、七月処分された。杖下に死んだものと思われる。

四二七九 ○のとがはの—枕詞。

7→17・三九二六。

右の一首、右京少進《うきやうのせうしん》大伴宿祢黒麻呂《おほとものすくねくろまろ》[1]

四二八一　白雪の　降り敷く山を　越え行かむ　君をそもとな　息の緒《を》に思ふ

左大臣[2]、尾を換へて云ふ、「息の緒にする」と。然れども猶し喩《さと》して曰く、前の如く誦め、と。

右の一首、少納言大伴宿祢家持

五年正月四日に、治部少輔《ぢぶのせうふ》石上朝臣宅嗣《いそのかみのあそみやかつぐ》の家にして宴する歌三首

四二八二　辞繁《ことしげ》み　相問はなくに　うめの花　雪にしをれて　うつろはむかも

右の一首、主人石上朝臣宅嗣[3]

四二八三　うめの花　咲けるが中に　含《ふふ》めるは　恋や隠れる　雪を待つとか

右の一首、中務大輔《なかつかさのだいふ》茨田王《まんだのおほきみ》[4]

四二八四　新《あら》しき　年の初《はじ》めに　思ふどち　い群《む》れて居れば　嬉しくもあるか

右の一首、大膳大夫《だいぜんのだいぶ》道祖王《ふなどのおほきみ》[5]

十一日に、大雪降りて積むこと尺に二寸有り。因りて拙懐を述ぶる歌三首

四二八五　大宮の　内にも外にも　めづらしく　降れる大雪　な踏みそね惜し

四二八六　み園生《そのふ》の　竹の林に　うぐひすは　しば鳴きにしを　雪は降りつつ

四二八七　うぐひすの　鳴きし垣内《かきつ》に　にほへりし　うめこの雪に　うつろふらむか

十二日に、内裏に侍《さもら》ひて、千鳥の喧《な》くを聞きて作る歌一首

1—伝未詳。

2—橘諸兄。↓6・一〇〇九。

3—左大臣石上麿の孫。石上乙麿の子。勝宝三年従五位下。治部少輔、文部大輔、参議、大宰帥、式部卿、大納言を歴任。天応元年没。多くの図書を蔵し、その書庫芸亭（うんてい）は、わが国の図書館のはじめといわれている。

4—天平十一年従五位下。同十六年少納言、宮内大輔を経て十九年越前守。

5—天武天皇の孫、新田部皇子の子。天平九年従四位下、十二年中務卿。勝宝八歳皇太子となったが後仲麻呂の画策のため廃されて諸王となる。奈良麻呂の変に参加、発覚。罪を免じられたがその後の消息は不明。

四二八八 河渚《かはす》にも 雪は降れれし 宮の内に ちどり鳴くらし 居む所なみ

二月十九日に、左大臣橘家の宴に、攀《よ》ぢ折れる柳の条《えだ》を見る歌一首

四二八九 青柳の ほつ枝攀《よ》ぢ取り かづらくは 君が屋戸にし 千年寿《ほ》くとそ

二十三日に興に依りて作る歌二首

四二九〇 春の野に 霞たなびき うら悲し この夕影《ゆふかげ》に うぐひす鳴くも

四二九一 我がやどの いささ群竹 吹く風の 音のかそけき この夕《ゆふべ》かも

二十五日に作る歌一首

四二九二 うらうらに 照れる春日に ひばり上がり 心悲しも 一人し思へば

春日遅々に鶬鶊《うぐひす》[1]正に啼く。悽惆《せいちう》の意、歌に非ずは撥《はら》ひ難きのみ。よりてこの歌を作り、もちて締緒《ていしよ》を展《の》ぶ。ただしこの巻の中に作者の名字を偁《い》はずして、ただ年月所処縁起のみを録せるは、皆[2]大伴宿祢家持の裁作《つく》る歌詞なり。

萬葉集巻第十九

1―本来の意は「こうらいうぐいす」。和名抄ではひばり。ここは、うぐいすの本義で用いたものと見る。

2→3・三九五。

萬葉集巻第二十

山村に幸行《いでま》しし時の歌二首

[1]先太上天皇《さきのおほきすめらみこと》、陪従《べいじゆ》の王臣に詔《みことのり》して曰く、夫れ諸王卿等、宜しく和《こた》ふる歌を賦して奏すべしとのりたまひて、即ち御口号してのりたまはく

四二九三　あしひきの　山行きしかば　山人《やまびと》の　朕《われ》に得しめし　山づとそこれ

[2]舎人親王《とねりのみこ》、詔に応へて和《こた》へ奉る歌一首

四二九四　あしひきの　山に行きけむ　山人の　心も知らず　山人や誰

右、天平勝宝五年五月に、[3]大納言藤原朝臣の家に在りし時に、事を奏《まを》すに依りて請問する間に、少主鈴《せうしゆれい》[4]山田史土麻呂《やまだのふびとつちまろ》、少納言[5]大伴宿祢家持に語りて曰く、昔この言を聞くと、即ちこの歌を誦せるなり。

八月十二日に、二三の大夫等、各壺酒を提《と》りて[6]高円《たかまと》の野《の》に登り、聊かに所心を述べて作る歌三首

四二九五　高円の　をばな吹き越す　秋風に　紐解き開けな　直《ただ》ならずとも

右の一首、左京少進《さきやうのせうしん》[7]大伴宿祢池主《おほとものすくねいけぬし》

四二九六　天雲に　かりそ鳴くなる　高円の　はぎの下葉は　もみちあへむかも

1―元正天皇。（一説に元明天皇）。

四二九三　〇あしひきの―枕詞。

2―天武天皇の第三皇子。母は新田部皇女。養老二年一品。日本書紀編纂の総裁。天平七年没。贈太政大臣。

四二九四　〇あしひきの―枕詞。

3―藤原仲麻呂。

4―伝未詳。

5→3・三九五。

6―奈良市の東南方、高円山の麓の高地か。

7→8・一五九〇。

右の一首、左中弁中臣清麻呂朝臣1

四二九七　をみなへし　秋萩しのぎ　さをしかの　露別け鳴かむ　高円の野そ

右の一首、少納言大伴宿祢家持

六年正月四日に、氏族の人等、少納言大伴宿祢家持の宅に賀《ほ》き集ひて宴飲する歌三首

四二九八　霜の上に　あられた走り　いや増しに　あれは参《ま》ゐ来む　年の緒長く

古今未だ詳らかならず

右の一首、左兵衛督《さひやうゑのかみ》2大伴宿祢千室《おほとものすくねちむろ》

四二九九　年月は　新《あら》た新たに　相見れど　あが思ふ君は　飽き足らぬかも　古今未だ詳《つばひ》らかならず

右の一首、民部少丞《みんぶのせうじよう》3大伴宿祢村上《おほとものすくねむらかみ》

四三〇〇　霞立つ　春の初めを　今日のごと　見むと思へば　楽しとそ思《も》ふ

右の一首、左京少進大伴宿祢池主

七日に、天皇《すめらみこと》4、太上天皇《おほきすめらみこと》5、皇大后《おほきさき》6、東の常宮《つねのみや》の南大殿に在《いま》して肆《し》宴《えん》したまふ歌一首

四三〇一　印南野《いなみの》の　赤らがしはは　時はあれど　君をあが思ふ　時はさねなし

右の一首、播磨国守《はりまのくにのかみ》7安宿王《あすかべのおほきみ》　奏す。古今未だ詳らかならず

三月十九日に、家持の庄の門の槻樹《つきのき》の下にして宴飲する歌二首

四三〇二　やまぶきは　撫でつつ生《お》ほさむ　ありつつも　君来ましつつ　かざした

1↓19・四二五八。

四二九八　○第一・二句―序詞。

2―伝未詳。

3↓8・一四三六。

4―孝謙天皇。

5―聖武天皇。

6―光明皇后。

四三〇一　○印南野―兵庫県加古川市、加古郡、明石市にかけての平野。○赤らがしは―ぶな科の落葉喬木・葉の赤い柏。葉は食物を盛る器に使われた。作者安宿王が播磨国守であるので印南野及び神事に使われる播磨柏を取りあげた。○君―孝謙天皇。

7―左大臣長屋王の第五子。母は不比等の女だったので長屋王の変に死を免れた。天平九年従五位下。治部卿、中務大輔を経て勝宝五年四月播磨守。奈良麻呂の変に連坐。佐渡に配流。後帰京、姓を高階真人と賜わる。

りけり

右の一首、置始連長谷《おきそめのむらじはつせ》[1]

四三〇三　我が背子が　やどのやまぶき　咲きてあらば　止まず通はむ　いや毎年《としのは》に

右の一首、長谷《はつせ》、花を攀《よ》ぢ壺を提《と》りて到来す。これに因りて、大伴宿祢家持この歌を作りて和《こた》ふ。

同じ月二十五日に左大臣橘卿[2]、山田御母《やまだのみおも》[3]の宅《いへ》に宴する歌一首

四三〇四　やまぶきの　花の盛りに　かくのごと　君を見まくは　千年にもがも

右の一首、少納言大伴宿祢家持、時の花を矚《み》て作る。ただし、未だ出ださざる間に、大臣宴を罷《や》めて挙げ誦《よ》まざるのみ。

霍公鳥《ほととぎす》を詠む歌一首

四三〇五　木《こ》の暗《くれ》の　繁き峰《を》の上《へ》を　ほととぎす　鳴きて越ゆなり　今し来《く》らしも

右の一首、四月に大伴宿祢家持作る。

七夕の歌八首

四三〇六　初秋風　涼しき夕　解かむとそ　紐は結びし　妹に逢はむため

四三〇七　秋といへば　心そ痛き　うたて異《け》に　花になそへて　見まく欲りかも

四三〇八　初尾花　花に見むとし　天の川　隔《へな》りにけらし　年の緒長く

四三〇九　秋風に　なびく川辺《かはび》の　にこ草の　にこよかにしも　思ほゆるかも

四三一〇　秋されば　霧立ち渡る　天の川　石並み置かば　継ぎて見むかも

1―伝未詳。

2―橘諸兄。↓6・一〇〇九。
3―孝謙女帝の乳母。

四三〇九 〇にこ草―やわらかい草。うらぼし科のハコネソウ、ゆり科のアマドコロ説などがある。第一・二・三句―序詞。

四三一一　秋風に　今か今かと　紐解きて　うら待ち居るに　月傾《かたぶ》きぬ

四三一二　秋草に　置く白露の　飽かずのみ　相見るものを　月をし待たむ

四三一三　青波に　袖さへ濡れて　漕ぐ舟の　かし振るほとに　さ夜ふけなむか

右、大伴宿祢家持独り天漢《あまのがは》を仰ぎて作る。

四三一四　八千種《やちくさ》に　草木を植ゑて　時ごとに　咲かむ花をし　見つつしのはな

右の一首、同じ月二十八日に、大伴宿祢家持作る。

四三一五　宮人の　袖付け衣　秋萩に　にほひ宜《よろ》しき　高円の宮

四三一六　高円の　宮の裾回《すそみ》の　野づかさに　今咲けるらむ　をみなへしはも

四三一七　秋野には　今こそ行かめ　もののふの　男女《をとこをみな》の　花にほひ見に

四三一八　秋の野に　露負へるはぎを　手折らずて　あたら盛りを　過ぐしてむとか

四三一九　高円の　秋野の上の　朝霧に　妻呼ぶをしか　出で立つらむか

四三二〇　ますらをの　呼び立てしかば　さをしかの　胸別け行かむ　秋野萩原

右の歌六首、兵部少輔《ひやうぶのせうふ》大伴宿祢家持独り秋野を憶《おも》ひて、聊《いさ》かに拙懐を述べて作る。

天平勝宝七歳乙未《いつび》の二月に相替りて筑紫《つくし》[1]に遣はさるる諸国の防人《さきもり》等の歌

四三二一　恐《かし》きや　命被《みことかがふ》り　明日ゆりや　草《かえ》が共寝《むた》む　妹《いむ》なしにして

右の一首、国造《くにのみやつこ》丁《よほろ》　長下郡《ながのしものこほり》[2]の物部秋持《もののべのあきもち》

四三二二　我が妻は　いたく恋ひらし　飲む水に　影《かご》さへ見えて　よに忘られず

四三一三　○第一・二句—序詞。

四三一五　○高円の宮—高円山の西麓にあった聖武天皇の離宮。

1—広く九州地方、あるいは筑前、筑後を併称していう。
2—静岡県浜名郡と磐田郡の一部にあたる。

右の一首、主帳丁《しゆちやうのよほろ》 [1]麁玉郡《あらたまのこほり》の若倭部身麻呂《わかやまとべのみまろ》

四三二三　時々の　花は咲けども　なにすれそ　母とふ花の　咲き出来ずけむ
右の一首、防人山名郡《[2]やまなのこほり》の丈部真麻呂《はせべのままろ》

四三二四　遠江《とへたほみ》　志留波《しるは》の磯と　爾閇《にへ》の浦と　合ひてしあらば　言も通《かゆ》はむ
右の一首、同じ郡の丈部川相《はせべのかはひ》

四三二五　父母も　花にもがもや　くさまくら　旅は行くとも　捧ごて行かむ
右の一首、[3]佐野郡《さやのこほり》の丈部黒当《はせべのくろまさ》

四三二六　父母が　殿《との》の後《しりへ》の　ももよぐさ　百代《ももよ》いでませ　我が来るまで
右の一首、同じ郡の生玉部足国《いくたまべのたりくに》

四三二七　我が妻も　画に描き取らむ　暇《いつま》もが　旅行くあれは　見つつ偲はむ
右の一首、長下郡《ながのしものこほり》の物部古麻呂《もののべのこまろ》

二月六日に防人部領使《ことりづかひ》遠江国《とほたふみのくに》の史生《ししやう》 [4]坂本朝臣人上《さかもとのあそみひとかみ》の進《たてまつ》る歌の数十八首。ただし、拙劣の歌十一首有るは取り載せず。

四三二八　大君の　命恐み　磯に触《ふ》り　海原《うのはら》渡る　父母《ちちはは》を置きて
右の一首、助丁丈部造人麻呂《すけのよほろはせべのみやつこひとまろ》

四三二九　八十国《やそくに》は　難波《なには》に集ひ　舟飾り　あがせむ日ろを　見も人もがも
右の一首、[5]足下郡《あしがらのしものこほり》の上丁丹比部国人《かみつよほろたぢひべのくにひと》

四三三〇　難波津に　装《よそ》ひ装ひて　今日の日や　出でて罷《まか》らむ　見る母なしに
右の一首、[6]鎌倉郡《かまくらのこほり》の上丁丸子連多麻呂《かみつよほろまろこのむらじおほまろ》

1—静岡県引佐・浜名・磐田の三郡に分属。
2—静岡県小笠郡の一部になる。
四三二四　○遠江—静岡県の大井川以西の地。○志留波の磯—未詳。○爾閇の浦—未詳。
四三二五　○くさまくら—枕詞。
3—静岡県小笠郡北部、小夜の中山のあたり。
四三二六　○ももよぐさ—未詳。○第一・二・三句—序詞。
4—伝未詳。
5—神奈川県足柄下郡。
6—神奈川県鎌倉市と藤沢、横浜両市の一部。

1—神奈川県。
2—宇合の子、広嗣の弟。天平十二年広嗣の乱に連坐、配流。同十八年従五位下。越前守、上総守を経て勝宝四年十一月相模守。後右中弁、上野守、大宰帥から宝亀元年参議。同八年内大臣、九月薨。
四三三一 ○しらぬひ—枕詞。○とりがなく—枕詞。○たらちねの—枕詞。○わかくさの—枕詞。○あらたまの—枕詞。○あしがちる—枕詞。○しろたへの—枕詞。○ぬばたまの—枕詞。
四三三三 ○とりがなく—枕詞。

二月七日[1]相模国《さがむのくに》防人部領使《ことりづかひ》守《かみ》従五位下[2]藤原朝臣宿奈麻呂《ふぢはらのあそみすくなまろ》の進《たてまつ》る歌の数八首。ただし、拙劣の歌五首は取り載せず。

追ひて防人の別れを悲しぶる心を痛みて作る歌一首　并びに短歌

四三三一　大君の　遠の朝廷《みかど》と　しらぬひ　筑紫《つくし》の国は　敵《あた》守る　おさへの城《き》そと　聞こし食《を》す　四方の国には　人多《さは》に　満ちてはあれど　とりがなく　東《あづま》男《をのこ》は　出で向かひ　かへり見せずて　勇みたる　猛き軍卒《いくさ》と　ねぎたまひ　任《ま》けのまにまに　たらちねの　母が目離《か》れて　わかくさの　妻をもまかず　あらたまの　月日数《よ》みつつ　あしがちる　難波の三津に　大舟に　ま櫂《かい》しじ貫き　朝なぎに　水手《かこ》整《ととの》へ　夕潮に　梶引き折り　率《あども》ひて　漕ぎ行く君は　波の間を　い行きさぐくみ　ま幸《さき》くも　早く至りて　大君の　命のまにま　ますらをの　心を持ちて　あり巡り　事し終はらば　障《つつ》まはず　帰り来ませと　斎瓮《いはひへ》を　床辺にすゑて　しろたへの　袖折り返し　ぬばたまの　黒髪敷きて　長き日《け》を　待ちかも恋ひむ　愛《は》しき妻らは

四三三二　ますらをの　靫《ゆき》取り負ひて　出でて行けば　別れを惜しみ　嘆きけむ妻

四三三三　とりがなく　東男の　妻別れ　悲しくありけむ　年の緒長み

右、二月八日、兵部少輔大伴宿祢家持

四三三四　海原を　遠く渡りて　年経とも　児らが結べる　紐解くなゆめ

四三三五　今替はる　新防人《にひさきもり》が　舟出する　海原の上に　波な咲きそね

四三三六　防人の　堀江漕《こ》ぎ出る　伊豆手舟《いづてぶね》　梶取る間なく　恋は繁けむ
　右、九日に大伴宿祢家持作る。

四三三七　みづとりの　発《た》ちの急ぎに　父母に　物言《ものは》ず来《け》にて　今ぞ悔しき
　右の一首、上丁有度部牛麻呂《かみつよほろうとべのうしまろ》

四三三八　たたみけめ　牟良自が磯の　離磯《はなりそ》の　母を離れて　行くが悲しさ
　右の一首、助丁生部道麻呂《すけのよほろみぶべのみちまろ》

四三三九　国巡る　あとりかまけり　行き巡り　帰《かひ》り来までに　斎《いは》ひて待たね
　右の一首、刑部虫麻呂《おさかべのむしまろ》

四三四〇　父母《とちはは》え　斎《いは》ひて待たね　筑紫なる　水漬《みづ》く白玉　取りて来までに
　右の一首、川原虫麻呂《かはらのむしまろ》

四三四一　たちばなの　美袁利《みをり》の里に　父を置きて　道の長道《ながち》は　行きかてぬかも
　右の一首、丈部足麻呂《はせべのたりまろ》

四三四二　真木柱《まけばしら》　ほめて造れる　殿のごと　いませ母刀自　面変《おめ》はりせず
　右の一首、坂田部首麻呂《さかたべのおびとまろ》

四三四三　我ろ旅は　旅と思《おめ》ほど　家《いひ》にして　子持《め》ち痩すらむ　我が妻《み》かなしも
　右の一首、玉作部広目《たまつくりべのひろめ》

四三四四　忘らむて　野行き山行き　我来れど　我が父母は　忘れせぬかも
　右の一首、商長首麻呂《あきのをさのおびとまろ》

四三四五　我妹子《わぎめこ》と　二人我が見し　うちえする　駿河《するが》の嶺《ね》らは　恋《くふ》しくめあるか

四三三七　〇みづとりの―枕詞。

四三三八　〇たたみけめ―畳薦の駿河訛り。枕詞。〇牟良自が磯―所在未詳。〇第一・二・三句―序詞。

四三三九　〇第一・二・三句―序詞。

四三四一　〇たちばなの　美袁利の里―所在未詳。〇たちばなの―枕詞。

四三四五　〇駿河―静岡県の大井川以東伊豆を除く。〇うちえする―枕詞。

右の一首、春日部麻呂《かすがべのまろ》

四三四六 父母が 頭《かしら》掻き撫で 幸《さ》くあれて 言ひし言葉《けとば》ぜ 忘れかねつる

右の一首、丈部稲麻呂《はせべのいなまろ》

二月七日に駿河国《するがのくに》の防人部領使《ことりづかひ》守従五位下布勢朝臣人主《ふせのあそみひとぬし》[1]の、実《まこと》に進《たてまつ》るは九日、歌の数二十首。ただし、拙劣の歌は取り載せず。

四三四七 家にして 恋ひつつあらずは 汝が佩《は》ける 大刀になりても 斎《いは》ひてしかも

右の一首、国造丁《くにのみやつこのよほろ》日下部使主三中《くさかべのおみみなか》が父の歌

四三四八 たらちねの 母を別れて まこと我 旅の仮廬《かりほ》に 安く寝むかも

右の一首、国造丁日下部使主三中

四三四九 百隈《ももくま》の 道は来にしを また更に 八十島《やそしま》過ぎて 別れか行かむ

右の一首、助丁《すけのよほろ》刑部直《おさかべのあたひ》三野《みの》

四三五〇 庭中の 足羽《あすは》の神に 小柴刺し あれは斎《いは》はむ 帰り来までに

右の一首、帳丁若麻続部諸人《ちやうのよほろわかをみべのもろひと》

四三五一 旅衣 八重着重ねて 寝ぬれども なほ肌寒し 妹にしあらねば

右の一首、[2]望陀郡《まぐたのこほり》の上丁《かみつよほろ》玉作部国忍《たまつくりべのくにおし》

四三五二 道の辺の うまらの末《うれ》に 延《は》ほ豆の からまる君を はかれか行かむ

右の一首、[3]天羽郡《あまはのこほり》の上丁丈部鳥《はせべのとり》

四三五三 家風は 日に日に吹けど 我妹子《わぎもこ》が 家言《いへごと》持ちて 来る人もなし

1—勝宝六年四月入唐第四船で帰着。同七月従五位下、駿河守。宝字三年右少弁、同八年上総守、景雲元年式部大輔、同三年出雲守。

四三四八 ○たらちねの—枕詞。

2—千葉県君津郡北部。

四三五二 ○第一・二・三句—序詞。

3—千葉県富津市の南西部。

右の一首、朝夷郡《あさひなのこほり》[1]の上丁丸子連大歳《まろこのむらじおほとし》

四三五四　たちこもの　発《た》ちの騒きに　相見てし　妹が心は　忘れせぬかも

右の一首、長狭郡《ながさのこほり》[2]の上丁丈部与呂麻呂《はせべのよろまろ》

四三五五　よそにのみ　見てや渡らも　難波潟《なにはがた》　雲居に見ゆる　島ならなくに

右の一首、武射郡《むざのこほり》[3]の上丁丈部山代《はせべのやましろ》

四三五六　我が母の　袖もち撫でて　我が故《から》に　泣きし心を　忘らえぬかも

右の一首、山辺郡[4]の上丁物部乎刀良《もののべのをとら》

四三五七　葦垣の　隈処《くまと》に立ちて　我妹子が　袖もしほほに　泣きしそ思はゆ

右の一首、市原郡《いちはらのこほり》[5]の上丁刑部直千国《おさかべのあたひちくに》

四三五八　大君の　命恐み　出で来れば　我ぬ取り付きて　言ひし児なはも

右の一首、種淮郡《すゑのこほり》[6]の上丁物部竜《もののべのたつ》

四三五九　筑紫辺《つくしへ》に　舳《へ》向かる舟の　いつしかも　仕へ奉りて　国に舳《へ》向かも

右の一首、長柄郡《ながらのこほり》[7]の上丁若麻続部羊《わかをみべのひつじ》

二月九日に上総国《かみつふさのくに》[8]の防人部領使《ことりづかひ》少目《せうさくわん》従七位下[9]茨田連沙弥麻呂《まんだのむらじさみまろ》の進《たてまつ》る歌の数十九首。ただし、拙劣の歌は取り載せず。

私の拙懐を陳ぶる一首　并びに短歌

四三六〇　天皇《すめろき》の　遠き御代にも　おしてる　難波の国に　天の下　知らしめしきと　今のをに　絶えず言ひつつ　かけまくも　あやに恐《かしこ》し　神ながら　わご大君の　うちなびく　春の初めは　八千種《やちくさ》に　花咲きにほひ　山見

1―千葉県の郡名。

四三五四　〇たちこもの―枕詞。コモは鴨の訛り。

2―千葉県鴨川市、安房郡天津小湊町付近の地。

3―千葉県山武郡の北部。

4―千葉県山武郡の南部。

5―千葉県市原郡。

6―千葉県君津郡の中部。

7―千葉県長生郡の一部。

8―千葉県の中部。

9―伝未詳。

四三六〇　〇おしてる―枕詞。〇うちなびく―枕詞。〇難波の宮―大阪市東区法円坂町のあたりにあった孝徳天皇の都城。聖武天皇の時代に改修が行われ、一時皇都となった。〇あぢむらの―枕詞。

れば　見のともしく　川見れば　見のさやけく　ものごとに　栄ゆる時
と　見《め》したまひ　明らめたまひ　敷きませる　難波の宮は　聞こし食《を》す
四方の国より　奉る　御調《みつき》の舟は　堀江より　水脈《みを》引きしつつ　朝なぎ
に　梶引き泝《のぼ》り　夕潮に　棹さし下り　あぢむらの　騒き競《きほ》ひて　浜に
出でて　海原見れば　白波の　八重折るが上《うへ》に　海人《あま》小舟《をぶね》　はららに浮
きて　大御食《おほみけ》に　仕へ奉ると　をちこちに　いざり釣りけり　そきだく
も　おぎろなきかも　こきばくも　豊けきかも　ここ見れば　うべし神
代ゆ　始めけらしも

四三六一　桜花　今盛りなり　難波の海　おし照る宮に　聞こしめすなへ

四三六二　海原の　豊けき見つつ　あしがちる　難波に年は　経ぬべく思ほゆ

右、二月十三日、兵部少輔大伴宿祢家持

四三六三　難波津に　み舟おろすゑ　八十梶《やそか》貫き　今は漕ぎぬと　妹に告げこそ

四三六四　防人《さきむり》に　立たむ騒きに　家の妹《いむ》が　業《な》るべきことを　言はず来ぬかも

右の二首、[1]茨城郡《うばらきのこほり》の若舎人部広足《わかとねりべのひろたり》

四三六五　おしてるや　難波の津ゆり　舟装《ふなよそ》ひ　あれは漕ぎぬと　妹に告ぎこそ

四三六六　常陸《ひたち》さし　行かむかりもが　あが恋を　記して付けて　妹に知らせむ

右の二首、[2]信太郡《しだのこほり》の物部道足《もののべのみちたり》

四三六七　あが面《もて》の　忘れもしだは　筑波嶺《つくはね》を　振り放《さ》け見つつ　妹は偲《しぬ》はね

右の一首、茨城郡《うばらきのこほり》の占部小竜《うらべのをたつ》

四三六二　○あしがちる—枕詞。

1—茨城県新治郡と東、西茨城郡の一部。

四三六五　○おしてるや—枕詞。

四三六六　○常陸—茨城県。

2—茨城県竜ケ崎市と稲敷郡の一部。

四三六七　○筑波嶺—茨城県筑波郡にある筑波山。

四三六八〇久慈川―福島県に発し、茨城県を流れて太平洋に注ぐ。1―茨城県久慈郡・常陸太田市にあたる。
四三六九〇第一・二句―序詞。
2―百合のなまり。
四三七〇〇あられふり―枕詞。〇鹿島の神―鹿島神宮。
3―茨城県那珂郡・那珂湊市・勝田市と水戸市の一部。
四三七二〇不破の関―岐阜県不破郡関ヶ原町にあった関所。〇むまのつめ―枕詞。
4―伝未詳。

四三六八　久慈川《くじがは》は　幸《さけ》くあり待て　潮舟に　ま梶しじ貫き　我は帰り来む
右の一首、久慈郡《くじのこほり》[1]の丸子部佐壮《まろこべのすけを》

四三六九　筑波嶺の　さゆる[2]の花の　夜床《ゆとこ》にも　かなしけ妹そ　昼もかなしけ

四三七〇　あられふり　鹿島の神を　祈りつつ　皇御軍卒《すめらみくさ》に　我は来にしを
右の二首、那賀郡《なかのこほり》[3]の上丁大舎人部千文《かみつよほろおほとねりべのちふみ》

四三七一　たちばなの　下吹く風の　かぐはしき　筑波《つくは》の山を　恋ひずあらめかも
右の一首、助丁占部広方《すけのよほろうらべのひろかた》

四三七二　足柄の　み坂給はり　かへり見ず　あれは越《く》え行く　荒し男も　立しやはばかる　不破の関　越《く》えて我は行く　むまのつめ　筑紫《つくし》の崎に　留《ち》まり居て　あれは斎《いは》はむ　諸《もろもろ》は　幸《さけ》くと申《まを》す　帰り来までに
右の一首、倭文部可良麻呂《しとりべのからまろ》
二月十四日に常陸国《ひたちのくに》の部領防人使大目正七位上《ことりさきもりのつかひだいさくわん》息長真人国《おきながのまひとくに》[4]島《しま》の進《たてまつ》る歌の数十七首。ただし、拙劣の歌は取り載せず。

四三七三　今日よりは　かへり見なくて　大君の　醜《しこ》の御楯《みたて》と　出で立つ我は
右の一首、火長今奉部与曽布《くわちやういままつりべのよそふ》

四三七四　天地《あめつち》の　神を祈りて　さつ矢貫《やぬ》き　筑紫《つくし》の島を　さして行く我は
右の一首、火長大田部荒耳《おほたべのあらみみ》

四三七五　まつの木《け》の　並《な》みたる見れば　家人《いはびと》の　我を見送ると　立たりしもころ
右の一首、火長物部真島《もののべのましま》

四三七六　旅行きに　行くと知らずて　母父《あもしし》に　言申《まを》さずて　今ぞ悔《くや》しけ
右の一首、寒川郡《さむかはのこほり》[1]の上丁《かみつよほろ》川上臣老《かはかみのおみおゆ》

四三七七　母刀《あもと》自《じ》も　玉にもがもや　頂きて　みづらの中に　あへ巻かまくも
右の一首、津守宿祢《つもりのすくね》小黒栖《をぐろす》

四三七八　月日夜《つくひよ》は　過ぐは行けども　母父《あもしし》が　玉の姿は　忘れせなふも
右の一首、都賀郡《つがのこほり》[2]の上丁中臣部足国《なかとみべのたりくに》

四三七九　白波の　寄そる浜辺に　別れなば　いともすべなみ　八度袖振る
右の一首、足利郡《あしかがのこほり》[3]の上丁大舎人部祢麻呂《おほとねりべのねまろ》

四三八〇　難波津《なにはと》を　漕ぎ出て見れば　神さぶる　生駒高嶺《いこまたかね》に　雲そたなびく
右の一首、梁田郡《やなだのこほり》[4]の上丁大田部三成《おほたべのみなり》

四三八一　国々の　防人集ひ　舟乗りて　別るを見れば　いともすべなし
右の一首、河内郡《かふちのこほり》[5]の上丁神麻続部島麻呂《かむをみべのしままろ》

四三八二　布多富我美《ふたほがみ》　悪《あ》しけ人なり　あたゆまひ　我がする時に　防人に差す
右の一首、那須郡《なすのこほり》[6]の上丁大伴部広成《おほともべのひろなり》

四三八三　津の国の　海の渚《なぎさ》に　舟装《ふなよそ》ひ　立し出も時に　母《あも》が目もがも
右の一首、塩屋郡《しほやのこほり》[7]の上丁丈部足人《はせべのたるひと》
二月十四日に下野国《しもつけののくに》[8]の防人部領使《ことりづかひ》正六位上田口朝臣大戸《たぐちのあそみおほへ》[9]の進《たてまつ》る歌の数十八首。ただし、拙劣の歌は取り載せず。

四三八四　暁《あかとき》の　かはたれ時に　島陰《しまかぎ》を　漕ぎにし舟の　たづき知らずも

1—栃木県下都賀郡の南部。
2—栃木県上都賀郡および下都賀郡北部。
3—栃木県足利市一帯。
四三八〇生駒高嶺—奈良県と大阪府東大阪市との間にある山。
4—栃木県足利市および群馬県桐生市の一部。
5—栃木県河内郡、宇都宮市。
6—栃木県那須郡および大田原市。
7—栃木県塩屋郡、矢板市。
8—栃木県。
9—宝字四年従五位下。同六年日向守。同七年兵馬正。同八年上野介。

右の一首、助丁《すけのよほろ》[1]海上郡《うなかみのこほり》の海上国造《うなかみのくにのみやつこ》他田日奉直得大理《をさたのひまつりのあたひとこたり》

四三八五　行こ先に　波なとゑらひ　後《しるへ》には　子をと妻をと　置きてとも来ぬ

右の一首、[2]葛飾郡《かつしかのこほり》の私部石島《きさきべのいそしま》

四三八六　我が門《かづ》の　五本柳《いつもとやなぎ》　いつもいつも　母《おも》が恋すす　業《な》りましつしも

右の一首、[3]結城郡《ゆふきのこほり》の矢作部真長《やはぎべのまをさ》

四三八七　千葉《ちば》の野《ぬ》の　このてかしはの　含《ほほ》まれど　あやにかなしみ　置きて高来ぬ

右の一首、[4]千葉郡《ちばのこほり》の大田部足人《おほたべのたるひと》

四三八八　旅とへど　真旅になりぬ　家の妹《も》が　着せし衣に　垢《あか》付きにかり

右の一首、占部虫麻呂《うらべのむしまろ》

四三八九　潮舟の　舳《へ》越そ白波　俄《には》しくも　負《お》ふせたまほか　思はへなくに

右の一首、[5]印波郡《いにはのこほり》の丈部直大麻呂《はせべのあたひおほまろ》

四三九〇　むらたまの　くるにくぎ鎖《さ》し　堅めとし　妹が心は　動《あよ》くなめかも

右の一首、[6]猨島郡《さしまのこほり》の刑部志加麻呂《おさかべのしかまろ》

四三九一　国々の　社の神に　幣奉《ぬさまつ》り　あが恋すなむ　妹がかなしさ

右の一首、結城郡《ゆうきのこほり》の忍海部五百麻呂《おしぬみべのいほまろ》

四三九二　天地《あめつし》の　いづれの神を　祈らばか　愛《うつく》し母に　また言問はむ

右の一首、[7]埴生郡《はにふのこほり》の大伴部麻与佐《おほともべのまよさ》

四三九三　大君の　命にされば　父母《ちちはは》を　斎瓮《いはひへ》と置きて　参《ま》ゐ出来にしを

1—千葉県海上郡、銚子市、旭市。
2—千葉県東葛飾郡、市川市、松戸市、東京都葛飾区、江戸川区、埼玉県北葛飾郡などの江戸川下流の地。
四三八六　○第一・二句—序詞。
3—茨城県結城郡と結城市の一部。
四三八七　○千葉の野—千葉市、習志野市、千葉郡の平野部。○このてかしは—ひのき科の常緑喬木。葉は表裏の別がない　↓16・三八三六。○第一・二句—序詞。
4—千葉市、習志野市、千葉郡の一帯。
四三八九　○第一・二句—序詞。
5—千葉県印旛郡、佐原市、成田市の一部。
四三九〇　○むらたまの—枕詞。○第一・二句—序詞。
6—茨城県猿島郡、古河市の一部。
7—千葉県印旛郡、佐倉、成田両市の一部。

右の一首、結城郡《ゆふきのこほり》の雀部広島《さざきべのひろしま》

四三九四 大君の 命恐《かしこ》み 弓の共《みた》 さ寝か渡らむ 長けこの夜を

右の一首、相馬郡《さうまのこほり》[1]の大伴部子羊《おほともべのこひつじ》

二月十六日に下総国《しもつふさのくに》[2]の防人部領使《ことりづかひ》少目《せうさくわん》従七位下県犬養宿祢浄人《あがたいぬかひのすくねきよひと》[3]の進《たてまつ》る歌の数二十二首。ただし、拙劣の歌は取り載せず。

独り竜田山《たつたやま》[4]の桜花を惜しむ歌一首

四三九五 竜田山 見つつ越え来し 桜花 散りか過ぎなむ 我が帰るとに

独り江水[5]に浮かび漂《ただよ》ふこつみを見、貝玉の寄らぬを怨恨《うら》みて作る歌一首

四三九六 堀江より 朝潮満ちに 寄るこつみ 貝にありせば つとにせましを

館《むろつみ》[6]の門に在りて江南の美《うるは》しき女を見て作る歌一首

四三九七 見渡せば 向つ峰の上の 花にほひ 照りて立てるは 愛《は》しき誰が妻

右の三首、二月十七日に兵部少輔大伴家持作る。

防人の情の為に思ひを陳べて作る歌一首 并びに短歌

四三九八 大君の 命恐み 妻別れ 悲しくはあれど ますらをの 心振り起こし 取り装ひ 門出をすれば たらちねの 母掻き撫で わかくさの 妻取り付き 平けく 我は斎はむ ま幸くて はや帰り来と ま袖もち 涙を拭ひ むせひつつ 言問ひすれば むらとりの 出で立ちかてに 滞《とどこほ》り かへり見しつつ いや遠に 国を来離れ いや高に 山を越え過ぎ

1―茨城県北相馬郡、千葉県東葛飾郡一帯。
2―千葉県北部と茨城県南西部にあたる。
3―伝未詳。
4―奈良県生駒郡三郷町西方の山地。
5―難波堀江をいう。
6―難波にある兵部省の出張所の建物。

四三九八 ○たらちねの―枕詞。○わかくさの―枕詞。○むらとりの―枕詞。○あしがちる―枕詞。○鶴が音―鶴そのものをいう。

あしがちる　難波に来居て　夕潮に　舟を浮けすゑ　朝なぎに　舳向け
漕がむと　さもらふと　我が居る時に　春霞　島回《しまみ》に立ちて　鶴《たづ》が音《ね》の
悲しく鳴けば　遙々《はろばろ》に　家を思ひ出　負《お》ひ征矢《そや》の　そよと鳴るまで嘆き
つるかも

四三九九　海原に　霞たなびき　鶴《たづ》が音《ね》の　悲しき夕《よひ》は　国辺し思ほゆ

四四〇〇　家思ふと　眠を寝ず居れば　鶴《たづ》が鳴く　葦辺も見えず　春の霞に

右、十九日に兵部少輔大伴宿祢家持作る。

四四〇一　韓衣《からころむ》　裾に取り付き　泣く子らを　置きてそ来ぬや　母《おも》なしにして

右の一首、国造《くにのみやつこ》[1]小県郡《ちひさがたのこほり》の他田舎人大島《をさたのとねりおほしま》

四四〇二　ちはやふる　神のみ坂に　幣《ぬさ》奉り　斎《いは》ふ命は　母父《おもちち》が為

右の一首、主帳《しゆちやう》[2]埴科郡《はにしなのこほり》の神人部子忍男《みわひとべのこおしを》

四四〇三　大君の　命恐《かしこ》み　青雲《あをくむ》の　とのびく山を　越よて来ぬかむ

右の一首、[3]小長谷部笠麻呂《をはつせべのかさまろ》

二月二十二日に[4]信濃国《しなののくに》の防人部領使《ことりづかひ》道に上り病を得て来ずして進《たてまつ》る歌の数十二首。ただし、拙劣の歌は取り載せず。

四四〇四　難波道《なにはぢ》を　行きて来までと　我妹子《わぎもこ》が　付けし紐が緒　絶えにけるかも

右の一首、助丁上毛野牛甘《すけのよほろかみつけののうしかひ》

四四〇五　我《わ》が妹子《いもこ》が　偲《しぬ》ひにせよと　付けし紐　糸になるとも　我は解かじとよ

右の一首、朝倉益人《あさくらのますひと》

1—長野県小県郡および上田市。
四四〇二○ちはやふる—枕詞。
2—長野県埴科郡および更埴市。
3—伝未詳。
4—長野県。

四四〇六　〇くさまくら―枕詞。

四四〇七　〇ひなくもり―枕詞。

1―群馬県。
2―伝未詳。

四四〇八　〇ははそばの―枕詞。〇ちちのみの―枕詞。
〇たくづのの―枕詞。〇かこじもの―枕詞。
〇あらたまの―枕詞。〇わかくさの―枕詞。
〇はるとりの―枕詞。〇うつせみの―枕詞。
〇しろたへの―枕詞。〇たまほこの―枕詞。
〇たまきはる―枕詞。

四四〇六　我が家《いは》ろに　行かも人もが　くさまくら　旅は苦しと　告げ遣《や》らまくも
右の一首、大伴部節麻呂《おほともべのふしまろ》

四四〇七　ひなくもり　碓氷《うすひ》の坂を　越えしだに　妹が恋ひしく　忘らえぬかも
右の一首、他田部子磐前《をさたべのこいはさき》

二月二十三日に上野国《かみつけののくに》[1]の防人部領使《ことりづかひ》大目正六位下上毛野君駿《かみつけののきみする》[2]河《が》の進《たてまつ》る歌の数十二首。ただし、拙劣の歌は取り載せず。

防人の別れを悲しぶる情を陳ぶる歌一首　并びに短歌

四四〇八　大君の　任けのまにまに　島守に　我が立ち来れば　ははそばの　母の
命は　み裳の裾　摘み上げ掻き撫で　ちちのみの　父の命は　たくづの
の　白髯の上ゆ　涙垂り　嘆きのたばく　かこじもの　ただ一人して
朝戸出の　悲しき我が子　あらたまの　年の緒長く　相見ずは　恋しく
あるべし　今日だにも　言問ひせむと　惜しみつつ　悲しびませば　わ
かくさの　妻も子どもも　をちこちに　多《さは》に囲み居　はるとりの　声の
吟《さまよ》ひ　しろたへの　袖泣き濡らし　携はり　別れかてにと　引き留め
慕ひしものを　大君の　命恐《かしこ》み　たまほこの　道に出で立ち　岡の崎
い回《た》むるごとに　万度《よろづたび》　かへり見しつつ　遙々《はろはろ》に　別れし来れば　思ふ
そら　安くもあらず　恋ふるそら　苦しきものを　うつせみの　世の人
なれば　たまきはる　命も知らず　海原の　恐《かしこ》き道を　島伝ひ　い漕ぎ
渡りて　あり巡り　我が来るまでに　平けく　親はいまさね　障《つつ》みなく

妻は待たせと　住吉《すみのえ》の　あが皇神《すめかみ》に　幣奉《ぬさまつ》り　祈り申《まを》して　難波津に
舟を浮けすゑ　八十《やそ》梶貫《かぬ》き　水手《かこ》整《ととの》へて　朝開き　我は漕ぎ出《で》ぬと　家
に告げこそ

四四〇九　家人《いへびと》の　斎《いは》へにかあらむ　平《たひら》けく　舟出はしぬと　親に申さね

四四一〇　み空行く　雲も使ひと　人は言へど　家づと遣らむ　たづき知らずも

四四一一　家づとに　貝そ拾へる　浜波は　いやしくしくに　高く寄すれど

四四一二　島陰《しまかげ》に　我が舟泊《は》てて　告げ遣らむ　使ひをなみや　恋ひつつ行かむ

二月二十三日、兵部少輔大伴宿祢家持

四四一三　枕大刀《まくらたし》　腰に取り佩《は》き　まかなしき　背ろがまき来む　月《つく》の知らなく

右の一首、上丁《かみつよほろ》[1]那珂郡《なかのこほり》の檜前舎人石前《ひのくまのとねりいはさき》が妻《め》の大伴部真《おほともべのま》足女《たりめ》

四四一四　大君の　命恐み　愛《うつく》しけ　真子が手離り　島伝ひ行く

右の一首、助丁《すけのよほろ》[2]秩父郡《ちちぶのこほり》の大伴部少《おほともべのを》歳《とし》

四四一五　白玉を　手に取り持して　見るのすも　家なる妹を　また見てももや

右の一首、主帳《しゆちやう》[3]荏原郡《えばらのこほり》の物部歳徳《もののべのとしとこ》

四四一六　くさまくら　旅行く背なが　丸寝《まるね》せば　家《いは》なる我は　紐解かず寝む

右の一首、妻《め》の椋椅部刀自売《くらはしべのとじめ》

四四一七　赤駒を　山野にはかし　取りかにて　多摩の横山　徒歩《かし》ゆか遣《や》らむ

右の一首、豊島郡《としまのこほり》[4]の上丁《かみつよほろ》椋橋部荒虫《くらはしべのあらむし》が妻《め》の宇治部黒女《うぢべのくろめ》

四四一八　我が門《かど》の　片山椿　まこと汝《なれ》　我が手触れなな　地《つち》に落ちもかも

1―埼玉県児玉郡と本庄市の一部。

2―埼玉県秩父郡および秩父市。

3―東京都大田区、品川区、目黒区、世田谷区の一帯。

四四一六○くさまくら―枕詞。

4―東京都豊島区、荒川区、北区、文京区、板橋区の一帯。

右の一首、荏原郡《えばらのこほり》の上丁物部広足《もののべのひろたり》

四四一九　家《いは》ろには　葦火《あしふ》焚《た》けども　住み良けを　筑紫《つくし》に至りて　恋《こふ》しけ思《も》はも

右の一首、[1]橘樹郡《たちばなのこほり》の上丁物部真根《もののべのまね》

四四二〇　くさまくら　旅の丸寝《まるね》の　紐絶えば　あが手と付けろ　これの針《はる》もし

右の一首、妻《め》の椋椅部弟女《くらはしべのおとめ》

四四二一　我が行きの　息づくしかば　足柄《あしがら》の　峰《みね》這《は》ほ雲を　見とと偲《しの》はね

右の一首、[2]都筑郡《つつくのこほり》の上丁服部於由《はとりのおゆ》

四四二二　我が背なを　筑紫へ遣りて　愛《うつく》しみ　帯は解かなな　あやにかも寝も

右の一首、妻《め》の服部呰女《はとりのあさめ》

四四二三　足柄の　み坂に立して　袖振らば　家《いは》なる妹は　さやに見もかも

右の一首、[3]埼玉郡の上丁藤原部等母麻呂

四四二四　色深く　背なが衣《ころも》は　染めましを　み坂給《たば》らば　まさやかに見む

右の一首、妻《め》の物部刀自売《もののべのとじめ》

二月二十九日に[4]武蔵国《むざしのくに》の部領防人使掾《ことりさきもりつかひじよう》正六位上[5]安曇宿祢《あづみのすくね》三国《みくに》の進《たてまつ》る歌の数二十首。ただし、拙劣の歌は取り載せず。

四四二五　防人に　行くは誰が背と　問ふ人を　見るがともしさ　物思ひもせず

四四二六　天地《あめつし》の　神に幣置《ぬさ》き　斎ひつつ　いませ我が背な　あれをし思はば

四四二七　家《いは》の妹ろ　我《わ》を偲ふらし　真結《まゆす》ひに　結《ゆす》ひし紐の　解くらく思へば

四四二八　我が背なを　筑紫は遣りて　愛《うつく》しみ　えひは解かなな　あやにかも寝む

1—川崎市、横浜市の一部。

四四二〇　○くさまくら—枕詞。

四四二一　○足柄の峰—神奈川県の足柄上郡、同下郡の西方にある足柄箱根山群の峰。

2—横浜市の保土ケ谷、旭、緑の各区周辺。

3—埼玉県南埼玉郡、北埼玉郡、行田市、加須市、羽生市、岩槻市、春日部市、越谷市の一帯。

4—東京都、埼玉県、神奈川県の一部。

5—宝字八年十月従五位下。

四四二九　厩《うまや》なる　縄絶つ駒の　後《おく》るがへ　妹が言ひしを　置きてかなしも

四四三〇　荒し男の　いをさ手挾み　向かひ立ち　かなるましづみ　出でてとあが来る

四四三一　ささが葉の　さやぐ霜夜《しもよ》に　七重着《ななへか》る　衣《ころも》にませる　児ろが肌はも

四四三二　障《さ》へなへぬ　命《みこと》にあれば　かなし妹が　手枕《たまくら》離れ　あやにかなしも

右の八首、昔年《さきつとし》の防人歌なり。主典刑部少録《さかんきやうぶのせうろく》正七位上[1]磐余伊《いはれのい》美《み》吉《き》諸君《もろきみ》抄写し、兵部少輔大伴宿祢家持に贈る。

三月三日に防人を検校する勅使と兵部の使人《ひと》等と同しく集ひて飲宴し作る歌三首

四四三三　朝な朝《さ》な　上がるひばりに　なりてしか　都に行きて　はや帰り来む

右の一首、勅使紫微大弼《しびのだいひつ》[2]安倍沙美麻呂朝臣《あへのさみまろあそみ》

四四三四　ひばり上がる　春へとさやに　なりぬれば　都も見えず　霞たなびく

四四三五　含《ふふ》めりし　花の初《はじ》めに　来し我や　散りなむ後に　都へ行かむ

右の二首、兵部使《ひやうぶのつかひ》少輔《せうふ》大伴宿祢家持

昔年《さきつとし》に相替りし防人の歌一首

四四三六　やみのよの　行く先知らず　行く我を　何時《いつ》来まさむと　問ひし児らはも

[3]先太上天皇《さきのおほきすめらみこと》の御製の霍公鳥《ほととぎす》の歌一首　日本《やまと》根子《ねこ》高瑞日《たかみづひ》清足姫《きよたらしひめ》天皇なり

四四二九　○第一・二句—序詞。

1—伝未詳。

2—天平九年従五位下。同十年少納言。勝宝元年従四位上。宝字元年参議。宝字二年中務卿正四位下。同年没。

四四三六　○やみのよの—枕詞。

3—元正天皇。

四四三七　ほととぎす　なほも鳴かなむ　本《もと》つ人　かけつつもとな　あを音《ね》し泣くも

[1]薩妙観《せちめうくわん》、詔に応へて和へ奉る歌一首

四四三八　ほととぎす　ここに近くを　来鳴きてよ　過ぎなむ後に　験《しるし》あらめやも

冬の日に[2]靫負《ゆけひ》の御井に幸《いでま》しし時に、内命婦[3]石川朝臣《いしかはのあそみ》、詔に応へて雪を賦する歌一首　諱《いみな》を邑婆《おほば》と曰ふ

四四三九　まつが枝の　地《つち》に付くまで　降る雪を　見ずてや妹が　隠《こも》り居るらむ

ここに[4]水主内親王《もひとりのひめみこ》寝膳《しんぜん》安からずして、累日参りたまはず。よりてこの日を以て、[5]太上天皇侍嬬らに勅《みことのり》して曰く、水主内親王に遣《や》らむ為に、雪を賦し歌を作り奉献《たてまつ》れとのりたまふ。ここに諸《もろもろ》の命婦等、歌を作るに堪《あ》へずしてこの石川命婦のみ独りこの歌を作りて奏す。

右の件の四首、上総国大掾正六位上大原真人今城[6]伝誦して尓《しか》云ふ　年月未だ詳らかならず

上総国《かみつふさのくに》の朝集使大掾[7]大原真人今城《おほはらのまひといまき》京に向かふ時に、郡司の妻女等の餞《せん》する歌二首

四四四〇　足柄《あしがら》の　八重山越えて　いましなば　誰をか君と　見つつ偲はむ

四四四一　立ちしなふ　君が姿を　忘れずは　世の限りにや　恋ひ渡りなむ

五月九日に兵部少輔大伴宿祢家持の宅にして集飲する歌四首

1―内命婦。養老七年従五位上。神亀元年河上忌寸の姓を賜わる。
2―衛門府の近くの井戸。
3―大伴安麻呂の妻、坂上郎女の母。
4―天智天皇皇女。霊亀元年四品。天平九年三品、同年八月薨。
5―元正天皇。
6↓8・一六〇四。
7↓8・一六〇四。

四四四二 我が背子が やどのなでしこ 日並べて 雨は降れども 色も変はらず
右の一首、[1]大原真人今城

四四四三 ひさかたの 雨は降りしく なでしこが いや初花に 恋しき我が背
右の一首、大伴宿祢家持

四四四四 我が背子が やどなるはぎの 花咲かむ 秋の夕は 我を偲はせ
右の一首、大原真人今城

即ち鶯の哢《な》くを聞きて作る歌一首

四四四五 うぐひすの 声は過ぎぬと 思へども しみにし心 なほ恋ひにけり
右の一首、大伴宿祢家持

同じ月の十一日に、[2]左大臣橘卿、右大弁[3]丹比国人《たぢひのくにひと》真人《まひと》の宅にして宴する歌三首

四四四六 我がやどに 咲けるなでしこ 賂《まひ》はせむ ゆめ花散るな いやをちに咲け
右の一首、丹比国人《たぢひのくにひと》真人《まひと》、左大臣を寿《ほ》く歌

四四四七 賂《まひ》しつつ 君が生《お》ほせる なでしこが 花のみ問はむ 君ならなくに
右の一首、左大臣の和ふる歌

四四四八 あぢさゐの 八重咲くごとく 八代《やつよ》にを いませ我が背子 見つつ偲はむ
右の一首、左大臣、味狭藍《あぢさゐ》の花に寄せて詠む。

1↓8・一六〇四。

四四四三 ○ひさかたの—枕詞。

2—橘諸兄。↓6・一〇〇九。

3↓3・三八二。

四四四八 ○あぢさゐ—紫陽花。ゆきのした科。白紫色または紫の大きな花をつける。

十八日に左大臣、兵部卿橘奈良麻呂[1]朝臣の宅にして宴する歌三首

四四四九　なでしこが　花取り持ちて　うつらうつら　見まくの欲しき　君にもあるかも

右の一首、治部卿《ぢぶのきやう》船王《ふなのおほきみ》[2]

四四五〇　我が背子が　やどのなでしこ　散らめやも　いや初花に　咲きはますとも

四四五一　美《うるは》しみ　あが思ふ君は　なでしこが　花になそへて　見れど飽かぬかも

右の二首、兵部少輔大伴宿祢家持追ひて作る。

八月十三日に内[3]の南安殿《みなみのやすみどの》に在《いま》して、肆宴したまふ歌二首

四四五二　をとめらが　玉裳裾引く　この庭に　秋風吹きて　花は散りつつ

右の一首、内匠頭《たくみのかみ》兼播磨守正四位下安宿王《あすかべのおほきみ》[4]奏す。

四四五三　秋風の　吹き扱《こ》き敷ける　花の庭　清き月夜《つくよ》に　見れど飽かぬかも

右の一首、兵部少輔従五位上大伴宿祢家持　未だ奏せず

十一月二十八日に、左大臣[5]、兵部卿橘奈良麻呂朝臣の宅に集ひて宴する歌一首

四四五四　高山の　巌《いはほ》に生ふる　すがのねの　ねもころごろに　降り置く白雪

右の一首、左大臣作る。

天平元年の班田の時に、使葛城王《かづらきのおほきみ》[6]、山背国《やましろのくに》[7]より薩妙観命婦《せちめうくわんみやうぶ》等の所に贈りし歌一首　芹子《せり》の裹《つと》に副《そ》ふ

1→6・一〇一〇。

2→6・九九八。

3―内裏南正面の大安殿をさす。大安殿は大極殿。

4→20・四三〇一。

5―橘諸兄。

四四五四　○第一・二・三句―序詞。○すがのねの―枕詞。

6―橘諸兄（天平八年臣籍に下る）。

7―京都府の南部にあたる。

四四五五　あかねさす　昼は田給《た》びて　ぬばたまの　夜の暇に　摘《つ》める芹《せり》これ

薩妙観《せちのみやうかん》命婦の報《こた》へ贈る歌一首

四四五六　ますらをと　思へるものを　大刀佩《たちは》きて　可尓波《かには》の田居に　せりそ摘みける

右の二首、左大臣読むと尓云《しかい》ふ。　左大臣はこれ葛城王にして後に橘の姓を賜はる。

天平勝宝八歳丙申《へいしん》の二月、朔乙酉《いついう》の二十四日戊申《ぼしん》に　[1]太上天皇《おほきすめらみこと》、[2]天皇、[3]大后《おほきさき》、[4]河内離宮《かふちのとつみや》に幸行《いでま》して、信《ふたよ》を経て壬子《じんし》を以て難波宮《なにはのみや》に伝幸したまふ。三月七日、河内国《かふちのくに》[5]伎人郷《くれのさと》の[6]馬　史国人《うまのふひとくにひと》の家にして宴したまふ歌三首

四四五七　住吉《すみのえ》の　浜松が根の　下延《は》へて　我が見る小野の　草な刈りそね

右の一首、兵部少輔大伴宿祢家持

四四五八　にほどりの　息長川は　絶えぬとも　君に語らむ　言尽きめやも　古

新未だ詳《つばひ》らかならず

右の一首、主人《あろじ》散位寮《さんゐれう》の散位馬　史国人《うまのふびとくにひと》

四四五九　あし刈に　堀江漕ぐなる　梶の音は　大宮人の　皆聞くまでに

右の一首、式部少丞《しきぶのせうじよう》[7]大伴宿祢池主読む。即ち云ふ。兵部大丞《ひようぶのだいじよう》[8]大原真人今城、先つ日に他《あた》し所にして読む歌なりといふ。

四四六〇　堀江漕ぐ　伊豆手《いづて》の舟の　梶つくめ　音しば立ちぬ　水脈《みを》速みかも

四四五五　〇あかねさす―枕詞。〇ぬばたまの―枕詞。〇芹―からかさばな科。湿地に生え、春その葉を食用にする。多年草。

四四五六　〇可尓波―京都府相楽《そうらく》郡山城町綺田《かばた》。

1―聖武天皇。

2―孝謙天皇。

3―光明皇后。

4―大阪府柏原市にあった。

5―大阪市東住吉区喜連町の地。

6―宝字八年外従五位下。神護元年武生連の姓を賜わる。

四四五七　〇大阪市住吉区を中心とした一帯。

四四五八　〇にほどりの―枕詞。にほどりはかいつぶりの古名。〇息長川―滋賀県坂田郡近江町を流れる天野川。

7→8・一五九〇。

8→8・一六〇四。

四四六一　堀江より　水脈泝《さかのぼ》る　梶の音の　間なくそ奈良は　恋しかりける

四四六二　舟競《ふなぎほ》ふ　堀江の川の　水際《みなきは》に　来居つつ鳴くは　みやこどりかも

右の三首、江の辺にして作る。

四四六三　ほととぎす　まづ鳴く朝明《あさけ》　いかにせば　我が門過ぎじ　語り継ぐまで

四四六四　ほととぎす　かけつつ君が　まつ陰に　紐解き放《さ》くる　月近付きぬ

右の二首、二十日に大伴宿祢家持興に依りて作る。

族《うがら》を喩《さと》す歌一首　并びに短歌

四四六五　ひさかたの　天の門《と》開き　高千穂《たかちほ》の　岳《たけ》に天降《あも》りし　皇祖《すめろき》の　神の御代
より　はじ弓を　手握り持たし　真鹿児矢《まかごや》を　手挟《たばさ》み添へて　大久米の
ますら猛男《たけを》を　先に立て　靫《ゆき》取り負《お》ほせ　山川《やまがは》を　岩根さくみて　踏み
通り　国まぎしつつ　ちはやぶる　神を言向け　まつろはぬ　人をも和《やは》
し　掃き清め　仕へ奉りて　あきづしま　大和の国の　橿原《かしはら》の　畝傍《うねび》の
宮に　宮柱　太知り立てて　天の下　知らしめしける　天皇《すめろき》の　天《あま》の日《ひ》
嗣《つぎ》と　継ぎて来る　君の御代御代　隠さはぬ　赤き心を　皇辺《すめらへ》に　極め
尽くして　仕へ来る　祖《おや》の職《つかさ》と　言立てて　授けたまへる　子孫《うみのこ》の　い
や継《つ》ぎ継《つ》ぎに　見る人の　語り次《つぎ》てて　聞く人の　鑑《かがみ》にせむを　あたら
しき　清きその名そ　おぼろかに　心思ひて　空言《むなこと》も　祖《おや》の名絶つな
大伴の　氏《うぢ》と名に負へる　ますらをの伴《とも》

四四六六　しきしまの　大和の国に　明らけき　名に負ふ伴の緒　心努めよ

四四六一　○第一・二・三句―序詞。

四四六二　○みやこどり―ちどり科のミヤコドリ説とかもめ科のユリカモメ説がある。

四四六五　○ひさかたの―枕詞。○ちはやぶる―枕詞。○あきづしま―枕詞。○橿原の畝傍の宮―奈良県橿原市畝傍町の畝傍山南東麓にあったといわれる神武天皇の皇居。

四四六六　○しきしまの―枕詞。

四四六七　剣大刀《つるぎたち》　いよよ磨《と》ぐべし　古《いにしへ》ゆ　さやけく負ひて　来にしその名そ

右、[1]淡海真人三船《あふみのまひとみふね》の讒言《ざんげん》に縁《よ》りて、出雲守[2]大伴古慈斐宿祢《おほとものこしびすくね》任を解かる。ここを以て家持この歌を作る。

病に臥して無常を悲しび、道を修《をさ》めむと欲《おも》ひて作る歌二首

四四六八　うつせみは　数なき身なり　山川の　さやけき見つつ　道を尋ねな

四四六九　渡る日の　影に競《さほ》ひて　尋ねてな　清きその道　またも会はむため

寿《いのち》を願ひて作る歌一首

四四七〇　水泡《みつぼ》なす　仮《か》れる身そとは　知れれども　なほし願ひつ　千年《ちとせ》の命を

以前《さき》の歌六首、六月十七日に大伴宿祢家持作る。

冬十一月五日の夜に小雷起こり鳴り、雪は庭に落《ふ》り覆《おほ》ふ。忽ちに感憐《かんれん》を懐《むだ》き、聊《いささ》かに作る短歌一首

四四七一　消《け》残りの　雪にあへ照る　あしひきの　山橘を　つとに摘み来《こ》な

右の一首、兵部少輔大伴宿祢家持

八日に[3]讃岐守安宿王《さぬきのかみあすかべのおほきみら》等、[4]出雲掾安宿奈杼麻呂《いづものじようあすかべのなどまろ》の家に集ひて宴する歌二首

四四七二　大君の　命恐《みことかしこ》み　大《おほ》の浦を　そがひに見つつ　都へ上る

右、掾安宿奈杼麻呂

四四七三　うちひさす　都の人に　告げまくは　見し日のごとく　ありと告げこそ

右の一首、守[5]山背王《かみやましろのおほきみ》の歌なり。主人《あろじ》安宿奈杼麻呂語りて云

1—大友皇子の曾孫、葛野王の孫、池辺王の子。性聡敏、群書を博覧、勝宝三年、姓を淡海真人と賜わる。宝字五年従五位下、参河守・文部少輔・美作守・兵部大輔・大宰少弐・刑部大輔・大学頭兼文章博士などを歴任。延暦四年没時に刑部卿従四位下兼因幡守。淡海三船の讒言によってと解する説と、淡海三船が受けた讒言に連坐してと解する説とがある。
2→19・四二六二。

四四七一　○あしひきの—枕詞。
3→20・四三〇一。
4—神護元年外従五位下。

四四七二　○大の浦—所在未詳。

四四七三　○うちひさす—枕詞。
5—長屋王の子。安宿王の同母弟。天平十二年従四位下。勝宝八年ごろ出雲守。宝字元年但馬守。同六年参議同七年薨。時に参議礼部卿従三位。

ふ、奈杼麻呂、朝集使に差され、京師に入らむと擬《おも》ふ、これに因りて餞する日に　各《おのもおのも》歌を作り聊かに所心を陳ぶと。

四四七四　むらとりの　朝立ちいにし　君が上は　さやかに聞きつ　思ひしごとく

一に云ふ「思ひしものを」

右の一首、兵部少輔大伴宿祢家持、後の日に出雲守山背王《やましろのおほきみ》の歌に追和して作る。

二十三日に式部少丞《しきぶのせうじよう》[1]大伴宿祢池主《おほとものすくねいけぬし》の宅《いへ》に集《つど》ひて飲宴する歌二首

四四七五　初雪は　千重に降りしけ　恋ひしくの　多かる我は　見つつしのはむ

四四七六　奥山の　しきみが花の　名のごとや　しくしく君に　恋ひ渡りなむ

右の二首、兵部大丞[2]大原真人今城《おほはらのまひといまき》

[3]智努女王《ちののおほきみ》の卒《う》せにし後に、[4]円方女王《まとかたのおほきみ》の悲傷して作る歌一首

四四七七　夕霧に　ちどりの鳴きし　佐保道《さほぢ》をば　荒しやしてむ　見るよしをなみ

[5]大原桜井真人《おほはらのさくらゐまひと》、[6]佐保川の辺に行きし時に作る歌一首

四四七八　佐保川に　凍り渡れる　薄《うす》ら氷《び》の　薄き心を　我が思はなくに

[7]藤原夫人《ふぢはらのぶにん》の歌一首　浄御原宮《きよみはらのみや》に天下治めたまひし天皇《すめらみこと》の夫人なり。字《あざな》は氷《ひ》上大刀自《かみのおほとじ》といふ

四四七九　朝夕《あさよひ》に　音《ね》のみし泣けば　やきたちの　利心《とごころ》もあれは　思ひかねつも

四四八〇　恐《かしこ》きや　天《あめ》の御門《みかど》を　かけつれば　音のみし泣かゆ　朝夕《あさよひ》にして　作者未だ詳らかならず

四四七四　○むらとりの―枕詞。

1↓8・一五九〇。

四四七六　○しきみ―もくれん科の常緑小喬木。○第一・二・三句―序詞。

2↓8・一六〇四。

3―養老七年従四位下、神亀元年従三位。ここに「卒」とあるので、別人と考える説もある。

4―長屋王の娘。天平九年従五位下から従四位下。神護景雲二年正三位。宝亀五年没。

四四七七　○佐保―奈良市の北部、佐保川の北側。

5↓8・一六一四

6―奈良市東方の春日山中に発する。佐保を経て初瀬川に合流、大和川に入る。

四四七八　○第一・二・三句―序詞。

7―鎌足の娘。但馬皇女の母。

四四七九　○やきたちの―枕詞。

右の件の四首、伝へ読むは兵部大丞大原今城なり。

三月四日に兵部大丞大原真人今城の宅にして宴する歌一首

四四八一　あしひきの　八つ峰《を》のつばき　つらつらに　見とも飽かめや　植ゑてける君

右、兵部少輔大伴家持植ゑたる椿に属《つ》けて作る。

四四八二　堀江越え　遠き里まで　送り来る　君が心は　忘らゆましじ

右の一首、[1]播磨介《はりまのすけ》藤原朝臣《ふぢはらのあそみ》執弓《とりゆみ》、任に赴きて別れを悲しぶるなり。主人[2]大原今城伝へ読みて尓《しか》云ふ。

勝宝九歳、六月二十三日に大監物《だいけんもつ》[3]三形王《みかたのおほきみ》の宅にして宴する歌一首

四四八三　移り行く　時見るごとに　心痛く　昔の人し　思ほゆるかも

右、兵部大輔《だいふ》大伴宿祢家持作る。

四四八四　咲く花は　うつろふ時あり　あしひきの　山菅《すが》の根し　長くはありけり

右の一首、大伴宿祢家持、物色《ぶつしよく》の変化《うつろ》ふことを悲しび怜《あはれ》びて作る。

四四八五　時の花　いやめづらしも　かくしこそ　見《め》し明らめめ　秋立つごとに

右、大伴宿祢家持作る。

天平宝字《てんぴやうほうじ》元年十一月十八日に内裏にして肆宴したまふ歌二首

四四八六　天地を　照らす日月の　極みなく　あるべきものを　何をか思はむ

四四八一　○あしひきの—枕詞。○第一・二句—序詞。

1—宝字元年従五位下。仲麻呂の二男か。

2↓8・一六〇四。

3—勝宝元年従五位下。宝字三年従四位下木工頭。

四四八四　○あしひきの—枕詞。

四四八六　○第一・二句—序詞。

右の一首、皇太子[1]の御歌

四四八七 いざ子ども 狂《たは》わざなせそ 天地《あめつち》の 堅めし国そ 大和《やまと》島根《しまね》は

右の一首、内相[2]藤原朝臣奏す。

十二月十八日に大監物三形王《みかたのおほきみ》の宅にして宴する歌三首

四四八八 み雪降る 冬は今日のみ うぐひすの 鳴かむ春へは 明日にしあるらし

右の一首主人三形王

四四八九 うちなびく 春を近みか ぬばたまの 今夜《こよひ》の月夜《つくよ》 霞みたるらむ

右の一首、大蔵大輔《おほくらのだいふ》[3]甘南備伊香真人《かむなびのいかごのまひと》

四四九〇 あらたまの 年行き反り 春立たば まづ我がやどに うぐひすは鳴け

右の一首、右中弁《うちうべん》大伴宿祢家持

四四九一 大き海の 水底深く 思ひつつ 裳引《もび》き平《なら》しし 菅原《すがはら》の里

右の一首、藤原宿奈麻呂朝臣の妻[4]石川女郎、愛を薄くし離別せられ、悲しび恨みて作る歌なり。年月未だ詳らかならず

二十三日に、治部少輔《ぢぶのせうふ》大原今城真人《おほはらのいまきのまひと》の宅にして宴する歌一首

四四九二 月数《よ》めば いまだ冬なり しかすがに 霞たなびく 春立ちぬとか

右の一首、右中弁大伴宿祢家持作る。

二年春正月三日に、侍従《じゆし》豎子王臣等を召し、内裏の東の屋の垣下《かきもと》に侍はしめ、即ち玉箒《たまばはき》を賜ひて肆宴す。ここに内相[5]藤原朝臣勅を

1—大炊王。淳仁天皇。
2—藤原仲麻呂。
四四八九 ○うちなびく—枕詞。 ○ぬばたまの—枕詞。
3—伊香王。天平十八年従五位下雅楽頭。勝宝三年甘南備真人の姓を賜わる。備前守、越中守などを歴任。
四四九〇 ○あらたまの—枕詞。
四四九一 ○大き海の水底—序詞。 ○菅原の里—奈良市菅原町一帯。
4—伝未詳。
5—藤原仲麻呂。→7・三九二六。

奉じ宣《の》りたまはく、諸王卿等、堪《あ》ふるに随ひ、意《こころ》に任せ歌を作り
并《あは》せて詩を賦せよ、と。よりて詔旨に応へ、各心緒を陳べ、歌を
作り詩を賦す。まだ諸人の賦したる詩并びに作る歌を得ず

四四九三　初春の　初子《はつね》の今日の　玉箒《たまばはき》　手に取るからに　揺《ゆ》らく玉の緒

右一首、右中弁大伴宿祢家持作る。ただし、大蔵の政に依りて、奏し堪《あ》へず。

四四九四　みづとりの　かもの羽色の　青馬を　今日見る人は　限りなしといふ

右の一首、七日の侍宴の為に、右中弁大伴宿祢家持預《あらかじ》めこの歌を作る。ただし、仁王会《にんわうゑ》の事に依りて、却《かへ》りて六日を以て、内裏に諸王卿等を召し酒を賜ひ、肆宴し禄を給ふ。これに因りて奏せず。

六日に内庭に仮に樹木を植ゑ以て林帷《りんゐ》と作《な》し肆宴を為したまふときの歌

四四九五　うちなびく　春とも著《しる》く　うぐひすは　植ゑ木の木間《こま》を　鳴き渡らなむ

右の一首、右中弁大伴宿祢家持　奏せず

二月、式部大輔[1]中臣清《なかとみのきよ》麻呂《まろ》朝臣《あそみ》の宅にして宴する歌十五首

四四九六　恨めしく　君はもあるか　やどのうめの　散り過ぐるまで　見しめずありける

四四九四　○みづとりの—枕詞。○第一・二句—序詞。

四四九五　○うちなびく—枕詞。

1→19・四二五八。

右の一首、治部少輔大原今城真人

四四九七　見むといはば　否《いな》といはめや　うめの花　散り過ぐるまで　君が来まさぬ

右の一首、主人中臣清麻呂朝臣

四四九八　はしきよし　今日の主人は　磯松の　常にいまさね　今も見るごと

右の一首、右中弁大伴宿祢家持

四四九九　我が背子し　かくし聞こさば　天地の　神を乞《こ》ひ禱《の》み　長くとそ思ふ

右の一首、主人中臣清麻呂朝臣

四五〇〇　うめの花　香をかぐはしみ　遠けども　心もしのに　君をしそ思ふ

右の一首、治部大輔市原王《いちはらのおほきみ》[1]

四五〇一　八千種《やちくさ》の　花はうつろふ　常磐《ときは》なる　まつのさ枝を　我は結ばな

右の一首、右中弁大伴宿祢家持

四五〇二　うめの花　咲き散る春の　長き日を　見れども飽かぬ　磯にもあるかも

右の一首、大蔵大輔甘南備伊香真人《かむなびのいかごまひと》[2]

四五〇三　君が家の　池の白波　磯に寄せ　しばしば見とも　飽かむ君かも

右の一首、右中弁大伴宿祢家持

四五〇四　うるはしと　あが思《も》ふ君は　いや日異《け》に　来ませ我が背子　絶ゆる日なしに

右の一首、主人中臣清麻呂朝臣

四四九八　◯いそまつ—庭にある池の、磯のようにした水辺にある松。◯いそまつの—枕詞。

1↓3・四一二

2↓20・四四八九。

四五〇三　◯第一・二・三句—序詞。

四五〇五　○をしどり―がんおう科。水鳥。○第一・二・三句―序詞。
1↓8・一六〇四。
2↓20・四二九五。

四五〇六　○君―聖武天皇。

四五〇八　○くず―まめ科の多年生草本。○第一・二句―序詞。

四五〇九　○はふくずの―枕詞。

四五一一　○をし―をしどり。○あしび―つつじ科の常緑灌木。

四五〇五　磯の裏に　常夜日来《つねよひ》住む　をしどりの　惜しきあが身は　君がまにまに

右の一首、治部少輔[1]大原今城真人《おほはらのいまきまひと》

興に依り各《おのもおのも》　高円《たかまと》の離宮処《とつみやところ》を思ひて作る歌五首

四五〇六　高円の　野の上の宮は　荒れにけり　立たしし君の　御代遠そけば

右の一首、右中弁大伴宿祢家持

四五〇七　高円の　峰《を》の上の宮は　荒れぬとも　立たしし君の　御名忘れめや

右の一首、治部少輔大原今城真人

四五〇八　高円の　野辺延ふくずの　末つひに　千代に忘れむ　我が大君かも

右の一首、主人中臣清麻呂朝臣

四五〇九　はふくずの　絶えず偲はむ　大君の　見《め》しし野辺には　標《しめ》結ふべしも

右の一首、右中弁大伴宿祢家持

四五一〇　大君の　継ぎて見《め》すらし　高円の　野辺見るごとに　音のみし泣かゆ

右の一首、大蔵大輔甘南備伊香真人《かむなびのいかごまひと》

山斎《しま》を属目して作る歌三首

四五一一　をしの住む　君がこの山斎　今日見れば　あしびの花も　咲きにけるかも

右の一首、大監物三形王《みかたのおほきみ》

四五一二　池水に　影さへ見えて　咲きにほふ　あしびの花を　袖に扱入《こき》れな

右の一首、右中弁大伴宿祢家持

四五一三　磯影の　見ゆる池水　照るまでに　咲けるあしびの　散らまく惜しも

右の一首、大蔵大輔甘南備伊香真人

二月十日に、内相の宅にして渤海大使《ぼっかいたいし》[1]小野田守朝臣《をののたもりあそみ》等に餞する宴の歌一首

四五一四　青海原　風波なびき　行くさ来さ　障《つつ》むことなく　船は速けむ

右の一首、右中弁大伴宿祢家持　未だ誦まず

七月五日に、治部少輔大原今城真人の宅にして因幡守《いなはのかみ》[2]大伴宿祢家持に餞する宴の歌一首

四五一五　秋風の　末吹きなびく　はぎの花　共にかざさず　相か別れむ

右の一首、大伴宿祢家持作る。

三年春正月一日に、因幡国庁にして饗《あへ》を国郡の司等に賜ふ宴の歌一首

四五一六　新《あらた》しき　年の始めの　初春の　今日降る雪の　いや頻《し》け吉事《よごと》

右の一首、守大伴宿祢家持作る。

萬葉集巻第二十

1―天平十九年従五位下。大宰少弐、遣新羅大使・刑部少輔を歴任。

2―鳥取県の東部。

〈万葉集年表〉

天皇代	年号(西暦)	作品	事項
	伝承期	〔萌　芽　期〕	
16仁徳	(三一三)	磐姫皇后歌(2・八五~九)難波天皇妹歌(4・四八四)	三一四、磐姫命立后、三三五、薨。
19允恭	(四一三)	衣通王の歌(2・九〇)軽太子歌(13・三二六三)	三二四、軽大娘皇女を伊予配流。
21雄略	(四五七)	天皇御製歌(1・一、9・一六六四)	六〇四、憲法十七条制定。六一三、
33推古	推古元(五九三)	聖徳太子歌(3・四一五)	太子片岡山遊行。
	第一期	〔双　葉　期〕	
34舒明	舒明元(六二九)	香具山望国御製歌等(1・二、8・一五一一)中皇命、間人連老献歌(1・三、四)	六三九、天皇、皇后伊予温湯へ行幸。
35皇極	皇極元(六四二)	額田王歌(1・七)	六四六、大化改新の詔。
37斉明	斉明元(六五五) 七(六六一)	中皇命御歌(1・一〇~一二)有間自傷歌(2・一四一、二) 額田王歌(1・八)中大兄三山歌(1・一三)	六五八、有間皇子謀反、絞死。 一月百済救援軍発。八月、大敗。
38天智	天智六(六六七) 天智七(六六八) 一〇(六七一)	額田王近江に下る時の歌(1・一七・八) 蒲生野遊猟時の歌等(1・二〇~二六)鎌足関係歌(2・九三~五)額田王、鏡王女歌(4・四八八、九、8・一六〇六、七) 天皇崩時大后ら挽歌(2・一四七~五五)久米禅師・石川郎女を娉う時の歌(2・九六~一〇〇)	三月、近江大津宮に遷都。 中大兄即位。 六六九、鎌足没。 十二月、天皇崩御。
(39弘文) 40天武	弘文元 天武元(六七二)	十市皇女伊勢参宮吹芡刀自の歌(1・二二)麻続王配流時歌(1・二三、四)	三月、麻続王因幡国に配流。六月壬申の乱。七月、大友皇子自経。

第二期　〔新　緑　期〕

	八(六七九)	天皇御製歌(1・二五～七)この頃?	六月、吉野行幸盟約。
41持統	一五(六八六)	大伯・大津関係歌(2・一〇五～九、3・四一六、2・一六三～六)	九月、天武天皇崩御、十月、大津皇子謀反。
	朱鳥元(六八七)		
	持統三(六八九)	人麻呂、舎人等、日並皇子殯宮挽歌(2・一六七～九三)	四月、草壁(日並)皇子薨。
	六(六九二)	人麻呂、安騎野の歌(1・四五～九)はこの冬の作か。	
	八(六九四)	藤原宮役民歌(1・五〇)志貴皇子歌(1・五一)人麻呂吉野讃歌(1・三六～九)この頃か。	十二月、藤原宮遷都。この頃年三、四回吉野行幸あり。
	一〇(六九六)	人麻呂、高市皇子殯宮挽歌(2・一九九～二〇二)	六九七、軽皇子立太子。
42文武	三(六九九)	弓削皇子関係歌(2・一一一～三、一一九～一二二、二〇四～六、3・二四二～四)〈六九九年以前〉人麻呂、明日香皇女殯宮挽歌(2・一九六～八)	四月、明日香皇女薨。道照火葬(火葬の始)。七月、弓削皇子薨。
	大宝元(七〇一)	紀伊行幸時歌、(9・一六六七～七九)	憶良遣使少録。大宝律令成る。
	慶雲三(七〇六)	難波行幸時志貴皇子、長皇子歌(1・六四、五)	
43元明	和銅元(七〇八)	天皇御製、御名部皇女和歌(1・七六、七)穂積皇子、但馬皇女薨後歌(2・二〇三)	七〇七、六月、文武天皇崩御。七月阿閇皇女即位。但馬皇女薨。
	三(七一〇)	藤原宮より奈良宮に遷る時の歌(1・七八～八〇)	三月、平城京遷都。

第三期　〔開　花　期〕

	五(七一二)	長田王、山辺御井歌(1・八一～三)	太安万侶古事記撰録。
44元正	霊亀元(七一五)	笠金村、志貴皇子挽歌(2・二三〇～四)	長皇子、志貴皇子、穂積皇子薨。
	養老四(七二〇)	山部赤人、藤原不比等家の山池の歌(3・三七八)	舎人親王ら日本書紀三十巻撰進。
	養老七(七二三)	笠金村、車持千年、吉野従駕歌(6・九〇七～一六)	七二一、元明太上天皇崩御。
45聖武	神亀元(七二四)	山部赤人、紀伊従駕歌(6・九一七～九)	二月、首皇子即位。長屋王左大臣。
	二(七二五)	金村、赤人、千年歌(4・五四六～八、6・九二〇～三四)	

三(七二六)	播磨国行幸時、金村、赤人歌(6・九三五～四一)	この頃山上憶良筑前国守、翌年、大伴旅人太宰帥となるか。
五(七二六)	旅人関係歌(3・四三八～四〇、5・七九三、6・九五五、六、九六〇、九六一)憶良、日本挽歌等(5・七九四～八〇五)	
天平元(七二九)	旅人、歌詞両首、答歌(5・八〇六～九)旅人、房前歌(5・八一〇～一二)長屋王歌(3・三〇〇、一、8・一五一七)この頃か。	二月、長屋王の変。王自尽。八月不比等娘光明子立后。
二(七三〇)	梅花宴歌、追和歌(5・八一五～五二)旅人、松浦河歌(5・八五三～六七)憶良謹上歌(5・八六八～七〇)旅人、上京時の歌(4・五六八～七一、6・九六五～八、5・八八〇、3・四四六～五〇、17・三八九〇～七)松浦佐用比売歌、追和歌(5・八七一～五、八八三)旅人、讃酒歌等(3・三三八～五一、8・一六三九)	
三(七三一)	憶良、熊凝追悼歌(5・八八四～九一)旅人歌(6・九六九、七〇、8・一五四一、二)旅人、没時余明軍等歌(3・四五四～九) 貧窮問答歌(5・八九二、三)	
四(七三二)	この頃?虫麻呂、宇合への歌(6・九七一～四)	この年憶良上京か。
五(七三三)	憶良、好去好来歌(5・八九四～六)沈痾自哀文、俗道悲嘆詩、老疾辛苦の歌(5・八九七～九〇三)沈痾の歌(6・九七八)坂上郎女、尼理願死去悲嘆歌(3・四六〇、一)	
第四期	〔結　実　期〕	
九(七三七)	新田部皇子への献歌(16・三八三五)　心の著く所無き歌(16・三八三八、九)	九月、新田部親王薨、十一月、舎人親王薨。この年藤原四兄弟没。
一〇(七三八)	橘諸兄家宴歌(6・一〇二四～七、8・一五七四～八〇)	家持、内舎人、諸兄右大臣。
一一(七三九)	乙麻呂歌(6・一〇一九～二三)家持、亡妾悲傷歌(3・四六二～七四)	三月、石上乙麻呂、土佐配流。
一二(七四〇)	中臣宅守・狭野茅上娘子贈答歌(15・三七二三～八五)	八、九月、太宰少弐藤原広嗣謀反。

	一六(七四四)	家持、安積皇子挽歌(3・四五七～八〇)活道岡宴歌(6・一〇四二、三)	二月、難波宮を皇都と定める。
	一七(七四五)	奈良京荒廃、久邇京讃歌等(6・一〇四七～一〇六四)	一月、紫香楽宮を新京とする。
	一八(七四六)	肆宴応詔歌(17・三九二二～六)家持、越中赴任宴歌(17・三九四三～五五)弟書持の長逝悲傷歌(17・三九五七～九)	六月、家持越中守に任ぜられる。
	一九(七四七)	家持、悲歌(17・三九六二～四)池主との贈答歌(17・三九六五～七七)越中三賦(17・三九八五～七、三九九一、二、四〇〇〇～二)	
	二〇(七四八)	家持、諸郡巡行時の歌(17・四〇二一～九)田辺福麻呂来越、家持、福麻呂歓迎歌群(18・四〇三二～五五)	四月、元正上皇崩御。
46 孝謙	天平感宝元 天平勝宝元(七四九)	家持、出金詔書賀歌(18・四〇九四～七)少咋教喩歌(18・四一〇六～〇九)雪、月、梅花宴歌(18・四一三四)橘讃歌(18・四一一一、二)祈雨歌(18・四一二二～四)	二月、大僧正行基没。七月阿倍内親王即位。
	二(七五〇)	家持、正月国庁宴歌(18・四一三六)巻十九冒頭越中秀吟(19・四一三九～五〇)勇士の名を振るうを慕ふ歌(19・四一六四、五)霍公鳥連作(19・四一七五～八三)雪日作歌(19・四二二六)	九月、藤原清河ら第十次遣唐使派遣。
	三(七五一)	新春宴歌(19・四二二九～三四)家持、少納言に遷任餞別宴歌(19・四二四八～五〇)入京予作歌(19・四二五四～六)	
	四(七五二)	諸兄宅(19・四二七三～八)奈良麻呂宅宴歌(19・四二七九～八一)	四月、盧舎那大仏開眼の盛儀。
	五(七五三)	家持、春愁絶唱(19・四二九〇～二)	
	六(七五四)	家持宅正月宴歌(20・四二九八～四三〇〇)秋野の歌(20・四三一五～二〇)	一月、唐僧鑑真ら来朝。四月家持兵部少輔となる。
	七(七五五)	防人関係歌(20・四三二一～四四三二、四四三六)今城入京時、妻女の歌(20・四四四〇、一)家持宅(20・四四四二～五)丹比真人宅(20・四四四六～八)奈良麻呂宅宴歌(20・四四四九～五一、四四五四)	

	八（七五六）	家持、喩族歌（20・四四六五～七）無常を悲しび、修道願寿の歌（20・四四六八～七〇）	五月、聖武上皇崩御。道祖王立太子。
	九（七五七）	家持、三形王宅宴歌（20・四四八三～四、四四八八）内裏肆宴歌（20・四四八六、七）	一月、諸兄没。七月、奈良麻呂の変。
47 淳仁	二（七五八）	中臣清麻呂宅宴歌（20・四四九六～五一三）	
	三（七五九）	家持、因幡国庁新春賀歌（20・四五一六）	

〈皇室系図〉 —神武から—

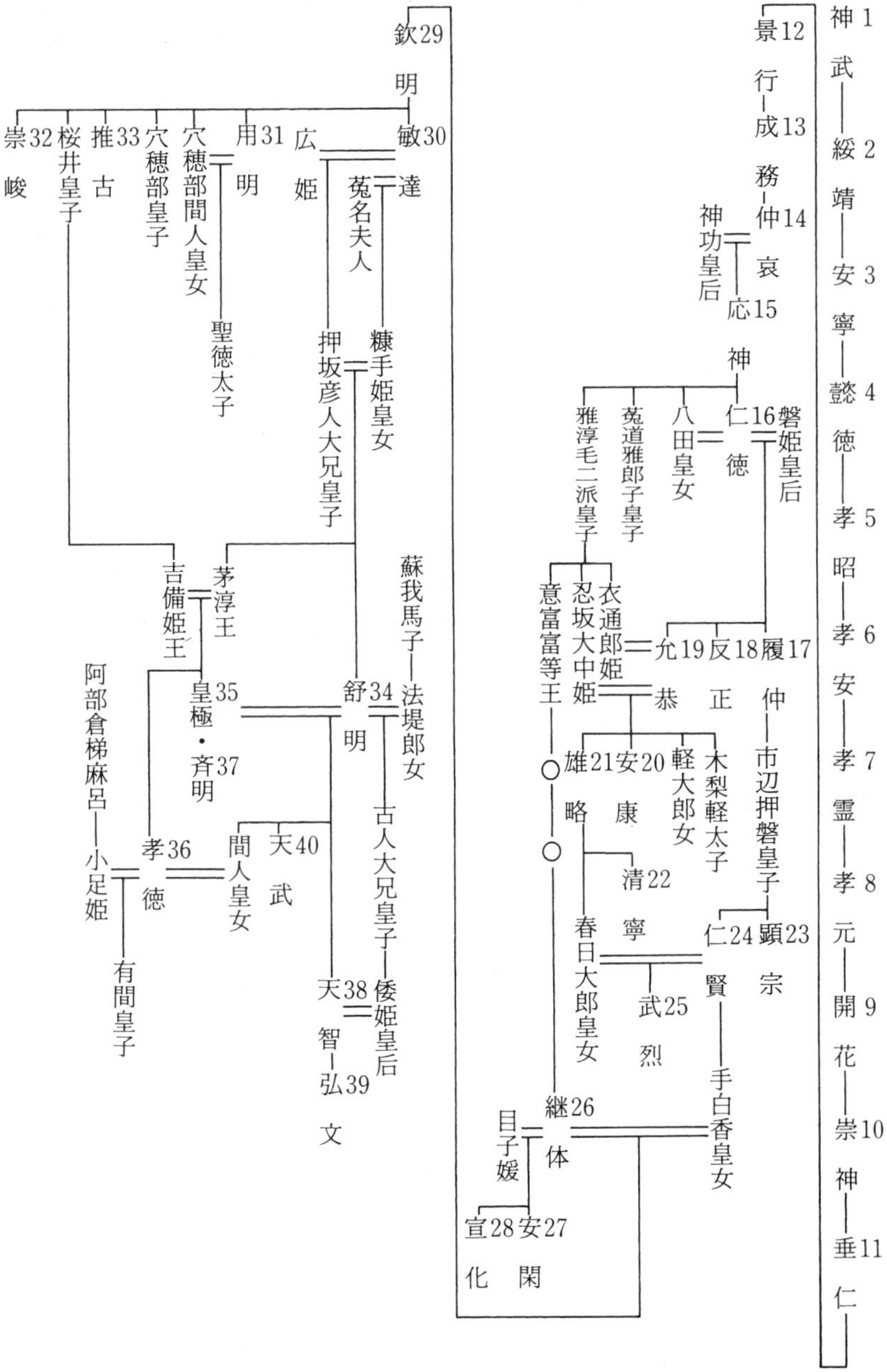

1 神武
2 綏靖
3 安寧
4 懿徳
5 孝昭
6 孝安
7 孝霊
8 孝元
9 開花
10 崇神
11 垂仁
12 景行
13 成務
14 仲哀
神功皇后
15 応神
16 仁徳
磐姫皇后
八田皇女
菟道雅郎子皇子
雅淳毛二派皇子
17 履仲
18 反正
19 允恭
忍坂大中姫
衣通郎姫
意富富等王
木梨軽太子
軽大郎女
20 安康
21 雄略
22 清寧
市辺押磐皇子
23 顕宗
24 仁賢
春日大郎皇女
25 武烈
手白香皇女
26 継体
目子媛
27 安閑
28 宣化
29 欽明
30 敏達
広姫
菟名夫人
糠手姫皇女
押坂彦人大兄皇子
31 用明
穴穂部間人皇女
聖徳太子
穴穂部皇子
33 推古
桜井皇子
32 崇峻
茅淳王
吉備姫王
蘇我馬子
法提郎女
34 舒明
35 皇極・37 斉明
古人大兄皇子
倭姫皇后
38 天智
39 弘文
40 天武
間人皇女
36 孝徳
阿部倉梯麻呂
小足姫
有間皇子

〈皇室系図〉—天智・天武を中心に—

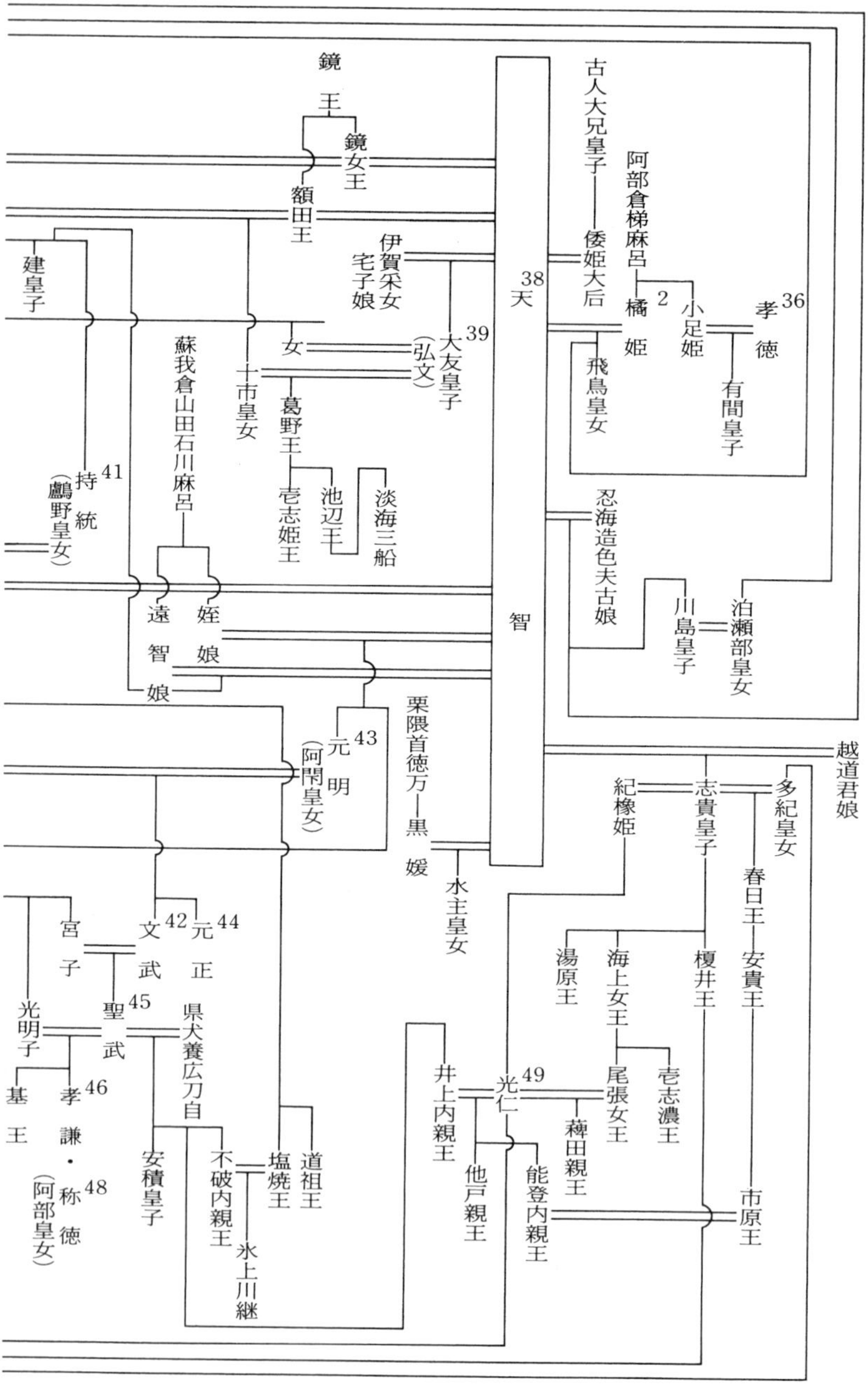

＊肩数字は即位の順を示す

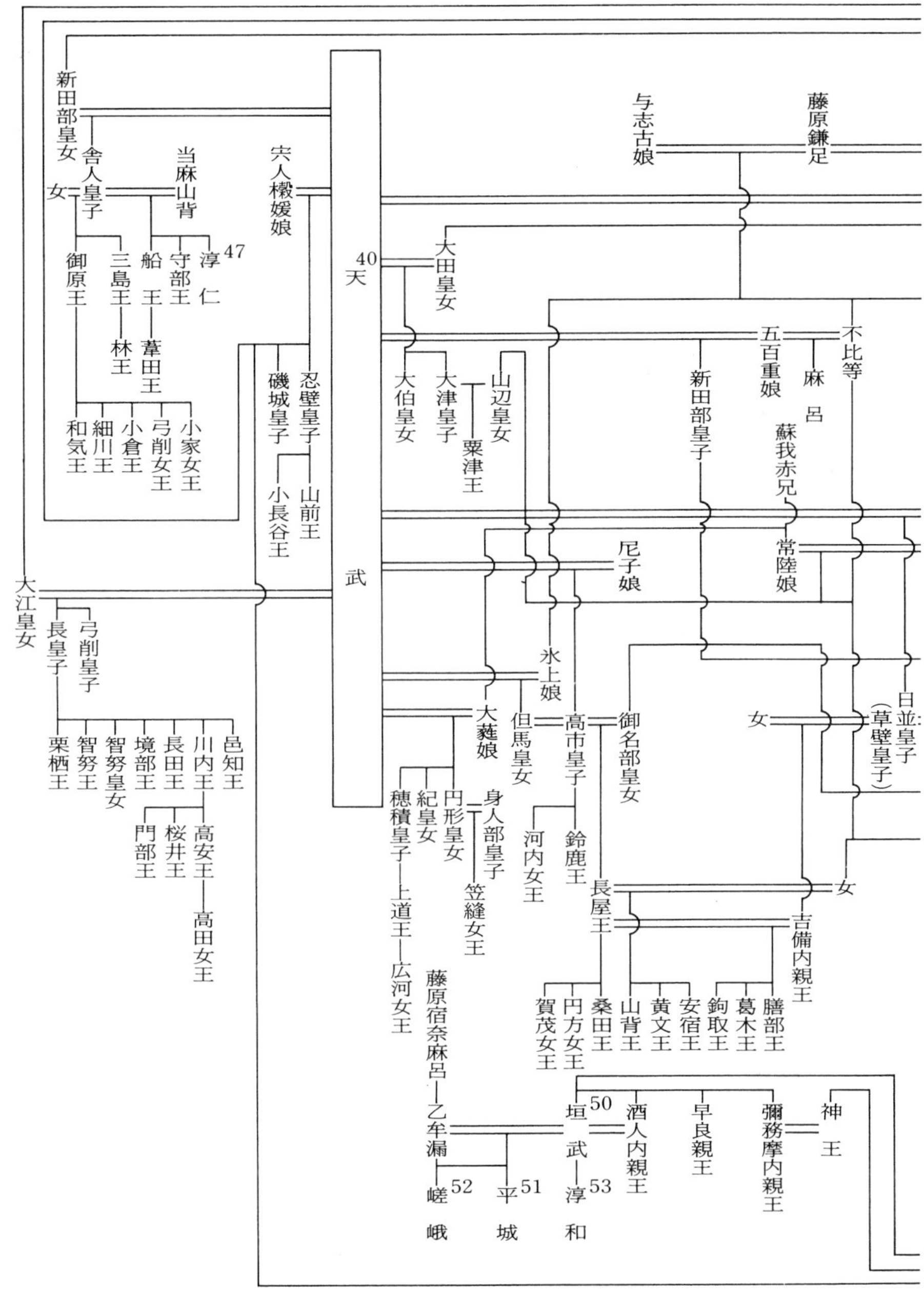
新田部皇女
舎人皇子
女
当麻山背
御原王
三島王
林王
船王
葦田王
守部王
淳仁 47
和気王
細川王
小倉王
弓削女王
小家女王
宍人櫢媛娘
磯城皇子
忍壁皇子
小長谷王
山前王
40 天武
大田皇女
大伯皇女
大津皇子
山辺皇女
粟津王
与志古娘
藤原鎌足
五百重娘
麻呂
不比等
新田部皇子
蘇我赤兄
常陸娘
尼子娘
大江皇女
長皇子
弓削皇子
栗栖王
智努王
智努皇女
境部王
長田王
川内王
邑知王
門部王
桜井王
高安王
高田女王
氷上娘
大蕤娘
但馬皇女
高市皇子
御名部皇女
女
日並皇子（草壁皇子）
穂積皇子
紀皇女
円形皇女
身人部皇子
河内女王
鈴鹿王
上道王
広河女王
笠縫女王
長屋王
女
吉備内親王
賀茂女王
円方女王
桑田王
山背王
黄文王
安宿王
鉤取王
葛木王
膳部王
藤原宿奈麻呂
乙牟漏
垣武 50
酒人内親王
早良親王
彌務摩内親王
神王
嵯峨 52
平城 51
淳和 53

〈諸氏系図〉

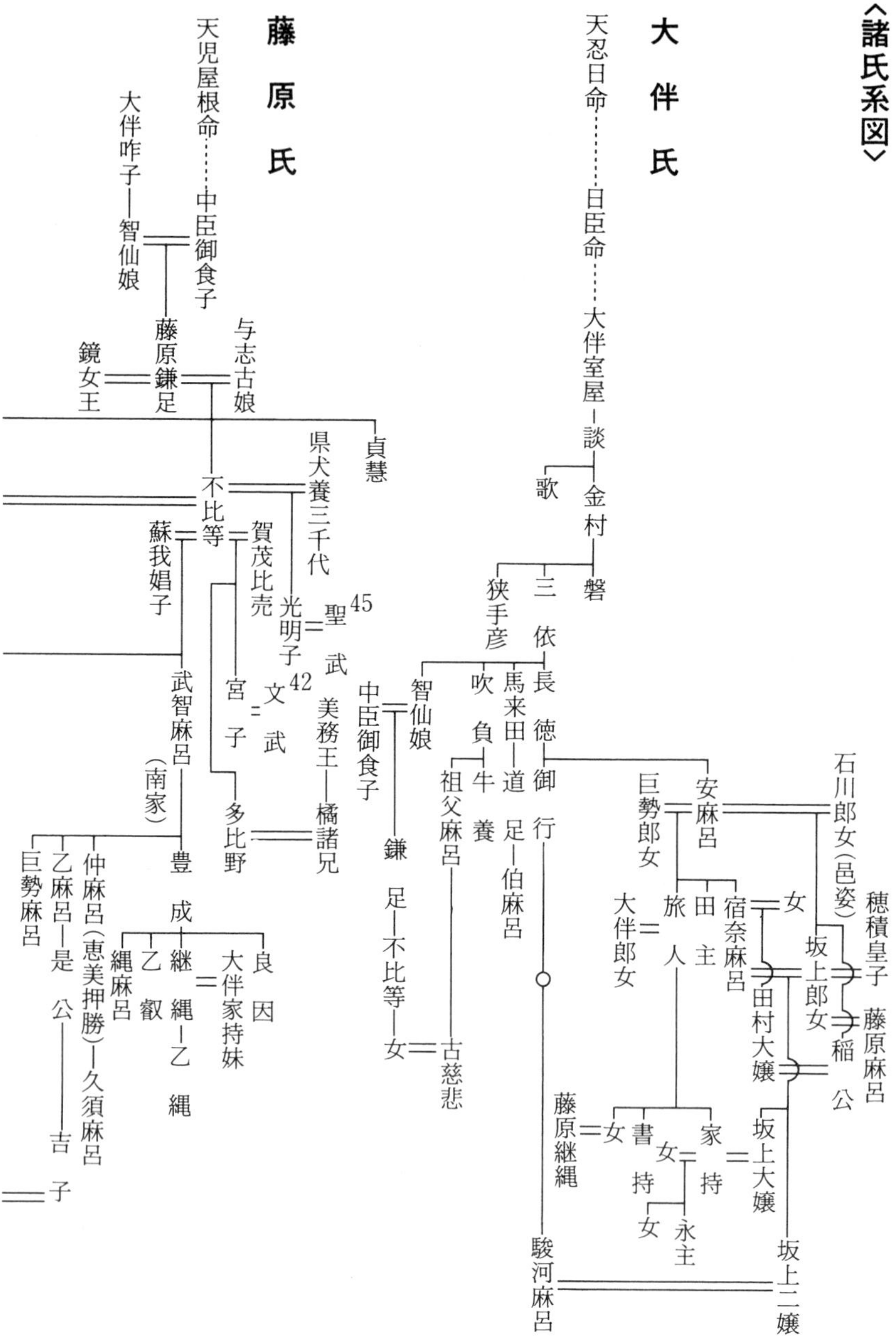
大伴氏
天忍日命
日臣命
大伴室屋
談
歌
金村
磐
三依
狭手彦
長徳
馬来田
吹負
智仙娘
中臣御食子
鎌足
不比等
女
御行
道足
伯麻呂
牛養
祖父麻呂
古慈悲
安麻呂
巨勢郎女
石川郎女（邑婆）
穂積皇子
藤原麻呂
旅人
田主
宿奈麻呂
大伴郎女
女
坂上郎女
田村大嬢
稲公
藤原継縄
女
書持
家持
坂上大嬢
女
永主
女
坂上二嬢
駿河麻呂
藤原氏
天児屋根命
中臣御食子
大伴咋子
智仙娘
藤原鎌足
与志古娘
鏡女王
貞慧
不比等
県犬養三千代
蘇我娼子
賀茂比売
光明子
聖武 45
武智麻呂（南家）
宮子
文武 42
美務王
橘諸兄
多比野
豊成
巨勢麻呂
乙麻呂
是公
吉子
仲麻呂（恵美押勝）
久須麻呂
縄麻呂
乙叡
継縄
乙縄
大伴家持妹
良因

橘氏

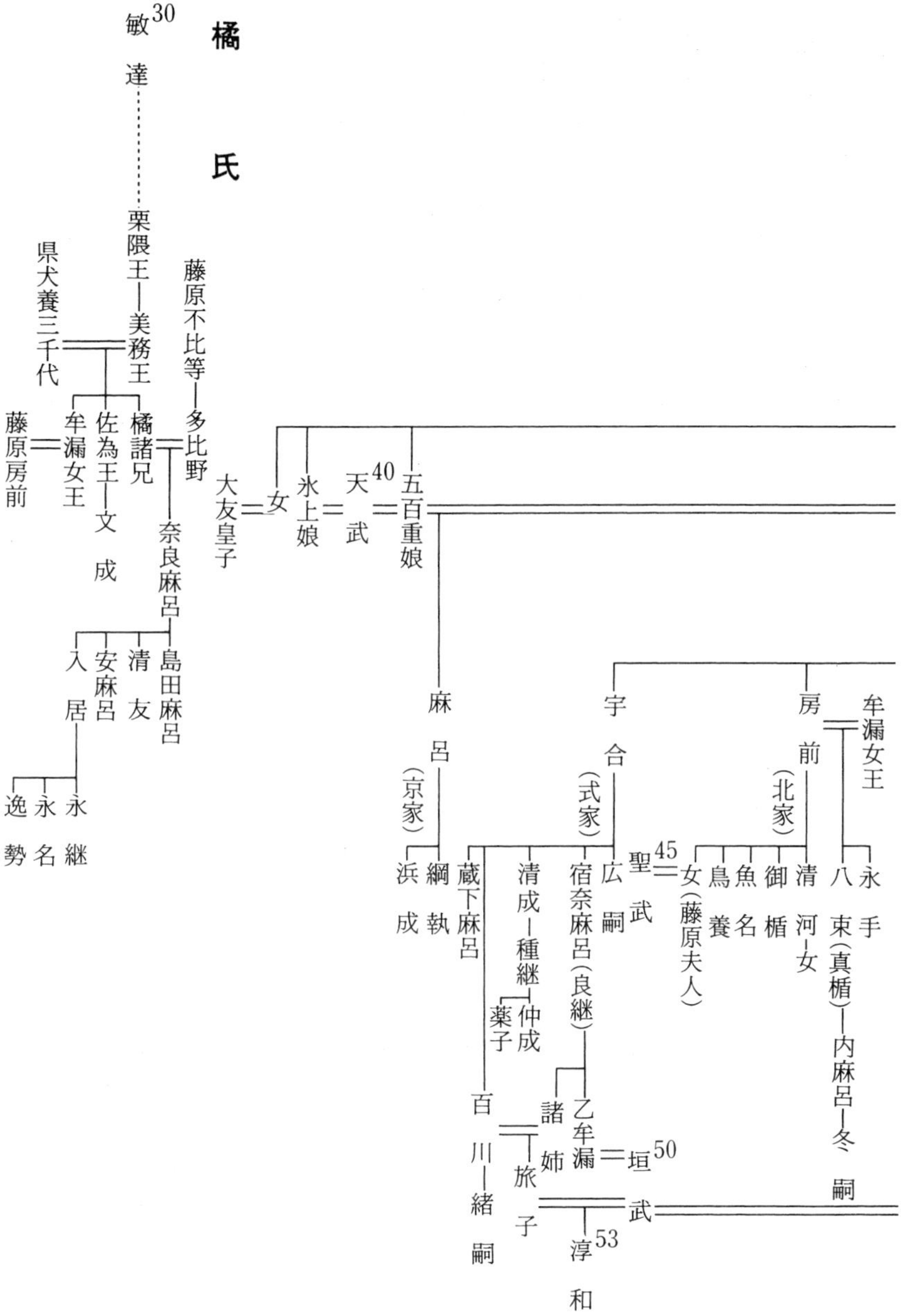

敏達30
栗隈王
美務王
県犬養三千代
藤原不比等
多比野
橘諸兄
佐為王
牟漏女王
藤原房前
文成
奈良麻呂
島田麻呂
清友
安麻呂
入居
永継
永名
逸勢
大友皇子
女
氷上娘
天武40
五百重娘
麻呂
(京家)
綱執
浜成
宇合
(式家)
広嗣
宿奈麻呂(良継)
清成
種継
仲成
薬子
蔵下麻呂
百川
緒嗣
乙牟漏
諸姉
旅子
垣50
武
淳53
和
聖45
武
女(藤原夫人)
鳥養
魚名
御楯
清河
女
房前
(北家)
牟漏女王
八束(真楯)
内麻呂
冬嗣
永手

作者別索引

一、作者名によって、その作品の所在を示した。また、氏名に類するもの、歌集所出のものも収めた。その所在は、巻数（アラビア数字）と国歌大観番号（漢数字）によって示した。
二、同一の題詞のもとにある長歌と反歌、および数首同作者の歌などは—印によって示した。
三、配列の順序は五十音順とし、歴史的かなづかいを採用した。

あ

縣犬養人上　あがたいぬかひのひとかみ　3四五九
縣犬養三千代　あがたいぬかひのみちよ　19四二三五
縣犬養持男　あがたいぬかひのもちを　8一五八六
縣犬養吉男　あがたいぬかひのよしを　8一五八五
縣犬養娘子　あがたいぬかひのをとめ　8一六五三
安貴王　あきのおほきみ　3三〇六、4五三四—五三五、8一五五五
商長首麻呂　あきのをさおびとまろ　20四三四四
朝倉益人　あさくらのますひと　20四四〇五
麻田陽春　あさだのやす　4五六九—五七〇、5八八四—八八五
阿氏奥嶋　あしのおきしま　5八二四
安宿王　あすかべのおほきみ　20四三〇一、四四五二
安宿奈抒麻呂　あすかべのなどまろ　20四四七二
厚見王　あつみのおほきみ　4六六八、8一四三五、一四五八
安都年足　あとのとしたり　4六六三
安都扉娘子　あとのとびらのをとめ　4七一〇
粟田大夫　あはたのまへつきみ　5八一七
粟田女王　あはたのおほきみ　18四〇六〇
粟田女娘子　あはためのをとめ　4七〇七—七〇八
阿倍女郎　あべのいらつめ　3二六九、4五〇五—五〇六、五一四、五一六
阿倍老人　あべのおきな　19四二四七
安倍奥道　あべのおきみち　8一六四二
安倍子祖父　あべのこおぢ　16三八三八—三八三九
安倍沙美麻呂　あべのさみまろ　20四四三三
阿倍継麻呂　あべのつぎまろ　15三六五六、三六六八、三七〇〇、三七〇六、三七〇八
阿倍継麻呂の二男　15三六五九
安倍豊継　あべのとよつぐ　6一〇〇二
阿閉皇女　あへのひめみこ→元明天皇
安倍広庭　あべのひろには　3三〇二、三七〇、6九七五、8一四二三
阿倍大夫　あべのまへつきみ　9一七七二

安倍虫麻呂　あべのむしまろ　4六六五、六七二、6九八〇、8一五七七―一五七八
海犬養岡麻呂　あまのいぬかひのをかまろ　6九九六
奄諸立　あむのもろたち　8一四八三
文馬養　あやのうまかひ　8一五七九―一五八〇
有間皇子　ありまのみこ　2一四一―一四二

い

軍王　いくさのおほきみ　1五―六
生玉部足国　いくたまべのたるくに　20四三二六
池田朝臣　いけだのあそみ　16三八四〇
池辺王　いけのへのおほきみ　4六二三
石川郎女(1)いしかはのいらつめ　2九七―九八
石川郎女(2)　2一〇八
石川郎女(3)（＝山田郎女）　2一二九
石川郎女(4)　2一二六、一二八
石川郎女(5)　4五一八
石川女郎(1)いしかはのいらつめ（＝大名児）　2一一〇
石川女郎(2)　20四四九一
石川老夫　いしかはのおきな　8一五三四
石川邑婆　いしかはのおほば　20四四三九
石川賀係女郎　いしかはのかけのいらつめ　8一六一二
石川君子　いしかはのきみこ　3二七八、11二七四二
石川足人　いしかはのたるひと　6九五五
石川年足　いしかはのとしたり　19四二七四
石川広成　いしかはのひろなり　4六九六、8一六〇〇―一六〇一
石川夫人　いしかはのぶにん　2一五四
石川大夫　いしかはのまへつきみ　3二四七
石川卿　いしかはのまへつきみ　9一七二八
石川水通　いしかはのみみち　17三九九八
石上乙麻呂　いそのかみのおとまろ　3三七四、6一〇一九―一〇二三
石上堅魚　いそのかみのかつを　8一四七二
石上大夫　いそのかみのまへつきみ　3三六八
石上卿　いそのかみのまへつきみ　3二八七
石上麻呂　いそのかみのまろ　1四四
石上宅嗣　いそのかみのやかつぐ　19四二八二
市原王　いちはらのおほきみ　3四一二、4六六二、6九八八、一〇〇七、一〇四二、8一五四六、一五五一、20四五〇〇
磐姫皇后　いはのひめのおほきさき　2八五―八八
伊保麻呂　いほまろ　9一七三五
今奉部与曾布　いままつりべのよそふ　20四三七三
忌部首　いむべのおびと　16三八三二
忌部黒麻呂　いむべのくろまろ　6一〇〇八、8一五五六、一六四七、16三八四八

う

宇遅部黒女　うぢべのくろめ　20四四一七
有度部牛麻呂　うとべのうしまろ　20四三三七
海上女王　うなかみのおほきみ　4五三一

宇努男人　うののをひと　6九五九
味稲　うましね　3三八五
馬史国人　うまのふひとくにひと　20四四五八
占部広方　うらべのひろかた　20四三七一
占部虫麻呂　うらべのむしまろ　20四三八八
占部小龍　うらべのをたつ　20四三八七

え

榎井王　えのゐのおほきみ　6一〇一五
縁達　えんだち　8一五三六

お

置始東人　おきそめのあづまひと　1六六、2二〇四—二〇六
置始長谷　おきそめのはつせ　20四三〇二
忍坂部乙麻呂　おさかべのおとまろ　1七一
刑部志賀麻呂　おさかべのしかまろ　20四三九〇
刑部垂麻呂　おさかべのたりまろ　3二六三、四二七
刑部千国　おさかべのちくに　20四三五七
刑部三野　おさかべのみの　20四三四九
刑部虫麻呂　おさかべのむしまろ　20四三三九
忍海部五百麻呂　おしぬみべのいほまろ　20四三九一
生石真人　おひしのまひと　3三五五
大網人主　おほあみのひとぬし　3四一三
大石蓑麻呂　おほいしのみのまろ　15三六一七
大伯皇女　おほくのひめみこ　2一〇五—一〇六、一六三—一六四、一六五—
一六六
大蔵麻呂　おほくらのまろ　15三七〇三
大田部荒耳　おほたべのあらみみ　20四三七四
大田部足人　おほたべのたるひと　20四三八七
大田部三成　おほたべのみなり　20四三八〇
大津皇子　おほつのみこ　2一〇七、一〇九、3四一六、8一五一二
大舎人部千文　おほとねりべのちふみ　20四三六九—四三七〇
大舎人部祢麻呂　おほとねりべのねまろ　20四三七九
大伴東人　おほとものあづまひと　6一〇三四
大伴池主　おほとものいけぬし　8一五九〇、17三九四四—三九四六、三九四九
三九六七—三九六八、三九七三—三九七五、三九九三—三九九四、四〇〇三—四〇〇五、四〇〇八
—四〇一〇、18四〇七四、四〇七五、四一二八—四一三三、20四二九五、四三〇〇
大伴稲公　おほとものいなきみ　8一五五三
大伴女郎　おほとものいらつめ　4五一九
大伴像見　おほとものかたみ　4六六四、六九七—六九九、8一五九五
大伴清縄　おほとものきよつな　8一四八二
大伴黒麻呂　おほとものくろまろ　19四二八〇
大伴坂上郎女　おほとものさかのうへのいらつめ　3三七九—三八〇
四〇一、四一〇、四六〇—四六一、4五二五—五二八、五二九、五六三—五六四、五八五、
五八六、六一九—六二〇、六四七、六四九、六五一—六五二、六五六—六六一、六六六—
六六七、六七三—六七四、六八三—六八九、七二一、七二三—七二四、七二五—七二六、
七六〇—七六一、6九六三、九六四、九七九、九八一—九八三、九九二、九九三、九九五、

一〇一七、一〇二八、8一四三二—一四三三、一四四五、一四四七、一四五〇、一四七四、一四七五、一四八四、一四九八、一五〇〇、一五〇二、一五四八、一五六〇—一五六一、一五九二—一五九三、一六二〇、一六五一、一六五四、一六五六、17三九二七—三九三〇、18四〇八〇—四〇八一、19四二二〇—四二二一
大伴坂上大嬢　おほとものさかのうへのおほいらつめ　4五八一—五八四、七二九—七三一、七三五、七三七—七三八、8一六二四
大伴宿奈麻呂　おほとものすくなまろ　4五三二—五三三
大伴駿河麻呂　おほとものするがまろ　3四〇〇、四〇二、四〇七、四〇九、4六四六、六四八、六五三—六五五、8一四三八、一六六〇
大伴田主　おほとものたぬし　2一二七
大伴旅人　おほとものたびと　3三一五—三一六、三三一—三三五、三三八—三五〇、四三八—四四〇、四四六—四五〇、四五一—四五三、4五五五、五七四—五七五、五七七、5七九三、八〇六—八〇七、八一〇、八一一、八二二、八四七—八四八、八四九—八五二、八五三、八五四、八五五—八五七、八五八—八六〇、八六一—八六三、八七一—八七五、6九五六、九五七、九六〇、九六一、九六七—九六八、九六九—九七〇、8一四七三、一五四一—一五四二、一六三九、一六四〇
大伴田村大嬢　おほとものたむらのおほいらつめ　4七五六—七五九、8一四四九、一五〇六、一六二二—一六二三、一六六二
大伴千室　おほとものちむろ　4六九三、20四二九八
大伴利上　おほとものとしかみ　8一五七三
大伴書持　おほとものふみもち　3四六三、8一四八〇—一四八一、一五八七、17三九〇一—三九〇六、三九〇九—三九一〇
大伴卿　おほとものまへつきみ　3二九九
大伴大夫　おほとものだいぶ　5八一九
大伴三中　おほとものみなか　3四四三—四四五、15三七〇一、三七〇七
大伴三林　おほとものみはやし　8一四三四
大伴御行　おほとものみゆき　19四二六〇
大伴三依　おほとものみより　4五五二、五七八、六五〇、六九〇
大伴村上　おほとものむらかみ　8一四三六—一四三七、一四九三、20四二九九
大伴百代　おほとものももよ　3三九二、4五五九—五六二、五六六、5八二三
大伴家持　おほとものやかもち　3四〇三、四〇八、四一四、四六二、四六四、四六五、四六六—四六九、四七〇—四七四、四七五—四八〇、4六一一—六一二、六八〇—六八二、六九一—六九二、七〇〇、七〇五、七一四—七二〇、七二二、七二七—七二八、七三二—七三四、七三六、七三九—七四〇、七四一—七五五、七六四、七六五、七六七—七六八、七六九、七七〇—七七四、七七五、七七七—七八一、七八三—七八五、七八六—七八八、七八九—七九〇、6九九四、一〇二九、一〇三二—一〇三三、一〇三六、一〇三七、一〇四〇、一〇四三、8一四四一、一四四六、一四四八、一四六二—一四六三、一四六四、一四七七、一四七八、一四七九、一四八五、一四八六—一四八七、一四八八、一四八九、一四九〇、一四九一、一四九四—一四九五、一四九六、一五〇七—一五〇九、一五一〇、一五五四、一五六三、一五六五、一五六六—一五六九、一五七二、一五九一、一五九六、一五九七—一五九九、一六〇二—一六〇三、一六〇五、一六一九、一六二五、一六二六、一六二七—一六二八、一六二九—一六三〇、一六三一、一六三二、一六三五、一六四九、一六六三、16三八五三—三八五四、17三九〇〇、三九一一—三九一三、三九一六—三九二一、三九二六、三九四三、三九四七—三九四八、三九五〇、三九五三—三九五四、三九五七—三九五九、三九六〇—三九六一、三九六二—三九六四、三九六五—三九六六、三九六九—三九七二、三九七六—三九七七、三九七八—三九八二、三九八三—三九八四、三九八五—三九八七、三九八八、三九八九—三九九〇、三九九一—三九九二、三九九五、三九九七、三九九九、四〇〇〇—四〇〇二、四〇〇六—四〇〇七、四〇一一—四〇一五、四〇一七—四〇二〇、四〇二一、四〇二二、四〇二三、四〇二四、四〇二五、四〇二六、四〇二七

四〇二八、四〇二九、四〇三〇、三〇三一、18四〇三七、四〇四三、四〇四五—四〇四六、四〇四八、四〇五一、四〇五四—四〇五五、四〇六三—四〇六四、四〇六六、四〇六八、四〇七〇、四〇七一、四〇七二、四〇七六、四〇七七、四〇七八、四〇七九、四〇八二—四〇八三、四〇八四、四〇八五、四〇八六、四〇八八、四〇八九—四〇九二、四〇九三、四〇九四—四〇九七、四〇九八—四一〇〇、四一〇一—四一〇五、四一〇六—四一〇九、四一一〇、四一一一—四一一二、四一一三—四一一五、四一一六—四一一八、四一一九、四一二〇—四一二一、四一二二—四一二三、四一二四、四一二五—四一二七、四一三四、四一三五、四一三六、四一三七、四一三八、19四一三九—四一四〇、四一四一、四一四二、四一四三、四一四四—四一四五、四一四六—四一四七、四一四八—四一四九、四一五〇、四一五一—四一五三、四一五四—四一五五、四一五六—四一五八、四一五九、四一六〇—四一六二、四一六三、四一六四—四一六五、四一六六—四一六八、四一六九—四一七〇、四一七一—四一七二、四一七三、四一七四、四一七五—四一七六、四一七七—四一七九、四一八〇—四一八三、四一八五—四一八六、四一八七—四一八八、四一八九—四一九一、四一九二—四一九三、四一九四—四一九六、四一九七—四一九八、四一九九、四二〇五、四二〇六、四二〇七—四二〇八、四二一一—四二一三、四二一四—四二一六、四二一七、四二一八、四二一九、四二二三、四二二五、四二二六、四二二九、四二三〇、四二三四、四二三八、四二三九、四二四八—四二四九、四二五〇、四二五一、四二五三、四二五四—四二五五、四二五六、四二五九、四二六六—四二六七、四二七二、四二七八、四二八一、四二八五—四二八七、四二八八、四二八九、四二九〇—四二九一、四二九二、20四二九七、四三〇三、四三〇四、四三〇五、四三〇六—四三一三、四三一四、四三一五—四三二〇、四三三一—四三三三、四三三四—四三三六、四三六〇—四三六二、四三九五、四三九六、四三九七、四三九八—四四〇〇、四四〇八—四四一二、四四三四—四四三五、四四四三、四四四五、四四五〇—四四五一、四四五三、四四五七、四四六〇—四四六二、四四六三—四四六四、四四六五—四四六七、四四六八—四四六九、四四七〇、四四七一、四四七四、四四八一、四四八三、四四八四、四四八五、四四九〇、四四九二、四四九三、四四九四、四四九五、四四九八、四五〇一、四五〇三、四五〇六、四五〇九、四五一二、四五一四、四五一五、四五一六

大伴安麻呂　おほとものやすまろ　2一〇一、3二九九、4五一七
大伴四綱　おほとものよつな　3三二九—三三〇、4五七一、六二九、8一四九九
大伴部子羊　おほともべのこひつじ　20四三九四
大伴部広成　おほともべのひろなり　20四三八二
大伴部節麻呂　おほともべのふしまろ　20四四〇六
大伴部真足女　おほともべのまたりめ　20四四一三
大伴部麻与佐　おほともべのまよさ　20四三九二
大伴部少歳　おほともべのをとし　20四四一四
大原今城　おほはらのいまき　8一六〇四、20四四四二、四四四四、四四五九、四四七五—四四七六、四四九六、四五〇五、四五〇七
大原桜井　おほはらのさくらゐ（＝桜井王）　8一六一四、20四四七八
大原高安　おほはらのたかやす（＝高安王）　4六二五、8一五〇四、17三九五二
大神女郎　おほみわのいらつめ　4六一八、8一五〇五
大神奥守　おほみわのおきもり　16三八四一
大神高市麻呂　おほみわのたけちまろ　9一七七〇—一七七一
大宅女　おほやけめ　4七〇九、6九八四

か

孝謙天皇　かうけんてんわう　19四二六四、四二六五、四二六八
高氏海人　かうじのあま　5八四二
高氏老　かうじのおゆ　5八四一
高氏義通　かうじのよしみち　5八三五

鏡王女 かがみのおほきみ 2九二、九三、4四八九、8一四一九、一六〇七
柿本人麻呂 かきのもとのひとまろ 1二九—三一、三六—三九、四〇—四二、四五—四九、2一三一—一三四、一三五—一三七、一三八—一三九、一六七—一七〇、一九四—一九五、一九六—一九八、一九九—二〇二、二〇七—二一六、二一七—二一九、二二〇—二二二、二二三、3二三五、二三九—二四一、二四九—二五六、二六一—二六二、二六四、二六六、三〇三、三〇四、四二六、四二八、四二九—四三〇、4四九六—四九九、五〇一—五〇三、9一七一〇—一七一一、一七六一—一七六二、15三六〇六—三六一〇、三六一一
柿本朝臣人麻呂歌集（歌中） 2一四六、3二四四、7一〇六八、一〇八七—一〇八八、一〇九二—一〇九四、一一〇〇—一一〇一、一一一八—一一一九、一一八七、一二四七—一二五〇、一二六八—一二六九、一二七一、一二七二—一二九四、一二九六—一三一〇、9一七〇九、一七二五、一七七三—一七七五、一七八二—一七八三、一七九五—一七九九、10一八一二—一八一八、一八九〇—一八九六、一九九六—二〇三三、二〇九四—二〇九五、二一七八—二一七九、二二三四、二二三九—二二四三、二三一二—二三一五、二三三三—二三三四、11二三五一—二三六二、二三六八—二五一六、12二八四一—二八六三、三一二七—三一三〇、13三二五三—三二五四、三三〇九、14三四一七、三四四一、三四七〇、三四八一、三四九〇
柿本人麻呂の妻 4五〇四
笠縫女王 かさぬひのおほきみ 8一六一一、一六一三
笠女郎 かさのいらつめ 3三九五〜三九七、4五八七—六一〇、8一四五一、一六一六
笠金村 かさのかなむら 2二三二、二三四、3三六四—三六五、三六六—三六七、4五四三—五四五、五四六—五四八、6九〇七—九一二、九二〇—九二二、九二八—九三〇、九三五—九三七、8一四五三—一四五五、一五三二、一五三三
笠朝臣金村歌集（歌中） 2二三〇—二三二、3三六八、6九五〇—九五三、9一七八五—一七八六、一七八七—一七八九
榎氏鉢麻呂 かじのはちまろ 5八三八
膳王 かしはでのおほきみ 6九五四
春日王(1) かすがのおほきみ 3二四三
春日王(2) かすがのおほきみ 4六六九
春日老 かすがのおゆ（＝弁基） 1五六、六二、3二八二、二八四、二八六、二九八、9一七一七、一七一九
春日部麻呂 かすがべのまろ 20四三四五
葛城王 かづらきのおほきみ ↓橘諸兄
門部石足 かどべのいそたり 4五六八、5八四五
門部王 かどべのおほきみ 3三一〇、三二六、三七一、4五三六、6一〇一三
川上老 かはかみのおゆ 20四三七六
川島皇子 かはしまのみこ 1三四、9一七一六
河辺東人 かはべのあづまひと 8一四四〇
河辺宮人 かはべのみやひと 2二二八—二二九、3四三四—四三七
河村王 かはむらのおほきみ 16三八一七—三八一八
川原 かはら 9一七三七
川原虫麻呂 かはらのむしまろ 20四三四〇
河内女王 かふちのおほきみ 18四〇五九
河内百枝娘子 かふちのももえをとめ 4七〇一—七〇二
蒲生娘子 かまふのをとめ 19四二三二
神社老麻呂 かみこそのおゆまろ 6九七六—九七七
上毛野牛甘 かみつけののうしかひ 20四四〇四
上古麻呂 かみのこまろ 3三五六
巫部麻蘇娘子 かむなぎべのまそをとめ 4七〇三—七〇四、8一五六二

一六二
甘南備伊香　かむなびのいかご　20四四八九、四五〇二、四五一〇、四五一三
神麻績部島麻呂　かむをみべのしままろ　20四三八一
賀茂女王　かものおほきみ　4五五六、五六五、8一六一三
鴨君足人　かものきみたりひと　2二五七—二六〇

き

紀卿　きのきやう　5八一五
私部石島　きさきべのいそしま　20四三八五
磯氏法麻呂　きじののりまろ　5八三六
木梨軽太子　きなしのかるのひつぎのみこ　13三二六三
絹　きぬ　9一七二三
紀鹿人　きのかひと　6九九〇、九九一、8一五四九
紀清人　きのきよひと　17三九二三
紀豊河　きのとよかは　8一五〇三
紀皇女　きのひめみこ　3三九〇、12三〇九八
紀男梶　きのをかぢ　17三九二四
紀小鹿　きのをじか　4六四三—六四五、七六二—七六三、七七六、七八二
8一四五二、一四六〇—一四六一、一六四八、一六六一

く

日下部三中　くさかべのみなか　20四三四八
日下部三中の父　20四三四七
草嬢　くさのをとめ　4五一二
久米女郎　くめのいらつめ　8一四五九
久米女王　くめのおほきみ　8一五八三
久米禅師　くめのぜんじ　2九六、九九、一〇〇
久米継麻呂　くめのつぎまろ　19四二〇二
久米広縄　くめのひろつな　18四〇五〇、四〇五三、19四二〇一、四二〇三、四二〇九
—四二一〇、四二二二、四二三一、四二五二
桜作益人　くらつくりのますひと　3三一一、6一〇〇四
内蔵縄麻呂　くらのなはまろ　17三九九六、18四〇八七、19四二〇〇、四二三三
椋橋部女王　くらはしべのおほきみ　3四四一、8一六一三
椋橋部刀自賣　くらはしべのとじめ　20四四一六
椋椅部弟女　くらはしべのをとめ　20四四二〇
車持氏娘子　くるまもちうぢのをとめ　16三八一一—三八一三
車持千年　くるまもちのちとせ　6九一三—九一六、九三一—九三三、九五〇
—九五三
皇極天皇　くわうぎよくてんわう（＝斉明天皇）　1七、八、一〇
—一二
荒氏稲布　くわうじのいなしき　5八三二
光明皇后　くわうみやうくわうごう(＝藤皇后、藤原皇后)
8一六五八、19四二二四、四二四〇
元興寺僧　ぐわんこうじのほふし　6一〇一八
元仁　ぐわんにん　9一七二〇—一七二二

け

元正天皇　げんしやうてんわう　6九七三—九七四、一〇〇九、8一六三七、

18四〇五七—四〇五八、20四二九三、四四三七
元明天皇　げんみやうてんわう（＝阿閉皇女）　1三五、七六、七八

こ

古歌集　こかしふ　2八九、7一二五一—一二六七、一二七〇、10一九三七—一九三八、11二三六三～二三六七
碁師　ごし　9一七三二—一七三三
古集　こしふ　7一一九六—一二四六、9一七七〇—一七七一
児島　こしま　3三八一、6九六五—九六六
巨勢郎女　こせのいらつめ　2一〇二
巨勢宿奈麻呂　こせのすくなまろ　6一〇一六、8一六四五
巨勢豊人　こせのとよひと　16三八四五
巨勢奈氏麻呂　こせのなでまろ　19四二七三
巨曾倍対馬（津島）　こそべのつしま　6一〇二四、8一五七六
軍王　こにきしのおほきみ→いくさのおほきみ
碁檀越の妻　ごのだんをちのつま　4五〇〇
児部女王　こべのおほきみ　8一五一五、16三八二一

さ

斉明天皇　さいめいてんわう→皇極天皇
坂田部首麻呂　さかたべのおびとまろ　20四三四二
坂門人足　さかとのひとたり　1五四
坂上人長　さかのうへのひとをさ　9一六七九
境部王　さかひべのおほきみ　16三八三三
境部老麻呂　さかひべのおゆまろ　17三九〇七—三九〇八
桜井王　さくらゐのおほきみ→大原桜井
雀部広島　さざきべのひろしま　20四三九三
佐氏子首　さじのこおびと　5八三〇
狭野弟上娘子　さののおとがみのをとめ　15三七二三—三七二六、三七四五—三七五三、三七六七—三七七四、三七七七—三七七八
佐伯赤麻呂　さへきのあかまろ　3四〇五、4六二八、六三〇
佐伯東人　さへきのあづまひと　4六二二
佐伯東人の妻　4六二一
沙弥　さみ　8一四六九
沙弥女王　さみのおほきみ　9一七六三
佐為王の婢　さゐのおほきみのまかだち　16三八五七
山氏若麻呂　さんじのわかまろ→山口若麻呂

し

志貴皇子　しきのみこ　1五一、六四、3二六七、4五一三、8一四一八、一四六六
史氏大原　しじのおほはら　5八二六
志氏大道　しじのおほみち　5八三七
倭文部可良麻呂　しとりべのからまろ　20四三七二
志斐嫗　しひのおみな　3二三七
島足　しまたり　9一七二四
聖徳太子　しやうとこのみこ　3四一五
聖武天皇　しやうむてんわう　4五三〇、六二四、6九七三、九七四、一〇〇九、一〇三〇、8一五三九—一五四〇、一六一五、一六三八、19四二六九

淳仁天皇　じゆんにんてんわう　20四四八六
舒明天皇　じよめいてんわう　1二

す

清江娘子　すみのえのをとめ　1六九
駿河采女　するがのうねめ　4五〇七、一四二〇

せ

小弁　せうべん　3三〇五、9一七一九、一七三四
薩妙観　せちめうくわん　20四四三八、四四五六
消奈行文　せなのぎやうもん　16三八三六

そ

衣通王　そとほりのおほきみ　2九〇
園生羽女　そののいくはのむすめ　2一二四
村氏彼方　そんじのをちかた　5八四〇

た

高田女王　たかだのおほきみ　4五三七―五四二、8一四四四
高橋朝臣　たかはしのあそみ　3四八一―四八三
高橋虫麻呂　たかはしのむしまろ　6九七一―九七二
高橋連虫麻呂歌集(歌中)　3三二一、8一四九七、9一七三八―一七三九、
一七四〇―一七四一、一七四二―一七四三、一七四四、一七四五、一七四六、一七四七―一七五〇、
一七五一―一七五二、一七五三―一七五四、一七五五―一七五六、一七五七―一七五八、一七五九
―一七六〇、一七八〇―一七八一、一八〇七―一八〇八、一八〇九―一八一一
高安　たかやす　8一五〇四
高宮王　たかみやのおほきみ　16三八五五―三八五六
高安王　たかやすのおほきみ→大原高安
高安大島　たかやすのおほしま　1六七
高丘河内　たかをかのかふち　6一〇三八―一〇三九
当麻麻呂妻　たぎまのまろのつま　1四三、4五一一
田口馬長　たぐちのうまをさ　17三九一四
田口益人　たぐちのますひと　3二九六―二九七
高市黒人　たけちのくろひと　1三二―三三、五八、七〇、3二七〇―二七七
二七九―二八〇、二八三、三〇五、9一七一八、17四〇一六
高市黒人の妻　3二八一
高市古人　たけちのふるひと　1三二―三三
高市皇子　たけちのみこ　2一五六―一五八
橘文成　たちばなのあやなり　6一〇一四
橘奈良麻呂　たちばなのならまろ　6一〇一〇、8一五八一―一五八二
橘諸兄　たちばなのもろえ(＝葛城王)　6一〇二五、17三九二二、18
四〇五六、19四二七〇、20四四四七、四四四八、四四五四、四四五五
丹比乙麻呂　たぢひのおとまろ　8一四四三
丹比笠麻呂　たぢひのかさまろ　3二八五、4五〇九―五一〇
丹比国人　たぢひのくにひと　3三八二―三八三、8一五五七、20四四四六
多治比鷹主　たぢひのたかぬし　19四二六二
多治比土作　たぢひのはにし　19四二四三

丹比真人　たぢひのまひと　2二二六、8一六〇九、9一七二六
丹比大夫　たぢひのまへつきみ　15三六二五―三六二六
丹比屋主　たぢひのやぬし　6一〇三一、8一四四二
丹比部国人　たぢひべのくにひと　20四三二九
但馬皇女　たぢまのひめみこ　2一一四―一一六、8一五一五
田辺秋庭　たなべのあきには　15三六三八
田部櫟子　たなべのいちひこ　4四九二―四九五
田辺福麻呂　たなべのさきまろ　18四〇三二―四〇三六、四〇三八―四〇四二、四〇四六、四〇四九、四〇五二
田辺福麻呂歌集　6一〇四七―一〇四九、一〇五〇―一〇五八、一〇五九―一〇六一、一〇六二―一〇六四、一〇六五―一〇六七、9一七九二―一七九四、一八〇〇、一八〇一―一八〇三、一八〇四―一八〇六
丹波大女娘子　たにはのおほめのをとめ　4七一一―七一三
玉槻娘子　たまつきのをとめ　15三七〇四―三七〇五
玉作部国忍　たまつくりべのくにおし　20四三五一
玉作部広目　たまつくりべのひろめ　20四三四三
手持女王　たもちのおほきみ　3四一七―四一九
丹氏麻呂　たんじのまろ　5八二六

ち

持統天皇　ぢとうてんわう　1二八、2一五九―一六一、一六二、3二三六
張氏福子　ちやうじのふくし　5八二九

つ

通観　つうぐわん　3三二七、三五三
調淡海　つきのあふみ　1五五
調使首　つぎのおびと　13三三三九―三三四三
槻本　つきもと　9一七一五
角広弁　つののひろべ　8一六四一
角麻呂　つののまろ　3二九二―二九五
津守小黒栖　つもりのをぐろす　20四三七七

て

田氏肥人　でんじのこまひと　5八三四
田氏真上　でんじのまかみ　5八三九
天智天皇　てんちてんわう（＝中大兄皇子）　1一三―一五、2九一
天武天皇　てんむてんわう　1二一、二五、二六、二七、2一〇三

と

土氏百村　とじのももむら　5八二五
豊島釆女　としまのうねめ　6一〇二六、一〇二七
舎人皇子　とねりのみこ　2一一七、9一七〇六、20四二九四
舎人吉年　とねりのよしとし　2一五二、4四九二
舎人娘子　とねりのをとめ　1六一、2一一八、8一六三六
豊浦寺の沙弥尼等　とゆらでらのさみあまたち　8一五五八―一五五九
刀理宣令　とりのせんりやう　3三一三、8一四七〇

な

長田王　ながたのおほきみ　1八一—八三、3二四五、二四六、二四八
中皇命　なかつすめらみこと　1一〇—一二
中臣東人　なかとみのあづまひと　4五一五
中臣女郎　なかとみのいらつめ　4六七五—六七九
中臣清麻呂　なかとみのきよまろ　20四二九六、四四九七、四四九九、四五〇四、四五〇八
中臣武良自　なかとみのむらじ　8一四三九
中臣宅守　なかとみのやかもり　15三七二七—三七三〇、三七五四—三七六六、三七三一—三七四四、三七七五—三七七六、三七七九—三七八五
中臣部足国　なかとみべのたりくに　20四三七八
長忌寸娘　ながのいみきのをとめ　8一五八四
長意吉麻呂　ながのおきまろ　1五七、2一四三—一四四、3二三八、二六五、9一六七三、16三八二四—三八三一
中大兄皇子　なかのおほえのみこ→天智天皇
長皇子　ながのみこ　1六〇、六五、七三、八四、2一三〇
長屋王　ながやのおほきみ　1七五、3二六八、三〇〇—三〇一、8一五一七
難波天皇妹　なにはのすめらみことのいろも　4四八四

に

新田部親王の家の婦人　にひたべのみこのいへのふじん　16三八三五
丹生女王　にふのおほきみ　3四二〇—四二二、4五五三—五五四、8一六一〇

ぬ

額田王　ぬかたのおほきみ　1七、八、九、一六、一七—一八、二〇、2一一二、一一三、一五一、一五五、4四八八、8一六〇六
抜気大首　ぬきけのおほびと　9一七六七—一七六九

の

能登乙美　のとのおとみ　18四〇六九

は

博通　はくつう　3三〇七—三〇九
羽栗　はくり　15三六四〇
間人大浦　はしひとのおほうら　3二八九—二九〇
間人老　はしひとのおゆ　1三—四
間人宿祢　はしひとのすくね　9一六八五—一六八六
丈部稲麻呂　はせべのいなまろ　20四三四六
丈部大麻呂　はせべのおほまろ　20四三八九
丈部川相　はせべのかはひ　20四三二四
丈部黒当　はせべのくろまさ　20四三二五
丈部足人　はせべのたりひと　20四三八三
丈部足麻呂　はせべのたりまろ　20四三四一
丈部鳥　はせべのとり　20四三五二
丈部人麻呂　はせべのひとまろ　20四三二八
丈部真麻呂　はせべのままろ　20四三二三

丈部山代　はせべのやましろ　20四三五五
丈部与呂麻呂　はせべのよろまろ　20四三五四
秦許遍麻呂　はだのこへまろ　8一五八九
秦田麻呂　はだのたまろ　15三六八一
秦間麻呂　はだのはしまろ　15三五八九
秦八千島　はだのやちしま　17三九五一、三九五六
波多小足　はだのをたり　3三一四
服部呰女　はとりのあさめ　20四四二二
服部於由　はとりのおゆ　20四四二一
土師　はにし　18四〇四七、四〇六七
土師稲足　はにしのいなたり　15三六六〇
土師道良　はにしのみちよし　17三九五五
土師水通　はにしのみみち　4五五七—五五八、5八四三、16三八四四
播磨娘子　はりまのをとめ　9一七七六—一七七七
板氏安麻呂　はんじのやすまろ　5八二三

ひ

常陸娘子　ひたちのをとめ　4五二一
日並皇子　ひなみしのみこ　2一一〇
檜隈女王　ひのくまのおほきみ　3二〇二
広河女王　ひろかはのおほきみ　4六九四—六九五

ふ

藤原郎女　ふぢはらのいらつめ　4七六六
藤原宇合　ふぢはらのうまかひ　1七二、3三一二、8一五三五、9一七二九—一七三一
藤原皇后（太后）　ふぢはらのおほきさき→光明皇后
藤原鎌足　ふぢはらのかまたり　2九四、九五
藤原清河　ふぢはらのきよかは　19四二四一、四二四四
藤原久須麻呂　ふぢはらのくすまろ　4七九一—七九二
藤原執弓　ふぢはらのとりゆみ　20四四八二
藤原永手　ふぢはらのながて　19四二七七
藤原仲麻呂　ふぢはらのなかまろ　19四二四二、20四四八七
藤原広嗣　ふぢはらのひろつぐ　8一四五六
藤原房前　ふぢはらのふささき　5八一二
藤原卿　ふぢはらのまへつきみ　7一二一八—一二二二、一一九四—一一九五
藤原麻呂　ふぢはらのまろ　4五二二—五二四
藤原夫人　ふぢはらぶにん　2一〇四、一四六五、四四七九—四四八〇
藤原八束　ふぢはらのやつか　3三九八—三九九、6九八七、8一五四七、一五七〇—一五七一、19四二七一、四二七六
藤原部等母麻呂　ふぢはらべのともまろ　20四四二三
葛井大成　ふぢゐのおほなり　4五七六、5八二〇、6一〇〇三
葛井子老　ふぢゐのこおゆ　15三六九一—三六九三
葛井広成　ふぢゐのひろなり　6九六二、一〇一一—一〇一二
藤井連　ふぢゐのむらじ　9一七七九
葛井諸会　ふぢゐのもろあひ　17三九二五
道祖王　ふなどのおほきみ　19四二八四
船王　ふなのおほきみ　6九九八、19四二七九、20四四四九

吹芡刀自　ふふきのとじ　1二二、4四九〇―四九一
文屋智奴　ふみやのちの　19四二七五
振田向　ふるのたむけ　9一七六六

へ

日置少老　へきのをおゆ　3三五四
日置長枝娘子　へきのながえをとめ　8一五六四
平群氏女郎　へぐりうじのいらつめ　17三九三一―三九四二
平群朝臣　へぐりのあそみ　16三八四二
弁基　べんき→春日老

ほ

穂積朝臣　ほづみのあそみ　16三八四三
穂積老　ほづみのおゆ　3二八八、13三二四一
穂積皇子　ほづみのみこ　2二〇三、8一五一三―一五一四、16三八一六

ま

円方女王　まとかたのおほきみ　20四四七七
麻呂　まろ　9一七二五
丸子大歳　まろこのおほとし　20四三五三
丸子多麻呂　まろこのおほまろ　20四三三〇
丸子部佐壮　まろこべのすけを　20四三六八
満誓　まんぜい　3三三六、三五一、三九一、三九三、4五七二―五七三、5八二一
茨田王　まんだのおほきみ　19四二八三

み

三形王　みかたのおほきみ　20四四八八、四五一一
三方沙弥　みかたのさみ　2一二三、一二五、4五〇八、6一〇二七、10二三一五
19四二二七―四二二八
三国人足　みくにのひとたり　8一六五五
三島王　みしまのおほきみ　5八八三
三手代人名　みてしろのひとな　8一五八八
御名部皇女　みなべのひめみこ　1七七
三野石守　みののいそもり　8一六四四、17三八九〇
三原王　みはらのおほきみ　8一五四三
壬生宇太麻呂　みぶのうだまろ　15三六一二、三六六九、三六七四―三六七五、
三七〇二
生部道麻呂　みぶべのみちまろ　20四三三八
神人部子忍男　みわひとべのこをしを　20四四〇二

む

六鯖　むさば　15三六九四―三六九六
身人部王　むとべのおほきみ　1六八

も

物部秋持　もののべのあきもち　20四三二一
物部古麻呂　もののべのこまろ　20四三二七
物部龍　もののべのたつ　20四三五八

物部歳徳　もののべのとしとこ　20四四一五
物部刀自売　もののべのとじめ　20四四二四
物部広足　もののべのひろたり　20四四一八
物部真島　もののべのましま　20四三七五
物部真根　もののべのまね　20四四一九
物部道足　もののべのみちたり　20四三六五—四三六六
物部乎刀良　もののべのをとら　20四三五六
守部王　もりべのおほきみ　6九九九、一〇〇〇
門氏石足　もんじのいそたり　5八四五
文武天皇　もんむてんわう　1七四

や

野氏宿奈麻呂　やじのすくなまろ　5八三三
八代女王　やしろのおほきみ　4六二六
矢作部真長　やはぎべのまをさ　20四三八六
山口女王　やまぐちのおほきみ　4六一三—六一七、8一六一七
山口若麻呂　やまぐちのわかまろ　4五六七、5八二七
山前王　やまさきのおほきみ　3四二三—四二五
山背王　やましろのおほきみ　20四四七三
大倭　やまと　9一七三六
倭皇后　やまとのおほきさき　2一四七、一四八、一四九、一五三
山上憶良　やまのうへのおくら　1一四、六三、2一四五、3三三七、5七九四—七九九、八〇〇—八〇一、八〇二—八〇三、八〇四—八〇五、八一八、八六八—八七〇、八七六—八七九、八八〇—八八二、八八六—八九一、八九二—八九三、八九四—八九六、八九七—九〇三、九〇四—九〇六、6九七八、8一五一八、一五一九、一五二〇—一五二二、一五二三—一五二六、一五二七—一五二九、一五三七—一五三八、9一七一六、16三八六〇〜三八六九
山上臣　やまのうへのおみ　18四〇六五
山部赤人　やまべのあかひと　3三一七—三一八、三二二—三二三、三二四—三二五、三五七—三六二、三七二—三七三、三七八、三八四、四三一—四三三、6九一七—九一九、九二三—九二七、九三三—九三四、九三六—九四一、九四二—九四五、九四六—九四七、一〇〇一、一〇〇五—一〇〇六、8一四二四—一四二七、一四三一、一四七一、17三九一五
山部王　やまべのおほきみ　8一五一六

ゆ

雄略天皇　ゆうりやくてんわう　1一、9一六六四
雪宅麻呂　ゆきのやかまろ　15三六四四
弓削皇子　ゆげのみこ　2一一一、一一九—一二二、3二四二、8一四六七、一六〇八
湯原王　ゆはらのおほきみ　3三七五—三七七、4六三一、六三二、六三五、六三六、六三八、六四〇、六四二、六七〇、6九八五、九八六、九八九、8一五四四、一五四五、一五五〇、一五五二、一六一八

よ

誉謝女王　よざのおほきみ　1五九
依羅娘子　よさみのをとめ　2一四〇、二二四、二二五
吉田宜　よしだのよろし　5八六四—八六七
余明軍　よのみやうぐん　3三九四、四五四—四五八、4五七九、五八〇

わ

若桜部君足　わかさくらべのきみたり　8一六四三
若舎人部広足　わかとねりべのひろたり　20四三六三—四三六四
若宮年魚麻呂　わかみやのあゆまろ　3三八七、8一四二九—一四三〇
若倭部身麻呂　わかやまとべのむまろ　20四三二三
若湯座王　わかゆゑのおほきみ　3三五二
若麻続部羊　わかをみべのひつじ　20四三五九
若麻続部諸人　わかをみべのもろひと　20四三五〇

ゐ

井戸王　ゐのへのおほきみ　1一九

ゑ

恵行　ゑぎやう　19四二〇四

を

岡本天皇　をかもとのすめらみこと　4四八五—四八七、8一五一一
他田大島　をさだのおほしま　20四四〇一
他田日奉得大理　をさだのひまつりのとこたり　20四三八四
他田広津娘子　をさだのひろつのをとめ　8一六五二、一六五九
他田部子磐前　をさだべのこいはさき　20四四〇七
小田事　をだのつかふ　3二九一
小鯛王　をだひのおほきみ　16三八一九—三八二〇
小野老　をののおゆ　3三二八、5八一六、6九五八
小野国堅　をののくにかた　5八四四
小野淡理　をののたもり　5八四六
小長谷部笠麻呂　をはつせべのかさまろ　20四四〇三
小治田東麻呂　をはりだのあづままろ　8一六四六
小治田広瀬王　をはりだのひろせのおほきみ　8一四六八
小治田広耳　をはりだのひろみみ　8一四七六、一五〇一
尾張連　をはりのむらじ　8一四二二—一四二三
麻績王　をみのおほきみ　1二四

編者紹介

森　淳　司（もり　あつし）

大正14年２月18日、神奈川県に生まれる。

昭和23年、日本大学法文学部文学科（国文学専攻）卒業。

日本大学名誉教授。平成24年２月没。

編著書　『万葉とその風土』(昭50、桜楓社)。『柿本朝臣人麻呂歌集の研究』（昭51、桜楓社)。『万葉集論攷一』（昭54、笠間書院)。『訳文万葉集』（昭55、笠間書院)。『万葉集歌人事典』（共編、昭57、雄山閣）『万葉集研究入門ハンドブック』（昭60、雄山閣）『万葉集』〈古典文学アルバム２〉（平２、新潮社）『万葉集辞典』（共編、平５、武蔵野書院）

新装版　訳文　万　葉　集

平成19(2007)年３月10日　新装版第一刷発行
令和元(2019)年５月10日　　　　第六刷発行

編　者　　森　　淳　司
発行者　　池　田　圭　子
発行所　　有限会社笠間書院
東京都千代田区神田猿楽町2-2-3
〒101-0064
電話東京03（3295）１３３１

ISBN978－4－305－70346－0　　　モリモト印刷